D0845554

LOEB CLASSICAL LIBRARY

FOUNDED BY JAMES LOEB 1911

EDITED BY

JEFFREY HENDERSON

QUINTUS SMYRNAEUS
POSTHOMERICA

LCL 19

QUINTUS SMYRNAEUS

POSTHOMERICA

EDITED AND TRANSLATED BY

NEIL HOPKINSON

HARVARD UNIVERSITY PRESS
CAMBRIDGE, MASSACHUSETTS
LONDON, ENGLAND
2018

LOEB CLASSICAL LIBRARY® is a registered trademark
of the President and Fellows of Harvard College

Library of Congress Control Number 2017956658
CIP data available from the Library of Congress

ISBN 978-0-674-99716-5

Composed in ZephGreek and ZephText by
Technologies 'N Typography, Merrimac, Massachusetts.
Printed on acid-free paper and bound by
Maple Press, York, Pennsylvania

CONTENTS

CONTENTS

INTRODUCTION

QUINTUS

Homer dealt at length with two episodes from the Greek
expedition to Troy while incorporating briefer treatments
of and allusions to many other aspects of the story. Subse-
quently, epic poets active in the seventh and sixth centu-
ries BC composed the *Cypria, Aethiopis, Little Iliad, Sack
of Troy,* and *Return Journeys.* These poems supplemented
Homer and were later used as sources by tragedians and
other writers. By the time of Quintus, several centuries
later still, copies were scarce or unobtainable,[1] and basic
narratives were supplied by mythological handbooks such
as the extant *Library* attributed to Apollodorus. Quintus
provides a new epic to bridge the gap between the end of
the *Iliad* and the beginning of the *Odyssey.*[2]

---

[1] Proclus wrote a prose summary of these so-called Cyclic
Epics, an epitome of which survives: LCL 497.64–171.

[2] Verbal echoes: *Il.* 24.804 Ἕκτορος ἱπποδάμοιο ~ Q. 1.1
δάμη . . . Ἕκτωρ; 24.793 ὀστέα ~ 1.2 ὀστέα; 24.789, 791 πυρήν
. . . πυρκαϊήν ~ 1.2 πυρή; *Od.* 1.4 πολλὰ δ᾿ ὅ γ᾿ ἐν πόντῳ πάθεν
ἄλγεα ~ 14.631 πάσχειν ἄλγεα πολλά. Zeus' dialogue with
Athena near the close of Book 14, with its emphasis on ἀτασθαλίη,
looks forward to *Od.* 1.7 and to these same gods' conversation at
Od. 1.28–95; and the final episode of Book 14, the destruction of
Locrian Ajax in a storm caused by Athena, is reminiscent of Odys-
seus' rescue by Athena from the storm at *Od.* 5.424–40.

Achilles is the focus of the first five books, his son Neoptolemus of the next three; Odysseus figures largely. The poem begins with Trojan hopes being raised by the arrival of troops led by the Amazon queen Penthesileia; she is defeated by Achilles. Book 2 has a similar structure: Memnon, leader of the Ethiopians, arrives to help the Trojans and falls victim to Achilles. Books 3 and 4 tell of Achilles' death and the funeral games held in his honor; in Book 5 Ajax and Odysseus compete for his arms, and Ajax kills himself in shame at losing the contest. New champions now appear with the arrival of Neoptolemus on the Greek side and Eurypylus on the Trojan. After Neoptolemus has killed Eurypylus, the prophet Calchas reveals that Troy cannot be captured without Philoctetes: Book 9 tells of the mission of Odysseus and Diomedes to fetch him from Lemnos. Book 10 describes the death of Paris and the suicide of his first wife, Oenone; Book 11 the fighting around Aeneas and the siege of Troy; Book 12 the building of the Wooden Horse and a conflict among the gods; Book 13 the capture of the city; and Book 14 the sacrifice of Polyxena, the Greeks' departure, and the wrecking of their fleet. Quintus diverges from the usual order of events, in placing Neoptolemus' arrival before, not after, the arrival of Philoctetes and the death of Paris; in this way he gives more prominence to Achilles' son to complement his father's role in the earlier books.

Quintus' diction and style are recognizably Homeric, although he avoids the rare and controversial words, extensive verbatim repetition, and metrical irregularities of Homer. He adopts and adapts Homeric epithets and formulas to produce modest innovation within traditional parameters. Certain adjectives seem used to excess,[3] perhaps to impart an archaic effect. In his speeches and set-piece descriptions, the influence of rhetorical techniques is clear.[4] His characters, both divine and human, are similar in many ways to those of the *Iliad,* but they act with greater decorum. Quintus' universe has a Stoic flavor: Fate or Destiny is prominent and at times controls even the gods' actions.[5] Reflections on morality and human behavior are uttered not only by the characters, as in Homer, but also by the narrator.[6] Extended similes, both traditional and novel in theme, are prominent.[7] Quintus had read much literature in Greek, and he may have been able to understand the Latin of Virgil and Ovid.[8]

That Quintus wrote during the Roman Empire is evident from a passage that refers to the brutality of the amphitheater (6.531–36) and from another that predicts

[3] Especially ἀργαλέος (painful), ἐσσύμενος (rushing), θοός (swift), κρατερός (mighty), λευγαλέος (wretched), μέγας (great), ὠκύς (swift). Cf. Virgil's notorious *ingens.*

[4] E.g., 5.181–316; 7.67–92.

[5] E.g., 13.559–60; 14.98–99.

[6] E.g., 1.116–17, 809–10; 2.63–85, 363–64; 3.8–9; 4.66–69, 379; 6.95, 205–7; 7.9–10, 635–36; 9.37; 11.277; 12.342–43; 13.12–13, 248–49, 269–70, 287–89; 14.53–54, 112–14, 389.

[7] Notable are 1.76–82, 396–402; 2.371–87; 3.181–85, 392–98; 5.371–84; 6.107–11, 341–47; 7.132–41, 317–27, 455–60, 569–75, 715–20; 8.369–94; 9.162–79, 364–70, 451–59; 11.110–16, 170–77, 309–13; 13.133–40, 537–42; 14.33–36, 263–66.

[8] The contest between Ajax and Odysseus in Book 5 has similarities with Ovid's version at *Met.* 13.1–383, and the accounts of Aeolus, the Wooden Horse, and the sack of Troy have features in common with *Aen.* 1.50–141 and 2.13ff.

Rome's universal rule (13.334–41).[9] He is indebted to the *Halieutica* of Oppian,[10] which was completed by AD 180, and he is himself probably a source for Triphiodorus, whose *Capture of Troy* is not later than the middle of the fourth century. He can be dated firmly to the second half of the third century if he is the same "Quintus the poet" whose Christian son Dorotheus composed the *Vision* in execrable hexameters.[11] The only direct source of information for his life is an autobiographical passage in Book 12. Before he begins his catalog of the warriors who hid inside the Wooden Horse, he invokes the Muses and continues (306–13):

> Now inform me clearly, Muses, as I ask you to list the names of those who went into that capacious horse. You it was who endowed me with all my song, at a time before down shadowed my cheeks, as I pastured my famous flocks in the land of Smyrna three shouts' distance from the river Hermus around Artemis' temple in the Gardens of Liberty on a hill neither too high nor too low.[12]

These lines evoke Hesiod's famous claim to have encountered the Muses while tending his flocks on Mt. Helicon

[9] In this period it was not unusual for a Greek speaker to have a Roman name.

[10] Cf. 7.569–75; 9.172–77; 11.62–65.

[11] P. Bodmer, 29. This Dorotheus can be dated via Euseb. *Hist. Eccl.* 7.32.2–4; 8.1.4; 8.6.1–5.

[12] It has been suggested that "neither too high nor too low" refers to Quintus' modest aim of supplementing Homer, or to his style, which is neither sublime nor pedestrian.

(*Theog.* 22–34).[13] It is most unlikely that the highly educated Quintus was ever a shepherd. However, the specific references to the Gardens of Liberty (otherwise unknown) and to the river Hermus make it seem plausible that he was indeed from Smyrna—although that city claimed to be Homer's birthplace.

The *Posthomerica* is the only long mythological epic to survive in Greek from the period between Apollonius' *Argonautica* (3rd c. BC) and Nonnus' *Dionysiaca* (5th c. AD). Many others are lost. Because Quintus' date is uncertain and his topic and approach are so deliberately Homeric, it is hardly possible to place his work in cultural context.

THE TRANSLATION

The present volume replaces A. S. Way's heavily archaizing iambic pentameter translation of 1913. Quintus, like all composers of Greek epic, employed a language and poetic idiom far removed from Greek spoken in his time and yet very familiar to his readers. English archaisms can help to produce an appropriate distancing effect, and the present translation has a tincture of these.

In Quintus' time Greek was written using only capital ("uncial") letters; lowercase ("minuscule") was introduced long afterward. Personifications are common in epic, and a translator must decide between, for example, "Love" and "love," "War" and "war," where the original text left the

[13] Descriptions of poetic investitures were common, and Quintus in fact echoes Callimachus' adaptation of the Hesiodic passage: μῆλα νέμοντι (310) ~ Call. *Aet.* Fr. 2.1.

question open. The Greek words *aisa, moros, moira,* and *kêr,* the latter two used also in the plural, give particular difficulty. Depending on context, "doom," "death," "destiny," and "fate" can be a suitable translation for each, and they are sometimes weakly, sometimes strongly personified.

The notes identify events from the *Iliad* and the *Odyssey* referred to in the poem but not linguistic and situational echoes of Homer, of which there are a very great number.

Names and places are identified in the Index.

THE TEXT

Quintus' poem is preserved in two fifteenth-century manuscripts. It is clear from their shared errors and omissions that they derive from the same source, a now lost manuscript, perhaps of the thirteenth century. Later transcriptions of these two manuscripts contain many successful attempts at correction and emendation by their copyists.

For reports of readings, the present edition is based on that of F. Vian (Budé, 1963–1969). The brief notes ("apparatus criticus") to the Greek text use the following abbreviations:

M = reading found in both manuscripts
m = reading found in one of these manuscripts or in a
    later transcription

Of conjectures made by scholars since the Renaissance, only those adopted into the text are mentioned in the apparatus; a few more are discussed in the notes.

GENERAL BIBLIOGRAPHY

SOME EDITIONS AND
COMMENTARIES

Bär, S. *Quintus Smyrnaeus, Posthomerica 1. Hypomnemata* 183. Göttingen, 2009. Long intro.; comm. on lines 1–219.

Campbell, M. *A Commentary on Quintus Smyrnaeus, Posthomerica XII. Mnemosyne* Supplement 71. Leiden, 1981. No text.

De Pauw, J. C. Leiden, 1734. With notes of C. Dausque.

Ferreccio, A. *Commento al libro II dei Posthomerica di Quinto Smirneo.* Rome, 2014. Text, trans., comm.

Hopkinson, N. *Greek Poetry of the Imperial Period: An Anthology.* Cambridge, 1994. Text and comm. on 10.259–331, 411–89.

James, A., and K. Lee. *A Commentary on Quintus of Smyrna, Posthomerica V. Mnemosyne* Supplement 208. Leiden, 2000. No text.

Kakridis, Ph. I. *Kointos Smurnaios. Genikê meletê tôn meth' Homêron kai tou poiêtous.* Athens, 1962. Comm. in Modern Greek. No text.

Köchly, H. Leipzig, 1850. Extensive introduction in Latin on language and sources; text, app. crit.

———. Leipzig: Teubner, 1855. Text, app. crit.

Lehrs, F. S. Paris: Didot, 1840. With Latin trans.

Pompella, G. 3 vols. Naples/Cassino, 1979–1993. With Italian trans. and textual notes.

———. Hildesheim/New York, 2002. Text and app. crit.

Rhodomann, L. Hanover, 1604. With Latin trans.

Tychsen, T. C. Strasburg, 1807. With notes of C. G. Heyne.

Vian, F. 3 vols. Paris: Budé, 1963–1969. Text, app. crit., French trans., extensive introductions and notes.

Zimmermann, A. Leipzig: Teubner, 1891. Text, app. crit.

TRANSLATIONS

Berthault, E. A. *La Guerre de Troie ou la fin de l'Iliade d'après Quintus de Smyrne.* Paris, 1884.

Calero Secall, I. *Quinto de Esmirna, Posthoméricas.* Madrid, 1991. Intro., prose trans., notes.

Combellack, F. M. *The War at Troy: What Homer Didn't Tell. By Quintus of Smyrna.* Norman, 1968. Intro., prose trans., brief notes.

García Romero, F. A. *Quinto de Esmirna, Posthoméricas.* Madrid, 1997. Intro., prose trans., notes.

Gärtner, U. *Quintus von Smyrna, Der Untergang Troias.* Darmstadt, 2010. Intro., text, trans., notes.

James, A. *Quintus of Smyrna: The Trojan Epic: Posthomerica.* Baltimore/London, 2004. Intro., verse trans., notes.

Lelli, E. et al. *Quinto di Smirne. Il seguito dell'Iliade di Omero.* Milan, 2013. Intro., text, prose trans., notes.

Sainte-Beuve, C. A., and R. Tourlet. *Quintus de Smyrne, La Guerre de Troie ou la fin de l'Iliade.* Paris, 1928. Introductory study by S.-B.; prose trans. by T.

Toledano Vargas, M. *Quinto de Esmirna. Posthoméricas.* Madrid, 2004. Intro., prose trans., notes.

Way, A. S. *Quintus Smyrnaeus: The Fall of Troy.* Loeb, London/New York, 1913. Verse trans.

STUDIES

Bär, S. "Quintus of Smyrna and the Second Sophistic." *Harvard Studies in Classical Philology* 105 (2010): 287–316.

Baumbach, M., and S. Bär, eds. *Quintus Smyrnaeus. Transforming Homer in Second Sophistic Epic.* Berlin/New York, 2007. A useful collection of essays.

Bouvier, D. "Autorité et statut de l'épopée antique. Le Cas particulier des Posthomériques de Quintus de Smyrne aux XVIe et XIXe siècles." In *Les Autorités. Dynamiques et mutations d'une figure de référence à l'Antiquité,* edited by D. Foucault and P. Payen. Grenoble, 2007.

Carvounis, K. "Landscape Markers and Time in Quintus' *Posthomerica.*" In *Geography, Topography, Landscape: Configurations of Space in Greek and Roman Epic,* edited by M. Skempis and I. Ziogas. *Trends in Classics* 22.

Duckworth, G. E. "Foreshadowing and Suspense in the *Posthomerica* of Quintus of Smyrna." *American Journal of Philology* 57 (1936): 58–86.

Gärtner, U. *Quintus Smyrnaeus und die Aeneis. Zetemata* 123. Munich, 2005.

Keydell, R. "Quintus von Smyrna." *Paulys Realencyclopädie* 47 (1963): 1271–96. A general survey.

———. *Kleine Schriften zur hellenistischen und spätgriechischen Dichtung,* 365–75, 660–75. Leipzig, 1982.

Maciver, C. A. "Flyte of Odysseus: Allusion and the Hoplōn Krisis in Quintus Smyrnaeus Posthomerica 5." *American Journal of Philology* 133 (2012): 601–28.

———. *Quintus Smyrnaeus' Posthomerica: Engaging Homer in Late Antiquity. Mnemosyne* Supplement 343. Leiden, 2012.

Mansur, M. W. *The Treatment of Homeric Characters by Quintus of Smyrna.* New York, 1940.

Paschal, G. W. *A Study of Quintus of Smyrna.* Chicago, 1904.

Schmiel, R. "The Amazon Queen: Quintus of Smyrna, Book I." *Phoenix* 40 (1986): 185–94.

Spinoula, B. *Animal-similes and Creativity in the Posthomerica of Quintus of Smyrna.* Athens, 2008.

Vian, F. "Les Comparaisons de Quintus de Smyrne." *Revue de philologie* 28 (1954): 235–43.

———. *Histoire de la tradition manuscrite de Quintus de Smyrne.* Paris, 1959.

———. *Recherches sur les Posthomerica de Quintus de Smyrne.* Paris, 1959. Much useful material on sources, language, and meter.

POSTHOMERICA

TESTIMONIA

1 Schol. ADGen ad Hom. *Il.* 2.220, vol. 1, p. 83 Dindorf
(A), p. 83 Van Thiel (D)

ἰστέον δὲ ὅτι ὁ Ἀχιλλεὺς αὐτὸν ἀναιρεῖ, ὡς ἱστορεῖ
Κόιντος ὁ ποιητὴς ἐν τοῖς μεθ᾽ Ὅμηρον. φησὶν γὰρ
ὅτι ἐν τῇ Ἀμαζονομαχίᾳ ἀνείλας Ἀχιλλεὺς Πενθεσί-
λειαν τὴν τῶν Ἀμαζόνων βασίλειαν ὕστερον προ-
σχὼν τὸ σῶμα αὐτῆς εὐπρεπὲς πάνυ εἰς ἔρωτα ἦλθεν
τῆς προειρημένης, βαρέως τε ἔφερεν ἐπὶ τῷ θανάτῳ
αὐτῆς. ὁρῶν δὲ δυσφοροῦντα αὐτὸν Θερσίτης συν-
ήθως ἐλοιδόρει, ἐφ᾽ ᾧ ὀργισθεὶς ὁ ἥρως γρόνθῳ παί-
σας ἀναιρεῖ αὐτὸν παραυτά, τῶν ὀδόντων αὐτοῦ
ἐνεχθέντων χαμαί.

2 Eustathius 5, prooem. ad Hom. *Il.* 1

ὁ Ἀρίσταρχος καὶ μετ᾽ ἐκεῖνον Ζηνόδοτος . . . τὰ τοι-
αῦτα τμήματα οὐκ ἠθέλησαν ὀνομάσαι πρῶτον τυχὸν
λόγον καὶ δεύτερον καὶ τρίτον καὶ τὰ ἑξῆς, καθάπερ
ἐποίησε Κόιντος ἐν τοῖς μετὰ τὸν Ὅμηρον, ἀλλ᾽ ἐπει-
δήπερ ἡ βίβλος ἐξήρκει πρὸς πλείω τμήματα, ἔκρι-
ναν σεμνὸν ὀνομάσαι τὰς τομὰς τοῖς ὀνόμασι τῶν

TESTIMONIA

1 Scholiast on Homer, *Iliad* 2.220

He [Thersites] is killed by Achilles. The story is told by the poet Quintus in his *Posthomerica:* Achilles killed the Amazon queen Penthesileia in the Amazonomachy, then revealed her great beauty, fell in love with her, and deeply regretted her death. Thersites noticed his distress and insulted him in his usual fashion; the angry hero killed him on the spot with a punch, knocking out all his teeth.[1]

2 Eustathius, *Introduction to the* Iliad[2]

Aristarchus, and after him Zenodotus,[3] did not want to name sections of this sort "The First Logos"[4] (as it might be), "The Second Logos," "The Third Logos," and so on, as did Quintus in the *Posthomerica.* Instead, since the *Iliad* had enough material for numerous sections, they

---

[1] See 1.538–674, 716–81.

[2] Eustathius, an archbishop of Thessalonica in the twelfth century, composed detailed commentaries on Homer and other authors.

[3] Homeric scholars. Eustathius is mistaken over their dates: Zenodotus was active in the first half of the third century BC, Aristarchus a hundred years later.

[4] Logos: "tale," "story," "book."

εἰκοσιτεσσάρων στοιχείων τῆς ἀνθρωπίνης ἐναρμονίου φωνῆς.

Sim. habet Tzetzes, Exeg. in Iliadem, ap. L. Bachmann, *Scholia in Homeri Iliadem* (Leipzig, 1835), 772.30

3 Eustathius 136, ad Hom. *Il.* 1.468

τὸ δὲ ἔρον Αἰολικόν ἐστι . . . κεῖται δὲ καὶ παρὰ Κοίντῳ ἐν τῷ "πολέμου δ' ἔρος ἔμπεσε θυμῷ."

4 Eustathius 352, ad Hom. *Il.* 2.814; sim. ad *Od.* 11.512 (vol. 5, p. 438)

πολύσκαρθμος δὲ ἡ . . . ἡνιοχικὴ καὶ πολυκίνητος· γίνεται γὰρ ἐκ τοῦ σκαίρω τὸ πηδῶ ὁ σκαρθμός, πλεονάσαντος τοῦ θ, ὡς καὶ ἐν τῷ μηνιθμός καὶ κλαυθμός καὶ ὠρυθμός παρὰ Κοίντῳ, καὶ ἐν τοῖς ὁμοίοις.

Sim. id. 1702 ad *Od.* 11.593

5 Eustathius 1608, ad Hom. *Od.* 8.501

ὅτι δὲ ἀπέπλευσαν Ἕλληνες δόλῳ ἐκ Τροίας καὶ ὡς πῦρ ἐν κλισίῃσιν ἔβαλον, καὶ τὰ κατὰ τὸν δούρειον ἵππον, καὶ ὡς ἐπορθήθη ἡ Τροία ἐλεεινῶς τά τε ἄλλα καὶ διὰ τὸν τηνικαῦτα ἐμπρησμόν, καὶ ὅσα δὲ ἐπὶ τούτοις γέγονε, δηλοῖ ἐνδιασκεύως καὶ ἡ τοῦ Κοίντου ποίησις.

thought it dignified to name them after the twenty-four letters corresponding to the sounds of human speech.

3 Eustathius on *Iliad* 1.468

Eros is an Aeolic form . . . It occurs in Quintus ("and they felt a desire [*eros*] to fight").[5]

4 Eustathius on *Iliad* 2.814

Polyskarthmos ("bounding") means . . . "driving a chariot" or "highly mobile." *Skarthmos* is derived from *skairô*, "leap," with the addition of the letter theta. cf. *mênithmos* and *klauthmos*; also *ôrythmos* in Quintus and similar poets.[6]

5 Eustathius on *Odyssey* 8.501

Quintus' poem gives a detailed account of the Greeks' feigned sailing away from Troy and burning of their huts, of the Wooden Horse, of the pitiful sack of Troy (especially pitiful because it was burned down at that time), and of what happened afterward.

---

[5] 12.167. Quintus' manuscripts have the common form *erôs*, with long vowel, which does not scan.   [6] 13.101, 14.287. Also in ps.-Theoc. 25.217 and ps.-Opp., *Cynegetica* 4.219.

6 Eustathius 1698, ad Hom. *Od.* 11.546

καὶ δὴ Κόιντος διασκευάζει ἐν τοῖς αὐτοῦ τὴν δίκην
ῥητορικῶς.

7 Tzetzes, *Posthomerica* 10–13

ἤλυθε δ᾽, ὡς ὁ Κόιντος ἑοῖς ἐπέεσσιν ἀείδει,
οὕνεκα ἦν κάσιν ἔκτανεν Ἱππολύτην ἐνὶ θήρῃ,
μύσος ἀλευομένη, δυοκαίδεκα δ᾽ ἄλλαι ἔποντο.
ταῦτα μὲν ὧδε Κόιντος ἑοῖς ἐπέεσσιν ἀείδει.

8 Tzetzes, *Posthomerica* 280–83

μοῦνος ἀπ᾽ ἄλλων Νέστωρ Μέμνονος ἤλυθεν ἄντα,
υἱέος ἀχνύμενος· μέγα δ᾽ ἔστενεν ἔνδοθεν ἦτορ.
σὺν δ᾽ ἄρα οἱ ὁ Κόιντος ἔην πέλας, ὃς ἐπάκουεν
Μέμνων ὅσσα ἔειπε γέροντ᾽ Ἀραβηΐδι φωνῇ.

9 Tzetzes, *Posthomerica* 518–22

Εὐρύπυλος δ᾽ ἐπίκουρος Τρωσὶν ἐπήλυθεν αὖθις,
Τηλεφίδης μεγάθυμος, Μυσός, ἐπήρατος ἄναξ.
κτεῖνε δὲ πολλοὺς Ἀργείων Ἀσκληπιάδη τε,
ἥρω ἰητῆρα, Μαχάονα, κάλλιμον ἄνδρα,
ὥς ῥα Κόιντος ἔφη . . .

Sim. ibid. 584 et schol. ad Lycophr. 1048

6 Eustathius on *Odyssey* 11.546

Quintus in his work gives an elaborately rhetorical presentation of the Judgment.[7]

7 Tzetzes, *Posthomerica* 10–13[8]

As Quintus sings in his epic poem, she [Penthesileia] came to avoid ill repute because she had killed her sister Hippolyta while hunting; and she had twelve attendants.[9] So sings Quintus in his epic poem.

8 Tzetzes, *Posthomerica* 280–83

Nestor had a private conversation with Memnon; he was in mourning for his son [Antilochus], and the heart within him was full of grief.[10] Quintus was nearby and heard what Memnon said to the old man in the Arabic language.[11]

9 Tzetzes, *Posthomerica* 518–22

Next came to the aid of the Trojans Eurypylus of Mysia, the greathearted son of Telephus, a lovely lord. He killed many of the Argives, including Machaon son of Asclepius, warrior and physician, a fine man. So said Quintus.[12]

---

[7] The Judgment of Arms, 5.1–351.   [8] John Tzetzes, a learned and eccentric scholar-poet, lived in Constantinople in the twelfth century. Among much else, he wrote *Antehomerica* and *Posthomerica*, supplementing Homer's works.

[9] 1.18–53.   [10] 2.300–337.   [11] Whimsy.

[12] In Book 6.

10 Tzetzes, schol. ad Lycophr. 61

φασὶν ὅτι ἐκωλύθη τετρωμένον βουλομένη τὸν Ἀλέξ-
ανδρον ἡ Οἰνώνη θεραπεῦσαι ἐκ τοῦ πατρὸς αὐτῆς.
τελευτήσαντος δ' ἐκείνου προσενεγκοῦσα τὰ φάρ-
μακα εὗρεν ἤδη ἐκπεπνευκότα καὶ ἑαυτὴν συναιρεῖ ἢ
κατὰ Κόιντον εἰς τὴν τοῦ Ἀλεξάνδρου πυρὰν ἐμβα-
λοῦσα ἑαυτὴν ἢ κατὰ τὸν Δίκτυν βρόχῳ ἀπαγχθεῖσα
ἢ κατὰ τόνδε τὸν Λυκόφρονα καταπεσοῦσα τοῦ πύρ-
γου.

Sim. Tzetzes, *Posthomerica* 596–99

10 Tzetzes, scholium on Lycophron 61

They say that Oenone wanted to treat the wounded Alexander, but that her father prevented her. Her father died, and she brought her medicines, only to find that Alexander had expired. Then she killed herself, either (as Quintus relates)[13] by hurling herself on his pyre, or (according to Dictys) by hanging herself, or (Lycophron's version here) by plummeting from a tower.

[13] 10.464–68.

BOOK I

Quintus dispenses with the customary invocation of the Muses in order to make his first line continue from the end of the Iliad. Book 1 tells of the arrival of the proud Amazon queen Penthesileia, the welcome she receives from the hard-pressed Trojans, her initial successes in battle, and her defeat by Achilles, who kills Thersites for mocking his admiration for the beautiful victim. The book closes with burial of the dead.

Penthesileia featured in the Aethiopis.

ΚΟΙΝΤΟΥ
ΟΙ ΜΕΘ' ΟΜΗΡΟΝ ΛΟΓΟΙ

ΛΟΓΟΣ Α

Εὖθ' ὑπὸ Πηλείωνι δάμη θεοείκελος Ἕκτωρ
καί ἑ πυρὴ κατέδαψε καὶ ὀστέα γαῖα κεκεύθει,
δὴ τότε Τρῶες ἔμιμνον ἀνὰ Πριάμοιο πόληα
δειδιότες μένος ἠὺ θρασύφρονος Αἰακίδαο·
5 ἠύτ' ἐνὶ ξυλόχοισι βόες βλοσυροῖο λέοντος
ἐλθέμεν οὐκ ἐθέλουσιν ἐναντίαι, ἀλλὰ φέβονται
ἰληδὸν πτώσσουσαι ἀνὰ ῥωπήια πυκνά·
ὣς οἱ ἀνὰ πτολίεθρον ὑπέτρεσαν ὄβριμον ἄνδρα
μνησάμενοι προτέρων ὁπόσων ἀπὸ θυμὸν ἴαψε
10 θύων Ἰδαίοιο περὶ προχοῇσι Σκαμάνδρου,
ἠδ' ὁπόσους φεύγοντας ὑπὸ μέγα τεῖχος ὄλεσσεν,
Ἕκτορά θ' ὡς ἐδάμασσε καὶ ἀμφείρυσσε πόληι,
ἄλλους θ' οὓς ἐδάιξε δι' ἀκαμάτοιο θαλάσσης,
ὁππότε δὴ τὰ πρῶτα φέρεν Τρώεσσιν ὄλεθρον.
15 τῶν οἵ γε μνησθέντες ἀνὰ πτολίεθρον ἔμιμνον·
ἀμφὶ δ' ἄρά σφισι πένθος ἀνιηρὸν πεπότητο
ὡς ἤδη στονόεντι καταιθομένης πυρὶ Τροίης.

   Καὶ τότε Θερμώδοντος ἀπ' εὐρυπόροιο ῥεέθρων
ἤλυθε Πενθεσίλεια θεῶν ἐπιειμένη εἶδος,

QUINTUS
POSTHOMERICA

BOOK I

When godlike Hector had been vanquished by the son of
Peleus and the pyre had consumed him and the earth had
covered his bones, the Trojan forces stayed inside the city
of Priam terrified of the noble might of bold-hearted
Achilles, grandson of Aeacus. Like cows which, unwilling
to face a grim lion among the thickets, flee pell-mell and
cower in the dense undergrowth: just so, inside their city,
they shrank from the mighty warrior, remembering the
many lives he had already cut short in his rampage around
the streams of Scamander whose source is Mount Ida, the
many men he had slaughtered as they fled under the great
wall, his killing Hector and his dragging him round the
city, and all the others he had slain in his passage through
the restless sea when first he came bringing death to the
Trojans. Such were the memories that kept them inside
the city; and bitter grief fluttered all around them, as if
Troy were already being burned with grievous fire.

And then from the streams of broad Thermodon there
arrived Penthesileia, clothed in godlike beauty. She

---

2 γαῖα Tychsen: πάντα M   κεκεύθει Lehrs: -θε m: κέ-
καυται m   11 ὁπόσους Vian: ὅσ(σ)ους M

20 ἄμφω καὶ στονόεντος ἐελδομένη πολέμοιο
καὶ μέγ᾽ ἀλευομένη στυγερὴν καὶ ἀεικέα φήμην
μή τις ἑὸν κατὰ δῆμον ἐλεγχείῃσι χαλέψῃ
ἀμφὶ κασιγνήτης, ἧς εἵνεκα πένθος ἄεξεν,
Ἱππολύτης· τὴν γάρ ῥα κατέκτανε δουρὶ κραταιῷ,
25 οὐ μὲν δή τι ἑκοῦσα, τιτυσκομένη δ᾽ ἐλάφοιο·
τοὔνεκ᾽ ἄρα Τροίης ἐρικυδέος ἵκετο γαῖαν.
πρὸς δ᾽ ἔτι οἱ τόδε θυμὸς ἀρήιος ὁρμαίνεσκεν,
ὄφρα καθηραμένη πέρι λύματα λυγρὰ φόνοιο
σμερδαλέας θυέεσσιν Ἐριννύας ἱλάσσηται,
30 αἵ οἱ ἀδελφειῆς κεχολωμέναι αὐτίχ᾽ ἕποντο
ἄφραστοι· κεῖναι γὰρ ἀεὶ περὶ ποσσὶν ἀλιτρῶν
στρωφῶντ᾽, οὐδέ πῃ ἔστι θεὰς ἀλιτόνθ᾽ ὑπαλύξαι.
σὺν δέ οἱ ἄλλαι ἕποντο δυώδεκα, πᾶσαι ἀγαναί,
πᾶσαι ἐελδόμεναι πόλεμον καὶ ἀεικέα χάρμην,
35 αἵ οἱ δμωίδες ἔσκον ἀγακλειταί περ ἐοῦσαι·
ἀλλ᾽ ἄρα πασάων μέγ᾽ ὑπείρεχε Πενθεσίλεια.
ὡς δ᾽ ὅτ᾽ ἂν οὐρανὸν εὐρὺν ἐν ἄστρασι δῖα σελήνη
ἐκπρέπει ἐν πάντεσσιν ἀριζήλη γεγαυῖα,
αἰθέρος ἀμφιραγέντος ὑπὸ νεφέων ἐριδούπων,
40 εὖτ᾽ ἀνέμων εὕδῃσι μένος μέγα λάβρον ἀέντων·
ὣς ἥ γ᾽ ἐν πάσῃσι μετέπρεπεν ἐσσυμένῃσιν.
ἔνθ᾽ ἄρ᾽ ἔην Κλονίη Πολεμοῦσά τε Δηρινόη τε
Εὐάνδρη τε καὶ Ἀντάνδρη καὶ δῖα Βρέμουσα
ἠδὲ καὶ Ἱπποθόη, μετὰ δ᾽ Ἁρμοθόη κυανῶπις
45 Ἀλκιβίη τε καὶ Ἀντιβρότη καὶ Δηριμάχεια,
τῆς δ᾽ ἐπὶ Θερμώδοσσα μέγ᾽ ἔγχεϊ κυδιόωσα·
τόσσαι ἄρ᾽ ἀμφὶς ἕποντο δαΐφρονι Πενθεσιλείῃ.

14

longed for grievous battle, but she wished also to flee a
hateful slur on her reputation: her own people kept re-
proaching her for the death of her lamented sister Hip-
polyta, whom with her spear's force she had mistakenly
killed as she took aim at a deer. That is why she came to
the glorious land of Troy. More than this, her warlike heart
was anxious to be cleansed of the miserable pollution of
murder and to appease with sacrifices the ghastly Furies,
who were enraged at what she did to her sister and began
to follow her, unmarked, from that moment. They are al-
ways to be found at the heels of the guilty; and for the
guilty there is no escaping these goddesses. She was at-
tended by twelve maidens, all of them noble, all longing
for the fight and for grim battle. Though highborn, they
were her maidservants; but Penthesileia easily stood out
among them. Just as when up in the broad heavens the
moon goddess shines bright and clear when blue sky
breaks out from the thunder clouds and the great gusting
winds die down: no less resplendent was Penthesileia
among all those marching maidens. There was Clonie,
Polemousa, Derinoe, Euandre, Antandre, godlike Bre-
mousa, Hippothoe, dark-eyed Harmothoe, Alcibie, Anti-
brote, Derimacheia, and the proud spear-woman Thermo-
dossa:[1] these were the attendants of warlike Penthesileia.

[1] The names of these attendants are probably the invention of
Quintus. Most of them relate to war and valor.

25 τι Köchly: τύγ' M
32 πη nos: νν M
42 Δηρινόη Köchly: -ιόνη M

οἵη δ' ἀκαμάτοιο κατέρχεται Οὐλύμποιο
Ἠὼς μαρμαρέοισιν ἀγαλλομένη φρένας ἵπποις
50 Ὡράων μετ' ἐυπλοκάμων, μετὰ δέ σφισι πάσαις
ἐκπρέπει ἀγλαὸν εἶδος ἀμωμήτοις περ ἐούσαις·
τοίη Πενθεσίλεια μόλεν ποτὶ Τρώιον ἄστυ
ἔξοχος ἐν πάσῃσιν Ἀμαζόσιν. ἀμφὶ δὲ Τρῶες
πάντοθεν ἐσσύμενοι μέγ' ἐθάμβεον, εὖτ' ἐσίδοντο
55 Ἄρεος ἀκαμάτοιο βαθυκνήμιδα θύγατρα
εἰδομένην μακάρεσσιν, ἐπεί ῥά οἱ ἀμφὶ προσώπῳ
ἄμφω σμερδαλέον τε καὶ ἀγλαὸν εἶδος ὀρώρει,
μειδίαεν δ' ἐρατεινόν, ὑπ' ὀφρύσι δ' ἱμερόεντες
ὀφθαλμοὶ μάρμαιρον ἀλίγκιον ἀκτίνεσσιν,
60 αἰδὼς δ' ἀμφερύθηνε παρήια, τῶν δ' ἐφύπερθε
θεσπεσίη ἐπέκειτο χάρις καταειμένη ἀλκήν.

   Λαοὶ δ' ἀμφεγάνυντο καὶ ἀχνύμενοι τὸ πάροιθεν·
ὡς δ' ὁπότ' ἀθρήσαντες ἀπ' οὔρεος ἀγροιῶται
Ἶριν ἀνεγρομένην ἐξ εὐρυπόροιο θαλάσσης,
65 ὄμβρου ὅτ' ἰσχανόωσι θεουδέος, ὁππότ' ἀλωαὶ
ἤδη ἀπαυαίνονται ἐελδόμεναι Διὸς ὕδωρ,
ὀψὲ δ' ὑπηχλύνθη μέγας οὐρανός, οἱ δ' ἐσιδόντες
ἐσθλὸν σῆμ' ἀνέμοιο καὶ ὑετοῦ ἐγγὺς ἐόντος
χαίρουσιν, τὸ πάροιθεν ἐπιστενάχοντες ἀρούραις·
70 ὣς ἄρα Τρώιοι υἷες, ὅτ' ἔδρακον ἔνδοθι πάτρης
δεινὴν Πενθεσίλειαν ἐπὶ πτόλεμον μεμαυῖαν,
γήθεον· ἐλπωρὴ γὰρ ὅτ' ἐς φρένας ἀνδρὸς ἵκηται
ἀμφ' ἀγαθοῦ, στονόεσσαν ἀμαλδύνει κακότητα.

   Τοὔνεκα καὶ Πριάμοιο νόος πολέα στενάχοντος
75 καὶ μέγ' ἀκηχεμένοιο περὶ φρεσὶ τυτθὸν ἰάνθη.

16

Just as Dawn, glorying in her gleaming steeds, comes from immovable Olympus in the company of the Hours with their lovely hair, and among them she stands out resplendent, for all their faultless beauty; just so Penthesileia stood out among the Amazons as she came to the city of Troy. Hastening to gather round her, the Trojans were amazed at the sight of invincible Ares' daughter with her high greaves. She was like a goddess: her face bore an expression at once fierce and radiant; she had an alluring smile, her lovely eyes sparkled like sunbeams beneath her brows, a modest blush colored her cheeks, and over all this was spread a divine grace that enveloped her warlike strength.

The Trojans had been grieving, but now they were filled with joy. Just as when country people on a mountaintop, desperate for a shower from heaven because their orchards are dried up and longing for rain from Zeus, see a rainbow rising from the sea's broad ways, and at last the vast sky lours, and the people who had earlier been lamenting the state of their fields begin to rejoice at this fair sign of coming wind and rain: just so the sons of Troy felt glad when they saw the mighty Penthesileia present in their land and keen for battle. When hope enters a man's mind, it puts an end to grief and misery.

Even Priam felt his mind and heart cheered a little, for all his great grieving and loud lamenting. Just as a

---

48 Οὐλύμποιο Rhodomann: ἀπ᾽ οὐλύμπου M
58 μειδίαεν δ᾽ Zimmermann: -ιόων M
60 παρήια, τῶν Rhodomann: παρηιάδων M

ὡς δ᾽ ὅτ᾽ ἀνὴρ ἀλαοῖσιν ἐπ᾽ ὄμμασι πολλὰ μογήσας
ἱμείρων ἰδέειν ἱερὸν φάος ἢ θανέεσθαι
ἢ πόνῳ ἰητῆρος ἀμύμονος ἠὲ θεοῖο
ὄμματ᾽ ἀπαχλύσαντος ἴδῃ φάος ἠριγενείης,
80 οὐ μὲν ὅσον τὸ πάροιθεν, ὅμως δ᾽ ἄρα βαιὸν ἰάνθη
πολλῆς ἐκ κακότητος, ἔχει δ᾽ ἔτι πήματος ἄλγος
αἰνὸν ὑπὸ βλεφάροισι λελειμμένον· ὡς ἄρα δεινὴν
υἱὸς Λαομέδοντος ἐσέδρακε Πενθεσίλειαν·
παῦρον μὲν γήθησε, τὸ δὲ πλέον εἰσέτι παίδων
85 ἄχνυτ᾽ ἀποκταμένων. ἄγε δ᾽ εἰς ἑὰ δώματ᾽ ἄνασσαν,
καί μιν προφρονέως τίεν ἔμπεδον, εὖτε θύγατρα
τηλόθε νοστήσασαν ἐεικοστῷ λυκάβαντι,
καί οἱ δόρπον ἔτευξε πανείδατον, οἷον ἔδουσι
κυδάλιμοι βασιλῆες, ὅτ᾽ ἔθνεα δηώσαντες
90 δαίνυντ᾽ ἐν θαλίῃσιν ἀγαλλόμενοι περὶ νίκης.
δῶρα δέ οἱ πόρε καλὰ καὶ ὄλβια, πολλὰ δ᾽ ὑπέστη
δωσέμεν, ἢν Τρώεσσι δαϊζομένοις ἐπαμύνῃ.
ἡ δ᾽ ἄρ᾽ ὑπέσχετο ἔργον ὃ οὔ ποτε θνητὸς ἐώλπει,
δηώσειν Ἀχιλῆα καὶ εὐρέα λαὸν ὀλέσσειν
95 Ἀργείων, νῆας δὲ πυρὸς καθύπερθε βαλέσθαι,
νηπίη· οὐδέ τι ᾔδη ἐϋμμελίην Ἀχιλῆα,
ὅσσον ὑπέρτατος ἦεν ἐνὶ φθισήνορι χάρμῃ.
    Τῆς δ᾽ ὡς οὖν ἐπάκουσεν ἐὺς πάϊς Ἠετίωνος
Ἀνδρομάχη, μάλα τοῖα φίλῳ προσελέξατο θυμῷ·
100 "Ἀ δειλή, τί νυ τόσσα μέγα φρονέουσ᾽ ἀγορεύεις;
οὐ γάρ τοι σθένος ἐστὶν ἀταρβέϊ Πηλείωνι
μάρνασθ᾽, ἀλλὰ σοὶ ὦκα φόνον καὶ λοιγὸν ἐφήσει.

18

man painfully afflicted with blindness, longing to die if he can never again see the blessed light, has the darkness removed from his eyes by the work of some good doctor or some god, and is able to see the light of day; his sight may be less good than before, but he is cheered a little after his long suffering, even though keen pain from his malady has still not left his eyes:[2] just so did the son of Laomedon look upon mighty Penthesileia, rejoicing a little but still grieving more for his slaughtered sons. Escorting the queen into his palace, he paid her every kind of honor and attention as if she were his own daughter returning after twenty years away, and he provided a lavish banquet of the sort great kings enjoy when they feast to celebrate victory over a foreign foe. He gave her fine presents, too, of great value, with the promise of many more if she would help resist the slaughter of the Trojans. She in turn promised something no mortal thought possible: to slay Achilles, destroy the great army of the Achaeans, and set the fleet in flames. Innocent fool! She had no idea how far Achilles and his ashen spear excelled in the murderous mayhem of battle.

Hearing of this, the noble daughter of Eëtion, Andromache, said to herself:

"Poor woman, why such vaunting boasts? You have not the strength to combat fearless Achilles: he will soon

[2] Cf. 12.400–412.

---

99 φίλῳ Köchly: om. m: ἑῷ m

λευγαλέη, τί μέμηνας ἀνὰ φρένας; ἦ νύ τοι ἄγχι
ἔστηκεν Θανάτοιο τέλος καὶ Δαίμονος Αἶσα.
105 Ἕκτωρ γὰρ σέο πολλὸν ὑπέρτερος ἔπλετο δουρί·
ἀλλ᾽ ἐδάμη κρατερός περ ἐών, μέγα δ᾽ ἤκαχε Τρῶας
οἵ ἑ θεὸν ὡς πάντες ἀνὰ πτόλιν εἰσορόωντο·
καί μοι ἔην μέγα κῦδος ἰδ᾽ ἀντιθέοις τοκέεσσι
ζωὸς ἐών. ὡς εἴ με χυτὴ κατὰ γαῖα κεκεύθει,
110 πρίν σφε δι᾽ ἀνθερεῶνος ὑπ᾽ ἔγχεϊ θυμὸν ὀλέσσαι.
νῦν δ᾽ ἄρ᾽ ἀάσπετον ἄλγος ὀιζυρῶς ἐσάθρησα,
κεῖνον ὅτ᾽ ἀμφὶ πόληα ποδώκεες εἴρυον ἵπποι
ἀργαλέως Ἀχιλῆος, ὅ μ᾽ ἀνέρος εὖνιν ἔθηκε
κουριδίου, τό μοι αἰνὸν ἄχος πέλει ἤματα πάντα."
115 ὣς φάθ᾽ ἑὸν κατὰ θυμὸν ἐύσφυρος Ἠετιώνη
μνησαμένη πόσιος· μάλα γὰρ μέγα πένθος ἀέξει
ἀνδρὸς ἀποφθιμένοιο σαόφροσι θηλυτέρῃσιν.

Ἥλιος δὲ θοῇσιν ἑλισσόμενος περὶ δίνῃς
δύσετ᾽ ἐς Ὠκεανοῖο βαθὺν ῥόον, ἤνυτο δ᾽ ἠώς.
120 καί ῥ᾽ ὅτε δὴ παύσαντο ποτοῦ δαιτός τ᾽ ἐρατεινῆς,
δὴ τότε που δμωαὶ στόρεσαν θυμήρεα λέκτρα
ἐν Πριάμοιο δόμοισι θρασύφρονι Πενθεσιλείῃ.
ἡ δὲ κιοῦσ᾽ εὕδεσκεν, ὕπνος δέ οἱ ὄσσ᾽ ἐκάλυψε
νήδυμος ἀμφιπεσών. μόλε δ᾽ αἰθέρος ἐξ ὑπάτοιο
125 Παλλάδος ἐννεσίῃσι μένος δολόεντος Ὀνείρου,
ὅππως μιν λεύσσουσα κακὸν Τρώεσσι γένηται
οἵ τ᾽ αὐτῇ, μεμαυῖα ποτὶ πτολέμοιο φάλαγγας.
καὶ τὰ μὲν ὣς ὥρμαινε δαΐφρων Τριτογένεια·

send death and destruction upon you. Wretched woman, why this madness? Surely Death and Fate, god-sent, life's end, stand by you now! Hector was a far better spearman than you, but for all his might he was killed, to the great sorrow of the Trojans, who all looked on him as a god in this city of ours. He was a great source of pride to me and to his godlike parents while he yet lived. I wish the heaped earth had covered me before that spear pierced his neck and his life was lost! But as it is I have seen the pitiful sight, the unspeakable woe, of his being dragged savagely around the city by the swift-footed steeds of Achilles, who in widowing me of my wedded husband has made my heart ache[3] all my days." Such were the thoughts of Eëtion's daughter as she remembered her lord; for women of good sense feel great grief at the death of a husband.

The sun in its swift pathway round the sky plunged into the deep stream of Ocean: day came to an end. When at last the guests had finished their delightful feasting and drinking, serving women spread a comfortable couch for bold Penthesileia in the halls of Priam. There she went to bed, and sweet sleep came over her and covered her eyes. But Pallas ordered a dream of deceitful power to come down from high heaven; and her seeing it would result in misfortune for both the Trojans and herself by making her eager for the lines of battle. Such was the plan of warlike Tritogeneia. The baneful dream stood over Penthesileia in

[3] In the Greek there is wordplay on *Akhilleus* and *akhos*, "grief."

---

111 ὀιζυρῶς Rhodomann: -ρὸς M
120 καί ῥ' Köchly: καὶ τοίη δ' fere M

21

τῇ δ᾽ ἄρα λυγρὸς Ὄνειρος ἐφίστατο πατρὶ ἐοικώς,
130 καί μιν ἐποτρύνεσκε ποδάρκεος ἄντ᾽ Ἀχιλῆος
θαρσαλέως μάρνασθαι ἐναντίον. ἡ δ᾽ ἀίουσα
γήθεεν ἐν φρεσὶ πάμπαν· ὀίσατο γὰρ μέγα ἔργον
ἐκτελέειν αὐτῆμαρ ἀνὰ μόθον ὀκρυόεντα,
νηπίη, ἥ ῥ᾽ ἐπίθησεν ὀιζυρῷ περ Ὀνείρῳ
135 ἑσπερίῳ, ὃς φῦλα πολυτλήτων ἀνθρώπων
θέλγει ἐνὶ λεχέεσσιν ἄδην ἐπικέρτομα βάζων,
ὅς μιν ἄρ᾽ ἐξαπάφησεν ἐποτρύνων πονέεσθαι.

Ἀλλ᾽ ὅτε δή ῥ᾽ ἐπόρουσε ῥοδόσφυρος Ἠριγένεια,
δὴ τότε Πενθεσίλεια μέγ᾽ ἐνθεμένη φρεσὶ κάρτος
140 ἐξ εὐνῆς ἀνέπαλτο καὶ ἀμφ᾽ ὤμοισιν ἔδυνε
τεύχεα δαιδαλόεντα, τά οἱ θεὸς ὤπασεν Ἄρης.
πρῶτα μὲν ἄρ κνήμησιν ἐπ᾽ ἀργυφέῃσιν ἔθηκε
κνημῖδας χρυσέας αἵ οἱ ἔσαν εὖ ἀραρυῖαι·
ἔσσατο δ᾽ αὖ θώρηκα παναίολον· ἀμφὶ δ᾽ ἄρ᾽ ὤμοις
145 θήκατο κυδιόωσα μέγα ξίφος ᾧ περὶ πάντῃ
κουλεὸς εὖ ἤσκητο δι᾽ ἀργύρου ἠδ᾽ ἐλέφαντος·
ἂν δ᾽ ἔθετ᾽ ἀσπίδα δῖαν ἀλίγκιον ἄντυγι μήνης,
ἥ θ᾽ ὑπὲρ Ὠκεανοῖο βαθυρρόου ἀντέλλησιν
ἥμισυ πεπληθυῖα περιγνάμπτοισι κεραίης·
150 τοίη μαρμαίρεσκεν ἄασπετον· ἀμφὶ δὲ κρατὶ
θῆκε κόρυν κομόωσαν ἐθείρῃσιν χρυσέῃσιν.
ὣς ἡ μὲν μορόεντα περὶ χροῒ θήκατο τεύχη·
ἀστεροπῇ δ᾽ ἀτάλαντος ἐείδετο, τὴν ἀπ᾽ Ὀλύμπου
ἐς γαῖαν προΐησι Διὸς μένος ἀκαμάτοιο
155 δεικνὺς ἀνθρώποισι μένος βαρυηχέος ὄμβρου
ἠὲ πολυρροίζων ἀνέμων ἄλληκτον ἰωήν.

the guise of her father and urged her to go boldly into battle against Achilles. When she heard this, her heart was filled with joy at the thought of performing such a feat that very day in the fearsome fray. Poor fool, to trust that dream, malign though it was, coming at dusk![4] It beguiles the race of wretched mortals in their beds with words that mock all too well; and it deceived her then, when it urged her to take up the work of war.

When rosy-ankled Dawn appeared, Penthesileia leaped from her bed full of confidence and dressed herself in the intricate armor given her by the god Ares. First she placed the well-fitting golden greaves around her legs, pale as silver; then she put on her finely wrought breastplate. She exultantly girded round her shoulders a great sword, the scabbard decorated with silver and ivory. She took up her shield, the god's gift, which resembled the crescent moon as she rises from the deep streams of Ocean with curved horns, half full; its radiance was beyond description. On her head she placed her helmet with its golden plumes. Dressed in this fashion in her intricate[5] armor, she seemed like a bolt of lightning sent earthwards by the might of resistless Zeus to show men that a mighty thunderstorm is coming, or ceaseless blasts of whistling wind.

[4] Whereas true dreams were thought to come just before dawn.

[5] Or, perhaps, "fatal."

---

133 ἐκτελέειν Castiglioni: -έσ(σ)ειν M
142 ἀργυφέῃσιν Köchly: -υρέ- M

Αὐτίκα δ' ἐγκονέουσα δι' ἐκ μεγάροιο νέεσθαι
δοιοὺς εἵλετ' ἄκοντας ὑπ' ἀσπίδα, δεξιτερῇ δὲ
ἀμφίτυπον βουπλῆγα τόν οἱ Ἔρις ὤπασε δεινὴ
160 θυμοβόρου πολέμοιο πελώριον ἔμμεναι ἄλκαρ.
τῷ ἐπικαγχαλόωσα τάχ' ἤλυθεν ἔκτοθι πύργων
Τρῶας ἐποτρύνουσα μάχην ἐς κυδιάνειραν
ἐλθέμεναι· τοὶ δ' ὦκα συναγρόμενοι πεπίθοντο
ἄνδρες ἀριστῆες, καί περ πάρος οὐκ ἐθέλοντες
165 στήμεναι ἄντ' Ἀχιλῆος· ὁ γὰρ περιδάμνατο πάντας.
ἡ δ' ἄρα κυδιάασκεν ἀάσχετον· ἕζετο δ' ἵππῳ
καλῷ τ' ὠκυτάτῳ τε τόν οἱ ἄλοχος Βορέαο
ὤπασεν Ὠρείθυια πάρος Θρήκην δὲ κιούσῃ
ξείνιον, ὅς τε θοῇσι μετέπρεπεν Ἁρπυίῃσι·
170 τῷ ῥα τόθ' ἑζομένη λίπεν ἄστεος αἰπὰ μέλαθρα
ἐσθλὴ Πενθεσίλεια· λυγραὶ δέ μιν ὀτρύνεσκον
Κῆρες ὁμῶς πρώτην τε καὶ ὑστατίην ἐπὶ δῆριν
ἐλθέμεν. ἀμφὶ δὲ Τρῶες ἀνοστήτοισι πόδεσσι
πολλοὶ ἕποντ' ἐπὶ δῆριν ἀναιδέα τλήμονι κούρῃ
175 ἰλαδόν, ἠύτε μῆλα μετὰ κτίλον, ὅς θ' ἅμα πάντων
νισομένων προθέῃσι δαημοσύνῃσι νομῆος·
ὣς ἄρα τῇ γ' ἐφέποντο βίῃ μέγα μαιμώωντες
Τρῶες ἐυσθενέες καὶ Ἀμαζόνες ὀβριμόθυμοι.
ἡ δ' οἵη Τριτωνίς, ὅτ' ἤλυθεν ἄντα Γιγάντων,
180 ἢ Ἔρις ἐγρεκύδοιμος ἀνὰ στρατὸν ἀίσσουσα,
τοίη ἐνὶ Τρώεσσι θοὴ πέλε Πενθεσίλεια.

Καὶ τότε δὴ Κρονίωνι πολυτλήτους ἀναείρας

Without delay she swiftly made her way out through the hall, taking a pair of spears under her shield; and in her right hand she took the great double-headed ax given her by grim Strife as a mighty defense in battle that devours the lives of men. Brandishing it in exultation, she made her way quickly outside the walls and urged the Trojans to go into glorious battle. The best warriors soon mustered obediently, even though before now they had refused to face all-conquering Achilles. With joy and pride unconfined, she mounted the steed, fine and swift, which Oreithyia, wife of Boreas, had given her as a guest gift when she had earlier gone to Thrace and which rivaled the Harpies for speed. Mounted thus, noble Penthesileia left the high-roofed city, and the grim spirits of death all urged her on to this, her first and last combat. All around, crowds of Trojans, destined never to return, followed the wretched girl toward the ruthless battle like sheep following a ram which some shepherd of sound sense has made leader of all their movements: in this way the lusty Trojans and the spirited Amazons with great eagerness followed after their mighty leader; and among the Trojans the dashing Penthesileia looked like the Tritonian goddess when she fought the Giants,[6] or like Strife, stirrer of discord, when she rushes through an army.

Then the noble son of rich Laomedon raised his long-

[6] The Battle of Gods and Giants, or Gigantomachy; cf. 11.415–19.

---

168 κιούσῃ C.L. Struve: -οῦσα M
172 ὁμῶς Rhodomann: ὅπως M

QUINTUS SMYRNAEUS

χεῖρας Λαομέδοντος ἐὺς γόνος ἀφνειοῖο
εὔχετ᾽ ἐς ἱερὸν ἠὺ τετραμμένος Ἰδαίοιο
185 Ζηνὸς ὃς Ἴλιον αἰὲν ἑοῖς ἐπιδέρκεται ὄσσοις·
"Κλῦθι, πάτερ, καὶ λαὸν Ἀχαιικὸν ἤματι τῷδε
δὸς πεσέειν ὑπὸ χερσὶν Ἀρηιάδος βασιλείης,
καὶ δή μιν παλίνορσον ἐμὸν ποτὶ δῶμα σάωσον
ἁζόμενος τεὸν υἷα πελώριον ὄβριμον Ἄρην
190 αὐτήν θ᾽, οὕνεκ᾽ ἔοικεν ἐπουρανίῃσι θεῇσιν
ἐκπάγλως καὶ σεῖο θεοῦ γένος ἐστὶ γενέθλης.
αἴδεσσαι δ᾽ ἐμὸν ἦτορ, ἐπεὶ κακὰ πολλὰ τέτληκα
παίδων ὀλλυμένων οὕς μοι περὶ Κῆρες ἔμαρψαν
Ἀργείων παλάμῃσι κατὰ στόμα δηιοτῆτος·
195 αἴδεο δ᾽, ἕως ἔτι παῦροι ἀφ᾽ αἵματός εἰμεν ἀγαυοῦ
Δαρδάνου, ἕως ἀδάικτος ἔτι πτόλις, ὄφρα καὶ ἡμεῖς
ἐκ φόνου ἀργαλέοιο καὶ Ἄρεος ἀμπνεύσωμεν."
    Ἦ ῥα μέγ᾽ εὐχόμενος. τῷ δ᾽ αἰετὸς ὀξὺ κεκληγὼς
ἤδη ἀποπνείουσαν ἔχων ὀνύχεσσι πέλειαν
200 ἐσσυμένως οἴμησεν ἀριστερός· ἀμφὶ δὲ θυμῷ
τάρβησεν Πριάμοιο νόος, φάτο δ᾽ οὐκέτ᾽ ἀθρήσειν
ζωὴν Πενθεσίλειαν ἀπὸ πτολέμοιο κιοῦσαν.
καὶ τὸ μὲν ὣς ἤμελλον ἐτήτυμον ἤματι κείνῳ
Κῆρες ὑπεκτελέειν· ὃ δ᾽ ἄρ᾽ ἄχνυτο θυμὸν ἐαγώς.
205   Ἀργεῖοι δ᾽ ἀπάνευθεν ἐθάμβεον, εὖτ᾽ ἐσίδοντο
Τρῶας ἐπεσσυμένους καὶ Ἀρηίδα Πενθεσίλειαν,
τοὺς μὲν δὴ θήρεσσιν ἐοικότας, οἵ τ᾽ ἐν ὄρεσσι
ποίμνης εἰροπόκοισι φόνον στονόεντα φέρουσι,

26

suffering hands to the son of Cronus and, turning toward the sanctuary of Idaean Zeus whose eyes watch over Troy for ever,[7] he uttered this prayer:

"Hear me, father! Grant that this day the Achaean host fall at the hands of this queenly daughter of Ares, and let her come back safely to my palace: have regard for your son Ares, a god of great might and power, and for the queen herself, who looks so very like the heavenly goddesses and is descended from you who are a god. And take pity on me: I have suffered much with the deaths of my sons, snatched away by the spirits of doom and at the hands of the Argives as they fought in the foremost ranks. Take pity, while a few of us descendants of Dardanus' noble blood are still left, and while our city is still unravaged; let us too have some respite from Ares' dreadful slaughter."

But as he uttered this passionate prayer, an eagle with a still-living dove in its talons appeared on the left swooping in swift flight and shrieking loudly. Priam felt fear in his heart and mind as he realized that he would not see Penthesileia return from battle alive; and the spirits of doom would indeed make the omen a true one that very day. Priam was heartbroken.

The Argives were struck with amazement when in the distance they saw the Trojans and Penthesileia, daughter of Ares, charging toward them, the Trojans like wild beasts that bring death and destruction on the fleecy

---

[7] Perhaps a reference to Rome as the new Troy.

195 ἕως Rhodomann, Scaliger: ὡς M   εἶμεν Spitzner: ἐσμὲν M   208 φόνον Rhodomann: πόνον M

τὴν δὲ πυρὸς ῥιπῇ ἐναλίγκιον, ἥ τ᾽ ἐπὶ θάμνοις
210 μαίνεται ἀζαλέοισιν ἐπειγομένου ἀνέμοιο.
καί τις ἄμ᾽ ἀγρομένοισιν ἔπος ποτὶ τοῖον ἔειπε·
"Τίς δὴ Τρῶας ἄγειρε μεθ᾽ Ἕκτορα δῃωθέντα,
οὓς φάμεν οὐκέτι νῶιν ὑπαντιάσειν μεμαῶτας;
νῦν δ᾽ ἄφαρ ἀίσσουσι λιλαιόμενοι μέγα χάρμης.
215 καί νύ τις ἐν μέσσοισιν ἐποτρύνει πονέεσθαι·
φαίης κεν θεὸν ἔμμεν, ἐπεὶ μέγα μήδεται ἔργον.
ἀλλ᾽ ἄγε, θάρσος ἄατον ἐνὶ στέρνοισι βαλόντες
ἀλκῆς μνησώμεσθα δαΐφρονος· οὐδὲ γὰρ ἡμεῖς
νόσφι θεῶν Τρώεσσι μαχησόμεθ᾽ ἤματι τῷδε."
220 Ὣς φάτο· τοὶ δὲ φαεινὰ περὶ σφίσι τεύχεα θέντες
νηῶν ἐξεχέοντο μένος καταειμένοι ὤμοις.
σὺν δ᾽ ἔβαλον θήρεσσιν ἐοικότες ὠμοβόροισι
δῆριν ἐς αἱματόεσσαν, ὁμοῦ δ᾽ ἔχον ἔντεα καλά,
ἔγχεα καὶ θώρηκας ἐυσθενέας τε βοείας
225 καὶ κόρυθας βριαράς· ἕτερος δ᾽ ἑτέρου χρόα χαλκῷ
τύπτον ἀνηλεγέως, τὸ δ᾽ ἐρεύθετο Τρώιον οὖδας.
Ἔνθ᾽ ἕλε Πενθεσίλεια Μολίονα Περσίνοόν τε
Εἰλισσόν τε καὶ Ἀντίθεον καὶ ἀγήνορα Λέρνον
Ἵππαλμόν τε καὶ Αἱμονίδην κρατερόν τ᾽ Ἐλάσιππον.
230 Δηρινόη δ᾽ ἕλε Λαογόνον, Κλονίη δὲ Μένιππον
ὅς ῥα πάρος Φυλάκηθεν ἐφέσπετο Πρωτεσιλάῳ,
ὅππως κεν Τρώεσσιν ἐυσθενέεσσι μάχοιτο.
τοῦ δ᾽ ἄρ᾽ ἀποφθιμένοιο Ποδάρκεϊ θυμὸς ὀρίνθη
Ἰφικληιάδῃ· τὸν γὰρ μέγα φίλαθ᾽ ἑταίρων.
235 αἶψα δ᾽ ὅ γ᾽ ἀντιθέην Κλονίην βάλε· τῆς δὲ διὰ πρὸ

flocks, and she like a rushing fire sent raging through dry brushwood by the strength of the wind. As they mustered together, one said to another:

"Who has mustered the Trojans now that Hector is dead? We thought that they would no longer be keen to meet us, but here they are suddenly rushing out and eager for the fight! There is someone in their midst urging them to the task—you would think it was a god, so great is the exploit he has in mind. Come, let us take stout courage in our hearts and summon up our warlike valor; we too shall not lack divine aid when we fight the Trojans this day."

With these words they donned their shining armor and poured out from their camp by the ships in powerful array. They entered the bloody fray with the appetite of wild beasts for raw flesh, all well equipped with spears, breast-plates, strong shields of ox hide, and stout helmets. Now foe hacked at foe with reckless abandon, and the Trojan soil grew red.

Then Penthesileia slew Molion, Persinoüs, Eilissus, Antitheüs and valiant Lernus, Hippalmus, Haemonides and mighty Elasippus; Derione slew Laogonus; and Clonie killed Menippus, who had earlier come from Phylace with his commander Protesilaüs to fight against the Trojan forces. His death roused great anger in the heart of Po-darces, son of Iphiclus, who loved him most of all his companions. Straightaway he struck godlike Clonie with

---

217 βαλόντες Bonitz: λαβόντες M
226 ἀνηλεγέως Zimmermann: ἀπ- M
227 Μολίονα Rhodomann: μολίωνα τε M

ἦλθε δόρυ στιβαρὸν κατὰ νηδύος, ἐκ δέ οἱ ὦκα
δουρὶ χύθη μέλαν αἷμα, συνέσπετο δ' ἔγκατα πάντα.
τῆς δ' ἄρα Πενθεσίλεια χολώσατο, καί ῥα Ποδάρκεα
οὔτασεν ἐς μυῶνα παχὺν περιμήκεϊ δουρὶ
240 χειρὸς δεξιτερῆς, διὰ δὲ φλέβας αἱματοέσσας
κέρσε, μέλαν δέ οἱ αἷμα δι' ἕλκεος οὐταμένοιο
ἔβλυσεν ἐσσυμένως· ὃ δ' ἄρα στενάχων ἀπόρουσεν
εἰσοπίσω, μάλα γάρ οἱ ἐδάμνατο θυμὸν ἀνίη.
τοῦ δ' ἄρ' ἀπεσσυμένοιο ποθὴ Φυλάκεσσιν ἐτύχθη
245 ἄσπετος· ὃς δ' ἄρα βαιὸν ἀπὸ πτολέμοιο λιασθεὶς
κάτθανε καρπαλίμως σφετέρων ἐν χερσὶν ἑταίρων.
    Ἰδομενεὺς δὲ Βρέμουσαν ἐνήρατο δούρατι μακρῷ
δεξιτερὸν παρὰ μαζόν, ἄφαρ δέ οἱ ἦτορ ἔλυσεν.
ἣ δ' ἔπεσεν μελίῃ ἐναλίγκιος, ἥν τ' ἐν ὄρεσσι
250 δουροτόμοι τέμνουσιν ὑπείροχον, ἣ δ' ἀλεγεινὸν
ῥοῖζον ὁμῶς καὶ δοῦπον ἐρειπομένη προΐησιν·
ὣς ἣ ἀνοιμώξασα πέσεν, τῆς δ' ἅψεα πάντα
λῦσε μόρος, ψυχὴ δ' ἐμίγη πολυαέσιν αὔραις.
Εὐάνδρην δ' ἄρα Μηριόνης ἰδὲ Θερμώδοσσαν
255 εἷλεν ἐπεσσυμένας ὀλοὴν ἀνὰ δηιοτῆτα,
τῇ μὲν ἄρ' ἐς κραδίην ἐλάσας δόρυ, τῇ δ' ὑπὸ νηδὺν
φάσγανον ἐγχρίμψας· τὰς δ' ἐσσυμένως λίπεν ἦτορ.
Δηρινόην δ' ἐδάμασσεν Ὀιλέος ὄβριμος υἱὸς
ἔγχεϊ ὀκριόεντι διὰ κληῖδα τυχήσας.
260 Ἀλκιβίης δ' ἄρα Τυδείδης καὶ Δηριμαχείης
ἄμφω κρᾶτ' ἀπέκοψε σὺν αὐχέσιν ἄχρις ἐπ' ὤμοις
ἄορι λευγαλέῳ· ταὶ δ' ἠύτε πόρτιες ἄμφω

his weighty spear. Passing right through her belly, it made the black blood spurt out, followed by all her entrails. Furious at this, Penthesileia struck Podarces with her long spear in the muscle of his right arm, shearing the veins and making black blood gush from the wound; he retired hurriedly behind the lines, groaning and overcome with pain, and his absence was felt grievously by the Phylacians. He soon died in the arms of his companions, only a short distance from the battle.

Idomeneus slew Bremousa with a wound from his long spear close to her right breast. She died immediately and collapsed like some towering ash tree felled by woodcutters which makes a pained creaking din as it is toppled. Just so she collapsed and groaned, limb-loosened in death, and her spirit mingled with the breezes that blow. Meriones killed Euandre and Thermodossa as they charged along in the deadly conflict, spearing the one in the heart and stabbing the other in the abdomen with his sword, so that the life left them quickly. The mighty son of Oïleus defeated Derione with a blow to the collarbone from his spear's point.

With his baneful sword the son of Tydeus cut off the heads of Alcimede and Derimacheia, necks and all, level with their shoulders, and they collapsed like a couple of

κάππεσον, ἅς τ' αἰζηὸς ἄφαρ ψυχῆς ἀπαμέρσῃ
κόψας αὐχενίους στιβαρῷ βουπλῆγι τένοντας·
265 ὣς αἱ Τυδείδαο πέσον παλάμῃσι δαμεῖσαι
Τρώων ἂμ πεδίον σφετέρων ἀπὸ νόσφι καρήνων.
τῇσι δ' ἐπὶ Σθένελος κρατερὸν κατέπεφνε Κάβειρον
ὃς κίεν ἐκ Σηστοῖο λιλαιόμενος πολεμίζειν
Ἀργείοις, οὐδ' αὖτις ἑὴν νοστήσατο πάτρην.
270 τοῦ δὲ Πάρις κραδίην ἐχολώσατο δῃωθέντος
καί ῥ' ἔβαλε Σθενέλοιο καταντίον· οὐδ' ἄρα τόν γε
οὔτασεν ἐλδόμενός περ, ἀπεπλάγχθη γὰρ ὀιστὸς
ἄλλῃ, ὅπῃ μιν Κῆρες ἀμείλιχοι ἰθύνεσκον·
κτεῖνε δ' ἄρ' ἐσσυμένως Εὐήνορα χαλκεομίτρην
275 ὅς ῥ' ἐκ Δουλιχίοιο κίεν Τρώεσσι μάχεσθαι.
τοῦ δ' ἄρ' ἀποφθιμένοιο πάις Φυλῆος ἀγαυοῦ
ὠρίνθη· μάλα δ' ὦκα, λέων ὡς πώεσι μήλων,
ἔνθορε· τοὶ δ' ἅμα πάντες ὑπέτρεσαν ὄβριμον
ἄνδρα.
κτεῖνε γὰρ Ἰτυμονῆα καὶ Ἱππασίδην Ἀγέλαον
280 οἵ ῥ' ἀπὸ Μιλήτοιο φέρον Δαναοῖσιν ὁμοκλὴν
Νάστῃ ὑπ' ἀντιθέῳ καὶ ὑπ' Ἀμφιμάχῳ μεγαθύμῳ,
οἳ Μυκάλην ἐνέμοντο Λάτμοιό τε λευκὰ κάρηνα
Βράγχου τ' ἄγκεα μακρὰ καὶ ἠιόεντα Πάνορμον
Μαιάνδρου τε ῥέεθρα βαθυρρόου, ὅς ῥ' ἐπὶ γαῖαν
285 Καρῶν ἀμπελόεσσαν ἀπὸ Φρυγίης πολυμήλου
εἶσι πολυγνάμπτοισιν ἑλισσόμενος προχοῇσι.
καὶ τοὺς μὲν κατέπεφνε Μέγης ἐν δηιοτῆτι·

cows killed instantly with a slash to the neck tendons from
the ox-battering ax of some active youth: just so their head-
less trunks fell on the Trojan plain, vanquished by the
hands of Tydeus' son. Over their corpses Sthenelus slew
mighty Cabeirus, who came from Sestos keen to fight the
Argives; he did not see his homeland again. At this Paris'
heart was filled with fury, and he took a direct shot at
Sthenelus; but for all his hopes he did not injure him,
because the arrow was turned aside by the implacable
spirits of death toward their own target, and with deadly
speed it made for bronze-girt Euenor, who had come from
Dulichium to fight the Trojans. Noble Phyleus' son was
roused to anger at his death; he pounced on the enemy
quick as a lion on a flock of sheep, and all as one shrank
back before that man of might. He slew Itymoneus and
Agelaüs, son of Hippasus, who had both come from Mile-
tus to raise their battle cry against the Danaans. Their
leaders were the godlike Nastes and greathearted Amphi-
machus, lords of Mycale and of the white peaks of Latmus,
of the long glens of Branchus, the shores of Panormus, and
the deep streams of the Meander, which winds its mazy
course from Phrygia, rich in flocks, to the vine-growing
land of the Carians. After slaughtering these victims in the
battle, Meges killed with his sinister spear anyone else he

---

272 ἐλδόμενός Zimmermann: ἐσσύμενός M

274 δ' ἄρ' Bonitz: γὰρ M

281 ὑπ'¹ Köchly: ἄμ' M   Ἀμφιμάχῳ Rhodomann·
ἀγχε- M

282 Λάτμοιό Pauw: τιτάνοιό M

ἄλλους δ᾽ αὖτ᾽ ἐδάμασσεν ὅσους κίχε δουρὶ κελαινῷ·
ἐν γάρ οἱ στέρνοισι θράσος βάλε Τριτογένεια,
290 ὄφρά κε δυσμενέεσσιν ὀλέθριον ἦμαρ ἐφείη.

Δρησαῖον δ᾽ ἐδάμασσεν ἀρηίφιλος Πολυποίτης
τὸν τέκε δῖα Νέαιρα περίφρονι Θειοδάμαντι
μιχθεῖσ᾽ ἐν λεχέεσσιν ὑπαὶ Σιπύλῳ νιφόεντι,
ἧχι θεοὶ Νιόβην λᾶαν θέσαν, ἧς ἔτι δάκρυ
295 πουλὺ μάλα στυφελῆς καταλείβεται ὑψόθε πέτρης,
καί οἱ συστοναχοῦσι ῥοαὶ πολυηχέος Ἕρμου
καὶ κορυφαὶ Σιπύλου περιμήκεες ὧν καθύπερθεν
ἐχθρὴ μηλονόμοισιν ἀεὶ περιπέπτατ᾽ ὀμίχλη·
ἣ δὲ πέλει μέγα θαῦμα παρεσσυμένοισι βροτοῖσιν,
300 οὕνεκ᾽ ἔοικε γυναικὶ πολυστόνῳ ἥ τ᾽ ἐπὶ λυγρῷ
πένθεϊ μυρομένη μάλα μυρία δάκρυα χεύει·
καὶ τὸ μὲν ἀτρεκέως φῂς ἔμμεναι, ὁππότ᾽ ἄρ᾽ αὐτὴν
τηλόθεν ἀθρήσειας· ἐπὴν δέ οἱ ἐγγὺς ἵκηαι,
φαίνεται αἰπήεσσα πέτρη Σιπύλοιό τ᾽ ἀπορρώξ.
305 ἀλλ᾽ ἣ μὲν μακάρων ὀλοὸν χόλον ἐκτελέουσα
μύρεται ἐν πέτρῃσιν ἔτ᾽ ἀχνυμένη εἰκυῖα.

Ἄλλοι δ᾽ ἀμφ᾽ ἄλλοισι φόνον καὶ κῆρ᾽ ἐτίθεντο
ἀργαλέον. δεινὸς γὰρ ἐνεστρωφᾶτο Κυδοιμὸς
λαοῖς ἐν μέσσοισιν· ἀταρτηρὸν δέ οἱ ἄγχι
310 εἱστήκει Θανάτοιο τέλος· περὶ δέ σφισι Κῆρες
λευγαλέαι στρωφῶντο φόνον στονόεντα φέρουσαι.
πολλῶν δ᾽ ἐν κονίῃσι λύθη κέαρ ἤματι κείνῳ
Τρώων τ᾽ Ἀργείων τε, πολὺς δ᾽ ἀλαλητὸς ὀρώρει.
οὐ γάρ πως ἀπέληγε μένος μέγα Πενθεσιλείης,

met, his heart filled by Tritogeneia with the valor to let loose on his foes their day of death.

Dresaeus was slain by Ares' favorite Polypoetes, whom divine Neaera bore after sleeping with wise Theiodamas at the foot of snow-clad Sipylus. It was there that the gods turned Niobe into a rock, and her floods of tears still teem down from the hard crags as Hermus' streams reecho the groans in unison with the tall peaks of Sipylus, ever overspread with a mist that shepherds hate. Passing travelers wonder at how closely the rock resembles a grief-stricken woman, lamenting and miserable, in floods of tears. Seen from a distance, she is indeed lifelike; but from nearby she is seen to be a towering rock, a fragment of Sipylus. But there she is still among the crags in a lifelike pose of lamentation, ever bearing witness to the terrible wrath of the gods.[8]

All around men inflicted death and destruction on one another. Terrible Tumult ranged among the armies; nearby stood Death, the grim end of life; and around them moved the hideous spirits of doom, bringers of gore and groans. On that day the heart of many a warrior, both Trojan and Argive, met its end in the dust, and great was the clamor that arose. Penthesileia's battle ardor was un-

---

[8] Niobe boasted that she was superior to Leto, mother of Artemis and Apollo, because she had more children. The divine twins killed her whole brood. She wept without ceasing and was eventually metamorphosed into a dripping rock.

---

290 κε Köchly: γε m: τε m   ἦμαρ Rhodomann: ἦτορ M
295 ὑψόθε Platt: -θι M
298 περιπέπτατ' Spitzner: περιίπτατ' M

315 ἀλλ' ὥς τίς τε βόεσσι κατ' οὔρεα μακρὰ λέαινα
ἐνθόρῃ ἀίξασα βαθυσκοπέλου διὰ βήσσης
αἵματος ἱμείρουσα, τό οἱ μάλα θυμὸν ἰαίνει·
ὣς τῆμος Δαναοῖσιν Ἀρηιὰς ἔνθορε κούρη.
οἱ δ' ὀπίσω χάζοντο τεθηπότα θυμὸν ἔχοντες·
320 ἡ δ' ἔπετ' ἠύτε κῦμα βαρυγδούποιο θαλάσσης
νήεσιν ὠκείῃσιν, ὅθ' ἱστία λευκὰ πετάσσῃ
οὖρος ἐπειγόμενος, βοόωσι δὲ πάντοθεν ἄκραι
πόντου ἐρευγομένοιο ποτὶ χθονὸς ἠόνα μακρήν.
ὣς ἥ γ' ἑσπομένη Δαναῶν ἐδάιζε φάλαγγας·
325 καί σφιν ἐπηπείλησε μέγα φρεσὶ κυδιόωσα·
    "Ὦ κύνες, ὡς Πριάμοιο κακὴν ἀποτίσετε λώβην
σήμερον. οὐ γάρ πώ τις ἐμὸν σθένος ἐξυπαλύξας
χάρμα φίλοις τοκέεσσι καὶ υἱάσιν ἠδ' ἀλόχοισιν
ἔσσεται· οἰωνοῖς δὲ βόσις καὶ θηρσὶ θανόντες
330 κείσεσθ', οὐδέ τι τύμβος ἐφ' ὑμέας ἵξεται αἴης.
πῆ νῦν Τυδείδαο βίη, πῆ δ' Αἰακίδαο,
ποῦ δὲ καὶ Αἴαντος; τοὺς γὰρ φάτις ἔμμεν ἀρίστους·
ἀλλ' ἐμοὶ οὐ τλήσονται ἐναντία δηριάασθαι,
μή σφιν ἀπὸ μελέων ψυχὰς φθιμένοισι πελάσσω."
335 Ἦ ῥα καὶ Ἀργείοισι μέγα φρονέουσ' ἐνόρουσε,
Κηρὶ βίην εἰκυῖα. πολὺν δ' ὑπεδάμνατο λαόν,
ἄλλοτε μὲν βουπλῆγι βαθυστόμῳ, ἄλλοτε δ' αὖτε
πάλλουσ' ὀξὺν ἄκοντα· φέρεν δέ οἱ αἰόλος ἵππος
ἰοδόκην καὶ τόξον ἀμείλιχον, εἴ που ἄρ' αὐτῇ
340 χρειὼ ἂν' αἱματόεντα μόθον βελέων ἀλεγεινῶν
καὶ τόξοιο πέλοιτο. θοοὶ δέ οἱ ἄνδρες ἕποντο,

abated: like some lioness in the high mountains who rushes through a deep and rocky ravine to pounce on a herd of cows, lusting for blood, her heart's delight: just so Ares' maiden daughter pounced on the Danaans. They retreated in awe and terror, and she followed them as waves of the deep-roaring sea follow swift ships when the hastening breeze fills their white sails and all the headlands echo as the sea roars toward the long beaches and the land: just so she followed the Danaans and wreaked havoc on their lines, adding defiant threats, exulting and arrogant:

"Dogs! Today you will pay for the outrage you have done Priam! Not a single one of you will escape my might to bring joy to his parents, his sons and his wife; your corpses will be laid out as carrion for birds and beasts, and there will be no burial in the ground for you. Where is the great son of Tydeus? Where is the grandson of Aeacus? Where is Ajax? They are reputed the best warriors, but they dare not face me in battle: they are afraid I shall rob their limbs of life and send their souls to join the dead!"

With these arrogant words she sprang upon the Argives with a violence like Doom herself. She killed a host of victims, now using her deep-bladed slaughterer's ax and now brandishing her sharp spear; meanwhile, her nimble steed brought her bow and quiver wherever she needed the bow and stinging arrows in the bloody fray.

---

325 κυδιόωσα Tychsen: μειδ- M
326 ὡς Bonitz: οἳ M
328 τοκέεσσι Rhodomann, Dausque: τεκ- M
329 ἔσσεται Köchly: οἴσεται M
341 οἱ Rhodomann: μιν M

Ἕκτορος ἀγχεμάχοιο κασίγνητοί τε φίλοι τε,
ὄβριμον ἐν στέρνοισιν ἀναπνείοντες Ἄρηα,
οἳ Δαναοὺς ἐδάιζον ἐυξέστῃς μελίῃσι.
345 τοὶ δὲ θοοῖς φύλλοισιν ἐοικότες ἢ ψεκάδεσσι
πῖπτον ἐπασσύτεροι· μέγα δ᾽ ἔστενεν ἄσπετος αἶα
αἵματι δευομένη νεκύεσσί τε πεπληθυῖα,
ἵπποι δ᾽ ἀμφὶ βέλεσσι πεπαρμένοι ἢ μελίῃσιν
ὑστάτιον χρεμέτιζον ἑὸν μένος ἐκπνείοντες.
350 οἳ δὲ κόνιν δραχμοῖσι δεδραγμένοι ἀσπαίρεσκον·
τοὺς δ᾽ ἄρα Τρώιοι ἵπποι ἐπεσσύμενοι μετόπισθεν
ἄντλον ὅπως στείβεσκον ὁμοῦ κταμένοισι πεσόντας.

Καί τις ἐνὶ Τρώεσσιν ἀγάσσατο μακρὰ γεγηθώς,
ὡς ἴδε Πενθεσίλειαν ἀνὰ στρατὸν ἀίσσουσαν
355 λαίλαπι κυανέῃ ἐναλίγκιον, ἥ τ᾽ ἐνὶ πόντῳ
μαίνεθ᾽, ὅτ᾽ Αἰγοκερῆι συνέρχεται ἠελίου ἴς·
καί ῥ᾽ ὅ γε μαψιδίῃσιν ἐπ᾽ ἐλπωρῇσιν ἔειπεν·
"Ὦ φίλοι, ὡς ἀναφανδὸν ἀπ᾽ οὐρανοῦ εἰλήλουθε
σήμερον ἀθανάτων τις, ἵν᾽ Ἀργείοισι μάχηται
360 ἡμῖν ἦρα φέρουσα Διὸς κρατερόφρονι βουλῇ,
ὃς τάχα που μέμνηται ἐυσθενέος Πριάμοιο
ὅς ῥά οἱ εὔχεται εἶναι ἀφ᾽ αἵματος ἀθανάτοιο.
οὐ γὰρ τήνδε γυναῖκά γ᾽ ὀίομαι εἰσοράασθαι
αὔτως θαρσαλέην τε καὶ ἀγλαὰ τεύχε᾽ ἔχουσαν,
365 ἀλλ᾽ ἄρ᾽ Ἀθηναίην ἢ καρτερόθυμον Ἐννὼ
ἢ Ἔριν ἠὲ κλυτὴν Λητωίδα· καί μιν ὀίω
σήμερον Ἀργείοισι φόνον στονόεντα βαλέσθαι
νῆάς τ᾽ ἐμπρήσειν ὀλοῷ πυρί, τῇσι πάροιθεν
ἤλυθον ἐς Τροίην νῶιν κακὰ πορφύροντες·

She had an escort of eager men, friends and brothers of Hector, their champion in hand-to-hand combat; they breathed mighty war and slew the Danaans with their polished ash-wood spears. Their victims fell as thick as leaves or raindrops while the vast earth, drenched in blood and filled with corpses, gave up great groans, and horses which had been shot or speared whinnied for the last time as they gave up the ghost. Men fallen among corpses grasped the dust, thrashing wildly in their death throes as the Trojan horses trampled them like threshed corn.

One of the Trojans was overjoyed and amazed at the sight of Penthesileia going here and there among the host like some louring tornado raging on the sea when the sun is in conjunction with Capricorn,[9] and he voiced his vain hopes:

"My friends, some goddess has clearly come from heaven today, to bring us aid and to fight the Argives in accordance with the dauntless plan of Zeus; he is mindful of mighty Priam who claims descent from him. This can not be a mere woman I see, courageous and resplendent in arms: she must be Athena or staunch Discord or Strife or Leto's glorious daughter. Today, I think, she will bring grievous slaughter on the Argives and burn with destructive fire the ships in which long ago they came to Troy with

[9] I.e., at the winter solstice.

---

366 Ἔριν Zimmermann: ἔριδ᾽ M
369 κακὰ πορφύροντες Zimmermann: πολλὰ κακὰ φέρον-
τες M

370 ἤλυθον ἄσχετον ἄμμιν ὑπ' Ἄρεϊ πῆμα φέροντες,
ἀλλ' οὐ μὰν παλίνορσοι ἐς Ἑλλάδα νοστήσαντες
πάτρην εὐφρανέουσιν, ἐπεὶ θεὸς ἄμμιν ἀρήγει."
    Ὣς ἄρ' ἔφη Τρώων τις ἐνὶ φρεσὶ πάγχυ γεγηθώς,
νήπιος· οὐδ' ἄρ' ἐφράσσατ' ἐπεσσύμενον βαρὺ πῆμα
375 οἷ αὐτῷ καὶ Τρωσὶ καὶ αὐτῇ Πενθεσιλείῃ.
οὐ γάρ πώ τι μόθοιο δυσηχέος ἀμφὶ πέπυστο
Αἴας ὀβριμόθυμος ἰδὲ πτολίπορθος Ἀχιλλεύς·
ἀλλ' ἄμφω περὶ σῆμα Μενοιτιάδαο κέχυντο
μνησάμενοι ἑτάροιο, γόος δ' ἔχεν ἄλλυδις ἄλλον.
380 τοὺς γὰρ δὴ μακάρων τις ἐρήτυε νόσφι κυδοιμοῦ,
ὄφρ' ἀλεγεινὸν ὄλεθρον ἀναπλήσωσι δαμέντες
πολλοὶ ὑπὸ Τρώεσσι καὶ ἐσθλῇ Πενθεσιλείῃ
ἥ σφιν ἐπεσσυμένη κακὰ μήδετο, καί οἱ ἄεξεν
ἀλκὴ ὁμῶς καὶ θάρσος ἐπὶ πλέον, οὐδέ ποτ' αἰχμὴν
385 μαψιδίην ἴθυνεν, ἀεὶ δ' ἢ νῶτα δάιζε
φευγόντων ἢ στέρνα καταντίον ἀισσόντων.
θερμῷ δ' αἵματι πάμπαν ἐδεύετο· γυῖα δ' ἐλαφρὰ
ἔπλετ' ἐπεσσυμένης· κάματος δ' οὐ δάμνατο θυμὸν
ἄτρομον, ἀλλ' ἀδάμαντος ἔχεν μένος. εἰσέτι γάρ μιν
390 Αἶσα λυγρὴ κύδαινεν· ἀπόπροθι δ' ἑστηυῖα
χάρμης κυδιάασκεν ὀλέθριον, οὕνεκ' ἔμελλε
κούρην οὐ μετὰ δηρὸν ὑπ' Αἰακίδαο χέρεσσι
δάμνασθ'· ἀμφὶ δέ μιν ζόφος ἔκρυφε· τὴν δ'
        ὀρόθυνεν
αἰὲν ἄιστος ἐοῦσα καὶ ἐς κακὸν ἦγεν ὄλεθρον

40

plans to work us woe: they came to bring us great grief in war, but they shall not return to Greece or please their people back home, now that god is on our side!"

So spoke one of the Trojans, with great joy in his heart. The fool! He had no idea that grave misfortune was speeding toward him and the Trojans and Penthesileia herself; for doughty Ajax and Achilles sacker of cities were not yet aware of the clamor and the fighting because they were both prostrate at the tomb of Menoetius' son as they remembered their fallen comrades with plentiful lamentation. Some god was keeping them well away from the battle so that in fulfillment of their grim fate many warriors could be vanquished by the Trojans and by noble Penthesileia, who charged at them intent on mischief, her strength and courage alike increasing all the time. No spear she directed went astray: she would hit either the back of a fugitive or the chest of an attacker. Drenched all over in warm blood, her limbs active and vigorous, her fearless heart unwearied, strong as steel, she was still being inspired by grim Fate, who stood apart from the fighting and inspired her with that fatal exultation, intending that the girl would soon be vanquished at the hands of Achilles. Hidden in a mist and never visible, she roused

---

370 ὑπ' C. L. Struve: ἐπ' M

383 ἐπεσσυμένη Rhodomann: ἐπαΐσσουσα M

384 ποτ' Köchly: οἱ M

385 μαψιδίην Köchly: -ίη M

388 ἐπεσσυμένης Rhodomann: νως M

inter 389 et 390 οὕνεκά Μοῖρα ποτὶ κλεινὸν ὀτρύνουσ' Ἀχιλῆα M: del. Rhodomann

395 ὕστατα κυδαίνουσ᾽. ἡ δ᾽ ἄλλοθεν ἄλλον ἔναιρεν·
ὡς δ᾽ ὁπόθ᾽ ἐρσήεντος ἔσω κήποιο θοροῦσα
ποίης ἐλδομένη θυμηδέος εἴαρι πόρτις,
ἀνέρος οὐ παρεόντος, ἐπέσσυται ἄλλοθεν ἄλλῃ
σινομένη φυτὰ πάντα νέον μάλα τηλεθόωντα,
400 καὶ τὰ μὲν ἂρ κατέδαψε, τὰ δ᾽ ἐν ποσὶν ἡμάλδυνεν·
ὡς ἄρ᾽ Ἀχαιῶν υἷας ἐπεσσυμένη καθ᾽ ὅμιλον
κούρη Ἐνναλίη τοὺς μὲν κτάνε, τοὺς δ᾽ ἐφόβησε.
    Τρωιάδες δ᾽ ἀπάνευθεν ἀρήια ἔργα γυναικὸς
θαύμαζον· πολέμοιο δ᾽ ἔρως λάβεν Ἱπποδάμειαν
405 Ἀντιμάχοιο θύγατρα, μενεπτολέμοιο δ᾽ ἄκοιτιν
Τισιφόνου. κρατερῇσι δ᾽ ὑπὸ φρεσὶν ἐμμεμαυῖα
θαρσαλέον φάτο μῦθον ὁμήλικας ὀτρύνουσα
δῆριν ἐπὶ στονόεσσαν (ἔγειρε δέ οἱ θράσος ἀλκήν)·
    "Ὦ φίλαι, ἄλκιμον ἦτορ ἐνὶ στέρνοισι βαλοῦσαι
410 ἀνδράσιν ἡμετέροισιν ὁμοῖιον, οἳ περὶ πάτρης
δυσμενέσιν μάρνανται ὑπὲρ τεκέων τε καὶ ἡμέων,
οὔ ποτ᾽ ἀναπνείοντες ὀιζύος—ἀλλὰ καὶ αὐταὶ
παρθέμεναι φρεσὶ θυμὸν ἴσης μνησώμεθα χάρμης.
οὐ γὰρ ἀπόπροθέν εἰμεν ἐυσθενέων αἰζηῶν,
415 ἀλλ᾽ οἷον κείνοισι πέλει μένος, ἔστι καὶ ἡμῖν·
ἶσοι δ᾽ ὀφθαλμοὶ καὶ γούνατα, πάντα δ᾽ ὁμοῖα,
ξυνὸν δ᾽ αὖ πάντεσσι φάος καὶ νήχυτος ἀήρ,
φορβὴ δ᾽ οὐχ ἑτέρη. τί δ᾽ ἐπ᾽ ἀνδράσι λώιον ἄλλο
θῆκε θεός; τῶ μή τι φεβώμεθα δηιοτῆτος.
420 ἦ οὐχ ὁράατε γυναῖκα μέγ᾽ αἰζηῶν προφέρουσαν

Penthesileia and led her to destruction by inspiring her for
the last time as she slew victims on every side. As when a
heifer, in search of sweet grass in spring time, bursts into
some dew-fresh garden while the cowherd is away, charges
in every direction and ruins all the new-grown plants by
grazing on some and trampling others: just so the daughter
of Enyalius charged among the Argive host, killing some
and putting others to flight.

From far off the Trojan women marveled at the wom-
an's deeds in war. Hippodameia, daughter of Antimachus
and wife of stalwart Tisiphonus,[10] was seized with a desire
to fight, and this insane notion moved her to make a con-
fident speech to incite her companions to grim war as
confidence roused her strength:

"Friends, let us be as strong in heart as our husbands,
who without respite fight the enemy for their fatherland,
for their children and for us; we should take courage and
turn our minds to the fight which is the same for all. We
are not much different from young men in strength: we
have the same spirit, the same eyes and limbs, everything
the same; the light of day and the air we breathe are com-
mon to us all, and we eat the same food. In what way
has god made men superior to us? Then let us not shun
the battle. Do you not see this woman performing far

---

[10] Or, "Tisiphone, daughter of horse-taming Antimachus and
wife of Meneptolemus."

---

395 κυδαίνουσ'. ἡ δ' Rhodomann, Dausque: κυδαίνουσα
ἰδ' M   401 υἷας Rhodomann, Dausque: νῆας M
406 Τισιφόνου Rhodomann: -φόνην M   409 ἐνὶ Tychsen:
ἐπὶ M

43

ἀγχεμάχων; τῆς δ' οὔ τι πέλει σχεδὸν οὔτε γενέθλη
οὔτ' ἄρ' ἐὸν πτολίεθρον, ὑπὲρ ξείνοιο δ' ἄνακτος
μάρναται ἐκ θυμοῖο καὶ οὐκ ἐμπάζεται ἀνδρῶν
ἐνθεμένη φρεσὶ θάρσος ἀταρτηρόν τε νόημα.
425   ἡμῖν δ' ἄλλοθεν ἄλλα παραὶ ποσὶν ἄλγεα κεῖται·
τῆς μὲν γὰρ φίλα τέκνα καὶ ἀνέρες ἀμφὶ πόληι
ὤλονθ', αἳ δὲ τοκῆας ὀδυρόμεθ' οὐκέτ' ἐόντας,
ἄλλαι δ' αὖτ' ἀκάχονται ἀδελφειῶν ἐπ' ὀλέθρῳ
καὶ πηῶν· οὐ γάρ τις ὀϊζυρῆς κακότητος
430   ἄμμορος, ἐλπωρὴ δὲ πέλει καὶ δούλιον ἦμαρ
εἰσιδέειν. τῶ μή τις ἔτ' ἀμβολίη πολέμοιο
εἴη τειρομένῃσιν· ἔοικε γὰρ ἐν δαῒ μᾶλλον
τεθνάμεν ἢ μετόπισθεν ὑπ' ἀλλοδαποῖσιν ἄγεσθαι
νηπιάχοις ἅμα παισὶν ἀνιηρῇ ὑπ' ἀνάγκῃ,
435   ἄστεος αἰθομένοιο καὶ ἀνδρῶν οὐκέτ' ἐόντων."
    Ὣς ἄρ' ἔφη, πάσῃσι δ' ἔρως στυγεροῖο μόθοιο
ἔμπεσεν· ἐσσυμένως δὲ πρὸ τείχεος ὁρμαίνεσκον
βήμεναι ἐν τεύχεσσιν, ἀρηγέμεναι μεμαυῖαι
ἄστεϊ καὶ λαοῖσιν· ὀρίνετο δέ σφισι θυμός.
440   ὡς δ' ὅτ' ἔσω σίμβλοιο μέγ' ἰύζωσι μέλισσαι
χείματος οὐκέτ' ἐόντος, ὅτ' ἐς νομὸν ἐντύνονται
ἐλθέμεν, οὐδ' ἄρα τῇσι φίλον πέλει ἔνδοθι μίμνειν,
ἄλλη δ' αὖθ' ἑτέρην προκαλίζεται ἐκτὸς ἄγεσθαι·
ὣς ἄρα Τρωιάδες ποτὶ φύλοπιν ἐγκονέουσαι
445   ἀλλήλας ὤτρυνον· ἀπόπροθι δ' εἴρια θέντο
καὶ ταλάρους, ἀλεγεινὰ δ' ἐπ' ἔντεα χεῖρας ἴαλλον.
καί νύ κεν ἄστεος ἐκτὸς ἅμα σφετέροισιν ὄλοντο
ἀνδράσι καὶ σθεναρῇσιν Ἀμαζόσιν ἐν δαῒ κεῖναι,

better at close quarters than the men she fights, even though her family and city are far away and she is fighting wholeheartedly for a foreign prince? She cares nothing for men, so confident she is, and so greatly determined. We, on the other hand, have each our private griefs: some of us have lost sons and husbands fighting around the city, others lament the deaths of their parents, and others grieve for the loss of brothers and kinsmen. No one is without her share of grief and suffering, and we must expect to see a day when we shall be slaves. Since we are in such distress, we should not put off fighting any longer: better to die in battle than later suffer the painful compulsion of being taken away as spoil by foreigners together with our children, with our city in flames and our husbands no longer alive!"

At these words desire for the hateful battle struck them all; they longed to don armor and hurry outside the walls, keen to defend their city and its people, and their courage rose. Just as bees within their hive at winter's end set up a loud buzzing as they get ready to forage in the pastures, and they do not like to stay inside but encourage one another to leave: just so the women of Troy urged one another on as they hurried toward the din of battle, discarding their wool and workbaskets and instead snatching up grim weapons. They would have perished in the conflict outside the city together with their husbands and the

---

422 οὔτ' ἄρ' Rhodomann: οὐ γάρ M
426 ᾗς Spitzner: τη M

QUINTUS SMYRNAEUS

εἰ μή σφεας κατέρυξε πύκα φρονέουσα Θεανὼ
450 ἐσσυμένας πινυτοῖσι παραυδήσασ' ἐπέεσσι·
"Τίπτε ποτὶ κλόνον αἰνόν, ἐελδόμεναι πονέεσθαι,
σχέτλιαι, οὔ τι πάροιθε πονησάμεναι περὶ χάρμης,
ἀλλ' ἄρα νήιδες ἔργον ἐπ' ἄτλητον μεμαυῖαι,
ὄρνυσθ' ἀφραδέως; οὐ γὰρ σθένος ἔσσεται ἶσον
455 ὑμῖν καὶ Δαναοῖσιν ἐπισταμένοισι μάχεσθαι.
αὐτὰρ Ἀμαζόσι δῆρις ἀμείλιχος ἱππασίαι τε
εὔαδεν ἐξ ἀρχῆς καὶ ὅσ' ἀνέρες ἔργα πένονται·
τοὔνεκ' ἄρά σφισι θυμὸς ἀρήιος αἰὲν ὄρωρεν,
οὐδ' ἀνδρῶν δεύονται, ἐπεὶ πόνος ἐς μέγα κάρτος
460 θυμὸν ἀνηέξησε καὶ ἄτρομα γούνατ' ἔθηκε.
τὴν δὲ φάτις καὶ Ἄρηος ἔμεν κρατεροῖο θύγατρα·
τῶ οἱ θηλυτέρην τιν' ἐριζέμεν οὔ τι ἔοικεν·
ἠὲ τάχ' ἀθανάτων τις ἐπήλυθεν εὐχομένοισι.
πᾶσι δ' ἄρ' ἀνθρώποισιν ὁμὸν γένος, ἀλλ' ἐπὶ ἔργα
465 στρωφῶντ' ἄλλος ἐπ' ἄλλα· πέλει δ' ἄρα κεῖνο
          φέριστον
ἔργον, ὅ τι φρεσὶν ᾗσιν ἐπιστάμενος πονέηται.
τοὔνεκα δηιοτῆτος ἀποσχόμεναι κελαδεινῆς
ἱστὸν ἐπεντύνεσθε ἑῶν ἔντοσθε μελάθρων·
ἀνδράσι δ' ἡμετέροισι περὶ πτολέμοιο μελήσει.
470 ἐλπωρὴ δ' ἀγαθοῖο τάχ' ἔσσεται, οὕνεκ' Ἀχαιοὺς
δερκόμεθ' ὀλλυμένους, μέγα δὲ κράτος ὄρνυται
          ἀνδρῶν
ἡμετέρων· οὐδ' ἔστι κακοῦ δέος· οὔ τι γὰρ ἄστυ
δήιοι ἀμφὶς ἔχουσιν ἀνηλέες, οὔτ' ἀλεγεινὴ
γίνετ' ἀναγκαίη καὶ θηλυτέρῃσι μάχεσθαι."

46

Amazon troops if Theano, a woman of good sense,[11] had not checked their onrush with words of wise counsel:

"Wretched women, untried in the work of war and innocently eager for a task that is beyond your powers, why this foolish urgency toward the horrors of war's work? Your strength will not match that of experienced Danaan warriors. The Amazons devote themselves to cruel conflict, horse riding and manly pursuits from their earliest years. That is why they always have a warlike spirit and are not inferior to men: constant practice has strengthened that spirit and made them stand firm and fearless. As for Penthesileia, it is said also that she is the daughter of mighty Ares; hence she must be peerless among women—and she may, for all we know, be a goddess come to answer our prayers. All mankind has a single origin, but there is a variety of occupations; and it is best to be occupied with what one knows best. Refrain, then, from the clamor of conflict and attend to your weaving indoors: war will be the concern of our menfolk. Maybe we shall soon have reason to hope: we see Achaeans being killed and our own warriors' strength on the rise. No need to fear calamity: the enemy do not have our city pitilessly encircled, and there is no compelling need for women to fight."

[11] In the *Iliad* she advocates returning Helen to the Greeks (7.347–53).

---

472 κακοῦ Köchly: -ὸν M

47

475 Ὣς φάτο· ταὶ δ' ἐπίθοντο παλαιοτέρη περ ἐούσῃ,
ὑσμίνην δ' ἀπάνευθεν ἐσέδρακον. ἡ δ' ἔτι λαοὺς
δάμνατο Πενθεσίλεια· περιτρομέοντο δ' Ἀχαιοί,
οὐδέ σφιν θανάτοιο πέλε στονόεντος ἄλυξις,
ἀλλ' ἅτε μηκάδες αἶγες ὑπὸ βλοσυρῇσι γένυσσι
480 πορδάλιος κτείνοντο. ποθὴ δ' ἔχεν οὐκέτι χάρμης
ἀνέρας, ἀλλὰ φόβοιο· καὶ ἄλλυδις ἤιον ἄλλοι,
οἱ μὲν ἀπορρίψαντες ἐπὶ χθόνα τεύχε' ἀπ' ὤμων,
οἱ δ' ἄρα σὺν τεύχεσσι· καὶ ἡνιόχων ἀπάνευθεν
ἵπποι ἴσαν φεύγοντες. ἐπεσσυμένοις δ' ἄρα χάρμα
485 ἔπλετ', ἀπολλυμένων δὲ πολὺς στόνος· οὐδέ τις ἀλκὴ
γίνετο τειρομένοισι· μινυνθάδιοι δὲ πέλοντο
πάντες ὅσους ἐκίχανεν ἀνὰ κρυερὸν στόμα χάρμης.
ὡς δ' ὅτ' ἐπιβρίσασα μέγα στονόεσσα θύελλα
ἄλλα μὲν ἐκ ῥιζῶν χαμάδις βάλε δένδρεα μακρὰ
490 ἄνθεσι τηλεθόωντα, τὰ δ' ἐκ πρέμνοιο κέδασσεν
ὑψόθεν, ἀλλήλοισι δ' ἐπὶ κλασθέντα κέχυνται·
ὣς Δαναῶν τότε κεῖτο πολὺς στρατὸς ἐν κονίῃσι
Μοιράων ἰότητι καὶ ἔγχεϊ Πενθεσιλείης.

Αὐτὰρ ἐπεὶ καὶ νῆες ἐνιπρήσεσθαι ἔμελλον
495 χερσὶν ὕπο Τρώων, τότε που μενεδήιος Αἴας
οἰμωγῆς ἐσάκουσε καὶ Αἰακίδην προσέειπεν·
"Ὦ Ἀχιλεῦ, περὶ δή μοι ἀπείριτος ἤλυθεν αὐδὴ
οὔασιν, ὡς πολέμοιο συνεσταότος μεγάλοιο.
ἀλλ' ἴομεν, μὴ Τρῶες ὑποφθάμενοι παρὰ νηυσὶν
500 Ἀργείους ὀλέσωσι, καταφλέξωσι δὲ νῆας,
νῶιν δ' ἀμφοτέροισιν ἐλεγχείη ἀλεγεινὴ

So she spoke. The women obeyed her, old though she was,[12] and watched the battle from a distance. Penthesileia kept on killing. The Achaeans were terrified: with no means of escaping painful death, they were being slaughtered like bleating goats savaged by a leopard. Now it was flight, not fight, that they longed for, and they ran in all directions, some stripping off and discarding their armor, others keeping it on, while the horses, with no charioteers, ran away. The pursuers pressed forward joyfully, and their victims' groans were all around; in their distress they had no strength to resist; and short were the lives of all those whom Penthesileia encountered, foremost in the fearful fray. Just as at the onset of a roaring hurricane tall trees in bloom are torn up by the roots and flung to the ground, while others are broken in two high up, and the result is a chaotic heap of smashed debris: just so the great host of the Danaans lay in the dust, victims of the will of Fate and the spear of Penthesileia.

Just as the ships were about to be set on fire at the hands of the Trojans, staunch Ajax heard the cries and said to the grandson of Aeacus:

"Achilles, I can hear an endless clamor; it seems as if a great conflict has broken out. We should go, in case the Trojans reach the ships before us, kill the Argives, and fire the fleet. If that should happen, we shall both be dis-

---

12 Or, "because she was their elder."

---

484 ἴσαν Spitzner· ἔσαν M
492 τότε κεῖτο Zimmermann: κέκλιτο M

ἔσσεται. οὐ γὰρ ἔοικε Διὸς μεγάλοιο γεγῶτας
αἰσχύνειν πατέρων ἱερὸν γένος, οἵ ῥα καὶ αὐτοὶ
Τροίης ἀγλαὸν ἄστυ διέπραθον ἐγχείῃσι
505 τὸ πρὶν ἅμ᾽ Ἡρακλῆι δαΐφρονι, Λαομέδοντος

* * *

ὥς περ νῦν τελέεσθαι ὑφ᾽ ἡμετέρῃσιν ὀίω
χερσίν, ἐπεὶ μέγα κάρτος ἀέξεται ἀμφοτέροισιν."
    Ὣς φάτο· τῷ δ᾽ ἐπίθησε θρασὺ σθένος Αἰακίδαο·
κλαγγὴν γὰρ στονόεσσαν ἐπέκλυεν οὔασιν οἷσιν.
510 ἄμφω δ᾽ ὡρμήθησαν ἐπ᾽ ἔντεα μαρμαίροντα·
καὶ τὰ μὲν ἑσσάμενοι κατεναντίον ἔσταν ὁμίλου·
τῶν δ᾽ ἄρα τεύχεα καλὰ μέγ᾽ ἔβραχε, μαίνετο δέ
    σφιν
ἶσον θυμὸς Ἄρηι, τόσον σθένος ἀμφοτέροισι
δῶκεν ἐπειγομένοισι σακέσπαλος Ἀτρυτώνη.
515 Ἀργεῖοι δ᾽ ἐχάρησαν, ἐπεὶ ἴδον ἄνδρε κραταιὼ
εἰδομένω παίδεσσιν Ἀλωῆος μεγάλοιο,
οἵ ποτ᾽ ἐπ᾽ εὐρὺν Ὄλυμπον ἔφαν θέμεν οὔρεα μακρά,
Ὄσσαν τ᾽ αἰπεινὴν καὶ Πήλιον ὑψικάρηνον,
ὅππως δὴ μεμαῶτε καὶ οὐρανὸν εἰσαφίκωνται·
520 τοῖοι ἄρ᾽ ἀντέστησαν ἀταρτηροῦ πολέμοιο
Αἰακίδαι, μέγα χάρμα λιλαιομένοισιν Ἀχαιοῖς,
ἄμφω ἐπειγόμενοι δηίων ἀπὸ λαὸν ὀλέσσαι.
πολλοὺς δ᾽ ἐγχείῃσιν ἀμαιμακέτῃσι δάμασσαν·
ὡς δ᾽ ὅτε πίονα μῆλα βοοδμητῆρε λέοντε

505 lac. stat. Rhodomann

graced: as descendants of great Zeus we should not bring shame on our distinguished forefathers, who, spearmen themselves, once sacked the fine city of Troy in company with warlike Heracles ⟨to punish the insolence⟩ of Laomedon.[13] And I think our hands can perform the same exploit again: we both have the power within us."

So he spoke; and the valiant grandson of Aeacus agreed, since he could hear the groaning and the clamor with his own ears. They both hastened to their shining armor. When they had put it on, they stood to face the thronging foe. Their fine armor clanked, and fury like that of Ares himself maddened them—such was the force that Atrytone, wielder of the shield, granted them both as they hastened to battle. The Argives were overjoyed to see that powerful pair: they looked like the sons of great Aloeus[14] who once threatened to stack two high mountains, lofty Ossa and Pelion's high peak, on top of broad Olympus when they were madly minded to get up to heaven. Just so those descendants of Aeacus took their stand in the grim fighting, a joyful answer to the prayers of the Achaeans as they hastened to kill the enemy host. Many were the victims they vanquished with their raging spears: just as when in the thickets a pair of lions that prey on oxen

[13] A line is missing. Laomedon, father of Priam, defrauded Heracles of his promised reward for rescuing his daughter Hesione from a sea monster.

[14] Otus and Ephialtes, who mounted an assault on Olympus and were killed by Apollo. The story is told at *Od.* 11.305–20.

---

509 ἐπέκλυεν Platt: ἐσέ- m: ὑπέ- m
518 τ' add. Rhodomann: om. M

525 εὑρόντ᾽ ἐν ξυλόχοισι φίλων ἀπάνευθε νομήων
πανσυδίῃ κτείνωσιν, ἄχρις μέλαν αἷμα πιόντες
σπλάγχνων ἐμπλήσωνται ἑὴν πολυχανδέα νηδύν·
ὣς οἵ γ᾽ ἄμφω ὄλεσσαν ἀπειρέσιον στρατὸν
    ἀνδρῶν.
  Ἔνθ᾽ Αἴας ἕλε Δηίοχον καὶ ἀρήιον Ὕλλον
530 Εὐρύνομόν τε φιλοπτόλεμον καὶ Ἐννέα δῖον.
Ἀντάνδρην δ᾽ ἄρα Πηλείδης ἕλε καὶ Πολεμοῦσαν
ἠδὲ καὶ Ἀντιβρότην, μετὰ δ᾽ Ἱπποθόην ἐρίθυμον,
τῇσι δ᾽ ἐφ᾽ Ἁρμοθόην. ἐπὶ δ᾽ ᾤχετο λαὸν ἅπαντα
σὺν Τελαμωνιάδῃ μεγαλήτορι· τῶν δ᾽ ὑπὸ χερσὶ
535 πυκναί τε σθεναραί τε κατηρείποντο φάλαγγες
ῥεῖα καὶ ὀτραλέως, ὡς εἰ πυρὶ δάσκιος ὕλη,
οὔρεος ἐν ξυλόχοισιν ἐπισπέρχοντος ἀήτεω.
  Τοὺς δ᾽ ὁπότ᾽ εἰσενόησε δαΐφρων Πενθεσίλεια
θῆρας ὅπως θύνοντας ἀνὰ μόθον ὀκρυόεντα,
540 ἀμφοτέρων ὥρμησε καταντίον, ἠύτε λυγρὴ
πόρδαλις ἐν ξυλόχοισιν ὀλέθριον ἦτορ ἔχουσα
αἰνὰ περισσαίνουσα θόρῃ κατέναντ᾽ ἐπιόντων
ἀγρευτῶν, οἵ πέρ μιν ἐν ἔντεσι θωρηχθέντες
ἐσσυμένην μίμνουσι πεποιθότες ἐγχείῃσιν·
545 ὣς ἄρα Πενθεσίλειαν ἀρήιοι ἄνδρες ἔμιμνον
δούρατ᾽ ἀειράμενοι· περὶ δέ σφισι χαλκὸς ἀύτει
κιννυμένων. πρώτη δ᾽ ἔβαλεν περιμήκετον ἔγχος
ἐσθλὴ Πενθεσίλεια· τὸ δ᾽ ἐς σάκος Αἰακίδαο
ἷξεν, ἀπεπλάγχθη δὲ διατρυφὲν εὖτ᾽ ἀπὸ πέτρης·
550 τοῖ᾽ ἔσαν Ἡφαίστοιο περίφρονος ἄμβροτα δῶρα.
ἡ δ᾽ ἕτερον μετὰ χερσὶ τιτύσκετο θοῦρον ἄκοντα

come across some plump ewes which have strayed far from their shepherds' care and set about slaughtering them with all speed, until they have quaffed the black blood and sated their vast appetites with the entrails: just so those two slew that huge host of men. Ajax killed Deïochus and Hyllus the warrior, Eurynomus lover of battle and godlike Enyeus. The son of Peleus killed Antandre, Polemousa and Antibrote, spirited Hippothoe next, then Hermothoe. He and the greathearted son of Telamon charged through the whole host, and the stout, close-set ranks collapsed quickly and easily before their onslaught like a shady wood before fire when a wind blows in gusts through the mountain thickets.

When warlike Penthesileia saw them rushing like wild beasts through the fearful fray, she charged to face them both. Just as some savage leopard with murder in its heart ambushed by hunters threateningly quivers its tail and springs at them as they approach, while they in their protective armor await the attack with their trusty spears: just so those two warriors, spears at the ready, awaited Penthesileia, and their bronze armor clanged as they moved. Noble Penthesileia was the first to cast her long spear. It reached the shield of Achilles, grandson of Aeacus, but on impact it was turned aside and shattered as if it had struck a rock, so strong was the immortal gift of the skilled smith Hephaestus.[15] She then brandished

[15] See 5.1–101.

---

529 Δηίοχον Pauw: δηίχον M   καὶ Köchly: ἠδὲ M
548 δ᾽ ἐς Rhodomann: δὲ M
551 χερσὶ Rhodomann: φρεσὶ M

Αἴαντος κατέναντα καὶ ἀμφοτέροισιν ἀπείλει·
"Νῦν μὲν ἐμῆς ἀπὸ χειρὸς ἐτώσιον ἔκθορεν
ἔγχος·
ἀλλ' ὀίω τάχα τῷδε μένος καὶ θυμὸν ὀλέσσειν
555 ὑμέων ἀμφοτέρων, οἵ τ' ἄλκιμοι εὐχετάασθε
ἔμμεναι ἐν Δαναοῖσιν· ἐλαφροτέρη δὲ μόθοιο
ἔσσεται ἱπποδάμοισι μετὰ Τρώεσσιν ὀιζύς.
ἀλλά μοι ἆσσον ἵκεσθε ἀνὰ κλόνον, ὄφρ' ἐσίδησθε
ὅσσον Ἀμαζόσι κάρτος ἐνὶ στήθεσσιν ὄρωρε.
560 καὶ γάρ μευ γένος ἐστὶν ἀρήιον· οὐδέ με θνητὸς
γείνατ' ἀνήρ, ἀλλ' αὐτὸς Ἄρης ἀκόρητος ὁμοκλῆς·
τοὔνεκά μοι μένος ἐστὶ πολὺ προφερέστατον
ἀνδρῶν."
       Ἦ μέγα

* * *

          τοὶ δ' ἐγέλασσαν. ἄφαρ δέ οἱ ἤλασεν αἰχμὴ
Αἴαντος κνημῖδα πανάργυρον· οὐδέ οἱ εἴσω
565 ἤλυθεν ἐς χρόα καλὸν ἐπειγομένη περ ἱκέσθαι·
οὐ γὰρ δὴ πέπρωτο μιγήμεναι αἵματι κείνου
δυσμενέων στονόεσσαν ἐνὶ πτολέμοισιν ἀκωκήν.
Αἴας δ' οὐκ ἀλέγιζεν Ἀμαζόνος, ἀλλ' ἄρα Τρώων
ἐς πληθὺν ἀνόρουσε· λίπεν δ' ἄρα Πηλείωνι
570 οἴῳ Πενθεσίλειαν, ἐπεί ῥά οἱ ἐν φρεσὶ θυμὸς
ᾔδεεν ὡς Ἀχιλῆι καὶ ἰφθίμη περ ἐοῦσα
ῥηίδιος πόνος ἔσσεθ' ὅπως ἴρηκι πέλεια.
       Ἡ δὲ μέγα στονάχησεν ἐτώσια δοῦρα βαλοῦσα·
καί μιν κερτομέων προσεφώνεε Πηλέος υἱός·
575 "Ὦ γύναι, ὡς ἁλίοισιν ἀγαλλομένη ἐπέεσσιν

her other rushing spear in Ajax' face and threatened both men:

"That spear cast of mine may have been in vain; but with this one I shall put an end to the strength and spirit of both of you, for all your brave boasting among the Greeks; and then the horse-taming Trojans will suffer much less in the battle. Come closer! Make your way through the fighting, and see with what force and spirit we Amazons are endowed! My ancestry is no less warlike than yours: I am the daughter of no mortal man, but of Ares himself, who is never sated with the din of battle. That is why I am far superior in valor to men!"

At these boasts ‹. . . ›[16] they burst out laughing. Just then her spear struck Ajax's silver greave. It pressed forward with speed, but it did not penetrate as far as the flesh; for it was fated that no painful pointed spear thrown in battle by an enemy should draw blood from him.[17] Ajax paid no attention to the Amazon and sprang instead into the midst of the Trojans, leaving the son of Peleus to deal with Penthesileia on his own: he was sure that for all her strength he would have no more trouble with her than a hawk with a dove.

She groaned aloud on missing with her spears, and the son of Peleus addressed her with mocking words:

"Woman, these are empty boasts that you flourish in

[16] Line missing.

[17] A variation on the theme (not mentioned by Homer) that Ajax was invulnerable. Cf. on 3.62.

563–64 lac. stat. Köchly

ἡμέων ἤλυθες ἄντα λιλαιομένη πολεμίζειν,
οἳ μέγα φέρτατοί εἰμεν ἐπιχθονίων ἡρώων.
ἐκ γὰρ δὴ Κρονίωνος ἐριγδούποιο γενέθλης
εὐχόμεθ' ἐκγεγάμεν· τρομέεσκε δὲ καὶ θοὸς Ἕκτωρ
580 ἡμέας, εἰ καὶ ἄπωθεν ἐσέδρακεν ἀίσσοντας
δῆριν ἐπὶ στονόεσσαν· ἐμὴ δέ μιν ἔκτανεν αἰχμὴ
καὶ κρατερόν περ ἐόντα. σὺ δ' ἐν φρεσὶ πάγχυ
     μέμηνας,
ἦ μέγ' ἔτλης καὶ νῶιν ἐπηπείλησας ὄλεθρον
σήμερον· ἀλλὰ σοὶ εἶθαρ ἐλεύσεται ὕστατον ἦμαρ·
585 οὐδὲ γὰρ οὐδ' αὐτός σε πατὴρ ἔτι ῥύσεται Ἄρης
ἐξ ἐμέθεν, τίσεις δὲ κακὸν μόρον, εὖτ' ἐν ὄρεσσι
κεμμὰς ὁμαρτήσασα βοοδμητῆρι λέοντι.
ἦ οὔ πω τόδ' ἄκουσας, ὅσων ὑποκάππεσε γυῖα
Ξάνθου πὰρ προχοῇσιν ὑφ' ἡμετέρῃς παλάμῃσιν,
590 ἤ σευ πευθομένης μάκαρες φρένας ἐξείλοντο
καὶ νόον, ὄφρά σε Κῆρες ἀμείλιχοι ἀμφιχάνωσιν."
    Ὣς εἰπὼν οἴμησε κραταιῇ χειρὶ τιταίνων
λαοφόνον δόρυ μακρὸν ὑπαὶ Χείρωνι πονηθέν.
αἶψα δ' ὑπὲρ μαζοῖο δαΐφρονα Πενθεσίλειαν
595 οὔτασε δεξιτεροῖο, μέλαν δέ οἱ ἔρρεεν αἷμα
ἐσσυμένως. ἣ δ' εἶθαρ ὑπεκλάσθη μελέεσσιν,
ἐκ δ' ἔβαλεν χειρὸς πέλεκυν μέγαν· ἀμφὶ δέ οἱ νὺξ
ὀφθαλμοὺς ἤχλυσε καὶ ἐς φρένα δῦσαν ἀνῖαι.
ἀλλὰ καὶ ὣς ἄμπνυε καὶ ἔξιδε δήιον ἄνδρα
600 ἤδη μιν μέλλοντα καθελκέμεν ὠκέος ἵππου·
ὥρμηνεν δ' ἢ χειρὶ μέγα ξίφος εἰρύσσασα
μεῖναι ἐπεσσυμένοιο θοοῦ Ἀχιλῆος ἐρωήν,

your eagerness to confront us in battle. We are the best heroes in the world, claiming descent from the Thunderer, Zeus son of Cronus; even the spirited Hector was afraid of us, even if from a distance he saw us charging to the grim battle; and it was my spear that killed him, mighty though he was. You must be quite mad to dare to threaten us with death this day. Your life's end will come soon enough. No one, not even your father Ares, can save you any longer from me. You will be punished with death, killed like a young mountain deer encountering a lion that preys on oxen. Perhaps you have not heard how many men's knees buckled under my blows at the streams of Xanthus;[18] or perhaps you do know it, but the gods have taken away your good sense so that the implacable spirits of doom can swallow you up "

With these words he pounced on her, brandishing in his mighty hand a long, murderous spear, the work of Chiron.[19] He stabbed warlike Penthesileia beneath the right breast, and out gushed the dark blood. At once her limbs lost all their strength; she dropped the great ax from her hand; darkness dimmed her sight, and agony entered her heart. Even so she recovered, only to see that her enemy was on the point of dragging her from her swift steed. She was not sure whether she should draw her great sword and wait for Achilles to come charging toward her,

18 As told in Book 21 of the *Iliad*.
19 Cf. *Il.* 16.143–4.

---

592 κραταιῇ Rhodomann: κρατερῇ M

ἢ κραιπνῶς ἵπποιο κατ' ὠκυτάτοιο θοροῦσα
λίσσεσθ' ἀνέρα δῖον, ὑποσχέσθαι δέ οἱ ὦκα
605 χαλκὸν ἅλις καὶ χρυσόν, ἅ τε φρένας ἔνδον ἰαίνει
θνητῶν ἀνθρώπων, εἰ καὶ μάλα τις θρασὺς εἴη,
τοῖς ἤν πως πεπίθοιτ' ὀλοὸν σθένος Αἰακίδαο,
ἢ καὶ ὁμηλικίην αἰδεσσάμενος κατὰ θυμὸν
δώῃ νόστιμον ἦμαρ ἐελδομένῃ περ ἀλύξαι.
610 Καὶ τὰ μὲν ὣς ὥρμαινε· θεοὶ δ' ἑτέρως ἐβάλοντο.
τῇ γὰρ ἐπεσσυμένῃ μέγ' ἐχώσατο Πηλέος υἱός,
καί οἱ ἄφαρ συνέπειρεν ἀελλόποδος δέμας ἵππου.
εὖτέ τις ἀμφ' ὀβελοῖσιν ὑπὲρ πυρὸς αἰθαλόεντος
σπλάγχνα διαμπείρῃσιν ἐπειγόμενος ποτὶ δόρπον,
615 ἢ ὥς τις στονόεντα βαλὼν ἐν ὄρεσσιν ἄκοντα
θηρητὴρ ἐλάφοιο μέσην διὰ νηδύα κέρσῃ
ἐσσυμένως, πταμένη δὲ διαμπερὲς ὄβριμος αἰχμὴ
πρέμνον ἐς ὑψικόμοιο πάγη δρυὸς ἠέ νυ πεύκης·
ὣς ἄρα Πενθεσίλειαν ὁμῶς περικαλλέι ἵππῳ
620 ἀντικρὺ διάμησεν ὑπ' ἔγχεϊ μαιμώωντι
Πηλείδης. ἢ δ' ὦκα μίγη κονίῃ καὶ ὀλέθρῳ
εὐσταλέως ἐριποῦσα κατ' οὔδεος· οὐδέ οἱ αἰδὼς
ᾔσχυνεν δέμας ἠύ· τάθη δ' ἐπὶ νηδύα μακρὴ
δουρὶ περισπαίρουσα, θοῷ δ' ἐπεκέκλιτο ἵππῳ.
625 εὖτ' ἐλάτη κλασθεῖσα βίῃ κρυεροῦ Βορέαο,
ἥν τέ που αἰπυτάτην ἀνά τ' ἄγκεα μακρὰ καὶ ὕλην,
οἷ αὐτῇ μέγ' ἄγαλμα, τρέφει παρὰ πίδακι γαῖα·
τοίη Πενθεσίλεια κατ' ὠκέος ἤριπεν ἵππου,
θηητή περ ἐοῦσα· κατεκλάσθη δέ οἱ ἀλκή.

or whether she should quickly dismount from her swift
steed and as a suppliant promise to give the hero bronze
and gold in abundance, a sweet temptation for even the
sternest mortal mind. She hoped in this way to conciliate
the grandson of Aeacus, bent on murder, or, by appealing
to sympathy for one of his own age, to be granted a re-
prieve—so desperate was she to escape.

While she was still considering the matter in this way,
the gods brought about a different conclusion. As she
moved toward him Peleus' son, full of wrath, immediately
drove his spear through the storm-footed steed and its
rider together. As when someone hastily preparing a meal
skewers two bits of offal on a spit placed over a hot fire, or
when a hunter up in the mountains with a painful spear
cast cuts right through the belly of a deer, and the power-
ful weapon flies onward until it lodges in the trunk of some
tall, leafy oak or pine: just so Peleus' son cut straight
through Penthesileia and her handsome steed with one
thrust of his raging spear, and she soon mingled with dust
and death. She fell to the ground decorously, her no-
ble body modest and showing nothing shameful as she
stretched out prone, struggling convulsively round the
spear, her swift steed fallen under her. Like some fir tree
destroyed by Boreas' freezing blast—a tree nurtured near
a spring by the earth which it adorned, the tallest tree in
all the long valleys and forests—so Penthesileia fell from
her swift steed, still beautiful but with her strength de-
stroyed.

---

610 τὰ Glasewald: τὸ M   613 ὑπὲρ Spitzner: ὑπαὶ M
615 ἢ Rhodomann, Bonitz: ἠδ' M   618 ἠέ νυ Köchly: ἢ
ἐνὶ m: ἢ m   623 μακρὴ Vian: -ὴν M   627 παρὰ Pauw: περὶ M

630   Τρῶες δ' ὡς ἐσίδοντο δαϊκταμένην ἐνὶ χάρμῃ,
πανσυδίῃ τρομέοντες ἐπὶ πτόλιν ἐσσεύοντο,
ἄσπετ' ἀκηχέμενοι μεγάλῳ περὶ πένθεϊ θυμόν.
ὡς δ' ὅτ' ἀν' εὐρέα πόντον ἐπιβρίσαντος ἀήτεω
ναῦται νῆ' ὀλέσαντες ὑπεκπροφύγωσιν ὄλεθρον,
635   παῦροι πολλὰ καμόντες ὀιζυρῆς ἁλὸς εἴσω,
ὀψὲ δ' ἄρά σφισι γαῖα φάνη σχεδὸν ἠδὲ καὶ ἄστυ,
τοὶ δὲ μόγῳ στονόεντι τετρυμένοι ἅψεα πάντα
ἐξ ἁλὸς ἀίσσουσι μέγ' ἀχνύμενοι περὶ νηὸς
ἠδ' ἑτάρων οὓς αἰνὸν ὑπὸ ζόφον ἤλασε κῦμα·
640   ὣς Τρῶες ποτὶ ἄστυ πεφυζότες ἐκ πολέμοιο
κλαῖον πάντες Ἄρηος ἀμαιμακέτοιο θύγατρα
καὶ λαοὺς οἳ δῆριν ἀνὰ στονόεσσαν ὄλοντο.

      Τῇ δ' ἐπικαγχαλόων μεγάλ' εὔχετο Πηλέος υἱός·
    "Κεῖσό νυν ἐν κονίῃσι κυνῶν βόσις ἠδ' οἰωνῶν,
645   δειλαίη· τίς γάρ σε παρήπαφεν ἀντί' ἐμεῖο
ἐλθέμεν; ἦ που ἔφησθα μάχης ἀπονοστήσασα
οἴσειν ἄσπετα δῶρα παρὰ Πριάμοιο γέροντος
κτείνασ' Ἀργείους; ἀλλ' οὐ τόδε σοί γε νόημα
ἀθάνατοι ἐτέλεσσαν, ἐπεὶ μέγα φέρτατοί εἰμεν
650   ἡρώων, Δαναοῖσι φάος μέγα, Τρωσὶ δὲ πῆμα
ἠδὲ σοὶ αἰνομόρῳ, ἐπεὶ ἦ νύ σε Κῆρες ἐρεμναὶ
καὶ νόος ἐξορόθυνε γυναικῶν ἔργα λιποῦσαν
βήμεναι ἐς πόλεμον τόν περ τρομέουσι καὶ ἄνδρες."

    Ὣς εἰπὼν μελίην ἐξείρυσε Πηλέος υἱὸς
655   ὠκέος ἐξ ἵπποιο καὶ αἰνῆς Πενθεσιλείης·

When the Trojans saw that she had been killed in the battle, they all began to run in terror toward the city, their hearts inexpressibly distressed by their great grief. As when on the open sea sailors lose their ship in a hurricane, and a few escape drowning after many an ordeal in the deadly waves; and at long last there appears land close by and a city, and they hasten to get out of the sea, their limbs completely exhausted with painful effort, and their minds grieving for their ship and their companions, wave-driven into the nether darkness: just so all the Trojans, fleeing from the battle toward their city, wept for the daughter of irresistible Ares and for the host of warriors who had perished in that fatal conflict.

Exulting over his victim, the son of Peleus taunted her: "Wretched woman, lie in the dust as carrion for the dogs and birds! Who tricked you into confronting me? Did you think you would return from battle and be given countless gifts by old Priam as reward for killing the Argives? The gods put paid to that idea of yours. We are far the best of the heroes; we bring light to the Danaans, suffering to the Trojans and to you, now that the grim spirits of doom and your own inclination have roused you to leave women's work and engage in war, a fearful business even for men."

With these words the son of Peleus pulled his spear out of the swift steed and out of dread Penthesileia, and

---

637 αἶψα Dausque: αἶψα m: αἶψα δὲ m   πάντα Spitzner: -τες M   648 τόδε Rhodomann: τό γε M   σοί Rhodomann: οἵ m: οἱ m   651 ἢ add. Rhodomann: om. M   ἐρεμναὶ Rhodomann: ἐρυ- M

ἄμφω δ' ἀσπαίρεσκον ὑφ' ἓν δόρυ δῃωθέντες.
ἀμφὶ δέ οἱ κρατὸς κόρυν εἵλετο μαρμαίρουσαν
ἠελίου ἀκτῖσιν ἀλίγκιον ἢ Διὸς αἴγλῃ·
τῆς δὲ καὶ ἐν κονίῃσι καὶ αἵματι πεπτηυίης
660   ἐξεφάνη ἐρατῇσιν ὑπ' ὀφρύσι καλὰ πρόσωπα
καί περ ἀποκταμένης. οἳ δ', ὡς ἴδον, ἀμφιέποντες
Ἀργεῖοι θάμβησαν, ἐπεὶ μακάρεσσιν ἐῴκει.
κεῖτο γὰρ ἐν τεύχεσσι κατὰ χθονὸς ἠΰτ' ἀτειρὴς
Ἄρτεμις ὑπνώουσα Διὸς τέκος, εὖτε κάμῃσι
665   γυῖα κατ' οὔρεα μακρὰ θοοὺς βάλλουσα λέοντας·
αὐτὴ γάρ μιν ἔτευξε καὶ ἐν φθιμένοισιν ἀγητὴν
Κύπρις ἐυστέφανος κρατεροῦ παράκοιτις Ἄρηος,
ὄφρά τι καὶ Πηλῆος ἀμύμονος υἷ' ἀκαχήσῃ.
πολλοὶ δ' εὐχετόωντο κατ' οἰκία νοστήσαντες
670   τοίης ἧς ἀλόχοιο παρὰ λεχέεσσιν ἰαῦσαι.
καὶ δ' Ἀχιλεὺς ἀλίαστον ἑῷ ἐνὶ τείρετο θυμῷ,
οὕνεκά μιν κατέπεφνε καὶ οὐκ ἄγε δῖαν ἄκοιτιν
Φθίην εἰς εὔπωλον, ἐπεὶ μέγεθός τε καὶ εἶδος
ἔπλετ' ἀμώμητός τε καὶ ἀθανάτῃσιν ὁμοίη.
675   Ἄρεϊ δ' ἔμπεσε πένθος ὑπὸ φρένας ἀμφὶ
θυγατρὸς
θυμὸν ἀκηχεμένου. τάχα δ' ἔκθορεν Οὐλύμποιο,
σμερδαλέῳ ἀτάλαντος ἀεὶ κτυπέοντι κεραυνῷ
ὅν τε Ζεὺς προΐησιν, ὁ δ' ἀκαμάτης ἀπὸ χειρὸς
ἔσσυται ἢ ἐπὶ πόντον ἀπείριτον ἢ ἐπὶ γαῖαν
680   μαρμαίρων, τῷ δ' ἀμφὶ μέγας πελεμίζετ' Ὄλυμπος·
τοῖος Ἄρης ταναοῖο δι' ἠέρος ἀσχαλόων κῆρ
ἔσσυτο σὺν τεύχεσσιν, ἐπεὶ μόρον αἰνὸν ἄκουσε

both bodies writhed convulsively, dispatched by the same weapon. He removed from her head the helmet that shone like sunbeams or the radiance of Zeus. Then the beauty of the face beneath her lovely brows could be seen, fallen though she was in the blood and dust. She looked like a goddess, and the Argives around Achilles felt wonder at the sight. Lying there on the ground in her armor she resembled Artemis, the hardy daughter of Zeus, when she sleeps following a long and exhausting hunt after swift mountain lions; for Cypris of the fair garland herself, bed-fellow[20] of mighty Ares, had made her beautiful even in death so that even noble Peleus' son should feel remorse. Many men wished that when at last they returned home they could have such a wife to sleep by; and Achilles continued sore at heart because he had killed her instead of taking her back to Phthia, land of horses, as his wife, so perfectly beautiful was she, and in appearance so like a goddess.

Heartbroken and grieving at the death of his daughter, Ares sprang swiftly down from Olympus like a terrible crashing thunderbolt hurled by Zeus, which hurtles from his tireless hand in a flash over the earth or the limitless ocean while around it great Olympus trembles: just so the grief-stricken Ares, clad in his armor, hurtled through the spreading air when he heard of his child's

---

[20] Usually the word *parakoitis* means "wife," but here the reference is probably to the famous episode of Ares' and Aphrodite's adultery, as told at *Od.* 8.266–366.

---

670 ἧς Köchly: om. M
671 ἐνὶ τείρετο Tychsen: ἐνετείρετο M

παιδὸς ἑῆς· τῷ γάρ ῥα κατ᾽ οὐρανὸν εὐρὺν ἰόντι
Αὖραι μυθήσαντο θοαὶ Βορέαο θύγατρες
685 κούρης αἰνὸν ὄλεθρον. ὁ δ᾽ ὡς κλύεν, ἶσος ἀέλλῃ
Ἰδαίων ὀρέων ἐπεβήσετο· τοῦ δ᾽ ὑπὸ ποσσὶν
ἄγκεα κίνυτο μακρὰ βαθύρρωχμοί τε χαράδραι
καὶ ποταμοὶ καὶ πάντες ἀπειρέσιοι πόδες Ἴδης.
καί νύ κε Μυρμιδόνεσσι πολύστονον ὤπασεν ἦμαρ,
690 εἰ μή μιν Ζεὺς αὐτὸς ἀπ᾽ Οὐλύμποιο φόβησε
σμερδαλέῃς στεροπῇσι καὶ ἀργαλέοισι κεραυνοῖς
οἵ οἱ πρόσθε ποδῶν θαμέες ποτέοντο δι᾽ αἴθρης
δεινὸν ἀπαιθόμενοι. ὁ δ᾽ ἄρ᾽ εἰσορόων ἐνόησε
πατρὸς ἐριγδούποιο μέγα βρομέουσαν ὁμοκλήν,
695 ἔστη δ᾽ ἐσσύμενός περ ἐπὶ πτολέμοιο κυδοιμόν.
ὡς δ᾽ ὅτ᾽ ἀπ᾽ ἠλιβάτου σκοπιῆς περιμήκεα λᾶαν
λάβρος ὁμῶς ἀνέμοισιν ἀπορρήξῃ Διὸς ὄμβρος,
ὄμβρος ἄρ᾽ ἠδὲ κεραυνός, ἐπικτυπέουσι δὲ βῆσσαι
λάβρα κυλινδομένοιο, ὁ δ᾽ ἀκαμάτῳ ὑπὸ ῥοίβδῳ
700 ἔσσυτ᾽ ἀναθρῴσκων μάλα ταρφέα, μέχρις ἵκηται
χῶρον ἐπ᾽ ἰσόπεδον, σταίη δ᾽ ἄφαρ οὐκ ἐθέλων περ·
ὣς Διὸς ὄβριμος υἱὸς Ἄρης ἀέκοντί γε θυμῷ
ἔστη ἐπειγόμενός περ, ἐπεὶ μακάρων μεδέοντι
πάντες ὁμῶς εἴκουσιν Ὀλύμπιοι, οὕνεκ᾽ ἄρ᾽ αὐτῶν
705 πολλὸν ὑπέρτατός ἐστι, πέλει δέ οἱ ἄσπετος ἀλκή.
πολλὰ δὲ πορφύροντα θοὸς νόος ὀτρύνεσκεν
ἄλλοτε μὲν Κρονίδαο μέγ᾽ ἀσχαλόωντος ἐνιπὴν
σμερδαλέην τρομέοντα πρὸς οὐρανὸν ἀπονέεσθαι,
ἄλλοτε δ᾽ οὐκ ἀλέγειν σφετέρου πατρός, ἀλλ᾽ Ἀχιλῆι

grim fate. (The Breezes, swift daughters of Boreas, had told him of the girl's grim death when he was traveling in the broad heavens.) As soon as he heard the news, he descended like a storm upon the mountains of Ida, and the impact of his feet set up a movement in the long valleys, the torrents in their deep gorges, the rivers, and all the countless foothills of Ida. He would have made that day a day of grief for the Myrmidons had not Zeus himself on Olympus scared him with grim lightning flashes and dread thunderbolts sent through the sky to arrive in a fearful blaze at his feet. On seeing this he recognized that the threatening clamor was from his father, god of the thunder, and he halted his eager progress toward the din of battle. Just as when some huge boulder is dislodged from a high mountain summit by the winds and torrential rain from Zeus, or by rain and thunderbolts combined, so that the valleys reecho its crashing progress as it keeps careering down with tireless force until it reaches level ground and is forced to a sudden halt: just so Ares, mighty son of Zeus, reluctantly halted his eager course; for all the Olympians alike give way to the ruler of the blessed gods, since he is far superior to them and his power is beyond words to describe. As Ares pondered the matter, his mind veered between feeling that he should return cowed to heaven in obedience to the grim warning he had received from the wrathful son of Cronus and, on the other hand, the urge to ignore his father and soak his tireless hands in the blood

---

685 κλύεν Pierson: κίεν M
692 ποτέοντο Spitzner: -όωντο M

710 μῖξαι ἐν αἵματι χεῖρας ἀτειρέας. ὀψὲ δέ οἱ κῆρ
μνήσαθ᾽ ὅσσοι καὶ Ζηνὸς ἐνὶ πτολέμοισι δάμησαν
υἱέες οἷς οὐδ᾽ αὐτὸς ἐπήρκεσεν ὀλλυμένοισι.
τοὔνεκ᾽ ἀπ᾽ Ἀργείων ἑκὰς ἤιεν· ἦ γὰρ ἔμελλε
κεῖσθαι ὁμῶς Τιτῆσι δαμεὶς στονόεντι κεραυνῷ,
715 εἰ Διὸς ἀθανάτοιο παρ᾽ ἐκ νόον ἄλλα μενοίνα.
    Καὶ τότ᾽ ἀρήιοι υἷες ἐυσθενέων Ἀργείων
σύλεον ἐσσυμένως βεβροτωμένα τεύχεα νεκρῶν
πάντῃ ἐπεσσύμενοι. μέγα δ᾽ ἄχνυτο Πηλέος υἱὸς
κούρης εἰσορόων ἐρατὸν σθένος ἐν κονίῃσι·
720 τοὔνεκά οἱ κραδίην ὀλοαὶ κατέδαπτον ἀνῖαι,
ὁππόσον ἀμφ᾽ ἑτάροιο πάρος Πατρόκλοιο δαμέντος.
Θερσίτης δέ μιν ἄντα κακῷ μέγα νείκεσε μύθῳ·
    "Ὦ Ἀχιλεῦ φρένας αἰνέ, τί ἦ νύ σευ ἤπαφε
        δαίμων
θυμὸν ἐνὶ στέρνοισιν Ἀμαζόνος εἵνεκα λυγρῆς
725 ἣ νῶιν κακὰ πολλὰ λιλαίετο μητίσασθαι;
καί τοι ἐνὶ φρεσὶ σῇσι γυναιμανὲς ἦτορ ἔχοντι
μέμβλεται ὡς ἀλόχοιο πολύφρονος ἥν τ᾽ ἐπὶ ἕδνοις
κουριδίην μνήστευσας ἐελδόμενος γαμέεσθαι.
ὥς σ᾽ ὄφελον κατὰ δῆριν ὑποφθαμένη βάλε δουρί,
730 οὕνεκα θηλυτέρῃσιν ἄδην ἐπιτέρπεαι ἦτορ,
οὐδέ νυ σοί τι μέμηλεν ἐνὶ φρεσὶν οὐλομένῃσιν
ἀμφ᾽ ἀρετῆς κλυτὸν ἔργον, ἐπὴν ἐσίδῃσθα γυναῖκα.
σχέτλιε, ποῦ νύ τοί ἐστι † περὶ † σθένος ἠδὲ νόημα;
πῇ δὲ βίη βασιλῆος ἀμύμονος; οὐδέ τι οἶσθα
735 ὅσσον ἄχος Τρώεσσι γυναιμανέουσι τέτυκται;

66

of Achilles. But eventually he remembered that even Zeus had lost sons in the fighting and had not interfered to help them;[21] and so he moved back from the Argives. Had he opposed the will of immortal Zeus, he would have been laid low like the Titans by the agonizing thunderbolt.

Then the warlike sons of the mighty Argives hastened to strip the gory armor from bodies all over the battlefield. Peleus' son felt great grief when he saw the beautiful warrior maiden lying in the dust; the pain that gnawed his heart was no less than he had formerly felt at the death of his comrade Patroclus. Then Thersites came up and insultingly mocked him:

"What folly, Achilles! Some god, it seems, has beguiled your mind and heart for this wretched Amazon, who was bent on planning a lot of bad things for us. You are obsessed with women! You have the same feelings for her as you would have for a sensible wife whom you aimed to marry lawfully with wedding gifts. She ought to have killed you in the fighting before you killed her! You take too much delight in women: the mere sight of one has made your cruel heart care nothing for fame or virtuous conduct. Wretched man, where now are your valor, your prudence, your noble and kingly power? Have you no idea what grief was caused the Trojans by their love of women?[22]

---

[21] A reference to Zeus' reluctant acquiescence in the death of Sarpedon at *Il.* 16.431–61.   [22] I.e., Helen.

---

715 εἰ Διὸς Pauw: εἶδος m· εἰδὼς m   722 μέγα add. Tychsen: om. M   727 μέμβλεται Hermann: -το M
729 σ' add. Rhodomann: om. M
733 ἠδὲ Pauw: ἠὲ M

οὐ γὰρ τερπωλῆς ὀλοώτερον ἄλλο βροτοῖσιν
ἐς λέχος ἱεμένης, ἥ τ᾽ ἄφρονα φῶτα τίθησι
καὶ πινυτόν περ ἐόντα. πόνῳ δ᾽ ἄρα κῦδος ὀπηδεῖ·
ἀνδρὶ γὰρ αἰχμητῇ νίκης κλέος ἔργα τ᾽ Ἄρηος
740 τερπνά, φυγοπτολέμῳ δὲ γυναικῶν εὔαδεν εὐνή."
    Φῆ μέγα νεικείων· ὃ δέ οἱ περιχώσατο θυμῷ
Πηλείδης ἐρίθυμος. ἄφαρ δέ ἑ χειρὶ κραταιῇ
τύψε κατὰ γναθμοῖο καὶ οὔατος· οἳ δ᾽ ἅμα πάντες
ἐξεχύθησαν ὀδόντες ἐπὶ χθόνα, κάππεσε δ᾽ αὐτὸς
745 πρηνής· ἐκ δέ οἱ αἷμα διὰ στόματος πεφόρητο
ἀθρόον· αἶψα δ᾽ ἄναλκις ἀπὸ μελέων φύγε θυμὸς
ἀνέρος οὐτιδανοῖο. χάρη δ᾽ ἄρα λαὸς Ἀχαιῶν·
τοὺς γὰρ νείκεε πάμπαν ἐπεσβολίῃσι κακῇσιν
αὐτὸς ἐὼν λωβητός· ὃ γὰρ Δαναῶν πέλεν αἰδώς.
750 καί ῥά τις ὧδ᾽ εἴπεσκεν ἀρηιθόων Ἀργείων·
    "Οὐκ ἀγαθὸν βασιλῆας ὑβριζέμεν ἀνδρὶ χέρηι
ἀμφαδὸν οὔτε κρυφηδόν, ἐπεὶ χόλος αἰνὸς ὀπηδεῖ·
ἔστι θέμις, καὶ γλῶσσαν ἀναιδέα τίννυται Ἄτη
ἥ τ᾽ αἰεὶ μερόπεσσιν ἐπ᾽ ἄλγεσιν ἄλγος ἀέξει."
755 Ὣς ἄρ᾽ ἔφη Δαναῶν τις· ὃ δ᾽ ἀσχαλόων ἐνὶ θυμῷ
Πηλείδης ἐρίθυμος ἔπος ποτὶ τοῖον ἔειπε·
    "Κεῖσό νυν ἐν κονίῃσι λελασμένος ἀφροσυνάων·
οὐ γὰρ ἀμείνονι φωτὶ χρεὼ κακὸν ἀντιφερίζειν·
ὃς καί που προπάροιθεν Ὀδυσσῆος ταλαὸν κῆρ
760 ἀργαλέως ὤρινας ἐλέγχεα μυρία βάζων.

739 νίκης Köchly: -κη M
742 δέ ἑ Rhodomann: δ᾽ ὅγε M

68

No human passion is more pernicious than that sexual desire which makes even wise men foolish. Fame comes with hard work: a spearman should desire a reputation for victory in the works of war. Sleeping with women is for cowards!"

Such were his insults. Peleus' proud son with rage and wrath instantly dealt him a blow with his mighty hand on the jaw by the ear. All his teeth came loose and fell on the ground, and he collapsed face down; blood gushed copiously from his mouth; and straightaway the scoundrel's feeble spirit left his body. The Achaean host rejoiced at the death of that man of no worth who used to insult and slander them; he was a disgrace to the Danaans. Then the Argives, those speedy warriors, spoke as follows:

"Lesser men should beware of insulting their kings either face-to-face or behind their backs: the result is terrible wrath. Justice does exist: Ruin, who brings mortals misery upon misery, punishes an insolent tongue."[23]

So spoke the Danaans. And Peleus' proud son, still furious, addressed him with these words:

"Lie there in the dust, all your follies forgotten! It is not right for a lesser man to challenge his betters. This was not your first offense: you had already roused Odysseus' enduring heart to fury with your endless insults. But

---

[23] The loud-mouthed Thersites' punishment is appropriately oral. The whole scene is modeled on *Il.* 2.211–77, where he is given a beating by Odysseus for speaking insolently to Agamemnon (cf. 759–60).

ἀλλ' οὐ Πηλείδης τοι ὁμοίιος ἐξεφαάνθην,
ὅς σευ θυμὸν ἔλυσα καὶ οὐκ ἐπὶ χειρὶ βαρείη
πληξάμενος· σὲ δὲ πότμος ἀμείλιχος ἀμφεκάλυψε,
σῇ δ' ὀλιγοδρανίῃ θυμὸν λίπες. ἀλλ' ἀπ' Ἀχαιῶν
765 ἔρρε καὶ ἐν φθιμένοισιν ἐπεσβολίας ἀγόρευε."
    Ὣς ἔφατ' Αἰακίδαο θρασύφρονος ἄτρομος υἱός.
Τυδείδης δ' ἄρα μοῦνος ἐν Ἀργείοις Ἀχιλῆι
χώετο Θερσίταο δεδουπότος, οὕνεκ' ἄρ' αὐτοῦ
εὔχετ' ἀφ' αἵματος εἶναι, ἐπεὶ πέλεν ὃς μὲν ἀγαυοῦ
770 Τυδέος ὄβριμος υἱός, ὁ δ' Ἀγρίου ἰσοθέοιο,
Ἀγρίου ὅς τ' Οἰνῆος ἀδελφεὸς ἔπλετο δίου·
Οἰνεὺς δ' υἱέα γείνατ' ἀρήιον ἐν Δαναοῖσι
Τυδέα· τοῦ δ' ἐτέτυκτο πάις σθεναρὸς Διομήδης.
τοὔνεκα Θερσίταο περὶ κταμένοιο χαλέφθη.
775 καί νύ κε Πηλείωνος ἐναντίον ἤρατο χεῖρας,
εἰ μή μιν κατέρυξαν Ἀχαιῶν φέρτατοι υἷες
πολλὰ παρηγορέοντες ὁμιλαδόν· ὣς δὲ καὶ αὐτὸν
Πηλείδην ἑτέρωθεν ἐρήτυον. ἦ γὰρ ἔμελλον
ἤδη καὶ ξιφέεσσιν ἐριδμαίνειν οἱ ἄριστοι
780 Ἀργείων· τοὺς γάρ ῥα κακὸς χόλος ὀτρύνεσκεν.
ἀλλ' οἳ μὲν πεπίθοντο παραιφασίῃσιν ἑταίρων.
    Οἳ δὲ μέγ' οἰκτείραντες ἀγαυὴν Πενθεσίλειαν
Ἀτρεῖδαι βασιλῆες, ἀγασσάμενοι δὲ καὶ αὐτοὶ
Τρωσὶ δόσαν ποτὶ ἄστυ φέρειν ἐρικυδέος Ἴλου
785 σὺν σφοῖσιν τεύχεσσιν, ἐπεὶ Πριάμοιο νόησαν
ἀγγελίην προϊέντος· ὁ γὰρ φρεσὶν ᾗσι μενοίνα
κούρην ὀβριμόθυμον ὁμῶς τεύχεσσι καὶ ἵππῳ
ἐς μέγα σῆμα βαλέσθαι ἀφνειοῦ Λαομέδοντος.

70

I, the son of Peleus, proved different: a light blow from
my hand let loose your spirit, implacable death enveloped
you, and you left your feeble existence. Begone from the
Achaeans and save your insolent chatter for the dead!"

So spoke the fearless son of fierce Aeacides. The son of
Tydeus was the only Argive to be angered by Thersites'
death. They were blood relatives, the one a mighty son of
noble Tydeus, the other of Agrius, brother of divine Oe-
neus, who was the father of the Danaan warrior Tydeus,
whose mighty son Diomedes was; hence his anger at the
killing of Thersites. He would have squared up to the son
of Peleus if the foremost Achaean leaders had not crowded
round and restrained him with various calming words; and
separately they restrained the son of Peleus. Prompted by
this destructive anger, the best of the Argives just avoided
a swordfight. They consented, however, to be appeased by
their comrades.

The Atreid kings themselves felt great pity and admira-
tion for noble Penthesileia, and they granted the Trojans
permission to carry her body and her armor to the city
of glorious Ilus. This was in response to a message from
Priam, who hoped to bury the courageous maiden, to-
gether with her arms and her steed, in the tomb of rich

---

761 ἐξεφαάνθην C. L. Struve: -θη M
773 ἐτέτυκτο Rhodomann: ἐτέκτο m: ἐτέκετο m

QUINTUS SMYRNAEUS

καί οἱ πυρκαϊὴν νηήσατο πρόσθε πόληος
790 ὑψηλήν, εὐρεῖαν· ὕπερθε δὲ θήκατο κούρην
πολλοῖς σὺν κτεάτεσσιν ὅσα κταμένῃ ἐπεῴκει
ἐν πυρὶ συγκείασθαι ἐυκτεάνῳ βασιλείῃ.
καὶ τὴν μὲν κατέδαψε μένος μέγα Ἡφαίστοιο,
φλὸξ ὀλοή· λαοὶ δὲ περισταδὸν ἄλλοθεν ἄλλοι
795 πυρκαϊὴν σβέσσαντο θοῶς εὐώδεϊ οἴνῳ.
ὀστέα δ’ ἀλλέξαντες ἅδην ἐπέχευαν ἄλειφα
ἡδὺ καὶ ἐς κοίλην χηλὸν θέσαν· ἀμφὶ δ’ ἄρ’ αὐτοῖς
πίονα δημὸν ὕπερθε βάλον βοὸς ἥ τ’ ἀγέλῃσιν
Ἰδαίοις ἐν ὄρεσσι μετέπρεπε φερβομένῃσι.
800 Τρῶες δ’ ὥς τε θύγατρα φίλην περικωκύσαντες
ἀχνύμενοι τάρχυσαν ἐύδμητον περὶ τεῖχος
πύργῳ ἐπὶ προὔχοντι παρ’ ὀστέα Λαομέδοντος,
ἦρα φέροντες Ἄρηι καὶ αὐτῇ Πενθεσιλείῃ.
καί οἱ παρκατέθαψαν Ἀμαζόνας ὅσσαι ἅμ’ αὐτῇ
805 ἑσπόμεναι ποτὶ δῆριν ὑπ’ Ἀργείοισι δάμησαν·
οὐ γάρ σφιν τύμβοιο πολυκλαύτοιο μέγηραν
Ἀτρεῖδαι, Τρώεσσι δ’ ἐυπτολέμοισιν ὄπασσαν
ἐκ βελέων ἐρύσασθαι ὁμῶς κταμένοισι καὶ ἄλλοις.
οὐ γὰρ ἐπὶ φθιμένοισι πέλει κότος, ἀλλ’ ἐλεεινοὶ
810 δήιοι οὐκέτ’ ἐόντες, ἐπὴν ἀπὸ θυμὸς ὄληται.
    Ἀργεῖοι δ’ ἀπάνευθε δόσαν πυρὶ πολλὰ κάρηνα
ἡρώων οἳ δή σφιν ὁμοῦ κτάθεν ἠδ’ ἐδάμησαν
Τρώων ἐν παλάμῃσιν ἀνὰ στόμα δηιοτῆτος,
πολλὰ μάλ’ ἀχνύμενοι κταμένων ὕπερ· ἔξοχα δ’
        ἄλλων

Laomedon. He had a pyre built, broad and high, before
the city, and upon it the girl was placed, surrounded by
many funerary gifts of a kind fitting for a wealthy queen
to have cremated with her. The power of Hephaestus'
destructive flames consumed her body, and the people
standing all around soon extinguished the pyre with fra-
grant wine. They collected the bones, drenched them with
sweet oil, placed them within a coffer, and laid over them
the rich fat of the best cow to be seen in the herds graz-
ing the mountains of Ida. Lamenting her like their own
daughter, the grieving Trojans interred her next to the
bones of Laomedon at a prominent part of the well-built
walls, paying due service to Ares and to Penthesileia her-
self. Next to her they buried the Amazons, her compan-
ions in battle, who had been killed by the Argives; for the
Atreids did not begrudge them lamentation and a tomb,
and they permitted the warlike Trojans to recover their
bodies from the battlefield together with the rest of their
dead. No anger is felt against the dead: once they have
breathed their last, they are objects of pity, enemies no
longer.

On their side the Argives committed to the flames
many warrior chieftains who had been vanquished and
killed at the hands of the Trojans, fighting in the front
line in that same battle. Great was their grief for the dead;

---

792 συγκείασθαι C. L. Struve: -χεύασθαι M
805 ποτὶ Köchly: παρὰ m: περὶ m

815 ἀμφ' ἀγαθοῦ μύροντο Ποδάρκεος. οὐ γὰρ ἐπ' ἐσθλοῦ
δεύετ' ἀδελφειοῖο μάχῃ ἔνι Πρωτεσιλάου·
ἀλλ' ὃ μὲν ἤδη πρόσθεν ὑφ' Ἕκτορι κεῖτο δαϊχθεὶς
ἠῢς Πρωτεσίλαος, ὃ δ' ἔγχεϊ Πενθεσιλείης
βλήμενος Ἀργείοισι λυγρὸν περικάββαλε πένθος.
820 τοὔνεκά οἱ πληθὺν μὲν ἀπόπροθι ταρχύσαντο
τεθναότων· κείνῳ δὲ πέριξ ἐβάλοντο καμόντες
οἵῳ σῆμ' ἀρίδηλον, ἐπεὶ θρασὺς ἔπλετο θυμῷ.
νόσφι δὲ Θερσίταο λυγρὸν δέμας οὐτιδανοῖο
θάψαντες, ποτὶ νῆας ἐϋπρώρους ἀφίκοντο
825 Αἰακίδην Ἀχιλῆα μέγα φρεσὶ κυδαίνοντες.
ἦμος δ' αἰγλήεσσα κατ' Ὠκεανοῖο βεβήκει
Ἠώς, ἀμφὶ δὲ γαῖαν ἐκίδνατο θεσπεσίη Νύξ,
δὴ τότ' ἄρ' ἐν κλισίῃς Ἀγαμέμνονος ἀφνειοῖο
δαίνυτο Πηλείδαο βίη· σὺν δ' ἄλλοι ἄριστοι
830 τέρποντ' ἐν θαλίῃς μέχρις Ἠῶ δῖαν ἱκέσθαι.

815 ἐπ' Köchly: ἔτ' M

74

and in particular they lamented good Podarces, who in battle was the equal of his brother, noble Protesilaüs; but good Protesilaüs had already been laid low by Hector; and now his brother was dead by the spear of Penthesileia, a cause of dreadful grief for the Argives. They therefore buried the rest of their dead at a distance, and with great effort made for him alone a conspicuous funeral mound in recognition of his bravery. They buried the worthless Thersites' miserable corpse away from the others. Then they returned to their fine-prowed ships acclaiming Achilles, grandson of Aeacus, in their hearts. When the bright goddess of day sank below the ocean and holy night was spread over the earth, the mighty son of Peleus ate his meal in the quarters of wealthy Agamemnon, and the other nobles took their pleasure until the coming of divine Dawn.

BOOK II

The Trojans debate their situation. Thymoetes is despondent, Priam encouraging. The wise Polydamas' suggestion that Helen should be given back meets with an angry response from Paris. The rest of the book is similar in plan to Book 1. Trojan hopes are raised by the arrival of Priam's nephew Memnon and his Ethiopian troops. Like Penthesileia, he is royally entertained, enjoys initial success in the battle, and is defeated by Achilles. His divine mother, the Dawn, has his body carried away by the winds and metamorphoses his troops into birds. The book closes with mourning, both divine and human.

Memnon featured in the Aethiopis, *in the* Memnon *and the* Weighing of Souls *of Aeschylus, and in the* Ethiopians *and the* Memnon *of Sophocles. The bird metamorphosis is not mentioned in Proclus' summary of the* Aethiopis. *Quintus' account of it is close to that given by Dionysius in his didactic poem on fowling,* Ixeutica, *a summary of which survives; cf. Ovid,* Met. *13.576–622.*

ΛΟΓΟΣ Β

Αὐτὰρ ἐπεὶ κορυφὰς ὀρέων ὑπὲρ ἠχηέντων
λαμπρὸν ὑπὲρ φάος ἦλθεν ἀτειρέος ἠελίοιο,
οἱ μὲν ἄρ' ἐν κλισίῃσιν Ἀχαιῶν ὄβριμοι υἷες
γήθεον ἀκαμάτῳ μέγ' ἐπευχόμενοι Ἀχιλῆι·
5   Τρῶες δ' αὖ μύροντο κατὰ πτόλιν, ἀμφὶ δὲ πύργους
ἑζόμενοι σκοπίαζον, ἐπεὶ φόβος ἔλλαβε πάντας,
μὴ δή που μέγα τεῖχος ὑπερθόρῃ ὄβριμος ἀνὴρ
αὐτούς τε κτείνῃ κατά τε πρήσῃ πυρὶ πάντα.
τοῖσι δ' ἄρ' ἀχνυμένοισι γέρων μετέειπε Θυμοίτης·
10   "Ὦ φίλοι, οὐκέτ' ἔγωγε περὶ φρεσὶν οἶδα νοῆσαι
ὅππως ἔσσεται ἄλκαρ ἀνιηροῦ πολέμοιο
Ἕκτορος ἀγχεμάχοιο δεδουπότος, ὃς μέγα Τρώων
κάρτος ἔην τὸ πάροιθε· καὶ οὐδ' ὅ γε Κῆρας ἄλυξεν,
ἀλλ' ἐδάμη παλάμῃσιν Ἀχιλλέος, ᾧ περ ὀίω
15   καὶ θεὸν ἀντιάσαντα μάχῃ ἔνι δῃωθῆναι·
οἵην τήνδ' ἐδάμασσεν ἀνὰ κλόνον, ἥν περ οἱ ἄλλοι
Ἀργεῖοι φοβέοντο, δαΐφρονα Πενθεσίλειαν·
καὶ γὰρ ἔην ἔκπαγλος· ἔγωγέ μιν ὡς ἐνόησα,
ὠισάμην μακάρων τιν' ἀπ' οὐρανοῦ ἐνθάδ' ἱκέσθαι
20   ἡμῖν χάρμα φέρουσαν· ὃ δ' οὐκ ἄρ' ἐτήτυμον ἦεν.
ἀλλ' ἄγε φραζώμεσθα τί λώιον ἄμμι γένηται,
ἢ ἔτι που στυγεροῖσι μαχώμεθα δυσμενέεσσιν,
ἢ ἤδη φεύγωμεν ἀπ' ἄστεος ὀλλυμένοιο·

BOOK II

When the tireless sun's bright light rose above the echoing mountain peaks, the mighty sons of the Achaeans were still joyfully acclaiming unwearied Achilles. In their city meanwhile the Trojans were lamenting. Watchers were set on the towers; everyone was afraid that the mighty man would leap over their great walls to murder them and set all in flames. In the midst of their lamentations old Thymoetes addressed them:

"My friends, I can no longer conceive how we are to defend ourselves in this terrible war now that our champion Hector has fallen. In the past he was the Trojans' mainstay, but even he did not escape the Fates: he died at the hands of Achilles, a man I believe would be able to cut down even a god in battle; for he vanquished in the fight such a warlike woman as Penthesileia, who put to flight the rest of the Argives, so formidable was she. Indeed, when I first saw her I thought a goddess had come from heaven bringing us joy. That was not to be. But come, let us consider the best course of action. Should we continue to fight these hateful foes, or should we flee this city as it

---

15 ἔνι Rhodomann: ἂν M

79

οὐ γὰρ ἔτ᾽ Ἀργείοισι δυνησόμεθ᾽ ἀντιφερίζειν
25 μαρναμένου κατὰ δῆριν ἀμειλίκτου Ἀχιλῆος."
    Ὣς ἄρ᾽ ἔφη· τὸν δ᾽ υἱὸς ἀμείβετο Λαομέδοντος·
    "Ὦ φίλος ἠδ᾽ ἄλλοι Τρῶες σθεναροί τ᾽ ἐπίκουροι,
μή νύ τι δειμαίνοντες ἑῆς χαζώμεθα πάτρης,
μηδ᾽ ἔτι δυσμενέεσσι μαχώμεθα τῆλε πόληος,
30 ἀλλά που ἐκ πύργων καὶ τείχεος, εἰς ὅ κεν ἔλθῃ
Μέμνων ὀβριμόθυμος ἄγων ἀπερείσια φῦλα
λαῶν οἳ ναίουσι μελάμβροτον Αἰθιόπειαν.
ἤδη γάρ ῥα καὶ αὐτὸν ὀίομαι ἀγχόθι γαίης
ἔμμεναι ἡμετέρης, ἐπεὶ ἦ νύ οἱ οὔ τι νέον γε
35 ἀγγελίην προέηκα μέγ᾽ ἀχνύμενος περὶ θυμῷ·
αὐτὰρ ὅ γ᾽ ἀσπασίως μοι ὑπέσχετο πάντα τελέσσαι
ἐλθὼν ἐς Τροίην· καί μιν σχεδὸν ἔλπομαι εἶναι.
ἀλλ᾽ ἄγε τλῆτ᾽ ἔτι βαιόν, ἐπεὶ πολὺ λώιόν ἐστι
θαρσαλέως ἀπολέσθαι ἀνὰ κλόνον ἠὲ φυγόντας
40 ζώειν ἀλλοδαποῖσι παρ᾽ ἀνδράσιν αἴσχε᾽ ἔχοντας."
    Ἦ ῥ᾽ ὁ γέρων· ἀλλ᾽ οὔ τι σαόφρονι
        Πουλυδάμαντι
ἤνδανεν εἰσέτι δῆρις, εὔφρονα δ᾽ ἔκφατο μῦθον·
    "Εἰ μὲν δὴ Μέμνων τοι ἀριφραδέως κατένευσεν
ἡμέων αἰνὸν ὄλεθρον ἀπωσέμεν, οὔ τι μεγαίρω
45 μίμνειν ἀνέρα δῖον ἀνὰ πτόλιν· ἀλλ᾽ ἄρα θυμῷ
δείδω μὴ σὺν ἑοῖσι κιὼν ἑτάροισι δαμείη
κεῖνος ἀνήρ, πολλοῖς δὲ καὶ ἄλλοις πῆμα γένηται
ἡμετέροις· δεινὸν γὰρ ἐπὶ σθένος ὄρνυτ᾽ Ἀχαιῶν.
ἀλλ᾽ ἄγε μήτε πόληος ἑῆς ἀπὸ τῆλε φυγόντες
50 αἴσχεα πολλὰ φέρωμεν ἀναλκείῃ ὑπὸ λυγρῇ

falls, since we shall no longer be able to oppose the Argives while implacable Achilles carries on the fight?"

So he spoke; and the son of Laomedon replied:

"My friend, and all you Trojans and our mighty allies, let us not abandon our fatherland out of fear or continue to engage the enemy far from the city. We must fight from our walls and battlements until stouthearted Memnon arrives with his countless clans of black troops from Ethiopia. I think he must in fact be near our land already: it is some time now since my grief prompted me to send a message to him, and he undertook quite willingly to come to Troy and do all I required. I daresay he will soon be here. Endure, then, for a little while longer: it is far better to die bravely in battle than to live a shameful life among strangers."

So spoke the old man. But wise Polydamas, who thought the conflict should continue no longer, made this prudent speech:

"If Memnon has indeed given you a clear assurance that he will ward off death and destruction from us, I do not mind staying in the city until the great hero arrives. But I am afraid that, having arrived, he and his forces will be vanquished, and the result will be suffering for even more of our people; for the Achaeans' strength is fearfully on the rise. But come, let us neither live a life of shame and foul dishonor fleeing in exile to live in some

ἀλλοδαπὴν περόωντες ἐπὶ χθόνα, μηδ' ἐνὶ πάτρῃ
μίμνοντες κτεινώμεθ' ὑπ' Ἀργείων ὀρυμαγδοῦ·
ἀλλ' ἤδη Δαναοῖσι, καὶ εἰ βραδύ, λώιον εἴη
εἰσέτι κυδαλίμην Ἑλένην καὶ κτήματα κείνης,
55 ἠμὲν ὅσα Σπάρτηθεν ἀνήγαγεν ἠδὲ καὶ ἄλλα,
δισσάκι τόσσα φέροντας ὑπὲρ πόλιός τε καὶ αὐτῶν
ἐκδόμεν, ἕως οὐ κτῆσιν ἀνάρσια φῦλα δέδασται
ἡμετέρην οὐδ' ἄστυ κατήνυκε πῦρ ἀίδηλον.
νῦν δ' ἄγ' ἐμεῖο πίθεσθε ἐνὶ φρεσίν· οὐ γὰρ ὀίω
60 ἄλλον ἀμείνονα μῆτιν ἐνὶ Τρώεσσι φράσασθαι.
αἴθ' ὄφελον καὶ πρόσθεν ἐμῆς ἐπάκουσεν ἐφετμῆς
Ἕκτωρ, ὁππότε μιν κατερήτυον ἔνδοθι πάτρης."
      Ὣς φάτο Πουλυδάμαντος ἐὺ σθένος· ἀμφὶ δὲ
          Τρῶες
ἤνεον εἰσαΐοντες ἐνὶ φρεσίν, οὐδ' ἀναφανδὸν
65 μῦθον ἔφαν· πάντες γὰρ ἑὸν τρομέοντες ἄνακτα
ἅζοντ' ἠδ' Ἑλένην, κείνης ἕνεκ' ὀλλύμενοί περ.
τὸν δὲ καὶ ἐσθλὸν ἐόντα Πάρις μέγα νείκεσεν ἄντην·
      "Πουλυδάμα, σὺ μέν ἐσσι φυγοπτόλεμος καὶ
          ἄναλκις,
οὐδὲ σοὶ ἐν στέρνοισι πέλει μενεδήιον ἦτορ,
70 ἀλλὰ δέος καὶ φύζα· σὺ δ' εὔχεαι εἶναι ἄριστος
ἐν βουλῇ, πάντων δὲ χερείονα μήδεα οἶδας.
ἀλλ' ἄγε δὴ σὺ μὲν αὐτὸς ἀπόσχεο δηιοτῆτος,
μίμνε δ' ἐνὶ μεγάροισι καθήμενος· αὐτὰρ οἱ ἄλλοι
ἀμφ' ἐμὲ θωρήξονται ἀνὰ πτόλιν, εἰς ὅ κε μῆχος
75 εὕρωμεν θυμῆρες ἀνηλεγέος πολέμοιο.

82

foreign country, nor stay in our fatherland only to be killed in battle by the Argives. It would be better, even at this late hour, to give renowned Helen back to the Danaans, together with the property she brought from Sparta, and compensation of double that amount payable on behalf of the city and ourselves, before the cruel enemy hordes divide all our possessions between them and our city is consumed in destructive fire. Come, do as I say: I believe no better advice is to be had for the Trojans. I only wish Hector had listened to my counsel when I tried to keep him inside the city!"[1]

So spoke the fine warrior Polydamas. Those who heard him silently approved, but they kept quiet out of fear and respect for their king—and for Helen, even though she was the cause of their ruin. Then Paris addressed that fine and good man with taunts and insults:

"Polydamas, you are a coward and a weakling: it is not a staunch heart you have in your chest, but fear and flight. You claim to give the best counsel, but your advice is worse than others'. Go on then, withdraw from the fighting by yourself and stay at home sitting in your halls. Everyone else in the city will follow me in taking up arms until a satisfactory means can be found to end this dread-

---

[1] *Il.* 18.249–309.

---

51 μηδ᾽ ἐνὶ πάτρῃ Rhodomann: μὴ δέ τι πάτρην M
56 δισσάκι . . . φέροντας Scaliger: δηθάκι . . . φέροντες M
57 ἐκδόμεν Dausque: om. M
72 δὴ Dausque: om. M

οὐ γὰρ νόσφι πόνοιο καὶ ἀργαλέου πολέμοιο
ἀνθρώποις μέγα κῦδος ἀέξεται ἠδὲ καὶ ἔργον,
φύζα δὲ νηπιάχοισι μάλ᾽ εὔαδεν ἠδὲ γυναιξί·
κείνης θυμὸν ἔοικας· ἐγὼ δέ τοι οὔ τι πέποιθα
80   μαρναμένῳ· πάντων γὰρ ἀμαλδύνεις θρασὺ κάρτος."
     Φῆ μέγα νεικείων· ὃ δὲ χωόμενος φάτο μῦθον
Πουλυδάμας· οὐ γάρ οἱ ἐναντίον ἄζετ᾽ αὖσαι
κεῖνος, ἐπεὶ στυγερὸς καὶ ἀτάσθαλος ἠδ᾽ ἀεσίφρων
ὃς φίλα μὲν σαίνησιν ἐνωπαδόν, ἄλλα δὲ θυμῷ
85   πορφύρῃ καὶ κρύβδα τὸν οὐ παρεόντα χαλέπτῃ.
τῶ ῥα καὶ ἀμφαδίῃ μέγα νείκεσε δῖον ἄνακτα·
     "Ὦ μοι ἐπιχθονίων πάντων ὀλοώτατε φωτῶν,
σὸν θράσος ἤγαγε νῶιν ὀιζύα, σὸς νόος ἔτλη
δῆριν ἀπειρεσίην καὶ τλήσεται, εἰς ὅ κε πάτρην
90   σὺν λαοῖς σφετέροισι δαϊζομένην ἐσίδηαι.
ἀλλ᾽ ἐμὲ μὴ τοιόνδε λάβοι θράσος, ἀμφὶ δὲ τάρβος
ἀσφαλὲς αἰὲν ἔχοιμι, σόον δέ μοι οἶκον ὀφέλλοι."
     Ὣς ἄρ᾽ ἔφη· ὃ δ᾽ ἄρ᾽ οὔ τι προσέννεπε
          Πουλυδάμαντα·
μνήσατο γὰρ Τρώεσσιν ὅσας ἐφέηκεν ἀνίας
95   ἠδ᾽ ὁπόσας ἔτ᾽ ἔμελλεν, ἐπεί ῥά οἱ αἰθόμενον κῆρ
μᾶλλον ἐφώρμαινεν θανέειν ἢ νόσφι γενέσθαι
ἀντιθέης Ἑλένης, ἧς εἵνεκα Τρώιοι υἷες
ὑψόθεν ἐσκοπίαζον ἀπ᾽ ἄστεος αἰπεινοῖο
δέγμενοι Ἀργείους ἠδ᾽ Αἰακίδην Ἀχιλῆα.
100   Τοῖσι δ᾽ ἄρ᾽ οὐ μετὰ δηρὸν ἀρήιος ἤλυθε
          Μέμνων,
Μέμνων κυανέοισι μετ᾽ Αἰθιόπεσσιν ἀνάσσων,

ful conflict. Great glory and deeds of note are not earned without effort and grim conflict. Running away is what women and children prefer, and you are just like them. I put no trust in you as a warrior: you blunt the ardor of everyone!"

To this flurry of insults Polydamas made an angry reply. He was not a man to shrink from speaking his mind. He who fawns and flatters face to face while his real opinions lead him to slander a man behind his back is hateful, wicked and foolish. It was in front of everyone, therefore, that he reproved the royal prince:

"O vilest to me of all men on earth, it was your so-called ardor that brought us woe; you were prepared to put up with endless conflict—and you will continue to do so, until you see your land and its people obliterated. Rather than feel such ardor, I prefer the safe caution that would protect my house!"

To these words of Polydamas Paris made no reply: he recalled how much suffering he had unleashed on the Trojans and how much more was to come—for he blazed with such passion that he had much rather die than be separated from godlike Helen, on whose account the sons of Troy were gazing out from their lofty citadel as they awaited the Argives and Achilles, grandson of Aeacus.

It was not long before warlike Memnon came to their aid—Memnon, ruler of the swarthy Ethiopians, leading

ὃς κίε λαὸν ἄγων ἀπερείσιον. ἀμφὶ δὲ Τρῶες
γηθόσυνοί μιν ἴδοντο κατὰ πτόλιν, ἠύτε ναῦται
χείματος ἐξ ὀλοοῖο δι᾽ αἰθέρος ἀθρήσωσιν
105 ἤδη τειρόμενοι Ἑλίκης περιηγέος αἴγλην·
ὣς λαοὶ κεχάροντο περισταδόν, ἔξοχα δ᾽ ἄλλων
Λαομεδοντιάδης· μάλα γάρ νύ οἱ ἦτορ ἐώλπει
δηώσειν πυρὶ νῆας ὑπ᾽ ἀνδράσιν Αἰθιόπεσσιν,
οὕνεκ᾽ ἔχον βασιλῆα πελώριον ἠδὲ καὶ αὐτοὶ
110 πολλοὶ ἔσαν καὶ πάντες ἐς Ἄρεα μαιμώωντες.
τῶ ῥ᾽ ἄμοτον κύδαινεν ἑὸν γόνον Ἠριγενείης
δωτίνης ἀγαθῇσι καὶ εὐφροσύνῃ τεθαλυίῃ.
ἀλλήλοις δ᾽ ὀάριζον ἐπ᾽ εἰλαπίνῃ καὶ ἐδωδῇ,
ὃς μὲν ἀριστῆας Δαναῶν καὶ ὅσσ᾽ ἄλγε᾽ ἀνέτλη
115 ἐξενέπων, ὁ δὲ πατρὸς ἑοῦ καὶ μητέρος Ἠοῦς
ἀθάνατον βίον αἰὲν ἀπειρεσίης τε ῥέεθρα
Τηθύος Ὠκεανοῦ τε βαθυρρόου ἱερὸν οἶδμα
ἠδὲ καὶ ἀκαμάτου πέρατα χθονὸς ἀντολίας τε
ἠελίου καὶ πᾶσαν ἀπ᾽ Ὠκεανοῖο κέλευθον
120 μέχρις ἐπὶ Πριάμοιο πόλιν καὶ πρώονας Ἴδης,
ἠδὲ καὶ ὡς ἐδάιξεν ὑπὸ στιβαρῇσι χέρεσσιν
ἀργαλέων Σολύμων ἱερὸν στρατόν, οἵ μιν ἰόντα
εἶργον, ὃ καί σφισι πῆμα καὶ ἄσχετον ὤπασε
        πότμον.
κ αὶ τὰ μὲν ὡς ἀγόρευε καὶ ὡς ἴδεν ἔθνεα φωτῶν
125 μυρία· τοῦ δ᾽ ἀίοντος ὑπὸ φρεσὶ τέρπετο θυμός,
καί ἑ καθαπτόμενος γεραρῷ προσεφώνεε μύθῳ·
    "Ὦ Μέμνον, τὸ μὲν ἄρ με θεοὶ ποίησαν ἰδέσθαι

a countless host. The Trojans gathered round, happy to see him in the city, just as sailors rejoice when, after long toils in a dangerous storm, the sky clears and they see the great, circling Bear: just so the crowds around him rejoiced, and the son of Laomedon more than the rest; in his heart he had hopes that the Ethiopian warriors would burn the ships for him, so mighty was their king and so numerous his troop, every one of them eager for the fray. And so he fully honored the noble son of Erigeneia with fine gifts and lavish entertainment. As they ate and drank, they conversed with each other. The one described the Danaan chieftains and how they had made him suffer. The other told of the ever-immortal life of his father[2] and his mother Eos; of Tethys' limitless streams and the holy waters of deep-flowing Ocean; of the bounds of the inexhaustible earth, the lands of the sunrise, and of his whole journey from Ocean to the city of Priam and the foothills of Ida; and how with his own mighty hands he had devastated the sacred army of the dreadful Solymi, who in trying to bar his way earned themselves suffering and an irresistible death. As he told his tale and described the innumerable human societies he had seen, Priam's heart and mind were filled with pleasure, and he respectfully addressed him with welcoming words:

"Memnon, the gods have brought it to pass that I

[2] Tithonus, father of Memnon, was Priam's brother.

σὸν στρατὸν ἠδὲ καὶ αὐτὸν ἐν ἡμετέροισι μελάθροις.
ὥς μοι ἔτι κρήνειαν, ἵν' Ἀργείους ἐσίδωμαι
130 ὀλλυμένους ἅμα πάντας ὑπ' ἐγχείῃσι τεῇσι·
καὶ γὰρ δὴ μακάρεσσιν ἀτειρέσι πάντα ἔοικας
ἐκπάγλως, ὡς οὔ τις ἐπιχθονίων ἡρώων·
τῶ σ' ὀΐω κείνοισι φόνον στονόεντα βαλέσθαι.
νῦν δ' ἄγε τέρπεο θυμὸν ἐπ' εἰλαπίνῃσιν ἐμῇσι
135 σήμερον· αὐτὰρ ἔπειτα μαχήσεαι ὡς ἐπέοικεν."
    Ὣς εἰπὼν παλάμῃσι δέπας πολυχανδὲς ἀείρας
Μέμνονα προφρονέως στιβαρῷ δείδεκτο κυπέλλῳ
χρυσείῳ, τό ῥα δῶκε περίφρων Ἀμφιγυήεις
Ἥφαιστος κλυτὸν ἔργον, ὅτ' ἤγετο Κυπρογένειαν,
140 Ζηνὶ μεγασθενέϊ· ὃ δ' ἄρ' ὤπασεν υἱέϊ δῶρον
Δαρδάνῳ ἀντιθέῳ· ὃ δ' Ἐριχθονίῳ πόρε παιδί,
Τρωὶ δ' Ἐριχθόνιος μεγαλήτορι· αὐτὰρ ὃ Ἴλῳ
κάλλιπε σὺν κτεάτεσσιν· ὃ δ' ὤπασε Λαομέδοντι·
αὐτὰρ ὃ Λαομέδων Πριάμῳ πόρεν, ὅς μιν ἔμελλεν
145 υἱέϊ δωσέμεναι· τὸ δέ οἱ θεὸς οὐκ ἐτέλεσσε.
κεῖνο δέπας περικαλλὲς ἐθάμβεεν ἐν φρεσὶ Μέμνων
ἀμφαφόων καὶ τοῖον ὑποβλήδην φάτο μῦθον·
    "Οὐ μὲν χρὴ παρὰ δαιτὶ πελώριον εὐχετάασθαι
οὐδ' ἄρ' ὑποσχεσίην κατανευσέμεν, ἀλλὰ ἕκηλον
150 δαίνυσθ' ἐν μεγάροισι καὶ ἄρτια μηχανάασθαι·
εἴ τε γὰρ ἐσθλός τ' εἰμὶ καὶ ἄλκιμος εἴ τε καὶ οὐκί,
γνώσῃ ἐνὶ πτολέμῳ, ὁπότ' ἀνέρος εἴδεται ἀλκή.
νῦν δ' ἄγε δὴ κοίτοιο μεδώμεθα μηδ' ἀνὰ νύκτα
πίνωμεν· χαλεπὸς γὰρ ἐπειγομένῳ μαχέεσθαι
155 οἶνος ἀπειρέσιος καὶ ἀϋπνοσύνη ἀλεγεινή."

should see you and your soldiers in my halls. I hope they will grant, too, that I shall see your spears destroy the whole Argive host! No hero who walks the earth bears such a perfect resemblance to the tireless blessed gods as you do. And so I think you are the one to bring murder and misery to our enemies. But for the moment, come! Enjoy this banquet of ours. Tomorrow you can do your duty in battle."

With these words he raised in his hands a capacious cup and graciously proposed a toast to Memnon with that heavily chased golden vessel, a fine piece of workmanship which at his marriage to Cyprogeneia the lame Hephaestus, skilled at metalwork, had given to mighty Zeus. Zeus gave it to his son godlike Dardanus, he to his son Erichthonius, and Erichthonius to greathearted Tros, he left it, together with the rest of his possessions, to Ilus, and he gave it to Laomedon. Laomedon passed it to Priam, who intended to give it to his own son; but that was not to be. When he handled that beautiful cup Memnon was struck with wonder, and he replied with these words:

"It is not right at a banquet to boast to excess or to make promises; a relaxed manner and appropriate behavior are needed when dining in company. Whether or no I am a fine and powerful warrior you will find out in the battle, where a man's valor is revealed. But come, let us take care to rest. We should not spend the whole night drinking: too much drink and too little sleep are poor preparations for fighting."

---

154 μαχέεσθαι Rhodomann: μάχεσθαι M

Ὣς φάτο· τὸν δ' ὁ γεραιὸς ἀγασσάμενος
   προσέειπεν·
"Αὐτὸς ὅπως ἐθέλεις μεταδαίνυσο, πείθεο δ' αὐτῷ·
οὐ γὰρ ἐγώ σ' ἀέκοντα βιήσομαι. οὐ γὰρ ἔοικεν
οὔτ' ἀπιόντ' ἀπὸ δαιτὸς ἐρυκέμεν οὔτε μένοντα
160 σεύειν ἐκ μεγάροιο· θέμις νύ τοι ἀνδράσιν αὔτως."
   Ὣς φάθ'· ὁ δ' ἐκ δόρποιο μεθίστατο, βῆ δὲ πρὸς
   εὐνὴν
ὑστατίην. ἅμα δ' ἄλλοι ἔβαν κοίτοιο μέδεσθαι
δαιτυμόνες· τάχα δέ σφιν ἐπήλυθε νήδυμος ὕπνος.
   Αὐτὰρ ἐνὶ μεγάροισι Διὸς στεροπηγερέταο
165 ἀθάνατοι δαίνυντο· πατὴρ δ' ἐν τοῖσι Κρονίων
εὖ εἰδὼς ἀγόρευε δυσηχέος ἔργα μόθοιο·
   "Ἴστε θεοὶ περὶ πάντες ἐπεσσύμενον βαρὺ πῆμα
αὔριον ἐν πολέμῳ· μάλα γὰρ πολέων μένος ἵππων
ὄψεσθ' ἀμφ' ὀχέεσσι δαϊζομένων ἑκάτερθεν
170 ἄνδρας τ' ὀλλυμένους. τῶν καὶ περικηδόμενός τις
μιμνέτω ὑμείων μηδ' ἀμφ' ἐμὰ γούναθ' ἱκάνων
λισσέσθω· Κῆρες γὰρ ἀμείλιχοί εἰσι καὶ ἡμῖν."
   Ὣς ἔφατ' ἐν μέσσοισιν ἐπισταμένοισι καὶ αὐτοῖς,
ὄφρα καὶ ἀσχαλόων τις ἀπὸ πτολέμοιο τράπηται
175 μηδέ ἑ λισσόμενος περὶ υἱέος ἠὲ φίλοιο
μαψιδίως ἀφίκηται ἀτειρέος ἔνδον Ὀλύμπου.
καὶ τὰ μὲν ὡς ἐσάκουσαν ἐριγδούπου Κρονίδαο,
τλῆσαν ἐνὶ στέρνοισι καὶ οὐ βασιλῆος ἔναντα
μῦθον ἔφαν· μάλα γάρ μιν ἀπειρέσιον τρομέεσκον.

Impressed by these words, the old man replied:

"Please yourself and share in the feast just as much as you like: far be it from me to compel you. It is not right either to detain a guest who wants to leave a banquet or to eject from the hall one who wants to stay: that is the proper way among men."

With these words he rose from the meal and went to bed—for the last time. The whole company, too, retired to rest, and sweet sleep soon came upon them.

Meanwhile the immortal gods were feasting in the halls of Zeus, rouser of the lightning; and the father, son of Cronus, who knew what was to happen in the fighting and the din of battle, addressed them:

"Gods, you should all know that in tomorrow's conflict there will be great suffering. You will see many strong chariot horses die on both sides, and many warriors perish. But no matter how concerned you are for them, you must not intervene or fall at my knees in supplication. The spirits of doom can not be appeased even by us."

He addressed them all with these words, whose truth they knew already, so that, no matter how grieved, they would keep away from the battle and would not come to changeless Olympus in a vain attempt to supplicate him on behalf of a son or a favorite. When they heard these words of Zeus the thunderer, they resigned themselves to obedience and uttered not a word of protest: limitless was

---

163 τάχα Rhodomann: τοῖς M
174 καὶ Bonitz: κεν M

180 ἀχνύμενοι δ᾽ ἵκανον ὅπῃ δόμος ἦεν ἑκάστου
καὶ λέχος· ἀμφὶ δὲ τοῖσι καὶ ἀθανάτοις περ ἐοῦσιν
ὕπνου βληχρὸν ὄνειαρ ἐπὶ βλεφάροισι τανύσθη.
    Ἦμος δ᾽ ἠλιβάτων ὀρέων ὑπερέσσυται ἄκρας
λαμπρὸς ἀν᾽ οὐρανὸν εὐρὺν Ἑωσφόρος, ὅς τ᾽ ἐπὶ
        ἔργον
185 ἡδὺ μάλα κνώσσοντας ἀμαλλοδετῆρας ἐγείρει,
τῆμος ἀρήιον υἷα φαεσφόρου Ἠριγενείης
ὕστατος ὕπνος ἀνῆκεν· ὃ δ᾽ ἐν φρεσὶ κάρτος ἀέξων
ἤδη δυσμενέεσσι λιλαίετο δηριάασθαι·
Ἠὼς δ᾽ οὐρανὸν εὐρὺν ἀνήιεν οὐκ ἐθέλουσα.
190 καὶ τότε Τρῶες ἔσαντο περὶ χροῒ δήια τεύχη,
τοῖσι δ᾽ ἅμ᾽ Αἰθίοπές τε καὶ ὁππόσα φῦλα πέλοντο
ἀμφὶ βίην Πριάμοιο συναγρομένων ἐπικούρων,
πανσυδίῃ· μάλα δ᾽ ὦκα πρὸ τείχεος ἐσσεύοντο
κυανέοις νεφέεσσιν ἐοικότες, οἷα Κρονίων
195 χείματος ὀρνυμένοιο κατ᾽ ἠέρα πουλὺν ἀγείρει.
αἶψα δ᾽ ἄρ᾽ ἐπλήσθη πεδίον πᾶν· τοὶ δ᾽ ἐπέχυντο
ἀκρίσι πυροβόροισιν ἀλίγκιον, αἵ τε φέρονται
ὡς νέφος ἢ πολὺς ὄμβρος ὑπὲρ χθονὸς εὐρυπέδοιο
ἄπληστοι μερόπεσσιν ἀεικέα λιμὸν ἄγουσαι·
200 ὣς οἳ ἴσαν πολλοί τε καὶ ὄβριμοι, ἀμφὶ δὲ γαῖα
στείνετ᾽ ἐπεσσυμένων, ὑπὸ δ᾽ ἔγρετο ποσσὶ κονίη.
Ἀργεῖοι δ᾽ ἀπάνευθεν ἐθάμβεον, εὖτ᾽ ἐσίδοντο
ἐσσυμένους· εἶθαρ δὲ περὶ χροῒ χαλκὸν ἔσαντο
κάρτεϊ Πηλείδαο πεποιθότες. ὃς δ᾽ ἐνὶ μέσσοις
205 ἤιε Τιτήνεσσι πολυσθενέεσσιν ἐοικώς,
κυδιόων ἵπποισι καὶ ἅρμασι· τοῦ δ᾽ ἄρα τεύχη

the fear he inspired. Sadly they went off to bed in their palaces; and, immortal though they were, the gentle boon of sleep spread over their eyes.

At the time when the bright Morning Star speeds up into the broad sky above the high mountaintops, rousing sweetly slumbering reapers to their work, his last sleep left the warlike son of Erigeneia, bringer of light. He felt full of strength and eager to begin fighting the foe; but it was with reluctance that Eos mounted the broad sky. The Trojans now donned their battle armor, as did the Ethiopians and allied clans gathered around mighty Priam, all in motion at once. They charged before the walls with great speed, like dark clouds which the son of Cronus gathers in the heavy air as a storm is rising. Soon they filled the whole plain as they swarmed onward like wheat-devouring locusts, which move insatiably over the broad earth like a cloud or a torrent of rain, bringing horrid famine on mortal men: so numerous and so powerful were they, and the earth was crowded with men in motion raising the dust with their feet. From a distance the Argives stood amazed to see them advancing. They at once donned their bronze armor, putting their trust in the strength of Peleus' son, who went among them like the mighty Titans. He exulted in his chariot and his steeds, and his armor flashed

---

183 ἄκρας Pauw: -ης M
187 ὕστατος Rhodomann: -τερος M
199 ἄπληστοι Dausque: ἄπληκτοι M
200 ἴσαν Spitzner: ἔυαν M   δὲ γαῖα Vian: δ᾽ ἀγυιὰ fere M
206 ἅρμασι Wernicke: ὄχεσφι M

93

πάντῃ μαρμαίρεσκον ἀλίγκιον ἀστεροπῆσιν.
οἷος δ' ἐκ περάτων γαιηόχου Ὠκεανοῖο
ἔρχεται Ἤλιος φαεσίμβροτος οὐρανὸν εἴσω
210 παμφανόων, τραφερὴ δὲ γελᾷ περὶ γαῖα καὶ αἰθήρ·
τοῖος ἐν Ἀργείοισι τότ' ἔσσυτο Πηλέος υἱός.
ὡς δὲ καὶ ἐν Τρώεσσιν ἀρήιος ἦιε Μέμνων
Ἄρεϊ μαιμώωντι πανείκελος, ἀμφὶ δὲ λαοὶ
προφρονέως ἐφέποντο παρεσσύμενοι βασιλῆι.
215   Αἶψα δ' ἄρ' ἀμφοτέρων δολιχαὶ πονέοντο
            φάλαγγες
Τρώων καὶ Δαναῶν, μετὰ δ' ἔπρεπον Αἰθιοπῆες.
σὺν δ' ἔπεσον καναχηδὸν ὁμῶς, ἅτε κύματα πόντου
πάντοθεν ἀγρομένων ἀνέμων ὑπὸ χείματος ὥρῃ·
ἀλλήλους δ' ἐδάιζον ἐυξέστῃς μελίῃσι
220 βάλλοντες, μετὰ δέ σφι γόος καναχή τε δεδήει.
ὡς δ' ὅτ' ἐρίγδουποι ποταμοὶ μεγάλα στενάχωσιν
εἰς ἅλα χευόμενοι, ὅτε λαβρότατος πέλει ὄμβρος
ἐκ Διός, εὖτ' ἀλίαστον ἐπὶ νέφεα κτυπέωσι
θηγόμεν' ἀλλήλοισι, πυρὸς δ' ἐξέσσυτ' ἀυτμή·
225 ὡς τῶν μαρναμένων μέγ' ὑπαὶ ποσὶ γαῖα πελώρη
ἔβραχε, θεσπεσίου δὲ δι' ἠέρος ἔσσυτ' ἀυτὴ
σμερδαλέη· δεινὸν γὰρ ἀύτεον ἀμφοτέρωθεν.
    Ἔνθ' ἕλε Πηλείδης Θάλιον καὶ ἀμύμονα Μέντην,
ἄμφω ἀριγνώτω. βάλε δ' ἄλλων πολλὰ κάρηνα·
230 εὖτ' αἰγὶς βερέθροισιν ὑποχθονίη ἐπορούσῃ
λάβρος, ἄφαρ δέ τε πάντα κατὰ χθονὶ ἀμφιχέηται
ἐκ θεμέθλων, μάλα γάρ ῥα περιτρομέει βαθὺ γαῖα·

94

all around like lightning. Just as Helius, bringer of light to mortals, shines brightly in the heavens as he comes from the bounds of Ocean which surrounds the world, and the sky and the nourishing earth rejoice: just so the son of Peleus dashed among the Argives. Among the Trojans likewise moved the warrior Memnon just like a raging Ares; and his troops eagerly kept pace with their king as he led the charge.

Soon the long lines of Trojans and Danaans alike were struggling, and the Ethiopians most notably of all. They fell all together upon their foes with a great clamor, like waves of the sea whipped up in the winter season by all the winds at once. Casting their polished spears, each side began slaughtering the other in a blaze of groans and clamor. Just as rivers in spate groan and roar as they pour down to the sea, when Zeus sends the heaviest rain among the rolling thunder of colliding clouds and fiery flashes of lightning: just so the broad earth resounded beneath the fighters' feet, and fearsome shouting sped up into the divine air, so dreadful was the clamor made on each side.

Then Peleus' son slew Thalius and noble Mentes, both warriors of renown, together with many other victims: just as a violent subterranean wind strikes caves, and everything underground from its very foundations is at once reduced to rubble, and the earth quakes to its

---

215 ἄρ᾽ Rhodomann: om. M

224 πυρὸς Köchly: πάρος M

230 εὖτ᾽ αἰγὶς Zimmermann: εὖτε γαίης M   βερέθροι-
σιν Zimmermann: μελάθρ- M   ὑποχθονίη Platt: -ίην m:
-ίοις m

232 βαθὺ Bonitz: βαρὺ M

95

ὣς οἵ γ᾽ ἐν κονίῃσι κατήριπον ὠκέι πότμῳ
αἰχμῇ Πηλείωνος· ὃ γὰρ μέγα μαίνετο θυμῷ.
235 Ὣς δ᾽ αὔτως ἑτέρωθεν ἐὺς πάις Ἠριγενείης
Ἀργείους ἐδάιζε κακῇ ἐναλίγκιος Αἴσῃ,
ἥ τε φέρει λαοῖσι κακὸν καὶ ἀεικέα λοιγόν.
πρῶτον δ᾽ εἷλε Φέρωνα διὰ στέρνοιο τυχήσας
δούρατι λευγαλέῳ, ἐπὶ δ᾽ ἔκτανε δῖον Ἔρευθον,
240 ἄμφω ἐελδομένω πόλεμον καὶ ἀεικέα χάρμην,
οἳ Θρύον ἀμφενέμοντο παρ᾽ Ἀλφειοῖο ῥεέθροις
καί ῥ᾽ ὑπὸ Νέστορι βῆσαν ἐς Ἰλίου ἱερὸν ἄστυ.
τοὺς δ᾽ ὁπότ᾽ ἐξενάριξεν, ἐπῴχετο Νηλέος υἷα
κτεῖναί μιν μεμαώς· τοῦ δ᾽ Ἀντίλοχος θεοειδὴς
245 πρόσθ᾽ ἐλθὼν ἴθυνε μακρὸν δόρυ· καί οἱ ἄμαρτε
τυτθὸν ἀλευαμένοιο, φίλον δέ οἱ εἷλεν ἑταῖρον
Αἴθοπα Πυρρασίδην. ὃ δὲ χωσάμενος κταμένοιο
Ἀντιλόχῳ ἐπιᾶλτο, λέων ὣς ὀβριμόθυμος
καπρίῳ, ὅς ῥα καὶ αὐτὸς ἐναντίον οἶδε μάχεσθαι
250 ἀνδράσι καὶ θήρεσσι, πέλει δέ οἱ ἄσχετος ὁρμή·
ὣς ὃ θοῶς ἐπόρουσεν, ὃ δ᾽ εὐρέι μιν βάλε πέτρῳ
Ἀντίλοχος. τοῦ δ᾽ οὔ τι λύθη κέαρ, οὕνεκ᾽ ἄρ᾽ αὐτοῦ
ἀλγινόεντ᾽ ἀπάλαλκε φόνον κρατερὴ τρυφάλεια·
σμερδαλέον δέ οἱ ἦτορ ἐνὶ στήθεσσιν ὀρίνθη
255 βλημένου· ἀμφὶ δέ οἱ κόρυς ἴαχε· καί ῥ᾽ ἔτι μᾶλλον
μαίνετ᾽ ἐπ᾽ Ἀντιλόχῳ, κρατερὴ δέ οἱ ἔζεεν ἀλκή.
τοὔνεκα Νέστορος υἷα καὶ αἰχμητήν περ ἐόντα
τύψεν ὑπὲρ μαζοῖο· διήλασε δ᾽ ὄβριμον ἔγχος
ἐς κραδίην, θνητοῖσιν ὅπῃ πέλει ὠκὺς ὄλεθρος.
260 Τοῦ δ᾽ ὑποδῃωθέντος ἄχος Δαναοῖσιν ἐτύχθη

depths:[3] just so quick death laid those victims low in the dust, killed by the spear of Peleus' son, so great was his wrath.

Likewise on the other side the noble son of Erigeneia was slaughtering the Argives like some malign Fate which brings plague and pestilence to the people. First he slew Pheron with a blow to the chest from his deadly spear, and then godlike Ereuthus, both eager for war and the hideous fray; they dwelt in Thryon by the streams of Alpheüs, and they had come to the holy city of Troy under the command of Nestor. Having dispatched them, he made for the son of Neleus with murder in mind; but godlike Antilochus stood in front of his father and hurled his long spear. Memnon moved slightly to one side, and the spear missed him and killed his dear comrade Aethops, son of Pyrrhasus. Enraged at his death, he sprang on Antilochus as a spirited lion springs on a boar which itself is practiced in fighting men and beasts alike and is irresistibly powerful: just so he sprang with all speed. Antilochus dealt him a blow with a huge rock, but the strong crest of his helmet warded off grim death and, as it rang from the blow, far from being dismayed, he felt his heart and courage roused to fearsome heights, and his rage against Antilochus increased as he seethed with valorous fury. He struck the son of Nestor, fine spearman though he was, just above the breast, and drove his powerful weapon into the heart, where a wound is mortal and death is quick.

All the Danaans were distressed at his death, and his

[3] Text uncertain.

πᾶσι, μάλιστα δὲ πατρὶ περὶ φρένας ἤλυθε πένθος
Νέστορι παιδὸς ἑοῖο παρ' ὀφθαλμοῖσι δαμέντος·
οὐ γὰρ δὴ μερόπεσσι κακώτερον ἄλγος ἔπεισιν
ἢ ὅτε παῖδες ὄλωνται ἑοῦ πατρὸς εἰσορόωντος.

265 τοὔνεκα καὶ στερέῃσιν ἀρηρέμενος φρεσὶ θυμὸν
ἄχνυτο παιδὸς ἑοῖο κακῇ περὶ Κηρὶ δαμέντος.
κέκλετο δ' ἐσσυμένως Θρασυμήδεα νόσφιν ἐόντα·
"Ὄρσό μοι, ὦ Θρασύμηδες ἀγακλεές, ὄφρα
           φονῆα
σεῖο κασιγνήτοιο καὶ υἱέος ἡμετέροιο

270 νεκροῦ ἑκὰς σεύωμεν ἀεικέος ἠὲ καὶ αὐτοὶ
ἀμφ' αὐτῷ στονόεσσαν ἀναπλήσωμεν ὀιζύν.
εἰ δὲ σοὶ ἐν στέρνοισι πέλει δέος, οὐ σύ γ' ἐμεῖο
υἱὸς ἔφυς οὐδ' ἐσσὶ Περικλυμένοιο γενέθλης,
ὅς τε καὶ Ἡρακλῆι καταντίον ἐλθέμεν ἔτλη.

275 ἀλλ' ἄγε δὴ πονεώμεθ', ἐπεὶ μέγα κάρτος ἀνάγκη
πολλάκι μαρναμένοισι καὶ οὐτιδανοῖσιν ὀπάζει."
Ὣς φάτο· τοῦ δ' ἀίοντος ὑπὸ φρεσὶ σύγχυτο
           θυμὸς
πένθεσι λευγαλέοισιν. ἄφαρ δέ οἱ ἤλυθεν ἄγχι
Φηρεύς, ὅν ῥα καὶ αὐτὸν ἀποκταμένοιο ἄνακτος

280 εἷλεν ἄχος· κρατεροῖο δ' ἐναντία δηριάασθαι
Μέμνονος ὡρμήθησαν ἀν' αἱματόεντα κυδοιμόν.
ὡς δ' ὅταν ἀγρευτῆρες ἀνὰ πτύχας ὑλήεσσας
οὔρεος ἠλιβάτοιο λιλαιόμενοι μέγα θήρης
ἢ συὸς ἢ ἄρκτοιο καταντίον ἀίσσωσι

285 κτεινέμεναι μεμαῶτες, ὁ δ' ἀμφοτέροις ἐπορούσας
θυμῷ μαιμώωντι βίην ἀπαμύνεται ἀνδρῶν·

father Nestor, who had seen his son killed before his eyes, felt more grief than any; for there is nothing more painful for mortals than when a father witnesses his son's death. And so his normally unbending mind grieved for the sad fate of his vanquished son. He called urgently to Thrasymedes some distance away:

"Renowned Thrasymedes, rouse yourself; we must either drive the murderer of your brother and my son away from the dead man whose condition is a dishonor to us, or we must crown our grief and woe by dying at his side. If you have fear in your heart, you are no son of mine and no descendant of Polyclymenus, who dared to face even Heracles.[4] Come—to work! Necessity often strengthens the hand of even the feeblest fighter."

When he heard those words, Thrasymedes' heart was plunged into dreadful grief. He was soon joined by Phereus, who was equally affected by the loss of his leader, and they both charged through the bloody fray to confront mighty Memnon. Just as when, up in the wooded glens of a high mountain, a pair of huntsmen keen on the chase confront some boar or bear, eager to dispatch it, and their prey springs at them with equal courage in its efforts to

[4] When Heracles attacked Pylos: *Il.* 11.687–93.

ὣς τότε μὲν Μέμνων φρόνεεν μέγα· τοὶ δέ οἱ ἄγχι
ἤλυθον, ἀλλά μιν οὔ τι κατακτανέειν ἐδύναντο
μακρῇσιν μελίῃσιν· ἀπέπλαγχθεν γάρ οἱ αἰχμαὶ
290 τῆλε χροός, μάλα γάρ που ἀπέτραπεν Ἠριγένεια.
δούρατα δ' οὐχ ἁλίως χαμάδις πέσεν· ἀλλ' ὃ μὲν
        ὦκα
ἐμμεμαὼς κατέπεφνε Πολύμνιον υἷα Μέγητος
Φηρεὺς ὀβριμόθυμος, ὃ δ' ἔκτανε Λαομέδοντα
Νέστορος ὄβριμος υἱὸς ἀδελφειοῖο χολωθείς,
295 ὃν Μέμνων ἐδάιξε κατὰ μόθον, ἀμφὶ δ' ἄρ' αὐτῷ
χερσὶν ὑπ' ἀκαμάτοισι λύεν παγχάλκεα τεύχη
οὔτε βίην ἀλέγων Θρασυμήδεος οὔτε μὲν ἐσθλοῦ
Φηρέος, οὕνεκα πολλὸν ὑπείροχος· οἳ δ' ἄτε θῶε
ἀμφ' ἔλαφον βεβαῶτα μέγαν φοβέοντο λέοντα
300 οὔ τι πρόσω μεμαῶτες ἔτ' ἐλθέμεν. αἰνὰ δὲ Νέστωρ
ἐγγύθεν εἰσορόων ὀλοφύρετο, κέκλετο δ' ἄλλους
σφοὺς ἑτάρους δηίοισιν ἐπελθέμεν· ἂν δὲ καὶ αὐτὸς
ὥρμαινεν πονέεσθαι ἀφ' ἅρματος, οὕνεκ' ἄρ' αὐτὸν
παιδὸς ἀποφθιμένοιο ποθὴ ποτὶ μῶλον ἄγεσκε
305 πὰρ δύναμιν. μέλλεν δὲ φίλῳ περὶ παιδὶ καὶ αὐτὸς
κεῖσθαι ὁμῶς κταμένοις ἐναρίθμιος, εἰ μὴ ἄρ' αὐτὸν
Μέμνων ὀβριμόθυμος ἐπεσσύμενον προσέειπεν
αἰδεσθεὶς ἀνὰ θυμὸν ὁμήλικα πατρὸς ἑοῖο·
    "Ὦ γέρον, οὔ μοι ἔοικε καταντία σεῖο μάχεσθαι
310 πρεσβυτέροιο γεγῶτος, ἐπεί γε μὲν οἶδα νοῆσαι·
ἦ γὰρ ἔγωγ' ἐφάμην σε νέον καὶ ἀρήιον ἄνδρα
ἀντιάαν δηίοισι, θρασὺς δέ μοι ἔλπετο θυμὸς
χειρὸς ἐμῆς καὶ δουρὸς ἐπάξιον ἔμμεναι ἔργον.

100

repel the attack: just so Memnon faced them with confidence as they eagerly approached. But they were not able to dispatch him with their long ash-wood spears: those spears missed their target by a long way, diverted no doubt by Erigeneia. But their weapons did not fall vainly to the ground; for stouthearted Phereus' eager spear cast slew Polymnius son of Meges, while the valiant son of Nestor, enraged at his brother's death in battle at the hands of Memnon, killed Laomedon. Memnon meanwhile busied his tireless hands in stripping the corpse of its bronze armor. Aware of his superior strength, he took no notice of mighty Thrasymedes or noble Phereus, who were like timid jackals that dare not venture near a great lion standing over a deer. Nestor, who was nearby, began a loud lament when he saw this. He summoned all his comrades to the attack, and he was eager to take part in the work himself, fighting from his chariot; so much did he regret the death of his son that he felt driven to take part in a fight beyond his powers. And he would have lain numbered among the dead near his dear son if stouthearted Memnon, feeling respect for a man the same age as his own father, had not addressed him as he approached·

"Old man, it would be wrong for me to fight someone of your age. Now I realize who you are. Just now I mistook you for a young warrior fighting the foe, and I confidently thought that I had to deal with an opponent worthy to encounter my arm and my spear. Go back!

---

289 αἰχμαὶ Rhodomann: -μὴ M

305 περὶ Rhodomann: om. M

306 ἐναρίθμιος Hermann (post -ιον C. L. Struve): ἐναλίγκιον M

ἀλλ' ἀναχάζεο τῆλε μόθου στυγεροῦ τε φόνοιο,
315 χάζεο, μή σε βάλοιμι καὶ οὐκ ἐθέλων περ ἀνάγκῃ
μηδὲ τεῷ περὶ παιδὶ πέσῃς μέγ' ἀμείνονι φωτὶ
μαρνάμενος, μὴ δή σε καὶ ἄφρονα μυθήσονται
ἀνέρες· οὐ γὰρ ἔοικεν ὑπερτέρῳ ἀντιάασθαι."
Ὣς φάτο· τὸν δ' ἑτέρωθε γέρων ἠμείβετο μύθῳ·
320 "Ὦ Μέμνον, τὰ μὲν ἄρ που ἐτώσια πάντ'
ἀγορεύεις·
οὐ μὲν γὰρ δηίοισι πονεύμενον εἵνεκα παιδὸς
ἀφραίνειν ἐρέει τις ἀνηλέα παιδοφονῆα
νεκροῦ ἑκὰς σεύοντα κατὰ μόθον. ὣς ὄφελόν μοι
ἀλκὴ ἔτ' ἔμπεδος ἦεν, ἵνα γνώῃς ἐμὸν ἔγχος.
325 νῦν δὲ σὺ μὲν μάλα πάγχυ μέγ' εὔχεαι, οὕνεκα
θυμὸς
θαρσαλέος νέου ἀνδρὸς ἐλαφρότερόν τε νόημα·
τῶ ῥα καὶ ὑψηλὰ φρονέων ἀποφώλια βάζεις.
εἰ δέ μοι ἡβώωντι καταντίον εἰληλούθεις,
οὐκ ἄν τοι κεχάροντο φίλοι κρατερῷ περ ἐόντι·
330 νῦν δ' ὥς τίς τε λέων ὑπὸ γήραος ἄχθομαι αἰνοῦ,
ὅν τε κύων σταθμοῖο πολυρρήνοιο δίηται
θαρσαλέως, ὁ δ' ἄρ' οὔ τι λιλαιόμενός περ ἀμύνει
οἷ αὐτῷ, οὐ γάρ οἱ ἔτ' ἔμπεδοί εἰσιν ὀδόντες
οὐδὲ βίη, κρατερὸν δὲ χρόνῳ ἀμαθύνεται ἦτορ·
335 ὣς ἐμοὶ οὐκέτι κάρτος ἐνὶ στήθεσσιν ὄρωρεν
οἷόν περ τὸ πάροιθεν· ὅμως δ' ἔτι φέρτερός εἰμι
πολλῶν ἀνθρώπων, παύροισι δὲ γῆρας ὑπείκει."
Ὣς εἰπὼν ἀπὸ βαιὸν ἐχάσσατο· λεῖπε δ' ἄρ' υἷα
κείμενον ἐν κονίῃσιν, ἐπεί νύ οἱ οὐκέτι πάμπαν

102

Retreat far from the fighting and the hateful slaughter, or I shall be obliged to strike you. Do not fall fighting over your son, against a man far superior to yourself. If you do, you will be reputed foolish: it makes no sense to oppose a better man."

So he spoke; and in turn the old man replied:

"Memnon, you are wasting your words. No one would be reputed foolish for struggling against the enemy on behalf of his own son and trying to drive his pitiless killer through the press and away from the body. If only my strength were unimpaired, so that you could get to know my spear! As it is, you can boast and bluster with a young man's courage and easy confidence, though in your pride you talk arrant nonsense. If you had faced me in my prime, your friends for sure would not have had cause to rejoice at your deeds, for all your might. But as it is, I am like a miserable old lion confidently kept off by a sheepdog from the flocks in their fold, eager but powerless to defend himself because he cannot rely on his jaws or his strength and time has crumbled away his stout heart: just so I can no longer call on my former strength—though I am still better than many men, and even in old age I yield to few."

With these words he retreated a little and left his son lying in the dust; for his limbs no longer had all their for-

---

319 ἑτέρωθε Platt: -θι M
339 οἱ Spitzner: τοι M

340   γναμπτοῖς ἐν μελέεσσι πέλε σθένος ὡς τὸ πάροιθε·
      γήραϊ γὰρ καθύπερθε πολυτλήτῳ βεβάρητο.
      ὡς δ' αὔτως ἀπόρουσεν ἐμμελίης Θρασυμήδης
      Φηρεύς τ' ὀβριμόθυμος ἰδ' ἄλλοι πάντες ἑταῖροι
      δειδιότες· μάλα γάρ σφιν ἐπώχετο λοίγιος ἀνήρ.
345   Ὡς δ' ὅτ' ἀπὸ μεγάλων ὀρέων ποταμὸς
          βαθυδίνης
      καχλάζων φορέηται ἀπειρεσίῳ ὀρυμαγδῷ,
      ὁππότε συννεφὲς ἦμαρ ἐπ' ἀνθρώποισι τανύσσῃ
      Ζεὺς κλονέων μέγα χεῖμα, περικτυπέουσι δὲ πάντῃ
      βρονταὶ ὁμῶς στεροπῇσιν ἄδην νεφέων συνιόντων
350   θεσπεσίων, κοῖλαι δὲ περικλύζονται ἄρουραι
      ὄμβρου ἐπεσσυμένοιο δυσηχέος, ἀμφὶ δὲ μακραὶ
      σμερδαλέον βοόωσι κατ' οὔρεα πάντα χαράδραι·
      ὣς Μέμνων σεύεσκεν ἐπ' ἠόνας Ἑλλησπόντου
      Ἀργείους, μετόπισθε δ' ἐπισπόμενος κεράιζε.
355   πολλοὶ δ' ἐν κονίῃσι καὶ αἵματι θυμὸν ἔλειπον
      Αἰθιόπων ὑπὸ χερσί, λύθρῳ δ' ἐφορύνετο γαῖα
      ὀλλυμένων Δαναῶν· μέγα δ' ἐν φρεσὶ γήθεε Μέμνων
      αἰὲν ἐπεσσύμενος δηίων στίχας, ἀμφὶ δὲ νεκρῶν
      στείνετο Τρώιον οὖδας. ὃ δ' οὐκ ἀπέληγε κυδοιμοῦ·
360   ἔλπετο γὰρ Τρώεσσι φάος, Δαναοῖσι δὲ πῆμα
      ἔσσεσθ'· ἀλλά ἑ Μοῖρα πολύστονος ἠπερόπευεν
      ἐγγύθεν ἱσταμένη καὶ ἐπὶ κλόνον ὀτρύνουσα.
      ἀμφὶ δέ οἱ θεράποντες ἐυσθενέες πονέοντο,
      Ἀλκυονεὺς Νύχιός τε καὶ Ἀσιάδης ἐρίθυμος
365   αἰχμητής τε Μένεκλος Ἀλέξιππός τε Κλύδων τε
      ἄλλοι τ' ἰωχμοῖο μεμαότες, οἵ ῥα καὶ αὐτοὶ

mer suppleness and strength now that he was weighed down with the infirmity of age. Thrasymedes the spearman and stouthearted Phyleus fell back likewise, together with all the others, fearing the attack of such a grim opponent.

As when some deep-eddying river froths and roars ceaselessly as it teems down from the great mountains when Zeus stirs up a great storm and darkens the day with clouds louring over the earth; everywhere thunder and lightning crash as those god-sent clouds meet; the low-lying fields are inundated by the torrential downpour; and all around the long mountain torrents boom and roar: such was the force of Memnon as he drove the Argives toward the shores of the Hellespont, constantly killing the hindmost. Many a man breathed his last in the dust and blood slain by an Ethiopian hand, and the earth was defiled with the gore of dying Danaans. Memnon exulted as he kept pressing on the enemy ranks, and the Trojan plain was crowded with corpses. He continued to fight, in hopes that he could be a savior of the Trojans and a bane to the Danaans; but in this he was deceived by grievous Fate, who stood near and encouraged him to fight. Round him toiled his sturdy soldiers Alcyoneus, Nychius, brave Asiades, Meneclus the spearman, Aloxippus, Clydon and the rest, eager for combat and no less staunch in battle than

καρτύναντ' ἀνὰ δῆριν ἑῷ πίσυνοι βασιλῆι.
καὶ τότε δή ῥα Μένεκλον ἐπεσσύμενον Δαναοῖσι
Νηλείδης κατέπεφνεν· ὃ δ' ἀσχαλόων ἑτάροιο
370 Μέμνων ὀβριμόθυμος ἐνήρατο πουλὺν ὅμιλον.
ὡς δ' ὅτε τις κραιπνῇσιν ἐπιβρίσας ἐλάφοισι
θηρητὴρ ἐν ὄρεσσι λίνων ἔντοσθεν ἐρεμνῶν
ἰλαδὸν ἀγρομένῃσιν ἐς ὑστάτιον δόλον ἄγρης
αἰζηῶν ἰότητι, κύνες δ' ἐπικαγχαλόωσι
375 πυκνὸν ὑλακτιόωντες, ὃ δ' ἐμμεμαὼς ὑπ' ἄκοντι
κεμμάσιν ὠκυτάτῃσι φόνον στονόεντα τίθησιν·
ὡς Μέμνων ἐδάιζε πολὺν στρατόν, ἀμφὶ δ' ἑταῖροι
γήθεον. Ἀργεῖοι δὲ περικλυτὸν ἄνδρ' ἐφέβοντο·
ὡς δ' ὁπότ' ἐξεριπόντος ἀπ' οὔρεος ἠλιβάτοιο
380 πέτρου ἀπειρεσίοιο, τὸν ὑψόθεν ἀκάματος Ζεὺς
ὤσῃ ἀπὸ κρημνοῖο βαλὼν στονόεντι κεραυνῷ,
τοῦ δ' ἄρ' ἀνὰ δρυμὰ πυκνὰ καὶ ἄγκεα μακρὰ
ῥαγέντος
βῆσσαι ἐπικτυπέουσι, περιτρομέουσι δ' ἀν' ὕλην,
εἴ που μῆλ' ὑπένερθε κυλινδομένοιο νέμονται
385 ἢ βόες ἠέ τι ἄλλο, καὶ ἐξαλέονται ἰόντος
ῥιπὴν ἀργαλέην καὶ ἀμείλιχον· ὣς ἄρ' Ἀχαιοὶ
Μέμνονος ὄβριμον ἔγχος ἐπεσσυμένοιο φέβοντο.
   Καὶ τότε δὴ κρατεροῖο μόλε σχεδὸν Αἰακίδαο
Νέστωρ, ἀμφὶ δὲ παιδὶ μέγ' ἀχνύμενος φάτο μῦθον·
390   "Ὦ Ἀχιλεῦ, μέγα ἕρκος ἐυσθενέων Ἀργείων,
ὤλετό μοι φίλος υἱός, ἔχει δέ οἱ ἔντεα Μέμνων
τεθναότος, δείδω δὲ κυνῶν μὴ κύρμα γένηται.

the king in whom they put their trust. At that moment the
son of Neleus slew Meneclus as he charged at the Da-
naans. Stouthearted Memnon, angry at the loss of his com-
rade, slaughtered a mass of men. As when a hunter in the
mountains lays into the swift hinds crowded into enfolding
linen nets set up by human skill to ensnare them at the
end of the hunt, and the pack of hounds keeps baying and
barking as he eagerly hastens to put those runnable deer
to death with his spear: just so Memnon wreaked havoc
among that great host to the joy of his comrades. The
Argives fled before that heroic warrior. Just as when a
huge boulder, dislodged from a crag by a stroke of grievous
lightning from unwearied Zeus on high, plunges down a
steep mountainside and, as it smashes through the dense
undergrowth and the long glens, the valleys echo the
sound, so that any flocks, cattle or other creatures in the
forest in its path as it rolls down run off in terror from that
cruel and destructive force: just so the Greeks fled the
charging Memnon's powerful spear.

Then Nestor went up to the mighty grandson of Aeacus
and, moved by great grief over his son, addressed him:

"Achilles, great bulwark of the staunch Argive warriors,
my dear son is dead, Memnon now has his arms, and I
am afraid he will become prey for the dogs. Come quickly

---

369 Νηλείδης Pauw: πηλ- M
373 ὑστάτιον Rhodomann: ὕστατον M
391 οἱ Lehrs: μοι M

ἀλλὰ θοῶς ἐπάμυνον, ἐπεὶ φίλος ὅς τις ἑταίρου
μέμνηται κταμένοιο καὶ ἄχνυται οὐκέτ᾽ ἐόντος."
395   Ὣς φάτο· τοῦ δ᾽ ἀίοντος ὑπὸ φρένας ἔμπεσε
       πένθος.

Μέμνονα δ᾽ ὡς ἐνόησεν ἀνὰ στονόεντα κυδοιμὸν
Ἀργείους ἰληδὸν ὑπ᾽ ἔγχεϊ δηιόωντα,
αὐτίκα κάλλιπε Τρῶας ὅσσους ὑπὸ χερσὶ δάιζεν
ἀμφ᾽ ἄλλῃσι φάλαγξι, καὶ ἰσχανόων πολέμοιο
400   ἤλυθέ οἱ κατέναντα χολούμενος Ἀντιλόχοιο
ἠδ᾽ ἄλλων κταμένων. ὁ δ᾽ ἄρ᾽ εἵλετο χείρεσι πέτρην,
τήν ῥα βροτοὶ θέσαν οὖρον ἐυστάχυος πεδίοιο,
καὶ βάλεν ἀκαμάτοιο κατ᾽ ἀσπίδα Πηλείωνος
δῖος ἀνήρ. ὁ δ᾽ ἄρ᾽ οὔ τι τρέσας περιμήκεα πέτρην
405   αὐτίκα οἱ σχεδὸν ἦλθε μακρὸν δόρυ πρόσθε
      τιταίνων,
πεζός, ἐπεί ῥά οἱ ἵπποι ἔσαν μετόπισθε κυδοιμοῦ,
καί οἱ δεξιὸν ὦμον ὑπὲρ σάκεος στυφέλιξεν.
ὃς δὲ καὶ οὐτάμενός περ ἀταρβέι μάρνατο θυμῷ,
τύψε δ᾽ ἄρ᾽ Αἰακίδαο βραχίονα δουρὶ κραταιῷ·
410   τοῦ δ᾽ ἐχύθη φίλον αἷμα. χάρη δ᾽ ἄρ᾽ ἐτώσιον ἥρως
καί μιν ἄφαρ προσέειπεν ὑπερφιάλοις ἐπέεσσι·

    "Νῦν σ᾽ ὀίω μόρον αἰνὸν ἀναπλήσειν ὑπ᾽ ὀλέθρῳ
χερσὶν ἐμῇσι δαμέντα καὶ οὐκέτι μῶλον ἀλύξαι.
σχέτλιε, τίπτε σὺ Τρῶας ἀνηλεγέως ὀλέεσκες,
415   πάντων εὐχόμενος πολὺ φέρτατος ἔμμεναι ἀνδρῶν
μητρός τ᾽ ἀθανάτης Νηρηίδος; ἀλλὰ σοὶ ἤδη
ἤλυθεν αἴσιμον ἦμαρ, ἐπεὶ θεόθεν γένος εἰμὶ
Ἠοῦς ὄβριμος υἱός, ὃν ἔκτοθι λειριόεσσαι

to the rescue! A true friend never forgets a slain comrade and grieves at his death."

When he heard these words, Achilles was stricken with grief. Catching sight of Memnon slaughtering whole ranks of Argives with his spear in the painful battle, he at once left the Trojans whom he was killing in the other ranks and, eager for the fight, went to face him, moved by anger at the death of Antilochus and of the others killed. Memnon picked up a rock which had been placed to mark a boundary in the fertile plain; and then that noble man flung it at the shield of the tireless son of Peleus. But he did not shrink from that enormous rock: he immediately came closer brandishing his long spear before him—on foot, since his chariot was behind the lines—and struck him a blow in the right shoulder above his shield. In spite of the wound, he continued to fight fearlessly. He hit Acacides in the arm with his mighty spear and drew blood. At that the hero exulted—vainly—and at once addressed him with these vaunting words:

"I think your grim fate is about to be fulfilled with defeat and death at my hands; you won't escape the battle alive! Wretched man! Why did you cruelly kill so many Trojans and boast that you were far the best of men because your mother was an immortal Nereid? Well, your fated day has now arrived. *I* am of divine descent, the mighty son of Eos, and my nurses were the lily-like Hes-

---

408 μάρνατο Köchly: μαίνετο M
412 ὑπ' ὀλέθρῳ Rhodomann: ὑπὸ λύθρῳ M
415 φέρτατος Spitzner: -τερος M

Ἑσπερίδες θρέψαντο παρὰ ῥόον Ὠκεανοῖο.
420 τοὔνεκά σευ καὶ δῆριν ἀμείλιχον οὐκ ἀλεείνω,
εἰδὼς μητέρα δῖαν, ὅσον προφερεστέρη ἐστὶ
Νηρεΐδος τῆς αὐτὸς ἐπεύχεαι ἔκγονος εἶναι.
ἣ μὲν γὰρ μακάρεσσι καὶ ἀνθρώποισι φαείνει,
τῇ ἐπὶ πάντα τελεῖται ἀτειρέος ἔνδον Ὀλύμπου
425 ἐσθλά τε καὶ κλυτὰ ἔργα τά τ' ἀνδράσι γίνετ'
            ὄνειαρ·
ἣ δ' ἐν ἁλὸς κευθμῶσι καθημένη ἀτρυγέτοισι
ναίει ὁμῶς κήτεσσι μέγ' ἰχθύσι κυδιόωσα
ἄπρηκτος καὶ ἄιστος. ἐγὼ δέ μιν οὐκ ἀλεγίζω
οὐδέ μιν ἀθανάτῃσιν ἐπουρανίῃσιν ἐΐσκω."
430 Ὣς φάτο· τὸν δ' ἐνένιπε θρασὺς πάϊς Αἰακίδαο·
"Ὦ Μέμνον, πῇ νῦν σε κακαὶ φρένες ἐξορόθυναν
ἐλθέμεν ἀντί' ἐμεῖο καὶ ἐς μόθον ἰσοφαρίζειν;
ὃς σέο φέρτερός εἰμι βίῃ γενεῇ τε φυῇ τε,
Ζηνὸς ὑπερθύμοιο λαχὼν ἀριδείκετον αἷμα
435 καὶ σθεναροῦ Νηρῆος, ὃς εἰναλίας τέκε κούρας
Νηρεΐδας, τὰς δή ῥα θεοὶ τίουσ' ἐν Ὀλύμπῳ,
πασάων δὲ μάλιστα Θέτιν κλυτὰ μητιόωσαν,
οὕνεκά που Διόνυσον ἑοῖς ὑπέδεκτο μελάθροις,
ὁππότε δειμαίνεσκε βίην ὀλοοῖο Λυκούργου,
440 ἠδὲ καὶ ὡς Ἥφαιστον ἐΰφρονα χαλκεοτέχνην
δέξατο οἷσι δόμοισιν ἀπ' Οὐλύμποιο πεσόντα,
αὐτόν τ' Ἀργικέραυνον ὅπως ὑπελύσατο δεσμῶν·
τῶν μιμνησκόμενοι πανδερκέες Οὐρανίωνες
μητέρ' ἐμὴν τίουσι Θέτιν ζαθέῳ ἐν Ὀλύμπῳ.

perides by the streams of Ocean.[5] I am not avoiding piti-
less combat with you, because I know how superior my
divine mother is to the Nereid whose son *you* boast of
being! My mother brings light to gods and men alike, and
every fine and noble thing that is accomplished on eternal
Olympus or is a benefit to mankind is done on her watch;
yours sits in the barren and dingy depths of the sea, unseen
and idle, living with monsters and glorying in her fish! I
have no time for *her:* she is nothing like the goddesses up
in heaven!"

So he spoke; and the bold son of Aeacides rebuffed him
with these words:

"Memnon, whatever could have prompted you to think
of vying with me in battle face to face? I am superior
to you in strength, in birth, and in stature. I am of the
glorious bloodline of mighty Zeus and great Nereus, fa-
ther of the Nereids, those sea nymphs honored by the
Olympian gods. And they especially honor Thetis, famed
for her shrewd intelligence: she sheltered Dionysus in her
halls when he feared the violent and murderous Lycur-
gus;[6] she welcomed into her home the civilizing bronze-
smith Hephaestus;[7] and she contrived to release the fa
ther of the bright lightning himself from his bonds.[8] It is
in gratitude for these actions that the all-seeing heavenly
gods on high Olympus honor my mother Thetis. You will

[5] He implies a natural antipathy, Dawn being associated with
the east and the Hesperides with the west.
[6] *Il.* 6.130–37   [7] *Il.* 18.394–405   [8] *Il.* 1.396–406.

427 μέγ᾽ C. L. Struve: μετ᾽ M
442 ὑπελύσατο Rhodomann: ὑπερύσατο M

445 γνώσῃ δ᾽ ὡς θεός ἐστιν, ἐπὴν δόρυ χάλκεον εἴσω
ἐς τεὸν ἦπαρ ἵκηται ἐμῇ βεβλημένον ἀλκῇ·
Ἕκτορα γὰρ Πατρόκλοιο, σὲ δ᾽ Ἀντιλόχοιο χολωθεὶς
τίσομαι· οὐ γὰρ ὄλεσσας ἀνάλκιδος ἀνδρὸς ἑταῖρον.
ἀλλὰ τί νηπιάχοισιν ἐοικότες ἀφραδέεσσιν
450 ἕσταμεν ἡμετέρων μυθεύμενοι ἔργα τοκήων
ἠδ᾽ αὐτῶν; ἐγγὺς γὰρ Ἄρης, ἐγγὺς δὲ καὶ ἀλκή."
      Ὣς εἰπὼν παλάμῃσι λάβεν πολυμήκετον ἄορ,
Μέμνων δ᾽ αὖθ᾽ ἑτέρωθε, καὶ ὀτραλέως συνόρουσαν.
τύπτον δ᾽ ἀλλήλων ἄμοτον φρεσὶ κυδιόωντες
455 ἀσπίδας ἃς Ἥφαιστος ὑπ᾽ ἀμβροσίῃ κάμε τέχνῃ,
πυκνὰ συναΐσσοντες· ἐπέψαυον δὲ λόφοισιν
ἀλλήλαις ἑκάτερθεν ἐρειδόμεναι τρυφάλειαι.
Ζεὺς δὲ μέγ᾽ ἀμφοτέροισι φίλα φρονέων βάλε
      κάρτος,
τεῦξε δ᾽ ἄρ᾽ ἀκαμάτους καὶ μείζονας, οὐδὲν ὁμοίους
460 ἀνδράσιν, ἀλλὰ θεοῖσιν· Ἔρις δ᾽ ἐπεγήθεεν ἄμφω.
οἳ δ᾽ αἰχμὴν μεμαῶτες ἄφαρ χροὸς ἐντὸς ἐλάσσαι
μεσσηγὺς σάκεός τε καὶ ὑψιλόφου τρυφαλείης
πολλάκις ἰθύνεσκον ἑὸν μένος, ἄλλοτε δ᾽ αὖτε
βαιὸν ὑπὲρ κνημῖδος, ἔνερθε δὲ δαιδαλέοιο
465 θώρηκος βριαροῖσιν ἀρηρότος ἀμφὶ μέλεσσιν,
ἄμφω ἐπειγόμενοι· περὶ δέ σφισιν ἄμβροτα τεύχη
ἀμφ᾽ ὤμοις ἀράβησε. βοὴ δ᾽ ἵκετ᾽ αἰθέρα δῖον
Τρώων Αἰθιόπων τε καὶ Ἀργείων ἐριθύμων
μαρναμένων ἑκάτερθε· κόνις δ᾽ ὑπὸ ποσσὶν ὀρώρει
470 ἄχρις ἐς οὐρανὸν εὐρύν, ἐπεὶ μέγα ἤνυτο ἔργον.

recognize her divinity soon enough, when the bronze spear cast with all my force goes into your liver! I killed Hector to avenge Patroclus, and shall avenge Antilochus on you: it was not a weakling's comrade that you slew. But what use is our standing here gossiping about ourselves and our parents like silly children? It is time for war, time to show prowess!"

With these words he seized hold of his long sword; Memnon on his side did the same; and they leaped at each other without delay. Those proud warriors furiously smote each other's shields, products of Hephaestus' divine skill, in their repeated attacks; so close was the contest that their helmets met, crest to crest. Zeus, well disposed to both, increased their strength and stature and made them tireless, godlike, more than human; and Strife rejoiced over them both. Each eager to spear the other's flesh, they kept directing their efforts now at the space between shield and crested helmet, and now at just above the greave and below the intricately patterned breastplate made to fit their mighty limbs; and as they redoubled their efforts, the immortal armor clanged on their shoulders. From the Trojans, the Ethiopians and the staunch-hearted Argives fighting on each side battle cries reached up to the holy sky, and dust raised beneath their feet rose to the broad heavens: great deeds were doing. Like a mist on the

---

451 γὰρ Zimmermann: καὶ M   δὲ Rhodomann: om. M
470 ἤνυτο Vian: κίνυτο M

εὖτ’ ὀμίχλη κατ’ ὄρεσφιν ὀρινομένου ὑετοῖο,
ὁππότε δὴ κελάδοντες ἐνιπλήθονται ἔναυλοι
ὕδατος ἐσσυμένοιο, βρέμει δ’ ἄρα πᾶσα χαράδρη
ἄσπετον, οἳ δ’ ἄρα πάντες ἐπιτρομέουσι νομῆες
475 χειμάρρους ὀμίχλην τε φίλην ὀλοοῖσι λύκοισιν
ἠδ’ ἄλλοις θήρεσσιν ὅσους τρέφει ἄσπετος ὕλη·
ὣς τῶν ἀμφὶ πόδεσσι κόνις πεπότητ’ ἀλεγεινή,
ἥ ῥά τε καὶ φάος ἠὺ κατέκρυφεν ἠελίοιο
αἰθέρ’ ἐπισκιάουσα· κακὴ δ’ ὑπεδάμνατ’ ὀιζὺς
480 λαοὺς ἐν κονίῃ τε καὶ αἰνομόρῳ ὑσμίνῃ.
καὶ τὴν μὲν μακάρων τις ἀπώσατο δηιοτῆτος
ἐσσυμένως· ὀλοαὶ δὲ θοὰς ἑκάτερθε φάλαγγας
Κῆρες ἐποτρύνεσκον ἀπειρέσιον πονέεσθαι
δῆριν ἀνὰ στονόεσσαν· Ἄρης δ’ οὐ λῆγε φόνοιο
485 λευγαλέου, πάντῃ δὲ πέριξ ἐφορύνετο γαῖα
αἵματος ἐκχυμένοιο· μέλας δ’ ἐπετέρπετ’ Ὄλεθρος.
στείνετο δὲ κταμένων πεδίον μέγα ἱππόβοτόν τε,
ὁππόσον ἀμφὶ ῥοῆς Σιμόεις καὶ Ξάνθος ἐέργει
Ἴδηθεν κατιόντες ἐς ἱερὸν Ἑλλήσποντον.
490 Ἀλλ’ ὅτε δὴ πολλὴ μὲν ἄδην μηκύνετο δῆρις
μαρναμένων, ἶσον δὲ μένος τέτατ’ ἀμφοτέροισι,
δὴ τότε τούς γ’ ἀπάνευθεν Ὀλύμπιοι εἰσορόωντες
οἳ μὲν θυμὸν ἔτερπον ἀτειρέι Πηλείωνι,
οἳ δ’ ἄρα Τιθωνοῖο καὶ Ἠοῦς υἱέι δίῳ.
495 ὑψόθε δ’ οὐρανὸς εὐρὺς ἐπέβραχεν, ἀμφὶ δὲ πόντος
ἴαχε, κυανέη δὲ πέριξ ἐλελίζετο γαῖα
ἀμφοτέρων ὑπὸ ποσσί. περιτρομέοντο δὲ πᾶσαι
ἀμφὶ Θέτιν Νηρῆος ὑπερθύμοιο θύγατρες

mountains in gathering rain, when the loud torrents are in
full spate and every gully produces an indescribable
clamor, and the shepherds are all afraid of the waters and
of the mist that is favored by savage wolves and other wild
beasts reared in the vast forests: just so did the terrible
dust fly up from their feet, blotting out the sunlight, dark-
ening the sky, and overwhelming with woe and misery the
armies plunged in the dust of the fatal battle line. Then
some god swiftly dispelled the dust from the fighting,
though the dread spirits of doom kept urging on the
swiftly-moving lines on either side to endless efforts in
that grievous strife, and Ares took no rest from grim
slaughter, and all around the earth was defiled with streams
of blood, to the delight of dark Destruction. The vast plain
where horses used to graze was crowded with corpses over
the whole area bounded by the streams of Simoïs and
Xanthus as they flow down from Ida to the holy Helles-
pont.

But when they had dueled long and furiously enough
with equal effort on either side, the Olympian gods watch-
ing from afar were divided, some favoring the tireless son
of Peleus and others the divine son of Tithonus and Eos
As they fought, the broad sky above thundered, the sea
howled, and all around the dark earth quaked beneath
their feet. All the daughters of proud Nereus, companions
of Thetis, trembled for mighty Achilles in unspeakable

---

486 ἐπετέρπετ' Rhodomann: -τρέπετ' m: -τρεπ' m
495 ἐπέβραχεν Spitzner: ὑπ- M

ὀβρίμου ἀμφ' Ἀχιλῆος ἴδ' ἄσπετα δειμαίνοντο.
500 δείδιε δ' Ἠριγένεια φίλῳ περὶ παιδὶ καὶ αὐτὴ
ἵπποις ἐμβεβαυῖα δι' αἰθέρος· αἱ δέ οἱ ἄγχι
Ἠελίοιο θύγατρες ἐθάμβεον ἑστηυῖαι
θεσπέσιον περὶ κύκλον, ὃν Ἠελίῳ ἀκάμαντι
Ζεὺς πόρεν εἰς ἐνιαυτὸν ἐὺν δρόμον, ᾧ περὶ πάντα
505 ζώει τε φθινύθει τε περιπλομένοιο κατ' ἦμαρ
νωλεμέως αἰῶνος ἑλισσομένων ἐνιαυτῶν.
καί νύ κε δὴ μακάρεσσιν ἀμείλιχος ἔμπεσε δῆρις,
εἰ μὴ ὑπ' ἐννεσίῃσι Διὸς μεγαλοβρεμέταο
δοιαὶ ἄρ' ἀμφοτέροισι θοῶς ἑκάτερθε παρέσταν
510 Κῆρες· ἐρεμναίη μὲν ἔβη ποτὶ Μέμνονος ἦτορ,
φαιδρὴ δ' ἀμφ' Ἀχιλῆα δαΐφρονα· τοὶ δ' ἐσιδόντες
ἀθάνατοι μέγ' ἄυσαν, ἄφαρ δ' ἕλε τοὺς μὲν ἀνίη
λευγαλέη, τοὺς δ' ἠὺ καὶ ἀγλαὸν ἔλλαβε χάρμα.
Ἥρωες δ' ἐμάχοντο καθ' αἱματόεντα κυδοιμὸν
515 ἔμπεδον, οὐδέ τι Κῆρας ἐποιχομένας ἐνόησαν
θυμὸν καὶ μέγα κάρτος ἐπ' ἀλλήλοισι φέροντες.
φαίης κε στονόεντα κατὰ μόθον ἤματι κείνῳ
μάρνασθ' ὥς τε Γίγαντας ἀτειρέας ἠὲ κραταιοὺς
Τιτῆνας· σθεναρὴ γὰρ ἐπὶ σφίσι δῆρις ὀρώρει·

* * *

520 ἠμὲν ὀτὲ ξιφέεσσι συνέδραμον, ἠδ' ὀτὲ λᾶας
βάλλον ἐπεσσύμενοι περιμήκεας. οὐδέ τις αὐτῶν
χάζετο βαλλομένων οὐδ' ἔτρεσαν, ἀλλ' ἅτε πρῶνες
ἕστασαν ἀκμῆτες καταειμένοι ἄσπετον ἀλκήν·
ἄμφω γὰρ μεγάλοιο Διὸς γένος εὐχετόωντο.
525 τοὔνεκ' ἄρά σφισι δῆριν ἴσην ἐτάνυσσεν Ἐννὼ

terror. Erigeneia herself feared for her dear son as she passed across the sky in her chariot; and the daughters of the sun, her companions,[9] stood amazed in that sacred circle[10] which Zeus gave to tireless Helius for his noble yearly course, and which controls all that lives and perishes, as day by day time slowly progresses and the years go round. The gods would have fallen into a fierce fight among themselves had not Zeus the thunderer prompted the Fates to take a stand one on each side; and the gloomy Fate went to Memnon's heart, the bright one to warlike Achilles. Looking on, the immortal gods each gave a shout, some gripped by grief and sadness, others seized by radiant joy.

The heroes continued to fight in the bloody battle, pitting their courage and strength against each other and unaware of the Fates. In the moil and mêlée of that day they could easily have been mistaken for tireless Giants or mighty Titans, so powerful was the struggle between them. ⟨. . . . .⟩[11] as they either fought with swords or charged at each other flinging huge boulders. Neither of them took a backward step or felt fear when attacked, they stood firm like immovable headlands, both endowed with vast strength since they proudly claimed descent from great Zeus. For that reason Enyo kept the fighting equally

---

[9] The Hours or Seasons.
[10] The zodiac.
[11] Line missing.

---

510 Κῆρες· ἐρεμναίη Rhodomann: κῆρες ἐρεμναί· ἡ M
519 γὰρ Köchly: δ᾽ ἄρ᾽ M
post 519 lac. ind. Keydell

πολλὸν ἐρειδομένοισιν ἐπὶ χρόνον ἐν δαΐ κείνῃ,
αὐτοῖς ἠδ᾽ ἑτάροισιν ἀταρβέσιν οἳ μετ᾽ ἀνάκτων
νωλεμέως πονέοντο μεμαότες, ἄχρι καμόντων
αἰχμαὶ ἀνεγνάμφθησαν ἐν ἀσπίσιν· οὐδέ τις ἦεν
530 θεινομένων ἑκάτερθεν ἀνούτατος, ἀλλ᾽ ἄρα πάντων
ἐκ μελέων εἰς οὖδας ἀπέρρεεν αἷμα καὶ ἱδρὼς
αἰὲν ἐρειδομένων. κεκάλυπτο δὲ γαῖα νέκυσσιν,
οὐρανὸς ὡς νεφέεσσιν ἐς Αἰγοκερῆα κιόντος
ἠελίου, ὅτε πόντον ὑποτρομέει μέγα ναύτης.
535 τοὺς δ᾽ ἵπποι χρεμέθοντες ἐπεσσυμένοις ἅμα λαοῖς
τεθναότας στείβεσκον, ἅτ᾽ ἄσπετα φύλλα κατ᾽
                                    ἄλσος
χείματος ἀρχομένου μετὰ τηλεθόωσαν ὀπώρην.
    Οἳ δέ που ἐν νεκύεσσι καὶ αἵματι δηριόωντο
υἷες μακάρων ἐρικυδέες οὐδ᾽ ἀπέληγον
540 ἀλλήλοις κοτέοντες. Ἔρις δ᾽ ἴθυνε τάλαντα
ὑσμίνης ἀλεγεινά. τὰ δ᾽ οὐκέτι ἶσα πέλοντο·
ἀλλ᾽ ἄρα Μέμνονα δῖον ὑπὸ στέρνοιο θέμεθλα
Πηλείδης οὔτησε, τὸ δ᾽ ἀντικρὺ μέλαν ἆορ
ἐξέθορεν. τοῦ δ᾽ αἶψα λύθη πολυήρατος αἰών·
545 κάππεσε δ᾽ ἐς μέλαν αἷμα, βράχεν δέ οἱ ἄσπετα
                                    τεύχη,
γαῖα δ᾽ ὑπεσμαράγησε καὶ ἀμφεφόβηθεν ἑταῖροι.
τὸν δ᾽ ἄρα Μυρμιδόνες μὲν ἐσύλεον· ἀμφὶ δὲ Τρῶες
φεῦγον, ὃ δ᾽ αἶψα δίωκε μένος μέγα λαίλαπι ἶσος.
    Ἠὼς δὲ στονάχησε καλυψαμένη νεφέεσσιν,
550 ἠχλύνθη δ᾽ ἄρα γαῖα. θοοὶ δ᾽ ἅμα πάντες Ἀῆται
μητρὸς ἐφημοσύνῃσι μιῇ φορέοντο κελεύθῳ

118

balanced as they pressed on in that long conflict in company with their fearless comrades, who labored with as much unceasing urgency as their lords until they were exhausted and their spears were all bent from striking shields. Not a single one of the fighters on either side was unwounded, and from all their limbs blood and sweat poured to the ground as they pressed forward. The earth was covered with corpses just as the sky is covered with clouds when the sun enters Capricorn and sailors greatly fear the sea.[12] Whinnying horses and charging troops trampled the dead lying thick as numberless leaves in a grove as winter comes on at the end of fertile autumn.

Those glorious sons of gods carried on the fight among the corpses and the blood, their rage undiminished. But then Discord set straight the grim scales of war, which tilted to one side. At that moment Peleus' son hit godlike Memnon under the breastbone, and the black blade went right through. At once his lovely young life was lost: he fell down in his black blood with a vast clattering of armor; the earth rang out beneath him, and his companions turned in flight. As the Myrmidons stripped his corpse the Trojans ran away, with the mighty Achilles in instant pursuit like a whirlwind.

The grieving Eos veiled herself in clouds, and a mist enveloped the earth. At their mother's command all the swift winds traveled together to Priam's plain. They sur-

---

[12] Cf. 1.356.

---

527 μετ' Pauw: μέγ' M   535 δ' Rhodomann: om. M
546 ὑπεσμαράγησε Spitzner: ἀπ- M
551 μιῇ Rhodomann: βιῇ m: βίη m

ἐς πεδίον Πριάμοιο καὶ ἀμφεχέαντο θανόντι·
οἳ καὶ ἀνηρείψαντο θοῶς Ἠώιον υἷα
καί ἑ φέρον πολιοῖο δι' ἠέρος· ἄχνυτο δέ σφι
555 θυμὸς ἀδελφειοῖο δεδουπότος, ἀμφὶ δ' ἄρ' αἰθὴρ
ἔστενε. τοῦ δ' ἐπὶ γαῖαν ὅσαι πέσον αἱματόεσσαι
ἐκ μελέων ῥαθάμιγγες, ἐν ἀνθρώποισι τέτυκται
σῆμα καὶ ἐσσομένοις· τὰς γὰρ θεοὶ ἄλλοθεν ἄλλην
εἰς ἓν ἀγειράμενοι ποταμὸν θέσαν ἠχήεντα,
560 τόν ῥά τε Παφλαγόνειον ἐπιχθόνιοι καλέουσι
πάντες ὅσοι ναίουσι μακρῆς ὑπὸ πείρασιν Ἴδης·
ὅς τε καὶ αἱματόεις τραφερὴν ἐπινίσεται αἶαν,
ὁππότε Μέμνονος ἦμαρ ἔῃ λυγρὸν ᾧ ἔνι κεῖνος
κάτθανε· λευγαλέη δὲ καὶ ἄσχετος ἔσσυται ὀδμὴ
565 ἐξ ὕδατος· φαίης κεν ἔθ' ἕλκεος οὐλομένοιο
πυθομένους ἰχῶρας ἀποπνείειν ἀλεγεινόν.
ἀλλὰ τὸ μὲν βουλῇσι θεῶν γένεθ'· οἳ δ' ἐπέτοντο
Ἠοῦς ὄβριμον υἷα θοοὶ φορέοντες Ἀῆται
τυτθὸν ὑπὲρ γαίης δνοφερῇ κεκαλυμμένον ὄρφνῃ.
570 Οὐδὲ μὲν Αἰθίοπῆες ἀποκταμένοιο ἄνακτος
νόσφιν ἀπεπλάγχθησαν, ἐπεὶ θεὸς αἶψα καὶ αὐτοὺς
ἦγε λιλαιομένοισι βαλὼν τάχος, οἷον ἔμελλον
οὐ μετὰ δηρὸν ἔχοντες ὑπηέριοι φορέεσθαι·
τοὔνεχ' ἔποντ' Ἀνέμοισιν ὀδυρόμενοι βασιλῆα.
575 ὡς δ' ὅταν ἀγρευτῆρος ἐνὶ ξυλόχοισι δαμέντος
ἢ συὸς ἠὲ λέοντος ὑπὸ βλοσυρῇσι γένυσσι
σῶμ' ἀνειράμενοι μογεροὶ φορέωσιν ἑταῖροι
ἀχνύμενοι, μετὰ δέ σφι κύνες ποθέοντες ἄνακτα
κνυζηθμῷ ἐφέπονται ἀνιηρῆς ἕνεκ' ἄγρης·

rounded the dead man, quickly raised up the son of Eos, and bore him through the gray air, their hearts grieving for their fallen brother; and all around in the sky was the sound of lamentation. All the drops of blood which fell to the earth from his body became a sign for later ages: the gods put together these scattered drops and made them into a sounding river which is called Paphlagoneus by all those mortals who dwell in the foothills of the range of Ida; and the river flows with blood in its course through that fertile land on the mournful anniversary of Memnon's death, and the water gives off an intolerable stench as if the foul reek of gangrenous pus were still coming from his fatal wound. Such was the will of the gods. But the swift winds flew along bearing Eos' mighty son just above the earth, veiled by the gloomy darkness.

The Ethiopians, too, did not move from their dead lord: some god at once granted their wish to be endowed with speed, which presently allowed them to be borne along in the air: they therefore escorted the winds while lamenting their king. Just as when the poor companions of some hunter killed in the thickets by the grim jaws of a boar or lion form a grieving cortège for his body, and his hounds who miss their master escort him, whimpering at this sad outcome of the hunt: just so the Ethiopians left

580 ὡς οἵ γε προλιπόντες ἀνηλέα δηιοτῆτα
λαιψηροῖς ἐφέποντο μέγα στενάχοντες Ἀήταις
ἀχλύι θεσπεσίῃ κεκαλυμμένοι. ἀμφὶ δὲ Τρῶες
καὶ Δαναοὶ θάμβησαν ἅμα σφετέρῳ βασιλῆι
πάντας ἀιστωθέντας, ἀπειρεσίῃ δ᾽ ἀνὰ θυμὸν
585 ἀμφασίῃ βεβόληντο. νέκυν δ᾽ ἀκάμαντες Ἀῆται
Μέμνονος ἀγχεμάχοιο θέσαν βαρέα στενάχοντες
πὰρ ποταμοῖο ῥέεθρα βαθυρρόου Αἰσήποιο,
ἧχί τε Νυμφάων καλλιπλοκάμων πέλει ἄλσος
καλόν, ὃ δὴ μετόπισθε μακρὸν περὶ σῆμ᾽ ἐβάλοντο
590 Αἰσήποιο θύγατρες ἅδην πεπυκασμένον ὕλῃ
παντοίῃ· καὶ πολλὰ θεαὶ περικωκύσαντο
υἷέα κυδαίνουσαι ἐυθρόνου Ἠριγενείης.
    Δύσετο δ᾽ ἠελίοιο φάος· κατὰ δ᾽ ἤλυθεν Ἠὼς
οὐρανόθεν κλαίουσα φίλον τέκος, ἀμφὶ δ᾽ ἄρ᾽ αὐτῇ
595 κοῦραι ἐυπλόκαμοι δυοκαίδεκα, τῇσι μέμηλεν
αἰὲν ἑλισσομένου Ὑπερίονος αἰπὰ κέλευθα
νύξ τε καὶ ἠριγένεια καὶ ἐκ Διὸς ὁππόσα βουλῆς
γίνεται, οὗ περὶ δῶμα καὶ ἀρρήκτους πυλεῶνας
στρωφῶντ᾽ ἔνθα καὶ ἔνθα περὶξ λυκάβαντα
        φέρουσαι
600 καρποῖσι βρίθοντα, κυλινδομένου περὶ κύκλον
χειμῶνος κρυεροῖο καὶ εἴαρος ἀνθεμόεντος
ἠδὲ θέρευς ἐρατοῖο πολυσταφύλοιό τ᾽ ὀπώρης.
αἳ τότε δὴ κατέβησαν ἀπ᾽ αἰθέρος ἠλιβάτοιο
ἄσπετ᾽ ὀδυρόμεναι περὶ Μέμνονα, σὺν δ᾽ ἄρα τῇσι
605 Πληιάδες μύροντο, περίαχε δ᾽ οὔρεα μακρὰ
καὶ ῥόος Αἰσήποιο, γόος δ᾽ ἄλληκτος ὀρώρει.

the savage fighting and, veiled by that miraculous mist, escorted the swift winds and lamented aloud. Trojans and Danaans alike were amazed to see the whole army disappear together with its king, and they were struck dumb with astonishment. The tireless winds, with deep sounds of lamentation, set down the corpse of Memnon by the deep-flowing river Aesepus, where there is a fine grove of the Nymphs with their fair tresses, made dense with trees in later times by the daughters of Aesepus all round his great tomb. And loud was the lamenting of those goddesses in honor of the son of fair-throned Erigeneia.

The sun set, and Eos went down from heaven weeping for her dear child. She was escorted by twelve maidens with fine tresses,[13] who, as Hyperion takes his regular course high across the sky, preside over all that night and day and the plan of Zeus bring to pass; they orbit regularly around the adamantine gate of his palace, bringing the year and its varied produce, as chill winter, blooming spring, lovely summer and autumn rich in grapes revolve in turn round the zodiac. They came right down from the sky, all the time lamenting for Memnon, then the Pleiades mourned with them, and the long hills and the streams of Aesepus echoed their cries, and a ceaseless

---

[13] The Heliades (cf. 501–6).

591 πολλὰ Rhodomann: πολλαὶ M
600 κύκλον Scaliger: κύκλου M
603 τότε Rhodomann: δ᾽ ὅτε M

ἣ δ' ἄρ' ἐνὶ μέσσῃσιν ἑῷ περὶ παιδὶ χυθεῖσα
μακρὸν ἀνεστονάχησε πολύστονος Ἠριγένεια·
"Ὤλεό μοι, φίλε τέκνον, ἑῇ δ' ἄρα μητέρι πένθος
610 ἀργαλέον περίθηκας. ἐγὼ δ' οὐ σεῖο δαμέντος
τλήσομαι ἀθανάτοισιν ἐπουρανίοισι φαείνειν·
ἀλλὰ καταχθονίων ἐσδύσομαι αἰνὰ βέρεθρα,
ψυχὴ ὅπου σέο νόσφιν ἀποφθιμένου πεπότηται,
πάντ' ἐπικιδναμένου χάεος καὶ ἀεικέος ὄρφνης,
615 ὄφρά τι καὶ Κρονίδαο περὶ φρένας ἄλγος ἵκηται.
οὐ γὰρ ἀτιμοτέρη Νηρηίδος, ἐκ Διὸς αὐτοῦ
πάντ' ἐπιδερκομένη, πάντ' ἐς τέλος ἄχρις ἄγουσα,
μαψιδίως· ἦ γάρ κεν ἐμὸν φάος ὠπίσατο Ζεύς.
τοὔνεχ' ὑπὸ ζόφον εἶμι· Θέτιν δ' ἐς Ὄλυμπον
ἀγέσθω
620 ἐξ ἁλός, ὄφρα θεοῖσι καὶ ἀνθρώποισι φαείνῃ·
αὐτὰρ ἐμοὶ στονόεσσα μετ' οὐρανὸν εὔαδεν ὄρφνη,
μὴ δὴ σεῖο φονῆι φάος περὶ σῶμα βάλοιμι."
Ὣς φαμένης ῥέε δάκρυ κατ' ἀμβροσίοιο
προσώπου
ἀενάῳ ποταμῷ ἐναλίγκιον, ἀμφὶ δὲ νεκρῷ
625 δεύετο γαῖα μέλαινα· συνάχνυτο δ' ἀμβροσίη Νὺξ
παιδὶ φίλῃ καὶ πάντα κατέκρυφεν Οὐρανὸς ἄστρα
ἀχλύι καὶ νεφέεσσι φέρων χάριν Ἠριγενείῃ.
Τρῶες δ' ἄστεος ἔνδον ἔσαν περὶ Μέμνονι θυμὸν
ἀχνύμενοι· πόθεον γὰρ ὁμῶς ἑτάροισιν ἄνακτα.
630 οὐδὲ μὲν Ἀργεῖοι μέγ' ἐγήθεον, ἀλλὰ καὶ αὐτοὶ
ἐν πεδίῳ κταμένοισι παρ' ἀνδράσιν αὖλιν ἔχοντες
ἄμφω ἐυμμελίην μὲν Ἀχιλλέα κυδαίνεσκον,

124

wailing arose. In their midst the sobbing Erigeneia fell upon her son's body and uttered this long lament:

"I have lost you, my dear child, and now you have surrounded your mother with pain and grief! Now that you are dead, I shall not bring myself to light the gods in heaven: I shall enter the dread depths of the underworld, that distant region to which your departed spirit flew; now chaos and foul darkness can spread over all the world so that the son of Cronus may have his share of grief. My honor is not less than the Nereid's: Zeus himself granted that I should oversee all things, that I should bring all things to fulfillment. Clearly these were empty honors, or Zeus would have had some respect for the light I bring. If that is so, I shall go down into the dark. Let him fetch Thetis from the sea up to Olympus: let *her* bring light to gods and men! As for me, I now prefer the miserable darkness to heaven, so that I need not shine upon the man who murdered you."

As she spoke, tears coursed down her immortal face like an ever-flowing river, and around the corpse the dark earth was wet. Immortal Night grieved in sympathy with her dear daughter, and to show his respect for Erigeneia the sky hid all his stars in mist and cloud.

The Trojans were in the city, their hearts filled with grief for Memnon: they felt the loss of the lord and his comrades alike. Nor was the Argives' satisfaction complete: they were camped out in the plain among the dead men, celebrating, it is true, the exploits of Achilles of the

---

607 μέσσῃσιν Rhodomann: μέσ(σ)οισιν M
616 ἐκ Hermann, Köchly: ἢ M
628 θυμὸν Scaliger: θυμῷ M

125

Ἀντίλοχον δ᾽ ἄρα κλαῖον· ἔχον δ᾽ ἅμα χάρματι
πένθος.
Παννυχίη δ᾽ ἀλεγεινὸν ἀνεστενάχιζε γοῶσα
635 Ἠώς, ἀμφὶ δέ οἱ κέχυτο ζόφος· οὐδέ τι θυμῷ
ἀντολίης ἀλέγιζε, μέγαν δ᾽ ἤχθηρεν Ὄλυμπον.
ἄγχι δέ οἱ μάλα πολλὰ ποδώκεες ἔστενον ἵπποι,
γαῖαν ἐπιστείβοντες ἀήθεα καὶ βασίλειαν
ἀχνυμένην ὁρόωντες, ἐελδόμενοι μέγα νόστου.
640 Ζεὺς δ᾽ ἄμοτον βρόντησε χολούμενος, ἀμφὶ δὲ γαῖα
κινήθη περὶ πᾶσα· τρόμος δ᾽ ἕλεν ἄμβροτον Ἠώ.
τὸν δ᾽ ἄρα καρπαλίμως μελανόχροες Αἰθιοπῆες
θάψαν ὀδυρόμενοι· τοὺς δ᾽ Ἠριγένεια βοῶπις
πόλλ᾽ ὀλοφυρομένους κρατεροῦ περὶ σήματι παιδὸς
645 οἰωνοὺς ποίησε καὶ ἠέρι δῶκε φέρεσθαι.
τοὺς δὴ νῦν καλέουσι βροτῶν ἀπερείσια φῦλα
μέμνονας, οἵ ῥ᾽ ἔτι τύμβον ἔπι σφετέρου βασιλῆος
ἐσσύμενοι γοόωσι κόνιν καθύπερθε χέοντες
σήματος, ἀλλήλοις δὲ περικλονέουσι κυδοιμὸν
650 Μέμνονι ἦρα φέροντες· ὃ δ᾽ εἰν Ἀίδαο δόμοισιν
ἠέ που ἐν μακάρεσσι κατ᾽ Ἠλύσιον πέδον αἴης
καγχαλάᾳ, καὶ θυμὸν ἰαίνεται ἄμβροτος Ἠὼς
δερκομένη· τοῖσιν δὲ πέλει πόνος, ἄχρι καμόντες
εἷς ἕνα δῃώσωνται ἀνὰ κλόνον ἠὲ καὶ ἄμφω
655 πότμον ἀναπλήσωσι πονεύμενοι ἀμφὶς ἄνακτι.
Καὶ τὰ μὲν ἐννεσίῃσι φαεσφόρου Ἠριγενείης
οἰωνοὶ τελέουσι θοοί. τότε δ᾽ ἄμβροτος Ἠὼς

638 ἀήθεα Köchly: ἀνανθέα M

ash-wood spear, but also lamenting Antilochus: their joy was mingled with grief.

All that night Eos sobbed and groaned in her misery, and darkness was all around her; she had no care for daybreak, and she hated Olympus. Her swift steeds stood near her and lamented no less: they were not used to treading the earth, and they kept looking at their grieving mistress in hopes of going back home. Then Zeus in anger gave a violent clap of thunder loud enough to make the whole earth shake and to make immortal Eos tremble with fear. The black-skinned Ethiopians quickly buried Memnon with due lamentation, and as they keened around the tomb of her mighty son, ox-eyed Erigeneia changed them into birds and gave them the power of flight. Nowadays called memnons by the numerous nations of mankind, they still flock over the tomb of their king and let fall dust upon his monument; then they battle among themselves in tribute to Memnon; and whether he dwells in Hades or in the Elysian plain among the blessed gods, he exults, and immortal Eos feels pleasure at the spectacle. The birds continue their warlike labor until either one of each dueling pair dies in battle or they in fact both fulfill their fates as they labor about their king.[14]

Such are the rites which those warlike birds fulfill at the command of Erigeneia, bringer of light. Then immortal Eos soared up to heaven in company with the nourish-

[14] These birds are perhaps to be identified with the Ruff (*Philomachus pugnax*). At the mating season, males put on displays of fighting.

---

657 τελέουσι Pauw: τελέθουσι M

οὐρανὸν εἰσανόρουσεν ὁμῶς πολυαλδέσιν Ὥραις,
αἵ ῥά μιν οὐκ ἐθέλουσαν ἀνήγαγον ἐς Διὸς οὐδας,
660　παρφάμεναι μύθοισιν ὅσοις βαρὺ πένθος ὑπείκει,
καί περ ἔτ' ἀχνυμένην. ἡ δ' οὐ λάθεθ' οἷο δρόμοιο·
δείδιε γὰρ δὴ Ζηνὸς ἄδην ἄλληκτον ἐνιπήν,
ἐξ οὗ πάντα πέλονται ὅσσ' Ὠκεανοῖο ῥέεθρα
ἐντὸς ἔχει καὶ γαῖα καὶ αἰθομένων ἕδος ἄστρων.
665　τῆς δ' ἄρα Πληιάδες πρότεραι ἴσαν· ἡ δὲ καὶ αὐτὴ
αἰθερίας ὤιξε πύλας, ἐκέδασσε δ' ἄρ' ἀχλύν.

662 δὴ Pauw: om. M
665 δ' ἄρα Köchly: ῥα M
666 δ' ἄρ' Rhodomann: γὰρ M　　　ἀχλύν Zimmermann:
αἴγλην M

ing Hours, who led their reluctant mistress to the abode of Zeus and consoled her with words to overcome her deep grief, unhappy though she was still. She did not neglect her usual daily course, fearful of the all too pressing commands of Zeus, the source of all that comes about within the bounds of Ocean's stream and upon the earth and in the seat of the flaming stars. Before her went the Pleiades; and she in turn opened the gates of the sky and dispersed the darkness.

BOOK III

Apollo warns Achilles to stop the slaughter and, when he defiantly continues, shoots him in the ankle with an arrow. After a desperate struggle over his body, in which Ajax, son of Telamon, takes the lead on the Greek side, the Trojans fall back and the body is recovered. Book 3, like Books 1 and 2, ends with mourning. Achilles is lamented by Phoenix, Briseis, the Nereids, and his mother (Thetis), and the preparations for his funeral are described. Poseidon consoles Thetis with an assurance that Achilles will join the gods and receive special worship.

Achilles' funeral featured in the Aethiopis. Quintus' account recalls the funeral of Patroclus in Book 23 of the Iliad and alludes to the description of Achilles' funeral in the Odyssey (24.43–84).

ΛΟΓΟΣ Γ

Αὐτὰρ ἐπεὶ φάος ἦλθεν ἐυθρόνου Ἠριγενείης,
δὴ τότ᾽ ἄρ᾽ Ἀντιλόχοιο νέκυν ποτὶ νῆας ἔνεικαν
αἰχμηταὶ Πύλιοι μεγάλα στενάχοντες ἄνακτα
καί μιν ταρχύσαντο παρ᾽ ἠόσιν Ἑλλησπόντου
5   πολλὰ μάλ᾽ ἀχνύμενοι. περὶ δ᾽ ἔστενον ὄβριμοι υἷες
Ἀργείων· πάντας γὰρ ἀμείλιχον ἄμπεχε πένθος
Νέστορι ἦρα φέροντας. ὃ δ᾽ οὐ μέγα δάμνατο θυμῷ·
ἀνδρὸς γὰρ πινυτοῖο περὶ φρεσὶ τλήμεναι ἄλγος
θαρσαλέως καὶ μή τι κατηφιόωντ᾽ ἀκάχησθαι.
10   Πηλείδης δ᾽ ἑτάροιο χολούμενος Ἀντιλόχοιο
σμερδνὸν ἐπὶ Τρώεσσι κορύσσετο· τοὶ δὲ καὶ αὐτοὶ
καί περ ὑποτρομέοντες ἐυμμελίην Ἀχιλῆα
τείχεος ἐξεχέοντο μεμαότες, οὕνεκ᾽ ἄρά σφι
Κῆρες ἐνὶ στέρνοισι θράσος βάλον· ἦ γὰρ ἔμελλον
15   πολλοὶ ἀνοστήτοιο κατελθέμεν Ἀιδονῆος
χερσὶν ὑπ᾽ Αἰακίδαο δαΐφρονος, ὅς ῥα καὶ αὐτὸς
φθείσθαι ὁμῶς ἤμελλε παρὰ Πριάμοιο πόλῃ.
Αἶψα δ᾽ ἄρ᾽ ἀμφοτέρωθε συνήλυθον εἰς ἕνα χῶρον
Τρώων ἔθνεα πολλὰ μενεπτολέμων τ᾽ Ἀργείων
20   μαιμώωντ᾽ ἐς Ἄρεα διεγρομένου πολέμοιο.
Πηλείδης δ᾽ ἐν τοῖσι πολὺν περιδάμνατο λαὸν
δυσμενέων· πάντῃ δὲ φερέσβιος αἵματι γαῖα

BOOK III

When the light of fair-throned Erigeneia appeared, the
Pylian spearmen bore Antilochus' body to the ships amid
loud lamentations for their lord, and grieving greatly they
performed his funeral rites by the shores of the Helles-
pont. The mighty sons of the Argives stood lamenting, all
of them wrapped in inconsolable grief out of respect for
Nestor. He however was not utterly overcome: a man of
good sense should be able to put a brave face on suffering
and not give way to grief.

Pelides, filled with wrath at the death of his comrade
Antilochus, armed himself for a terrible assault on the
Trojans; and they for their part poured eagerly out of the
walled city in spite of their fear of Achilles and his ash-
wood spear, because the spirits of doom had put courage
in their breasts; but many a one was to descend to Hades,
never to return, killed by the hands of savage Aeacides—
and he himself would suffer the same fate before the city
of Priam.

Forthwith the many clans of Trojans and steadfast war-
rior Argives from each side came together in one place
eager for the work of Ares now that war was stirring.
Pelides killed a great mass of the enemy, and the fertile
earth was steeped in blood, and the streams of Xanthus

---

3 μεγάλα Dausque: μέγα M
14 ἐνὶ C. L. Struve: ἐπὶ M

δεύετο καὶ νεκύεσσι περιστείνοντο ῥέεθρα
Ξάνθου καὶ Σιμόεντος. ὃ δ' ἐσπόμενος κεράιζε
25 μέχρις ἐπὶ πτολίεθρον, ἐπεὶ φόβος ἄμπεχε λαούς.
καί νύ κε πάντας ὄλεσσε, πύλας δ' εἰς οὖδας ἔρεισε
θαιρῶν ἐξερύσας, ἢ καὶ συνέαξεν ὀχῆας
δόχμιος ἐγχριμφθείς, Δαναοῖσι δ' ἔθηκε κέλευθον
ἐς Πριάμοιο πόλην, διέπραθε δ' ὄλβιον ἄστυ,
30 εἰ μή οἱ μέγα Φοῖβος ἀνηλέι χώσατο θυμῷ,
ὡς ἴδεν ἄσπετα φῦλα δαϊκταμένων ἡρώων.
αἶψα δ' ἀπ' Οὐλύμποιο κατήλυθε θηρὶ ἐοικὼς
ἰοδόκην ὤμοισιν ἔχων καὶ ἀναλθέας ἰούς·
ἔστη δ' Αἰακίδαο καταντίον· ἀμφὶ δ' ἄρ' αὐτῷ
35 γωρυτὸς καὶ τόξα μέγ' ἴαχεν, ἐκ δέ οἱ ὄσσων
πῦρ ἄμοτον μάρμαιρε, ποσὶν δ' ὑπὸ κίννυτο γαῖα.
σμερδαλέον δ' ἤυσε μέγας θεός, ὄφρ' Ἀχιλῆα
τρέψῃ ἀπὸ πτολέμοιο θεοῦ ὄπα ταρβήσαντα
θεσπεσίην καὶ Τρῶας ὑπ' ἐκ θανάτοιο σαώσῃ·
40 "Χάζεο, Πηλείδη, Τρώων ἑκάς, οὐ γὰρ ἔοικεν
οὔ σ' ἔτι δυσμενέεσσι κακὰς ἐπὶ Κῆρας ἰάλλειν,
μή σε καὶ ἀθανάτων τις ἀπ' Οὐλύμποιο χαλέψῃ."
Ὣς ἄρ' ἔφη· ὃ δ' ἄρ' οὔ τι θεοῦ τρέσεν ἄμβροτον
    αὐδήν·
ἤδη γάρ οἱ Κῆρες ἀμείλιχοι ἀμφεποτῶντο.
45 τοὔνεκ' ἄρ' οὐκ ἀλέγιζε θεοῦ, μέγα δ' ἴαχεν ἄντην·
"Φοῖβε, τί ἦ με θεοῖσι καὶ οὐ μεμαῶτα μάχεσθαι
ὀτρύνεις Τρώεσσιν ὑπερφιάλοισιν ἀμύνων;
ἤδη γὰρ καὶ πρόσθε μ' ἀποστρέψας ὀρυμαγδοῦ
ἤπαφες, ὁππότε πρῶτον ὑπεξεσάωσας ὀλέθρου

and of Simoïs were crowded with corpses. He chased
them wreaking havoc right up to the city, because they
were all in the grip of fear. He would have killed every one
of them, heaved the gates from their pivots and demol-
ished them or smashed the bolts with a shoulder charge,
made a way into Troy for the Danaans and sacked that
prosperous city, if Apollo had not become implacably an-
gry at the sight of the countless clans of heroes being
massacred. Straightaway he sprang down like a wild beast
from Olympus with his quiver and its fatal arrows on his
shoulders. He stood facing Aeacides with his bow and its
case clattering loudly and his eyes blazing furious fire; and
the earth quaked beneath his feet. That great god gave a
dreadful yell to scare Achilles with his divine voice, turn
him away from the battle, and rescue the Trojans from
death:

"Get back, son of Peleus! Get away from the Trojans!
You are not to let loose this awful doom on the foe any
longer. If you do, one of the Olympian gods will injure you
in your turn!"

So he spoke; but Achilles was not afraid of the god's
immortal voice: the implacable spirits of doom were al-
ready fluttering round him. And so he paid no heed to the
god, and yelled in response:

"Phoebus, why are you helping the proud Trojans and
obliging me to fight the gods, when I have no wish to do
so? Already once before you turned me away from the
fighting with a trick, the first time you contrived to save

34 αὐτῷ Köchly: αὐτοῦ M
41 Κῆρας Köchly: χεῖρας M
49 ἤπαφες Spitzner: ἤκαχες M

50 Ἕκτορα τῷ μέγα Τρῶες ἀνὰ πτόλιν εὐχετόωντο.
ἀλλ᾽ ἀναχάζεο τῆλε καὶ ἐς μακάρων ἕδος ἄλλων
ἔρχεο, μή σε βάλοιμι καὶ ἀθάνατόν περ ἐόντα."
    Ὣς εἰπὼν ἀπάτερθε θεὸν λίπε, βῆ δ᾽ ἐπὶ Τρῶας
οἵ ῥ᾽ ἔτι που φεύγεσκον ἅμα προπάροιθε πόληος,
55 καὶ τοὺς μὲν σεύεσκεν· ὁ δ᾽ ἀσχαλόων ἐνὶ θυμῷ
Φοῖβος ἑὸν κατὰ θυμὸν ἔπος ποτὶ τοῖον ἔειπεν·
    "Ὢ πόποι, ὡς ὅ γε μαίνετ᾽ ἀνὰ φρένας· ἀλλά μιν
        οὔ τι
οὐδ᾽ αὐτὸς Κρονίδης ἔτ᾽ ἀνέξεται οὔτέ τις ἄλλος
οὕτω μαργαίνοντα καὶ ἀντιόωντα θεοῖσιν."
60   Ὣς ἄρ᾽ ἔφη καὶ ἄιστος ὁμοῦ νεφέεσσιν ἐτύχθη·
ἠέρα δ᾽ ἑσσάμενος στυγερὸν προέηκε βέλεμνον
καί ἑ θοῶς οὔτησε κατὰ σφυρόν. αἶψα δ᾽ ἀνῖαι
δῦσαν ὑπὸ κραδίην· ὁ δ᾽ ἀνετράπετ᾽ ἠΰτε πύργος,
ὅν τε βίη τυφῶνος ὑποχθονίη στροφάλιγγι
65 ῥήξῃ ὑπὲρ δαπέδοιο κραδαινομένης βαθὺ γαίης·
ὣς ἐκλίθη δέμας ἠὺ κατ᾽ οὔδεος Αἰακίδαο.
ἀμφὶ δὲ παπτήνας ὀλοὸν καὶ † ἄκρατον † ὁμόκλα·
    "Τίς νύ μοι αἰνὸν ὀιστὸν ἐπιπροέηκε κρυφηδόν;
τλήτω μευ κατέναντα καὶ εἰς ἀναφανδὸν ἱκέσθαι,
70 ὄφρά κέ οἱ μέλαν αἷμα καὶ ἔγκατα πάντα χυθείη
ἡμετέρῳ περὶ δουρὶ καὶ Ἄιδα λυγρὸν ἵκηται.
οἶδα γὰρ ὡς οὔ τίς με δυνήσεται ἐγγύθεν ἐλθὼν
ἐγχείῃ δαμάσασθαι ἐπιχθονίων ἡρώων,
οὐδ᾽ εἴ περ στέρνοισι μάλ᾽ ἄτρομον ἦτορ ἔχῃσιν,

    51 τῆλε Rhodomann: τῇδε Μ

from death Hector, focus of all the Trojans' pride and prayers.[1] Get back! Begone far off to the dwelling place of the other blessed gods—or I shall let fly at you, god or no!"

With these words he moved to a distance from the god and went after the Trojans who were still fleeing confusedly before the city. As he charged after them, Phoebus, much offended, said to himself:

"Ah! His mind is quite mad. Neither the son of Cronus himself nor any of the others will put up any longer with this sort of crazed behavior in opposition to the gods!"

With these words he made himself invisible among the clouds; and cloaked in this way in mist he loosed a bitter arrow which struck him straight on the ankle.[2] At once agony entered his heart; he fell backward like a tower razed to the ground by the force of a subterranean whirl wind which makes the earth quake in its depths: just so the noble figure of Aeacides collapsed on the ground. He stared all about him and gave a terrible cry:[3]

"Who has secretly launched this dread arrow at me? Let him dare to show himself and face me, so that all his black blood and guts can gush out around my spear and he can go to grim Hades! I know that no mortal hero will have the power to vanquish me close up with his spear— not even if he have a fearless heart in his breast, a fearless

---

[1] *Il.* 20.441–54.   [2] Quintus makes no explicit reference to the story that Achilles was invulnerable except in the ankle. Cf. on 1.563–64.   [3] Text corrupt.

---

57 ἀνὰ Spitzner: ἀεὶ M   μιν Zimmermann: οἱ M
69 ἱκέσθαι Pauw: -σθω M

75 ἄτρομον ἦτορ ἔχῃσι λίην καὶ χάλκεος εἴη.
κρύβδα δ᾽ ἀνάλκιδες αἰὲν ἀγαυοτέρους λοχόωσι·
τῶ μευ ἴτω κατέναντα, καὶ εἰ θεὸς εὔχεται εἶναι
χωόμενος Δαναοῖς, ἐπεὶ ἦ νύ μοι ἦτορ ἔολπεν
ἔμμεναι Ἀπόλλωνα λυγρῇ κεκαλυμμένον ὀρφνῃ.
80 ὡς γάρ μοι τὸ πάροιθε φίλη διεπέφραδε μήτηρ
κείνου ὑπαὶ βελέεσσιν ὀϊζυρῶς ἀπολέσθαι
Σκαιῆς ἀμφὶ πύλῃσι· τὸ δ᾽ οὐκ ἀνεμώλιον ἦεν."
Ἦ καὶ λυγρὸν ὀϊστὸν ἀμειλίκτοισι χέρεσσιν
ἕλκεος ἐξείρυσσεν ἀναλθέος· ἐκ δέ οἱ αἷμα
85 ἔσσυτο τειρομένοιο, πότμος δέ οἱ ἦτορ ἐδάμνα.
ἀσχαλόων δ᾽ ἔρριψε βέλος· τὸ δ᾽ ἄρ᾽ αἶψα κιοῦσαι
Πνοιαὶ ἀνηρείψαντο, δόσαν δέ μιν Ἀπόλλωνι
ἐς Διὸς οἰχομένῳ ζάθεον πέδον· οὐ γὰρ ἐῴκει
ἄμβροτον ἰὸν ὀλέσθαι ἀπ᾽ ἀθανάτοιο μολόντα.
90 δεξάμενος δ᾽ ὅ γε κραιπνὸς ἀφίκετο μακρὸν
        Ὄλυμπον
ἄλλων ἀθανάτων ἐς ὁμήγυριν, ἧχι μάλιστα
πανσυδίῃ ἀγέροντο μάχην ἐσορώμενοι ἀνδρῶν·
οἱ μὲν γὰρ Τρώεσσι μενοίνεον εὖχος ὀρέξαι,
οἱ δ᾽ ἄρα καὶ Δαναοῖς, διὰ δ᾽ ἄνδιχα μητιόωντες
95 δέρκοντο κτείνοντας ἀνὰ μόθον ὀλλυμένους τε.
Τὸν δ᾽ ὁπότ᾽ εἰσενόησε Διὸς πινυτὴ παράκοιτις,
αὐτίκα μιν νείκεσσεν ἀνιηροῖς ἐπέεσσι·
"Φοῖβε, τί ἦ τόδ᾽ ἔρεξας ἀτάσθαλον ἤματι τῷδε,
λησάμενος κείνοιο, τὸν ἀθάνατοι γάμον αὐτοὶ
100 ἀντιθέῳ Πηλῆι συνήρσαμεν; εὖ δ᾽ ἐνὶ μέσσοις

heart and a body of bronze! But weaklings always skulk
and ambush men finer than themselves. So let him face
me, even if he claims to be a god, wrathful against the
Danaans; for I suspect that it is Apollo cloaked in baneful
darkness. My dear mother once told me that I should be
pitifully slain by his arrows at the Scaean Gates; and that
was no empty prophecy!"[4]

So he spoke. Then with his pitiless hands he pulled out
that deadly dart from the incurable wound. He felt agony
as the blood spurted out, and death began gradually to
vanquish his heart. He angrily flung away the arrow; the
Winds swooped straight down, picked it up, and handed
it to Apollo as he was on his way to the holy domain of
Zeus: it was not fitting for an imperishable arrow shot by
an immortal god to be lost. He took it and quickly came
to where the other gods were assembled on high Olympus,
where they most often grouped and gathered together to
watch the warriors fighting. Some of them were keen to
grant victory to the Trojans, others to the Danaans; their
feelings were divided as they looked on at that conflict, at
the killers and at the dying.

When the shrewd consort of Zeus caught sight of him,
she at once began to reproach him with these words:

"Phoebus, why have you committed this monstrous
crime today? Have you forgotten that marriage which
we immortals ourselves arranged for godlike Peleus? And

---

4 *Il.* 21.277–78. The Scaean Gates are specified in the proph-
ecy of the dying Hector (*Il.* 22.359–60).

---

81 οἰζυρῶς Dausque: -οισιν M   94 ἄρα καὶ Δαναοῖς
Köchly: ἄρ᾽ ἀχαιοῖς M   100 εὖ δ᾽ Maas: σὺ δ᾽ M

QUINTUS SMYRNAEUS

δαινυμένοις ἥειδες, ὅπως Θέτιν ἀργυρόπεζαν
Πηλεὺς ἦγετ' ἄκοιτιν ἁλὸς μέγα λαῖτμα λιποῦσαν·
καί σευ φορμίζοντος ἐπήιεν ἀθρόα φῦλα
θῆρές τ' οἰωνοί τε βαθυσκόπελοί τε κολῶναι
105 καὶ ποταμοὶ καὶ πᾶσα βαθύσκιος ἦιεν ὕλη.
ἀλλὰ τά γ' ἐξελάθου καὶ ἀμείλιχον ἔργον ἔρεξας
κτείνας ἀνέρα δῖον ὃν ἀθανάτοισι σὺν ἄλλοις
νέκταρ ἀποσπένδων ἠρήσαο παῖδα γενέσθαι
ἐκ Θέτιδος Πηλῆι. τεῆς δ' ἐπελήσαο ἀρῆς
110 ἦρα φέρων λαοῖσι κραταιοῦ Λαομέδοντος
ᾧ πάρα βουκολέεσκες· ὁ δ' ἀθάνατόν περ ἐόντα
θνητὸς ἐὼν ἀκάχιζε· σὺ δ' ἀφρονέων ἐνὶ θυμῷ
ἦρα φέρεις Τρώεσσι λελασμένος ὅσσ' ἐμόγησας.
σχέτλιε, οὔ νύ τι οἶδας ἐνὶ φρεσὶ λευγαλέῃσιν
115 οὔθ' ὅ τις ἀργαλέος καὶ ἐπάξιος ἄλγεα πάσχειν,
οὔθ' ὅ τις ἀθανάτοισι τετιμένος· ἦ γὰρ Ἀχιλλεὺς
ἤπιος ἄμμι τέτυκτο καὶ ἐξ ἡμέων γένος ἦεν.
ἀλλ' οὐ μὰν Τρώεσσιν ἐλαφρότερον πόνον οἴω
ἔσσεσθ' Αἰακίδαο δεδουπότος, οὕνεκ' ἄρ' αὐτοῦ
120 υἱὸς ἀπὸ Σκύροιο θοῶς ἐς ἀπηνέα δῆριν
Ἀργείοις ἐπαρωγὸς ἐλεύσεται εἴκελος ἀλκὴν
πατρὶ ἑῷ, πολέσιν δὲ κακὸν δηίοισι πελάσσει.
ἦ νυ σοὶ οὐ Τρώων ἐπιμέμβλεται, ἀλλ' Ἀχιλῆι
ἀμφ' ἀρετῆς ἐμέγηρας, ἐπεὶ πέλε φέρτατος ἀνδρῶν.
125 νήπιε, πῶς ἔτι σοῖσιν ἐν ὄμμασι Νηρηίνην
ὄψει ἐν ἀθανάτοισι Διὸς ποτὶ δώματ' ἰοῦσαν,
ἥ σε πάρος κύδαινε καὶ ὡς φίλον ἔδρακεν υἷα;"
     Ἣ μέγα νεικείουσα πολυσθενέος Διὸς υἷα

140

yet you were among us at the feast, and you sang a fine song about Peleus' wooing of silver-footed Thetis, and how she left the great gulf of the sea. At the sound of your lyre men came in crowds—the beasts, too, the birds, and the crags with their high cliffs, the rivers, and every dense-leaved forest. You have forgotten all that, and have done a cruel deed, killing that godlike man whom, with a libation of nectar, you and the other gods solemnly promised Peleus would be his son by Thetis. You forgot that promise when you helped the people of mighty Laomedon, for whom you worked as a herdsman![5] Although you were an immortal, that mortal man maltreated you; and yet you have forgotten how you toiled then, and are foolish enough to help the Trojans! Wretch! Does your baneful mind not know the difference between a miserable creature who deserves to suffer and one who is honored by the gods? Achilles was well disposed to us and related by birth. Not that the Trojans' troubles will be eased now that Aeacides has fallen: his son will soon arrive from Scyros to help the Argives in the cruel strife. His strength is like his father's, and he will bring harm close to many a foe. But the Trojans are not your real concern; you were jealous of the valor of Achilles, best of men. Fool! How will you look the daughter of Nereus in the face from now on, when she visits the dwelling place of Zeus and the company of the immortal gods? She used to pay you honor and regard as her own dear son!"

With these words grieving Hera reproached the son

[5] Poseidon recalls this at *Il.* 21.441–60.

---

114 τι Spitzner: τοι M

Ἥρη ἀκηχεμένη. ὁ δ᾿ ἄρ᾿ οὐκ ἀπαμείβετο μύθῳ·
130 ἅζετο γὰρ παράκοιτιν ἑοῦ πατρὸς ἀκαμάτοιο,
οὐδέ οἱ ὀφθαλμοῖσι καταντίον εἰσοράασθαι
ἔσθενεν, ἀλλ᾿ ἀπάνευθε θεῶν ἄλληκτον ἐόντων
ἧστο κατωπιόων. ἄμοτον δέ οἱ ἐσκύζοντο
ἀθάνατοι κατ᾿ Ὄλυμπον ὅσοι Δαναοῖσιν ἄμυνον·
135 ὅσσοι δ᾿ αὖ Τρώεσσι μενοίνεον εὖχος ὀρέξαι,
κεῖνοί μιν κύδαινον ἐνὶ φρεσὶ καγχαλόωντες
κρύβδ᾿ Ἥρης· πάντες γὰρ ἐναντίον Οὐρανίωνες
ἅζοντ᾿ ἀσχαλόωσαν. ὁ δ᾿ οὔ πω λήθετο θυμοῦ
Πηλείδης· ἔτι γάρ οἱ ἀμαιμακέτοις ἐνὶ γυίοις
140 ἔζεεν αἷμα κελαινὸν ἐελδομένοιο μάχεσθαι.
οὐδ᾿ ἄρά οἱ Τρώων τις ἐτόλμαεν ἐγγὺς ἱκέσθαι
βλημένου, ἀλλ᾿ ἀπάνευθεν ἀφέστασαν, εὖτε λέοντος
ἀγρόται ἐν ξυλόχοισι τεθηπότες, ὅν τε βάλῃσι
θηρητήρ, ὁ δ᾿ ἄρ᾿ οὔ τι πεπαρμένος ἦτορ ἄκοντι
145 λήθεται ἠνορέης, ἀλλὰ στρέφετ᾿ ἄγριον ὄμμα
σμερδαλέον βλοσυρῇσιν ὑπαὶ γενύεσσι βεβρυχώς·
ὣς ἄρα Πηλείδαο χόλος καὶ λοίγιον ἕλκος
θυμὸν ἄδην ὀρόθυνε. θεοῦ δέ μιν ἰὸς ἐδάμνα·
ἀλλὰ καὶ ὣς ἀνόρουσε καὶ ἔνθορε δυσμενέεσσι
150 πάλλων ὄβριμον ἔγχος. ἕλεν δ᾿ Ὀρυθάονα δῖον,
Ἕκτορος ἐσθλὸν ἑταῖρον, ὑπὸ κροτάφοιο τυχήσας·
οὐ γάρ οἱ κόρυς ἔσχε μακρὸν δόρυ καὶ μεμαῶτος,
ἀλλὰ δι᾿ αὐτῆς αἶψα καὶ ὀστέου ἔνδον ἵκανεν
ἶνας ἐς ἐγκεφάλοιο, κέδασσε δέ οἱ θαλερὸν κῆρ.
155 Ἱππόνοον δ᾿ ἐδάμασσεν ὑπ᾿ ὀφρύος ἔγχος ἐρείσας

of mighty Zeus. He made no reply: he was in awe of the consort of his unwearied father, and he was not equal to looking her in the face. Instead, he sat with downcast eyes at some distance from the other eternal gods. Those of the immortals who favored the Danaans kept glowering at him, but those who were keen to grant victory to the Trojans joyfully congratulated him in their hearts—though they hid their feelings from Hera, since all the gods in heaven feel awe in her presence when she is out of temper. The son of Peleus, meanwhile, had not yet forgotten his warlike spirit: the dark blood still ran warm in his irresistible limbs, and he was eager for the fray. Not one of the Trojans dared to come near him, wounded though he was; they kept their distance like hunters in the thickets warily keep off from a lion given a flesh-wound by one of their number but still full of valor, its wild eye still glaring, its grim jaws still fearfully roaring: just so Pelides' wrath and his fatal wound were enough to rouse his warlike spirit. Gradually the god's arrow was taking effect; but even so he leaped up and sprang on the foe brandishing his mighty spear. He slew godlike Orthaon, Hector's noble comrade, with a blow beneath the temple; that long lance was not kept off by his helmet as he desired, but instead went straight through both it and the skull, reaching the nerves of the brain and shattering his young life. Next he killed Hipponoüs by stabbing him with his spear below the eye-

---

141 ἐτόλμαεν Zimmermann: ἐτόλμα M   147 ἕλκος Heyne: ἔγχος M   151 ὑπὸ Vian: ἀνὰ M

154 ἐς Rhodomann: om. M   κέδασσε Zimmermann: κέασε M   155 ἐδάμασσεν ὑπ᾽ Vian: -ασσε κατ᾽ M   ἐρείσας Rhodomann: ἐρύσ(σ)ας M

ἐς θέμεθλ᾽ ὀφθαλμοῖο· χαμαὶ δέ οἱ ἔκπεσε γλήνη
ἐκ βλεφάρων, ψυχὴ δὲ κατ᾽ Ἄιδος ἐξεποτήθη.
Ἀλκιθόου δ᾽ ἄρ᾽ ἔπειτα διὰ γναθμοῖο περήσας
γλῶσσαν ὅλην ἀπέκερσεν· ὃ δ᾽ ἐς πέδον ἤριπε γαίης
160 ἐκπνείων, αἰχμὴ δὲ δι᾽ οὔατος ἐξεφαάνθη.
καὶ τοὺς μὲν κατέπεφνε καταντίον ἀίσσοντας
δῖος ἀνήρ, πολλῶν δὲ καὶ ἄλλων θυμὸν ἔλυσε
φευγόντων· ἔτι γάρ οἱ ἐνὶ φρεσὶν ἔζεεν αἷμα.
    Ἀλλ᾽ ὅτε οἱ ψύχοντο μέλη καὶ ἀπήιε θυμός,
165 ἔστη ἐρεισάμενος μελίῃ ἔπι· τοὶ δ᾽ ἐπέτοντο
πανσυδίῃ τρομέοντες, ὃ δέ σφισι τοῖον ὁμόκλα·
    "Ἆ δειλοὶ Τρῶες καὶ Δάρδανοι, οὐδὲ θανόντος
ἔγχος ἐμὸν φεύξεσθε ἀμείλιχον, ἀλλ᾽ ἅμα πάντες
τίσετε αἰνὸν ὄλεθρον Ἐριννύσιν ἡμετέρῃσιν."
170   Ὣς φάτο· τοὶ δ᾽ ἀίοντες ὑπέτρεσαν, εὖτ᾽ ἐν
        ὄρεσσι
φθόγγον ἐριβρύχμοιο νεβροὶ τρομέωσι λέοντος
δείλαιοι μέγα θῆρα πεφυζότες· ὣς ἄρα λαοὶ
Τρώων ἱπποπόλων ἠδ᾽ ἀλλοδαπῶν ἐπικούρων
ὑστατίην Ἀχιλῆος ὑποτρομέεσκον ὁμοκλὴν
175 ἐλπόμενοί μιν ἔτ᾽ ἔμμεν ἀνούτατον. ὃς δ᾽ ὑπὸ πότμῳ
θυμὸν τολμήεντα καὶ ὄβριμα γυῖα βαρυνθεὶς
ἤριπεν ἀμφὶ νέκυσσιν ἀλίγκιος οὔρεϊ μακρῷ·
γαῖα δ᾽ ὑπεπλατάγησε καὶ ἄσπετον ἔβραχε τεύχη
Πηλείδαο πεσόντος ἀμύμονος. οἳ δ᾽ ἔτι θυμῷ
180 δήιον εἰσορόωντες ἀπειρέσιον τρομέεσκον·
ὡς δ᾽ ὅτε θῆρα δαφοινὸν ὑπ᾽ αἰζηοῖσι δαμέντα

brow in the roots of the eye: the eyeball, freed from his eyelids, dropped to the ground, and his soul took flight to Hades. Next he attacked Alcithoüs, piercing the jaw and completely excising the tongue. He collapsed on the ground as he breathed his last, with the spear-point poking out through his ear. These were the warriors whom that godlike man killed face to face as well as the multitudes whose lives he took as they tried to run away; for as yet his blood was still boiling.

But when his limbs began to grow chill and his spirit to ebb away, he stood leaning on his spear as they all kept up their timorous flight, and he shouted after them:

"Ah! Cowardly Trojans and Dardanians! Even after my death you will not escape my implacable spear: every one of you will suffer a horrible death to requite my avenging spirits."

So he spoke; and they trembled at his words just as up in the mountains young deer quake at the sound of a lion's loud roaring as they timidly flee from the beast: just so the ranks of horse-herding Trojans and their foreign allies quaked with fear at this last threatening shout of Achilles, thinking that he was still unwounded. But his brave spirit and mighty limbs were weighed down by death, and he collapsed among the corpses like a huge mountain: the earth rang out under him and his armor gave an immense clattering as the noble son of Peleus fell down dead. As they looked upon their enemy, their hearts still quaked with boundless fear: just as sheep quake when they gaze on some bloodthirsty creature's dead body near

160 ἐκπνείων Pauw: ἀμπν- M
174 ὑποτρομέεσκον Pauw: -έοντες m: -έοντος m

μῆλα περιτρομέουσι παρὰ σταθμὸν ἀθρήσαντα
βλήμενον, οὐδέ οἱ ἄγχι παρελθέμεναι μεμάασιν,
ἀλλά ἑ ὡς ζώοντα νέκυν περιπεφρίκασιν·
185 ὣς Τρῶες φοβέοντο καὶ οὐκέτ᾽ ἐόντ᾽ Ἀχιλῆα.

Ἀλλὰ καὶ ὣς ἐπέεσσι Πάρις μέγα θαρσύνεσκε
λαόν, ἐπεὶ φρεσὶν ᾗσιν ἐγήθεεν· ἦ γὰρ ἐώλπει
Ἀργείους παύσασθαι ἀμαιμακέτοιο κυδοιμοῦ
Πηλείδαο πεσόντος· ὃ γὰρ Δαναοῖς πέλεν ἀλκή·
190 "Ὦ φίλοι, εἰ ἐτεόν μοι ἀρήγετε εὐμενέοντες,
σήμερον ἠὲ θάνωμεν ὑπ᾽ Ἀργείοισι δαμέντες,
ἠὲ σαωθέντες ποτὶ Ἴλιον εἰρύσσωμεν
ἵπποις Ἑκτορέοισι δεδουπότα Πηλείωνα,
οἵ μ᾽ ἐς δηιοτῆτα κασιγνήτοιο θανόντος
195 ἀχνύμενοι φορέουσιν ἐὸν ποθέοντες ἄνακτα.
τοῖς εἴ πως ἐρύσαιμεν Ἀχιλλέα δηωθέντα,
ἵπποις μὲν μέγα κῦδος ὀρέξομεν ἠδὲ καὶ αὐτῷ
Ἕκτορι, εἴ γέ τίς ἐστι κατ᾽ Ἄιδος ἀνθρώποισιν
ἢ νόος ἠὲ θέμιστες· ὃ γὰρ κακὰ μήσατο Τρῶας.
200 καί μιν Τρωιάδες μεγάλα φρεσὶ καγχαλόωσαι
ἀμφιπεριστήσονται ἀνὰ πτόλιν, ἠύτε λυγραὶ
πορδάλιες τεκέων κεχολωμέναι ἠὲ λέαιναι
ἀνδρὶ πολυκμήτῳ μογερῆς ἐπιίστορι θήρης·
ὣς Τρῳαὶ περὶ νεκρὸν ἀποκταμένου Ἀχιλῆος
205 ἀθρόαι ἀίξουσιν ἀπειρέσιον κοτέουσαι,
αἱ μὲν ὑπὲρ τοκέων κεχολωμέναι, αἱ δὲ καὶ ἀνδρῶν,
αἱ δ᾽ ἄρ᾽ ὑπὲρ παίδων, αἱ δὲ γνωτῶν ἐριτίμων.
γηθήσει δὲ μάλιστα πατὴρ ἐμὸς ἠδὲ γέροντες
ὅσσους οὐκ ἐθέλοντας ἐν ἄστεϊ γῆρας ἐρύκει,

their pens: it has been killed by the young huntsmen, but they shrink from passing near it and shudder to see the corpse as they would the living creature: just so the Trojans feared Achilles even in death.

Paris none the less strove to encourage the troops. He joyfully expected that the Argives would cease their stubborn combat now that Achilles, the foremost Danaan warrior, was dead:

"My friends, if you really are disposed to help me, let us either die today as victims of the Argives or live to drag the corpse of Peleus' son to Ilium with the horses of Hector which, now that my brother is dead, bear me to battle grieving for the loss of their master. If we could contrive their dragging of the dead Achilles, we should grant great glory to the horses and to Hector himself, at least if sound sense and justice persist for men in Hades; for Achilles devised much damage for the Trojan cause. And throughout the city the women of Troy will stand round his corpse in great exultation, just as vicious leopards or lionesses, angry to have lost their cubs, threaten some toiling hunter expert in the hardships of the chase: just so the women of Troy, full of fury, will rush to crowd round slain Achilles' corpse, some wrathful on account of lost parents, others for husbands, others for sons or honored relatives. Joyful above all will be my father and the other elders whom old age keeps at home, if we can only

---

182 παρὰ Pauw: περὶ M
202 ἠὲ Pauw: ἠδὲ M

210 τόνδ᾿ ἡμεῖς εἴ πέρ γε ποτὶ πτόλιν εἰρύσσαντες
θήσομεν οἰωνοῖσιν ἀερσιπέτῃσιν ἐδωδήν."
   Ὣς φάτο· τοὶ δὲ νέκυν κρατερόφρονος Αἰακίδαο
ἀμφέβαν ἐσσυμένως, οἵ μιν φοβέοντο πάροιθε,
Γλαῦκός τ᾿ Αἰνείας τε καὶ ὀβριμόθυμος Ἀγήνωρ
215 ἄλλοι τ᾿ οὐλομένοιο δαήμονες ἰωχμοῖο,
εἰρύσσαι μεμαῶτες ἐς Ἰλίου ἱερὸν ἄστυ.
ἀλλά οἱ οὐκ ἀμέλησε θεοῖς ἐναλίγκιος Αἴας,
ἀλλὰ θοῶς περίβη· πάντας δ᾿ ὑπὸ δούρατι μακρῷ
ὦθει ἀπὸ νέκυος. τοὶ δ᾿ οὐκ ἀπέληγον ὁμοκλῆς,
220 ἀλλά οἱ ἀμφεμάχοντο περισταδὸν ἀΐσσοντες
αἰὲν ἐπασσύτεροι, τανυχειλέες εὖτε μέλισσαι,
αἵ ῥά θ᾿ ἑὸν περὶ σίμβλον ἀπειρέσιαι ποτέωνται
ἄνδρ᾿ ἀπαμυνόμεναι, ὁ δ᾿ ἄρ᾿ οὐκ ἀλέγων ἐπιούσας
κηροὺς ἐκτάμνῃσι μελίχροας, αἱ δ᾿ ἀκάχονται
225 καπνοῦ ὑπὸ ῥιπῆς ἠδ᾿ ἀνέρος, ἀλλ᾿ ἄρα καὶ ὣς
ἀντίαι ἀΐσσουσιν, ὁ δ᾿ οὐκ ὄθετ᾿ οὐδ᾿ ἄρα βαιόν·
ὣς Αἴας τῶν οὔ τι μάλ᾿ ἐσσυμένων ἀλέγιζεν,
ἀλλ᾿ ἄρα πρῶτον ἐνήραθ᾿ ὑπὲρ μαζοῖο τυχήσας
Μαιονίδην Ἀγέλαον, ἔπειτα δὲ Θέστορα δῖον·
230 εἷλε δ᾿ ἄρ᾿ Ὠκύθοον καὶ Ἀγέστρατον ἠδ᾿ Ἀγάνιππον
Ζῶρόν τε Νίσσον τε περικλειτόν τ᾿ Ἐρύμαντα
ὃς Λυκίηθεν ἵκανεν ὑπὸ μεγαλήτορι Γλαύκῳ·
ναῖε δ᾿ ὅ γ᾿ αἰπεινὸν Μελανίππιον ἱρὸν Ἀθήνης
ἀντία Μασσικύτοιο Χελιδονίης σχεδὸν ἄκρης,
235 τὴν μέγ᾿ ὑποτρομέουσι τεθηπότες εἰν ἁλὶ ναῦται,
εὖτε περιγνάμπτωσι μάλα στυφελὰς περὶ πέτρας.
τοῦ δ᾿ ἄρ᾿ ἀποφθιμένοιο κλυτὸς πάις Ἱππολόχοιο

drag him to the city and make him carrion for the soaring birds of the air!"

So he spoke; and they hastened to surround the corpse of dauntless Achilles, men who had just now been fleeing from him, Glaucus and Aeneas and stouthearted Agenor and the rest of those warriors expert in bloody conflict, and they were all intent on dragging him to the holy city of Troy. But godlike Ajax swiftly stood over him; he kept warding them all off from the corpse with his long spear. They did not slacken their efforts, crowding nearer and nearer as they made darting attacks and fought from every angle. They were like long-lipped[6] bees which fly in countless numbers round their hive as they try to ward off a man who cares nothing for their attacks as he cuts away at their honeycombs; they are annoyed by the smoke and the man's actions, but they continue to make attacks which he disregards completely: just so Ajax cared not a whit for their efforts. First he slew Agelaüs, son of Maeon, with a blow above the breast, and then godlike Thestor; next he killed Ocythoüs, Agestratus, Zorus, Nissus and far-famed Erymas who had come from Lycia under the command of greathearted Glaucus; he dwelt in lofty Melanippium, sacred to Athena, opposite Massicytus and near Cape Chelidonium, a place which inspires great wonder and dread in sailors at sea as they round its jagged reefs. His comrade's death chilled the heart of the noble son of Hippolochus,

[6] I.e., with a long proboscis.

---

210 γε Rhodomann: τε m: om. m
218 ὑπὸ Lascaris, Pauw: ἀπὸ M

παχνώθη κατὰ θυμόν, ἐπεί ῥά οἱ ἔσκεν ἑταῖρος·
καί ῥα θοῶς Αἴαντα κατ' ἀσπίδα πουλυβόειον
240 οὔτασεν, ἀλλά οἱ οὔ τι διήλασεν ἐς χρόα καλόν·
ῥινοὶ γάρ μιν ἔρυντο βοῶν καὶ ὑπ' ἀσπίδι θώρηξ
ὅς ῥά οἱ ἀκαμάτοισι περὶ μελέεσσιν ἀρήρει.
Γλαῦκος δ' οὐκ ἀπέληγεν ἀταρτηροῖο κυδοιμοῦ
Αἰακίδην Αἴαντα δαμασσέμεναι μενεαίνων,
245 καί οἱ ἐπευχόμενος μέγ' ἀπείλεεν ἄφρονι θυμῷ·
    "Αἶαν, ἐπεί νύ σέ φασι μέγ' ἔξοχον ἔμμεναι
        ἄλλων
Ἀργείων, σοὶ δ' αἰὲν ἐπιφρονέουσι μάλιστα
ἄσπετον, ὡς Ἀχιλῆι δαΐφρονι, τῷ σε θανόντι
οἴω συνθανέεσθαι ἐπ' ἤματι τῷδε καὶ αὐτόν."
250 Ὣς ἔφατ' ἀκράαντον ἱεὶς ἔπος, οὐδέ τι ᾔδη
ὅσσον ἀμείνονος ἀνδρὸς ἐναντίον ἔγχος ἐνώμα.
τὸν δ' ὑποδερκόμενος προσέφη μενεδήιος Αἴας·
    "Ἆ δείλ', οὔ νύ τι οἶδας ὅσον σέο φέρτερος
        Ἕκτωρ
ἔπλετ' ἐνὶ πτολέμοισι; μένος δ' ἀλέεινε καὶ ἔγχος
255 ἡμέτερον· πινυτὸν γὰρ ὁμῶς ἔχε κάρτεϊ θυμόν.
σοὶ δ' ἤτοι νόος ἐστὶ ποτὶ ζόφον, ὅς ῥά μοι ἔτλης
ἐς μόθον ἐλθέμεναι μέγ' ἀμείνονί περ γεγαῶτι·
οὐ γάρ μευ ξεῖνος πατρώιος εὔχεαι εἶναι,
οὐδέ με δωτίνῃσι παραιφάμενος πολέμοιο
260 νόσφιν ἀποστρέψεις ὡς Τυδέος ὄβριμον υἷα·
ἀλλὰ καὶ εἰ κείνοιο φύγες μένος, οὔ σ' ἔτ' ἔγωγε
ζωὸν ἀπὸ πτολέμοιο μεθήσομαι ἀπονέεσθαι.
ἦ ἄλλοισι πέποιθας ἀνὰ κλόνον, οἳ μετὰ σεῖο

and he swiftly dealt Ajax a blow on his shield made of ox hides; but he could not get through to his fair flesh owing to the protection of the hides and of the breastplate beneath his shield well fitted to his unwearied limbs. But Glaucus still did not leave off the baneful battle: longing to vanquish Ajax son of Aeacus, he foolishly addressed him with boastful threats:

"Ajax, you are reputed to be outstanding among the Argives, and they never stop singing your praises, just as they used to laud Achilles; but he died, and I believe you will join him in death today!"

The boasts he let fly were not to be fulfilled: he had no idea how superior was the opponent at whom he leveled his spear. Then Ajax, resolute in battle, glared at him scornfully and spoke these words:

"Coward! Have you no idea how Hector outclassed you in warfare? And yet even he used to avoid my strength and my spear, because his valor was combined with good sense. But your mind must indeed be clouded if you dare to encounter me, who am superior to you by far. You cannot boast of being a friend of *my* father's, and you will not be using gifts to bribe *me* to quit our duel, as you did with the mighty son of Tydeus.[7] You managed to escape *his* onslaught, but *I* shall not let you return from the battle alive. Or are you relying on help from these

[7] *Il.* 6.119 236.

___

240 οἴω Rhodomann: ποιῶ fere M
253 νυ Rhodomann: om. M

151

μυίαις οὐτιδανῆσιν ἐοικότες ἀίσσουσιν
265 ἀμφὶ νέκυν Ἀχιλῆος ἀμύμονος; ἀλλ' ἄρα καὶ τοῖς
δώσω ἐπεσσυμένοις θάνατον καὶ Κῆρας ἐρεμνάς."
   Ὡς εἰπὼν Τρώεσσιν ἐπεστρωφᾶτο, λέων ὣς
ἐν κυσὶν ἀγρευτῆσι κατ' ἄγκεα μακρὰ καὶ ὕλην.
πολλοὺς δ' αἶψ' ἐδάμασσε μεμαότας εὖχος ἀρέσθαι
270 Τρῶας ὁμῶς Λυκίοισι. περιτρομέοντο δὲ λαοί,
ἰχθύες ὣς ἀνὰ πόντον ἐπερχομένου ἀλεγεινοῦ
κήτεος ἢ δελφῖνος ἀλιτρεφέος μεγάλοιο·
ὣς Τρῶες φοβέοντο βίην Τελαμωνιάδαο
αἰὲν ἐπεσσυμένοιο κατὰ κλόνον. ἀλλ' ἄρα καὶ ὣς
275 μάρναντ', ἀμφὶ δὲ νεκρὸν Ἀχιλλέος ἄλλοθεν ἄλλοι
μυρίοι ἐν κονίῃσιν, ὅπως σύες ἀμφὶ λέοντα,
κτείνοντ'· οὐλομένη δὲ περὶ σφίσι δῆρις ὀρώρει.
ἔνθα καὶ Ἱππολόχοιο δαΐφρονα δάμνατο παῖδα
Αἴας ὀβριμόθυμος. ὁ δ' ὕπτιος ἀμφ' Ἀχιλῆα
280 κάππεσεν, εὖτ' ἐν ὄρεσσι περὶ στερεὴν δρύα θάμνος·
ὣς ὅ γε δουρὶ δαμεὶς περικάππεσε Πηλείωνι
βλήμενος. ἀμφὶ δέ οἱ κρατερὸς πάις Ἀγχίσαο
πολλὰ πονησάμενος σὺν ἀρηιφίλοις ἑτάροισιν
εἴρυσεν ἐς Τρῶας καὶ ἐς Ἰλίου ἱερὸν ἄστυ
285 δῶκε φέρειν ἑτάροισι μέγ' ἀχνυμένοις περὶ θυμῷ.
αὐτὸς δ' ἀμφ' Ἀχιλῆι μαχέσκετο· τὸν δ' ἄρα δουρὶ
μυῶνος καθύπερθεν ἀρήιος οὔτασεν Αἴας
χειρὸς δεξιτερῆς· ὁ δ' ἄρ' ἐσσυμένως ἀπόρουσεν
ἐξ ὀλοοῦ πολέμοιο, κίεν δ' ἄφαρ ἄστεος εἴσω·
290 ἀμφὶ δέ οἱ πονέοντο περίφρονες ἰητῆρες,

other fighters who are also buzzing like feeble flies around the body of noble Achilles? Well, if they attack me they too will be dealt death and dark Doom!"

With these words he turned on the Trojans just as a lion in the long glens of a forest turns on a pack of hounds. It was not long before he had slaughtered many Trojans and many Lycians who tried to win glory. Their troops trembled with fear just as fish in the ocean tremble when attacked by some monstrous creature or great sea-bred dolphin: just so the Trojans retired in the fight before the constant charges of Telamon's mighty son. But they kept fighting for all that, and the dead lay in the dust in myriads round the body of Achilles like wild boars around a lion, and a bloody battle arose about them. It was then that stouthearted Ajax slew the son of warlike Hippolochus. He fell on his back beside Achilles just as a bush in the mountains lies beside a tough oak: just so he fell, fatally speared, next to the son of Peleus. The mighty son of Anchises and his warlike comrades pressed hard to recover his body, which they handed over to his grieving companions to bear back to the holy city of Troy. He himself continued the contest over the body of Achilles; but warlike Ajax wounded him high on the muscle of his right arm. He hurriedly withdrew from the baneful battle and retired inside the city, where skillful doctors set to work cleansing

οἵ ῥά οἱ αἷμα κάθηραν ἀφ' ἕλκεος ἄλλά τε πάντα
τεῦχον ὅσσ' οὐταμένων ὀλοὰς ἀκέονται ἀνίας.
    Αἴας δ' αἰὲν ἐμάρνατ' ἀλίγκιος ἀστεροπῇσι,
κτείνων ἄλλοθεν ἄλλον, ἐπεὶ μέγα τείρετο θυμῷ
295 ἀχνύμενος δηναιὸν ἀνεψιοῖο δαμέντος.
ἄγχι δὲ Λαέρταο δαΐφρονος υἱὸς ἀμύμων
μάρνατο δυσμενέεσσι, φέβοντο δέ μιν μέγα λαοί.
κτεῖνε δὲ Πείσανδρόν τε θοὸν καὶ Ἀρήιον υἷα
Μαινάλου, ὃς ναίεσκε περικλυτὸν οὖδας Ἀβύδου.
300 τῷ δ' ἐπὶ δῖον ἔπεφνεν Ἀτύμνιον, ὅν ποτε Νύμφη
Πηγασὶς ἠύκομος σθεναρῷ τέκεν Ἠμαθίωνι
Γρηνίκου ποταμοῖο παρὰ ῥόον. ἀμφὶ δ' ἄρ' αὐτῷ
Πρωτέος υἷα δάιξεν Ὀρέσβιον, ὅς τε μακεδνῆς
Ἴδης ναιετάεσκεν ὑπὸ πτύχας, οὐδέ ἑ μήτηρ
305 δέξατο νοστήσαντα περικλειτὴ Πανάκεια,
ἀλλ' ἐδάμη παλάμῃσιν Ὀδυσσέος, ὅς τε καὶ ἄλλων
πολλῶν θυμὸν ἔλυσεν ὑπ' ἔγχεϊ μαιμώωντι
κτείνων ὅν κε κίχῃσι περὶ νέκυν. ἀλλά μιν Ἄλκων
υἱὸς ἀρηιθόοιο Μεγακλέος ἔγχεϊ τύψε
310 πὰρ γόνυ δεξιτερόν, περὶ δὲ κνημῖδα φαεινὴν
ἔβλυσεν αἷμα κελαινόν. ὁ δ' ἕλκεος οὐκ ἀλέγιζεν,
ἀλλ' ἄφαρ οὐτήσαντι κακὸν γένεθ', οὕνεκ' ἄρ' αὐτὸν
ἱέμενον πολέμοιο δι' ἀσπίδος οὔτασε δουρί,
ὦσε δέ μιν μεγάλη τε βίη καὶ κάρτεϊ χειρὸς
315 ὕπτιον ἐς γαῖαν. κανάχησε δέ οἱ περὶ τεύχη
βλημένου ἐν κονίῃσι, περὶ μελέεσσι δὲ θώρηξ
δεύετο φοινήεντι λύθρῳ. ὁ δὲ λοίγιον ἔγχος
ἐκ χροὸς ἐξείρυσσε καὶ ἀσπίδος, ἕσπετο δ' αἰχμῇ

the blood from his wound and did all the other things that
assuage such hurts.

Ajax continued to strike his foes like lightning: his vic-
tims lay all around, so long did his heart's grief continue
at the death of his cousin. Near him the noble son of war-
like Laërtes fought the foe, and they fled from him in
panic. He slew swift Pisander and Areus son of Maenalus,
who dwelt in the famous land of Abydus. Over him he
dispatched Atymnius, whom the nymph Pegasis with the
beautiful hair once bore to mighty Emathion by the stream
of the Granicus river. Near him fell Oresbius, son of Pro-
teus, who dwelt in the glens and foothills of Ida; his mother,
noble Punaccia, never welcomed him home, because he
died at the hands of Odysseus. Many others, too, lost their
lives to his raging spear as he killed whomever he could
around the corpse. Alcon, son of Megacles swift in war,
speared him in the right knee, and dark blood gushed over
the polished greave. But he paid no attention to the wound
and instead requited the injury at once: as Alcon rushed
up eager to fight, he speared him through the shield, and
so great was his mighty arm's force that Alcon was made
to fall on his back. His armor clattered as he collapsed in
the dust, and the breastplate that covered his body was
drenched in blood and gore. Odysseus wrenched the
deadly spear out of flesh and shield together; his spirit

---

295 δηναιὸν Weinberger: δὴν αἰὲν M
301 Ἡμαθίωνι Pauw: -αλίωνι M
307 ὑπ' Rhodomann: ἐπ' M

θυμὸς ἀπὸ μελέων, ἔλιπεν δέ μιν ἄμβροτος αἰών.
320 τοῦ δ' ἑτάροις ἐπόρουσε καὶ οὐτάμενός περ
    Ὀδυσσεύς,
οὐδ' ἀπέληγε μόθοιο δυσηχέος. ὡς δὲ καὶ ἄλλοι
πάντες ὁμῶς ἐπιμὶξ Δαναοὶ μέγαν ἀμφ' Ἀχιλῆα
προφρονέως ἐμάχοντο, πολὺν δ' ὑπὸ χείρεσι λαὸν
ἐσσυμένως ἐδάιζον ἐυξέστῃς μελίῃσιν.
325 εὖτ' ἄνεμοι θοὰ φύλλα κατὰ χθονὸς ἀμφιχέωνται
λάβρον ἐπιβρίσαντες ἐπ' ἄλσεα ὑλήεντα
ἀρχομένου λυκάβαντος, ὅτε φθινύθουσιν ὀπῶραι·
ὡς τοὺς ἐγχείῃσι βάλον Δαναοὶ μενεχάρμαι.
μέμβλετο γὰρ πάντεσσιν Ἀχιλλέος ἀμφὶ θανόντος,
330 ἐκπάγλως δ' Αἴαντι δαΐφρονι· τοὔνεκ' ἄρ' ἔμπης
Τρῶας ἄδην ἐδάιζε κακῇ ἐναλίγκιος Αἴσῃ.
    Τῷ δ' ἐπὶ τόξ' ἐτίταινε Πάρις· τὸν δ' αἶψα νοήσας
κάββαλε χερμαδίῳ κατὰ κράατος· ἐν δ' ἄρ'
    ἔθλασσεν
ἀμφίφαλον κυνέην ὀλοὸς λίθος, ἀμφὶ δέ μιν νὺξ
335 μάρψεν. ὁ δ' ἐν κονίῃσι κατήριπεν, οὐδέ οἱ ἰοὶ
ἤρκεσαν ἱεμένῳ· ἐκέχυντο γὰρ ἄλλυδις ἄλλοι
ἐν κονίῃ, κενεὴ δὲ παρεκτετάνυστο φαρέτρη·
τόξον δ' ἔκφυγε χεῖρε. φίλοι δέ μιν ἁρπάξαντες
ἵπποις Ἑκτορέοισι φέρον ποτὶ Τρώιον ἄστυ
340 βαιὸν ἔτ' ἐμπνείοντα καὶ ἀργαλέον στενάχοντα·
οὐδὲ μὲν ἔντε' ἄνακτος ἑκὰς λίπον, ἀλλὰ καὶ αὐτὰ
ἐκ πεδίοιο κόμισσαν ἑῷ βασιλῆι φέροντες.
τῷ δ' Αἴας ἐπὶ μακρὸν ἄυτεεν ἀσχαλόων κῆρ·

156

departed his body with that same movement, and immortal life left him. Though wounded, Odysseus hurled himself upon his companions as violently as ever, and the rest of the Danaans en masse willingly took up the fight around Achilles, massacring multitudes as they charged with their sharpened spears. Just as early in the year, at the end of autumn, gusting winds make the leaves fall to the ground thick and fast; just so were they felled by the spears of the dauntless Danaans: the dead Achilles was all their concern, and warlike Ajax more than the rest: like some evil Doom he ran amok among the Trojans.

Paris took aim at him with his bow; but Ajax noticed him immediately and let fly with a rock at his head. That deadly stone smashed his helmet with its twin crests; he was seized by the darkness of night and collapsed in the dust. His trusty arrows were of no avail: they lay scattered in the dust with their quiver empty beside them; and the bow had slipped from his hand. He was rescued by his friends and borne by Hector's horses to the city of Troy, barely breathing and racked with groans. They did not leave their lord's arms behind: they brought them also back from the battlefield and carried them for their king. Pained to see this, Ajax shouted at him from afar:

---

343 ἀσχαλόων κῆρ Köchly: ἀσχαλόωντι M

"Ὦ κύον, ὡς θανάτοιο βαρὺ σθένος ἐξυπάλυξας
345 σήμερον· ἀλλὰ σοὶ εἶθαρ ἐλεύσεται ὕστατον ἦμαρ
ἤ τινος Ἀργείων ὑπὸ χείρεσιν ἢ ἐμεῦ αὐτοῦ.
νῦν δ' ἐμοὶ ἄλλα μέμηλε περὶ φρεσίν, ὡς Ἀχιλῆος
ἐκ φόνου ἀργαλέοιο νέκυν Δαναοῖσι σαώσω."
  Ὣς εἰπὼν δηίοισι κακὰς ἐπὶ Κῆρας ἴαλλεν,
350 οἵ ῥ' ἔτι δηριόωντο νέκυν πέρι Πηλείωνος.
  Οἱ δέ οἱ ὡς ἄθρησαν ὑπὸ σθεναρῇσι χέρεσσι
πολλοὺς ἐκπνείοντας, ὑπέτρεσαν οὐδ' ἔτ' ἔμιμνον,
οὐτιδανοῖς γύπεσσιν ἐοικότες, οὕς τε φοβήσῃ
αἰετὸς οἰωνῶν προφερέστατος, εὖτ' ἐν ὄρεσσι
355 πώεα δαρδάπτουσι λύκοις ὑποδηωθέντα·
ὣς τοὺς ἄλλυδις ἄλλον ἀπεσκέδασε θρασὺς Αἴας
χερμαδίοισι θοοῖσι καὶ ἄορι καὶ μένεϊ ᾧ.
οἱ δὲ μέγα τρομέοντες ἀπὸ πτολέμοιο φέβοντο
πανσυδίῃ, ψήρεσσιν ἐοικότες, οὕς τε δαΐζων
360 κίρκος ἐπισσεύει, τοὶ δ' ἰλαδὸν ἄλλος ἐπ' ἄλλῳ
ταρφέες ἀίσσουσιν ἀλευόμενοι μέγα πῆμα·
ὣς οἵ γ' ἐκ πολέμοιο ποτὶ Πριάμοιο πόληα
φεῦγον ὀιζυρῶς ἐπιειμένοι ἀκλέα φύζαν,
Αἴαντος μεγάλοιο περιτρομέοντες ὁμοκλήν,
365 ὅς ῥ' ἔπετ' ἀνδρομέῳ πεπαλαγμένος αἵματι χεῖρας.
καί νύ κε δὴ μάλα πάντας ἐπασσυτέρους ἀπόλεσσεν,
εἰ μὴ πεπταμένῃσι πύλης ἐσέχυντο πόληα
βαιὸν ἀναπνείοντες, ἐπεὶ φόβος ἦτορ ἵκανε.
τοὺς δ' ἔλσας ἀνὰ ἄστυ, νομεὺς ὡς αἰόλα μῆλα,
370 ἤιεν ἐς πεδίον, χθόνα δ' οὐ ποσὶ μάρπτεν ἑοῖσιν

158

"Dog! Today you have just escaped the heavy force of death. But soon enough your moment of reckoning will come, at the hands of some Argive warrior or of myself. For now my concern is not with you, but with retrieving the body of Achilles from this terrible carnage."

With these words he hurled dread doom on the foes who were still fighting around the body of Peleus' son.

When they saw how many of their troops were losing their lives at his mighty hands, they shrank back and no longer held their ground, like feeble vultures scared away by an eagle, foremost of birds, as they are tearing at some sheep that wolves have killed: just so bold Ajax scattered them in every direction with volleys of stones, with his sword, and with his strength. In fear and trembling they fled from the battle with one accord like starlings chased and ravaged by a hawk so that in their efforts to escape destruction they impede one another as they crowd and flock together: just so the Trojans fled cloaked in disarray toward the city of Priam, terrified of great Ajax's yells and threats as he followed hot on their heels, his hands spattered with human blood. He would have killed the whole lot of them one after the other if they had not poured in through the open gates of the city, hardly able to catch their breath, their hearts filled with fear. Once he had penned them up in the city like a shepherd collecting his nimble sheep, he went back to the plain. The armor

---

361 ταρφέες Rhodomann: -έα M

ἐμβαίνων τεύχεσσι καὶ αἵματι καὶ κταμένοισι·
κεῖτο γὰρ εὐρὺς ὅμιλος ἀπειρεσίη ἐπὶ γαίη
ἄχρις ἐφ᾽ Ἑλλήσποντον ἀπ᾽ εὐρυχόροιο πόληος
αἰζηῶν κταμένων ὁπόσους λάχε Δαίμονος Αἶσα.
375 ὡς δ᾽ ὅτε λήιον αὖον ὑπ᾽ ἀμητῆρσι πέσησι
πυκνὸν ἐόν, τὰ δὲ πολλὰ κατ᾽ αὐτόθι δράγματα
   κεῖται
βριθόμενα σταχύεσσι, γέγηθε δὲ θυμὸς ἐπ᾽ ἔργῳ
ἀνέρος εἰσορόωντος, ὅ τις κλυτὸν οὖδας ἔχησιν·
ὣς οἵ γ᾽ ἀμφοτέρωθε κακῷ δμηθέντες ὀλέθρῳ
380 κεῖντο πολυκλαύτοιο λελασμένοι ἰωχμοῖο
πρηνέες. οὐδέ τι Τρῶας Ἀχαιῶν φέρτατοι υἷες
σύλεον ἐν κονίῃσι καὶ αἵματι δῃωθέντας,
πρὶν Πηλήιον υἷα πυρῇ δόμεν, ὅ σφιν ὄνειαρ
ἔπλετ᾽ ἐνὶ πτολέμοισιν ἐῷ μέγα κάρτεϊ θύων.
385   τοὔνεκά μιν βασιλῆες ἀπὸ πτολέμου ἐρύσαντες
ἀμφὶ νέκυν πόνον ἔσχον ἀπείριτον, εὖ τε φέροντες
κάτθεσαν ἐν κλισίῃσι νεῶν προπάροιθε θοάων·
ἀμφὶ δέ μιν μάλα πάντες ἀγειρόμενοι στενάχοντο
ἀχνύμενοι κατὰ θυμόν—ὃ γὰρ πέλε κάρτος Ἀχαιῶν.
390 δὴ τότ᾽ ἐνὶ κλισίῃσι λελασμένος ἐγχειάων
κεῖτο βαρυγδούποιο παρ᾽ ᾐόσιν Ἑλλησπόντου,
οἷος ὑπερφίαλος Τιτυὸς πέσεν, ὁππότε Λητὼ
ἐρχομένην Πυθὼ δὲ βιάζετο, καί ἑ χολωθεὶς
ἀκάματόν περ ἐόντα θοῶς ὑπεδάμνατ᾽ Ἀπόλλων
395 λαιψηροῖς βελέεσσιν, ὃ δ᾽ ἀργαλέῳ ἐνὶ λύθρῳ
πουλυπέλεθρος ἔκειτο κατὰ χθονὸς εὐρυπέδοιο
μητρὸς ἑῆς, ἣ δ᾽ υἷα περιστονάχησε πεσόντα

and blood and bodies lay so thick that his feet never touched the earth; far and wide corpses were crowded on the boundless ground all the way from the spacious city to the Hellespont, slain young men allotted by god to Doom. Just as when the dry, thickly-growing corn falls as it is reaped, so that sheaves lie there aplenty with heavy ears, and the landowner rejoices as he surveys his work: just so the dead on both sides lay face down, mindful no more of the fighting and lamentation. The Achaean leaders forbore to strip their victims lying in the dust and blood until they could set the son of Peleus on his pyre. He deserved no less: his energy and strength had been a great boon to them in war.

For that reason the princes made very great efforts to recover his body from the battle. The cortège set him down by his huts before the swift ships, and each and every leader gathered to lament him, grieved at heart to lose the champion of the Achaeans. Then, no longer mindful of the spear, he lay by the huts near the shore of the loud-roaring Hellespont. Just as the arrogant Tityus fell,[8] when he tried to rape Leto on her way to Pytho, and Apollo in his fury quickly vanquished him with his swift arrows, for all his tireless strength, so that he lay in his own horrid gore, stretched out over many acres of the broad plain of his mother Earth, who gave up sounds of grief at his falling an enemy hated by the gods, while lady Leto

[8] Cf. *Od.* 11.576–81.

---

386 πόνον ἔσχον nos (post πονέοντο Rhodomann): φορέοντο M

ἐχθόμενον μακάρεσσι, γέλασσε δὲ πότνια Λητώ·
τοῖος ἄρ᾽ Αἰακίδης δηίων ἐπικάππεσε γαίῃ,
400 χάρμα φέρων Τρώεσσι, γόον δ᾽ ἀλίαστον Ἀχαιοῖς

* * *

λαῶν μυρομένων, περὶ δ᾽ ἔβρεμε βένθεα πόντου.
θυμὸς δ᾽ αὐτίκα πᾶσι κατεκλάσθη φίλος ἔνδον
ἐλπομένων κατὰ δῆριν ὑπὸ Τρώεσσιν ὀλέσθαι.
μνησάμενοι δ᾽ ἄρα τοί γε φίλων παρὰ νηυσὶ
τοκήων,
405 τοὺς λίπον ἐν μεγάροισι, νεοδμήτων τε γυναικῶν,
αἵ που ὀδυρόμεναι μίνυθον κενεοῖς λεχέεσσι
νηπιάχοις σὺν παισὶ φίλους ποτιδέγμεναι ἄνδρας,
μᾶλλον ἀνεστενάχοντο· γόου δ᾽ ἔρος ἔμπεσε θυμῷ
κλαῖον τ᾽ αὖτ᾽ ἀλίαστον ἐπὶ ψαμάθοισι βαθείαις,
410 πρηνέες ἐκχύμενοι μεγάλῳ παρὰ Πηλείωνι,
χαίτας ἐκ κεφαλῆς προθελύμνους δηιόωντες·
χευάμενοι δ᾽ ᾔσχυναν ἅδην ψαμάθοισι κάρηνα.
οἵη δ᾽ ἐκ πολέμοιο βροτῶν ἐς τεῖχος ἀλέντων
οἰμωγὴ πέλεται, ὅτε δήιοι ἐμμεμαῶτες
415 καίωσιν μέγα ἄστυ, κατακτείνωσι δὲ λαοὺς
πανσυδίῃ, πάντῃ δὲ διὰ κτῆσιν φορέωνται·
τοίη καὶ παρὰ νηυσὶν Ἀχαιῶν ἔπλετ᾽ ἀυτή,
οὕνεκ᾽ ἀοσσητὴρ Δαναῶν, πάις Αἰακίδαο,
κεῖτο μέγας παρὰ νηυσὶ θεοκμήτοισι βελέμνοις,
420 οἷος Ἄρης, ὅτε μιν δεινὴ θεὸς ὀβριμοπάτρη
Τρώων ἐν πεδίῳ πολυαχθέι κάββαλε πέτρῃ.

Μυρμιδόνες δ᾽ ἄλληκτον ἀνεστενάχοντ᾽ Ἀχιλῆα
εἰλόμενοι περὶ νεκρὸν ἀμύμονος οἷο ἄνακτος,

laughed aloud: just so Aeacides had fallen on hostile ground, bringing delight to the Trojans but to the Achaeans grief without end.

⟨*several lines missing*⟩

as the army lamented and the sea's depths roared in response. Now they all felt great dismay, expecting death from the Trojans in battle. Their grief was increased as they stood by the ships and thought of dear parents back at home and of newly-wed wives with young children wasting their lives in tears, sleeping alone, and constantly expecting their dear husbands. They had no desire but to lament, and they wept without ceasing on the sandy shore prostrate around the great son of Peleus, tearing out their hair by the roots and, as they lay there, continually defiling their heads with sand. Just like the lamentation that arises from a people defeated in battle and penned in their fortress, as they see the furious enemy setting their city on fire, killing inhabitants by the score and dispersing all their property as spoil: just such a cry arose by the Achaean ships now that Aeacides' son, defender of the Danaans, killed by god-forged arrows, lay by those ships a great corpse, like Ares when that dread goddess, daughter of a mighty father, gave him a painful blow with a boulder and laid him low on the Trojan plain.[9]

The Myrmidons lamented Achilles unceasingly, gathered around the body of their noble lord. He had been a

[9] *Il.* 21.403–8.

---

400 post h.u. lac. unius uersus stat. Köchly
417 καὶ Köchly: τοι M

ἠπίου, ὃς πάντεσσιν ἶσος πάρος ἦεν ἑταῖρος·
425 οὐ γὰρ ὑπερφίαλος πέλεν ἀνδράσιν οὐδ᾽ ὀλοόφρων,
ἀλλὰ σαοφροσύνῃ καὶ κάρτεϊ πάντ᾽ ἐκέκαστο.
   Αἴας δ᾽ ἐν πρώτοισι μέγα στενάχων ἐγεγώνει,
πατροκασιγνήτοιο φίλον ποθέων ἅμα παῖδα,
βλήμενον ἐκ θεόφιν· θνητῶν γε μὲν οὔ τινι βλητὸς
430 ἦεν, ὅσοι ναίουσιν ἐπὶ χθονὸς εὐρυπέδοιο.
τὸν τότε κῆρ ἀχέων ὀλοφύρετο φαίδιμος Αἴας,
ἄλλοτε μὲν κλισίας Πηληιάδαο δαμέντος
ἐσφοιτῶν, ὁτὲ δ᾽ αὖτε παρὰ ψαμάθοισι θαλάσσης
ἐκχύμενος μάλα πουλύς, ἔπος δ᾽ ὀλοφύρατο τοῖον·
435   "Ὦ Ἀχιλεῦ, μέγα ἕρκος ἐυσθενέων Ἀργείων,
κάτθανες ἐν Τροίῃ Φθίης ἑκὰς εὐρυπέδοιο
ἔκποθεν ἀπροφάτοιο λυγρῷ βεβλημένος ἰῷ,
τόν ῥα ποτὶ κλόνον ἄνδρες ἀνάλκιδες ἰθύνουσιν·
οὐ γάρ τις, πίσυνός γε σάκος μέγα νωμήσασθαι
440 ἠδὲ περὶ κροτάφοισιν ἐπισταμένως ἐς Ἄρηα
εὖ θέσθαι πήληκα καὶ ἐν παλάμῃ δόρυ πῆλαι
καὶ χαλκὸν δηίοισι περὶ στέρνοισι δαΐξαι,
ἰοῖσίν γ᾽ ἀπάνευθεν ἐπεσσύμενος πολεμίζει·
εἰ γάρ σευ κατέναντα τότ᾽ ἤλυθεν ὅς σ᾽ ἔβαλέν περ,
445 οὐκ ἂν ἀνουτητί γε τεοῦ φύγεν ἔγχεος ὁρμήν.
ἀλλὰ Ζεὺς τάχα που τάδε μήδετο πάντα τελέσσαι,
ἡμέων δ᾽ ἐν καμάτοισιν ἐτώσια ἔργα τίθησιν·
ἤδη γὰρ Τρώεσσι κατ᾽ Ἀργείων τάχα νίκην
νεύσει, ἐπεὶ τόσσον περ Ἀχαιῶν ἕρκος ἀπηύρα.
450 ὦ πόποι, ὡς ἄρα πάγχυ γέρων ἐν δώμασι Πηλεὺς
ὀχθήσει μέγα πένθος ἀτερπέι γήραϊ κύρσας.

fair friend to them all; neither haughty nor arrogant, he was outstanding in modesty and valor alike.

Ajax was among the first to express his great grief. It was his father's brother's dear son that he had lost. A god had struck him down: he could not have been wounded by any mortal dweller on the broad earth. And so noble Ajax lamented with heartfelt grief, now going about the huts of Peleus' deceased son and now stretched out at length on the sea-sand. This was his lament:

"Achilles, great bulwark of the staunch Argive warriors, you have met your death at Troy, far from the broad earth of Phthia, killed by a fatal arrow shot from an unknown hand. Shooting arrows is the coward's tactic in battle. No one confident at wielding a great shield, at expertly putting a helmet round his temples ready for war, at handling a spear, or at smiting the bronze breastplate of an enemy, does his fighting from a distance using arrows. If that assailant of yours had instead met you face to face, he would not have escaped your spear's force unwounded. But perhaps Zeus has planned that all this should come to pass and is making vain all our wearisome efforts. Perhaps he will soon be granting the Trojans victory over the Argives, now that he has taken away such a great bulwark from the Achaeans. Alas! What grief and trouble old Peleus will have at home in his halls! Aged and miserable

---

450 δώμασι Pauw: -ατι M

αὐτή κεν φήμη μιν ἀπορραίσει τάχα θυμόν·
ὧδε δέ οἱ καὶ ἄμεινον ὀιζύος αἶψα λαθέσθαι.
εἰ δέ κεν οὐ φθίσει ἑ κακὴ περὶ υἱέος ὄσσα,
455 ἆ δειλός, χαλεποῖς ἐνὶ πένθεσι γῆρας ἰάψει
αἰὲν ἐπ᾽ ἐσχαρόφιν βίοτον κατέδων ὀδύνῃσι,
Πηλεύς, ὃς μακάρεσσι φίλος περιώσιον ἦεν·
ἀλλ᾽ οὐ πάντα τελοῦσι θεοὶ μογεροῖσι βροτοῖσιν."
Ὣς ὃ μὲν ἀσχαλόων ὀλοφύρετο Πηλείωνα.
460 Φοῖνιξ δ᾽ αὖθ᾽ ὃ γεραιὸς ἀάσπετα κωκύεσκεν
ἀμφιχυθεὶς δέμας ἣν θρασύφρονος Αἰακίδαο,
καί ῥ᾽ ὀλοφυδνὸν ἄυσε μέγ᾽ ἀχνύμενος πινυτὸν κῆρ·
"Ὤλεό μοι, φίλε τέκνον, ἐμοὶ δ᾽ ἄχος αἰὲν
        ἄφυκτον
κάλλιπες. ὡς ὄφελόν με χυτὴ κατὰ γαῖα κεκεύθει
465 πρὶν σέο πότμον ἰδέσθαι ἀμείλιχον. οὐ γὰρ ἔμοιγε
ἄλλο χερειότερόν ποτ᾽ ἐσήλυθεν ἐς φρένα πῆμα,
οὐδ᾽ ὅτε πατρίδ᾽ ἐμὴν λιπόμην ἀγανούς τε τοκῆας
φεύγων ἐς Πηλῆα δι᾽ Ἑλλάδος, ὅς μ᾽ ὑπέδεκτο
καί μοι δῶρα πόρεν, Δολόπεσσι δ᾽ ἔθηκεν ἀνάσσειν,
470 καὶ σέ γ᾽ ἐν ἀγκοίνῃσι φορεύμενος ἀμφὶ μέλαθρον
κόλπῳ ἐμῷ κατέθηκε καὶ ἐνδυκέως ἐπέτελλε
νηπίαχον κομέειν, ὡς εἰ φίλον υἷα γεγῶτα·
τῷ πιθόμην· σὺ δ᾽ ἐμοῖσι περὶ στέρνοισι γεγηθὼς
πολλάκι παππάζεσκες ἔτ᾽ ἄκριτα χείλεσι βάζων,

452 αὐτή κεν φήμη Bonitz: αὐτῇ σὺν φήμῃ M   τάχα
Bonitz: μέγα M
454 ὄσσα Hermann: ὄσσα m: αἶσα m

already, the rumor alone will be the death of him;[10] and it would indeed be better for his grief to find speedy oblivion. If he does not die when he hears the sad tidings about his son, how wretched he will be, his old age ruined by dreadful grief, as he sits motionless at his hearth and consumes his life in pain—Peleus, who had been a great favorite of the blessed gods! But they do not bring everything to completion for wretched mankind."

Such were the words of distress with which he lamented the son of Peleus. For his part, old Phoenix embraced the noble body of dauntless Aeacides, wailing continuously. His wise heart full of great grief, he cried in lamentation:

"You are dead, my dear child, and the grief you have left me will be with me for ever. I wish the heaped earth had covered me before I beheld your cruel fate! My heart never felt a worse sorrow than this, even when I left my native land and my noble parents and wandered through Greece in exile until I came to Peleus. He took me in, gave me gifts, and made me king of the Dolopes. And on the day when he performed the rite of carrying you round the house in his arms, he placed you on my lap and enjoined me to bring up that infant with as much care as if he were my own son. I consented; and many were the times you happily laid in my breast and called me 'papa'

---

[10] Text uncertain.

---

457 περιώσιον Spitzner: ως M
464 ὄφελόν Hermann: -λέν M
466 ποτ' Rhodomann: τ' M

475   καί μευ νηπιέῃσιν ὑπ' ἐννεσίῃσι δίηνας
      στήθεά τ' ἠδὲ χιτῶνας· ἔχον δέ σε χερσὶν ἐμῇσι
      πολλὸν καγχαλόων, ἐπεὶ ἦ νύ μοι ἦτορ ἐώλπει
      θρέψειν κηδεμονῆα βίου καὶ γήραος ἄλκαρ.
      καὶ τὰ μὲν ἐλπομένῳ βαιὸν χρόνον ἔπλετο πάντα·
480   νῦν δὲ δὴ οἴχῃ ἄιστος ὑπὸ ζόφον· ἀμφὶ δ' ἐμὸν κῆρ
      ἄχνυτ' ὀιζυρῶς, ἐπεὶ ἦ νύ με πένθος ἰάπτει
      λευγαλέον· τό νύ μ' εἴθε καταφθίσειε γοῶντα
      πρὶν Πηλῆα πυθέσθαι ἀμύμονα, τόν περ ὀίω
      κωκύσειν ἀλίαστον, ὅτ' ἀμφὶ ἑ φῆμις ἵκηται.
485   οἴκτιστον γὰρ νῶιν ὑπὲρ σέθεν ἔσσεται ἄλγος,
      πατρί τε σῷ καὶ ἐμοί, τοί περ μέγα σεῖο θανόντος
      ἀχνύμενοι τάχα γαῖαν ὑπὲρ Διὸς ἄσχετον Αἶσαν
      δυσόμεθ' ἐσσυμένως· καί κεν πολὺ λώιον εἴη
      ἢ ζώειν ἀπάνευθεν ἀοσσητῆρος ἑοῖο."
490   Ἦ ῥ' ὁ γέρων ἀλίαστον ἐνὶ φρεσὶ πένθος ἀέξων.
      πὰρ δέ οἱ Ἀτρείδης ὀλοφύρετο δάκρυα χεύων·
      ᾤμωξεν δ' ὀδύνῃσι μέγ' αἰθόμενος κέαρ ἔνδον·
      "Ὤλεο, Πηλείδη, Δαναῶν μέγα φέρτατε πάντων,
      ὤλεο καὶ στρατὸν εὐρὺν ἀνερκέα θῆκας Ἀχαιῶν·
495   ῥηίτεροι δ' ἄρα σεῖο καταφθιμένου πελόμεσθα
      δυσμενέσιν. σὺ δὲ χάρμα πεσὼν μέγα Τρωσὶν
          ἔθηκας,
      οἵ σε πάρος φοβέοντο, λέονθ' ὡς αἰόλα μῆλα·
      νῦν δ' ἐπὶ νηυσὶ θοῇσι λιλαιόμενοι μαχέονται.
      Ζεῦ πάτερ, ἦ ῥά τι καὶ σὺ βροτοὺς ψευδέσσι
          λόγοισι
500   θέλγεις, ὃς κατένευσας ἐμοὶ Πριάμοιο ἄνακτος

as you prattled and spoke half-formed words. Many a time, too, your infant needs meant that you wetted my breast and my clothing. But I was proud and happy to hold you in my arms, because I expected that when you grew up you would defend and look after me in my old age. For a short time all these hopes were fulfilled; but now you have left this world and gone to the darkness below. My heart is full of grief, and grim sorrow afflicts me. If only I could die sorrowing and lamenting before noble Peleus hears of this: when the news reaches him, I know his lamentation will be without end. Your father and I will be the two who will grieve most keenly: in our misery over your death we shall soon enough be in the underworld ourselves, antici- pating Zeus' irresistible Fate."

So spoke the old man as he gave full vent to his grief. Beside him Atrides wept and groaned and lamented, con- sumed with heartfelt pain:

"You are dead, son of Peleus, foremost of all the Dan- aans: you are dead, and you have left the great Achaean army without its bulwark: after your death we are easier prey for our enemies. And your fall has left great joy to the Trojans, who used to run away from you like sheep scat tering before a lion; now they eagerly carry the fight right up to our swift ships. Father Zeus, it seems that even you charm mankind with words of deceit: you nodded assent to my sacking the city of king Priam, but, far from fulfilling

---

475 ὑπ' Dausque: ἀπ' M
480 δὲ δὴ Zimmermann: om. M
482 νύ μ' Zimmermann: με M
487 ἄσχετον Spitzner: ἄσπ- M

ἄστυ διαπραθέειν, νῦν δ᾽ οὐ τελέεις ὅσ᾽ ὑπέστης,
ἀλλὰ λίην ἀπάφησας ἐμὰς φρένας· οὐ γὰρ ὀίω
εὑρέμεναι πολέμοιο τέκμωρ φθιμένου Ἀχιλῆος."

Ὣς ἔφατ᾽ ἀχνύμενος κέαρ ἔνδοθεν· ἀμφὶ δὲ λαοὶ
505 κώκυον ἐκ θυμοῖο θρασὺν περὶ Πηλείωνα·
τοῖς δ᾽ ἄρ᾽ ἐπεβρόμεον νῆες παρὰ μυρομένοισιν,
ἠχὴ δ᾽ ἄσπετος ὦρτο δι᾽ αἰθέρος ἀκαμάτοιο.
ὡς δ᾽ ὅτε κύματα μακρὰ βίη μεγάλου ἀνέμοιο
ὀρνύμεν᾽ ἐκ πόντοιο πρὸς ἠιόνας φορέονται
510 σμερδαλέον, πάντη δὲ προσαγνυμένης ἁλὸς αἰεὶ
ἀκταὶ ὁμῶς ῥηγμῖσιν ἀπειρέσιον βοόωσι·
τοῖος ἄρ᾽ ἀμφὶ νέκυν Δαναῶν στόνος αἰνὸς ὀρώρει
μυρομένων ἄλληκτον ἀταρβέα Πηλείωνα.

Καί σφιν ὀδυρομένοισι τάχ᾽ ἤλυθε κυανέη νύξ,
515 εἰ μὴ ἄρ᾽ Ἀτρείδην προσεφώνεε Νηλέος υἱὸς
Νέστωρ, ὅς ῥά τ᾽ ἔχεσκεν ἐνὶ φρεσὶ μυρίον ἄλγος
μνησάμενος σφοῦ παιδὸς ἐύφρονος Ἀντιλόχοιο·

"Ἀργείων σκηπτοῦχε, μέγα κρατέων Ἀγάμεμνον,
νῦν μὲν ἀποσχώμεσθα δυσηχέος αἶψα γόοιο
520 σήμερον· οὐ γὰρ ἔτ᾽ αὖτις ἐρωήσει τις Ἀχαιοὺς
κλαυθμοῦ ἄδην κορέσασθαι ἐπ᾽ ἤματα πολλὰ
γοῶντας.
ἀλλ᾽ ἄγε δὴ βρότον αἰνὸν ἀταρβέος Αἰακίδαο
λούσαντες λεχέεσσ᾽ ἐνιθείομεν· οὐ γὰρ ἔοικεν
αἰσχύνειν ἐπὶ δηρὸν ἀκηδείησι θανόντας."

525 Καὶ τὰ μὲν ὣς ἐπέτελλε περίφρων Νηλέος υἱός.
αὐτὰρ ὁ οἷς ἑτάροισιν ἐπισπέρχων ἐκέλευεν
ὕδατος ἐν πυρὶ θέντας ἄφαρ κρυεροῖο λέβητας

your promise, you have practiced deception on my mind: there seems to be no hope of achieving success now that Achilles is gone."

Such was his heartfelt lament; and the army all around bewailed the courageous son of Peleus with sincere regret as the nearby ships creaked and groaned in response; the sound of their endless mourning rose up into the boundless sky. Just as when long towering waves roused from the sea by the strength of the wind are driven against the shore with fearful force, and the beaches and seashore roar without ceasing all around as the breakers come crashing in: such were the groans that arose from the Danaans around the corpse as they kept up their laments over Peleus' fearless son.

Dark night might have found them still lamenting, had not Nestor son of Neleus addressed Atrides, whose heart held countless cares as he thought about his loyal son Antilochus:

"Sceptered leader of the Argives, all-powerful Agamemnon, it is high time we left off our keening and lamenting, at least for today. No one will any longer restrain the Achaeans from lamenting to their hearts' content and for days on end. But come, let us wash off the gore that defiles fearless Aeacides and lay him out on his bier. It is not right to let the dead look shameful with long neglect."

Such was the advice of the wise son of Neleus. Without delay Agamemnon ordered his companions to heat cauldrons of cold water in the fire at once and to wash the

---

502 ἀπάφησας Bonitz: ἀκαχ- M
511 ἀπειρέσιον Köchly: -σιαι M

θερμῆναι λοῦσαί τε νέκυν περί θ᾽ εἵματα ἕσσαι
καλά, τά οἱ πόρε παιδὶ φίλῳ ἁλιπόρφυρα μήτηρ
530 ἐς Τροίην ἀνιόντι. θοῶς δ᾽ ἐπίθησαν ἄνακτι·
ἐνδυκέως δ᾽ ἄρα πάντα πονησάμενοι κατὰ κόσμον
κάτθεσαν ἐν κλισίῃσι δεδουπότα Πηλείωνα.
τὸν δ᾽ ἐσιδοῦσ᾽ ἐλέησε περίφρων Τριτογένεια·
στάζε δ᾽ ἄρ᾽ ἀμβροσίην κατὰ κράατος, ἥν ῥά τέ
        φασι
535 δηρὸν ἐρυκακέειν νεαρὸν χρόα κηρὶ δαμέντων·
θῆκε δ᾽ ἄρ᾽ ἐρσήεντα καὶ εἴκελον ἀμπνείοντι·
σμερδαλέον δ᾽ ἄρα τεῦξεν ἐπισκύνιον περὶ νεκρῷ,
οἷόν τ᾽ ἀμφ᾽ ἑτάροιο δαϊκταμένου Πατρόκλοιο
χωομένῳ ἐπέκειτο κατὰ βλοσυροῖο προσώπου·
540 βριθύτερον δ᾽ ἄρα θῆκε δέμας καὶ ἄρειον ἰδέσθαι.
Ἀργείους δ᾽ ἕλε θάμβος ὁμιλαδὸν ἀθρήσαντας
Πηλείδην ζώοντι πανείκελον, ὅς ῥ᾽ ἐπὶ λέκτροις
ἐκχύμενος μάλα πουλὺς ἄδην εὕδοντι ἐῴκει.
    Ἀμφὶ δέ μιν μογεραὶ ληΐτιδες, ἅς ῥά ποτ᾽ αὐτὸς
545 Λέσβον τε ζαθέην Κιλίκων τ᾽ αἰπὺ πτολίεθρον
Θήβην Ἠετίωνος ἑλὼν λήσσατο κούρας,
ἱστάμεναι γοάασκον ἀμύσσουσαι χρόα καλόν,
στήθεά τ᾽ ἀμφοτέρῃσι πεπληγυῖαι παλάμῃσιν
ἐκ θυμοῦ στενάχεσκον εὔφρονα Πηλείωνα·
550 τὰς γὰρ δὴ τίεσκε καὶ ἐκ δηΐων περ ἐούσας.
πασάων δ᾽ ἔκπαγλον ἀκηχεμένη κέαρ ἔνδον
Βρισηὶς παράκοιτις ἐϋπτολέμου Ἀχιλῆος
ἀμφὶ νέκυν στρωφᾶτο καὶ ἀμφοτέρῃς παλάμῃσι
δρυπτομένη χρόα καλὸν ἀΰτεεν· ἐκ δ᾽ ἁπαλοῖο

172

corpse and dress it in the fine sea-purple raiment which his mother had given her dear son when he set out for Troy. They swiftly obeyed their king, carried out all these tasks with proper efficiency, and set down by the huts the body of Peleus' mighty fallen son. Wise Tritogeneia was struck with pity at the sight, and she let fall on his head drops of ambrosia, known to prolong the freshness of dead men's flesh. She made him seem fresh and as he was in life, and gave the corpse just such a fierce expression as was on his grim face when he was full of wrath at the death in battle of his comrade Patroclus; and she made him more impressive and stronger in appearance. The Argive troops were astonished to see Pelides stretched out so imposingly on the bier, as if he were only sleeping.

Around him stood the poor captives, maidens he had captured when he took holy Lemnos and Eëtion's Thebe, lofty citadel of the Cilicians.[11] They lamented, lacerated their fair skin, and beat their breasts with both hands: their grief for the kindly son of Peleus was heartfelt, because he treated them with respect although they were from the enemy. Most violent in her heart's grief was Briseïs, consort of that fine warrior Achilles. She went round his body tearing her fair skin with both hands as she cried aloud, so that bloody weals rose from the blows on her

---

[11] Cf. *Il.* 2.689–91, 9.128–30.

---

538 τε Bonitz: ὅτ' M

555 στήθεος αἱματόεσσαι ἀνὰ σμώδιγγες ἄερθεν
θεινομένης· φαίης κεν ἐπὶ γλάγος αἷμα χέασθαι
φοίνιον. ἀγλαΐη δὲ καὶ ἀχνυμένης ἀλεγεινῶς
ἱμερόεν μάρμαιρε, χάρις δέ οἱ ἄμπεχεν εἶδος.
τοῖον δ᾽ ἔκφατο μῦθον ὀιζυρὸν γοόωσα·

560 "'Ὦ μοι ἐγὼ πάντων περιώσιον αἰνὰ παθοῦσα·
οὐ γάρ μοι τόσσον περ ἐπήλυθεν ἄλλό τι πῆμα,
οὔτε κασιγνήτων οὔτ᾽ εὐρυχόρου περὶ πάτρης,
ὅσσον σεῖο θανόντος· ἐπεὶ σύ μοι ἱερὸν ἦμαρ
καὶ φάος ἠελίοιο πέλες καὶ μείλιχος αἰὼν

565 ἐλπωρή τ᾽ ἀγαθοῖο καὶ ἄσπετον ἄλκαρ ἀνίης
πάσης τ᾽ ἀγλαΐης πολὺ φέρτερος ἠδὲ τοκήων
ἔπλεο· πάντα γὰρ οἶος ἔης δμωῇ περ ἐούσῃ,
καί ῥά με θῆκας ἄκοιτιν ἑλὼν ἄπο δούλια ἔργα.
νῦν δέ τις ἐν νήεσσιν Ἀχαιῶν ἄξεται ἄλλος

570 Σπάρτην εἰς ἐρίβωλον ἢ ἐς πολυδίψιον Ἄργος·
καί νύ κεν ἀμφιπολεῦσα κακὰς ὑποτλήσομ᾽ ἀνίας
σεῦ ἀπονοσφισθεῖσα δυσάμμορος. ὡς ὄφελόν με
γαῖα χυτὴ ἐκάλυψε πάρος σέο πότμον ἰδέσθαι."

῾Ως ἡ μὲν δμηθέντ᾽ ὀλοφύρετο Πηλείωνα
575 δμωῇς σὺν μογερῇσι καὶ ἀχνυμένοισιν Ἀχαιοῖς
μυρομένη καὶ ἄνακτα καὶ ἀνέρα· τῆς δ᾽ ἀλεγεινὸν
οὔ ποτε τέρσετο δάκρυ, κατείβετο δ᾽ ἄχρις ἐπ᾽ οὖδας
ἐκ βλεφάρων, ὡς εἴ τε μέλαν κατὰ πίδακος ὕδωρ
πετραίης, ἧς πουλὺς ὑπὲρ παγετός τε χιών τε

580 ἐκκέχυται στυφελοῖο κατ᾽ οὔδεος, ἀμφὶ δὲ πάχνη
τήκεθ᾽ ὁμῶς Εὔρῳ τε καὶ ἠελίοιο βολῇσι.

Καὶ τότε δή ῥ᾽ ἐσάκουσαν ὀρινομένοιο γόοιο

tender breast like crimson blood poured on the surface of milk. Her grief was intense, but she was still strikingly beautiful, her whole figure full of grace. She expressed her piteous lament with these words:

"Ah! What measureless misery is mine! None of my past misfortunes—not the loss of my brothers, not the loss of my broad fatherland—has been as great as losing you: you were my blessed day, my sunlight, my life's kindly guardian, my hopes for good, and my ever-present protector from trouble; you were far better than any amount of splendor, better than my parents: you were everything to me, captive though I was, and you took me to your bed and freed me from a life of servitude. But now one of the Achaeans will take me away on his ship, to fertile Sparta or the thirsty land of Argos; and dreadful will be my troubles and sufferings, a menial once more, far from your protection, quite wretched! I wish the heaped earth had covered me before I saw your death!"

Such was her lament for the dead son of Peleus as she mourned her lord and husband in company with the poor captive girls and the grieving Achaeans. Her tears of sorrow never dried, but kept falling from her eyes to the ground like dark water from a spring among the rocks above which a mass of ice and snow lies on the hard ground until the frost is melted by the East Wind and the rays of the sun.

Then the sounds of lamentation came to be heard by

---

561 ἄλλό τι Köchly: ἄλλοτε M
576 δ' Pauw: om. M

θυγατέρες Νηρῆος ὅσαι μέγα βένθος ἔχουσι·
πάσῃσιν δ᾽ ἀλεγεινὸν ὑπὸ κραδίην πέσεν ἄλγος·
585 οἰκτρὸν δὲ στονάχησαν, ἐπίαχε δ᾽ Ἑλλήσποντος.
ἀμφὶ δὲ κυανέοισι καλυψάμεναι χρόα πέπλοις
ἐσσυμένως οἴμησαν, ὅπῃ στόλος ἔπλετ᾽ Ἀχαιῶν,
πανσυδίῃ πολιοῖο δι᾽ οἴδματος, ἀμφὶ δ᾽ ἄρά σφι
νισομένῃσι θάλασσα διίστατο· ταὶ δ᾽ ἐφέροντο
590 κλαγγηδόν, κραιπνῇσιν ἐειδόμεναι γεράνοισιν
ὀσσομένης μέγα χεῖμα· περιστενάχοντο δὲ λυγρὸν
κήτεα μυρομένῃσιν. ἔσαν δ᾽ ἄφαρ ἧχι νέοντο
παῖδα κασιγνήτης κρατερόφρονα κωκύουσαι
ἐκπάγλως. Μοῦσαι δὲ θοῶς Ἑλικῶνα λιποῦσαι
595 ἤλυθον ἄλγος ἄλαστον ἐνὶ στέρνοισιν ἔχουσαι,
ἀρνύμεναι τιμὴν ἑλικώπιδι Νηρηίνῃ.
Ζεὺς δὲ μέγ᾽ Ἀργείοισι καὶ ἄτρομον ἔμβαλε θάρσος,
ὄφρα μὴ ἐσθλὸν ὅμιλον ὑποδδείσωσι θεάων
ἀμφαδὸν ἀθρήσαντες ἀνὰ στρατόν. αἱ δ᾽ Ἀχιλῆος
600 ἀμφὶ νέκυν στενάχοντο καὶ ἀθάνατοί περ ἐοῦσαι
πᾶσαι ὁμῶς· ἀκταὶ δὲ περίαχον Ἑλλησπόντου,
δεύετο δὲ χθὼν πᾶσα περὶ νέκυν Αἰακίδαο
δάκρυσι· καὶ μέγα λαοὶ ἀνέστενον, ἀμφὶ δὲ λαῶν
μυρομένων δακρύοισι φορύνετο τεύχεα πάντα
605 καὶ κλισίαι καὶ νῆες, ἐπεὶ μέγα πένθος ὀρώρει.
    Μήτηρ δ᾽ ἀμφιχυθεῖσα κύσε στόμα Πηλείωνος
παιδὸς ἑοῦ καὶ τοῖον ἔπος φάτο δάκρυ χέουσα·
    "Γηθείτω ῥοδόπεπλος ἀν᾽ οὐρανὸν Ἠριγένεια,
γηθείτω φρεσὶν ᾗσι μεθεὶς χόλον Ἀστεροπαίου
610 Ἄξιος εὐρυρέεθρος ἰδὲ Πριάμοιο γενέθλη.

the daughters of Nereus who dwell in the great deep.
Dismal grief fell upon all their hearts; a pitiful lament
arose, and the Hellespont added its cries. Wrapped in dark
robes, they hastened to where the Achaean fleet was
moored, all of them moving together through the gray
swell as the sea parted to make way; onward they came,
shrieking like swift cranes which portend bad weather;
and all around sea monsters howled in sympathy.[12] They
soon arrived at their goal, loudly keening for the stout-
hearted son of their sister. The Muses quickly left Helicon
and came to honor the glancing-eyed Nereid, their hearts
filled with inconsolable grief. Zeus endowed the Argives
with great and fearless courage so that they would not be
terrified at the sight of that noble band of goddesses going
openly through their midst. Immortals though they were,
they all chorused their lamentation around the body of
Achilles; and the shores of the Hellespont rang out, and
all the ground around Aeacides' body grew wet with tears.
The army, too, sighed and groaned; and as they lamented,
their arms, the huts and the ships were all stained with
tears, so great was the grief that arose.

The mother of Achilles embraced him, kissed his
mouth, and spoke these tearful words:

"Now Erigeneia with her robes of rose can rejoice
up in heaven; now the family of Priam can rejoice, and
Axios with his broad streams, his anger over the death of

---

[12] For this scene, cf. *Od.* 24.47–62.

---

591 ὀσσομένης Tychsen: -όμεναι M
592 ἔσαν Pauw: ἔβαν M
603 λαοὶ Vian: πένθος M

αὐτὰρ ἐγὼ πρὸς Ὄλυμπον ἀφίξομαι, ἀμφὶ δὲ ποσσὶ
κείσομαι ἀθανάτοιο Διὸς μεγάλα στενάχουσα,
οὕνεκά μ᾽ οὐκ ἐθέλουσαν ὑπ᾽ ἀνέρι δῶκε δαμῆναι,
ἀνέρι ὃν τάχα γῆρας ἀμείλιχον ἀμφιμέμαρφε
615 Κῆρές τ᾽ ἐγγὺς ἔασι τέλος θανάτοιο φέρουσαι.
ἀλλά μοι οὐ κείνοιο μέλει τόσον ὡς Ἀχιλῆος,
ὅν μοι Ζεὺς κατένευσεν ἐν Αἰακίδαο δόμοισιν
ἴφθιμον θήσειν, ἐπεὶ οὔ τί μοι ἧνδανεν εὐνή,
ἀλλ᾽ ὁτὲ μὲν ζαὴς ἄνεμος πέλον, ἄλλοτε δ᾽ ὕδωρ,
620 ἄλλοτε δ᾽ οἰωνῷ ἐναλίγκιος ἢ πυρὸς ὁρμῇ·
οὐδέ με θνητὸς ἀνὴρ δύνατο λεχέεσσι δαμάσσαι
γινομένην ὅσα γαῖα καὶ οὐρανὸς ἐντὸς ἐέργει,
μέσφ᾽ ὅτε μοι κατένευσεν Ὀλύμπιος υἱέα δῖον
ἔκπαγλον θήσειν καὶ ἀρήιον. ἀλλὰ τὸ μέν που
625 ἀτρεκέως ἐτέλεσσεν· ὃ γὰρ πέλε φέρτατος ἀνδρῶν·
ἀλλά μιν ὠκύμορον ποιήσατο καί μ᾽ ἀπάφησε.
τοὔνεκ᾽ ἐς οὐρανὸν εἶμι· Διὸς δ᾽ ἐς δώματ᾽ ἰοῦσα
κωκύσω φίλον υἷα, καὶ ὁπόσα πρόσθ᾽ ἐμόγησα
ἀμφ᾽ αὐτῷ καὶ παισὶν ἀεικέα τειρομένοισι,
630 μνήσω ἀκηχεμένη, ἵνα οἱ σὺν θυμὸν ὀρίνω."
    Ὣς ἔφατ᾽ αἰνὰ γοῶσ᾽ ἁλίη Θέτις· ἣ δέ οἱ αὐτὴ
Καλλιόπη φάτο μῦθον ἀρηρεμένη φρεσὶ θυμόν·
    "Ἴσχεο κωκυτοῖο, θεὰ Θέτι, μηδ᾽ ἀλύουσα
εἵνεκα παιδὸς ἑοῖο θεῶν μεδέοντι καὶ ἀνδρῶν
635 σκύζεο. καὶ γὰρ Ζηνὸς ἐριβρεμέταο ἄνακτος

621 δαμάσσαι Köchly: om. m: μιγῆναι m
624 τὸ Köchly: τὰ M

178

Asteropaeus dismissed at last from his mind.[13] As for me, I shall go to Olympus and fling myself at the feet of immortal Zeus, lamenting aloud his subjecting me to marriage against my will with a man whom implacable old age soon seized and to whom the spirits of doom will soon bring his life's end. But my thoughts are not so much of him as of Achilles, whom Zeus promised to make a mighty man in Aeacides' house; for I abhorred the idea of marriage, and I used to change into a gusting wind or water or a bird or raging fire, and no mortal man could get me into his bed because I was able to become anything to be found on earth or in the sky, until Olympian Zeus promised to make my son glorious, admirable and warlike. And I suppose he did keep his word: Achilles was superior to all men. But he tricked me by giving him a brief span of life. And so I shall go up to heaven into the dwelling place of Zeus, and in sorely lamenting my dear son I shall remind him of all my past efforts on behalf of him and his children when they were in trouble and disgrace:[14] that will provoke him!"

Such were the dread laments of the sea-goddess Thetis. Then Calliope herself[15] addressed her with firm good sense:

"Cease your lamenting, goddess Thetis, and do not become angry with the ruler of gods and men through distraction at losing your son. Lord Zeus the thunderer, too,

---

[13] Cf. *Il.* 21.139–204.   [14] See 2.438–42.
[15] First of the Muses, according to Hesiod (*Theog.* 79).

---

626 ἀπάφησε Platt: ἀκά- M
632 ἀρηρεμένη Zimmermann: ἀνηραμένη M

υἷες ὁμῶς ἀπόλοντο κακῇ περὶ Κηρὶ δαμέντες.
κάτθανε δ᾽ υἱὸς ἐμεῖο καὶ αὐτῆς ἀθανάτοιο
Ὀρφεύς, οὗ μολπῇσιν ἐφέσπετο πᾶσα μὲν ὕλη,
πᾶσα δ᾽ ἄρ᾽ ὀκριόεσσα πέτρη ποταμῶν τε ῥέεθρα
640 πνοιαί τε λιγέων ἀνέμων ἀμέγαρτον ἀέντων
οἰωνοί τε θοῇσι διεσσύμενοι πτερύγεσσιν·
ἀλλ᾽ ἔτλην μέγα πένθος, ἐπεὶ θεὸν οὔ τι ἔοικε
πένθεσι λευγαλέοισι καὶ ἄλγεσι θυμὸν ἀχεύειν.
τῶ σε καὶ ἀχνυμένην μεθέτω γόος υἱέος ἐσθλοῦ·
645 καὶ γάρ οἱ κλέος αἰὲν ἐπιχθονίοισιν ἀοιδοὶ
καὶ μένος ἀείσουσιν ἐμῇ ἰότητι καὶ ἄλλων
Πιερίδων. σὺ δὲ μή τι κελαινῷ πένθεϊ θυμὸν
δάμνασο θηλυτέρῃσιν ἶσον γοόωσα γυναιξίν.
ἦ οὐκ ἀίεις ὅτι πάντας ὅσοι χθονὶ ναιετάουσιν
650 ἀνθρώπους ὀλοὴ περιπέπταται ἄσχετος Αἶσα
οὐδὲ θεῶν ἀλέγουσα, τόσον σθένος ἔλλαχε μούνη;
ἣ καὶ νῦν Πριάμοιο πολυχρύσοιο πόληα
ἐκπέρσει Τρώων τε καὶ Ἀργείων ὀλέσασα
ἀνέρας, ὅν κ᾽ ἐθέλῃσι· θεῶν δ᾽ οὔ τίς μιν ἐρύξει."
655   Ὣς φάτο Καλλιόπη πινυτὰ φρεσὶ μητιόωσα.
Ἥλιος δ᾽ ἀπόρουσεν ἐς Ὠκεανοῖο ῥέεθρα,
ὦρτο δὲ Νὺξ μεγάλοιο κατ᾽ ἠέρος ὀρφνήεσσα,
ἥ τε καὶ ἀχνυμένοισι πέλει θνητοῖσιν ὄνειαρ.
αὐτοῦ δ᾽ ἐν ψαμάθοισιν Ἀχαιῶν ἔδραθον υἷες
660 ἰλαδὸν ἀμφὶ νέκυν μεγάλῃ βεβαρηότες ἄτῃ.
ἀλλ᾽ οὐχ ὕπνος ἔμαρπτε θοὴν Θέτιν· ἄγχι δὲ παιδὸς
ἧστο σὺν ἀθανάτῃς Νηρηίσιν· ἀμφὶ δὲ Μοῦσαι

has lost sons,[16] victims of evil Doom. I myself, immortal though I am, lost my son Orpheus, whose singing drew after him all the woods, all the rough rocks, the streaming rivers, the breezes of sadly-sighing winds, and the birds which cleave the air with their swift wings; but I endured my great grief with patience because it is not right for a god's heart to be given over to dread grief and suffering. In spite of your grief, you should leave off lamenting your noble son; bards inspired by me and the other Muses will for ever sing of his fame and his strength. Do not let your heart be overcome with dark grief, lamenting as mortal women do. Do you not know that dire, inevitable Fate is spread all around earth-dwelling men? She alone has such strength that she cares nothing even for the gods. And now she will destroy the wealthy city of Priam with the loss of whichever men's lives, Trojan or Argive, she chooses; and no god will prevent her."

Such were the words prompted by Calliope's good sense. By now the Sun had plunged into the streams of Ocean, and the darkness of Night, a boon even to mortals who mourn, had arisen in the great expanse of the sky. There on the sand the sons of the Achaeans slept crowded round the corpse, weighed down by their great loss. But the distressed Thetis could not fall asleep. She sat near her son in company with the immortal Nereids, while around

16 Cf. 1.710–12.

---

642 τι Köchly: τιν' M
654 ὅν κ' ἐθέλῃσι Gerhard: ὅττε θέλῃσι M

ἀχνυμένην ἀνὰ θυμὸν ἀμοιβαδὶς ἄλλοθεν ἄλλη
πολλὰ παρηγορέεσκον, ὅπως λελάθοιτο γόοιο.
665 Ἀλλ' ὅτε καγχαλόωσα δι' αἰθέρος ἤλυθεν Ἠὼς
λαμπρότατον τότε πᾶσι φάος Τρώεσσι φέρουσα
καὶ Πριάμῳ, Δαναοὶ δὲ μέγ' ἀχνύμενοι Ἀχιλῆα
κλαῖον ἐπ' ἤματα πολλά· περιστενάχοντο δὲ μακραὶ
ἠιόνες πόντοιο, μέγας δ' ὀλοφύρετο Νηρεὺς
670 ἦρα φέρων κούρῃ Νηρηΐδι, σὺν δέ οἱ ἄλλοι
εἰνάλιοι μύροντο θεοὶ φθιμένου Ἀχιλῆος.
καὶ τότε δὴ μεγάλοιο νέκυν Πηληιάδαο
Ἀργεῖοι πυρὶ δῶκαν ἀάσπετα νηήσαντες
δοῦρα τά οἱ φορέοντες ἀπ' οὔρεος Ἰδαίοιο
675 πάντες ὁμῶς ἐμόγησαν, ἐπεί σφεας ὀτρύνοντες
Ἀτρεῖδαι προέηκαν ἀπείριτον οἰσέμεν ὕλην,
ὄφρα θοῶς καίοιτο νέκυς κταμένου Ἀχιλῆος.
ἀμφὶ δὲ τεύχεα πολλὰ πυρῇ περινηήσαντο
αἰζηῶν κταμένων, πολλοὺς δ' ἐφύπερθε βάλοντο
680 Τρώων δῃώσαντες ὁμῶς περικαλλέας υἷας
ἵππους τε χρεμέθοντας ἐυσθενέας θ' ἅμα ταύρους,
σὺν δ' ὄιάς τε σύας τ' ἔβαλον βρίθοντας ἀλοιφῇ·
φάρεα δ' ἐκ χηλῶν φέρον ἄσπετα κωκύουσαι
δμωιάδες καὶ πάντα πυρῆς καθύπερθε βάλοντο,
685 χρυσόν τ' ἤλεκτρόν τ' ἐπενήνεον. ἀμφὶ δὲ χαίτας
Μυρμιδόνες κείραντο, νέκυν δ' ἐκάλυψαν ἄνακτος·
καὶ δ' αὐτὴ Βρισηὶς ἀκηχεμένη περὶ νεκρῷ
κειραμένη πλοκάμους πύματον πόρε δῶρον ἄνακτι.
πολλοὺς δ' ἀμφιφορῆας ἀλείφατος ἀμφεχέοντο,
690 ἄλλους δ' ἀμφὶ πυρῇ μέλιτος θέσαν ἠδὲ καὶ οἴνου

her the Muses tried variously one after another to console
her heart's grief and make her leave off crying.

That day Eos exulted as she traveled through the sky
bringing radiant daylight to Priam and the Trojans. The
Danaans, deep in grief, lamented Achilles for many days.
Their sighs and groans were echoed by the long seashore;
the great god Nereus lamented out of respect for his
daughter; and the other sea gods shed tears at the death
of Achilles. Then the Argives gave to the flames the body
of Peleus' great son. They heaped up vast quantities of tree
trunks which they had all labored to fetch from Mount
Ida: the Atreids had sent them out with orders to bring
large amounts of wood so that the dead Achilles' body
could be burned quickly. Around the pyre they heaped
a great deal of armor from enemies killed in the war, and
on top they flung many of the best-looking sons of the
Trojans[17] together with whinnying horses, mighty bulls,
sheep and fattened hogs; captive girls, lamenting aloud,
brought from chests countless textiles and flung them all
on the pyre, and upon these they piled gold and amber.
The Myrmidons cut their hair and strewed it over the
corpse of their lord. All around the pyre they poured out
many amphoras of oil, others of honey, and others of sweet

---

[17] Trojan captives are sacrificed by Achilles on Patroclus' pyre
at *Il.* 23.175–76.

---

666 τότε Platt: τε M
676 Ἀτρεῖδαι Rhodomann, Tychsen: ἀργεῖοι M

ἡδέος οὗ μέθυ λαρὸν ὀδώδει νέκταρι ἶσον·
ἄλλα δὲ πολλὰ βάλοντο θυώδεα θαῦμα βροτοῖσιν
ὅσσα χθὼν φέρει ἐσθλὰ καὶ ὁππόσα δῖα θάλασσα.
Ἀλλ᾽ ὅτε δὴ περὶ πάγχυ πυρὴν διεκοσμήσαντο,
695 πεζοὶ ἅμ᾽ ἱππήεσσι σὺν ἔντεσιν ἐρρώσαντο
ἀμφὶ πυρὴν πολύδακρυν. ὁ δ᾽ ἔκποθεν Οὐλύμποιο
Ζεὺς ψεκάδας κατέχευεν ὑπὲρ νέκυν Αἰακίδαο
ἀμβροσίης, δίῃ τε φέρων Νηρηίδι τιμὴν
Ἑρμείην προέηκεν ἐς Αἴολον, ὄφρα καλέσσῃ
700 λαιψηρῶν Ἀνέμων ἱερὸν μένος· ἦ γὰρ ἔμελλε
καίεσθ᾽ Αἰακίδαο νέκυς. τοῦ δ᾽ αἶψα μολόντος
Αἴολος οὐκ ἀπίθησε· καλεσσάμενος δ᾽ ἀλεγεινὸν
καρπαλίμως Βορέην Ζεφύροιό τε λάβρον ἀήτην
ἐς Τροίην προέηκε θοῇ θύοντας ἀέλλῃ.
705 οἳ δὲ θοῶς οἴμησαν ὑπὲρ πόντοιο φέρεσθαι
ῥιπῇ ἀπειρεσίῃ· περὶ δ᾽ ἴαχεν ἐσσυμένοισι
πόντος ὁμοῦ καὶ γαῖα, περικλονέοντο δ᾽ ὕπερθε
πάντα νέφη μεγάλοιο δι᾽ ἠέρος ἀίσσοντα.
οἳ δὲ Διὸς βουλῇσι δαϊκταμένου Ἀχιλῆος
710 αἶψα πυρῇ ἐνόρουσαν ἀολλέες· ὦρτο δ᾽ αὐτμὴ
Ἡφαίστου μαλεροῖο, γόος δ᾽ ἀλίαστος ὀρώρει
Μυρμιδόνων. Ἄνεμοι δὲ καὶ ἐσσύμενοί περ ἀέλλῃ
πᾶν ἦμαρ καὶ νύκτα νέκυν περιποιπνύοντες
καῖον ἐυπνείοντες ὁμῶς· ἀνὰ δ᾽ ἔγρετο πουλὺς
715 καπνὸς ἐς ἠέρα δῖαν, ἐπέστενε δ᾽ ἄσπετος ὕλη
δαμναμένη πυρὶ πᾶσα, μέλαινα δὲ γίνετο τέφρη.
οἳ δὲ μέγ᾽ ἐκτελέσαντες ἀτειρέες ἔργον Ἀῆται
εἰς ἑὸν ἄντρον ἕκαστος ὁμοῦ νεφέεσσι φέροντο.

184

wine with a bouquet that smelled like nectar. And they added many other fragrant offerings such as men admire, all the fine products of the earth and the divine sea.

When the arrangements for the pyre were all complete, infantry and cavalry marched in arms around that lamented pyre. Zeus suddenly made drops of ambrosia fall from the sky on the body of Aeacides, and in honor of the Nereid he dispatched Hermes to ask Aeolus to summon the holy might of the swift Winds now that the time had come for the body of Aeacides to be burned. Hermes made his way quickly, and Aeolus obediently lost no time in summoning bitter Boreas and the gusting blast of Zephyrus and sending them off to Troy in the form of a swift whirlwind. They swiftly took storm-force flight over the sea; land and sea together roared as they hurtled onward, and all the clouds rushing through the air's vast expanse massed beneath them. In accordance with the will of Zeus, they soon swooped together on the pyre of the dead warrior Achilles. Up rose the fierce flames of Hephaestus, and a keening arose from the Myrmidons. Although they blew with force and with a concerted blast, the winds were kept busy burning the corpse for a whole day and night. Masses of smoke rose into the divine air; the vast pile of timber, growling and crackling as it was all consumed by the fire, was gradually reduced to black ashes. Only when their great task was accomplished was each of the unwearied Winds, escorted by clouds, borne back to the cave where he lived.

---

692 θυώδεα Köchly: εὐώ- M   696 ἔκποθεν Rhodomann: ἔκτοθεν fere M   711 μαλεροῖο Rhodomann: μελάθροιο M

Μυρμιδόνες δ᾽, ὅτ᾽ ἄνακτα πελώριον ὕστατον
 ἄλλων
720 ἤνυσε πῦρ ἀίδηλον ἀποκταμένων περὶ νεκρῷ
ἵππων τ᾽ αἰζηῶν τε καὶ ἄλλ᾽ ὅσα δάκρυ χέοντες
ὄβριμον ἀμφὶ νέκυν κειμήλια θῆκαν Ἀχαιοί,
δὴ τότε πυρκαϊὴν οἴνῳ σβέσαν· ὀστέα δ᾽ αὐτοῦ
φαίνετ᾽ ἀριφραδέως, ἐπεὶ οὐχ ἑτέροισιν ὁμοῖα
725 ἦν, ἀλλ᾽ οἷα Γίγαντος ἀτειρέος, οὐδὲ μὲν ἄλλα
σὺν κείνοις ἐμέμικτ᾽, ἐπεὶ ἦ βόες ἠδὲ καὶ ἵπποι
καὶ παῖδες Τρώων μίγδα κταμένοισι καὶ ἄλλοις
βαιὸν ἄπωθε κέοντο περὶ νέκυν, ὃς δ᾽ ἐνὶ μέσσοις
ῥιπῇ ὑφ᾽ Ἡφαίστου δεδμημένος οἶος ἔκειτο.
730 τοῦ δὲ καὶ ὀστέα πάντα περιστενάχοντες ἑταῖροι
ἄλλεγον ἐς χηλὸν πολυχανδέα τε βριαρήν τε,
ἀργυρέην, χρυσῷ δὲ διαυγέϊ πᾶσ᾽ ἐκέκαστο.
καὶ τὰ μὲν ἀμβροσίῃ καὶ ἀλείφασι πάγχυ δίηναν
κοῦραι Νηρῆος μέγ᾽ Ἀχιλλέα κυδαίνουσαι,
735 ἐς δὲ βοῶν δημὸν θέσαν ἀθρόα ταρχύσασθαι
σὺν μέλιτι λιαρῷ· μήτηρ δέ οἱ ἀμφιφορῆα
ὤπασε, τόν ῥα πάροιθε Διώνυσος πόρε δῶρον,
Ἡφαίστου κλυτὸν ἔργον ἐύφρονος, ᾧ ἔνι θῆκαν
ὀστέ᾽ Ἀχιλλῆος μεγαλήτορος. ἀμφὶ δὲ τύμβον
740 Ἀργεῖοι καὶ σῆμα πελώριον ἀμφεβάλοντο
ἀκτῇ ἐπ᾽ ἀκροτάτῃ παρὰ βένθεσιν Ἑλλησπόντου
Μυρμιδόνων βασιλῆα θρασὺν περικωκύοντες.
  Οὐδὲ μὲν ἄμβροτοι ἵπποι ἀταρβέος Αἰακίδαο
μίμνον ἀδάκρυτοι παρὰ νήεσσιν, ἀλλὰ καὶ αὐτοὶ
745 μύροντο σφετέροιο δαϊκταμένου βασιλῆος·

When the destructive fire had consumed their lord's
great body, last to be burned of all the offerings—horses,
humans and rich possessions—which the Achaeans had
placed around his mighty corpse, the Myrmidons extin-
guished the pyre with wine. His bones were easy to make
out: quite different from all the others, they were like
those of an unyielding Giant; and no others were mixed
with them, because the cattle, horses and Trojans, to-
gether with the other victims, lay around his body but with
a small gap between, and his remains, burned by the blast
of Hephaestus' fire, lay separately. His lamenting com-
rades collected all his bones into a huge, stoutly-made
silver coffer covered in gold ornamentation. As a great
honor to Achilles, the daughters of Nereus coated his
bones with ambrosia and oil. Then for burial they packed
them all together in the fat of oxen and soft honey. His
mother provided an amphora once given to her by Diony-
sus, a notable piece of skillful Hephaestus' workmanship,
and in this they placed the bones of greathearted Achilles.
And right by the shore of the deep Hellespont the Argives
heaped up a funeral mound, a huge monument, all the
while lamenting the courageous king of the Myrmidons.

The immortal horses of fearless Aeacides were by the
ships. They were not unaffected by his death: they too
wept for their king's death in battle. In the extremity

---

730 καὶ Rhodomann: κε(ν) M

οὐδ' ἔθελον μογεροῖσιν ἔτ' ἀνδράσιν οὐδὲ μὲν ἵπποις
μίσγεσθ' Ἀργείων ὀλοὸν περὶ πένθος ἔχοντες,
ἀλλ' ὑπὲρ Ὠκεανοῖο ῥοὰς καὶ Τηθύος ἄντρα
ἀνθρώπων ἀπάτερθεν οἰζυρῶν φορέεσθαι,
750 ἧχί σφεας τὸ πάροιθεν ἐγείνατο δῖα Ποδάργη
ἄμφω ἀελλόποδας Ζεφύρῳ κελάδοντι μιγεῖσα.
καὶ νύ κεν αἶψ' ἐτέλεσσαν ὅσά σφισι μήδετο θυμός,
εἰ μή σφεας κατέρυξε θεῶν νόος, ὄφρ' Ἀχιλῆος
ἔλθοι ἀπὸ Σκύροιο θοὸς πάις, ὅν ῥα καὶ αὐτοὶ
755 δεχνῦνθ', ὁππόθ' ἵκοιτο ποτὶ στρατόν, οὕνεκ' ἄρά
          σφι
θέσφατα γεινομένοισι Χάους ἱεροῖο θύγατρες
Μοῖραι ἐπεκλώσαντο καὶ ἀθανάτοις περ ἐοῦσι
πρῶτα Ποσειδάωνι δαμήμεναι, αὐτὰρ ἔπειτα
θαρσαλέῳ Πηλῆι καὶ ἀκαμάτῳ Ἀχιλῆι,
760 τέτρατον αὖτ' ἐπὶ τοῖσι Νεοπτολέμῳ μεγαθύμῳ,
τὸν καὶ ἐς Ἠλύσιον πεδίον μετόπισθεν ἔμελλον
Ζηνὸς ὑπ' ἐννεσίῃσι φέρειν μακάρων ἐπὶ γαῖαν.
τοὔνεκα καὶ στυγερῇ βεβολημένοι ἦτορ ἀνίῃ
μίμνον πὰρ νήεσσιν ἐὸν κατὰ θυμὸν ἄνακτα
765 τὸν μὲν ἀκηχέμενοι, τὸν δ' αὖ ποθέοντες ἰδέσθαι.
      Καὶ τότ' ἐριγδούποιο λιπὼν ἁλὸς ὄβριμον οἶδμα
ἤλυθεν Ἐννοσίγαιος ἐπ' ἠόνας· οὐδέ μιν ἄνδρες
ἔδρακον, ἀλλὰ θεῇσι παρίστατο Νηρηίνης·
καί ῥα Θέτιν προσέειπεν ἔτ' ἀχνυμένην Ἀχιλῆος·
770   "Ἴσχεο νῦν περὶ παιδὸς ἀπειρέσιον γοόωσα.
οὐ γὰρ ὅ γε φθιμένοισι μετέσσεται, ἀλλὰ θεοῖσιν,
ὡς ἠὺς Διόνυσος ἰδὲ σθένος Ἡρακλῆος·

of their grief they wished not to mix any longer with wretched men or with the horses of the Argives, but to remove far away from miserable mankind beyond the streams of Ocean and the caves of Tethys to the place where divine Podarge once gave them birth, storm-footed steeds, after mating with sounding Zephyrus. And they would have carried out their intention if the will of the gods had not restrained them so that when Achilles' spirited son came from Scyros to the army they could be there for him, in accordance with the threads of fate spun for them at their birth by the Moirae, daughters of Chaos: immortal though they were, since their birth they had been destined to be broken in by Poseidon, then to have as their masters bold Peleus and unwearied Achilles, and then fourthly greathearted Neoptolemus, whom they would bear at Zeus' command to the Elysian plain in the Land of the Blessed. And so even though they were afflicted with hateful sorrow they remained by the ships, their hearts grieving for one master and longing to see another.

Then the Earthshaker left the mighty swell of the sounding sea and came to the shore. No man could see him, but he stood by the divine daughters of Nereus and addressed Thetis as she continued to grieve for Achilles:

"It is time to stop this endless lamentation for your son: he is destined to live not among the dead but with the gods, like good Dionysus and mighty Heracles. No

---

768 Νηρηίνης Tychsen: -ίνησι M

οὐ γάρ μιν μόρος αἰνὸς ὑπὸ ζόφον αἰὲν ἐρύξει
οὐδ' Ἀίδης, ἀλλ' αἶψα καὶ ἐς Διὸς ἵξεται αὐγάς·
775 καί οἱ δῶρον ἔγωγε θεουδέα νῆσον ὀπάσσω
Εὔξεινον κατὰ πόντον, ὅπῃ θεὸς ἔσσεται αἰεὶ
σὸς πάις· ἀμφὶ δὲ φῦλα περικτιόνων μέγα λαῶν
κεῖνον κυδαίνοντα θυηπολίῃς ἐρατεινῆς
ἶσον ἐμοὶ τίσουσι. σὺ δ' ἴσχεο κωκύουσα
780 ἐσσυμένως καὶ μή τι χαλέπτεο πένθεϊ θυμόν."
Ὣς εἰπὼν ἐπὶ πόντον ἀπήιεν εἴκελος αὔρῃ
παρφάμενος μύθοισι Θέτιν· τῆς δ' ἐν φρεσὶ θυμὸς
βαιὸν ἀνέπνευσεν· τὰ δέ οἱ θεὸς ἐξετέλεσσεν.
Ἀργεῖοι δὲ γοῶντες ἀπήιον, ἧχι ἑκάστῳ
785 νῆες ἔσαν, τὰς ἦγον ἀφ' Ἑλλάδος· αἳ δ' Ἑλικῶνα
Πιερίδες νίσοντο, καὶ εἰς ἅλα Νηρηῖναι
δῦσαν ἀναστενάχουσαι εὔφρονα Πηλείωνα.

783 δὲ Rhodomann: om. M
787 ἀνα- Spitzner: ἐὸν M

dread fate, no Hades will keep him down in the darkness: he will soon come to the light of Zeus. I myself will give him as a gift a holy island in the Euxine Sea,[18] and your son will be a god there for ever, greatly celebrated with welcome sacrifices by the tribes of neighboring people, and honored no less than me. Stop lamenting, then, without delay, and give your heart no more grief."

With these words of consolation to Thetis he departed like a breeze for the sea; she felt heartened a little; and the god fulfilled his promises to her. The Argives, too, departed, each to the ship he had brought from Hellas. The Pierian Muses went off to Helicon, and the Nereids plunged into the sea still lamenting the gracious son of Peleus.

[18] Leuce, near the mouth of the Ister (Danube).

BOOK IV

The gods react variously to Achilles' death, and the Greeks prepare to resume hostilities. But Thetis wishes to hold funeral games in honor of her son, and in the remainder of the book these competitions are described.

Funeral games for Achilles were described in the Aethiopis, but Quintus is chiefly concerned to engage with the Homeric narrative of the games held by Achilles for Patroclus in Book 23 of the Iliad. *He adds all-in wrestling, the long jump, and horse riding, all of which featured in the games of the Roman imperial period; and Nestor's verse encomium of Achilles probably reflects the artistic contests commonly included in games in Quintus' time.*

ΛΟΓΟΣ Δ

Οὐδὲ μὲν Ἱππολόχοιο δαΐφρονος ὄβριμον υἷα
Τρῶες ἀδάκρυτον δειλοὶ λίπον, ἀλλὰ καὶ αὐτοὶ
Δαρδανίης προπάροιθε πύλης ἐρικυδέα φῶτα
πυρκαϊῆς καθύπερθε βάλον. τὸν δ' αὐτὸς Ἀπόλλων
5 ἐκ πυρὸς αἰθομένοιο μάλ' ἐσσυμένως ἀναείρας
δῶκε θοοῖς Ἀνέμοισι φέρειν Λυκίης σχεδὸν αἴης·
οἳ δέ μιν αἶψ' ἀπένεικαν ὑπ' ἄγκεα Τηλάνδροιο
χῶρον ἐς ἱμερόεντα, πέτρην δ' ἐφύπερθε βάλοντο
ἄρρηκτον· Νύμφαι δὲ περίβλυσαν ἱερὸν ὕδωρ
10 ἀενάου ποταμοῖο τὸν εἰσέτι φῦλ' ἀνθρώπων
Γλαῦκον ἐπικλείουσιν ἐύρροον· ἀλλὰ τὰ μέν που
ἀθάνατοι τεύξαντο γέρας Λυκίων βασιλῆι.

Ἀργεῖοι δ' ἐρίθυμον ἀνεστενάχοντ' Ἀχιλῆα
νηυσὶ παρ' ὠκυπόροισιν· ἔτειρε δὲ πάντας ἀνίη
15 λευγαλέη καὶ πένθος, ἐπεί ῥά μιν ὡς ἑὸν υἷα
δίζοντ', οὐδέ τις ἦεν ἀνὰ στρατὸν εὐρὺν ἄδακρυς.
Τρῶες δ' αὖτ' ἀλίαστον ἐγήθεον εἰσορόωντες
τοὺς μὲν ἀκηχεμένους, τὸν δ' ἐν πυρὶ δῃωθέντα·
καί τις ἐπευχόμενος τοῖον ποτὶ μῦθον ἔειπε·
20 "Νῦν πάντεσσιν ἄελπτον ἀπ' Οὐλύμποιο Κρονίων
ἡμῖν ὤπασε χάρμα λιλαιομένοισιν ἰδέσθαι
ἐν Τροίῃ Ἀχιλῆα δεδουπότα. ἦ γὰρ ὀίω
βλημένου ἀμπνεύσειν Τρώων ἐρικυδέα φῦλα

194

BOOK IV

The mighty son of warlike Hippolochus was not left unlamented by the unhappy Trojans, who in turn erected a pyre before the Dardan Gate and placed that glorious hero upon it. But Apollo hastened to raise him from the flames; he entrusted him to the swift Winds to carry toward the land of Lycia. They at once bore him away to the hollows of Telandrus, a lovely land. Over his body they set rock of great hardness; and the Nymphs caused to well up there a spring of holy water from an ever-flowing river, and even to this day men give it the name Glaucus of the fair stream. Such were the honors paid by the immortal gods to the king of the Lycians.

By their swift ships the Argives continued to grieve for greathearted Achilles. Every one of them was afflicted with dreadful grief and sorrow, and not a man in the whole broad army was without tears: they missed him like a son. The Trojans, on the other hand, felt joy unconfined at the sight of their grieving and Achilles' committal to the flames; and in exultation they said one to another:

"Today the son of Cronus gave from Olympus unexpected joy to all those of us who longed to see Achilles fall at Troy. Now that he is dead, I daresay the glorious Trojan peoples will have some respite from deadly blood-

---

7 Τηλάνδροιο Pauw: τ᾽ ἠδ᾽ ἄντροιο M
17 αὖτ᾽ Lehrs: αὖ M

αἵματος ἐξ ὀλοοῖο καὶ ἀνδροφόνου ὑσμίνης.
25 αἰεὶ γάρ οἱ χερσὶν ἐμαίνετο λοίγιον ἔγχος
λύθρῳ ὑπ' ἀργαλέῳ πεπαλαγμένον· οὐδέ τις ἡμέων
κείνῳ ἐσάντα μολὼν ἔτ' ἐσέδρακεν ἠριγένειαν.
νῦν δ' ὀΐω φεύξεσθαι Ἀχαιῶν ὄβριμα τέκνα
νηυσὶν ἐϋπρώροισι δαϊκταμένου Ἀχιλῆος.
30 ὡς ὄφελον μένος ἦεν ἔθ' Ἕκτορος, ὄφρ' ἅμα πάντας
Ἀργείους σφετέρῃσιν ἐνὶ κλισίῃσιν ὄλεσσεν."

     Ὣς ἄρ' ἔφη Τρώων τις ἐνὶ φρεσὶ πάγχυ γεγηθώς·
ἄλλος δ' αὖθ' ἑτέρωθε πύκα φρονέων φάτο μῦθον·
     "Φῆσθα σὺ μὲν Δαναῶν ὀλοὸν στρατὸν ἔνδοθι
          νηῶν
35 πόντον ἐπ' ἠερόεντα πεφυζότας αἶψα νέεσθαι·
ἀλλ' οὐ μὰν δείσουσι λιλαιόμενοι μέγα χάρμης.
εἰσὶν γὰρ κρατεροί τε καὶ ὄβριμοι ἀνέρες ἄλλοι,
Τυδείδης Αἴας τε καὶ Ἀτρέος ὄβριμοι υἷες,
τοὺς ἔτ' ἐγὼ δείδοικα κατακταμένου Ἀχιλῆος·
40 τοὺς εἴθ' ἀργυρότοξος ἀναιρήσειεν Ἀπόλλων,
καί κεν ἀνάπνευσις πολέμου καὶ ἀεικέος οἴτου
ἡμῖν εὐχομένοισιν ἐλεύσεται ἤματι κείνῳ."

     Ὣς ἔφατ'. ἀθάνατοι δὲ κατ' οὐρανὸν ἐστενάχοντο
ὅσσοι ἔσαν Δαναοῖσιν ἐϋσθενέεσσιν ἀρωγοί,
45 ἀμφὶ δὲ κρᾶτ' ἐκάλυψαν ἀπειρεσίοις νεφέεσσι
θυμὸν ἀκηχέμενοι· ἑτέρωθε δὲ γήθεον ἄλλοι
εὐχόμενοι Τρώεσσι πέρας θυμηδὲς ὀρέξαι.
καὶ τότε δὴ Κρονίωνα κλυτὴ προσεφώνεεν Ἥρη·
     "Ζεῦ πάτερ ἀργικέραυνε, τί ἢ Τρώεσσιν ἀρήγεις
50 κούρης ἠϋκόμοιο λελασμένος, ἥν ῥα πάροιθεν

shed and slaughter in battle. That fatal spear he wielded
was always raging and spattered with horrible gore, and
none of us who faced him ever saw the next day dawn. But
now that Achilles has been killed, I daresay the mighty
sons of the Achaeans will soon be fleeing in their well-
prowed ships. If only the mighty Hector were still alive!
He could then have killed the whole lot of the Argives in
their huts!"

So spoke some of the Trojans, completely overjoyed.
But some had the good sense to speak quite differently:

"You think that the deadly Danaan army will be quick
to flee back home over the misty sea in their ships. But
they will have no fear: they are still eager for battle. They
have other strong and mighty champions—Ajax, son of
Tydeus, and the mighty son of Atreus—who are still to
be feared even after the death of Achilles. If only Apollo
would kill them with his silver bow! That would be the day
when our prayer for a respite from war and ghastly doom
was truly answered!"

So they spoke. In heaven, those immortal gods who
supported the Danaans lamented and covered their heads
in masses of cloud, grieving in their hearts, while those
who favored the other side were filled with joyful hopes of
granting the Trojans the end they desired. Then the re-
nowned Hera addressed the son of Cronus:

"Father Zeus of the bright thunderbolt, why are you
supporting the Trojans, quite forgetting that maiden with

---

25 χερσὶν Jacobs, Tychsen: φρεσὶν ἧσιν M
27 μολὼν Vian: ἰδὼν M   46 ἑτέρωθε Pauw: ἑτάροι M

ἀντιθέῳ Πηλῆι πόρες θυμήρε' ἄκοιτιν
Πηλίου ἐν βήσσῃσι; γάμον δέ οἱ αὐτὸς ἔτευξας
ἄμβροτον, οἱ δέ νυ πάντες ἐδαινύμεθ' ἤματι κείνῳ
ἀθάνατοι καὶ πολλὰ δόμεν περικαλλέα δῶρα·
55 ἀλλὰ τά γ' ἐξελάθου, μέγα δ' Ἑλλάδι μήσαο
    πένθος."
      Ὣς ἄρ' ἔφη· τὴν δ' οὔ τι προσέννεπεν ἀκάματος
    Ζεύς.
ἧστο γὰρ ἀχνύμενος κραδίην καὶ πολλὰ μενοινῶν,
οὕνεκεν ἤμελλον Πριάμου πόλιν ἐξαλαπάξειν
Ἀργεῖοι, τοῖς αἰνὸν ἐμήδετο λοιγὸν ὀπάσσαι
60 ἐν πολέμῳ στονόεντι καὶ ἐν βαρυηχέι πόντῳ·
καὶ τὰ μὲν ὡς ὥρμαινε τὰ δὴ μετόπισθε τέλεσσεν.
      Ἠὼς δ' Ὠκεανοῖο βαθὺν ῥόον εἰσαφίκανε,
κυανέην δ' ἄρα γαῖαν ἐπήιεν ἄσπετος ὄρφνη,
ἦμος ἀναπνείουσι βροτοὶ βαιὸν καμάτοιο.
65 Ἀργεῖοι δ' ἐπὶ νηυσὶν ἐδόρπεον ἀχνύμενοί περ·
οὐ γὰρ νηδύος ἔστιν ἀπωσέμεναι μεμαυίης
λιμὸν ἀταρτηρήν, ὁπόταν στέρνοισιν ἵκηται·
ἀλλ' εἶθαρ θοὰ γυῖα βαρύνεται, οὐδέ τι μῆχος
γίνεται, ἢν μή τις κορέσῃ θυμαλγέα νηδύν.
70 τοὔνεκα δαῖτ' ἐπάσαντο καὶ ἀχνύμενοι Ἀχιλῆος·
αἰνὴ γὰρ μάλα πάντας ἐποτρύνεσκεν ἀνάγκη.
τοῖσι δὲ πασσαμένοισιν ἐπήλυθε νήδυμος ὕπνος,
λῦσε δ' ἀπὸ μελέων ὀδύνας, ἐπὶ δὲ σθένος ὦρσεν.
      Ἀλλ' ὅτε δὴ κεφαλὰς μὲν ἐπ' ἀντολίην ἔχον
    ἄρκτοι
75 δέγμεναι ἠελίοιο θοὸν φάος, ἔγρετο δ' Ἠώς,

the lovely hair whom you once gave as his dear wife to Peleus in the glens of Mount Pelion?[1] You saw to that divine marriage yourself, and on the wedding day we immortals all joined in the feasting and gave many beautiful gifts. You have forgotten all that, and have planned great suffering for Hellas."

So she spoke; but unwearied Zeus made no reply. He sat with grief in his heart and with much to ponder: the Argives were about to sack the city of Priam, but he was planning to arrange a wretched fate for them in the cruel conflict and on the sounding sea. Such were his thoughts; and afterward he brought them to pass.

Eos reached the deep stream of Ocean, and great darkness came upon the dimmed earth—the time when mortals have some slight relief from their troubles. In spite of their grief, the Argives ate their meal at the ships: it is not possible to prevent men's stomachs from feeling the demands of cruel hunger when once it reaches their vitals: the limbs, once nimble, immediately feel heavy, and there is no cure but a meal to satisfy those pangs of the stomach. For that reason they had their meal in spite of their grief for Achilles; grim necessity obliged them all to do so. Once they had eaten, sweet sleep came upon them, releasing their limbs from care and refreshing their powers.

At the time when the Bears turned their heads toward the east in expectation of the sun's swift light, and when

---

[1] Thetis.

59 ἐμήδετο Rhodomann: ἐκή- M
70 δαῖτ' Rhodomann, Spitzner: δῆτ' m: δή τ' m

δὴ τότ᾽ ἀνέγρετο λαὸς ἐυσθενέων Ἀργείων
πορφύρων Τρώεσσι φόνον καὶ κῆρ᾽ ἀίδηλον.
κίνυτο δ᾽ ἠύτε πόντος ἀπείριτος Ἰκαρίοιο
ἠὲ καὶ αὐαλέον βαθὺ λήιον, ὁππόθ᾽ ἵκηται
80 ῥιπὴ ἀπειρεσίη νεφεληγερέος Ζεφύροιο·
ὡς ἄρα κίνυτο λαὸς ἐπ᾽ ἠόσιν Ἑλλησπόντου.
καὶ τότε Τυδέος υἱὸς ἐελδομένοισιν ἔειπεν·

  "Ὦ φίλοι, εἰ ἐτεόν γε μενεπτόλεμοι πελόμεσθα,
νῦν μᾶλλον στυγεροῖσι μαχώμεθα δυσμενέεσσι,
85 μή πως θαρσήσωσιν, Ἀχιλλέος οὐκέτ᾽ ἐόντος.
ἀλλ᾽ ἄγε, σὺν τεύχεσσι καὶ ἄρμασιν ἠδὲ καὶ ἵπποις
ἴομεν ἀμφὶ πόληα· πόνος δ᾽ ἄρα κῦδος ὀρέξει."

  Ὡς ἔφατ᾽ ἐν Δαναοῖσιν· ἀμείβετο δ᾽ ὄβριμος
    Αἴας·

  "Τυδείδη, σὺ μὲν ἐσθλὰ καὶ οὐκ ἀνεμώλια βάζεις
90 ὀτρύνων Τρώεσσιν ἐυπτολέμοισι μάχεσθαι
ἀγχεμάχους Δαναούς, οἵ περ μεμάασι καὶ αὐτοί.
ἀλλὰ χρὴ ἐν νήεσσι μένειν, ἄχρις ἐξ ἁλὸς ἔλθῃ
δῖα Θέτις· μάλα γάρ οἱ ἐνὶ φρεσὶ μήδεται ἦτορ
υἱέος ἀμφὶ τάφῳ περικαλλέα θεῖναι ἄεθλα·
95 ὡς χθιζή μοι ἔειπεν, ὅτ᾽ εἰς ἁλὸς ἤιε βένθος,
νόσφ᾽ ἄλλων Δαναῶν· καί μιν σχεδὸν ἔλπομαι εἶναι
ἐσσυμένην. Τρῶες δέ, καὶ εἰ θάνε Πηλέος υἱός,
οὐ μάλα θαρσήσουσιν ἔτι ζώοντος ἐμεῖο
καὶ σέθεν ἠδὲ καὶ αὐτοῦ ἀμύμονος Ἀτρείδαο."

100 Ὡς ἄρ᾽ ἔφη Τελαμῶνος ἐὺς πάις, οὐδέ τι ᾔδη

79 ἠὲ Rhodomann, Spitzner: ἠδὲ M

dawn awakened, the mighty Argive army, too, awakened, intent on dread death and destruction for the Trojans. They moved like the boundless Icarian Sea or like dry, heavily laden stalks of corn stirred by a powerful blast of cloud-gathering Zephyrus: just so moved the army on the shores of the Hellespont. Then the son of Tydeus addressed the troops as they listened eagerly:

"My friends, if we really are 'staunch in battle,' let us increase our efforts against the hateful enemy: otherwise they will take heart from the death of Achilles. Come, let us arm ourselves, mount our chariots and go round the city: glory will come from hard work!"

Such was his speech to the Danaans; but mighty Ajax made this response:

"Son of Tydeus, you speak well and to the point when you urge the Danaans to come to close quarters with the warlike Trojans; and they are keen to do so. But we must stay by the ships until divine Thetis arrives from the sea. Her heart is set on holding splendid funeral games at her son's tomb. That is what she told me yesterday as she entered the sea's depths, apart from the rest of the Danaans; and I expect her any moment. The son of Peleus may be dead, but the Trojans will not be very confident so long as you and I and the noble son of Atreus himself are still alive."

So spoke the noble son of Telamon, unaware that after

---

93 οἱ Sylburg: om. M   φρεσὶ μήδεται Jacobs, C. L. Struve: φρεσὶν ἥδεται M

96 μιν Zimmermann: ἐ M

99–100 inter hos uu. καὶ Τελαμωνιάδαο μέγα σθένος ἔκτοθι μίμνειν M: del. edd.

ὅττι ῥά οἱ μετ᾽ ἄεθλα κακὸν μόρον ἔντυε δαίμων
ἀργαλέον· τὸν δ᾽ αὖτις ἀμείβετο Τυδέος υἱός·
"Ὦ φίλος, εἰ ἐτεὸν Θέτις ἔρχεται ἤματι τῷδε
υἱέος ἀμφὶ τάφῳ περικαλλέα θεῖναι ἄεθλα,
105 πὰρ νήεσσι μένωμεν ἐρυκανόωντε καὶ ἄλλους.
καὶ γὰρ δὴ μακάρεσσι θεοῖς πείθεσθαι ἔοικε·
καὶ δ᾽ ἄλλως Ἀχιλῆι καὶ ἀθανάτων ἀέκητι
αὐτοὶ φραζώμεσθα δόμεν θυμηδέα τιμήν."
Ὣς φάτο Τυδείδαο δαΐφρονος ὄβριμον ἦτορ.
110 καὶ τότ᾽ ἄρ᾽ ἐκ πόντοιο κίεν Πηλῆος ἄκοιτις
αὔρῃ ὑπηῴη ἐναλίγκιος· αἶψα δ᾽ ἵκανεν
Ἀργείων ἐς ὅμιλον, ὅπῃ μεμαῶτες ἔμιμνον,
οἱ μὲν ἀεθλεύσοντες ἀπειρεσίῳ ἐν ἀγῶνι,
οἱ δὲ φρένας καὶ θυμὸν ἀεθλητῆρσιν ἴηναι.
115 τοῖσι δ᾽ ἄμ᾽ ἀγρομένοισι Θέτις κυανοκρήδεμνος
θῆκεν ἄεθλα φέρουσα καὶ ὀτρύνεσκεν Ἀχαιοὺς
αὐτίκ᾽ ἀεθλεύειν· τοὶ δ᾽ ἀθανάτῃ πεπίθοντο.
Πρῶτος δ᾽ ἐν μέσσοισιν ἀνίστατο Νηλέος υἱός,
οὐ μὲν πυγμαχίῃσι λιλαιόμενος πονέεσθαι
120 οὔτε παλαισμοσύνῃ πολυτειρέι· τοῦ γὰρ ὕπερθε
γυῖα καὶ ἅψεα πάντα λυγρὸν κατεδάμνατο γῆρας.
ἀλλά οἱ ἐν στέρνοισιν ἔτ᾽ ἔμπεδος ἔπλετο θυμὸς
καὶ νόος, οὐδέ τις ἄλλος ἐριδμαίνεσκεν Ἀχαιῶν
κείνῳ, ὅτ᾽ εἰν ἀγορῇ ἐπέων πέρι δῆρις ἐτύχθη·
125 τῷ καὶ Λαέρταο κλυτὸς πάις εἵνεκα μύθων
εἰν ἀγορῇ ὑπόεικε, καὶ ὃς βασιλεύτατος ἦεν
πάντων Ἀργείων, μέγ᾽ ἐυμμελίης Ἀγαμέμνων.

these games some god was preparing a bad fate for him.[2] The son of Tydeus replied:

"My friend, if Thetis really is coming today to hold splendid funeral games at her son's tomb, let us stay by the ships and keep back the others, too. It is right to obey the blessed gods; in any case, we ourselves, even without the gods' command, should arrange to pay Achilles some honor that would please him."

So spoke the greathearted, warlike son of Tydeus, that man of mighty heart. Then out from the sea arrived the wife of Peleus, like a morning breeze. She quickly came to the assembly of waiting Argives, some keen to compete in that immense event, others to take pleasure in watching the competitors. Thetis, with her dark headband, set out the prizes she had brought for the assembled Achaeans and encouraged them to begin the games at once. They obeyed the goddess's command.

First to rise in their midst was the son of Neleus. He had no desire to apply his efforts to boxing or wearisome wrestling: dread old age had done for all his limbs and joints. But the heart and mind in his breast were still sound, and none of the Achaeans could compete with him in oratory when an argument arose in public. Even the renowned son of Laërtes deferred to him when it came to speaking at a public meeting, as did Agamemnon of the fine ash-wood spear, most kingly of all the Argives. And so

[2] As told in Book 5.

τοὔνεκ' ἐνὶ μέσσοισιν εὔφρονα Νηρηίνην
ὕμνεεν, ὡς πάσῃσι μετέπρεπεν εἰναλίῃσιν
130 εἵνεκ' εὐφροσύνης καὶ εἴδεος· ἢ δ' ἀίουσα
τέρπεθ'. ὃ δ' ἱμερόεντα γάμον Πηλῆος ἔνισπε,
τόν ῥά οἱ ἀθάνατοι μάκαρες συνετεκτήναντο
Πηλίου ἀμφὶ κάρηνα, καὶ ἄμβροτον ὡς ἐπάσαντο
δαῖτα παρ' εἰλαπίνῃσιν, ὅτ' εἴδατα θεῖα φέρουσαι
135 χερσὶν ὑπ' ἀμβροσίῃσι θεαὶ παρενήνεον Ὧραι
χρυσείοις κανέοισι, Θέμις δ' ἄρα καγχαλόωσα
ἀργυρέας ἐτίταινεν ἐπισπέρχουσα τραπέζας,
πῦρ δ' Ἥφαιστος ἔκαιεν ἀκήρατον, ἀμφὶ δὲ Νύμφαι
ἀμβροσίην ἐκέραιον ἐνὶ χρυσέοισι κυπέλλοις,
140 αἱ δ' ἄρ' ἐς ὀρχηθμὸν Χάριτες τράπεν ἱμερόεντα,
Μοῦσαι δ' ἐς μολπήν, ἐπετέρπετο δ' οὔρεα πάντα
καὶ ποταμοὶ καὶ θῆρες, ἰαίνετο δ' ἄφθιτος αἰθὴρ
ἄντρά τε Χείρωνος περικαλλέα καὶ θεοὶ αὐτοί.

Καὶ τὰ μὲν ἂρ Νηλῆος ἐὺς πάις Ἀργείοισι
145 πάντα μάλ' ἱεμένοις κατελέξατο· τοὶ δ' ἀίοντες
τέρπονθ'. ὃς δ' Ἀχιλῆος ἀμύμονος ἄφθιτα ἔργα
μέλπε μέσῳ ἐν ἀγῶνι, πολὺς δ' ἀμφίαχε λαὸς
ἀσπασίως· ὃ δ' ἄρ' ἔνθεν ἑλὼν ἐρικυδέα φῶτα
ἐκπάγλως κύδαινεν ἀρηρεμένοις ἐπέεσσι,
150 δώδεχ' ὅπως διέπερσε κατὰ πλόον ἄστεα φωτῶν,
ἕνδεκα δ' αὖ κατὰ γαῖαν ἀπείριτον, ὡς δ' ἐδάιξε
Τήλεφον ἠδὲ βίην ἐρικυδέος Ἠετίωνος
Θήβης ἐν δαπέδοισι, καὶ ὡς Κύκνον ἔκτανε δουρὶ
υἷα Ποσειδάωνος ἰδ' ἀντίθεον Πολύδωρον
155 καὶ Τρωίλον θηητὸν ἀμύμονά τ' Ἀστεροπαῖον,

in their midst he celebrated the wise Nereid, singing how she was foremost among all the goddesses of the sea in wisdom and beauty; and to hear this brought her pleasure. Next he told of the lovely marriage of Peleus arranged by the blessed immortals on the peaks of Pelion; how they ate an immortal meal at the banquet, divine food brought and put out in golden baskets by the immortal hands of the nimble Seasons; how Themis made exultant haste to lay out the silver tables,[3] Hephaestus set burning the pure fire, the Nymphs mixed ambrosia in golden goblets, the Graces began their lovely dance and the Muses their singing, delighting all the mountains, rivers and wild creatures and giving pleasure to the imperishable air, to Chiron's beautiful cave, and to the gods themselves.

All this was told to his eager audience of Argives by Neleus' noble son, and they took pleasure in his account. Next in their midst he sang of glorious' Achilles' immortal deeds, to shouts of acclaim from that great host. He began by celebrating that renowned hero in apt words: his sacking of twelve cities on his voyage and of eleven more on the mainland; his conquest of Telephus and of the mighty and glorious Eëtion on the plain at Thebe; his killing with his spear Cycnus, son of Poseidon,[4] godlike Polydorus,[5] handsome Troilus[6] and noble Asteropaeus;[7]

---

[3] Themis had warned Zeus not to consort with Thetis, whose son was destined to be greater than his father.

[4] Cf. 4.468–71.   [5] *Il.* 20.407–18.

[6] Cf. 4.418–35.   [7] *Il.* 21.139–204.

---

146 δ' Rhodomann: om. M

148 ἑλὼν Rhodomann: ἔχων M   151 δ˙² Köchly: om. M

αἵματι δ' ὡς ἐρύθηνεν ἅδην ποταμοῖο ῥέεθρα
Ξάνθου καὶ νεκύεσσιν ἀπειρεσίοισι κάλυψε
πάντα ῥόον κελάδοντα, Λυκάονος ὁππότε θυμὸν
νοσφίσατ' ἐκ μελέων ποταμοῦ σχεδὸν ἠχήεντος,
160   Ἕκτορά θ' ὡς ἐδάμασσε, καὶ ὡς ἕλε Πενθεσίλειαν
ἠδὲ καὶ υἷέα δῖον ἐϋθρόνου Ἠριγενείης.
καὶ τὰ μὲν Ἀργείοισιν ἐπισταμένοισι καὶ αὐτοῖς
μέλπε, καὶ ὡς ἐτέτυκτο πελώριος, ὥς τέ οἱ οὔ τις
ἔσθενε δηριάασθαι ἐναντίον, οὔτ' ἐν ἀέθλοις
165   αἰζηῶν, ὅτε ποσσὶ νέοι περιδηριόωνται,
οὐδὲ μὲν ἱππασίῃ οὐδὲ σταδίῃ ἐνὶ χάρμῃ,
κάλλεΐ θ' ὡς Δαναοὺς μέγ' ὑπείρεχεν, ὥς τέ οἱ ἀλκὴ
ἔπλετ' ἀπειρεσίη, ὁπότ' Ἄρεος ἔσσυτο δῆρις.
εὔχετο δ' ἀθανάτοισι καὶ υἷέα τοῖον ἰδέσθαι
170   κείνου ἀπὸ Σκύροιο πολυκλύστοιο μολόντα.

     Ἀργεῖοι δ' ἄρα πᾶσιν ἐπευφήμησαν ἔπεσσιν
αὐτή τ' ἀργυρόπεζα Θέτις, καί οἱ πόρεν ἵππους
ὠκύποδας, τοὺς πρόσθεν ἐϋμμελίῃ Ἀχιλῆι
Τήλεφος ὤπασε δῶρον ἐπὶ προχοῇσι Καΐκου,
175   εὖτέ ἑ μοχθίζοντα κακῷ περὶ ἕλκεϊ θυμὸν
ἠκέσατ' ἐγχείῃ, τῇ μιν βάλε δηριόωντα
αὐτὸς ἔσω μηροῖο, διήλασε δ' ὄβριμον αἰχμήν.
καὶ τοὺς μὲν Νέστωρ Νηλήιος οἷς ἑτάροισιν
ὤπασεν· οἱ δ' ἐς νῆας ἄγον μέγα κυδαίνοντες
180   ἀντίθεον βασιλῆα. Θέτις δ' ἐς μέσσον ἀγῶνα
θῆκεν ἄρ' ἀμφὶ δρόμοιο βόας δέκα· τῇσι δὲ πάσῃς
καλαὶ πόρτιες ἦσαν ὑπὸ μαζοῖσιν ἰοῦσαι·

how he made the stream of the river Xanthus all red with
blood and covered his whole sounding course with count-
less corpses when he made life leave the limbs of Lycaon
near that roaring river;[8] how he slew Hector, Penthesileia
and the divine son of fair-throned Erigeneia. These famil-
iar facts he sang to the Argives, not omitting his immense
stature and unrivaled strength both in battle and in com-
petition—in young men's running races, in horsemanship
and in individual contests; his far surpassing the other
Achaeans in beauty, and his boundless power when it was
time to do the work of Ares. He also prayed to the im-
mortal gods to see a son of Achilles just like his father
arrive from wave-washed Scyros.

The Argives applauded every word of his performance,
as did silver-footed Thetis herself. She presented him with
the swift-footed horses which Telephus had once given to
Achilles of the fine ash-wood spear by the waters of the
Caïcus when he used his spear to heal an unpleasant, ago-
nizing wound in the thigh which he had inflicted himself
with a thrust of his mighty weapon. Nestor son of Neleus
handed them over to his comrades, who led them to the
ships while congratulating their godlike king. Then Thetis
publicly displayed ten cows as prize for a running race,
each accompanied by a beautiful unweaned calf; these

---

[8] *Il.* 21.34–135.

---

170 κείνου Rhodomann: κεῖνον M
181 δέκα· τῆσι Rhodomann: δεκάτῃσι M

τάς ποτε Πηλείδαο θρασὺ σθένος ἀκαμάτοιο
ἤλασεν ἐξ Ἴδης μεγάλῳ περὶ δουρὶ πεποιθώς.
185 Τῶν πέρι δοιοὶ ἀνέσταν ἐελδόμενοι μέγα νίκης,
Τεῦκρος μὲν πρῶτος Τελαμώνιος ἠδὲ καὶ Αἴας,
Αἴας ὅς τε Λοκροῖσι μετέπρεπεν ἰοβόλοισιν.
ἀμφὶ δ᾽ ἄρα ζώσαντο θοῶς περὶ μήδεα χερσὶ
φάρεα, πάντα δ᾽ ἔνερθεν ἅ περ θέμις ἐκρύψαντο
190 αἰδόμενοι Πηλῆος ἐυσθενέος παράκοιτιν
ἄλλας τ᾽ εἰναλίας Νηρηίδας, ὅσσαι ἅμ᾽ αὐτῇ
ἤλυθον Ἀργείων κρατεροὺς ἐσιδέσθαι ἀέθλους.
τοῖσι δὲ σημαίνεσκε δρόμου τέλος ὠκυτάτοιο
Ἀτρείδης ὃς πᾶσι μετ᾽ Ἀργείοισιν ἄνασσε.
195 τοὺς δ᾽ Ἔρις ὀτρύνεσκεν ἐπήρατος· οἱ δ᾽ ἀπὸ
     νύσσης
καρπαλίμως οἴμησαν ἐοικότες ἰρήκεσσι·
τῶν δὲ καὶ ἀμφήριστος ἔην δρόμος· οἱ δ᾽ ἑκάτερθεν
Ἀργεῖοι λεύσσοντες ἐπίαχον ἄλλυδις ἄλλος.
ἀλλ᾽ ὅτε τέρματ᾽ ἔμελλον ἱκανέμεναι μεμαῶτες,
200 δὴ τότε που Τεύκροιο μένος καὶ γυῖα πέδησαν
ἀθάνατοι· τὸν γάρ ῥα θεὸς βάλεν ἠέ τις ἄτη
ὄζον ἐς ἀλγινόεντα βαθυρρίζοιο μυρίκης.
τῷ δ᾽ ἄρ᾽ ἐνιχριμφθεὶς χαμάδις πέσε· τοῦ δ᾽
     ἀλεγεινῶς
ἄκρον ἀνεγνάμφθη λαιοῦ ποδός, αἱ δ᾽ ὑπανέσταν
205 οἰδαλέαι ἑκάτερθε περὶ φλέβες. οἱ δ᾽ ἰάχησαν
Ἀργεῖοι κατ᾽ ἀγῶνα. παρήιξεν δέ μιν Αἴας
γηθόσυνος· λαοὶ δὲ συνέδραμον, οἵ οἱ ἕποντο,
Λοκροί, αἶψα δὲ χάρμα περὶ φρένας ἤλυθε πάντων·

208

had been driven down from Ida by the bold, strong and unwearied son of Peleus and won by his trusty spear.

To compete for these, two heroes came forward in great hopes of winning, first Teucer son of Telamon and then Ajax—Ajax who was the outstanding leader of the Locrian archers. They quickly fashioned loincloths for themselves to keep hidden their private parts out of respect for the wife of mighty Peleus and the other sea goddesses, daughters of Nereus, who had come with her to view the various trials of strength. The son of Atreus, supreme commander of the Argives, indicated the finish for the footrace. Urged on by glorious Rivalry, they shot away from the start with the speed of hawks, and they raced neck and neck as the Argives lining the course looked on and cheered their favorites. But just as they were sprinting for the line, the immortals—so it seemed—impeded the strength of Teucer's limbs: some god or evil spirit made him trip over the annoying branch of a deep-rooted tamarisk bush. The contact made him fall over, and the toes of his left foot were painfully bent back so that the veins stood out swollen on either side. The crowd of Argives roared. Ajax joyfully overtook him; he was mobbed by his Locrian followers, seized with universal joy, who drove the

---

185 δοιοὶ C. L. Struve: οἵδε M
195 ἐπήρατος Köchly: ἀκή- M

ἐκ δ' ἔλασαν μετὰ νῆας ἄγειν βόας, ὄφρα νέμωνται.
210 Τεῦκρον δ' ἐσσυμένως ἔταροι περιποιπνύοντες
ἦγον ἐπισκάζοντα. θοῶς δέ οἱ ἰητῆρες
ἐκ ποδὸς αἶμ' ἀφέλοντο· θέσαν δ' ἐφύπερθε μοτάων
εἴρια συνδεύσαντες ἀλείφασιν, ἀμφὶ δὲ μίτρῃ
δῆσαντ' ἐνδυκέως· ὁλοὰς δ' ἐκέδασσαν ἀνίας.
215   Ἄλλοι δ' αὖθ' ἑτέρωθε παλαισμοσύνης ὑπερόπλου
καρπαλίμως μνώοντο δύω κρατερόφρονε φῶτε,
Τυδέος ἱπποδάμοιο πάις καὶ ὑπέρβιος Αἴας,
οἵ ῥ' ἴσαν ἐς μέσσον. θάμβος δ' ἔχεν ἀθρήσαντας
Ἀργείους· ἄμφω γὰρ ἔσαν μακάρεσσιν ὁμοῖοι.
220 σὺν δ' ἔβαλον θήρεσσιν ἐοικότες, οἵ τ' ἐν ὄρεσσιν
ἀμφ' ἐλάφοιο μάχονται ἐδητύος ἰσχανόωντες,
ἶσον δ' ἀμφοτέροισι πέλει σθένος, οὐδέ τις αὐτῶν
λείπεται οὐδ' ἠβαιὸν ἀταρτηρῶν μάλ' ἐόντων·
ὣς οἵ γ' ἶσον ἔχον κρατερὸν μένος. ὀψὲ δ' ἄρ' Αἴας
225 Τυδείδην συνέμαρψεν ὑπὸ στιβαρῇσι χέρεσσιν
ἆξαι ἐπειγόμενος· ὁ δ' ἄρ' ἰδρείῃ τε καὶ ἀλκῇ
πλευρὸν ὑποκλίνας Τελαμώνιον ὄβριμον υἷα
ἐσσυμένως ἀνάειρεν ὑπὸ μυῶνος ἐρείσας
ὦμον, καὶ ποδὶ μηρὸν ὑποπλήξας ἑτέρωσε
230 κάββαλεν ὄβριμον ἄνδρα κατὰ χθονός, ἀμφὶ δ' ἄρ'
       αὐτῷ
ἕζετο· τοὶ δ' ὁμάδησαν. ὁ δ' ἀσχαλόων ἐνὶ θυμῷ
Αἴας ὀβριμόθυμος ἀνίστατο δεύτερον αὖτις
ὁρμαίνων ἐς δῆριν ἀμείλιχον· αἶψα δὲ χερσὶ
σμερδαλέῃσι κόνιν κατεχεύατο καὶ μέγα θύων

cows off to the ships to give them pasture. The limping
Teucer was speedily recovered by his attendant comrades.
The surgeons quickly cleaned the blood from his foot, ap-
plied a woolen dressing soaked in oil, and carefully added
a bandage, so that his agony was abated.

Next two dauntless warriors, mighty Ajax and the son
of horse-taming Tydeus, eagerly volunteered to compete
in heavyweight wrestling. When they stepped forward the
Argive onlookers were amazed at their godlike appear-
ance. They grappled like a pair of ravenous wild beasts in
the mountains fighting over a deer, equally matched in
strength, neither in the least inferior to the other, both
deadly: just so were they equally matched in strength.
Eventually Ajax got the son of Tydeus in a powerful
arm hold and tried to crush him, but with a mixture of
power and skill he slipped sideways, deliberately lifted the
mighty son of Telamon by getting his shoulder into his
armpit, and by kicking his thigh on the opposite side con-
trived to give that mighty man a fall and sit on him, to
general applause. Enraged, doughty Ajax got to his feet
eager for a second brutal bout: he coated himself with dust
with his grim hands and issued a violent challenge to the

---

225 ὑπὸ Spitzner: ἐπὶ M
228 ὑπὸ Köchly: ὑπὲρ M

235 Τυδείδην ἐς μέσσον ἀύτεεν. ὃς δέ μιν οὔ τι
τάρβησας οἴμησε καταντίον· ἀμφὶ δὲ πολλὴ
ποσσὶν ὑπ' ἀμφοτέρων κόνις ὤρνυτο. τοὶ δ' ἑκάτερθε
ταῦροι ὅπως συνόρουσαν ἀταρβέες, οἵ τ' ἐν ὄρεσσι
θαρσαλέου μένεος πειρώμενοι εἰς ἓν ἵκωνται
240 ποσσὶ κονιόμενοι, περὶ δὲ βρομέουσι κολῶναι
βρυχμῇ ὑπ' ἀμφοτέρων, τοὶ δ' ἄσχετα μαιμώοντες
κράατα συμφορέουσιν ἀτειρέα καὶ μέγα κάρτος
δηρὸν ἐπ' ἀλλήλοισι πονεύμενοι, ἐκ δὲ μόγοιο
λάβρον ἀνασθμαίνοντες ἀμείλιχα δηριόωνται,
245 πουλὺς δ' ἐκ στομάτων χαμάδις καταχεύεται ἀφρός·
ὣς οἵ γε στιβαρῇσιν ἅδην πονέοντο χέρεσσιν·
ἀμφοτέρων δ' ἄρα νῶτα καὶ αὐχένες ἀλκήεντες
χερσὶ περικτυπέοντο τετριγότες, εὖτ' ἐν ὄρεσσι
δένδρε' ἐπ' ἀλλήλοισι βαλόντ' ἐριθηλέας ὄζους.
250 πολλάκι δ' Αἴαντος μεγάλου στιβαροὺς ὑπὸ μηροὺς
κάββαλε Τυδείδης κρατερὰς χέρας, ἀλλά μιν οὔ τι
ἂψ ὦσαι δύνατο στιβαροῖς ποσὶν ἐμβεβαῶτα·
τὸν δ' Αἴας καθύπερθεν ἐπεσσύμενος ποτὶ γαῖαν
ἐξ ὤμων ἐτίνασσε κατὰ χθονὸς οὖδας ἐρείδων·
255 ἄλλοτε δ' ἀλλοίως ὑπὸ χείρεσι δηριόωντο.
λαοὶ δ' ἔνθα καὶ ἔνθα μέγ' ἴαχον εἰσορόωντες,
οἱ μὲν Τυδείδην ἐρικυδέα θαρσύνοντες,
οἱ δὲ βίην Αἴαντος. ὃ δ' ἄλκιμον ἄνδρα τινάξας
ἐξ ὤμων ἑκάτερθε, βαλὼν δ' ὑπὸ νηδύα χεῖρας,
260 ἐσσυμένως ἐφέηκε κατὰ χθονὸς ἠύτε πέτρην
ἀλκῇ ὑπὸ σθεναρῇ· μέγα δ' ἴαχε Τρώιον οὖδας
Τυδείδαο πεσόντος, ἐπηύτησε δὲ λαός.

son of Tydeus, who fearlessly rushed to meet him. A cloud of dust was raised by their feet, and they sprang at each other like a pair of fearless bulls in the mountains whose hooves raise dust when they charge together in a bold test of their strength; the crags reecho their bellowing as they charge irresistibly, pitting their hard heads and great strength against each other and long continuing the struggle as they pant heavily with the effort of their brutal battle, and masses of foam drop to the ground from their mouths: just so those two struggled with their powerful arms, and as they grappled their backs and muscular necks resounded just like green tree branches smashing one against another up in the mountains. The son of Tydeus kept locking his strong arms round Ajax' mighty thigh, but his stance was so firm that he could not be pushed off balance. Ajax for his part attacked high on the body, trying to grasp him by the shoulders, throw him to the ground, and pin him there. Their tactics in grappling were varied, and the ring of spectators kept cheering, some trying to encourage the glorious son of Tydeus, others mighty Ajax. Then Ajax shook his powerful opponent violently by the shoulders, gripped him round the waist, and with pure strength suddenly made him fall like a rock to the earth. A great noise arose from the ground of Troy when the son of Tydeus fell, echoed by the crowd. He was up straight-

---

243 δηρὸν Köchly: om. M
245 καταχεύεται Köchly: κατεχεύατο M
253 ἐπεσσύμενος Pauw: -νον M

ἀλλὰ καὶ ὣς ἀνόρουσεν ἐελδόμενος πονέεσθαι
τὸ τρίτον ἀμφ' Αἴαντα πελώριον· ἀλλ' ἄρα Νέστωρ
265 ἔστη ἐνὶ μέσσοισι καὶ ἀμφοτέροισι μετηύδα·
    "'Ἴσχεσθ', ἀγλαὰ τέκνα, παλαισμοσύνης
         ὑπερόπλου·
ἴδμεν γὰρ δὴ πάντες ὅσον προφερέστατοί ἐστε
Ἀργείων μεγάλοιο καταφθιμένου Ἀχιλῆος."
    Ὣς φάτο· τοὶ δ' ἔσχοντο πονεύμενοι. ἐκ δὲ
         μετώπων
270 χερσὶν ἄδην μόρξαντο κατεσσύμενόν περ ἱδρῶτα·
κύσσαν δ' ἀλλήλους, φιλότητι δὲ δῆριν ἔθεντο.
τοῖς δ' ἄρα ληιάδας πίσυρας πόρε πότνα θεάων,
δῖα Θέτις· τὰς δ' αὐτοὶ ἐθηήσαντο ἰδόντες
ἥρωες κρατεροὶ καὶ ἀταρβέες, οὕνεκα πασέων
275 ληιάδων προφέρεσκον ἐυφροσύνῃ τε καὶ ἔργοις
νόσφιν ἐυπλοκάμου Βρισηίδος, ἅς ποτ' Ἀχιλλεὺς
ληίσατ' ἐκ Λέσβοιο, νόον δ' ἐπετέρπετο τῆσι·
καί ῥ' ἣ μὲν δόρποιο πέλεν ταμίη καὶ ἐδωδῆς,
ἣ δ' ἄρα δαινυμένοισι παροινοχόει μέθυ λαρόν,
280 ἄλλη δ' αὖ μετὰ δόρπον ὕδωρ ἐπέχευε χέρεσσιν,
ἣ δ' ἑτέρη ἀπὸ δαιτὸς ἀεὶ φορέεσκε τραπέζας.
τὰς δ' ἄρα Τυδείδαο μένος καὶ ὑπέρβιος Αἴας
δασσάμενοι προέηκαν ἐυπρώρους ἐπὶ νῆας.
    Ἀμφὶ δὲ πυγμαχίης πρῶτον σθένος Ἰδομενῆος
285 ὤρνυτ', ἐπεί οἱ θυμὸς ἴδρις πέλε παντὸς ἀέθλου.
τῷ δ' οὔ τις κατέναντα κίεν· μάλα γάρ μιν ἅπαντες
αἰδόμενοι ὑπόειξαν, ἐπεί ῥα γεραίτερος ἦεν.
τῷ δ' ἄρ' ἐνὶ μέσσοισι Θέτις πόρεν ἅρμα καὶ ἵππους

away, eager for a third bout with the hulking Ajax; but at
that point Nestor rose from the crowd and addressed the
combatants:

"Leave off this heavyweight match, my fine lads: we all
know just how much you excel the rest of the Argives, now
that Achilles is dead."

So he spoke; and they left off their struggle. They
wiped away the cascading sweat, kissed, and were friends
once more. Divine Thetis, that distinguished goddess,
bestowed on them four captive girls who inspired the
admiration even of those mighty and fearless heroes: they
excelled the rest of the captives, Briseïs of the fair tresses
alone excepted, in good sense and accomplishments.
Achilles had captured them in Lesbos, and he used to take
delight in them: one saw to his food and meals, another
stood by to pour sweet wine for the diners, another poured
water on their hands after the meal, and the other always
cleared away the tables. The mighty son of Tydeus and
doughty Ajax divided these between them and sent them
off to their well-prowed ships.

As for the boxing, mighty Idomeneus was the first to
come forward because he could turn his hand to contests
of any sort. But no one stood against him, his age and se-
niority inspiring respect and deference in them all. And so
Thetis publicly presented him with the chariot and swift-

---

267 προφερέστατοί Zimmermann: -τεροί M
272, 275 ληιάδας, ληιάδων Pauw: νη- M
277 νόον Rhodomann: νόος M
284 πρῶτον Pauw: ὦρτο M

ὠκύποδας τοὺς πρόσθε βίῃ μεγάλου Πατρόκλοιο
290 ἤλασεν ἐκ Τρώων Σαρπηδόνα δῖον ὀλέσσας.
καὶ τοὺς μὲν θεράποντι πόρεν ποτὶ νῆας ἄγεσθαι
Ἰδομενεύς, αὐτὸς δὲ κλυτῷ ἐν ἀγῶνι μένεσκε.
Φοῖνιξ δ᾽ Ἀργείοισιν ἐυσθενέεσσι μετηύδα·
    "Νῦν μὲν ἄρ᾽ Ἰδομενῆι θεοὶ δόσαν ἐσθλὸν ἄεθλον
295 αὔτως, οὔ τι καμόντι βίῃ καὶ χερσὶ καὶ ὤμοις,
ἀλλ᾽ ἄρ᾽ ἀναιμωτὶ προγενέστερον ἄνδρα τίοντες.
ἀλλ᾽, ἄλλοι νέοι ἄνδρες, ἐπεντύνεσθε ἄεθλον
χεῖρας ἐπ᾽ ἀλλήλοισι δαήμονας ἰθύνοντες
πυγμαχίης, καὶ θυμὸν ἰήνατε Πηλείωνος."
300   Ὣς φάτο· τοὶ δ᾽ ἀίοντες ἐσέδρακον ἀλλήλοισιν·
ἦκα δὲ πάντες ἔμιμνον ἀναινόμενοι τὸν ἄεθλον,
εἰ μή σφεας ἐνένιπεν ἀγαυοῦ Νηλέος υἱός·
    "Ὦ φίλοι, οὔ τι ἔοικε δαήμονας ἄνδρας αὐτῆς
πυγμαχίην ἀλέασθαι ἐπήρατον, ἥ τε νέοισι
305 τερπωλὴ πέλεται, καμάτῳ δ᾽ ἐπὶ κῦδος ἀγινεῖ.
ὡς εἴθ᾽ ἐν γυίοισιν ἐμοῖς ἔτι κάρτος ἔκειτο
οἷον ὅτ᾽ ἀντίθεον Πελίην κατεθάπτομεν ἡμεῖς,
αὐτὸς ἐγὼ καὶ Ἄκαστος, ἀνεψιοὶ εἰς ἓν ἰόντες,
ὁππότ᾽ ἄρ᾽ ἀμφήριστος ἐγὼ Πολυδεύκεϊ δίῳ
310 πυγμαχίῃ γενόμην, ἔλαβον δέ οἱ ἶσον ἄεθλον·
ἐν δὲ παλαισμοσύνῃ με καὶ ὁ κρατερώτατος ἄλλων
Ἀγκαῖος θάμβησε καὶ ἔτρεσεν, οὐδέ μοι ἔτλη
ἀντίον ἐλθέμεναι νίκης ὕπερ, οὕνεκ᾽ ἄρ᾽ αὐτὸν
ἤδη που τὸ πάροιθε παρ᾽ ἀγχεμάχοισιν Ἐπειοῖς
315 νίκησ᾽ ἠὺν ἐόντα, πεσὼν δ᾽ ἐκονίσατο νῶτα

footed horses which had been driven from the Trojan ranks by mighty Patroclus when he killed divine Sarpedon.[9] Idomeneus handed them over to a servant to lead to the ships, while he himself remained in that noble gathering. Then Phoenix addressed the doughty Argives:

"It seems the gods have given Idomeneus a fine prize just like that, without any effort of arms or shoulders on his part and with no blood shed: they have honored his age and seniority. But as for you young fellows—prepare to take part in a boxing contest of skillful punching that will please the spirit of Peleus' son."

On hearing his words they all exchanged glances, but still they kept quiet and would not volunteer. It took an address from the son of noble Neleus to persuade them;

"My friends, experienced warriors ought not to avoid an enjoyable pastime for young men, and one which brings glory through effort. I only wish I still had the same strength in my limbs as when my cousin Acastus and I met to bury godlike Pelias. I contended in the boxing against the divine Polydeuces, and I was awarded a prize equal to his. And as for the wrestling, even Ancaeus, the strongest man of all the rest, felt fear and awe when he saw me and did not dare contest the victory with me because in the land of the Epeans, experts in close combat, I had already defeated him, for all his fine qualities, giving him a fall that

---

[9] *Il.* 16.506–7, 23.798–800.

---

295 οὔ τι καμόντι Köchly: οὔτω/οὔπω κάμνοντι M
298 ἐπ' Rhodomann: ὑπ' M
302 ἐνένιπεν Köchly: ἔνισπεν M

217

σῆμα πάρα φθιμένου Ἀμαρυγκέος, ἀμφὶ δ' ἄρ' αὐτῷ
πολλοὶ θηήσαντο βίην καὶ κάρτος ἐμεῖο·
τῷ νύ μοι οὐκέτι κεῖνος ἐναντίον ἤρατο χεῖρας
καὶ κρατερός περ ἐών, ἔλαβον δ' ἀκόνιτος ἄεθλον.
320 νῦν δέ με γῆρας ἔπεισι καὶ ἄλγεα· τοὔνεκ' ἄνωγα
ὑμέας, οἷσιν ἔοικεν, ἀέθλια χερσὶν ἀρέσθαι·
κῦδος γὰρ νέῳ ἀνδρὶ φέρειν ἀπ' ἀγῶνος ἄεθλον."
    Ὣς φαμένοιο γέροντος ἀνίστατο θαρσαλέος φώς,
υἱὸς ὑπερθύμοιο καὶ ἀντιθέου Πανοπῆος,
325 ὅς τε καὶ ἵππον ἔτευξε κακὸν Πριάμοιο πόληι
ὕστερον· ἀλλ' οὔ οἵ τις ἐτόλμαεν ἐγγὺς ἱκέσθαι
εἵνεκα πυγμαχίης· πολέμου δ' οὐ πάγχυ δαήμων
ἔπλετο λευγαλέου, ὁπότ' Ἄρεος ἔσσυτο δῆρις.
καί κεν ἀνιδρωτὶ περικαλλέα δῖος Ἐπειὸς
330 ἤμελλεν τότ' ἄεθλα φέρειν ποτὶ νῆας Ἀχαιῶν,
εἰ μή οἱ σχεδὸν ἦλθεν ἀγαυοῦ Θησέος υἱός,
αἰχμητὴς Ἀκάμας, μέγ' ἐνὶ φρεσὶ κάρτος ἀέξων,
ἀζαλέους ἱμάντας ἔχων περὶ χερσὶ θοῇσι,
τούς οἱ ἐπισταμένως Εὐηνορίδης Ἀγέλαος
335 ἀμφέβαλεν παλάμῃσιν ἐποτρύνων βασιλῆα.
ὣς δ' αὔτως ἕταροι Πανοπηιάδαο ἄνακτος
θαρσύνεσκον Ἐπειόν· ὃ δ' ἐν μέσσοισι λέων ὣς
εἱστήκει περὶ χερσὶν ἔχων βοὸς ἶφι δαμέντος
ῥινοὺς ἀζαλέας. μέγα δ' ἴαχον ἔνθα καὶ ἔνθα
340 λαοὶ ἐποτρύνοντες ἐυσθενέων μένος ἀνδρῶν
μῖξαι ἐν αἵματι χεῖρας ἀτειρέας. οἳ δὲ καὶ αὐτοὶ
ἔσταν μαιμώωντες ἐνὶ ξυνοχῇσιν ἀγῶνος,

gave his back a good dusting by the tomb of Amarynces.[10]
On that occasion there had been many to admire my
strength and power; so that for all his might Ancaeus was
no longer willing to take me on, and I won the prize with-
out getting dusty. But now I am prey to the pains of old
age; it is up to you to earn the prize in boxing: a young man
gains glory by winning a prize at the games."

After this speech by the old man a bold fellow stood
up, the son of the proud and godlike Panopeus; it was
he who built the famous horse which later brought doom
to the city of Priam. In boxing, no one would venture to
engage with him; in battle, however, and in the serious
business of Ares, he was none too expert.[11] This man, god-
like Epeüs, would have carried off those excellent prizes
to the Achaean ships without even having to break sweat;
but there came forward a son of noble Theseus, Aca-
mas the spearman, with great confidence in his heart;
his quick hands were equipped with bindings of tanned
leather which Agelaüs son of Euenor fastened expertly
round his palms as he gave his king words of encourage-
ment. The comrades of king Epeüs, son of Panopeus,
urged on their lord likewise, and he took his stand in the
middle of the ring like a lion, his hands bound with tanned
thongs of hide from a slaughtered ox. There was great
cheering from every side as the crowd urged on those men
of might to employ their unwearied hands in a bloody
bout. The combatants themselves stood in the designated

10 Cf. *Il.* 23.629–42.   11 Cf. *Il.* 23.670–71.

321 χερσὶν ἀρέσθαι Spitzner: χερσὶ φέρεσθαι M
332 μέγ᾽ ἐνὶ Köchly: μέγα δ᾽ ἐν M

ἄμφω χεῖρας ἑὰς πειρώμενοι, εἴ περ ἔασιν
ὡς πρὶν ἐντρόχαλοι μηδ' ἐκ πολέμου βαρύθοιεν.
345 αἶψα δ' ἄρ' ἀλλήλοισι καταντία χεῖρας ἄειραν
ταρφέα παπταίνοντες, ἐπ' ἀκροτάτοις δὲ πόδεσσι
βαίνοντες κατὰ βαιὸν ἀεὶ γόνυ γουνὸς ἄμειβον
ἀλλήλων ἐπὶ δηρὸν ἀλευόμενοι μέγα κάρτος.
σὺν δ' ἔβαλον νεφέλῃσιν ἐοικότες αἰψηρῇσιν,
350 αἵ τ' ἀνέμων ῥιπῇσιν ἐπ' ἀλλήλῃσι θοροῦσαι
ἀστεροπὴν προϊᾶσι, μέγας δ' ὀροθύνεται αἰθὴρ
θηγομένων νεφέων, βαρὺ δὲ κτυπέουσιν ἄελλαι.
ὣς τῶν ἀζαλέῃσι περικτυπέοντο γένεια
ῥινοῖς· αἷμα δὲ πουλὺ κατέρρεεν· ἐκ δὲ μετώπων
355 ἱδρὼς αἱματόεις θαλερὰς ἐρύθαινε παρειάς.
οἳ δ' ἄμοτον πονέοντο μεμαότες· οὐδ' ἄρ' Ἐπειὸς
λῆγεν, ἐπέσσυτο δ' αἰὲν ἑῷ περὶ κάρτεϊ θύων.
τὸν δ' ἄρα Θησέος υἱὸς ἐυφρονέων ἐν ἀέθλῳ
πολλάκις ἐς κενεὸν κρατερὰς χέρας ἰθύνασθαι
360 θῆκε, καὶ ἰδρείῃσι διατμήξας ἑκάτερθε
χεῖρας ἐς ὀφρύα τύψεν ἐπάλμενος, ἄχρις ἱκέσθαι
ὀστέον· ἐκ δέ οἱ αἷμα κατέρρεεν ὀφθαλμοῖο.
ἀλλὰ καὶ ὣς Ἀκάμαντα βαρείῃ χειρὶ τυχήσας
τύψε κατὰ κροτάφοιο, χαμαὶ δέ οἱ ἤλασε γυῖα.
365 αὐτὰρ ὅ γ' αἶψ' ἀνόρουσε καὶ ἔνθορε φωτὶ κραταιῷ,
πλῆξε δέ οἱ κεφαλήν· ὃ δ' ἄρ' ἔμπαλιν ἀίσσοντος
βαιὸν ὑποκλίνας σκαιῇ χερὶ τύψε μέτωπον,
ἄλλῃ δ' ἤλασε ῥῖνας ἐπάλμενος· ὃς δὲ καὶ αὐτὸς
μήτι παντοίῃ χέρας ὤρεγε. τοὺς δ' ἄρ' Ἀχαιοὶ
370 ἀλλήλων ἀπέρυξαν ἐελδομένους πονέεσθαι

220

space eager to start, each making practice jabs to check
that they were still nimble and not weighed down by war-
fare. They soon took their stances, fists raised, eyes darting
alertly; they kept on their toes, advancing gradually with
short steps, avoiding full engagement for quite a time.
Then they came together like scudding clouds impelled by
strong winds to collide with one another: they shoot out
bolts of lightning, the vast sky is disturbed with the shock
as they clash, and the tempest resounds with peals of thun-
der. Just such a sound was produced as their jaws were
battered by those thongs of tanned hide; the blood flowed
copiously, and mixed with sweat reddened the bloom of
their cheeks. They kept up their efforts with a will. Epeüs'
tactic was to press forward and keep on the offensive,
while the son of Theseus cannily caused him to miss with
many powerful punches and, skillfully making him open
up his guard, was able to launch a sudden jab to the eye-
brow, cutting him to the bone and causing blood to stream
down from his eye. Even so he landed a heavy punch on
Acamas' temple, knocking him to the ground. He sprang
up quickly, however, rushed at his mighty opponent, and
gave him a blow to the head; but as he attacked again,
Epeüs moved aside slightly and caught his forehead with
a left jab, and followed it up with a right to the nose. Aca-
mas too deployed his fists with all sorts of skill. Though
they were still keen to keep up the struggle for glorious
victory, the Achaeans separated them. The seconds effi-

---

347 ἀεὶ Köchly: ἐὸν M
353 γένεια Heyne: -ειαι M
368 ὃς C. L. Struve: ὡς M

νίκης ἀμφ' ἐρατῆς· τῶν δ' ἐσσυμένως θεράποντες
ῥινοὺς αἱματόεντας ἄφαρ σθεναρῶν ἀπὸ χειρῶν
λῦσαν· τοὶ δ' ἄρα τυτθὸν ἀνέπνευσαν καμάτοιο
μορξάμενοι σπόγγοισι πολυτρήτοισι μέτωπα.
375 τοὺς δ' ἔταροί τε φίλοι τε παρηγορέοντες ἄγεσκον
ἄντικρυς ἀλλήλων, ὥς κεν χόλου ἀλγινόεντος
ἐσσυμένως λελάθωνται ἀρεσσάμενοι φιλότητι·
ἀλλ' οἱ μὲν πεπίθοντο παραιφασίῃσιν ἑταίρων
(ἀνδράσι γὰρ πινυτοῖσι πέλει νόος ἤπιος αἰεί)·
380 κύσσαν δ' ἀλλήλους, ἔριδος δ' ἐπελήθετο θυμὸς
λευγαλέης. τοῖς δ' αἶψα Θέτις κυανοκρήδεμνος
ἀργυρέους κρητῆρας ἐελδομένοισιν ὄπασσε
δοιώ, τοὺς Εὔνηος Ἰήσονος ὄβριμος υἱὸς
ὦνον ὑπὲρ κρατεροῖο Λυκάονος ἐγγυάλιξεν
385 ἀντιθέῳ Ἀχιλῆι περικλύστῳ ἐνὶ Λήμνῳ·
τοὺς Ἥφαιστος ἔτευξεν ἀριπρεπέι Διονύσῳ
δῶρον, ὅτ' εἰς Οὔλυμπον ἀνήγαγε δῖαν ἄκοιτιν
Μίνωος κούρην ἐρικυδέα, τήν ποτε Θησεὺς
κάλλιπεν οὐκ ἐθέλων γε περικλύστῳ ἐνὶ Δίῃ·
390 τοὺς δ' ἠὺς Διόνυσος ἑῷ πόρεν υἱέι δῶρον
νέκταρος ἐμπλήσας, ὃ δ' ἄρ' ὤπασεν Ὑψιπυλείῃ
πολλοῖς σὺν κτεάτεσσι Θόας, ἣ δ' υἱέι δίῳ
κάλλιπεν, ὃς δ' Ἀχιλῆι Λυκάονος εἵνεκα δῶκε.
τῶν δ' ἕτερον μὲν ἔλεσκεν ἀγαυοῦ Θησέος υἱός,
395 ἄλλον δ' ἠὺς Ἐπειὸς ἑὰς ἐπὶ νῆας ἴαλλε
γηθόσυνος. τῶν δ' ἀμφὶ δεδρυμμένα τύμματα πάντα
ἠκέσατ' ἐνδυκέως Ποδαλείριος, οὕνεκ' ἄρ' αὐτὸς
πρῶτα μὲν ἐκμύζησεν, ἔπειτα δὲ χερσὶν ἑῇσι

ciently unbound the bloody thongs from their mighty hands, and they gradually got their breath back after their mighty exertions as they wiped their faces with absorbent sponges. Their comrades tried to calm them down and brought them face to face so that they could quickly forget their bitter anger and be reconciled in friendship. They obeyed their comrades' persuasive words (for men of sense are always good-natured): they kissed and forgot their bitter rivalry. Straightaway Thetis of the dark veil presented them with a pair of silver bowls, which they eagerly accepted. They had been handed over to godlike Achilles on wave-washed Lemnos by Euenus, mighty son of Jason, as ransom for doughty Lycaon, and they had been made by Hephaestus as a wedding gift for illustrious Dionysus when he introduced to Olympus his divine wife, the glorious daughter of Minos,[12] after her reluctant abandonment by Theseus on wave-washed Dia. Dionysus filled them with nectar and presented them to his son Thoas; he gave them to Hypsipyle together with many other gifts; she bequeathed them to her godlike son, and he gave them to Achilles as ransom for Lycaon. The noble son of Theseus took one of these, and good Epeüs joyfully dispatched the other to his ships. Podaleirius carefully treated all their wounds and contusions: he first sucked them clean, then expertly stitched them up with his own hands and applied

[12] Ariadne.

---

377 φιλότητι Lascaris, Tychsen: -τα M
394 ἔλεσκεν C. L. Struve: ἔχε- M
396 δεδρυμμένα Tychsen: τετρυμμένα M

ῥάψεν ἐπισταμένως, καθύπερθε δὲ φάρμακ᾽ ἔθηκε
400 κεῖνα τά οἱ τὸ πάροιθε πατὴρ ἑὸς ἐγγυάλιξε,
τοῖσί περ ἐσσυμένως καὶ ἀναλθέα τύμματα φωτῶν
αὐτῆμαρ μογέοντος ὑπ᾽ ἐκ κακοῦ ἰαίνονται·
τῶν δ᾽ ἄφαρ ἀμφὶ πρόσωπα καὶ εὐκομόωντα κάρηνα
τύμματ᾽ ἀπαλθαίνοντο, κατηπιόωντο δ᾽ ἀνῖαι.
405   Ἀμφὶ δὲ τοξοσύνης Τεῦκρος καὶ Οἰλέος υἱὸς
ἔστασαν, οἳ καὶ πρόσθε δρόμου πέρι πειρήσαντο.
τῶν δ᾽ ἄρα τηλόσε θῆκεν ἐυμμελίης Ἀγαμέμνων
ἱππόκομον τρυφάλειαν, ἔφη δέ τε· "Πολλὸν ἀμείνων
ἔσσεται ὃς κέρσειεν ἄπο τρίχας ὀξέι χαλκῷ."
410 Αἴας δ᾽ αὐτίκα πρῶτος ἑὸν προέηκε βέλεμνον,
πλῆξε δ᾽ ἄρα τρυφάλειαν, ἐπηΰτησε δὲ χαλκὸς
ὀξύτατον. Τεῦκρος δὲ μέγ᾽ ἐγκονέων ἐνὶ θυμῷ
δεύτερος ἧκεν ὀιστόν, ἄφαρ δ᾽ ἀπέκερσεν ἐθείρας
ὀξὺ βέλος· λαοὶ δὲ μέγ᾽ ἴαχον ἀθρήσαντες
415 καί μιν κυδαίνεσκον ἀπείριτον, οὕνεκ᾽ ἄρ᾽ αὐτὸν
πληγῇ ἐπαλγύνεσκε θοοῦ ποδός, ἀλλά μιν οὔ τι
βλάψεν ὑπαὶ παλάμῃσι θοὸν βέλος ἰθύνοντα.
καί οἱ τεύχεα καλὰ πόρεν Πηλῆος ἄκοιτις
ἀντιθέου Τρωίλοιο, τὸν ἠιθέων ὄχ᾽ ἄριστον
420 Τροίῃ ἐν ἠγαθέῃ Ἑκάβη τέκεν, οὐδ᾽ ἀπόνητο
ἀγλαΐης· δὴ γάρ μιν ἀταρτηροῦ Ἀχιλῆος
ἔγχος ὁμοῦ καὶ κάρτος ἀπήμερσαν βιότοιο.
ὡς δ᾽ ὁπόθ᾽ ἑρσήεντα καὶ εὐθαλέοντ᾽ ἀνὰ κῆπον
ὑδρηλῆς καπέτοιο μάλ᾽ ἀγχόθι τηλεθάοντα
425 ἢ στάχυν ἢ μήκωνα, πάρος καρποῖο τυχῆσαι,
κέρσῃ τις δρεπάνῳ νεοθηγέι, μηδ᾽ ἄρ᾽ ἐάσῃ

drugs, entrusted to him in the past by his father, which had the power to alleviate speedily within a single day the agony even of otherwise unhealable wounds. The wounds to their faces and scalps were quickly healed and their sufferings allayed.

For the competition in shooting, Teucer and the son of Oïleus came forward, the same who had just now competed in the footrace. Agamemnon of the fine ash-wood spear set up a helmet with a crest of horsehair at a good distance from them, and said: "The best shot will be he who can sever the crest with his bronze-tipped arrow." Ajax was the first to shoot, but he hit the helmet itself with a sharp ringing sound. Teucer could not wait to take his shot, and his sharp arrow cut straight through the crest. The assembled spectators applauded him with endless cheering, pleased that the painful impediment had not afflicted his hands' ability to shoot straight and true. The wife of Peleus presented him with the beautiful armor of godlike Troilus. A son of Hecuba, he had been easily the best young man in holy Troy; but his beauty was of no avail when the strength and spear of the lethal Achilles deprived him of life. Just as when a man uses a newly whetted sickle to cut some yet unripe cornstalk or poppy growing vigorously in a dew-fresh and luxuriant garden near a ditch of water, preventing its ever coming to fruition or yielding seed by cutting it while it is sterile, seedless

---

401 περ Zimmermann: δ᾽ ἄρ᾽ M
408 τε Spitzner: ἐ M
425 τυχῆσαι Rhodomann: -ήσας M

ἐς τέλος ἠὺ μολεῖν μηδ' ἐς σπόρον ἄλλον ἱκέσθαι,
ἀμήσας κενεόν τε καὶ ἄσπορον ἐσσομένοισι
μέλλονθ' ἐρσήεντος ὑπ' εἴαρος ἀλδαίνεσθαι·
430   ὡς υἱὸν Πριάμοιο θεοῖς ἐναλίγκιον εἶδος
Πηλείδης κατέπεφνεν, ἔτ' ἄχνοον, εἰσέτι νύμφης
νήιδα, νηπιάχοισιν ὁμῶς ἔτι κουρίζοντα·
ἀλλά μιν ἐς πόλεμον φθισίμβροτον ἤγαγε Μοῖρα
ἥβης ἀρχόμενον πολυγηθέος, ὁππότε φῶτες
435   θαρσαλέοι τελέθουσιν, ὅτ' οὐκέτι δεύεται ἦτορ.
Αὐτίκα δ' αὖτε σόλον περιμήκεά τε βριαρόν τε
πολλοὶ πειρήσαντο θοῆς ἀπὸ χειρὸς ἰῆλαι.
τὸν δ' οὔ τις βαλέειν δύνατο στιβαρὸν μάλ' ἐόντα
Ἀργείων· οἶος δ' ἔβαλεν μενεδήιος Αἴας
440   χειρὸς ἀπὸ κρατερῆς, ὡς εἰ δρυὸς ἀγρονόμοιο
ὄζον ἀπαυανθέντα θέρευς εὐθαλπέος ὥρῃ,
ὁππότε λήια πάντα κατὰ χθονὸς αὐαίνηται.
θάμβησαν δ' ἄρα πάντες, ὅσον χερὸς ἐξεποτήθη
χαλκὸς ὃν ἀνέρε χερσὶ δύω μογέοντες ἄειραν·
445   τόν ῥα μὲν Ἀνταίοιο βίη ῥίπτασκε πάροιθε
ῥηιδίως ἀπὸ χειρὸς ἑῆς πειρώμενος ἀλκῆς,
πρὶν κρατερῇσι χέρεσσι δαμήμεναι Ἡρακλῆος·
Ἡρακλέης δέ μιν ἠὺς ἑλὼν σὺν ληίδι πολλῇ
ἀκαμάτης ἔχε χειρὸς ἀέθλιον, ἀλλά μιν ἐσθλῷ
450   ὕστερον Αἰακίδῃ δῶρον πόρεν, ὁππότ' ἄρ' αὐτῷ
Ἰλίου εὐπύργοιο συνέπραθε κύδιμον ἄστυ,
κεῖνος δ' υἱέι δῶκεν, ὁ δ' ὠκυπόροις ἐνὶ νηυσὶν
ἐς Τροίην μιν ἔνεικεν, ἵνα σφετέροιο τοκῆος
μνωόμενος Τρώεσσιν ἐυσθενέεσσι μάχοιτο

and unable to reproduce itself and when it is about to be filled out by the dews of springtime: just so that son of Priam, beautiful as a god, was slaughtered by Peleus' son before the down could appear on his cheeks, before he could marry a bride, and while he was still a playfellow of his young friends: Fate, deadly to mankind, led him to war just as his joyful youth was beginning, a time when courage arrives and diffidence ends.

Next was the discus. It was large and solid, and many attempts were made to whirl it from the hand. It was so heavy that not one of the Argives managed to throw it except Ajax, staunch in battle, who flung it with his powerful hand as if it had been a branch of wild oak dried out by the summer heat when field crops are all dry. Everyone was astonished at how far the lump of bronze, which two men could hardly have lifted, flew from his hand. In former times, before he was killed by the mighty hands of Heracles, the powerful Antaeus had been in the habit of throwing it as a test of his own strength. Noble Heracles captured it together with a great deal of other spoil and kept this prize won by his unwearied energy; but later he presented it to the noble son of Aeacus for his help in sacking the famous city of well-fortified Ilium. Peleus gave it to his son, who brought it on his swift ships to Troy, so that with this reminder of his father he could fight the Trojan warriors with a will, and also so that he could have

---

431 ἄχνοον Rhodomann. ἄχνυον m. ἄχρυνον m
445 Ἀνταίοιο Rhodomann: ἀγκαί- M

455 προφρονέως, εἴη δὲ πόνος πειρωμένῳ ἀλκῆς·
τόν ῥ' Αἴας μάλα πολλὸν ἀπὸ στιβαρῆς βάλε
χειρός.
καὶ τότε οἱ Νηρηὶς ἀγακλυτὰ τεύχεα δῶκε
Μέμνονος ἀντιθέοιο, τὰ καὶ μέγα θηήσαντο
Ἀργεῖοι· λίην γὰρ ἔσαν περιμήκεα πάντα.
460 καὶ τά γε καγχαλόων ὑπεδέξατο κύδιμος ἀνήρ·
οἴῳ γὰρ κείνῳ γε περὶ βριαροῖς μελέεσσιν
ἥρμοσεν ἀπλήτοιο κατὰ χροὸς ἀμφιτεθέντα.
αὐτὸν δ' αὖτ' ἀνάειρε μέγαν σόλον, ὄφρά οἱ εἴη
τερπωλὴ μένος ἠὺ λιλαιομένῳ πονέεσθαι.
465   Οἳ δ' ἄρα δηριόωντες ἐφ' ἅλματι πολλοὶ ἀνέσταν·
τῶν δ' ἄρ' ὑπέρθορε πολλὸν ἐυμμελίης Ἀγαπήνωρ
σήματα· τοὶ δ' ὁμάδησαν ἐπ' ἀνέρι μακρὰ θορόντι.
καί οἱ τεύχεα καλὰ πόρεν μεγάλοιο Κύκνοιο
δῖα Θέτις· τὸν γάρ ῥα φόνῳ ἔπι Πρωτεσιλάου
470 πολλῶν θυμὸν ἑλόντα κατέκτανε Πηλέος υἱὸς
πρῶτον ἀριστήων, Τρῶας δ' ἄχος ἀμφεκάλυψεν.
    Αἰγανέῃ δ' ἄρα πολλὸν ὑπέρβαλε δηριόωντας
Εὐρύαλος· λαοὶ δὲ μέγ' ἴαχον· οὐ γὰρ ἔφαντο
κεῖνον ὑπερβαλέειν οὐδὲ πτερόεντι βελέμνῳ.
475 τοὔνεκά οἱ φιάλην πολυχανδέα δῶκε φέρεσθαι
μήτηρ Αἰακίδαο δαΐφρονος, ἥν ποτ' Ἀχιλλεὺς
ἀργυρέην κτεάτισσε βαλὼν ὑπὸ δουρὶ Μύνητα,
ὁππότε Λυρνησσοῖο διέπραθεν ὄλβιον ἄστυ.
    Αἴας δ' ὀβριμόθυμος ἐελδόμενος πονέεσθαι
480 χερσὶν ὁμῶς καὶ ποσσὶν ἀνιστάμενος καλέεσκεν
ἐς μέσον ἡρώων τὸν ὑπέρτατον. οἳ δ' ὁρόωντες

a good test of his strength. This was the discus which Ajax threw a good distance with his powerful arm. Then Nereus' daughter gave him the famous armor of godlike Memnon, another object of great wonder to the Argives. The glorious hero accepted it triumphantly: he was the only one whose huge body and powerful limbs it would fit when tried on. He carried off the great discus itself, too, to entertain him when he felt the urge to test his noble strength.

For the long jump many came forward to compete. Agapenor, he of the fine ash-wood spear, jumped far beyond the marks of all the rest and earned general applause. Divine Thetis presented him with the fine armor of great Cycnus, who had killed Protesilaüs and taken the lives of many others, before himself becoming the first Trojan champion to fall victim to the son of Peleus, to their overwhelming sorrow.

In the javelin Euryalus far out-threw the other competitors, and the crowd gave a great cheer and declared that even a feathered arrow could not outdo his throw. The mother of warlike Aeacides rewarded him with a capacious bowl acquired by Achilles when he speared Mynes during the sack of the wealthy city of Lyrnessus.[13]

Dauntless Ajax, eager for a bout of all-in wrestling, came forward and laid down a challenge to the best among the heroes. But when they saw how mighty and power-

---

13 Cf. *Il.* 2.689–93.

---

463 αὐτὸν Vian· -τὸς M
464 τερπωλὴ Pauw: -ῆς M
467 τοι Rhodomann: τῷ M

θάμβεον ὄβριμον ἄνδρα καὶ ἄλκιμον, οὐδέ τις ἔτλη
ἄντα μολεῖν· πάντων γὰρ ὑπέκλασε δεῖμ' ἀλεγεινὸν
ἠνορέην, φοβέοντο δ' ἀνὰ φρένα μή τινα χερσὶ
485 τύψας ἀκαμάτοισιν ὑπὸ πληγῇσι πρόσωπον
συγχέῃ ἐσσυμένως, μέγα δ' ἀνέρι πῆμα γένηται.
ὀψὲ δὲ πάντες ἔνευσαν ἐπ' Εὐρυάλῳ μενεχάρμῃ,
ἴδμονα πυγμαχίης εὖ εἰδότες· ὃς δ' ἐνὶ μέσσοις
τοῖον ἔπος προέηκεν ὑποτρομέων θρασὺν ἄνδρα·
490 "Ὦ φίλοι, ἄλλον μέν κεν Ἀχαιῶν, ὅν κ' ἐθέλητε,
τλήσομαι ἀντιόωντα, μέγαν δ' Αἴαντα τέθηπα·
πολλὸν γὰρ προβέβηκε· διαρραίσει δέ μοι ἦτορ,
ἤν μιν ἐπιβρίσαντα λάβῃ χόλος· οὐ γὰρ ὀίω
ἀνδρὸς ἀπ' ἀκαμάτοιο σόος ποτὶ νῆας ἱκέσθαι."
495 Ὣς φαμένοιο γέλασσαν· ὃ δ' ἐν φρεσὶ πάμπαν
        ἰάνθη
Αἴας ὀβριμόθυμος. ἄειρε δὲ δοιὰ τάλαντα
ἀργύρου αἰγλήεντος ἅ οἱ Θέτις εἵνεκ' ἀέθλου
δῶκεν ἄτερ καμάτοιο· φίλου δ' ἐμνήσατο παιδὸς
Αἴαντ' εἰσορόωσα, γόος δέ οἱ ἔμπεσε θυμῷ.
500 Οἳ δ' αὖθ' ἱππασίῃ μεμελημένον ἦτορ ἔχοντες
ἐσσυμένως ἀνόρουσαν ἐποτρύνοντος ἀέθλου,
πρῶτος μὲν Μενέλαος ἰδ' Εὐρύπυλος θρασυχάρμης
Εὔμηλός τε Θόας τε καὶ ἰσόθεος Πολυποίτης.
ἵπποις δ' ἀμφὶ λέπαδνα βάλον καὶ ὑφ' ἅρματ'
        ἔρυσσαν
505 πάντες ἐπειγόμενοι πολυγηθέος εἵνεκα νίκης.
αἶψα δ' ἄρ' ἐς κλῆρον ξύνισαν βεβαῶτ' ἐνὶ δίφροις
χῶρον ἀν' ἠμαθόεντ'· ἐπὶ νύσσῃ δ' ἔσταν ἕκαστοι·

ful he was they were in awe, and no one dared face him:
painful fear made their courage fail, and they were afraid
that those never-tiring hands would give his opponent's
face a real pummeling and cause serious injury. Eventu-
ally they all began to look expectantly at the staunch war-
rior Euryalus, because they knew he was an expert boxer;
he, however, was scared of the fierce hero and addressed
them all with these words:

"My friends, I dare face any other Achaean you like,
but Ajax scares me: he is far the best, and if he gets really
angry during one of his attacks he will completely shatter
my confidence; and his stamina is so great that I would
have no chance of getting back to the ships safe and
sound."

His words made the crowd laugh, and stouthearted
Ajax felt great satisfaction. He took away two talents of
shining silver, Thetis' reward for his effortless victory; and
as she looked at Ajax she was reminded of her dear son,
and could not repress a sob.

Next the expert horsemen rushed forward in hopes of
winning the prize. Menelaus was first, followed by Eurypy-
lus bold in battle, Eumelus, Thoas and godlike Polypoe-
tes. They harnessed the horses and dragged the chariots
into position, each keen on winning a joyous victory.
Quickly they assembled in their chariots at a sandy spot,
for the drawing of lots; then each took his place at the

---

487 ἔνευσαν Pauw: ἔλισσαν M
494 σόος Heyne: σόον m: σῶον m
506 κλῆρον Pollack: πεδίον m: χῶρον m

καρπαλίμως δ᾽ εὔληρα λαβὼν κρατερῇς παλάμῃσιν.
ἵπποι δ᾽ ἐγχριμφθέντες ἐν ἅρμασι ποιπνύεσκον,
510 ὅππως τις προάλοιτο, πόδας δ᾽ ὑπεκίννυον αὔτως,
οὔατα δ᾽ ὠρθώσαντο καὶ † ἄμπυκα δεύεσαν ἀφρῷ. †
οἳ δ᾽ ἄφαρ ἐγκονέοντες ἐλαφροπόδων μένος ἵππων
μάστιον· οἳ δὲ θοῇσιν ἐοικότες Ἁρπυίῃσι
καρπαλίμως ζεύγλῃσι μέγ᾽ ἔνθορον ἀσχαλόωντες,
515 ἅρματα δ᾽ ὦκα φέρεσκον ἀπὸ χθονὸς ἀίσσοντα·
οὐδ᾽ ἁρματροχιὰς ἰδέειν πέλεν οὐδὲ ποδοῖιν
ἐν χθονὶ σήματα, τόσσον ὑπεξέφερον δρόμον ἵπποι.
πουλὺς δ᾽ αἰθέρ᾽ ἵκανε κονίσαλος ἐκ πεδίοιο
καπνῷ ἢ ὀμίχλῃ ἐναλίγκιος, ἥν τ᾽ ἐν ὄρεσσιν
520 ἀμφιχέῃ πρώνεσσι Νότου μένος ἢ Ζεφύροιο
χείματος ἐγρομένου, ὁπότ᾽ οὔρεα δεύεται ὄμβρῳ.
ἵπποι δ᾽ Εὐμήλοιο μέγ᾽ ἔκθορον· οἳ δ᾽ ἐφέποντο
ἀντιθέοιο Θόαντος· ἐπ᾽ ἄλλῳ δ᾽ ἄλλος ἀύτει
524 ἅρματι· τοὶ δ᾽ ἐφέροντο δι᾽ εὐρυχόροιο πεδίοιο

⟨desunt 48 versus⟩

526 "... Ἤλιδος ἐκ δίης, ἐπεὶ ἦ μέγα ἔργον ἔρεξε
παρφθάμενος θοὸν ἅρμα κακόφρονος Οἰνομάοιο,

508 λάβον Pauw: βάλον m: βάλε m
509 ποιπνύεσκον Rhodomann: -ύοντες M
510 αὔτως Rhodomann: αὐτῶν M
522 ἔκθορον Heyne: ἔνθ- M

---

[14] The manuscript that was the source for all those still extant
had a whole page missing here. The lines will have recounted a

start, their strong hands holding the reins. The horses, now placed in the shafts, were restive and eager for a head start; they pawed the ground, ears pricked, and flecked their frontlets with foam. Suddenly the charioteers whipped their light-footed horses into motion, and they swiftly sprang forward in the traces with the speed of Harpies, resentful of the whip, and bore their chariots along so quickly that they did not touch the ground: there were no wheel marks or hoofprints to be seen, such a pace did they maintain. Clouds of dust rose up from the plain into the sky like smoke, or like mist shed around mountain crags by the blast of Notus or Zephyrus at the beginning of winter when the mountains are soaked with showers of rain. Eumelus' horses had a good start, followed by those of godlike Thoas. Each man shouted to his team, and they hurtled over the broad space of the plain . . .[14]

<⟨48 lines missing⟩>

". . . from the noble land of Elis: he[15] did a great deed by overtaking the swift chariot of wicked Oenomaüs, who

collision between Thoas and Eurypylus (cf. 538–40) and Menelaus' victory, and recorded the speech of a spectator, the end of which is preserved (526–32).

[15] Pelops. Oenomaüs, king of Pisa in Elis, made suitors for his daughter Hippodameia compete with him in a chariot race; the losers were put to death. Pelops beat him using winged horses, a gift from Poseidon. Hippodameia is called "wise," *periphronos* (529, pointedly contrasting with "wicked," *kakophronos*, in line 527) perhaps because another version of the story has her cunningly bribe her father's driver to sabotage his chariot.

ὅς ῥα τότ᾽ ἠιθέοισιν ἀνηλέα τεῦχεν ὄλεθρον
κούρης ἀμφὶ γάμοιο περίφρονος Ἱπποδαμείης.
530 ἀλλ᾽ οὐ μὰν κεῖνός γε καὶ ἱππασίῃσι μεμηλὼς
ἵππους ὠκύποδας τοίους ἔχεν, ἀλλ᾽ ἄρα πολλὸν
ποσσὶν ἀφαυροτέρους· οἳ γάρ τ᾽ εἴδοντ᾽ ἀνέμοισιν."
Ἦ μέγα κυδαίνων ἵππων μένος ἠδὲ καὶ αὐτὸν
Ἀτρείδην· ὃ δ᾽ ἄρ᾽ ᾗσι περὶ φρεσὶ γήθεε θυμῷ.
535 τοὺς δὲ μέγ᾽ ἀσθμαίνοντας ἄφαρ θεράποντες ἔλυσαν
ζεύγλης· οἳ δὲ καὶ αὐτοὶ ἀελλόποδας λύον ἵππους
πάντες ὅσοις ἐν ἀγῶνι δρόμου πέρι δῆρις ἐτύχθη.
ἀντίθεον δὲ Θόαντα καὶ Εὐρύπυλον μενεχάρμην
ἠκέσατ᾽ ἐσσυμένως Ποδαλείριος ἕλκεα πάντα
540 ὅσσα περιδρύφθησαν ἀπ᾽ ἐκ δίφροιο πεσόντες.
Ἀτρείδης δ᾽ ἀλίαστον ἐγήθεεν εἵνεκα νίκης·
καί οἱ ἐυπλόκαμος Θέτις ὤπασε καλὸν ἄλεισον
χρύσεον, ἀντιθέοιο μέγα κτέαρ Ἠετίωνος,
πρὶν Θήβης κλυτὸν ἄστυ διαπραθέειν Ἀχιλῆα.
545 Ἄλλοι δ᾽ αὖθ᾽ ἑτέρωθε μονάμπυκας ἔντυον ἵππους
ἐς δρόμον ἰθύνοντες, ἕλοντο δὲ χερσὶ βοείας
μάστιγας, καὶ πάντες ἀναΐξαντες ἐφ᾽ ἵππων
ἕζονθ᾽· οἳ δὲ χαλινὰ γενειάσιν ἀφρίζοντες
δάπτον καὶ ποσὶ γαῖαν ἐπέκτυπον ἐγκονέοντες
550 ἐκθορέειν. τοῖς δ᾽ αἶψα τάθη δρόμος· οἳ δ᾽ ἀπὸ
νύσσης
καρπαλίμως οἴμησαν ἐριδμαίνειν μεμαῶτες,
εἴκελοι ἢ Βορέαο μέγα πνείοντος ἀέλλαις
ἠὲ Νότου κελάδοντος, ὅτ᾽ εὐρέα πόντον ὀρίνει

234

devised a cruel death for the young suitors who sought to marry his wise daughter Hippodameia. He[16] was an expert charioteer, but in speed of foot his horses were much inferior to these: they run like the wind!"

So he spoke, extolling the spirit of the horses and of the son of Atreus himself, who heard him with pleasure. His squires loosed the panting horses from their traces, and all the other competitors in the chariot race did the same for their storm-footed horses. Podalirius hastened to treat all the grazes suffered by godlike Thoas and doughty Eurypylus when they fell from their chariots. The son of Atreus felt infinite delight at his victory, and Thetis of the beautiful tresses presented him with a fine golden goblet which had belonged to godlike Eëtion until Achilles sacked his famous city of Thebe.[17]

Another set of competitors got ready their racehorses and led them to the course. With whips of ox hide in their hands they leaped up on their mounts, which champed foaming at the bit and pawed the ground in their impatience to start. The course was quickly laid out and they were off, leaving the start at a gallop and eager to race, no less swift than the blasts of blustery Boreas or roaring Notus when he stirs up the broad sea with whirlwind

16 Pelops.
17 *Il.* 6.414–20.

527 παρφθάμενος Rhodomann: παρφάμ- M
534 δ᾽ ἄρ᾽ Pauw: γὰρ M
538 Εὐρύπυλον Rhodomann: εὐρύαλον M
550 τάθη Rhodomann: om. M
553 ὀρίνει Köchly: ὄρινεν M

λαίλαπι καὶ ῥιπῇσι, Θυτήριον εὖτ' ἀλεγεινὸν
555 ἀντέλλῃ ναύτῃσι φέρον πολύδακρυν ὀιζύν·
ὣς οἵ γ' ἐσσεύοντο κόνιν ποσὶ καρπαλίμοισιν
ἐν πεδίῳ κλονέοντες ἀπείριτον. οἱ δ' ἐλατῆρες
ἵπποις οἷσιν ἕκαστος ἐκέκλετο, τῇ μὲν ἱμάσθλῃ
ταρφέα πεπληγώς, ἑτέρῃ δ' ἐνὶ χειρὶ τινάσσων
560 νωλεμὲς ἀμφὶ γένυσσι μέγα κτυπέοντα χαλινόν.
ἵπποι δ' ἐρρώοντο· βοὴ δ' ἀνὰ λαὸν ὀρώρει
ἄσπετος· οἳ δ' ἐπέτοντο διὰ πλατέος πεδίοιο.
καί νύ κεν ἐσσυμένως ἐξ Ἄργεος αἰόλος ἵππος
νίκησεν μάλα πολλὸν ἐφεζομένου Σθενέλοιο,
565 εἰ μὴ ἄρ' ἐξήρπαξε δρόμου, πεδίον δ' ἀφίκανε
πολλάκις· οὐδέ μιν ἐσθλὸς ἐὼν Καπανήιος υἱὸς
κάμψαι ἐπέσθενε χερσίν, ἐπεί ῥ' ἔτι νῆις ἀέθλων
ἵππος ἔην· γενεῇ δὲ μάλ' οὐ κακός, ἀλλὰ θοοῖο
θεσπέσιον γένος ἔσκεν Ἀρίονος ὃν τέκεν ἵππων
570 Ἅρπυια Ζεφύρῳ πολυηχέι φέρτατον ἄλλων
πολλόν, ἐπεὶ ταχέεσσιν ἐριδμαίνεσκε πόδεσσι
πατρὸς ἑοῖο θοῇσι καταιγίσι, καί μιν Ἄδρηστος
ἐκ μακάρων ἔχε δῶρον· ὅθεν γένος ἔπλετο κείνου,
καί μιν Τυδέος υἱὸς ἑῷ πόρε δῶρον ἑταίρῳ
575 Τροίῃ ἐνὶ ζαθέῃ. ὃ δέ οἱ μέγα ποσσὶ πεποιθὼς
ὠκὺν ἐόντ' ἐς ἀγῶνα καὶ εἰς ἔριν ἤγαγεν ἵππων
αὐτὸς ἐνὶ πρώτοισιν ὀιόμενος μέγα κῦδος
ἱππασίης ἀνελέσθαι. ὃ δ' οὔ τί οἱ ἦτορ ἴηνεν
ἀμφ' Ἀχιλῆος ἄεθλα πονεύμενος· ἦ γὰρ ἵκανε
580 δεύτερος, Ἀτρείδης δὲ παρήλασεν ὠκὺν ἐόντα
ἰδρείῃ. λαοὶ δ' Ἀγαμέμνονα κυδαίνεσκον

236

and storm at the season when the dread Altar is visible,[18]
bringing woe, grief and tears for sailors: just so they raced
along, raising vast clouds of dust on the plain with their
swift hooves. Each rider urged on his mount, applying
frequent lashes with the whip with one hand and con-
stantly controlling the bit rattling in their jaws with the
other. On rushed the horses, flying across the broad plain
as deafening cheers rose from the crowd. The race would
have been won by a distance by the dashing Argive horse
ridden by Sthenelus if it had not kept straying from the
course and making for the plain. Capaneus' noble son,
heaving on the reins with all his strength, was quite unable
to make it turn at the end of the course, because it was still
unused to racing. It was a divine offspring of swift Arion,
far the best of all the colts born to Harpyia and roaring
Zephyrus; Arion could gallop quickly enough to compete
with his father's swift hurricanes. Adrastus was given it as
a gift by the blessed gods. That was the horse's pedigree.
The son of Tydeus gave it to his comrade in the holy land
of Troy; and he, confident of its speed, entered it for the
horse race expecting to win a high reputation for horse-
manship. But his efforts in the games in honor of Achilles
did nothing to cheer his heart: he came second for all his
speed, overtaken by the superior skill of the son of Atreus.
The spectators congratulated Agamemnon but also bold

18 Late November. Cf. 13.483.

566 μιν Rhodomann: μὲν M
579 ἵκανε Rhodomann: ἔμελλεν ἱκάνειν M

ἵππον τε Σθενέλοιο θρασύφρονος ἠδὲ καὶ αὐτόν,
οὕνεκα δεύτερος ἦλθε, καὶ εἰ μάλα πολλάκι νύσσης
ἐξέθορεν, μεγάλῳ περὶ κάρτεϊ καὶ ποσὶ θύων.
585 καὶ τότ' ἄρ' Ἀτρείδῃ Θέτις ὤπασε καγχαλόωντι
ἀργύρεον θώρηκα θεηγενέος Πολυδώρου·
δῶκε δ' ἄρα Σθενέλῳ βριαρὴν κόρυν Ἀστεροπαίου
χαλκείην καὶ δοῦρε δύω καὶ ἀτειρέα μίτρην.
    Ἄλλοις δ' ἱππήεσσι καὶ ὁππόσοι ἤματι κείνῳ
590 ἦλθον ἀεθλεύσοντες Ἀχιλλῆος ποτὶ τύμβῳ
δῶρα πόρεν πάντεσσιν. ἐπὶ σφίσι δ' ἄχνυτο θυμὸν
υἱὸς Λαέρταο δαΐφρονος, οὕνεκ' ἄρ' αὐτὸν
νίκης ἱέμενον κρατερῶν ἀπέρυξεν ἀέθλων
ἕλκος ἀνιηρὸν τό μιν οὔτασεν ὄβριμος Ἄλκων
595 ἀμφὶ νέκυν κρατεροῖο πονεύμενον Αἰακίδαο.

587 Ἀστεροπαίου Rhodomann: -αίης m: -αίαν m
593 νίκης Platt: ἀλκῆς M

Sthenelus himself and his horse for coming second with such great speed and spirit in spite of straying wide so often. Then Thetis presented the triumphant son of Atreus with the silver breastplate of Polydorus, descendant of the gods; and to Sthenelus she gave the strong helmet of bronze, the pair of spears and the waist guard of Asteropaeus.

She presented gifts to the other riders, and to everyone who came to compete that day at Achilles' tomb. But the son of warlike Laërtes was full of regret that, though eager for victory in the games, he was prevented from competing by the painful wound he had received from mighty Alcon as he fought over the body of great Aeacides.

BOOK V

Achilles' armor is displayed by Thetis, and there is a long description of the shield. She offers the armor as a reward for the man who recovered Achilles' body. Ajax (son of Telamon) and Odysseus claim the prize, and the invidious decision between them is left to Trojan prisoners of war. After hearing the speeches, they award the armor to Odysseus. Quintus has narrated the fighting in Book 4 so as to show that this is the wrong decision. Ajax, raging with disappointment, plans to slaughter the Greeks during the night, but Athena diverts his fury against a flock of sheep. Once his madness leaves him, he feels humiliated and kills himself. He is lamented by his half-brother Teucer and his concubine Tecmessa. Odysseus tries to conciliate the army with a patently insincere speech. The book closes with Ajax' funeral, which recalls that of Achilles at the end of Book 3. Four of the first five books have ended in lamentation, and each side has lost two champions.

Having engaged closely in Book 4 with Homer's account of funeral games, Quintus now offers a description of the shield of Achilles described already by Homer in Book 18 of the Iliad. *He alludes to some of the Homeric scenes but shows considerable independence, incorporating more of the horrors of war and including an allegorical scene, the lofty Mount of Virtue. The effect is disconcerting: Quintus and Homer cannot both be right. (Lines 97–98 hardly remedy this problem.)*

The contest for Achilles' arms and its dénouement were described in the Aethiopis *(which seems not to have had the story of Ajax' madness) and in the* Little Iliad. *By Quintus' time, countless rhetoricians and poets had composed speeches for Ajax and Odysseus. The fullest surviving version of the episode is in Book 13 of Ovid's* Metamorphoses, *where, unsurprisingly, several similar arguments are deployed. Quintus' account of the madness and suicide owes some details to Sophocles'* Ajax.

ΛΟΓΟΣ Ε

Ἀλλ' ὅτε δὴ πολλοὶ μὲν ἀπηνύσθησαν ἄεθλοι,
δὴ τότ' Ἀχιλλῆος μεγαλήτορος ἄμβροτα τεύχη
θῆκεν ἐνὶ μέσσοισι θεὰ Θέτις. ἀμφὶ δὲ πάντῃ
δαίδαλα μαρμαίρεσκεν ὅσα σθένος Ἡφαίστοιο
5 ἀμφὶ σάκος ποίησε θρασύφρονος Αἰακίδαο.

Πρῶτα μὲν εὖ ἤσκητο θεοκμήτῳ ἐπὶ ἔργῳ
οὐρανὸς ἠδ' αἰθήρ· γαίῃ δ' ἅμα κεῖτο θάλασσα.
ἐν δ' ἄνεμοι νεφέλαι τε σελήνη τ' ἠέλιός τε
κεκριμέν' ἄλλυδις ἄλλα· τέτυκτο δὲ τείρεα πάντα
10 ὁππόσα δινήεντα κατ' οὐρανὸν ἀμφιφέρονται.
τῶν δ' ἄρ' ὁμῶς ὑπένερθεν ἀπειρέσιος κέχυτ' ἀήρ·
ἐν τῷ δ' ὄρνιθες τανυχειλέες ἀμφεποτῶντο·
φαίης κε ζώοντας ἅμα πνοιῇσι φέρεσθαι.
Τηθὺς δ' ἀμφετέτυκτο καὶ Ὠκεανοῦ βαθὺ χεῦμα·
15 τῶν δ' ἄφαρ ἐξεχέοντο ῥοαὶ ποταμῶν ἀλεγεινῶν
κυκλόθεν ἄλλυδις ἄλλῃ ἑλισσομένων διὰ γαίης.

Ἀμφὶ δ' ἄρ' εὖ ἤσκηντο κατ' οὔρεα μακρὰ
    λέοντες
σμερδαλέοι καὶ θῶες ἀναιδέες· ἐν δ' ἀλεγειναὶ
ἄρκτοι πορδάλιές τε· σύες δ' ἅμα τοῖσι πέλοντο
20 ὄβριμοι ἀλγινόεντας ὑπὸ βλοσυρῇσι γένυσσι
θήγοντες καναχηδὸν ἐυκτυπέοντας ὀδόντας.
ἐν δ' ἀγρόται μετόπισθε κυνῶν μένος ἰθύνοντες,

242

BOOK V

When all the competitions were ended, divine Thetis set
out the immortal arms of greathearted Achilles. On every
side the shield of redoubtable Aeacides gleamed with the
detailed work produced by mighty Hephaestus.

The first things to be represented on that piece of di-
vine workmanship were the heaven and the sky; and sea
lay together with the land. There were the winds, clouds,
moon and sun in distinct positions, and every star that
revolves across the sky was portrayed. Above all these
stretched the infinite air traversed by long-beaked birds;
they seemed to be alive and to be borne along with the
breezes. Tethys and the deep flood of Ocean were repre-
sented around it, and from that circle poured the streams
of the mighty rivers winding in every direction over the
earth.

All around were represented grim lions and shameless
jackals in the mountain heights, together with cruel bears
and panthers; with these there were mighty boars noisily
whetting the cruel, champing tusks in their savage jaws.
Behind came countrymen directing a pack of hounds,

---

16 ἄλλη Zimmermann: ἄλλη M
19 δ' Rhodomann: θ' M

ἄλλοι δ' αὖ λάεσσι καὶ αἰγανέῃσι θοῇσι
βάλλοντες πονέοντο καταντίον, ὡς ἐτεόν περ.

25 Ἐν δ' ἄρα καὶ πόλεμοι φθισήνορες, ἐν δὲ
  κυδοιμοὶ
ἀργαλέοι ἐνέκειντο. περικτείνοντο δὲ λαοὶ
μίγδα θοοῖς ἵπποισι· πέδον δ' ἄπαν αἵματι πολλῷ
δευομένῳ ἤικτο κατ' ἀσπίδος ἀκαμάτοιο.
ἐν δὲ Φόβος καὶ Δεῖμος ἔσαν στονόεσσά τ' Ἐννώ,
30 αἵματι λευγαλέῳ πεπαλαγμένοι ἅψεα πάντα·
ἐν δ' Ἔρις οὐλομένη καὶ Ἐριννύες ὀβριμόθυμοι,
ἡ μὲν ἐποτρύνουσα ποτὶ κλόνον ἄσχετον ἄνδρας
ἐλθέμεν, αἱ δ' ὀλοοῖο πυρὸς πνείουσαι ἀυτμήν.
ἀμφὶ δὲ Κῆρες ἔθυνον ἀμείλιχοι, ἐν δ' ἄρα τῇσι
35 φοίτα λευγαλέου Θανάτου μένος· ἀμφὶ δ' ἄρ' αὐτῷ
Ὑσμῖναι ἐνέκειντο δυσηχέες, ὧν περὶ πάντων
ἐκ μελέων εἰς οὖδας ἀπέρρεεν αἷμα καὶ ἰδρώς.
ἐν δ' ἄρα Γοργόνες ἔσκον ἀναιδέες· ἀμφὶ δ' ἄρά σφι
σμερδαλέοι πεπόνηντο περὶ πλοχμοῖσι δράκοντες
40 αἰνὸν λιχμώοντες. ἀπειρέσιον δ' ἄρα θαῦμα
δαίδαλα κεῖνα πέλοντο μέγ' ἀνδράσι δεῖμα φέροντα,
οὕνεκ' ἔσαν ζωοῖσιν ἐοικότα κινυμένοισι.
 Καὶ τὰ μὲν ἂρ πολέμοιο τεράατα πάντα τέτυκτο·
εἰρήνης δ' ἀπάνευθεν ἔσαν περικαλλέα ἔργα.
45 ἀμφὶ δὲ μυρία φῦλα πολυτλήτων ἀνθρώπων
ἄστεα καλὰ νέμοντο· Δίκη δ' ἐπεδέρκετο πάντα·
ἄλλοι δ' ἄλλ' ἐπὶ ἔργα χέρας φέρον· ἀμφὶ δ' ἀλωαὶ
καρποῖσι βρίθοντο· μέλαινα δὲ γαῖα τεθήλει.

while others, true to life, fought their quarry face to face, throwing rocks and swift javelins.

On it were inlaid man-killing wars and the dread clamor of conflict: battalions of men and their swift steeds were being slaughtered pell-mell, and the entire plain represented on that dauntless shield looked as if it was drenched in blood. There were Fear, Terror and grief-bringing Enyo, their limbs foully spattered with blood; there were hideous Strife and the formidable Furies, the one urging on the troops toward the irresistible conflict, the others inspiring it with their fatal, fiery breath. All around rushed the pitiless spirits of doom, and among them went the grim force of Death. Around him could be seen the ill-sounding goddesses of Combat whose limbs dripped blood and sweat to the ground. There were vile Gorgons represented with grim, flickering-tongued snakes in their hair, a truly wonderful piece of intricate artistry, terrifying to viewers because they were like living, moving creatures.

Such were the ghastly scenes of war. Away from them were the fair works of peace. Numberless tribes of hard-working men living in fair cities and overseen by Justice turned their hands to their various tasks as the barns were loaded with abundant crops and the black earth flour-

---

25 ἐν δ' Tychsen: ἔνθ' M

αἰπύτατον δ᾽ ἐτέτυκτο θεοκμήτῳ ἐπὶ ἔργῳ
50 καὶ τρηχὺ ζαθέης Ἀρετῆς ὄρος· ἐν δὲ καὶ αὐτὴ
εἱστήκει φοίνικος ἐπεμβεβαυῖα κατ᾽ ἄκρης
ὑψηλὴ ψαύουσα πρὸς οὐρανόν. ἀμφὶ δὲ πάντη
ἀτραπιτοὶ θαμέεσσι διειργόμεναι σκολόπεσσιν
ἀνθρώπων ἀπέρυκον ἐὺν πάτον, οὕνεκα πολλοὶ
55 εἰσοπίσω χάζοντο τεθηπότες αἰπὰ κέλευθα,
παῦροι δ᾽ ἱερὸν οἶμον ἀνήιον ἱδρώοντες.

Ἐν δ᾽ ἔσαν ἀμητῆρες ἀνὰ πλατὺν ὄγμον ἰόντες,
σπεύδοντες δρεπάνῃσι νεήκεσι, τῶν δ᾽ ὑπὸ χερσὶν
58a ἤνυτο λήιον αὖον· ἐφεσπόμενοι δ᾽ ἔσαν ἄλλοι
πολλοὶ ἀμαλλοδετῆρες· ἀέξετο δ᾽ ἐς μέγα ἔργον.
60 ἐν δὲ βόες ζεύγλῃσιν ὑπ᾽ αὐχένας αἰὲν ἔχοντες,
οἳ μὲν ἀπήνας εἷλκον ἐυσταχύεσσιν ἀμάλλαις
βριθομένας, οἳ δ᾽ αὖτις ἀροτρεύεσκον ἀρούρας,
τῶν δὲ πέδον μετόπισθε μελαίνετο· τοὶ δ᾽ ἐφέποντο
αἰζηοὶ μετὰ τοῖσι βοοσσόα κέντρα φέροντες
65 χερσὶν ἀμοιβαδίης· ἀνεφαίνετο δ᾽ ἄσπετον ἔργον.

Ἐν δ᾽ αὐλοὶ κιθάραι τε παρ᾽ εἰλαπίνῃσι πέλοντο·
ἐν δὲ χοροὶ ἵσταντο νέων παρὰ ποσσὶ γυναικῶν·
αἳ δ᾽ ἄρ᾽ ἔσαν ζωῇσιν ἀλίγκια ποιπνύουσαι.
ἄγχι δ᾽ ἄρ᾽ ὀρχηθμοῦ τε καὶ εὐφροσύνης ἐρατεινῆς
70 ἀφρὸν ἔτ᾽ ἀμφὶ κόμῃσιν ἔχουσ᾽ ἀνεδύετο πόντου
Κύπρις ἐυστέφανος (τὴν δ᾽ Ἵμερος ἀμφεποτᾶτο),
μειδιόωσ᾽ ἐρατεινὰ σὺν ἠυκόμοις Χαρίτεσσιν.

53 διειργόμεναι Dorville: -νοι M
58a ἤνυτο Zimmermann: αἴνυτο m: καίνυτο m

ished. The god's crowning effort was a representation of the mountain of holy Virtue, very high and hard to climb; the goddess herself stood high atop a palm tree, her head touching the sky. All the paths were full of thorn bushes to prevent easy access, so that most people retreated, put off by the steepness of the path, and only a few sweated their way to the top of that holy route.[1]

Another scene showed reapers driving a broad swathe, hard at work with their freshly sharpened sickles as their hands cut the dry corn. Behind them followed many men to bind the sheaves, and they were making good progress. There were also oxen to be seen, their necks ever beneath the yoke, some pulling carts laden with heavy sheaves, others again plowing the fields as the tilth showed black behind them and young men, alternating blows with their ox-drivers' whips, accompanied them: it was a picture of endless work.[2]

Another scene showed oboes and lyres being played at a banquet and female choruses performing before young men with lifelike movements.[3] Not far from this dancing and pleasant festivity, Cypris, garlanded and with her hair still flecked with foam, rose up from the sea; Desire fluttered round her, the Graces with their fair tresses accompanied her, and she wore a pleasant smile.

---

[1] Cf. 14.195–200. The palm was associated with victory.

[2] Or, perhaps, "the work scene was depicted with amazing realism."

[3] Text uncertain.

---

68 ζωῆσιν Rhodomann: ζωοῖσιν M   ἀλίγκια Dausque: -ιαι M

Ἐν δ' ἄρ' ἔσαν Νηρῆος ὑπερθύμοιο θύγατρες
ἐξ ἁλὸς εὐρυπόροιο κασιγνήτην ἀνάγουσαι
75 ἐς γάμον Αἰακίδαο δαΐφρονος. ἀμφὶ δὲ πάντες
ἀθάνατοι δαίνυντο μακρὴν ἀνὰ Πηλίου ἄκρην·
ἀμφὶ δ' ἄρ' ὑδρηλοί τε καὶ εὐθαλέες λειμῶνες
ἔσκον, ἀπειρεσίοισι κεκασμένοι ἄνθεσι ποίης,
ἄλσεά τε κρῆναί τε διειδέες ὕδατι καλῷ.

80 Νῆες δὲ στονόεσσαι ὑπὲρ πόντοιο φέροντο,
αἱ μὲν ἄρ' ἐσσύμεναι ἐπικάρσιαι, αἱ δὲ κατ' ἰθὺ
νισόμεναι· περὶ δέ σφιν ἀέξετο κῦμ' ἀλεγεινὸν
ὀρνύμενον. ναῦται δὲ τεθηπότες ἄλλοθεν ἄλλος
ἐσσυμένας φοβέοντο καταιγίδας, ὡς ἐτεόν περ,
85 λαίφεα λεύκ' ἐρύοντες, ἵν' ἐκ θανάτοιο φύγωσιν·
οἱ δ' ἕζοντ' ἐπ' ἐρετμὰ πονεύμενοι· ἀμφὶ δὲ νηυσὶ
πυκνὸν ἐρεσσομένῃσι μέλας λευκαίνετο πόντος.

Τοῖς δ' ἐπὶ μειδιόων ἐν κήτεσιν εἰναλίοισιν
ἤσκητ' Ἐννοσίγαιος· ἀελλόποδες δέ μιν ἵπποι,
90 ὡς ἐτεόν, σπεύδοντες ὑπὲρ πόντοιο φέρεσκον
χρυσείῃ μάστιγι πεπληγότες· ἀμφὶ δὲ κῦμα
στόρνυτ' ἐπεσσυμένων, ὁμαλὴ δ' ἄρα πρόσθε
              γαλήνη
ἔπλετο. τοὶ δ' ἑκάτερθεν ἀολλέες ἀμφὶς ἄνακτα
ἀγρόμενοι δελφῖνες ἀπειρέσιον κεχάροντο
95 σαίνοντες βασιλῆα· κατ' ἠερόεν δ' ἁλὸς οἶδμα
νηχομένοις εἴδοντο καὶ ἀργύρεοί περ ἐόντες.

Ἄλλα δὲ μυρία κεῖτο κατ' ἀσπίδα τεχνηέντως
χερσὶν ὑπ' ἀθανάτης πυκινόφρονος Ἡφαίστοιο.
πάντα δ' ἄρ' ἐστεφάνωτο βαθὺς ῥόος Ὠκεανοῖο,

Another scene showed the daughters of proud Nereus leading their sister from the sea's broad paths to her marriage with warlike Aeacides. Nearby all the immortals were feasting on Pelion's great mountaintop, around which were well-watered, flourishing meadows furnished with plants of every kind, together with groves and fair springs with clear water.

Creaking ships were sailing over the sea, some taking a sidelong path and others a direct route, while the waves rose and increased dangerously all round them. The sailors were variously shown in lifelike fear of the approaching hurricane and attempting to escape death by reefing in the white sails, while others sat laboring at the oars; and as they plied their oars the black sea around the ships grew white.

Near them was depicted the smiling Earthshaker among his sea beasts. His storm-footed steeds, lashed by his golden whip, hastened in lifelike fashion to bear him over the sea. As they progressed, the waves were stilled, and a flat calm preceded them. On either side schools of overjoyed dolphins gathered round their master and fawned on their king. Though made of silver, they really seemed to be swimming as they went through the misty swell of the sea.

Countless more scenes had been skillfully wrought on the shield by the hands of the ingenious god Hephaestus. All were encircled by the deep stream of Ocean; it went

88 ἐν Vian: καὶ M

100 οὕνεκ᾽ ἔην ἔκτοσθε κατ᾽ ἄντυγος, ᾗ ἔνι πᾶσα
ἀσπὶς ἐνεστήρικτο, δέδεντο δὲ δαίδαλα πάντα.
Τῇ δ᾽ ἄρα παρκατέκειτο κόρυς μέγα βεβριθυῖα·
Ζεὺς δέ οἱ ἀμφετέτυκτο μέγ᾽ ἀσχαλόωντι ἐοικώς,
οὐρανῷ ἐμβεβαώς· περὶ δ᾽ ἀθάνατοι πονέοντο
105 Τιτήνων ἐριδαινομένων Διὶ συμμογέοντες.
τοὺς δ᾽ ἤδη κρατερὸν πῦρ ἄμπεχεν· ἐκ δὲ κεραυνοὶ
ἄλληκτοι νιφάδεσσιν ἐοικότες ἐξεχέοντο
οὐρανόθεν· Ζηνὸς γὰρ ἀάσπετον ὤρνυτο κάρτος·
οἳ δ᾽ ἄρ᾽ ἔτ᾽ αἰθομένοισιν ἐοικότες ἀμπνείεσκον.
110 Ἀμφὶ δὲ θώρηκος γύαλον παρεκέκλιτο πολλὸν
ἄρρηκτον βριαρόν τε, τὸ χάνδανε Πηλείωνα.
κνημῖδες δ᾽ ἤσκηντο πελώριαι· ἀμφὶ δ᾽ ἐλαφραὶ
μούνῳ ἔσαν Ἀχιλῆι μάλα στιβαραί περ ἐοῦσαι.
ἀγχόθι δ᾽ ἄσχετον ἄορ ἄδην περιμαρμαίρεσκε
115 χρυσείῳ τελαμῶνι κεκασμένον ἀργυρέῳ τε
κουλεῷ, ᾧ ἔπι κώπη ἀρηρεμένη ἐλέφαντος
θεσπεσίοις τεύχεσσι μετέπρεπε παμφανόωσα.
τοῖς δὲ παρεκτετάνυστο κατὰ χθονὸς ὄβριμον ἔγχος,
Πηλιὰς ὑψικόμοισιν ἐειδομένη ἐλάτῃσι,
120 λύθρου ἔτι πνείουσα καὶ αἵματος Ἑκτορέοιο.
Καὶ τότ᾽ ἐν Ἀργείοισι Θέτις κυανοκρήδεμνος
θεσπέσιον φάτο μῦθον ἀκηχεμένη Ἀχιλῆος·
"Νῦν μὲν δὴ κατ᾽ ἀγῶνος ἀέθλια πάντα τελέσθη
ὅσσ᾽ ἐπὶ παιδὶ θανόντι μέγ᾽ ἀχνυμένη κατέθηκα.
125 ἀλλ᾽ ἴτω ὅς τ᾽ ἐσάωσε νέκυν καὶ ἄριστος Ἀχαιῶν,

101 δέδεντο Rhodomann: δέδυντο M

250

round the rim which enclosed the whole shield and all its intricately chased decoration.

Next to it lay the helmet, one of great weight. On it was depicted Zeus looking very wrathful in the height of heaven; all around him the other immortals were joining their efforts with his against the rebellious Titans,[4] who were already surrounded by raging fire as bolts of lightning poured down ceaselessly from heaven thick as snowflakes now that Zeus' immense power had been roused; they looked to be on fire, though they had not yet quite expired.

The breastplate of the cuirass lay nearby; it was large, strong and indestructible, big enough to fit the son of Peleus. The decorated greaves were gigantic; only Achilles could put them on easily in spite of their great weight. Nearby glittered the irresistible sword, with its golden baldric and silver scabbard; the hilt was fitted with ivory, and stood out in brightness among all that divine armor. Next to these lay the long and mighty spear from Mount Pelion, big as a high, leafy fir tree, still reeking with Hector's blood and gore.

Then Thetis with her dark headdress made this divine speech to the Argives, moved by her grief for Achilles:

"Now all the competitions are ended in the games held by me in my great grief for my dead son. But let whoever recovered his body step forward—the best of the Achae-

---

[4] Cf. Hes. *Theog.* 664–733.

---

107 νιφάδεσσιν Pierson: νεφέεσσιν M
120 ἔτι Brodeau: ἐπὶ M   123 κατ᾽ Rhodomann: καὶ M

καί νύ κέ οἱ θηητὰ καὶ ἄμβροτα τεύχε᾽ ἔσασθαι
δώσω, ἃ καὶ μακάρεσσι μέγ᾽ εὔαδεν ἀθανάτοισιν.᾽᾽
   Ὣς φάτο· τοὶ δ᾽ ἀνόρουσαν ἐριδμαίνοντ᾽ ἐπέεσσιν
υἱὸς Λαέρταο καὶ ἀντιθέου Τελαμῶνος
130 Αἴας, ὃς μέγα πάντας ὑπείρεχεν ἐν Δαναοῖσιν,
ἀστὴρ ὣς ἀρίδηλος ἀν᾽ οὐρανὸν αἰγλήεντα
Ἕσπερος, ὃς μέγα πᾶσι μετ᾽ ἄστρασι παμφαίνησι·
τῷ εἰκὼς τεύχεσσι παρίστατο Πηλείδαο.
ᾔτεε δ᾽ Ἰδομενῆα κλυτὸν καὶ Νηλέος υἷα
135 ἠδ᾽ ἄρα μητιόωντ᾽ Ἀγαμέμνονα· τοὺς γὰρ ἐώλπει
ἴδμεναι ἀτρεκέως ἐρικυδέος ἔργα μόθοιο·
ὡς δ᾽ αὔτως Ὀδυσεὺς κείνοις ἐπὶ πάγχυ πεποίθει·
οἳ γὰρ ἔσαν πινυτοὶ καὶ ἀμύμονες ἐν Δαναοῖσι.
Νέστωρ δ᾽ Ἰδομενῆι καὶ Ἀτρέος υἱέι δίῳ
140 ἄμφω ἐελδομένοισιν ἔπος φάτο νόσφιν ἀπ᾽ ἄλλων·
   ῾῾Ὦ φίλοι, ἦ μέγα πῆμα καὶ ἄσχετον ἤματι τῷδε
ἡμῖν συμφορέουσιν ἀκηδέες Οὐρανίωνες,
Αἴαντος μεγάλοιο περιφραδέος τ᾽ Ὀδυσῆος
ἐσσυμένων ἐπὶ δῆριν ἀάσχετον ἀργαλέην τε.
145 τῶν γάρ θ᾽ ὁπποτέρῳ δώῃ θεὸς εὖχος ἀρέσθαι
γηθήσει κατὰ θυμόν· ὃ δ᾽ αὖ μέγα πένθος ἀέξει
πάντας ἀτεμβόμενος Δαναούς, περὶ δ᾽ ἔξοχα πάντων
ἡμέας· οὐδ᾽ ἔτι κεῖνος ἐν ἡμῖν ὡς τὸ πάροιθε
στήσεται ἐν πολέμῳ. μέγα δ᾽ ἔσσεται ἄλγος
   Ἀχαιοῖς,
150 κείνων ἤν τινα δεινὸς ἕλῃ χόλος, οὕνεκα πάντων
ἡρώων προφέρουσιν, ὃ μὲν πολέμῳ, ὃ δὲ βουλῇ.

ans: I shall give him to wear this wonderful divine armor which even the blessed immortals admire."

At these words, up sprang, arguing already, the son of Laertes and the son of godlike Telamon, Ajax, who stood out among the Danaans just as the bright star Hesperus stands out in the glittering heavens and shines far brighter than all the other stars: so Ajax seemed as he stood by the arms of Peleus' son. He appealed to noble Idomeneus, to Neleus' son, and to the wise Agamemnon, hoping that they knew the true facts about the deeds done in that glorious battle, and Odysseus similarly put his entire trust in them, because among the Danaans they were men of sense and upright character. Nestor spoke privately to the expectant Idomeneus and the divine son of Atreus:

"My friends, this truly is a serious and unavoidable problem which the carefree Heavenly Ones bring us today, now that great Ajax and the clever Odysseus are keen to enter into a violent argument whose consequences will be both endless and unpleasant; for the one to whom god grants victory will rejoice, but the loser will be much aggrieved: he will blame all the Danaans and us in particular, and he will refuse to stand by us any more in battle as in the past. It will be a great trouble for the Achaeans if either of these men becomes angry and resentful, because each is preeminent among all the heroes, the one in fighting and the other in counsel. But come, take my advice:

---

127 μέγ' C. L. Struve: μει- M

ἀλλ' ἄγ' ἐμεῖο πίθεσθε, ἐπεί ῥα γεραίτερός εἰμι
λίην, οὐκ ὀλίγον περ· ἔχω δ' ἐπὶ γήραϊ πολλῷ
καὶ νόον, οὕνεκεν ἐσθλὰ καὶ ἄλγεα πολλὰ μόγησα.
155   αἰεὶ δ' ἐν βουλῇσι γέρων πολύιδρις ἀμείνων
ὁπλοτέρου πέλει ἀνδρός, ἐπεὶ μάλα μυρία οἶδε.
τοὔνεκα Τρωσὶν ἐφῶμεν ἐύφροσι τήνδε δικάσσαι
ἀντιθέῳ τ' Αἴαντι φιλοπτολέμῳ τ' Ὀδυσῆι,
158a   ὅν τινα δήιοι ἄνδρες ὑποτρομέουσι μάλιστα
ἠδ' ὅ τις ἐξεσάωσε νέκυν Πηληιάδαο
160   ἐξ ὀλοοῦ πολέμοιο· δορύκτητοι γὰρ ἐν ἡμῖν
πολλοὶ Τρῶες ἔασι νεοδμήτῳ ὑπ' ἀνάγκῃ,
οἵ ῥα δίκην ἰθεῖαν ἐπὶ σφίσι ποιήσονται
οὔ τινι ἦρα φέροντες, ἐπεὶ μάλα πάντας Ἀχαιοὺς
ἶσον ἀπεχθαίρουσι κακῆς μεμνημένοι ἄτης."
165   Ὣς φάμενον προσέειπεν ἐυμμελίης Ἀγαμέμνων·
"Ὦ γέρον, ὡς οὔ τις πινυτώτερος ἄλλος ἐν ἡμῖν
σεῖο πέλει Δαναῶν, οὔτ' ἂρ νέος οὔτε παλαιός,
ὃς φῇς Ἀργείοισιν ἀνηλεγέως χαλεπῆναι
ἀνέρα ὅν τινα τῶνδε θεοὶ μετόπισθε βάλωνται
170   νίκης· οἱ γὰρ ἄριστοι ἐπὶ σφίσι δηριόωνται.
καὶ δ' ἐμοὶ ἔνδοθεν ἦτορ ἐνὶ φρεσὶ ταῦτα μενοινᾷ,
ὄφρα δορυκτήτοισι δικασπολίην ὀπάσωμεν·
τοὺς καὶ ἀτεμβόμενός τις ὀλέθρια μήσεται ἔργα
Τρωσὶν ἐυπτολέμοισι, χόλον δ' οὐκ ἄμμιν ὀπάσσει."
175   Ὣς φάτο· τοὶ δ' ἕνα θυμὸν ἐνὶ στέρνοισιν
                    ἔχοντες
ἀμφαδὸν ἠνήναντο δικασπολίην ἀλεγεινήν.
τῶν δ' ἄρ' ἀναινομένων Τρώων ἐρικυδέες υἷες

I am a great deal older than you, and in addition to my
great age I have sound sense, having experienced much,
good and bad. A wise old man is always superior in coun-
sel to a younger one, because he has a wealth of knowl-
edge. Let us then remit to the Trojans who have good sense
the decision between godlike Ajax and warlike Odysseus
as to which most fills the enemy with fear and which re-
covered the body of Peleus' son from the deadly battle.
We have many Trojan prisoners captured in the recent
conflict, and they will make a just decision in the case with-
out prejudice, since they hate all the Achaeans equally,
when they think of their ruin."

To this speech Agamemnon of the fine ash spear re-
plied:

"Old man, there is no one among us Danaans, young
or old, who is wiser than you. You are right to warn us that
whoever the gods deny victory will be furious with the
Argives; after all, the contest is between the best two men
we have. I am just as keen as you are to devise a way to
have the prisoners make this decision: then the loser will
blame them and feel like slaughtering the warlike Trojans
rather than inflicting his anger on us."

So he spoke; and with this motive in mind they both
declared that they would not act as judges in this painful
case. Since they refused, the glorious sons of the Trojans,

---

170 ἐπὶ Köchly: ἐνὶ M
176 ἀλεγεινήν Pauw: ἐρατεινήν M

ἕζοντ᾽ ἐν μέσσοισι δορύκτητοί περ ἐόντες,
ὄφρα θέμιν καὶ νεῖκος ἀρήιον ἰθύνωσιν.
180 Αἴας δ᾽ ἐν μέσσοισι μέγ᾽ ἀσχαλόων φάτο μῦθον·
"Ὦ Ὀδυσεῦ φρένας αἰνέ, τί τοι νόον ἤπαφε
        δαίμων
ἶσον ἐμοὶ φρονέειν περὶ κάρτεος ἀκμήτοιο;
ἦ φὴς αἰνὸν ὅμιλον ἐρυκακέειν Ἀχιλῆος
βλημένου ἐν κονίῃσιν, ὅτ᾽ ἀμφί ἑ Τρῶες ἔβησαν,
185 ὁππότ᾽ ἐγὼ κείνοισι φόνον στονόεντ᾽ ἐφέηκα
σεῖο καταπτώσσοντος; ἐπεί νύ σε γείνατο μήτηρ
δείλαιον καὶ ἄναλκιν, ἀφαυρότερόν περ ἐμεῖο,
ὅσσον τίς τε κύων μεγαλοβρύχοιο λέοντος·
οὐ γάρ τοι στέρνοισι πέλει μενεδήιον ἦτορ,
190 ἀλλὰ σοὶ ἀμφιμέμηλε δόλος καὶ ἀτάσθαλα ἔργα.
ἠὲ τόδ᾽ ἐξελάθου, ὅτ᾽ ἐς Ἰλίου ἱερὸν ἄστυ
ἐλθέμεναι ἀλέεινες ἅμ᾽ ἀγρομένοισιν Ἀχαιοῖς,
καί σε καταπτώσσοντα καὶ οὐκ ἐθέλοντ᾽ ἐφέπεσθαι
ἤγαγον Ἀτρεῖδαι; ὡς μὴ ὤφελλες ἱκέσθαι·
195 σῆς γὰρ ὑπ᾽ ἐννεσίῃσι κλυτὸν Ποιάντιον υἷα
Λήμνῳ ἐν ἠγαθέῃ λίπομεν μεγάλα στενάχοντα·
οὐκ οἴῳ δ᾽ ἄρα τῷ γε λυγρὴν ἐπεμήσαο λώβην,
ἀλλὰ καὶ ἀντιθέῳ Παλαμήδεϊ θῆκας ὄλεθρον,
ὃς σέο φέρτερος ἔσκε βίῃ καὶ εὔφρονι βουλῇ.
200 νῦν δ᾽ ἤδη καὶ ἐμεῖο καταντίον ἐλθέμεν ἔτλης,
οὔτ᾽ εὐεργεσίης μεμνημένος, οὔτέ τι θυμῷ
ἀζόμενος σέο πολλὸν ὑπέρτερον, ὅς σ᾽ ἐνὶ χάρμῃ
ἐξεσάωσα πάροιθεν ὑποτρομέοντα κυδοιμὸν

prisoners though they were, took seats in the midst of the assembly in order to make a just decision in this dispute about the war. Ajax spoke before the assembly with these indignant words:

"Odysseus, you rogue, some god must have tricked you into thinking you can rival me in strength and stamina! Do you claim to have kept that dreadful mass of encircling Trojans away from Achilles when he was lying in the dust, when it was I who unleashed grim slaughter on them while you cringed in terror? The truth is, you were born feeble and cowardly, weaker than me just as some cur is weaker than a loud-roaring lion. It's no doughty heart that you have in your breast; tricks and rascality are what you care about. Have you forgotten how you tried to avoid going to the holy city of Troy with the Achaean army, and how the sons of Atreus had to bring you here cringing and reluctant? If only you had never come! It was your idea to leave the noble son of Poeas groaning in agony on holy Lemnos.[5] And he is not the only one you have injured with your tricks: you also managed to get godlike Palamedes killed, a man superior to you in both strength and wise counsel.[6] And now you dare to face me: you have forgotten the good turn I did you, and you have no sense of shame before a man far better than you. I rescued you in the mêlée when you were trembling with fear at the enemy's

[5] Cf. 9.491–528.

[6] Angry at Palamedes for detecting his ruse to avoid fighting at Troy, Odysseus hid gold in his hut and accused him of taking bribes; the Greek leaders condemned him to death.

---

181 ἤπαφε Rhodomann: ἤκαχε M

δυσμενέων, ὅτε σ' ἄλλοι ἀνὰ μόθον οἰωθέντα
205 κάλλιπον ἐν δηίων ὁμάδῳ φεύγοντα καὶ αὐτόν.
ὡς ὄφελον καὶ ἐμεῖο θρασὺ σθένος ἐν δαῒ κείνῃ
αὐτὸς Ζεὺς ἐφόβησεν ἀπ' αἰθέρος, ὄφρά σε Τρῶες
ἀμφιτόμοις ξιφέεσσι διὰ μελεϊστὶ κέδασσαν
δαῖτα κυσὶ σφετέροισι, καὶ οὐκ ἂν ἐμεῖο μενοίνας
210 ἐλθέμεναι κατέναντα δολοφροσύνῃσι πεποιθώς.
σχέτλιε, τίπτε βίῃ πολὺ φέρτατος ἔμμεναι ἄλλων
εὐχόμενος μέσσοισιν ἔχες νέας, οὐδέ τι θυμῷ
ἔτλης ὥς περ ἔγωγε θοὰς ἔκτοσθεν ἐρύσσαι
νῆας; ἐπεί νύ σε τάρβος ἐπήιεν. οὐδὲ μὲν αἰνὸν
215 πῦρ νηῶν ἀπάλαλκες· ἐγὼ δ' ὑπ' ἀταρβέι θυμῷ
ἔστην καὶ πυρὸς ἄντα καὶ Ἕκτορος, ὅς μ' ὑπόεικε
πάσῃ ἐν ὑσμίνῃ· σὺ δέ μιν μέγα δείδιες αἰεί.
ὡς ὄφελον τόδε νῶιν ἐνὶ πτολέμῳ τις ἄεθλον
θῆκεν, ὅτ' ἀμφ' Ἀχιλῆι δεδουπότι δῆρις ὀρώρει,
220 ὄφρ' ἐκ δυσμενέων με καὶ ἀργαλέοιο κυδοιμοῦ
ἔδρακες ἔντεα καλὰ ποτὶ κλισίας φορέοντα
αὐτῷ ὁμῶς Ἀχιλῆι δαΐφρονι. νῦν δ' ἄρα μύθων
ἰδρείῃ πίσυνος μεγάλων ἐπιμαίεαι ἔργων.
οὐ γάρ τοι σθένος ἐστὶν ἐν ἔντεσιν ἀκαμάτοισι
225 δύμεναι Αἰακίδαο δαΐφρονος, οὐδὲ μὲν ἔγχος
νωμῆσαι παλάμῃσιν· ἐμοὶ δ' ἄρα πάντα τέτυκται
ἄρτια, καί μοι ἔοικε φορήμεναι ἀγλαὰ τεύχη
οὔ τι καταισχύνοντι θεοῦ περικαλλέα δῶρα.
ἀλλὰ τί ἢ μύθοισιν ἐριδμαίνοντε κακοῖσιν

217 μέγα Zimmermann: om. M

258

clamor, when everyone else was fleeing the din of the foe just like you, and you were all alone in the fighting.[7] I wish Zeus from high in the sky had put me to flight, too; then the Trojans would have cut you to pieces with their double-edged swords and fed you to the dogs, and you would not be planning to use your tricks and your cunning to oppose me now. You rascal, if you claim to be by far the best in strength, why did you keep your ships in the middle of the line?[8] You didn't dare, as I did, to draw up your swift ships at the end of the line—because you were scared! And you did not try to prevent the ships being set on fire, whereas *I* with fearless courage stood up to both the fire and Hector,[9] who used to give way to me whenever we met in battle—while *you* were always terrified of him. I wish someone had set up this prize for the two of us while the battle was still in progress and we were fighting over Achilles' fallen body: then you could have seen how I recovered those fine arms from that terrible struggle with the enemy and carried them back to our huts, together with warlike Achilles himself! But as it is, you are relying on your way with words to claim greatness in action. The truth is, you do not have the strength to wear warlike Achilles' invincible armor or the power to wield his spear in your hands, whereas everything fits me properly, and I am the right person to wear that splendid armor without bringing shame to the god's beautiful gift. But why are we standing here using bad words to contend about the splendid armor

7 *Il.* 11.411–88.
8 *Il.* 8.222–26 = 11.5–9.
9 *Il.* 15.674–746.

230 ἕσταμεν ἀμφ᾽ Ἀχιλῆος ἀμύμονος ἀγλαὰ τεύχη,
ὅς τις φέρτερός ἐστιν ἐνὶ φθισήνορι χάρμῃ;
ἀλκῆς γὰρ τόδ᾽ ἄεθλον ἀρήιον, οὐκ ἀλεγεινῶν
θῆκεν ἐνὶ μέσσοις ἐπέων Θέτις ἀργυρόπεζα.
μύθων δ᾽ εἰν ἀγορῇ χρειὼ πέλει ἀνθρώποισιν·
235 οἶδα γὰρ ὡς σέο πολλὸν ἀγαυότερος καὶ ἀρείων
εἰμί· γένος δέ μοί ἐστιν ὅθεν μεγάλῳ Ἀχιλῆι."

᾽Ὣς φάτο· τὸν δ᾽ ἀλεγεινὰ παραβλήδην ἐνένιπεν
υἱὸς Λαέρταο πολύτροπα μήδεα νωμῶν·

"Αἶαν ἀμετροεπές, τί νύ μοι τόσα μὰψ ἀγορεύεις;
240 οὐτιδανὸν δέ μ᾽ ἔφησθα καὶ ἀργαλέον καὶ ἄναλκιν
ἔμμεναι, ὃς σέο πολλὸν ὑπέρτερος εὔχομαι εἶναι
μήδεσι καὶ μύθοισιν ἅ τ᾽ ἀνδράσι κάρτος ἀέξει.
καὶ γάρ τ᾽ ἠλίβατον πέτρην ἄρρηκτον ἐοῦσαν
μήτι ὑποτμήγουσιν ἐν οὔρεσι λατόμοι ἄνδρες
245 ῥηιδίως· μήτι δὲ μέγαν βαρυηχέα πόντον
ναῦται ὑπεκπερόωσιν, ὅτ᾽ ἄσπετα κυμαίνηται·
τέχνῃσιν δ᾽ ἀγρόται κρατεροὺς δαμόωσι λέοντας
πορδάλιάς τε σύας τε καὶ ἄλλων ἔθνεα θηρῶν·
ταῦροι δ᾽ ὀβριμόθυμοι ὑπὸ ζεύγλης δαμόωνται
250 ἀνθρώπων ἰότητι. νόῳ δέ τε πάντα τελεῖται·
αἰεὶ δ᾽ ἀφραδέος πέλει ἀνέρος ἀμφὶ πόνοισι
πᾶσι καὶ ἐν βουλῇσιν ἀνὴρ πολύιδρις ἀμείνων.
τοὔνεκ᾽ ἐυφρονέοντα θρασὺς πάις Οἰνείδαο
λέξατό μ᾽ ἐκ πάντων ἐπιτάρροθον, ὄφρ᾽ ἀφίκωμαι
255 ἐς φύλακας· μέγα δ᾽ ἔργον ὁμῶς ἐτελέσσαμεν ἄμφω.

237 ἐνένιπεν Köchly: -ισπεν M
251 ἀμφὶ πόνοισι Rhodomann: ἀμφιπόλοισι M

260

of glorious Achilles, when his excellence was in slaughter and mayhem? It is a dispute over warlike strength, not of wounding words, that Thetis of the silver feet has set up here. Words are only useful in debate. I know that I am a far nobler and a far better man than you; and I am from the same stock as great Achilles himself."

So he spoke; and the son of Laërtes, using all his guile and wiles, replied with these wounding words:

"What a windbag you are, Ajax! Why so much pointless talk? You call me a weakling, a rascal and a coward, but I can claim superiority to you in both thought and word, qualities which improve men's power. Consider: it is intelligence which makes it possible for stonemasons up in the mountains to quarry a huge, high rock of unbreakable hardness; it is by using their intelligence that sailors can cross the great, sounding sea, be the swell never so rough; it is by skill that hunters are able to overcome mighty lions, leopards, boars and the other species of wild beasts; and it is human will that makes formidable bulls submit to the yoke. It is the mind that accomplishes everything: in work and counsel alike the man with knowledge is always better than the ignoramus. It was my good sense that made the brave son of Oeneus choose me of all men to be his helper in getting as far as the guards; it was a great deed that we accomplished together.[10] Moreover,

---

[10] In Book 10 of the *Iliad*, Diomedes chooses Odysseus to be his companion on a nighttime reconnaissance mission inside the Trojan camp. The two intercept and kill the Trojan spy Dolon, slaughter the newly arrived Trojan ally Rhesus and his men as they sleep, and return triumphantly in Rhesus' chariot.

καὶ δ᾽ αὐτὸν Πηλῆος ἐυσθενέος κλυτὸν υἷα
ἤγαγον Ἀτρείδῃσιν ἐπίρροθον. ἢν δὲ καὶ ἄλλου
ἥρωος χρειώ τις ἐν Ἀργείοισι πέληται,
οὐδ᾽ ὅ γε χερσὶ τεῇσιν ἐλεύσεται οὐδὲ μὲν ἄλλων
260 Ἀργείων βουλῇσιν, ἐγὼ δέ ἑ μοῦνος Ἀχαιῶν
ἄξω μειλιχίοισι παραυδήσας ἐπέεσσι
δῆριν ἐς αἰζηῶν. μέγα γὰρ κράτος ἀνδράσι μῦθος
γίνετ᾽ ἐυφροσύνῃ μεμελημένος· ἠνορέη δὲ
ἄπρηκτος τελέθει μέγεθός τ᾽ εἰς οὐδὲν ἀέξει
265 ἀνέρος, εἰ μή οἱ πινυτὴ ἐπὶ μῆτις ἔπηται.
αὐτὰρ ἐμοὶ καὶ κάρτος ὁμῶς καὶ μῆτιν ὄπασσαν
ἀθάνατοι, τεῦξαν δὲ μέγ᾽ Ἀργείοισιν ὄνειαρ.
οὐδὲ μὲν ὡς σύ μ᾽ ἔφησθα πάρος φεύγοντα σάωσας
δηίου ἐξ ἐνοπῆς· οὐ γὰρ φύγον, ἀλλ᾽ ἅμα πάντας
270 Τρῶας ἐπεσσυμένους μένον ἔμπεδον· οἱ δ᾽ ἐπέχυντο
ἀλκῇ μαιμώοντες, ἐγὼ δ᾽ ὑπὸ κάρτεϊ χειρῶν
πολλῶν θυμὸν ἔλυσα. σὺ δ᾽ οὐκ ἄρ᾽ ἐτήτυμα βάζεις·
οὐ γὰρ ἔμοιγ᾽ ἐπάμυνας ἀνὰ μόθον, ἀλλὰ σοὶ αὐτῷ
ἔστης ἦρα φέρων, μή τίς νύ σε δουρὶ δαμάσσῃ
275 φεύγοντ᾽ ἐκ πολέμοιο. νέας δ᾽ ἐς μέσσον ἔρυσσα
οὔ τι περιτρομέων δηίων μένος, ἀλλ᾽ ἵνα μῆχος
αἰὲν ἅμ᾽ Ἀτρείδῃσιν ὑπὲρ πολέμοιο φέρωμαι.
καὶ σὺ μὲν ἔκτοσθε στήσας νέας· αὐτὰρ ἔγωγε
αὐτὸν ἀεικίσσας πληγῇς ὑπὸ λευγαλέῃσιν
280 ἐς Τρώων πτολίεθρον ἐσήλυθον, ὄφρα πύθωμαι
ὁππόσα μητιόωνται ὑπὲρ πολέμου ἀλεγεινοῦ.

263 μεμελημένος Hermann: μεμιγμένος M

it was I who brought the son of mighty Peleus himself to help the Atreidae;[11] and if the Argives ever need any other hero, he will come not because of your strength or any of the other Argives' good counsel: I alone of all the Achaeans will bring him by using my eloquence to persuade him to fight with our lads.[12] Eloquence gives men great power when it is allied to good sense, whereas valor is useless, and a man's size counts for nothing, unless accompanied by wisdom and intelligence. The immortals have bestowed on me strength and intelligence alike, and in doing so they have greatly benefitted the Argives. Nor is it true, as you alleged, that you once rescued me as I fled conflict with the enemy: far from fleeing, I withstood the combined violent assault of the attacking Trojans and by main force took the lives of many. What you say is untrue: you did not defend me in the mêlée because you were busy fighting for yourself, fearful that someone would kill you with his spear as you were fleeing the battle. And as for my ships— I drew them up in the middle not because I was afraid of the enemy forces, but so that I could always be there to provide the Atreidae with whatever help circumstances might demand. *You* may have placed your ships at the end of the line; but *I* disfigured myself with cruel blows for my mission to the city of the Trojans to find out their intentions concerning the war.[13] Nor was I afraid of Hector's

---

[11] Aware that he would die if he went to Troy, Thetis had disguised her son as a girl and left him with the king of Scyros. Odysseus devised a ruse to detect him among the maidens there.

[12] Cf. 6.64–67.

[13] Cf. *Od.* 4.244–58.

οὐδὲ μὲν Ἕκτορος ἔγχος ἐδείδιον, ἀλλὰ καὶ αὐτὸς
ἐν πρώτοις ἀνόρουσα μαχέσσασθαι μενεαίνων
κείνῳ, ὅτ᾽ ἠνορέῃ πίσυνος προκαλέσσατο πάντας.
285 νῦν δέ σευ ἀμφ᾽ Ἀχιλῆι πολὺ πλέονας κτάνον
    ἄνδρας
δυσμενέων, ἐσάωσα δ᾽ ὁμῶς τεύχεσσι θανόντα.
οὐδὲ μὲν ἐγχείην τρομέω σέθεν, ἀλλά με λυγρὸν
ἕλκος ἔτ᾽ ἀμφ᾽ ὀδύνῃς περινίσεται εἵνεκα τευχέων
τῶνδ᾽ ὑπερουτηθέντα δαϊκταμένου τ᾽ Ἀχιλῆος.
290 καὶ δ᾽ ἐμοὶ ὡς Ἀχιλῆι πέλει Διὸς ἔξοχον αἷμα."
    Ὣς ἄρ᾽ ἔφη· τὸν δ᾽ αὖτις ἀμείβετο καρτερὸς Αἴας·
    "Ὦ Ὀδυσεῦ δολομῆτα καὶ ἀργαλεώτατε πάντων,
οὔ νύ σ᾽ ἐκεῖσ᾽ ἐνόησα πονεύμενον οὐδέ τις ἄλλος
Ἀργείων, ὅτε Τρῶες Ἀχιλλέα δῃωθέντα
295 ἑλκέμεναι μενέαινον. ἐγὼ δ᾽ ὑπὸ δουρὶ καὶ ἀλκῇ
τῶν μὲν γούνατ᾽ ἔλυσα κατὰ μόθον, οὓς δ᾽ ἐφόβησα
αἰὲν ἐπεσσύμενος· τοὶ δ᾽ ἀργαλέως φοβέοντο
χήνεσιν ἢ γεράνοισιν ἐοικότες, οἷς τ᾽ ἐπορούσῃ
αἰετὸς ἠιόεν πεδίον κάτα βοσκομένοισιν·
300 ὣς Τρῶες πτώσσοντες ἐμὸν δόρυ καὶ θοὸν ἆορ
Ἴλιον ἐς κατέδυσαν ἀλευάμενοι μέγα πῆμα.
σοὶ δὲ καὶ εἰ τότε κάρτος ἐπήλυθεν, οὔ τί μευ ἄγχι
μάρναο δυσμενέεσσιν, ἑκὰς δέ που ἦσθα καὶ αὐτὸς
ἀμφ᾽ ἄλλῃσι φάλαγξι πονεύμενος, οὐ περὶ νεκρῷ
305 ἀντιθέου Ἀχιλῆος, ὅπου μάλα δῆρις ὀρώρει."
    Ὣς φάτο· τὸν δ᾽ Ὀδυσῆος ἀμείβετο κερδαλέον
    κῆρ·

spear: I was among the first to volunteer to fight him when, confident in his prowess, he laid down a challenge to us all.[14] And just now I killed far more of the enemy around Achilles than you did, and I recovered the armor together with his body.[15] As for your spear—I have no fear of it; but I am still suffering pain from the cruel wound I was dealt as I fought over the arms and the dead Achilles.[16] And the select blood of Zeus is as much mine as it was Achilles'."

So he spoke; and in his turn mighty Ajax replied:

"Odysseus, you schemer and most insufferable of all men, neither I nor any of the other Argives saw you exerting yourself when the Trojans were trying to drag away Achilles' body. I, on the other hand, loosed the knees of some of them in the fray and put others to flight with my constant attacks, so that they fled in disarray like geese or cranes swooped on by an eagle as they feed on the grassy plain: just so the Trojans cringed before my spear and swift sword, and scuttled back into Ilium to avoid heavy losses. If you did make some show of strength, you weren't at any rate anywhere near me when you fought the enemy. Perhaps you were exerting yourself somewhere else in the lines; you were not in the thick of the fighting over the body of godlike Achilles."

So he spoke, and Odysseus cunningly replied.

[14] *Il.* 7.161–69.

[15] In Quintus' own account Ajax drives off the Trojans, but the body is carried by the Greek leaders (3.385–86).

[16] See 3.308–11.

---

285 πολὺ Rhodomann: πολλῷ M

289 τ' Rhodomann: om. M   298 τ' Vian: om. M

"Αἶαν, ἐγὼν οὐ σεῖο κακώτερος ἔλπομαι εἶναι
οὐ νόον οὐδὲ βίην, εἰ καὶ μάλα φαίδιμός ἐσσι·
ἀλλὰ νόῳ μὲν ἔγωγε πολὺ προφερέστερός εἰμι
310 σεῖο μετ' Ἀργείοισι, βίῃ δέ κεν ἀμφήριστος
ἢ καὶ ἀγαυότερος. τὸ δέ που καὶ Τρῶες ἴσασιν,
οἵ με μέγα τρομέουσι, καὶ ἢν ἀπάτερθεν ἴδωνται·
καὶ δ' αὐτὸς σάφα οἶδας ἐμὸν μένος, ἠδὲ καὶ ἄλλοι,
ἀμφὶ παλαισμοσύνῃ πολυτειρέι πολλὰ μογήσας,
315 ὁππότε δὴ περὶ σῆμα δαϊκταμένου Πατρόκλοιο
Πηλείδης ἐρίθυμος ἀγακλυτὰ θῆκεν ἄεθλα."
    Ὣς φάτο Λαέρταο κλυτὸς πάις ἀντιθέοιο.
καὶ τότε Τρώιοι υἷες ἔριν δικάσαντ' ἀλεγεινὴν
αἰζηῶν· νίκην δὲ καὶ ἄμβροτα τεύχεα δῶκαν
320 πάντες ὁμοφρονέοντες ἐυπτολέμῳ Ὀδυσῆι·
τοῦ δ' ἄμοτον γήθησε νόος, στονάχησε δὲ λαός.
παχνώθη δ' Αἴαντος ἐὺ σθένος· αἶψα δ' ἄρ' αὐτῷ
ἄτη ἀνιηρὴ περικάππεσε· πᾶν δέ οἱ εἴσω
ἔζεσε φοίνιον αἷμα, χολὴ δ' ὑπερέβλυσεν αἰνή,
325 ἥπατι δ' ἐγκατέμικτο· περὶ κραδίην δ' ἀλεγεινὸν
ἷξεν ἄχος, καὶ δριμὺ δι' ἐγκεφάλοιο θεμέθλων
ἐσσύμενον μήνιγγας ἄδην ἀμφήλυθεν ἄλγος,
σὺν δ' ἔχεεν νόον ἀνδρός. ἐπὶ χθόνα δ' ὄμματα
        πήξας
ἔστη ἀκινήτῳ ἐναλίγκιος. ἀμφὶ δ' ἑταῖροι
330 ἀχνύμενοί μιν ἄγεσκον ἐυπρώρους ἐπὶ νῆας
πολλὰ παρηγορέοντες· ὃ δ' ὑστατίην ποσὶν οἶμον
ἤιεν οὐκ ἐθέλων· σχεδόθεν δέ οἱ ἕσπετο Μοῖρα.
    Ἀλλ' ὅτε δὴ μετὰ νῆας ἔβαν καὶ ἀπείρονα πόντον

"Ajax, I believe I am not inferior to you either in brains or in brawn, for all your great renown. In brains I am far superior to you among the Argives, and in brawn I could match or even surpass you. The Trojans know this, too: they only have to see me in the distance to tremble with fear. And you yourself are well aware of my physical strength, as is everyone else: I gave you a hard time in the wrestling when the glorious Pelides held those memorable games at the tomb of the slain Patroclus."[17]

So spoke the renowned son of godlike Laërtes. The sons of the Trojans then gave their judgment in this painful rivalry between the two heroes: they unanimously awarded the victory and those immortal arms to warlike Odysseus. He was overjoyed, but the army groaned aloud. The mighty Ajax felt a pang in his heart, and a baneful agony came over him; all the red blood boiled within him; his raging bile bubbled over and affected his liver; grief and pain invaded his heart; and bitter suffering rushed through the roots of his brain and enveloped the membranes, confounding his mind completely. He stood as if paralyzed, his eyes fixed on the ground. He was led off to the well-prowed ships by his grieving companions, who tried to console him. Reluctantly he went on this, his final way. Fate kept him close company.

The Argives went off, hungry and tired, to their ships

17 *Il.* 23.700–739. The contest was declared a tie, but Odysseus seemed to have the upper hand.

---

333 ἔβαν Rhodomann: ἔβη M

Ἀργεῖοι δόρποιο μεμαότες ἠδὲ καὶ ὕπνου,
335 δὴ τότ᾽ ἔσω μεγάλοιο Θέτις κατεδύσετο πόντου·
σὺν δέ οἱ ἄλλαι ἴσαν Νηρηίδες· ἀμφὶ δ᾽ ἄρά σφι
νήχετο κήτεα πολλὰ τά τε τρέφει ἁλμυρὸν οἶδμα.
αἱ δὲ μέγα σκύζοντο Προμηθέι μητιόωντι
μνώμεναι ὡς κείνοιο θεοπροπίῃσι Κρονίων
340 δῶκε Θέτιν Πηλῆι καὶ οὐκ ἐθέλουσαν ἄγεσθαι.
Κυμοθόη δ᾽ ἐν τῇσι μέγ᾽ ἀσχαλόωσ᾽ ἀγόρευεν·
"Ὢ πόποι, ὡς ὅ γε λυγρὸς ἐπάξια πήμαθ᾽
ὑπέτλη
δεσμῷ ἐν ἀρρήκτῳ, ὅτε οἱ μέγας αἰετὸς ἧπαρ
κεῖρεν ἀεξόμενον κατὰ νηδύος ἔνδοθι δύνων."
345 Ὣς φάτο Κυμοθόη κυανοπλοκάμοις ἁλίῃσιν.
Ἥλιος δ᾽ ἀπόρουσεν, ἐπεσκιόωντο δ᾽ ἀλωαὶ
νυκτὸς ἐπεσσυμένης, ἐπεκίδνατο δ᾽ οὐρανὸν ἄστρα.
Ἀργεῖοι δ᾽ ἐπὶ νηυσὶ τανυπρώροισιν ἴαυον
ὕπνῳ ὑπ᾽ ἀμβροσίῳ δεδμημένοι ἠδὲ καὶ οἴνῳ
350 ἠδέι τὸν Κρήτηθε παρ᾽ Ἰδομενῆος ἀγαυοῦ
ναῦται ὑπὲρ πόντοιο πολυκλύστοιο φέρεσκον.
Αἴας δ᾽ Ἀργείοισι χολούμενος οὔτ᾽ ἄρα δόρπου
μνήσατ᾽ ἐνὶ κλισίῃ μελιηδέος, οὔτέ μιν ὕπνος
ἄμπεχεν· ἀλλ᾽ ὅ γ᾽ ἑοῖσιν ἐν ἔντεσι δύσετο θύων,
355 εἵλετο δὲ ξίφος ὀξὺ καὶ ἄσπετα πορφύρεσκεν,
ἢ ὅ γε νῆας ἐνιπρήσῃ καὶ πάντας ὀλέσσῃ
Ἀργείους, ἢ μοῦνον ὑπὸ ξίφεϊ στονόεντι
δῃώσῃ μελεϊστὶ θοῶς δολόεντ᾽ Ὀδυσῆα.
καὶ τὰ μὲν ὣς ὥρμαινε, τὰ δὴ τάχα πάντ᾽ ἐτέλεσσεν,

and the limitless sea, and Thetis meanwhile descended into the great sea's depths with the rest of the Nereids and an escort of the various monsters that the salt sea breeds. They felt great anger at the wise Prometheus, recalling that his prophecies had caused the son of Cronus to marry off Thetis to Peleus against her will. Cymothoë addressed them with these indignant words:

"Ah! How well deserved were the agonies that rascal suffered, chained up in unbreakable bonds as the great eagle plunged into his entrails and tore out his liver which kept renewing itself!"

Such was Cymothoë's speech to the dark-haired nymphs of the sea. Then the Sun set, night came on, the land grew dark, and the heavens were strewn with stars. The Argives passed the night at their slender-prowed ships, overcome with ambrosial sleep and by the sweet wine which sailors used to bring over the wine-washed sea from noble Idomeneus in Crete.

Ajax, however, was so angry with the Argives that, back in his hut, he had no care for the pleasures of eating and was quite unable to sleep. Instead he furiously donned his armor, grasped his sharp sword, and pondered which unspeakable crime he should commit: whether he should kill all the Argives by setting fire to the ships, or just dispatch the wily Odysseus by dismembering him with his grief-bringing sword. He would have quickly carried out

---

344 δύνων Köchly: βαίνων M
354 ἀλλ᾽ ὅ Spitzner: ἀλλὰ M

360 εἰ μή οἱ Τριτωνὶς ἀάσχετον ἔμβαλε Λύσσαν·
κήδετο γὰρ φρεσὶν ἧσι πολυτλήτου Ὀδυσῆος
ἱρῶν μνωομένη τά οἱ ἔμπεδα κεῖνος ἔρεξε·
τοὔνεκα δὴ μεγάλοιο μένος Τελαμωνιάδαο
τρέψεν ἀπ᾽ Ἀργείων. ὁ δ᾽ ἄρ᾽ ἤιε λαίλαπι ἶσος
365 σμερδαλέῃ στυγερῇσι καταιγίσι βεβριθυίῃ,
ἥ τε φέρει ναύτῃσι τέρας κρυεροῖο φόβοιο,
Πληιὰς εὖτ᾽ ἀκάμαντος ἐς Ὠκεανοῖο ῥέεθρα
δύεθ᾽ ὑποπτώσσουσα περικλυτὸν Ὠρίωνα
ἠέρα συγκλονέουσα, μέμηνε δὲ χείματι πόντος·
370 τῇ εἰκὼς ᾤμησεν ὅπη † γε μὲν γυῖα † φέρεσκον.
    Πάντῃ δ᾽ ἀμφιθέεσκεν ἀναιδέι θηρὶ ἐοικώς,
ὅς τε βαθυσκοπέλοιο διέσσυται ἄγκεα βήσσης
ἀφριόων γενύεσσι καὶ ἄλγεα πολλὰ μενοινῶν
ἢ κυσὶν ἢ ἀγρότῃς οἵ οἱ τέκνα δηιόωνται
375 ἄντρων ἐξερύσαντες, ὁ δ᾽ ἀμφὶ γένυσσι βεβρυχώς

* * *

εἴ που ἔτ᾽ ἐν ξυλόχοισιν ἴδοι θυμήρεα τέκνα—
τῷ δ᾽ εἴ τις κύρσειε μεμηνότα θυμὸν ἔχοντι,
αὐτοῦ οἱ βιότοιο λυγρὸν περιτέλλεται ἦμαρ·
ὡς ὅ γ᾽ ἀμείλιχα θῦνε. μέλαν δέ οἱ ἔζεεν ἦτορ,
380 εὖτε λέβης ἀλίαστον ἐπ᾽ ἐσχάρῃ Ἡφαίστοιο
ῥοιβδηδὸν μαίνηται ὑπαὶ πυρὸς αἰθομένοιο,
γάστρην ἀμφὶς ἅπασαν ὅτε ξύλα πολλὰ θέρηται,
ἐννεσίῃς δρηστῆρος ἐπειγομένου ἐνὶ θυμῷ,
εὐτρεφέος σιάλοιο περὶ τρίχας ὥς κεν ἀμέρσῃ·
385 ὡς τοῦ ὑπὸ στέρνοισι πελώριος ἔζεε θυμός.

the result of his deliberations if Tritonis had not afflicted
him with irresistible Madness because of her affection for
much-enduring Odysseus and her recalling the sincere
sacrifices he had made to her; she therefore deflected the
violence of the great son of Telamon away from the Ar-
gives. Off he went, like a hideous hurricane fraught with
hateful whirlwinds, a sign for sailors to freeze with fear,
appearing at the time when the Pleiad plunges into the
streams of unwearied Ocean as she shrinks from glorious
Orion and piles up clouds in the sky as the sea storms and
rages; just so he made his way wherever his limbs carried
him.

He ran around in every direction, like an unrestrained
wild beast which charges through the deep glens of a
craggy valley with foaming jaws, intent on doing harm to
the hounds or the hunters who have dragged its young
from the den to kill them; it roars all around, <seeking
them and>[18] hoping for a sight of its beloved young in the
undergrowth; and if anyone comes across it in that wrath-
ful state, the day of his death has dawned and he loses his
life on the spot: just so Ajax charged around in pitiless
rage, his black heart seething like a cauldron bubbling
madly and without ceasing on a fire kindled at Hephaes-
tus' hearth when the whole belly of that pot is being heated
by heaps of firewood as the man in charge tries his best to
boil it so that he can scald the bristles off a fat hog: just so
did the monstrous passion in his breast seethe and boil.

---

[18] Line missing.

---

362 ἔρεξε C. L. Struve: ὄρεξεν M   post 375 lac. stat.
Scaliger   382 ἀμφὶς ἄπασαν Köchly: ἀμφὶ δὲ πᾶσαν M

μαίνετο δ᾽ ἠύτε πόντος ἀπείριτος ἠὲ θύελλα
ἢ πυρὸς ἀκαμάτοιο θοὸν μένος, εὖτ᾽ ἀλίαστον
μαίνηται κατ᾽ ὄρεσφι βίη μεγάλου ἀνέμοιο,
πίπτῃ δ᾽ αἰθομένη πυρὶ πάντοθεν ἄσπετος ὕλη·
390 ὡς Αἴας ὀδύνῃσι πεπαρμένος ὄβριμον ἦτορ
μαίνετο λευγαλέως. Ἄπλετος δέ οἱ ἔρρεεν ἀφρὸς
ἐκ στόματος, βρυχὴ δὲ περὶ γναθμοῖσιν ὀρώρει,
τεύχεα δ᾽ ἀμφ᾽ ὤμοισιν ἐπέβραχε. τοὶ δ᾽ ὁρόωντες
πάντες ὁμῶς ἑνὸς ἀνδρὸς ὑποτρομέεσκον ὁμοκλήν.
395   Καὶ τότ᾽ ἀπ᾽ Ὠκεανοῖο κίεν χρυσήνιος Ἠώς.
Ὕπνος δ᾽ οὐρανὸν εὐρὺν ἀνήιεν εἴκελος αὔρῃ,
Ἥρῃ δὲ ξύμβλητο νέον πρὸς Ὄλυμπον ἰούσῃ
Τηθύος ἐξ ἱερῆς, ὅθι που προτέρῃ μόλεν ἠοῖ·
ἡ δέ ἑ κύσσεν ἑλοῦσ᾽, ἐπεὶ ἦ πέλε γαμβρὸς ἀμύμων,
400 ἐξ οὗ οἱ Κρονίωνα κατεύνασεν ἐν λεχέεσσιν
Ἴδης ἀμφὶ κάρηνα χολούμενον Ἀργείοισιν·
αἶψα δ᾽ ἄρ᾽ ἡ μὲν ἔβη Ζηνὸς δόμον, ὃς δ᾽ ἐπὶ λέκτρα
Πασιθέης οἴμησεν· ἀνέγρετο δ᾽ ἔθνεα φωτῶν.
Αἴας δ᾽ ἀκαμάτῳ ἐναλίγκιος Ὠρίωνι
405 φοίτα ἐνὶ στέρνοισιν ἔχων ὀλοόφρονα Λύσσαν.
ἐν δ᾽ ἔθορεν μήλοισι, λέων ὣς ὀβριμόθυμος
λιμῷ ὑπ᾽ ἀργαλέῃ δεδμημένος ἄγριον ἦτορ.
καὶ τὰ μὲν ἐν κονίῃσιν ἐπασσύτερ᾽ ἄλλοθεν ἄλλα
κάββαλεν, ἠύτε φύλλα μένος κρατεροῦ Βορέαο
410 χεύῃ, ὅτ᾽ ἀννυμένου θέρεος μετὰ χεῖμα τράπηται·

390 ὀδύνῃσι Canter: ὀδυσ(σ)ῆι M
393 ἐπέβραχε Wernicke: ὑπ- M

He was maddened like the vast sea, or a tornado, or the rapid power of unwearied fire when a strong wind's force rages madly and without ceasing down on the mountains, and the vast forests topple, flaming and burning on every side: just so Ajax felt madness and grief, his mighty heart pierced with pain. A flood of foam issued from his mouth, a bellowing sound came from his jaws, and the armor clattered around his shoulders. The violent menaces of that one man produced fear and trembling in everyone who saw him.

Eos, with her reins of gold, now rose from the Ocean, and Sleep ascended like a breeze to the broad heaven. He met Hera, who was just returning to Olympus from visiting divine Tethys the day before. She embraced and kissed him: he had been like a noble son in law to her ever since he put to bed the son of Cronus on the peaks of Ida when he was angry with the Argives.[19] Soon she was on her way to the dwelling of Zeus, and Sleep hurried to the bed of Pasithea; the world awoke. Ajax roamed around like tireless Orion, with murderous Madness in his mind. He pounced on the flocks like a lion, bold and mighty, whose savage heart is in the grip of ravening hunger. He knocked them down in the dust on every side one after another, like mighty Boreas' blast scattering leaves when summer is over and the season of storms comes on: just so did

[19] Sleep helped Hera to seduce Zeus at *Il.* 14.231–362.

---

399 ἢ Köchly: οἱ M
407 ἀργαλέη Zimmermann: -έω M
410 μετὰ Heyne: μέγα M

ὡς Αἴας μήλοισι μέγ᾽ ἀσχαλόων ἐνόρουσεν
ἐλπόμενος Δαναοῖσι κακὰς ἐπὶ Κῆρας ἰάλλειν.
Καὶ τότε δὴ Μενέλαος ἀδελφεῷ ἄγχι παραστὰς
κρύβδ᾽ ἄλλων Δαναῶν τοῖον ποτὶ μῦθον ἔειπε·
415 "Σήμερον ἢ τάχα πᾶσιν ὀλέθριον ἔσσεται ἦμαρ
Αἴαντος μεγάλοιο περὶ φρεσὶ μαινομένοιο,
ὃς τάχα νῆας ἐνιπρήσει, κτανέει δὲ καὶ ἡμέας
πάντας ἐνὶ κλισίῃσι κοτεσσάμενος περὶ τευχέων.
ὡς ὄφελον μὴ τῶνδε Θέτις περὶ δῆριν ἔθηκε,
420 μηδ᾽ ἄρα Λαέρταο πάις μέγ᾽ ἀμείνονι φωτὶ
ἔτλη δηριάασθαι ἐναντίον ἄφρονι θυμῷ.
νῦν δὲ μέγ᾽ ἀασάμεσθα, κακὸς δέ τις ἧπαφε δαίμων·
ἕρκος γὰρ πολέμοιο δεδουπότος Αἰακίδαο
μοῦνον ἔτ᾽ ἦν Αἴαντος ἐὺ σθένος. ἀλλ᾽ ἄρα καὶ τὸν
425 ἡμέων ἐξελόωσι θεοὶ κακὰ νῶιν ἄγοντες,
ὥς κεν πάντες ἄιστοι ἀναπλήσωμεν ὄλεθρον."
Ὣς φάμενον προσέειπεν ἐυμμελίης Ἀγαμέμνων·
"Μὴ νῦν, ὦ Μενέλαε, μέγ᾽ ἀχνύμενος περὶ θυμῷ
428a σκύζεο μητιόωντι Κεφαλλήνων βασιλῆι,
ἀλλὰ θεοῖς οἳ νῶιν ὀλέθρια μητιόωνται·
430 οὐ γὰρ ὅ γ᾽ αἴτιός ἐστιν, ἐπεὶ μάλα πολλάκις ἡμῖν
γίνεται ἐσθλὸν ὄνειαρ, ἄχος δ᾽ ἄρα δυσμενέεσσιν."
Ὣς οἱ μὲν Δαναῶν ἀκαχήμενοι ἠγορόωντο.
μηλονόμοι δ᾽ ἀπάνευθε παρὰ Ξάνθοιο ῥεέθροις
πτῶσσον ὑπὸ μυρίκῃσιν ἀλευάμενοι βαρὺ πῆμα.
435 ὡς δ᾽ ὅταν αἰετὸν ὠκὺν ὑποπτώσσωσι λαγωοὶ
θάμνοις ἐν λασίοισιν, ὅτ᾽ ἐγγύθεν ὀξὺ κεκληγὼς

Ajax in his great grief and rage fall on the flocks, believing that he was dealing an evil doom on the Danaans.

Menelaüs now went and stood by his brother and said to him, so that none of the other Danaans could hear:

"I am afraid that this is soon going to be the day of destruction for all of us, now that the mind of great Ajax is maddened: he will soon burn the ships and kill us all, so angry is he about those arms! I wish Thetis had not set up the contest, and that the son of Laërtes had not had the foolish temerity to challenge a man so far his superior. As it is, some malign god has deceived us into making a grave mistake: the noble might of Ajax was our sole remaining defense in the war once Achilles had fallen, and now the gods are driving him too away from us, and are bringing misfortune to us both; we shall all be utterly ruined!"

To these words Agamemnon of the fine ash spear replied:

"Menelaus, do not let your great grief make you angry with that wise counselor, king of the Cephallenians: the gods have counseled our destruction, and you should be angry with them. He is not to blame: he has often been a great benefit to us and caused grief to our enemies."

So they spoke between themselves, sorry for the plight of the Danaans. Meanwhile, far away on Xanthus' banks, the shepherds were cowering in the tamarisk bushes avoiding suffering hard to bear. As a swift eagle makes hares cower under the tamarisk leaves when it keeps

---

411 ἐνόρουσεν Rhodomann: ἀν- M
419 περὶ Vian (πέρι Rhodomann, Pauw): πρὶν M
425 ἐξελόωσι Vian: ἐξόλ- M   426 ἄιστοι West: -ον M

πωτᾶτ᾽ ἔνθα καὶ ἔνθα τανυσσάμενος πτερύγεσσιν·
ὣς οἵ γ᾽ ἄλλοθεν ἄλλος ὑπέτρεσαν ὄβριμον ἄνδρα.
   Ὀψὲ δ᾽ ὅ γ᾽ ἀρνειοῖο κατακταμένου σχεδὸν ἔστη,
440 καί ῥ᾽ ὀλοὸν γελάσας τοῖον ποτὶ μῦθον ἔειπε·
   "Κεῖσό νυν ἐν κονίῃσι, κυνῶν βόσις ἠδ᾽ οἰωνῶν·
οὐ γάρ σ᾽ οὐδ᾽ Ἀχιλῆος ἐρύσατο κύδιμα τεύχη,
ὧν ἕνεκ᾽ ἀφραδέως μέγ᾽ ἀμείνονι δηριάασκες.
κεῖσο, κύον· σὲ γὰρ οὔ τι γοήσεται ἀμφιπεσοῦσα
445 κουριδίη μετὰ παιδὸς ἀάσχετον ἀσχαλόωσα,
οὐ τοκέες, τοῖς οὔ τι μετέσσεαι ἐλδομένοισι
γήραος ἐσθλὸν ὄνειαρ, ἐπεί νύ σε τῆλ᾽ ἀπὸ πάτρης
οἰωνοί τε κύνες τε δεδουπότα δαρδάψουσιν."
   Ὣς ἄρ᾽ ἔφη δολόεντα μετὰ κταμένοις Ὀδυσῆα
450 κεῖσθαι οἰόμενος μεμορυγμένον αἵματι πολλῷ.
καὶ τότε οἱ Τριτωνὶς ἀπὸ φρενὸς ἠδὲ καὶ ὄσσων
ἐσκέδασεν Μανίην βλοσυρὴν πνείουσαν ὄλεθρον·
ἡ δὲ θοῶς ἵκανε ποτὶ Στυγὸς αἰνὰ ῥέεθρα,
ἧχι θοαὶ ναίουσιν Ἐριννύες αἵ τε βροτοῖσιν
455 αἰὲν ὑπερφιάλοισι κακὰς ἐφιᾶσιν ἀνίας.
   Αἴας δ᾽, ὡς ἴδε μῆλα κατὰ χθονὸς ἀσπαίροντα,
θάμβεεν ἐν φρεσὶ πάμπαν· ὀίσατο γὰρ δόλον εἶναι
ἐκ μακάρων. πάντεσσι δ᾽ ὑπεκλάσθη μελέεσσι
βλήμενος ἄλγεσι θυμὸν ἀρήιον· οὐδ᾽ ἄρα πρόσσω
460 ἔσθενεν ἀσχαλόων ἐπιβήμεναι οὔτ᾽ ἄρ᾽ ὀπίσσω,
ἀλλ᾽ ἔστη σκοπιῇ ἐναλίγκιος, ἥ τ᾽ ἐν ὄρεσσι
πασάων μάλα πολλὸν ὑπερτάτη ἐρρίζωται.
ἀλλ᾽ ὅτε οἱ πάλι θυμὸς ἐνὶ στήθεσσιν ἀγέρθη,
λυγρὸν ἀνεστονάχησεν, ἔπος δ᾽ ὀλοφύρετο τοῖον·

flying above them, wings outspread, shrieking loudly: just so that mighty man made them scatter and tremble with fear.

Eventually he stood by a ram he had killed and with a grim laugh spoke as follows:

"Lie there in the dust as carrion for the dogs and birds! The glorious arms of Achilles did not protect you, the arms for which you foolishly competed with a man far better than you. Lie there, you dog! There will be no one to lament for you—no wedded wife with her child to embrace you, unable to hold back her grief, no parents who had hoped you would be there to help them in their old age: the dogs and birds will gnaw your dead body in a land far from your own!"

So he spoke, believing that it was wily Odysseus lying there among the dead, covered in blood and gore. Then Tritonis removed grim, murder-breathing Madness from his mind and eyes, and she quickly went back to the dread streams of Styx, dwelling place of the swift Furies, who always let loose wretchedness and misery upon the proud and arrogant.

When he saw the sheep gasping out their lives on the ground, Ajax was completely astonished. Realizing that the blessed gods had tricked him, he felt all his limbs give way; his warlike heart was grief-stricken; he had not the strength to step either forward or back: in his misery he stood like some mountain peak, firmly rooted and towering above the rest. When he came to his senses once more, he gave a groan of grief and began his lamentation:

---

446 ἐλδομένοισι Köchly: ἐλπο- M   452 βλοσυρὴν Spitzner: -ὸν M   457 δόλον Rhodomann: χόλον M
462 ὑπερτάτη J. Th. Struve: -τέρη M

465   "Ὦ μοι ἐγώ, τί νυ τόσσον ἀπέχθομαι
          ἀθανάτοισιν;
       οἵ με φρένας βλάψαντο, κακὴν δ' ἐπὶ λύσσαν ἔθεντο,
       μῆλα κατακτεῖναι τά μοι οὐκ ἔσαν αἴτια θυμοῦ.
       ὡς ὄφελον τίσασθαι Ὀδυσσέος ἀργαλέον κῆρ
       χερσὶν ἐμαῖς, ἐπεὶ ἦ με κακῇ περικάββαλεν ἄτῃ
470   λυγρὸς ἐὼν μάλα πάγχυ. πάθοι γε μὲν ἄλγεα θυμῷ
       ὁππόσα μητιόωνται Ἐρινύες ἀνθρώποισιν
       ἀργαλέοις· δοῖεν δὲ καὶ ἄλλοις Ἀργείοισιν
       ὑσμίνας ὀλοὰς καὶ πένθεα δακρυόεντα
       αὐτῷ τ' Ἀτρείδῃ Ἀγαμέμνονι· μηδ' ὅ γ' ἀπήμων
475   ἔλθοι ἑὸν ποτὶ δῶμα λιλαιόμενός περ ἱκέσθαι.
       ἀλλὰ τί μοι στυγεροῖσι μετέμμεναι ἐσθλὸν ἐόντα;
       ἐρρέτω Ἀργείων ὀλοὸς στρατός· ἐρρέτω αἰὼν
       ἄσχετος. οὐ γὰρ ἔτ' ἐσθλὸς ἔχει γέρας, ἀλλὰ
            χερείων
       τιμήεις τε πέλει καὶ φίλτερος· ἦ γὰρ Ὀδυσσεὺς
480   τίετ' ἐν Ἀργείοισιν, ἐμεῦ δ' ἐπὶ πάγχυ λάθοντο
       ἔργων θ' ὁππόσ' ἔρεξα καὶ ἔτλην εἵνεκα λαῶν."
          Ὣς εἰπὼν πάις ἐσθλὸς ἐυσθενέος Τελαμῶνος
       Ἑκτόρεον ξίφος ὦσε δι' αὐχένος· ἐκ δέ οἱ αἷμα
       ἐσσύμενον κελάρυζεν. ὃ δ' ἐν κονίῃσι τανύσθη,
485   Τυφῶν ὣς τὸν Ζηνὸς ἐνεπρήσαντο κεραυνοί·
       ἀμφὶ δὲ γαῖα μέλαινα μέγα στονάχησε πεσόντος.
          Καὶ τότε δὴ Δαναοὶ κίον ἀθρόοι, ὡς ἐσίδοντο
       κείμενον ἐν κονίῃσι· πάρος δέ οἱ οὔ τις ἵκανεν
       ἐγγύς, ἐπεὶ μάλα πάντας ἔχεν δέος εἰσορόωντας.

"Alas! Why do the gods hate me so? They damaged my mind by implanting madness, so that I slaughtered the sheep which were not the cause of my anger. If only I could have got violent revenge on that scoundrel Odysseus! It was his perfect malice that cast this doom around me. May he feel all the sufferings which the Furies can devise for criminals! And may they grant the other Argives bloody battles, tears and grief! The same goes for Agamemnon, son of Atreus: may his return home, which he so much desires, not be without suffering! But what have I, a brave hero, to do with these detestable people? Good riddance to the vile army of the Argives—and to this life of mine, now unbearable. Now the brave man goes unrewarded and the worse is more valued and more liked: Odysseus is honored among the Argives, and they have quite forgotten the deeds I performed and the resolution I showed for the army's sake!"

With these words the brave son of mighty Telamon thrust the sword of Hector through his neck,[20] and a stream of blood gushed out. He lay stretched out in the dust like Typhon when he was blasted by Zeus' thunderbolt, and at his fall the black earth gave a great groan.

It was then, when they saw him lying in the dust, that the Danaans all came up; no one had come near him before: fear had seized all who saw him. Now that he was

---

[20] The sword given him by Hector at the end of their inconclusive duel (*Il.* 7.303–4).

---

467 θυμοῦ Rhodomann: -μῷ M   470 γε μὲν Köchly: δέ
κεν M   474 ὅ γ᾽ Köchly: ὃς M   480 ἐπὶ Tychsen: ἀπὸ M
481 θ᾽ Spitzner: om. M

490 αἶψα δ' ἄρα κταμένῳ περικάππεσον· ἀμφὶ δὲ κρᾶτα
πρηνέες ἐκχύμενοι κόνιν ἄσπετον ἀμφεχέοντο,
καί σφιν ὀδυρομένων γόος αἰθέρα δῖον ἵκανεν.
ὡς δ' ὅταν εἰροπόκων οἴων ἄπο νήπια τέκνα
ἀνέρες ἐξελάσωσιν, ἵνα σφισὶ δαῖτα κάμωνται,
495 αἱ δὲ μέγα σκαίρουσι διηνεκέως μεμακυῖαι
μητέρες ἐκ τεκέων σηκοὺς πέρι χηρωθέντας·
ὡς οἵ γ' ἀμφ' Αἴαντα μέγα στένον ἤματι κείνῳ
πανσυδίῃ· μέγα δέ σφιν ἐπέβραχε δάσκιος Ἴδη
καὶ πεδίον καὶ νῆες ἀπειρεσίη τε θάλασσα.
500 Τεῦκρος δ' ἀμφ' αὐτῷ μάλα μήδετο Κῆρας
    ἐπισπεῖν
ἀργαλέας· τὸν δ' ἄλλοι ἀπὸ ξίφεος μεγάλοιο
εἶργον. ὃ δ' ἀσχαλόων περικάππεσε τεθνειῶτι
δάκρυα πολλὰ χέων ἀδινώτερα νηπιάχοιο,
ὅς τε παρ' ἐσχαρεῶνι τέφρην περιειμένος ὤμοις
505 κὰκ κεφαλῆς μάλα πάμπαν ὀδύρεται ὀρφανὸν ἦμαρ
μητρὸς ἀποφθιμένης ἥ μιν τρέφε νήιδα πατρός·
ὡς ὅ γε κωκύεσκε κασιγνήτοιο δαμέντος
ἑρπύζων περὶ νεκρόν, ἔπος δ' ὀλοφύρετο τοῖον·
    "Αἶαν καρτερόθυμε, τί δή νύ τοι ἔβλαβεν ἦτορ
510 σοὶ αὐτῷ στονόεντα φόνον καὶ πῆμα βαλέσθαι;
ἦ ἵνα Τρώιοι υἷες ὀιζύος ἀμπνεύσωσιν,
Ἀργείους δ' ὀλέσωσι σέθεν κταμένοιο κιόντες;
οὐ γὰρ τοῖσδ' ἔτι θάρσος ὅσον πάρος ὀλλυμένοισιν
ἔσσεται ἐν πολέμῳ· σὺ γὰρ ἔπλεο πήματος ἄλκαρ.

dead they surrounded him as they lay facedown on the ground pouring endless handfuls of dust over their heads and lamenting so loud that their wailing reached the divine sky. Just as when someone drives away the young offspring of fleecy sheep in order to prepare a meal, and the mothers restlessly bleat round the pens bereft of their offspring; just so did the whole army groan and lament that day around Ajax; and leafy Ida, the plain, the ships and the boundless sea all reechoed the sound.

Teucer wished to encounter his own grim fate there over him;[21] but the others kept him from his great sword. In his distress he took the dead man in his arms and wept more copiously than a child who, sitting by the hearth, keenly laments that he is now an orphan: he never knew his father, and his caring mother has died; over his head he pours ashes that cascade down to his shoulders. Just so did Teucer bewail his dead brother as he dragged himself around the corpse and lamented with these words:

"Ajax staunch in spirit, what destructive impulse can have made you inflict suffering and death on yourself?[22] Did you do it so that the sons of the Trojans could have respite from their ordeal and come to slaughter the Argives now that you are dead? These troops of ours will not keep their old confidence in the fight: they will be mas-

---

[21] I.e., kill himself over the body.   [22] Text uncertain.

---

491 κόνιν Rhodomann: om. M   495 μέγα σκαίρουσι Rhodomann: μέγ᾽ ἀσπαίρουσι M   διηνεκέως Rhodomann: -έες M   500 μήδετο Rhodomann: κήδ- M
509 τί δή Rhodomann: τίη M
510 σοὶ Zimmermann: οἱ M

515　οὐδ᾽ ἔτ᾽ ἐμοὶ νόστοιο τέλος σέο δεῦρο θανόντος
　　ἁνδάνει, ἀλλὰ καὶ αὐτὸς ὀίομαι ἐνθάδ᾽ ὀλέσθαι,
　　ὄφρά με σὺν σοὶ γαῖα φερέσβιος ἀμφικαλύπτῃ·
　　οὐ γάρ μοι τοκέων τόσσον μέλει, εἴ που ἔτ᾽ εἰσίν,
　　εἴ που ἔτ᾽ ἀμφινέμονται ἔτι ζωοὶ Σαλαμῖνα,
520　ὅσσον σεῖο θανόντος, ἐπεὶ σύ μοι ἔπλεο κῦδος."
　　　　Ἦ ῥα μέγα στενάχων. ἐπὶ δ᾽ ἔστενε δῖα
　　　　Τέκμησσα,
　　Αἴαντος παράκοιτις ἀμύμονος, ἥν περ ἐοῦσαν
　　ληιδίην σφετέρην ἄλοχον θέτο, καί μιν ἁπάντων
　　τεῦξεν ἄνασσαν ἔμεν ὁπόσων ἀνὰ δῶμα γυναῖκες
525　ἑδνωταὶ μεδέουσι παρ᾽ ἀνδράσι κουριδίοισιν·
　　ἡ δέ οἱ ἀκαμάτοισιν ὑπ᾽ ἀγκοίνῃσι δαμεῖσα
　　Εὐρυσάκην τέκεθ᾽ υἱὸν ἐοικότα πάντα τοκῆι.
　　ἀλλ᾽ ὁ μὲν οὖν ἔτι τυτθὸς ἐνὶ λεχέεσσι λέλειπτο·
　　ἡ δὲ μέγα στενάχουσα φίλῳ περικάππεσε νεκρῷ
530　ἐντυπὰς ἐν κονίῃσι καλὸν δέμας αἰσχύνουσα,
　　καί ῥ᾽ ὀλοφυδνὸν ἄυσε μέγ᾽ ἀχνυμένη κέαρ ἔνδον·
　　　　"Ὤ μοι ἐγὼ δύστηνος, ἐπεὶ θάνες οὔ τι δαϊχθεὶς
　　δυσμενέων παλάμῃσι κατὰ μόθον, ἀλλὰ σοὶ αὐτῷ.
　　τῶ μοι πένθος ἄλαστον ἐποίχεται· οὐ γὰρ ἐώλπειν
535　σεῖο καταφθιμένοιο πολύστονον ἦμαρ ἰδέσθαι
　　ἐν Τροίῃ· τὰ δὲ πάντα κακαὶ διὰ Κῆρες ἔχευαν.
　　ὡς μ᾽ ὄφελον τὸ πάροιθε περὶ τραφερὴ χάνε γαῖα,
　　πρὶν σέο πότμον ἰδέσθαι ἀμείλιχον· οὐ γὰρ ἔμοιγε
　　ἄλλο χερειότερόν ποτ᾽ ἐσήλυθεν ἐς φρένα πῆμα,
540　οὐδ᾽ ὅτε με πρώτιστον ἐμῆς ἀπὸ τηλόθι πάτρης

sacred now that you are no longer there as defense and protection. As for me, I have no desire to go home at last now that you are dead: I should like to die here too and share with you a common grave in the fertile earth: my parents, if in fact they are still alive and dwelling in Salamis, are not such a concern to me as your death: all my pride was in you!"

Such were his loud lamentations; and in response a lament was uttered by the divine Tecmessa, wife of noble Ajax, a captive whom he had married and given the same status and responsibilities as dowried wives receive from their wedded husbands. He had taken her in his powerful embrace and fathered Eurysaces, a son just like his father. Still an infant, he had been left in his cradle; but his mother, lamenting aloud, dragged herself over her dear husband's corpse, disfiguring her fair body and leaving its impression in the dust. In the grief of her heart she cried out with loud lamentation:

"Alas! What misfortune is mine! You are dead—not killed in battle by an enemy hand, but self-slain! And so the grief I have is inconsolable: I never expected to see the mournful day you would die in Troy; but the evil spirits of doom confounded all my hopes. I wish the nourishing earth had swallowed me up before I could see your cruel end! I have never felt such distress, not even when you first dragged me and the other captives far away from my parents and my homeland—though I lamented aloud

518 εἴ που Spitzner: οἴ ᾗ ω M   523 ληϊδίην Rhodomann: ληϊδ᾽ ἦν M   524 ὁπόσων Vian: ὅσσων M
530 ἐν Rhodomann: om. M   533 σοὶ Spitzner: οἴ/οἱ M

καὶ τοκέων εἴρυσσας ἅμ᾽ ἄλλαις ληιάδεσσι
πόλλ᾽ ὀλοφυρομένην, ἐπεὶ ἦ νύ με τὸ πρὶν ἄνασσαν
αἰδοίην περ ἐοῦσαν ἐπήιε δούλιον ἦμαρ.
ἀλλά μοι οὔτε πάτρης θυμηδέος οὔτε τοκήων
545 μέμβλεται οἰχομένων, ὁπόσον σέο δῃωθέντος,
οὕνεκά μοι δειλῇ θυμήρεα πάντα μενοίνας,
καί ῥά με θῆκας ἄκοιτιν ὁμόφρονα, καί ῥά μ᾽
      ἔφησθα
τεύξειν αὐτίκ᾽ ἄνασσαν ἐυκτιμένης Σαλαμῖνος
νοστήσας Τροίηθε. τὰ δ᾽ οὐ θεὸς ἄμμι τέλεσσεν·
550 ἀλλὰ σὺ νῦν μὲν ἄιστος ἀποίχεαι, οὐδέ νυ σοί περ
μέμβλετ᾽ ἐμεῦ καὶ παιδός, ὃς οὐ πατρὶ τέρψεται
      ἦτορ,
οὐ σέο κοιρανίης ἐπιβήσεται, ἀλλά μιν ἄλλοι
δμῶα λυγρὸν τεύξουσιν, ἐπεὶ πατρὸς οὐκέτ᾽ ἐόντος
νηπίαχοι κομέονται ὑπ᾽ ἀνδράσιν εὖ μάλα πολλὸν
555 χειροτέροις· ὀλοῇ γὰρ ἐπ᾽ ὀρφανίῃ βαρὺς αἰὼν
παισὶ πέλει καὶ πήματ᾽ ἐπ᾽ ἄλλοθεν ἄλλα χέονται.
καὶ δ᾽ ἐμὲ δειλαίην τάχα δούλιον ἵξεται ἦμαρ
οἰχομένου σέο πρόσθεν, ὅ μοι θεὸς ὣς ἐτέτυξο.”

      Ὣς φαμένην προσέειπε φίλα φρονέων
Ἀγαμέμνων·
560 “Ὦ γύναι, οὔ νύ σέ τις δμωὴν ἔτι θήσεται ἄλλος,
Τεύκρου ἔτι ζώοντος ἀμύμονος ἠδ᾽ ἐμεῦ αὐτοῦ·
ἀλλά σε τίσομεν αἰὲν ἀπειρεσίοις γεράεσσι,
τίσομεν ὥς τε θεήν, καὶ σὸν τέκος, ὡς ἔτ᾽ ἐόντος
ἀντιθέου Αἴαντος ὃς ἔπλετο κάρτος Ἀχαιῶν.

then, an honored princess reduced to being a slave. But I
am concerned less for that sweet homeland and the par-
ents I have lost than for your death; you were so kind to
me then in my wretchedness, making me your wife and
soul's mate, and promising that I would be queen of the
fair city of Salamis on your return from Troy. But that has
not come to pass: you are dead and gone, unable to care
any more for me and your son: he will never delight his
father, never succeed you as king: he will be a miserable
slave to someone else: after their father's death children
are in the charge of men far less caring, and the life of an
orphan is grim indeed, with troubles coming thick and
fast. As for me, I shall soon be living a life of wretched
servitude, now that you are dead and gone before: you
were like a god to me!"

Agamemnon responded kindly to her speech:

"Lady, no one is going to make a slave of you so long as
noble Teucer and I are still alive; we will honor you always
with tokens of our infinite esteem—honor you like a god-
dess, and your son too, just as if that champion of the
Achaeans, godlike Ajax, were still alive. If only he had not

---

547 ῥά μ᾽ Rhodomann: om. M
550 νῦν μὲν Rhodomann: μὲν νῦν M

565 αἴθ᾽ ὄφελον μηδ᾽ ἄλγος Ἀχαιίδι θήκατο πάσῃ
αὐτὸς ἑῇ ὑπὸ χειρὶ δαμείς· οὐ γάρ μιν ἀπείρων
δυσμενέων σθένε λαὸς ὑπ᾽ Ἄρεϊ δῃώσασθαι."

Ὣς ἔφατ᾽ ἀχνύμενος κέαρ ἔνδοθεν. ἀμφὶ δὲ λαοὶ
οἰκτρὸν ἀνεστονάχησαν, ἐπίαχε δ᾽ Ἑλλήσποντος
570 μυρομένων, ὀλοὴ δὲ περὶ σφίσι πέπτατ᾽ ἀνίη.
καὶ δ᾽ αὐτὸν λάβε πένθος Ὀδυσσέα μητιόωντα
κείνου ἀποκταμένοιο, καὶ ἀχνύμενος κατὰ θυμὸν
τοῖον ἔπος μετέειπεν ἀκηχεμένοισιν Ἀχαιοῖς·

"Ὦ φίλοι, ὡς οὔ πώ τι κακώτερον ἄλλο χόλοιο
575 γίνεται, ὅς τε βροτοῖσι κακὴν ἐπὶ δῆριν ἀέξει·
ὃς καὶ νῦν Αἴαντα πελώριον ἐξορόθυνεν
ἀμφ᾽ ἐμοὶ ἐν φρεσὶν ᾗσι χολούμενον. ὡς ὄφελόν μοι
μή ποτε Τρώιοι υἷες Ἀχιλλέος εἵνεκα τευχέων
νίκην ἀμφεβάλοντ᾽ ἐρικυδέα, τῆς περὶ θυμὸν
580 ἀχνύμενος παῖς ἐσθλὸς ἐυσθενέος Τελαμῶνος
ὤλετο χερσὶν ἑῇσι. χόλου δέ οἱ οὔ τι ἔγωγε
αἴτιος, ἀλλά τις Αἶσα πολύστονος ἥ μιν ἐδάμνα.
εἰ γάρ μοι κέαρ ἔνδον ἐνὶ στέρνοισιν ἐώλπει
κεῖνον ἀλαστήσειν καθ᾽ ἑὸν νόον, οὔτ᾽ ἂν ἔγωγε
585 ἦλθον ἐριδμαίνων νίκης ὕπερ, οὔτέ τιν᾽ ἄλλον
ἐν Δαναοῖσιν ἔασα μεμαότα δηριάασθαι·
ἀλλά οἱ αὐτὸς ἔγωγε θεουδέα τεύχε᾽ ἀείρας
προφρονέως ἂν ὄπασσα καὶ εἴ τί περ ἄλλο μενοίνα.
νῦν δέ μιν οὔ τι ἔγωγε μέγ᾽ ἀχνύμενον χαλεπῆναι
590 ὠισάμην μετόπισθεν, ἐπεί ῥά οἱ οὔτε γυναικὸς
οὔτε περὶ πτόλιος μαχόμην οὔτ᾽ εὐρέος ὄλβου,
ἀλλά μοι ἀμφ᾽ ἀρετῆς νεῖκος πέλεν, ἧς περὶ δῆρις

brought distress to the whole of Achaea by his self-in-flicted death! That whole vast army of our foes could not have slain him in battle!"

So he spoke in his heartfelt grief. The army uttered pitiful wailing and lamentation as the waters of the Hellespont resounded to their cries, and their minds were overcome with dreadful sadness. Even the wily Odysseus felt sorry for his death, and in the grief of his heart he addressed this speech to the despondent Achaeans:

"My friends, there is nothing worse in human life than anger, which leads to conflict; and it was the anger at me that Ajax felt which just now roused the passion of that giant among men. It would have been much better if the sons of the Trojans had not awarded me glorious victory in that contest over Achilles' arms: it was grief at his defeat that led the noble son of mighty Telamon to take his own life. Not that I am to blame for his anger: it was some lamentable Destiny that overcame him. If I had expected that he would be driven out of his wits, I would not have entered the contest myself or allowed any other Danaan here to do so; I would have taken those divine arms and presented them to him gladly, together with anything else he had set his heart on. But I did not foresee that he would react with such violent grief: it was not a woman or a city or vast wealth I was competing for; this was a contest in

---

588 ὅπασσα Tychsen: ἔασα M

τερπνὴ γίνεται αἰὲν ἐύφροσιν ἀνθρώποισι.
κεῖνος δ' ἐσθλὸς ἐὼν στυγερῇ ὑπὸ Δαίμονος Αἴσῃ
595 ἤλιτεν. οὐ γὰρ ἔοικε μέγ' ἀσχαλάαν ἐνὶ θυμῷ·
ἀνδρὸς γὰρ πινυτοῖο καὶ ἄλγεα πόλλ' ἐπιόντα
τλῆναι ὑπὸ κραδίῃ στερεῇ φρενὶ μηδ' ἀκάχησθαι."

Ὣς φάτο Λαέρταο κλυτὸς πάϊς ἀντιθέοιο.
ἀλλ' ὅτε δὴ κορέσαντο γόου καὶ πένθεος αἰνοῦ,
600 δὴ τότε Νηλέος υἱὸς ἔτ' ἀχνυμένοισιν ἔειπεν·

"Ὦ φίλοι, ὡς ἄρα Κῆρες ἀνηλέα θυμὸν ἔχουσαι
ἡμῖν αἶψ' ἐβάλοντο λυγρῷ ἐπὶ πένθεϊ πένθος,
Αἴαντος φθιμένοιο πολυσθενέος τ' Ἀχιλῆος
ἄλλων τ' Ἀργείων ἠδ' υἱέος ἡμετέροιο
605 Ἀντιλόχου. ἀλλ' οὔ τι θέμις κταμένους ἐνὶ χάρμῃ
κλαίειν ἤματα πάντα καὶ ἀσχαλάαν ἐνὶ θυμῷ.
ἀλλὰ γόου λήσασθε ἀεικέος, οὕνεκ' ἄμεινον
ἔρδειν ὅσσα βροτοῖσιν ἐπὶ φθιμένοισιν ἔοικε,
πυρκαϊὴν καὶ σῆμα, καὶ ὀστέα ταρχύσασθαι.
610 νεκρὸς δ' οὔ τι γόοισιν ἀνέγρεται, οὐδέ τι οἶδε
φράσσασθ', εὖτέ ἑ Κῆρες ἀμείλιχοι ἀμφιχάνωσιν."

Ἦ ῥα παρηγορέων· περὶ δ' ἀντίθεοι βασιλῆες
ἀθρόοι αἶψ' ἀγέροντο μέγ' ἀχνύμενοι κέαρ ἔνδον,
καί ἑ μέγαν περ ἐόντα θοῶς ποτὶ νῆας ἔνεικαν
615 πολλοὶ ἀείραντες. κατὰ δὲ σπείροισι κάλυψαν
αἷμ' ἀποφαιδρύναντες ὅ οἱ βριαροῖς μελέεσσι
τερσόμενον περίκειτο σὺν ἔντεσιν ἐν κονίῃσι.
καὶ τότ' ἀπ' Ἰδαίων ὀρέων φέρον ἄσπετον ὕλην
αἰζηοί, πάντῃ δὲ νέκυν πέρι νηήσαντο·

heroic virtue, something that always attracts men of good sense. Ajax was heroic, but some hateful god-sent Fate made him do wrong. It is not good to indulge too much in anger: even in great pain and distress the wise man endures with firm resolve and does not indulge in grief."

So spoke the renowned son of godlike Laërtes. When they had had their fill of unhappy grieving and lamentation, the son of Neleus addressed the still downhearted men:

"My friends, the cruel-hearted spirits of doom have loaded us with grief upon dreadful grief, with the deaths of Ajax, mighty Achilles, the other Argives, and my own son Antilochus. But men killed in battle should not be lamented and grieved over for ever. It is time to leave off lamenting—it does us no credit—and instead to perform the due obsequies for the dead: the pyre, the tomb, and burial of bones. No amount of lamenting can revive a corpse, and the dead have no perception once the cruel spirits of doom have swallowed them up."

So he spoke, advising them. The godlike kings at once all collected together grieving in their hearts. They quickly bore his great body to the ships—though it took many men to lift him. They cleared off the dried blood caked on his mighty limbs while he lay in his armor in the dust, and they covered him with a shroud. Then some men fetched masses of timber from the mountains of Ida and piled it all around the body; on all sides of him they put much

---

611 φράσσασθ' Rhodomann: φράσασθαι M   ἐ Rhodomann: οἱ M   614 θοῶς Köchly: θοὰς M

617 ἔντεσιν ἐν Vian: -σι καὶ M

619 νηήσαντο Rhodomann: δινήσαντο M

620 πολλὰ δ᾽ ἄρ᾽ ἀμφ᾽ αὐτῷ θῆκαν ξύλα, πολλὰ δὲ μῆλα
φάρεά τ᾽ εὐποίητα βοῶν τ᾽ ἐρικυδέα φῦλα
ἠδέ οἱ ὠκυτάτοισιν ἀγαλλομένους ποσὶν ἵππους
χρυσόν τ᾽ αἰγλήεντα καὶ ἄσπετα τεύχεα φωτῶν
ὅσσα πάρος κταμένων ἀποαίνυτο φαίδιμος ἀνήρ·
625 ἤλεκτρόν τ᾽ ἐπὶ τοῖσι διειδέα, τόν ῥά τέ φασιν
ἔμμεναι Ἠελίοιο πανομφαίοιο θυγατρῶν
δάκρυ, τὸ δὴ Φαέθοντος ὑπὲρ κταμένοιο χέαντο
μυρόμεναι μεγάλοιο παρὰ ῥόον Ἠριδανοῖο,
καὶ τὸ μὲν Ἠέλιος γέρας ἄφθιτον υἱέι τεύχων
630 ἤλεκτρον ποίησε μέγα κτέαρ ἀνθρώποισι·
τόν ῥα τότ᾽ εὐρυπέδοιο πυρῆς καθύπερθε βάλοντο
Ἀργεῖοι κλυτὸν ἄνδρα δεδουπότα κυδαίνοντες
Αἴαντ᾽· ἀμφὶ δέ οἱ μεγάλα στενάχοντες ἔθεντο
τιμήεντ᾽ ἐλέφαντα καὶ ἄργυρον ἠερόεντα
635 ἠδὲ καὶ ἀμφιφορῆας ἀλείφατος ἄλλά τε πάντα
ὁππόσα κυδήεντα καὶ ἀγλαὸν ὄλβον ὀφέλλει.
ἐν δ᾽ ἔβαλον κρατεροῖο πυρὸς μένος· ἦλθε δὲ πνοιὴ
ἐξ ἁλός, ἣν προέηκε θεὰ Θέτις, ὄφρα θέροιτο
Αἴαντος μεγάλοιο βίη· ὃ δὲ νύκτα καὶ ἠῶ
640 καίετο πὰρ νήεσσιν ἐπειγομένου ἀνέμοιο.
οἷός που τὸ πάροιθε Διὸς στονόεντι κεραυνῷ
Ἐγκέλαδος δέδμητο κατ᾽ ἀκαμάτοιο θαλάσσης
Θρινακίης ὑπένερθεν, ὅλη δ᾽ ὑπετύφετο νῆσος·
ἢ οἷος ζώοντα μέλη πυρὶ δῶκε θέρεσθαι
645 Ἡρακλέης Νέσσοιο δολοφροσύνῃσι χαλεφθείς,
ὁππότ᾽ ἔτλη μέγα ἔργον, ὅλη δ᾽ ἀμφέστενεν Οἴτη

wood and many sheep, items of fine weaving, cattle of the
best breeds, horses that loved to gallop, gleaming gold,
and the arms without number stripped from his victims
by that glorious hero, as well as translucent amber, which
is said to be tears of the all-prophesying daughters of He-
lios, shed as they lamented Phaethon's death by the stream
of the great Eridanus and turned into amber, an item of
great value, by Helios as an imperishable honor for his
son: that was what the Argives then placed upon the huge
pyre in honor of noble Ajax, the fallen hero. Lamenting
aloud, they set all around precious ivory, misty silver, jars
of oil, goods of every kind indicating honor, wealth and
prosperity. Then they applied the powerful force of fire;
and a wind rose from the sea, sent by the goddess Thetis
so that great Ajax' heroic presence might be burned. As
the wind blew with a will, he burned by the ships a day
and a night. Just as Enceladus once lay beneath Thrinacia
in the unwearied sea, vanquished by the grief-bringing
thunderbolt of Zeus, and the whole island gave up smoke
from below; or as when Heracles, made to suffer agonies
by the treacherous deceit of Nessus, acted heroically in
giving over his living body to the flames for burning, and
the whole of Oeta groaned as he was burned alive; then

---

631 τότ' Rhodomann: πότ' M
633 μεγάλα Rhodomann: μέγα M
644 ἢ Rhodomann, Köchly: ἠδ' M   οἷος Köchly: -ον M

ζωοῦ καιομένοιο, μίγη δέ οἱ αἰθέρι θυμὸς
ἄνδρα λιπὼν ἀρίδηλον, ἐνεκρίνθη δὲ θεοῖσιν
αὐτός, ἐπεί οἱ σῶμα πολύκμητος χάδε γαῖα·
650 τοῖος ἄρ᾽ ἐν πυρὶ κεῖτο λελασμένος ἰωχμοῖο
Αἴας σὺν τεύχεσσι. πολὺς δ᾽ ἐστείνετο λαὸς
αἰγιαλοῖς· Τρῶες δὲ γάνυντ᾽, ἀκάχοντο δ᾽ Ἀχαιοί.
    Ἀλλ᾽ ὅτε δὴ δέμας ἠὺ κατήνυσε πῦρ ἀίδηλον,
δὴ τότε πυρκαϊὴν οἴνῳ σβέσαν· ὀστέα δ᾽ αὐτοῦ
655 χηλῷ ἐνὶ χρυσέῃ θῆκαν· περὶ δέ σφισι γαῖαν
χεῦαν ἀπειρεσίην ῥοιτηίδος οὐχ ἑκὰς ἀκτῆς.
αὐτίκα δ᾽ ἐσκίδναντο πολυσκάρθμους ἐπὶ νῆας
θυμὸν ἀκηχέμενοι· τὸν γὰρ τίον ἶσον Ἀχιλλεῖ.
Νὺξ δ᾽ ἐπόρουσε μέλαινα μετ᾽ ἀνέρας ὕπνον ἄγουσα·
660 οἳ δ᾽ ἄρα δαῖτ᾽ ἐπάσαντο καὶ ἠριγένειαν ἔμιμνον,
βαιὸν ἀποβρίξαντες ἀραιοῖσιν βλεφάροισιν·
αἰνῶς γὰρ φοβέοντο κατὰ φρένα μή σφισι Τρῶες
νυκτὸς ἐπέλθωσιν Τελαμωνιάδαο θανόντος.

292

that glorious hero's spirit left him and was mingled with the ether, and he himself was admitted to the company of the gods once the earth, site of his many labors, held his body: just so Ajax lay, fully armed, in the fire, no longer mindful of fighting. The beach was packed with great crowds of mourners. The Trojans were joyful, the Achaeans despondent.

When the destructive fire had consumed his noble body, they extinguished the pyre with wine, placed his bones in a golden coffer, and buried it in a vast mound of heaped earth not far from the cape of Rhoeteum. Then they immediately went their several ways to the bounding ships, sad at heart: for they respected him just as much as Achilles. Up came black night, bringing sleep to the men; but once they had eaten their meal, they waited for the dawn, nodding off fitfully with their eyes barely closed, fearful and apprehensive that the Trojans would mount a night attack now that the son of Telamon was dead.

BOOK VI

Menelaüs tests the Greeks' resolve by proposing retreat, but Diomedes threatens to kill anyone who tries to leave before Troy is taken. In response to advice from the seer Calchas that this will not happen unless Achilles' son Neoptolemus is present, Odysseus and Diomedes set sail for Scyros to fetch him. Eurypylus, leader of the Cetaeans, comes with his army to the aid of the Trojans. He is the grandson of Heracles and the son of Telephus, who once fought Achilles. Like Penthesileia in Book 1 and Memnon in Book 2, he is royally received. There is a long description of his shield, which depicts the Labors of Heracles; this complements the description of Achilles' shield in Book 5. The second half of the book tells of various encounters in battle between the Greeks and the Trojans, with Eurypylus leading the Trojan attack.

The testing of troops is inspired by a similar episode in Book 2 of the Iliad, *the battle scenes by parts of Book 11. Eurypylus figured in the* Little Iliad *and in a tragedy of Sophocles, now lost, named after him.*

ΛΟΓΟΣ Ζ

Ἠὼς δ' Ὠκεανοῖο ῥόον καὶ λέκτρα λιποῦσα
Τιθωνοῦ προσέβη μέγαν οὐρανόν, ἀμφὶ δὲ πάντῃ
κίδνατο παμφανόωσα, γέλασσε δὲ γαῖα καὶ αἰθήρ·
τοὶ δ' εἰς ἔργα τράποντο βροτοὶ ῥεῖα φθινύθοντες,
5   ἄλλοι δ' ἀλλοίοισιν ἐπῴχοντ'. αὐτὰρ Ἀχαιοὶ
εἰς ἀγορὴν ἐχέοντο καλεσσαμένου Μενελάου·
καί ῥ' ὅτε δὴ μάλα πάντες ἀνὰ στρατὸν ἠγερέθοντο,
δὴ τότ' ἐνὶ μέσσοισιν ἀγειρομένοισι μετηύδα·
     "Κέκλυτε μῦθον ἐμεῖο, θεηγενέες βασιλῆες,
10   ὡς ἐρέω· μέγα γάρ μοι ἐνὶ φρεσὶ τείρεται ἦτορ
λαῶν ὀλλυμένων οἵ ῥ' ἤλυθον εἵνεκ' ἐμεῖο
δῆριν ἐς ἀργαλέην, τοὺς οὐχ ὑποδέξεται οἶκος,
οὐ τοκέες· πολέας γὰρ ὑπέκλασε Δαίμονος Αἶσα.
ὡς ὄφελον Θανάτοιο βαρὺ σθένος ἀτλήτοιο
15   αὐτῷ μοι ἐπόρουσε πρὶν ἐνθάδε λαὸν ἀγεῖραι.
νῦν δέ μοι ἀλλήκτους ὀδύνας ἐπεθήκατο δαίμων,
ὄφρ' ὁρόω κακὰ πολλά· τίς ἂν φρεσὶ γηθήσειεν
εἰσορόων ἐπὶ δηρὸν ἀμήχανα ἔργα μόθοιο;
ἀλλ' ἄγεθ', ὅσσοι ἔτ' εἰμὲν ἐπ' ὠκυπόροισι νέεσσι,
20   καρπαλίμως φεύγωμεν ἐὴν ἐπὶ γαῖαν ἕκαστος,
Αἴαντος φθιμένοιο πολυσθενέος τ' Ἀχιλῆος·
τῶν ἐγὼ οὐκ ὀίω κταμένων ὑπαλύξαι ὄλεθρον
ἡμέας, ἀλλ' ὑπὸ Τρωσὶ δαμήμεναι ἀργαλέοισιν

BOOK VI

Eos left Ocean's stream and the bed of Tithonus and rose into the great heavens, extending her brightness everywhere; earth and sky were gladdened, and humankind, creatures of a day, went about their various tasks. Summoned by Menelaüs, the Achaeans assembled; and once the whole army was collected together in proper order, he stood in their midst and addressed them:

"You kings of divine descent, listen to what I have to say. I am greatly troubled by the loss of men who entered this grim conflict on my account, and whose home, whose parents will never welcome them back: all too many men's lives have been cut short by god-sent Fate. If only I myself had been overcome by the heavy hand of irresistible Death before I assembled this army here! As it is, god has burdened me with never-ending troubles and with seeing many a grim sight. Who could take pleasure in looking so long at warfare with no resolution? Come, then: let each of us who is still alive at the swift ships make a speedy escape to his homeland now that Ajax and mighty Achilles are dead. I do not think we can avoid destruction ourselves: we shall be vanquished by those grim Trojans on

---

16 ἐπεθήκατο Wnat: ἐνεθ- M

εἴνεκ᾽ ἐμεῦ Ἑλένης τε κυνώπιδος, ἧς νύ μοι οὔ τι
25 μέμβλεται ὡς ὑμέων, ὁπότε κταμένους ἐσίδωμαι
ἐν πολέμῳ. κείνη δ᾽ ἀλαπαδνοτάτῳ σὺν ἀκοίτῃ
ἐρρέτω· ἐκ γάρ οἱ πινυτὰς φρένας εἵλετο δαίμων
ἐκ κραδίης, ὅτ᾽ ἐμεῖο λίπεν δόμον ἠδὲ καὶ εὐνήν.
ἀλλὰ τὰ μὲν κείνης Πριάμῳ καὶ Τρωσὶ μελήσει·
30 ἡμεῖς δ᾽ αἶψα νεώμεθ᾽, ἐπεὶ πολὺ λώιόν ἐστιν
ἐκφυγέειν πολέμοιο δυσηχέος ἢ ἀπολέσθαι."

    Ὣς ἔφατ᾽ Ἀργείων πειρώμενος· ἄλλα δέ οἱ κῆρ
ἐν κραδίῃ πόρφυρε περὶ ζηλήμονι θυμῷ,
Τρῶας ὅπως ὀλέσῃ καὶ τείχεα μακρὰ πόληος
35 ῥήξῃ ὑπ᾽ ἐκ θεμέθλων, μάλα δ᾽ αἵματος ἆσαι Ἄρηα
δίου Ἀλεξάνδροιο μετὰ φθιμένοισι πεσόντος·
οὐ γάρ τι ζήλοιο πέλει στυγερώτερον ἄλλο.
καὶ τὰ μὲν ὣς ὥρμαινεν, ἑῇ δ᾽ ἐπιίζανεν ἕδρῃ.
καὶ τότε Τυδείδης ἐγχέσπαλος ὦρτ᾽ ἐνὶ μέσσοις,
40 καί ῥα θοῶς νείκεσσεν ἀρηίφιλον Μενέλαον·
    "Ἆ δειλ᾽ Ἀτρέος υἱέ, τί ἤ νύ σε δεῖμα κιχάνει
ἀργαλέον καὶ τοῖα μετ᾽ Ἀργείοις ἀγορεύεις,
ὡς παῖς ἠὲ γυνὴ τῶν περ σθένος ἔστ᾽ ἀλαπαδνόν;
ἀλλὰ σοὶ οὐ πείσονται Ἀχαιῶν φέρτατοι υἷες,
45 πρὶν Τροίης κρήδεμνα ποτὶ χθόνα πάντα βαλέσθαι·
θάρσος γὰρ μερόπεσσι κλέος μέγα, φύζα δ᾽ ὄνειδος.
εἰ δ᾽ ἄρα τις καὶ τῶνδ᾽ ἐπιπείσεται ὡς ἐπιτέλλεις,
αὐτίκα οἱ κεφαλὴν τεμέω ἰόεντι σιδήρῳ,
ῥίψω δ᾽ οἰωνοῖσιν ἀερσιπέτῃσιν ἐδωδήν.
50 ἀλλ᾽ ἄγεθ᾽, οἷσι μέμηλεν ὀρινέμεναι μένε᾽ ἀνδρῶν,
λαοὺς αὐτίκα πάντας ὀτρυνάντων κατὰ νῆας

account of me and that shameless bitch Helen—not that I have any thoughts of her when I keep seeing you suffering such heavy losses. Damn her and her feeble bedfellow! Some god robbed her mind of good sense when she abandoned my house and bed. From now on she is the concern of Priam and the Trojans; we should be off at once! It is much better to run away from the din of battle than to die."

So he spoke, testing the Argives. But in his heart of hearts his jealous soul had quite different plans, plans to destroy the Trojans, to reduce the long walls of the city to their foundations, and to sate Ares with the blood of divine Alexander, killed along with all the rest—no hatred is more bitter than jealous hatred. Such were his plans; but he took his seat. Then the son of Tydeus, wielder of the spear, rose in their midst and roundly reproached Menelaüs, beloved of Ares:

"Cowardly son of Atreus, what awful access of fear can have made you address the Argives like a weak woman or a feeble child? The sons of the Achaeans who are leaders will not take your advice before they have demolished all the battlements of Troy: a bold heart does men great credit, but cowardice brings disgrace. And if any of them *does* obey this order of yours, I shall instantly cut off his head with my dark sword and throw it out as carrion for the birds that fly in the air. Come on! Those whose duty it is to rouse and encourage a warlike spirit must go at once through the whole fleet and order the troops to sharpen

---

33 ἐν κραδίῃ Köchly: καὶ κραδίη M

δούρατα θηγέμεναι παρά τ' ἀσπίδας ἀλλά τε πάντα
εὖ θέσθαι, καὶ δεῖπνον ἐφοπλίσσασθαι ἅπαντας
—ἀνέρας ἠδ' ἵππους—οἵ τ' ἐς πόλεμον μεμάασιν·
55 ἐν πεδίῳ δ' ὤκιστα διακρινέει μένος Ἄρης."

    Ὣς φάτο Τυδείδης· κατὰ δ' ἕζετο ἧχι πάρος περ.
τοῖσι δὲ Θέστορος υἱὸς ἔπος ποτὶ τοῖον ἔειπεν,
ἀνστὰς ἐν μέσσοισιν, ὅπη θέμις ἔστ' ἀγορεύειν·

    "Κέκλυτέ μευ, φίλα τέκνα μενεπτολέμων Ἀργείων·
60 ἴστε γὰρ ὡς σάφα οἶδα θεοπροπίας ἀγορεύειν.
ἤδη μὲν καὶ πρόσθ' ἐφάμην δεκάτῳ λυκάβαντι
πέρσειν Ἴλιον αἰπύ· τὸ δὴ νῦν ἐκτελέουσιν
ἀθάνατοι, νίκη δὲ πέλει παρὰ ποσσὶν Ἀχαιῶν.
ἀλλ' ἄγε, Τυδέος υἷα μενεπτόλεμόν τ' Ὀδυσῆα
65 πέμψωμεν Σκῦρον δὲ θοῶς ἐν νηὶ μελαίνῃ,
οἵ ῥα παραιπεπιθόντες Ἀχιλλέος ὄβριμον υἷα
ἄξουσιν· μέγα δ' ἄμμι φάος πάντεσσι πελάσσει."

    Ὣς φάτο Θέστορος υἱὸς ἐύφρονος· ἀμφὶ δὲ λαοὶ
γηθόσυνοι κελάδησαν, ἐπεί σφισιν ἦτορ ἐώλπει
70 Κάλχαντος φάτιν ἔμμεν ἐτήτυμον ὡς ἀγόρευε.
καὶ τότε Λαέρταο πάις μετέειπεν Ἀχαιοῖς·

    "Ὦ φίλοι, οὐκέτ' ἔοικε μεθ' ὑμῖν πόλλ' ἀγορεύειν
σήμερον· ἐν γὰρ δὴν κάματος πέλει ἐσσυμένοισιν·
οἶδα γὰρ ὡς λαοῖσι κεκμηκόσιν οὔτ' ἀγορητὴς
75 ἀνδάνει οὔτ' ἄρ' ἀοιδὸς ὃν ἀθάνατοι φιλέουσι
Πιερίδες· παύρων δ' ἐπέων ἔρος ἀνθρώποισι.
νῦν δ', ὅ περ εὔαδε πᾶσι κατὰ στρατὸν Ἀργείοισι,
Τυδείδαο μάλιστα συνεσπομένου, τελέσαιμεν.
ἄμφω γάρ κεν ἰόντε φιλοπτολέμου Ἀχιλῆος

their spears and put in order their shields and all the rest of their equipment; and they should all get a meal—men and horses alike—if they are eager for war. Out on the plain Ares will judge of their courage soon enough."

With these words, Tydides resumed his seat. Then the son of Thestor spoke as follows, standing in their midst, as a speaker should:

"Listen to me, dear sons of the Argives, resolute in battle; as you know, I am well qualified to prophecy on behalf of the gods. For some time I have been saying that you would sack lofty Ilium in the tenth year, and now the immortals are about to fulfill my prediction: victory lies in the hands of the Achaeans. Come, let us send Tydeus' son and Odysseus, resolute in battle, on a swift black ship to Scyros to persuade Achilles' mighty son and bring him here; then things will seem much less gloomy for all of us."

So spoke the son of Thestor the wise; and the troops round about him cheered for joy, confident that events would turn out just as Calchas predicted. The son of Laërtes addressed the Achaeans:

"My friends, it is time to bring today's debate to an end. You are keen to get going, and have long been tired of speeches: I am well aware that an audience wearied in this way finds pleasure neither in an orator nor in a bard, even one who is favored by the Pierides: men love brevity. As it is, I undertake to perform the mission which the entire Argive army wants done—especially if Tydides goes with me. Acting in concert we shall use persuasion to bring

---

56 κατὰ δ' Rhodomann: κατ' ἄρ' M

80 ἄξομεν ὄβριμον υἷα παρακλίναντ᾽ ἐπέεσσιν,
εἰ καί μιν μάλα πολλὰ κινυρομένη κατερύκῃ
μήτηρ ἐν μεγάροισιν, ἀπὸ κρατεροῖο τοκῆος
ἐλπομένη κατὰ θυμὸν ἀρήιον ἔμμεναι υἷα."
    Ὣς φάμενον προσέειπε πύκα φρονέων Μενέλαος·
85   "Ὦ Ὀδυσεῦ, μέγ᾽ ὄνειαρ ἐυσθενέων Ἀργείων,
ἤν περ Ἀχιλλῆος μεγαλόφρονος ὄβριμος υἱὸς
85a σῇσι παραιφασίῃσι λιλαιομένοισιν ἀρωγὸς
ἔλθοι ἀπὸ Σκύροιο, πόροι δέ τις Οὐρανιώνων
νίκην εὐχομένοισι καὶ Ἑλλάδα γαῖαν ἵκωμαι,
δώσω οἱ παράκοιτιν ἐμὴν ἐρικυδέα κούρην
90 Ἑρμιόνην καὶ πολλὰ καὶ ὄλβια δῶρα σὺν αὐτῇ
προφρονέως· οὐ γάρ μιν ὀίομαι οὔτε γυναῖκα
οὔτ᾽ ἄρα πενθερὸν ἐσθλὸν ὑπερφιάλως ὀνόσασθαι."
    Ὣς ἄρ᾽ ἔφη· Δαναοὶ δὲ συνευφήμησαν ἔπεσσι.
καὶ τότε λῦτ᾽ ἀγορή· τοὶ δ᾽ ἐσκίδναντ᾽ ἐπὶ νῆας
95 ἱέμενοι δείπνοιο τὸ δὴ πέλει ἀνδράσιν ἀλκή.
    Καί ῥ᾽ ὅτε δὴ παύσαντο κορεσσάμενοι μέγ᾽
        ἐδωδῆς,
δὴ τόθ᾽ ὁμῶς Ὀδυσῆι περίφρονι Τυδέος υἱὸς
νῆα θοὴν εἴρυσσεν ἀπειρεσίης ἁλὸς εἴσω·
καρπαλίμως δ᾽ ἤια καὶ ἄρμενα πάντα βάλοντο,
100 ἐν δὲ καὶ αὐτοὶ ἔβαν, μετὰ δέ σφισιν εἴκοσι φῶτες
ἴδμονες εἰρεσίης, ὁπότ᾽ ἀντιόωσιν ἄελλαι
ἠδ᾽ ὁπότ᾽ εὐρέα πόντον ὑποστορέῃσι γαλήνη.
καί ῥ᾽ ὅτε δὴ κληῖσιν ἐπ᾽ εὐτύκτοισι κάθισσαν,
τύπτον ἁλὸς μέγα κῦμα· πολὺς δ᾽ ἀμφέζεεν ἀφρός.
105 ὑγραὶ δ᾽ ἀμφ᾽ ἐλάτῃσι διεπρήσσοντο κέλευθοι

here the mighty son of that keen warrior Achilles, even if
his mother tries to keep him at home by long lamenting,
expecting that the son of such a mighty father is likely to
be keen on war."

To this speech Menelaüs wisely replied:

"Odysseus, how useful you are to the doughty Argives!
If you can contrive to persuade greathearted Achilles'
mighty son to come from Scyros to aid us, and if some god
in heaven grants our prayer for victory, on my return to
the land of Hellas I shall be glad to bestow on him my
renowned daughter Hermione, together with many valu-
able marriage gifts; and I daresay he will not be too proud
to accept a wife and father-in-law of noble rank."[1]

So he spoke; and the Danaans all approved his words.
The meeting was then dissolved, and they dispersed to the
ships; they wanted their dinner, and food gives a man
strength.

When the meal was ended and they had eaten their
fill, the son of Tydeus, accompanied by wise Odysseus,
dragged his swift ship down into the boundless sea. They
quickly loaded up all the provisions and ship's tackle and
embarked, with a crew of twenty rowers experienced alike
in head winds and in the broad sea's flat calms. They took
their seats on the well-made benches and struck the great
swell of the sea, and a mass of foam boiled all around. As
the ship rushed forward, the fir-wood blades produced a

---

[1] The marriage took place: *Od.* 4.5–9.

---

82 ἀπὸ Zimmermann: ἐπὶ M   98 εἴρυσσεν Tychsen:
ἔρυσεν M   99 βάλοντο Tychsen: -τες M
101 ἀντιόωσιν Lehrs: ἀντίαι εἰσὶν M

νηὸς ἐπεσσυμένης· τοὶ δ' ἱδρώοντες ἔρεσσον.
ὡς δ' ὅθ' ὑπὸ ζεύγλῃσι βόες μέγα κεκμηῶτες
δουρατέην ἐρύσωσι πρόσω μεμαῶτες ἀπήνην
ἄχθεϊ τετριγυῖαν ὑπ' ἄξονι διηέντι
110 τειρόμενοι, πουλὺς δὲ κατ' αὐχένος ἠδὲ καὶ ὤμων
ἱδρὼς ἀμφοτέροισι κατέσσυται ἄχρις ἐπ' οὔδας·
ὡς τῆμος μογέεσκον ἐπὶ στιβαρῆς ἐλάτῃσιν
αἰζηοί· μάλα δ' ὦκα διήννυον εὐρέα πόντον.
τοὺς δ' ἄλλοι μὲν Ἀχαιοὶ ἀπεσκοπίαζον ἰόντας·
115 θῆγον δ' αἰνὰ βέλεμνα καὶ ἔγχεα τοῖσι μάχοντο.
    Τρῶες δ' ἄστεος ἐντὸς ἀταρβέες ἐντύνοντο
ἐς πόλεμον μεμαῶτες ἰδ' εὐχόμενοι μακάρεσσι
λωφῆσαί τε φόνοιο καὶ ἀμπνεῦσαι καμάτοιο.
τοῖσι δ' ἐελδομένοισι θεοὶ μέγα πήματος ἄλκαρ
120 ἤγαγον Εὐρύπυλον κρατεροῦ γένος Ἡρακλῆος·
καί οἱ λαοὶ ἕποντο δαήμονες ἰωχμοῖο
πολλοί, ὅσοι δολιχοῖο παρὰ προχοῇσι Καΐκου
ναίεσκον, κρατερῇσι πεποιθότες ἐγχείῃσιν.
ἀμφὶ δέ οἱ κεχάροντο μέγα φρεσὶ Τρώιοι υἷες·
125 ὡς δ' ὁπόθ' ἕρκεος ἐντὸς ἐεργμένοι ἀθρήσωσιν
ἥμεροι ἀνέρα χῆνες ὅ τίς σφισιν εἴδατα βάλλοι,
126a ἀμφὶ δέ μιν στομάτεσσι περισταδὸν ἰύζοντες
σαίνουσιν, τοῦ δ' ἦτορ ἰαίνεται εἰσορόωντος·
ὣς ἄρα Τρώιοι υἷες ἐγήθεον, εὖτ' ἐσίδοντο
ὄβριμον Εὐρύπυλον, τοῦ δ' ἐν φρεσὶ θαρσαλέον κῆρ
130 τέρπετ' ἀγειρομένοισιν· ἀπὸ προθύρων δὲ γυναῖκες
θάμβεον ἀνέρα δῖον· ὁ δ' ἔξοχος ἕσπετο λαῶν,
ἠύτε τις θώεσσι λέων ἐν ὄρεσσι μετελθών.

wake in the water. The rowers were sweating with their efforts. Just as when a pair of oxen straining under the yoke make every wearisome effort to pull a wooden cart whose turning axle squeaks shrilly because of the weight of its load, and the sweat cascades down to the ground from their necks and shoulders: just so did those lusty rowers toil at their strong fir-wood oars as they made rapid progress over the broad sea. As the rest of the Achaeans watched them go, they sharpened their cruel arrows and fighting spears.

In their city the Trojans were eagerly and fearlessly preparing for war, and they prayed to the blessed gods to grant an end to the slaughter and a respite from their toil. In response the gods brought Eurypylus, descendant of mighty Heracles, to be a present help in their troubles. With him came many battalions experienced in the rout, men who dwelt by the waters of the long river Caïcus, men who put their trust in their mighty spears. The sons of the Trojans came round him with joy in their hearts: just as when domestic geese kept in a pen catch sight of a man who gives them their food, and they press all round him cackling, a sight to gladden his heart: just so the sons of the Trojans rejoiced at the sight of mighty Eurypylus, and his bold heart was pleased at their gathering. From their doorways the women gazed with admiration on that divine warrior, who stood out among the escorting crowd like a lion among jackals.

---

110 αὐχένος . . . ὤμων Spitzner: -ένας . . . -ους M
125 ἐντὸς Rhodomann, Pauw: ἐκτὸς M
126 ἥμεροι Pauw: ἥμενοι m: εἵμενοι m

Τὸν δὲ Πάρις δείδεκτο, τίεν δέ μιν Ἕκτορι ἶσον·
τοῦ γὰρ ἀνεψιὸς ἔσκεν ἰῆς τ' ἐτέτυκτο γενέθλης·
135 τὸν γὰρ δὴ τέκε δῖα κασιγνήτη Πριάμοιο
Ἀστυόχη κρατερῇσιν ὑπ' ἀγκοίνῃσι μιγεῖσα
Τηλέφου, ὅν ῥα καὶ αὐτὸν ἀταρβέι Ἡρακλῆι
λάθρῃ ἑοῖο τοκῆος ἐυπλόκαμος τέκεν Αὔγη,
καί μιν τυτθὸν ἐόντα καὶ ἰσχανόωντα γάλακτος
140 θρέψε θοή ποτε κεμμάς, ἑῷ δ' ἴσα φίλατο νεβρῷ
μαζὸν ὑποσχομένη βουλῇ Διός· οὐ γὰρ ἐῴκει
ἔκγονον Ἡρακλῆος ὀιζυρῶς ἀπολέσθαι.
τοῦ δ' ἄρα κύδιμον υἷα Πάρις μάλα πρόφρονι θυμῷ
ἦγεν ἑὸν ποτὶ δῶμα δι' εὐρυχόροιο πόληος
145 σῆμα παρ' Ἀσσαράκοιο καὶ Ἕκτορος αἰπὰ μέλαθρα
νηόν τε ζάθεον Τριτωνίδος, ἔνθά οἱ ἄγχι
δώματ' ἔσαν καὶ βωμὸς ἀκήρατος Ἑρκείοιο.
καί μιν ἀδελφειῶν πηῶν θ' ὑπὲρ ἠδὲ τοκήων
εἴρετο προφρονέως· ὁ δέ οἱ μάλα πάντ' ἀγόρευεν·
150 ἄμφω δ' ὣς ὀάριζον ἅμ' ἀλλήλοισι κιόντες.

Ἦλθον δ' ἐς μέγα δῶμα καὶ ὄλβιον· ἔνθα δ' ἄρ'
    ἧστο
ἀντιθέη Ἑλένη Χαρίτων ἐπιειμένη εἶδος·
καί ῥά μιν ἀμφίπολοι πίσυρες περιποιπνύεσκον,
ἄλλαι δ' αὖτ' ἀπάνευθεν ἔσαν κλειτοῦ θαλάμοιο
155 ἔργα τιτυσκόμεναι ὁπόσα δμωῇσιν ἔοικεν.
Εὐρύπυλον δ' Ἑλένη μέγ' ἐθάμβεεν εἰσορόωσα,
κεῖνος δ' αὖθ' Ἑλένην· μετὰ δ' ἀλλήλους ἐπέεσσιν
ἄμφω δεικανόωντο δόμῳ ἐνὶ κηώεντι.
δμῶες δ' αὖτε θρόνους δοιὼ θέσαν ἐγγὺς ἀνάσσης·

He was welcomed by Paris and honored like Hector,
whose cousin he was: they were from the same stock, since
Eurypylus was born from Priam's divine sister Astyoche
after she had felt the powerful embrace of Telephus,
whom Auge of the fair tresses likewise bore to fearless
Heracles without the knowledge of her father; and when
he was an unwearied infant he was suckled by a swift hind
which Zeus had planned should give him the breast and
cherish him like her own fawn: it would not have been
right for a child of Heracles to suffer a pitiful death. It was
his distinguished son whom Paris was delighted to con-
duct through the spacious city to his palace. They passed
the tomb of Assaracus, the lofty halls of Hector, and the
holy temple of Tritonis, near which stood his palace and
the inviolable altar of Zeus Herceus [2] Ho plied Eurypylus
with questions about his brothers, kinsmen and parents,
and he answered fully as the pair of them went along in
each other's company.

They came to the palace, great in size and wealth; and
there sat godlike Helen, beautiful as the Graces. Four
maidservants were busy attending to her, and others had
left her fine chamber to carry out such duties as are fitting
for slaves. Helen was astonished to see Eurypylus, and he
was seized with admiration, and they exchanged words of
greeting in the fragrant hall. Attendants placed two seats

[2] "Inviolable" anticipates its violation by Priam's murder
(13.222).

134 τ' Köchly: δ' M   145 καὶ Pauw: καθ' M
151 δ' Köchly: om. M
158 ἄμφω Rhodomann: ἀμφι- M

160　αἶψα δ' Ἀλέξανδρος κατ' ἄρ' ἕζετο, πὰρ δ' ἄρα τῷ γε
　　Εὐρύπυλος. λαοὶ δὲ πρὸ ἄστεος αὖλιν ἔθεντο,
　　ἧχι φυλακτῆρες Τρώων ἔσαν ὀβριμόθυμοι·
　　αἶψα δὲ τεύχεα θῆκαν ἐπὶ χθόνα, πὰρ δὲ καὶ ἵππους
　　στῆσαν ἔτι πνείοντας ὀιζυροῖο μόγοιο·
165　ἐν δὲ φάτνῃσι βάλοντο τά τ' ὠκέες ἵπποι ἔδουσι.
　　　Καὶ τότε νὺξ ἐπόρουσε, μελαίνετο δ' αἶα καὶ
　　　αἰθήρ.
　　οἳ δ' ἄρα δαῖτ' ἐπάσαντο πρὸ τείχεος αἰπεινοῖο
　　Κήτειοι Τρῶές τε· πολὺς δ' ἐνὶ μῦθος ὀρώρει
　　δαινυμένων. πάντῃ δὲ πυρὸς μένος αἰθαλόεντος
170　δαίετο πὰρ κλισίῃσιν· ἐπίαχε δ' ἠπύτα σῦριγξ
　　αὐλοί τε λιγυροῖσιν ἀρηρέμενοι καλάμοισιν,
　　ἀμφὶ δὲ φορμίγγων ἰαχὴ πέλεν ἱμερόεσσα.
　　Ἀργεῖοι δ' ἀπάνευθεν ἐθάμβεον εἰσορόωντες
　　αὐλῶν φορμίγγων τ' ἰαχὴν αὐτῶν τε καὶ ἵππων
175　σύριγγός θ' ἣ δαιτὶ μεταπρέπει ἠδὲ νομεῦσι.
　　τοὔνεκ' ἄρ' οἷσιν ἕκαστος ἐνὶ κλισίῃσι κέλευσε
　　νῆας ἀμοιβαίῃσι φυλασσέμεν ἄχρις ἐς ἠῶ,
　　μή σφεας Τρῶες ἀγαυοὶ ἐνιπρήσωσι κιόντες,
　　οἵ ῥα τότ' αἰπεινοῖο πρὸ τείχεος εἰλαπίναζον.
180　ὣς δ' αὔτως κατὰ δώματ' Ἀλεξάνδροιο δαΐφρων
　　δαίνυτο Τηλεφίδης μετ' ἀγακλειτῶν βασιλήων.
　　πολλὰ δ' ἄρα Πρίαμός τε καὶ ἄλλοι Τρώιοι υἷες
　　ἐξείης εὔχοντο μιγήμεναι Ἀργείοισιν

　　　　　　　　　　　　* * *

by their mistress; Alexander sat down forthwith, and Eurypylus next to him. His troops set up camp before the city, where the stouthearted Trojan guards were stationed. They immediately placed their arms on the ground, and next to them they drew up their horses, still panting after their hard work; and they put into the mangers food suitable for swift horses.

Then Night fell, and darkness covered the earth and sky. The Ceteans and Trojans took their meal before the lofty walls, and had much to talk about as they ate. The whole area by the huts was lit with the force of bright fires; there came the noise of shrill pipes and of flutes with clear-sounding reeds, mingling with the lovely strains of lyres. The Argives watched all this from a distance and were astonished at the sound of flutes and lyres, of men and horses,[3] and of the pipes which feature at feasts and are played by shepherds. Each commander at his hut accordingly gave orders that guards should take turns to keep watch on the ships until dawn, in case the noble Trojans, still feasting before the lofty walls, should come and burn them. In Alexander's palace the warlike son of Telephus was also feasting, in the company of renowned princes. Priam and the other sons of the Trojans kept begging him, one after the other, to confront the Argives ⟨. . . . .⟩[4] with

---

[3] Text probably corrupt.   [4] Line missing.

---

161 λαοὶ Köchly: δαναοὶ M   166 δ’ Spitzner: τ’ M
168 Κήτειοι Rhodomann: κήδειοί τε m: κήδετοί τε m
176 οἷσιν Rhodomann: ἧσιν M
181 μετ’ ἀγακλειτῶν Rhodomann: μετὰ κλειτῶν M
post 183 lac. ind. Hermann, Köchly

αἴσῃ ἐν ἀργαλέῃ· ὁ δ' ὑπέσχετο πάντα τελέσσειν.
185 αὐτὰρ ἐπεὶ δόρπησαν, ἔβαν ποτὶ δώμαθ' ἕκαστος·
Εὐρύπυλος δ' αὐτοῦ κατελέξατο βαιὸν ἄπωθεν
ἐς τέγος εὐποίητον ὅπῃ πάρος αὐτὸς ἴαυεν
ἠὺς Ἀλέξανδρος μετ' ἀγακλειτῆς ἀλόχοιο·
κεῖνο γὰρ ἔκπαγλόν τε καὶ ἔξοχον ἔπλετο πάντων·
190 ἔνθ' ὅ γε λέξατ' ἰών· τοὶ δ' ἄλλοσε κοῖτον ἕλοντο
μέχρις ἐς Ἠριγένειαν ἐύθρονον. αὐτὰρ ἅμ' ἠοῖ
Τηλεφίδης ἀνόρουσε καὶ ἐς στρατὸν εὐρὺν ἵκανε
σύν τ' ἄλλοις βασιλεῦσιν ὅσοι κατὰ Ἴλιον ἦσαν.
λαοὶ δ' αὐτίκα δῦσαν ἐν ἔντεσι μαιμώοντες,
195 πάντες ἐνὶ πρώτοισι λιλαιόμενοι πονέεσθαι.
ὣς δὲ καὶ Εὐρύπυλος μεγάλοις περικάτθετο γυίοις
τεύχεα μαρμαρέῃσιν ἐειδόμενα στεροπῇσι·
καί οἱ δαίδαλα πολλὰ κατ' ἀσπίδα δῖαν ἔκειτο,
ὁππόσα πρόσθεν ἔρεξε θρασὺ σθένος Ἡρακλῆος.
200   Ἐν μὲν ἔσαν βλοσυρῇσι γενειάσι λιχμώωντες
δοιὼ κινυμένοισιν ἐοικότες οἷμα δράκοντες
σμερδαλέον μεμαῶτες· ὁ δέ σφεας ἄλλοθεν ἄλλον
νηπίαχός περ ἐὼν ὑπεδάμνατο· καί οἱ ἀταρβὴς
ἔσκε νόος καὶ θυμός, ἐπεὶ Διὶ κάρτος ἐῴκει
205 ἐξ ἀρχῆς. οὐ γάρ τι θεῶν γένος Οὐρανιώνων
ἄπρηκτον τελέθει καὶ ἀμήχανον, ἀλλά οἱ ἀλκὴ
ἕσπετ' ἀπειρεσίη καὶ νηδύος ἔνδον ἐόντι.—
ἐν δὲ Νεμειαίοιο βίῃ ἐτέτυκτο λέοντος
ὀβρίμου Ἡρακλῆος ὑπὸ στιβαρῇσι χέρεσσι
210 τειρόμενος κρατερῶς· βλοσυρῆς δέ οἱ ἀμφὶ γένυσσιν

dreadful doom; and he promised to fulfill all their hopes. After the meal they each went home, and Eurypylus retired to rest there in the palace in the well-built room where noble Alexander usually slept with his renowned wife: it was the most impressive and the best they had. That was where he went to sleep; and the others went elsewhere to rest until the coming of fair-throned Erigeneia. At dawn the son of Telephus got up and joined his vast army in company with all the princes in Ilium. The troops immediately donned their armor with eagerness, all keen to do their duty in the front ranks. Eurypylus did likewise, putting his arms, which glittered like lightning, on his massive limbs. On his divine shield there was much intricate work depicting the past exploits of Heracles, that doughty hero.

On it was a pair of snakes depicted realistically at the moment of striking with terrible ferocity, their grim tongues flickering; the infant Heracles was shown gripping one in each hand; his mind and heart were fearless, since he was like Zeus in strength right from his birth: offspring of the descendants of Uranus are never unsuccessful or without resource, and even in the womb their power is limitless.—On it was that powerful creature the Nemean Lion in the forceful grip of mighty Heracles' tough hands; its grim jaws dripped bloody foam, and it

---

191 ἐς Vian: ἐπ' M
194 δῦσαν Spitzner post Hermann: ἦσαν m· ἶσαν m
205 γένος Rhodomann: σθένος M
209 ὑπὸ Wernicke: ἐπὶ M
210 βλοσυρῆς Pauw: -οις M

311

αἱματόεις ἀφρὸς ἔσκεν· ἀποπνείοντι δ᾽ ἐῴκει.—
ἄγχι δέ οἱ πεπόνητο δέμας πολυδειράδος ὕδρης
αἰνὸν λιχμώωσα· καρήατα δ᾽ ἀλγινόεντα
ἄλλα μέν οἱ δέδμητο κατὰ χθονός, ἄλλα δ᾽ ἄεξεν
215 ἐξ ὀλίγων μάλα πολλά. πόνος δ᾽ ἔχεν Ἡρακλῆα
θαρσαλέον τ᾽ Ἰόλαον, ἐπεὶ κρατερὰ φρονέοντε
ἄμφω, ὃ μὲν τέμνεσκε καρήατα μαιμώωντα
ἅρπῃ ὑπ᾽ ἀγκυλόδοντι θοῶς, ὃ δὲ καῖε σιδήρῳ
αἰθομένῳ· κρατερὴ δὲ κατήνυτο θηρὸς ὁμοκλή.—
220 ἐξείης δ᾽ ἐτέτυκτο βίη συὸς ἀκαμάτοιο
ἀφριόων γενύεσσι· φέρεν δέ μιν, ὡς ἐτεόν περ,
ζωὸν ἐς Εὐρυσθῆα μέγα σθένος Ἀλκείδαο.—
κεμμὰς δ᾽ εὖ ἤσκητο θοὴ πόδας, ἥ τ᾽ ἀλεγεινῶν
ἀμφιπερικτιόνων μέγ᾽ ἐσίνετο πᾶσαν ἀλωήν·
225 καὶ τὴν μὲν χρυσέοιο κεράατος ὄβριμος ἥρως
ἄμπεχεν οὐλομένοιο πυρὸς πνείουσαν ἀυτμήν.—
ἀμφὶ δ᾽ ἄρα στυγεραὶ Στυμφηλίδες, αἱ μὲν ὀιστοῖς
βλήμεναι ἐν κονίῃσιν ἀπέπνεον, αἱ δ᾽ ἔτι φύζης
μνωόμεναι πολιοῖο δι᾽ ἠέρος ἐσσεύοντο·
230 τῇσι δ᾽ ἐφ᾽ Ἡρακλέης κεχολωμένος ἄλλον ἐπ᾽ ἄλλῳ
ἰὸν ἐπιπροΐαλλε μάλα σπεύδοντι ἐοικώς.—
ἐν δὲ καὶ Αὐγείαο μέγας σταθμὸς ἀντιθέοιο
τεχνήεις ἤσκητο κατ᾽ ἀκαμάτοιο βοείης·
τῷ δ᾽ ἄρα θεσπεσίοιο βαθὺν ῥόον Ἀλφειοῖο
235 ὄβριμος Ἡρακλέης ἐπαγίνεεν· ἀμφὶ δὲ Νύμφαι

223 ἀλεγεινῶν Köchly: -νὸν M
224 ἐσίνετο Bonitz: ἐτίνυτο M

312

seemed to be expiring.—The next piece of workmanship was the body of the Hydra with its many necks and deadly flickering tongues; some of its savage heads had been destroyed and were on the ground, and from the few that remained many others grew. Heracles and bold Iolaüs were hard at work; both were purposeful and determined, the one continually lopping off the rising heads with swift blows from his saw-toothed sickle, and the other burning them with red-hot iron, so that the creature's mighty threat was ended.—Next was fashioned the Boar of unwearied strength, with foaming jaws; Alcides, that hero of great power, was realistically shown carrying it alive to Eurystheus.—There was a fine representation of the swift-footed deer which used to do great damage to all the land of those unfortunate enough to live in that neighborhood; that mighty hero kept a grip on its golden horns as it snorted its fatal fiery breath.—Not far off were the loathsome Stymphalian Birds. Some of them had been shot with arrows and were breathing their last in the dust, while others were trying to escape by hurtling through the misty air; Heracles in his fury was constantly shooting one arrow after another like a man wholly intent on his task.— Another skillfully wrought scene on that unbreakable shield showed the vast byres of godlike Augeas.[5] The mighty Heracles was diverting the deep stream of divine Alpheüs toward them, and the Nymphs were marveling at

[5] The shield is here called *boeiê*, lit., "<shield> of ox hide," in an allusion to the bovine context.

232 μέγας σταθμὸς Tychsen: μέγα σθένος M

θάμβεον ἄσπετον ἔργον.—ἀπόπροθι δ' ἔπλετο
    ταῦρος
πύρπνοος, ὅν ῥα καὶ αὐτὸν ἀμαιμάκετόν περ ἐόντα
γνάμπτε βίῃ κρατεροῖο κεράατος· οἱ δέ οἱ ἄμφω
ἀκάματοι μυῶνες ἐρειδομένοιο τέταντο·
240 καί ῥ' ὁ μὲν ὡς μυκηθμὸν ἱεὶς πέλεν.—ἄγχι δ' ἄρ'
    αὐτοῦ
ἀμφὶ σάκος πεπόνητο θεῶν ἐπιειμένη εἶδος
Ἱππολύτῃ· καὶ τὴν μὲν ὑπὸ κρατερῇσι χέρεσσι
δαιδαλέου ζωστῆρος ἀμερσέμεναι μενεαίνων
εἷλκε κόμης ἵπποιο κατ' ὠκέος· αἱ δ' ἀπάτερθεν
245 ἄλλαι ὑποτρομέεσκον Ἀμαζόνες.—ἀμφὶ δὲ λυγραὶ
Θρηικίην ἀνὰ γαῖαν ἔσαν Διομήδεος ἵπποι
ἀνδροβόροι· καὶ τὰς μὲν ἐπὶ στυγερῇσι φάτνῃσιν
αὐτῷ σὺν βασιλῆι κακὰ φρονέοντι δάιξεν.—
ἐν δὲ καὶ ἀκαμάτοιο δέμας πέλε Γηρυονῆος
250 τεθναότος παρὰ βουσί· κάρη δέ οἱ ἐν κονίῃσιν
αἱματόεντα κέχυντο βίῃ ῥοπάλοιο δαμέντα.
πρόσθε δέ οἱ δέδμητο κύων ὀλοώτατος ἄλλων
Ὄρθρος, ἀνιηρῷ ἐναλίγκιος ὄβριμον ἀλκὴν
Κερβέρῳ ὅς ῥά οἱ ἔσκεν ἀδελφεός· ἀμφὶ δ' ἔκειτο
255 βουκόλος Εὐρυτίων μεμορυγμένος αἵματι πολλῷ.—
ἀμφὶ δὲ χρύσεα μῆλα τετεύχατο μαρμαίροντα
Ἑσπερίδων ἀνὰ πρέμνον ἀκήρατον· ἀμφὶ δ' ἄρ'
    αὐτῷ
σμερδαλέος δέδμητο δράκων· ταὶ δ' ἄλλοθεν ἄλλαι
πτώσσουσαι θρασὺν υἷα Διὸς μεγάλοιο φέβοντο.—
260 ἐν δ' ἄρ' ἔην μέγα δεῖμα καὶ ἀθανάτοισιν ἰδέσθαι

314

his extraordinary exploit.—At some distance was the fire-breathing Bull. It was resisting stubbornly, but he was grasping one of its mighty horns and forcing its neck to bend. His unwearied muscles were shown taut with the effort, and the bull seemed to be bellowing.—Nearby on the shield was a representation of Hippolyta, godlike in beauty. With his mighty arms he was dragging her by the hair from her swift steed as he tried to strip her of her patterned girdle; and the other Amazons were fearfully keeping their distance.—Not far away were the hideous, flesh-eating horses of Diomedes in the land of Thrace; he had killed them at their loathsome mangers together with their wicked king.—There was also an image of unwearied Geryon, killed beside his cattle, his heads all bloody in the dust, smashed by the power of Heracles' club. Before him was the corpse of his savage hound Orthrus, who was the brother of foul Cerberus and equally powerful; and nearby lay the oxherd Eurytion, all spattered with blood.—Nearby were depicted the gleaming apples of the Hesperides on their sacred tree, and coiled round it the serpent, their grim guardian, lay dead while the Nymphs fled cowering in all directions from the valiant son of great Zeus.—There was also Cerberus, a fearful sight even for the immortal

---

238 βίη Rhodomann: βίη M
247 ἐπὶ Wernicke: ὑπὸ M
250 οἱ Rhodomann: μιν M
253 ὄβριμον Rhodomann: -ος M

Κέρβερος ὅν ῥ' ἀκάμαντι Τυφωέι γείνατ' Ἔχιδνα
ἄντρῳ ὑπ' ὀκρυόεντι, μελαίνης ἀγχόθι Νυκτὸς
262a ἀργαλέης. ὁ δ' ἄρ' ἦεν ἀεικέλιόν τι πέλωρον,
ἀμφ' ὀλοῇσι πύλῃσι πολυκλαύτου Ἀίδαο
εἴργων νεκρὸν ὅμιλον ὑπ' ἠερόεντι βερέθρῳ·
265 ῥεῖα δέ μιν Διὸς υἱὸς ὑπὸ πληγῇσι δαμάσσας
ἦγε καρηβαρέοντα παρὰ Στυγὸς αἰπὰ ῥέεθρα,
ἕλκων οὐκ ἐθέλοντα βίῃ πρὸς ἀήθεα χῶρον
θαρσαλέως.—ἐτέτυκτο δ' ἀπόπροθεν ἄγκεα μακρὰ
Καυκάσου· ἀμφὶ δὲ δεσμὰ Προμηθέος ἄλλυδις ἄλλα
270 αὐτῆς σὺν πέτρῃσιν ἀναρρήξας ἀραρυίης
λῦε μέγαν Τιτῆνα· λυγρὸς δέ οἱ ἀγχόθι κεῖτο
αἰετὸς ἀλγινόεντι δέμας βεβλημένος ἰῷ.—
Κενταύρων δ' ἐτέτυκτο πολυσθενέων μέγα κάρτος
ἀμφὶ Φόλοιο μέλαθρον· ἔρις δ' ὀρόθυνε καὶ οἶνος
275 ἀντίον Ἡρακλῆι τεράατα κεῖνα μάχεσθαι.
καί ῥ' οἱ μὲν πεύκῃσι πέρι δμηθέντες ἔκειντο,
τὰς ἔχον ἐν χείρεσσι μάχης ἄκος· οἱ δ' ἔτι μακρῇς
δηριόωντ' ἐλάτῃσι μεμαότες, οὐδ' ἀπέληγον
ὑσμίνης. πάντων δὲ καρήατα δεύετο λύθρῳ
280 θεινομένων ἀνὰ δῆριν ἀμείλιχον, ὡς ἐτεόν περ·
οἴνῳ δ' αἷμα μέμικτο, συνηλοίηντο δὲ πάντα
εἴδατα καὶ κρητῆρες ἐύξεστοί τε τράπεζαι.—
Νέσσον δ' αὖθ' ἑτέρωθε παρὰ ῥόον Εὐηνοῖο
κείνης ἐκπροφυγόντα μάχης ὑπεδάμνατ' ὀιστῷ
285 ἀμφ' ἐρατῆς ἀλόχοιο χολούμενος.—ἐν δ' ἐτέτυκτο
ὀβρίμου Ἀνταίοιο μέγα σθένος, ὅν ῥα καὶ αὐτὸν

gods, to whom Echidna gave birth from unwearied Ty-
phoeus in a clammy cave, close to the dwelling of Night,
dark and fearful. He was a hideous monster at the baneful
gates of much-lamented Hades to keep the crowd of dead
men down in their deep pit. But the son of Zeus easily
overcame him with blows and led him, head lolling, beside
the deep stream of Styx and valiantly dragged his unwilling
victim by main force up to a place unfamiliar to him.—
Some distance away were depicted the deep clefts of
Caucasus, and Heracles setting free the great Titan Pro-
metheus by shivering to pieces his chains and the rocks
that supported them; and nearby lay the vicious eagle, shot
through the body with an agonizing arrow.—The mighty
Centaurs were depicted near the dwelling of Pholus, and
those monstrous creatures were being provoked by con-
tention and wine to fight with Heracles. Some of them lay
dead and vanquished among the pine trunks, their chosen
weapons, which they still gripped, while others continued
to fight spiritedly with their huge firs and had no wish to
cease hostilities. Their heads were all shown realistically
gory from blows received in that cruel conflict; blood
mingled with wine; food, mixing bowls and polished tables
were all alike destroyed.—On yet another part, Heracles,
enraged at the treatment of his lovely wife,[6] was shooting
Nessus, who had escaped that earlier conflict, with an ar-
row.—Also depicted was mighty Antaeus, big and strong,

[6] Deianira.

---

270 ἀραρυίης Vian post J. Th. Struve (-αις): ἅμα γυίης m:
ἅμα γυίοις m

274 ἀμφὶ Φόλοιο Rhodomann: ἀμφιπόλοιο M

ἀμφὶ παλαισμοσύνης ἄμοτον περιδηριόωντα
ὑψοῦ ἀειράμενος κρατερῆς συνέαξε χέρεσσι.—
κεῖτο δ᾽ ἐπὶ προχοῇσιν ἐυρρόου Ἑλλησπόντου
290 ἀργαλέον μέγα κῆτος ἀμειλίκτοισιν ὀιστοῖς
βλήμενον· Ἡσιόνης δὲ κακοὺς ἀπελύετο δεσμούς.—
ἄλλα δ᾽ ἄρ᾽ Ἀλκείδαο θρασύφρονος ἄσπετα ἔργα
ἄμπεχεν Εὐρυπύλοιο διοτρεφέος σάκος εὐρύ.
    Φαίνετο δ᾽ ἶσος Ἄρηι μετὰ στίχας ἀίσσοντι·
295 Τρῶες δ᾽ ἀμφιέποντες ἐγήθεον, εὖτ᾽ ἐσίδοντο
τεύχεά τ᾽ ἠδὲ καὶ ἄνδρα θεῶν ἐπιειμένον εἶδος.
τὸν δὲ Πάρις προσέειπεν ἐποτρύνων ποτὶ δῆριν·
    "Χαίρω σεῖο κιόντος, ἐπεί νύ μοι ἦτορ ἔολπεν
Ἀργείους μάλα πάντας ὀιζυρῶς ἀπολέσθαι
300 αὐταῖς σὺν νήεσσιν, ἐπεὶ βροτὸν οὔ ποτε τοῖον
ἔδρακον ἐν Τρώεσσιν ἐυπτολέμοισί τ᾽ Ἀχαιοῖς.
ἀλλὰ σύ, πρὸς μεγάλοιο καὶ ὀβρίμου Ἡρακλῆος
τῷ μέγεθός τε βίην τε καὶ ἀγλαὸν εἶδος ἔοικας,
κείνου μνωόμενος φρονέων τ᾽ ἀντάξια ἔργα
305 θαρσαλέως Τρώεσσι δαϊζομένοις ἐπάμυνον,
ἤν πως ἀμπνεύσωμεν· ἐπεὶ σέ γε μοῦνον ὀίω
ἄστεος ὀλλυμένοιο κακὰς ἀπὸ Κῆρας ἀλέξαι."
    Ἦ μέγ᾽ ἐποτρύνων· ὃ δέ μιν προσεφώνεε μύθῳ·
    "Πριαμίδη μεγάθυμε, δέμας μακάρεσσιν ἐοικώς,
310 ταῦτα μὲν ἀθανάτων ἐνὶ γούνασιν ἐστήρικται,
ὅς κε θάνῃ κατὰ δῆριν ὑπέρβιον ἠὲ σαωθῇ.
ἡμεῖς δ᾽, ὥς περ ἔοικε καὶ ὡς σθένος ἐστὶ μάχεσθαι,

who was keen to compete in wrestling; Heracles lifted him up high and broke him with a powerful hug.—By the streams of the fair-flowing Hellespont there lay a sea monster, great and savage, shot by cruel arrows; and Heracles was shown loosening Hesione's deadly bonds.—These were not the only extraordinary exploits of Alcides included on the broad shield of Eurypylus, nursling of Zeus.

He was as impressive as Ares, who moves rapidly along the lines; and the escorting Trojans rejoiced to see the man, godlike in beauty, in that armor. To encourage him to fight, Paris addressed him:

"I am glad that you have come: I feel in my heart that every single Argive is doomed to destruction, ships and all: never have I seen such a man among the Trojans or those fine Achaean warriors. I entreat you, in the name of Heracles, that great and mighty hero whom you resemble in stature, in strength, and in beauty—think of him and aim for exploits no less heroic as you valiantly go to prevent the Trojans' ruin and give us a chance to recover; I believe that you alone can ward off the evil spirits of doom from our dying city."

So he spoke, giving great encouragement; but Eurypylus addressed him with these words:

"Greathearted son of Priam, formed like the blessed gods—who is to die in this violent conflict and who is to survive lies in the lap of the immortals. We for our part shall take our stand before the city, as duty dictates and

---

300 ποτε Rhodomann: πω M
311 κε Vian: τε M

στησόμεθα πρὸ πόληος· ἔπειτα δὲ καὶ τόδ᾽ ὀμοῦμαι
μὴ πρὶν ὑποστρέψειν πρίν γ᾽ ἢ κτάμεν ἢ
   ἀπολέσθαι."
315   Ὣς φάτο θαρσαλέως· Τρῶες δ᾽ ἐπὶ μακρὰ
   χάροντο.
καὶ τότ᾽ Ἀλέξανδρόν τε καὶ Αἰνείαν ἐρίθυμον
Πουλυδάμαντά τ᾽ ἐυμμελίην καὶ Πάμμονα δῖον
Δηίφοβόν τ᾽ ἐπὶ τοῖσι καὶ Αἴθικον ὃς περὶ πάντων
Παφλαγόνων ἐκέκαστο μάχῃ ἔνι τλῆναι ὅμιλον,
320   τοὺς ἅμα λέξατο πάντας ἐπισταμένους πονέεσθαι,
ὅππως δυσμενέεσσιν ἐνὶ πρώτοισι μάχωνται
ἐν πολέμῳ. μάλα δ᾽ ὦκα κίον προπάροιθεν ὁμίλου,
προφρονέως δ᾽ οἴμησαν ἀπ᾽ ἄστεος. ἀμφὶ δὲ λαοὶ
πολλοὶ ἕπονθ᾽, ὡς εἴ τε μελισσάων κλυτὰ φῦλα
325   ἡγεμόνεσσιν ἑοῖσι διηρεφέος σίμβλοιο
ἐκχύμεναι καναχηδόν, ὅτ᾽ εἴαρος ἦμαρ ἵκηται·
ὣς ἄρα τοῖσιν ἕποντο βροτοὶ ποτὶ δῆριν ἰοῦσι.
τῶν δ᾽ ἄρα νισομένων πολὺς αἰθέρα δοῦπος ὀρώρει
αὐτῶν ἠδ᾽ ἵππων, περὶ δ᾽ ἔβρεμεν ἄσπετα τεύχη.
330   ὡς δ᾽ ὁπόταν μεγάλοιο βίη ἀνέμοιο θοροῦσα
κινήσῃ προθέλυμνον ἁλὸς βυθὸν ἀτρυγέτοιο,
κύματα δ᾽ ὦκα κελαινὰ πρὸς ἠιόνας βοόωντα
φῦκος ἀποπτύωσιν ἐρευγομένοιο κλύδωνος,
ἠχὴ δ᾽ ἀτρυγέτοισι παρ᾽ αἰγιαλοῖσιν ὄρωρεν·
335   ὣς τῶν ἐσσυμένων μέγ᾽ ὑπέβραχε γαῖα πελώρη.
   Ἀργεῖοι δ᾽ ἀπάνευθε πρὸ τείχεος ἐξεχέοντο
ἀμφ᾽ Ἀγαμέμνονα δῖον· αὐτὴ δ᾽ ἔπλετο λαῶν
ἀλλήλοις ἐπικεκλομένων ὀλοοῦ πολέμοιο

320

as our strength permits us to fight; and I add this oath: I shall not turn back until either victory or death is mine."

Such was his valiant speech, and it gave great joy to the Trojans. He then selected Alexander, stouthearted Aeneas, Polydamas of the fine ash-wood spear, divine Pammon, Deïphobus too, and Aethicus, the most battle-hardened of all the Paphlagonians, every one of them experienced in war's work, to form the foremost rank in fighting the enemy. They promptly came to the front of the army and eagerly made their way out of the city. They were escorted by massed troops in the same way that swarms of bees, a familiar sight, pour noisily out of their enclosed hives after their leaders when springtime comes: just so did those men escort their leaders on the way to war. A great din rose up to the sky as they and the horses moved forward, and there was a tremendous noise of arms all around. Just as when a powerful gale arises and stirs up from the very bottom the depths of the barren sea, so that dark waves rush thundering shoreward spewing up sea-weed from the belching surge, and a clamor arises from the barren shores: just so did the vast earth resound as they charged forward.

Away in the distance, the Argives were pouring out to assemble in front of their ramparts around divine Agamemnon. The shouts of the troops could be heard as they

---

326 ἐκχύμεναι Köchly: ἐσσύ- M

ἀντιάαν καὶ μή τι καταπτώσσοντας ἐνιπὴν
340 μίμνειν πὰρ νήεσσιν ἐπειγομένων μαχέεσθαι.
Τρωσὶ δ' ἄρ' ἐσσυμένοισι συνήντεον, εὖτε βόεσσι
πόρτιες ἐκ ξυλόχοιο ποτὶ σταθμὸν ἐρχομένῃσιν
ἐκ νομοῦ εἰαρινοῖο κατ' οὔρεος, ὁππότ' ἄρουραι
πυκνὸν τηλεθάουσι, βρύει δ' ἅλις ἄνθεσι γαῖα,
345 πλήθει δ' αὖτε κύπελλα βοῶν γλάγος ἠδὲ καὶ οἰῶν,
μυκηθμὸς δέ τε πουλὺς ὀρίνεται ἔνθα καὶ ἔνθα
μισγομένων, γάνυται δὲ μετὰ σφίσι βουκόλος ἀνήρ·
ὡς τῶν ἀλλήλοισι μετεσσυμένων ὀρυμαγδὸς
ὡρώρει· δεινὸν γὰρ ἀύτεον ἀμφοτέρωθε.
350   Σὺν δὲ μάχην ἐτάνυσσαν ἀπείριτον· ἐν δὲ
        Κυδοιμὸς
στρωφᾶτ' ἐν μέσσοισι μετ' ἀργαλέοιο Φόνοιο.
σὺν δ' ἔπεσον ῥινοί τε καὶ ἔγχεα καὶ τρυφάλειαι
πλησίον· ἀμφὶ δὲ χαλκὸς ἴσον πυρὶ μαρμαίρεσκε.
φρῖξε δ' ἄρ' ἐγχείῃσι μάχη· περὶ δ' αἵματι πάντῃ
355 δεύετο γαῖα μέλαινα δαϊζομένων ἡρώων
ἵππων τ' ὠκυπόδων οἵ θ' ἅρμασιν ἀμφεκέχυντο,
οἱ μὲν ἔτ' ἀσπαίροντες ὑπ' ἔγχεσιν, οἱ δ' ἐφύπερθε
πίπτοντες· στυγερὴ δὲ δι' ἠέρος ἔσσυτ' ἀυτή.
ἐν γὰρ δὴ χάλκειος Ἔρις πέσεν ἀμφοτέροισι·
360 καί ῥ' οἱ μὲν λάεσσιν ἀταρτηρῶς ἐμάχοντο,
οἱ δ' αὖτ' αἰγανέῃσι νεήκεσιν ἠδὲ βέλεσσιν,
ἄλλοι δ' ἀξίνῃσι καὶ ἀμφιτόμοις πελέκεσσι
καὶ κρατεροῖς ξιφέεσσι καὶ ἀγχεμάχοις δοράτεσσιν·
ἄλλος δ' ἄλλο χέρεσσι μάχης ἀλκτήριον εἶχε.
365   Πρῶτοι δ' Ἀργεῖοι Τρώων ὦσαντο φάλαγγας

encouraged one another to face up to deadly war and not
to stay cowering by the ships through fear of the yells of
the enemy, keen for the fight. They went to meet the
Trojan charge as calves go to meet cows returning to the
byre from pasturing in the mountain thickets in spring-
time—when crops grow abundantly in the fields, the earth
teems plentifully with flowers, and the bowls are full of
milk from the cows and sheep; everywhere a great low-
ing arises as they come together, and the oxherd rejoices
among them: such was the clamor that arose as they
charged together with a terrific yelling from both sides.

In the long drawn out and intense fighting that fol
lowed, Uproar stalked in their midst in company with
dreadful Slaughter. Shields, spears and helmets fell pell-
mell as the bronze glittered like fire. The battle bristled
with spears, and everywhere the black earth grew wet with
the blood of slaughtered heroes and swift-footed horses,
collapsed in the shafts, some still gasping from spear
wounds while others fell on top of them. A hideous yell-
ing filled the air as Strife decked in bronze fell upon
both sides. Some did their baneful work with stones, oth-
ers again with freshly sharpened javelins or with arrows,
and yet others with hatchets, double-edged axes, mighty
swords and spears for close fighting: each man had armed
himself with his chosen weapon.

The Argive front ranks made the Trojan lines fall back

---

358 αὐτή Pauw: αὐτμή M
363 κρατεροῖς ξιφέεσσι Pauw: κρατεροῖσι λάεσσι M

βαιὸν ἀπὸ σφείων· τοὶ δ' ἔμπαλιν ὁρμήσαντες
αἵματι δεῦον Ἄρηα μετ' Ἀργείοισι θορόντες.
Εὐρύπυλος δ' ἐν τοῖσι μελαίνῃ λαίλαπι ἶσος
λαὸν ἐπῴχετο πάντα καὶ Ἀργείους ἐνάριζε
370   θαρσαλέως· μάλα γάρ οἱ ἀάσπετον ὤπασε κάρτος
Ζεὺς ἐπίηρα φέρων ἐρικυδέι Ἡρακλῆι.
       Ἔνθ' ὅ γε καὶ Νιρῆα θεοῖς ἐναλίγκιον ἄνδρα
μαρνάμενον Τρώεσσι βάλεν περιμήκεϊ δουρὶ
βαιὸν ὑπὲρ πρότμησιν. ὃ δ' ἐς πέδον ἤριπε γαίης·
375   ἐκ δέ οἱ αἷμ' ἐχύθη, δεύοντο δέ οἱ κλυτὰ τεύχη,
δεύετο δ' ἀγλαὸν εἶδος ἅμ' εὐθαλέεσσι κόμῃσι.
κεῖτο δ' ἄρ' ἐν κονίῃσι καὶ αἵματι καὶ κταμένοισιν,
ἔρνος ὅπως ἐριθηλὲς ἐλαίης εὐκεάτοιο
ἥν τε βίῃ ποταμοῖο κατὰ ῥόον ἠχήεντα
380   σύν τ' ὄχθῃς ἐλάσῃσι βόθρον διὰ πάντα κεδάσσας
ῥιζόθεν, ἣ δ' ἄρα κεῖται ὑπ' ἄνθεσι βεβριθυῖα·
ὣς τῆμος Νιρῆος ἐπὶ χθονὸς ἄσπετον οὖδας
ἐξεχύθη δέμας ἠὺ καὶ ἀγλαΐῃ ἐρατεινή.
τῷ δ' ἄρ' ἐπ' Εὐρύπυλος μεγάλ' εὔχετο δῃωθέντι·
385   "Κεῖσό νυν ἐν κονίῃσιν, ἐπεί νύ τοι εἶδος ἀγητὸν
οὔ τι λιλαιομένῳ περ ἐπήρκεσεν, ἀλλά σ' ἔγωγε
νοσφισάμην βιότοιο λιλαιόμενόν περ ἀλύξαι.
σχέτλιε, οὐδ' ἐνόησας ἀμείνονος ἀντίον ἐλθών·
οὐ γὰρ κάρτεϊ κάλλος ἀνὰ κλόνον ἰσοφαρίζει."
390   Ὣς εἰπὼν κταμένοιο περικλυτὰ τεύχε' ἑλέσθαι
μήδετ' ἐπεσσύμενος. τοῦ δ' ἀντίον ἦλθε Μαχάων
χωόμενος Νιρῆος ὅ οἱ σχεδὸν αἶσαν ἀνέτλη·
δουρὶ δέ μιν στονόεντι κατ' εὐρέος ἤλασεν ὤμου

a little; but they made a countercharge, and by springing upon the Argives they caused the conflict to be drenched in blood. Eurypylus moved among the whole host like a louring whirlwind, valiantly slaughtering the Argives: he had been granted prodigious strength by Zeus as a tribute to renowned Heracles.

As Nireus, handsome as a god, engaged with the Trojans, he struck him with his huge spear low in the belly. He collapsed on the ground, and his gushing blood soaked his fine armor—soaked, too, his handsome form and his luxuriant locks. He lay there in the dust, among the blood and the dead, just like some growing shoot of delicate olive carried downstream, banks and all, by the force of a roaring river which has uprooted it and washed away its soil, and it lies there with its mass of blossom; just so were the fine body, the beauty and the handsome form of Nireus now cast upon the plain's vast expanse. Eurypylus taunted his victim:

"Lie there in the dust! The good looks you relied on were of no avail: I cut short your life for all your efforts to escape. Poor man! You did not realize that you were up against a better warrior. in battle, beauty is no match for brawn."

So saying, he set off intending to strip the dead man of his splendid armor. But against him came Machaon, enraged at Nireus' having met his doom so close by. He struck Eurypylus a blow with his cruel spear in his broad

---

377 δ' ἄρ' Köchly: γὰρ M
384 ἄρ' ἐπ' Hermann: ἐπὶ M

δεξιτεροῦ, σύτο δ' αἷμα πολυσθενέος περ ἐόντος.
395 ἀλλ' οὐδ' ὣς ἀπόρουσεν ἀταρτηροῖο κυδοιμοῦ·
ἀλλ', ὥς τίς τε λέων ἢ ἄγριος οὔρεσι κάπρος
μαίνετ' ἐνὶ μέσσοισιν, ἕως κ' ἐπιόντα δαμάσσῃ
ὅς ῥά μιν οὔτασε πρῶτος ὑποφθάμενος δι' ὁμίλου,
τὰ φρονέων ἐπόρουσε Μαχάονι, καί ῥά μιν ὦκα
400 οὔτασεν ἐγχείῃ περιμήκεΐ τε στιβαρῇ τε
δεξιτερὸν κατὰ γλουτόν. ὁ δ' οὐκ ἀνεχάζετ' ὀπίσσω
οὐδ' ἐπιόντ' ἀλέεινε, καὶ αἵματος ἐσσυμένοιο·
ἀλλ' ἄρα καρπαλίμως περιμήκεα λᾶαν ἀείρας
κάββαλε κὰκ κεφαλῆς μεγαθύμου Τηλεφίδαο·
405 τοῦ δὲ κόρυς στονόεντα φόνον καὶ πῆμ' ἀπάλαλκεν
ἐσσυμένως. ὁ δ' ἔπειτα κραταιῷ χώσατο φωτὶ
ἥρως Εὐρύπυλος, μέγα δ' ἀσχαλόων ἐνὶ θυμῷ
ὠκὺ διὰ στέρνοιο Μαχάονος ἤλασεν ἔγχος·
αἰχμὴ δ' αἱματόεσσα μετάφρενον ἄχρις ἵκανεν.
410 ἤριπε δ' ὡς ὅτε ταῦρος ὑπὸ γναθμοῖσι λέοντος·
ἀμφὶ δέ οἱ μελέεσσι μέγ' ἔβραχεν αἰόλα τεύχη.
Εὐρύπυλος δέ οἱ αἶψα πολύστονον εἴρυσεν αἰχμὴν
ἐκ χροὸς οὐταμένοιο καὶ εὐχόμενος μέγ' ἀύτει·
"Ἆ δείλ', οὔ νύ τοι ἦτορ ἀρηρέμενον φρεσὶ
πάμπαν
415 ἔπλεθ', ὃς οὐτιδανός περ ἐὼν μέγ' ἀμείνονι φωτὶ
ἄντα κίες· τῶ καὶ σὲ κακὴ λάχε Δαίμονος Αἶσα.
ἀλλὰ σοὶ ἔσσετ' ὄνειαρ, ὅτ' οἰωνοὶ δατέωνται
σάρκα τεὴν κταμένοιο κατὰ μόθον· ἠέ τι ἔλπῃ
νοστήσειν καὶ ἐμεῖο μένος καὶ χεῖρας ἀλύξειν;
420 ἐσσὶ μὲν ἰητήρ, μάλα δ' ἤπια φάρμακα οἶδας,

right shoulder and made him bleed, for all his great
strength. Even so, he did not retire from the baneful bat-
tle: instead, like some lion or wild mountain boar which
stands angrily among the hunters waiting for a chance to
kill the man who first wounded it with a shot from the
safety of the crowd: so minded he sprang at Machaon and
swiftly wounded him in the right buttock with his long and
sturdy spear. The blood flowed freely, but he did not re-
treat or try to avoid his attacker; instead, he quickly picked
up a huge rock and threw it at the head of the valiant son
of Telephus; but his helmet served its purpose of keeping
off grim death and injury. Then the hero Eurypylus, full
of rage and resentment at his mighty opponent, swiftly
drove his spear through Machaon's chest until its point
emerged bloody from his back. He collapsed like a bull in
a lion's jaws, as his intricate armor clattered round his
body. Eurypylus at once pulled the agonizing spear from
the wound it had made in his flesh, and yelled tauntingly:

"You miserable creature! You could hardly have been
of sound mind to pit such feeble powers against a man
much better than you; and the result is that you are a
victim of heaven's Fate. All you will gain by it will be a
death in battle and having your flesh made carrion for the
birds to share. Can it be that you are hoping to get back
home and escape my mighty hands? Perhaps you think
that your being a doctor and knowing all about healing

---

410 γναθμοῖοι Köchly: -οῖο M
412 εἴρυσεν Keydell: -ύσατ' M

τοῖς πίσυνος τάχ' ἔολπας ὑπεκφυγέειν κακὸν ἦμαρ·
ἀλλ' οὐ μὰν οὐδ' αὐτὸς ἀπ' ἠερόεντος Ὀλύμπου
σεῖο πατὴρ τεὸν ἦτορ ἔτ' ἐκ θανάτοιο σαώσει,
οὐδ' εἴ τοι νέκταρ τε καὶ ἀμβροσίην καταχεύῃ."

425   Ὣς φάτο· τὸν δ' ὅ γε βαιὸν ἀναπνείων
       προσέειπεν·
   "Εὐρύπυλ', οὐδ' ἄρα σοί γε πολὺν χρόνον
       αἴσιμόν ἐστι
ζώειν, ἀλλὰ σοὶ ἄγχι παρίσταται οὐλομένη Κὴρ
Τρώιον ἂμ πεδίον, τόθι περ νῦν αἴσυλα ῥέζεις."
   Ὣς φάμενον λίπε θυμός, ἔβη δ' ἄφαρ Ἄιδος
       εἴσω.

430   Τὸν δὲ καὶ οὐκέτ' ἐόντα προσηύδα κύδιμος ἀνήρ·
   "Νῦν μὲν δὴ σύ γε κεῖσο κατὰ χθονός· αὐτὰρ
       ἔγωγε
ὕστερον οὐκ ἀλέγω, εἰ καὶ παρὰ ποσσὶν ὄλεθρος
σήμερον ἡμετέροισι πέλει λυγρός. οὔ τι γὰρ ἄνδρες
ζώομεν ἤματα πάντα· πότμος δ' ἐπὶ πᾶσι τέτυκται."

435   Ὣς εἰπὼν οὔταζε νέκυν. μέγα δ' ἴαχε Τεῦκρος,
ὡς ἴδεν ἐν κονίῃσι Μαχάονα· τοῦ γὰρ ἄπωθεν
εἱστήκει μάλα πάγχυ πονεύμενος· ἐν γὰρ ἔκειτο
δῆρις ἐνὶ μέσσοισιν, ἐπ' ἄλλῳ δ' ἄλλος ὀρώρει.
ἀλλ' οὐδ' ὣς ἀμέλησε δεδουπότος ἀνδρὸς ἀγαυοῦ

440   Νιρῆός θ' ὃς κεῖτο παρ' αὐτόθι, τόν ῥ' ἐνόησεν
ὕστερον ἀντιθέοιο Μαχάονος ἐν κονίησιν.
αἶψα δ' ὅ γ' Ἀργείοισιν ἐκέκλετο μακρὰ βοήσας·

remedies will allow you to avoid the day of your doom. Let me assure you that not even your father up in misty Olympus[7] will be able to save your life, even if he smeared you with nectar and ambrosia!"

So he spoke; and Machaon, barely able to breathe, replied:

"Eurypylus, you yourself are not long for this world: grim Doom stands beside you on the Trojan plain as you go about your wicked work."

His spirit left him as he spoke, and he made straight for the halls of Hades. Though he was alive no longer, that man of renown addressed him:

"For now, it is you who must lie beneath the earth. As for me, I care nothing for the future, even if a hideous death is indeed close at hand for me today. Human beings can not live for ever: death is in store for us all."

As he spoke these words he kept stabbing at the corpse. Teucer meanwhile yelled aloud when he saw Machaon in the dust. He had taken up his position some distance away, and was hard at work as the battle ranged to and fro with charge and countercharge. Even so he did not neglect his duty to that noble fallen warrior —or his duty to Nireus, whom he recognized lying in the dust after godlike Machaon. He immediately shouted across to the Argives:

[7] Asclepius, god of healing.

---

428 τόθι περ Vian: τό περ M   432 εἰ καὶ Gerhard: καὶ
εἰ M   440 θ' Rhodomann: om. M

QUINTUS SMYRNAEUS

"Ἔσσυσθ', Ἀργεῖοι, μηδ' εἴκετε ἐσσυμένοισι
δυσμενέσιν· νῶιν γὰρ ἀάσπετον ἔσσετ' ὄνειδος,
445 αἴ κε Μαχάονα δῖον ἄμ' ἀντιθέῳ Νιρῆι
Τρῶες ἐρυσσάμενοι προτὶ Ἴλιον ἀπονέωνται.
ἀλλ' ἄγε, δυσμενέεσσι μαχώμεθα πρόφρονι θυμῷ,
ὄφρα δαϊκταμένους εἰρύσσομεν ἠὲ καὶ αὐτοὶ
κείνοις ἀμφιθάνωμεν, ἐπεὶ θέμις ἀνδράσιν αὕτη,
450 οἷσιν ἀμυνέμεναι μηδ' ἄλλοις κύρμα γενέσθαι·
οὐ γὰρ ἀνδρωτί γε μέγ' ἀνδράσι κῦδος ἀέξει."
  Ὡς ἄρ' ἔφη· Δαναοῖσι δ' ἄχος γένετ'. ἀμφὶ δ' ἄρ'
    αὐτοῖς
πολλοὶ γαῖαν ἔρευθον ὑπ' Ἄρεϊ δηωθέντες
μαρναμένων ἑκάτερθεν· ἴση δ' ἐπὶ δῆρις ὀρώρει.
455 Ὀψὲ δ' ἀδελφειοῖο φόνον στονόεντα νόησε
βλημένου ἐν κονίῃ Ποδαλείριος, οὕνεκα νηυσὶν
ἧστο παρ' ὠκυπόροισι τετυμμένα δούρασι φωτῶν
ἕλκε' ἀκειόμενος. περὶ δ' ἔντεα δύσετο πάντα
θυμὸν ἀδελφειοῖο χολούμενος· ἐν δέ οἱ ἀλκὴ
460 σμερδαλέη στέρνοισιν ἀέξετο μαιμώωντι
ἐς πόλεμον στονόεντα, μέλαν δέ οἱ ἔζεεν αἷμα
λάβρον ὑπὸ κραδίῃ. τάχα δ' ἔνθορε δυσμενέεσσι
χερσὶ θοῇσιν ἄκοντα τανυγλώχινα τινάσσων.
εἷλε δ' ἄρ' ἐσσυμένως Ἀγαμήστορος υἱέα δῖον
465 Κλεῖτον, ὃν ἠύκομος Νύμφη τέκεν ἀμφὶ ῥεέθροις
Παρθενίου, ὅς τ' εἶσι διὰ χθονὸς ἠύτ' ἔλαιον
πόντον ἐς Εὔξεινον προχέων καλλίρροον ὕδωρ.
ἄλλον δ' ἀμφὶ κασιγνήτῳ κτάνε δήιον ἄνδρα
Λάσσον, ὃν ἀντίθεον Προνόη τέκεν ἀμφὶ ῥεέθροις

"Charge, men of Argos! Give no ground to the charge of the enemy! We shall be for ever shamed and dishonored if we allow the Trojans to drag divine Machaon and god-like Nireus back to Ilium. Come on, let us fight the foe with a will; let us either recover the casualties of war or die in the attempt. It is a warrior's duty to defend his comrades and not to let them become spoil for the enemy; men do not win great renown without effort."

His speech grieved the Danaans; and many warriors from both sides stained the ground red, victims of Ares, as they fought round those bodies; and an equal conflict arose.

Podalirius was late to learn that a grievous death had laid his brother low in the dust: he was seated by the swift-voyaging ships healing the wounds inflicted by enemy spears. Enraged in his heart at his brother's death, he donned all his armor; terrible violence swelled in his breast as he frenziedly sought the grievous battle, and the dark blood seethed and boiled in his heart. He sprang straight on the enemy, brandishing his javelin with its slender point in his nimble hands, and he rapidly slew Agamestor's divine son Clitus, whom a nymph with fine tresses had borne by the streams of Parthenius, a river which moves through the land smooth as oil and discharges its fair-flowing waters in the Euxine Sea. Then by his brother's body he slew another foeman, the godlike Lassus, whom Pronoe bore by the streams of the river

---

443 ἔσυ υσθ' Rhodomann: ἔσσυτ' M
451 μέγ' Vian: μετ' M
465 Κλεῖτον Rhodomann, Pauw: κλυτὸν M

470 Νυμφαίου ποταμοῖο μάλα σχεδὸν εὐρέος ἄντρου,
ἄντρου θηητοῖο, τὸ δὴ φάτις ἔμμεναι αὐτῶν
ἱρὸν Νυμφάων ὁπόσαι περὶ μακρὰ νέμονται
οὔρεα Παφλαγόνων καὶ ὅσαι περὶ βοτρυόεσσαν
ναίουσ᾽ Ἡράκλειαν· ἔοικε δὲ κεῖνο θεοῖσιν
475 ἄντρον, ἐπεί ῥα τέτυκται ἀπειρέσιον μὲν ἰδέσθαι,
λάινεον, ψυχρὸν δὲ διὰ σπέος ἔρχεται ὕδωρ
κρυστάλλῳ ἀτάλαντον, ἐνὶ μυχάτοισι δὲ πάντῃ
λάινεοι κρητῆρες ἐπὶ στυφελῇσι πέτρῃσιν
αἰζηῶν ὡς χερσὶ τετυγμένοι ἰνδάλλονται·
480 ἀμφ᾽ αὐτοῖσι δὲ Πᾶνες ὁμῶς Νύμφαι τ᾽ ἐρατειναὶ
ἱστοί τ᾽ ἠλακάται τε καὶ ἄλλ᾽ ὅσα τεχνήεντα
ἔργα πέλει θνητοῖσι, τὰ καὶ περὶ θαῦμα βροτοῖσιν
εἴδεται ἐρχομένοισιν ἔσω ἱεροῖο μυχοῖο·
τῷ ἔνι δοιαὶ ἔνεισι καταιβασίαι ἄνοδοί τε,
485 ἡ μὲν πρὸς Βορέαο τετραμμένη ἠχήεντος
πνοιάς, ἡ δὲ Νότοιο καταντίον ὑγρὸν ἀέντος,
τῇ θνητοὶ νίσονται ὑπὸ σπέος εὐρὺ θεάων·
ἡ δ᾽ ἑτέρη μακάρων πέλεται ὁδός, οὐδέ μιν ἄνδρες
ῥηιδίως πατέουσιν, ἐπεὶ χάος εὐρὺ τέτυκται
490 μέχρις ἐπ᾽ Ἀιδονῆος ὑπερθύμοιο βέρεθρον·
ἀλλὰ τὰ μὲν μακάρεσσι πέλει θέμις εἰσοράασθαι.
ἀμφὶ Μαχάονα δ᾽ αὐτὸν ἰδ᾽ Ἀγλαΐης κλυτὸν υἷα
μαρναμένων ἑκάτερθεν ἀπέφθιτο πουλὺς ὅμιλος.
ὀψὲ δὲ δὴ Δαναοὶ σφεας εἴρυσαν ἀθλήσαντες
495 πολλά περ· αἶψα δὲ νῆας ἐπὶ σφετέρας ἐκόμισσαν
παῦροι, ἐπεὶ πλεόνεσσι κακὴ περιπέπτατ᾽ ὀιζὺς
ἀργαλέου πολέμοιο· πόνῳ δ᾽ ἐνέμιμνον ἀνάγκῃ.

Nymphaeus very close to a broad cave, a cave of marvels, which is said to be sacred to the nymphs who haunt the mountains of Paphlagonia and dwell around Heraclea, famed for its vines. That cave is a fit habitation for goddesses: formed in the living rock, it is of enormous extent; a stream cold as ice passes through the cavern; and in all its recesses can be seen stone bowls, which look to be made by human hands, standing on solid pedestals of rock.[8] Nearby are Pans in the company of lovely Nymphs, looms, distaffs, and other products of human art and crafts, an astonishing sight for those visitors who venture inside that sacred space. It contains two ways down and two ways up, one facing the blasts of roaring Boreas and the other the moist breezes of Notus. Mortals use the second of these to descend into that broad cavern of the goddesses; the other way is for the blessed gods, and human beings can not easily tread there, because its gaping void is made to lead right down to the pit of proud Aïdoneus: only the blessed ones have the right to peer into it. A great many men from either side perished in the fighting round the bodies of Machaon himself and the renowned son of Aglaia, but at last, after a great struggle, the Danaans recovered them. A few men conveyed them at once back to their ships; but all the rest still withstood the evil sufferings of cruel war, and they could not but continue their efforts.

---

[8] Stalagmites. Cf. *Od.* 13.103–12 (Cave of the Nymphs).

---

480 Πᾶνες Rhodomann, Tychsen: πάντες M
485 τετραμμένη Köchly: τεταγμένη M
490 βέρεθρον Tychsen: βερέθρων M

Ἀλλ' ὅτε δὴ μάλα πολλοὶ ἐνεπλήσαντο κελαινὰς
Κῆρας ἀν' αἱματόεντα καὶ ἀλγινόεντα κυδοιμόν,
500　δὴ τότ' ἄρ' Ἀργείων πολέες φύγον ἔνδοθι νηῶν,
ὅσσους Εὐρύπυλος μέγ' ἐπῴχετο πῆμα κυλίνδων.
παῦροι δ' ἀμφ' Αἴαντα καὶ Ἀτρέος υἷε κραταιὼ
μίμνον ἐν ὑσμίνῃ. καὶ δὴ τάχα πάντες ὄλοντο
δυσμενέων παλάμῃσι περιστρεφθέντες ὁμίλῳ,
505　εἰ μὴ Ὀιλέος υἷος ἐύφρονα Πουλυδάμαντα
ἔγχεϊ τύψε παρ' ὦμον ἀριστερὸν ἀγχόθι μαζοῦ,
ἐκ δέ οἱ αἷμ' ἐχύθη, ὁ δ' ἐχάσσατο τυτθὸν ὀπίσσω·
Δηίφοβον δ' οὔτησε περικλειτὸς Μενέλαος
δεξιτερὸν παρὰ μαζόν, ὁ δ' ἔκφυγε ποσσὶ θοοῖσιν·
510　ἂν δ' Ἀγαμέμνων δῖος ἐνήρατο πουλὺν ὅμιλον
πληθύος ἐξ ὀλοῆς, μετὰ δ' Αἴθικον ᾤχετο δῖον
θύων ἐγχείῃσιν, ὁ δ' εἰς ἑτάρους ἀλέεινε.
　　Τοὺς δ' ὁπότ' Εὐρύπυλος λαοσσόος εἰσενόησε
χαζομένους ἅμα πάντας ἀπὸ στυγεροῖο κυδοιμοῦ,
515　αὐτίκα κάλλιπε λαὸν ὅσον κατὰ νῆας ἔλασσε,
καί ῥα θοῶς οἴμησεν ἐπ' Ἀτρέος υἷε κραταιὼ
παῖδά τε καρτερόθυμον Ὀιλέος, ὃς περὶ μὲν θεῖν
ἔσκε θοός, περὶ δ' αὖτε μάχῃ ἔνι φέρτατος ἦεν·
τοῖς ἔπι κραιπνὸς ὄρουσεν ἔχων περιμήκετον ἔγχος.
520　σὺν δέ οἱ ἦλθε Πάρις τε καὶ Αἰνείας ἐρίθυμος,
ὅς ῥα θοῶς Αἴαντα βάλεν περιμήκεϊ πέτρῃ
κὰκ κόρυθα κρατερήν· ὁ δ' ἄρ' ἐν κονίῃσι τανυσθεὶς
ψυχὴν οὔ τι κάπυσσεν, ἐπεί νύ οἱ αἴσιμον ἦμαρ
ἐν νόστῳ ἐτέτυκτο Καφηρίσιν ἀμφὶ πέτρῃσι·
525　καί ῥά μιν ἁρπάξαντες ἀρηίφιλοι θεράποντες

334

But when the dark spirits of doom had been sated with a great number of deaths in that bloody and grievous struggle, many of the Argives fled to the safety of their ships to avoid Eurypylus' rampage as it came rolling toward them. Only a few remained in the lines beside Ajax and the two mighty sons of Atreus. And all the Argives might well have perished at the hands of the enemy who pressed round them on every side, had it not been for the son of Oïleus, who speared wise Polydamas between his left breast and shoulder; the blood flowed, and he fell back a little. Then renowned Menelaüs wounded Deïphobus in the right breast, and he took to his heels; and divine Agamemnon slew multitudes of the attacking troops before singling out divine Aethicus in his spear frenzy and causing him to take refuge among his companions.

When Eurypylus, rouser of armies, realized that his troops were in general retreat from that hateful conflict, he at once left off his pursuit of the troops he was driving to the ships and made his way quickly toward the two mighty sons of Atreus and the stouthearted son of Oïleus, that swift runner and excellent fighter. He instantly sprang upon them grasping his long spear, and he was joined by Paris and the spirited Aeneas, who quickly dealt Ajax a blow on his stout helmet with a huge rock. He was stretched out in the dust, but he did not quite expire, since he was destined to die on the Capherean Rocks on his homeward voyage;[9] and so his attendants, dear to Ares,

[9] See 14.530–89.

500 τότ' ἄρ' Spitzner: τότε M   501 πῆμα Rhodomann: κῦμα M   519 κραιπνὸς Rhodomann: -ὸν M

βαιὸν ἔτ᾽ ἐμπνείοντα φέρον ποτὶ νῆας Ἀχαιῶν.
καὶ τότ᾽ ἄρ᾽ οἰώθησαν ἀγακλειτοὶ βασιλῆες
Ἀτρεῖδαι· περὶ δέ σφιν ὀλέθριος ἵσταθ᾽ ὅμιλος
βαλλόντων ἑκάτερθεν ὅ τι σθένε χερσὶν ἑλέσθαι·
530 οἳ μὲν γὰρ στονόεντα βέλη χέον, οἳ δέ νυ λᾶας,
ἄλλοι δ᾽ αἰγανέας. τοὶ δ᾽ ἐν μέσσοισιν ἐόντες
στρωφῶντ᾽, εὖτε σύες μέσῳ ἕρκεϊ ἠὲ λέοντες
ἤματι τῷ ὅτ᾽ ἄνακτες ἀολλίσσωσ᾽ ἀνθρώπους,
ἀργαλέως δ᾽ εἰλῶσι κακὸν τεύχοντες ὄλεθρον
535 θηρσὶν ὑπὸ κρατεροῖς, οἳ δ᾽ ἕρκεος ἐντὸς ἐόντες
δμῶας δαρδάπτουσιν, ὅ τίς σφισιν ἐγγὺς ἵκηται·
ὣς οἵ γ᾽ ἐν μέσσοισιν ἐπεσσυμένους ἐδάιζον.
    Ἀλλ᾽ οὐδ᾽ ὣς μένος εἶχον ἐελδόμενοί περ ἀλύξαι,
εἰ μὴ Τεῦκρος ἵκανε καὶ Ἰδομενεὺς ἐρίθυμος
540 Μηριόνης τε Θόας τε καὶ ἰσόθεος Θρασυμήδης,
οἵ ῥα πάρος φοβέοντο θρασὺ σθένος Εὐρυπύλοιο,
καί κε φύγον κατὰ νῆας ἀλευάμενοι βαρὺ πῆμα,
εἰ μὴ ἄρ᾽ Ἀτρείδησι περιδδείσαντες ἵκοντο
ἄντην Εὐρυπύλοιο· μάχη δ᾽ ἀίδηλος ἐτύχθη.
545 Ἔνθα τότ᾽ Αἰνείαο κατ᾽ ἀσπίδος ἔγχος ἔρεισε
Τεῦκρος ἐυμμελίης· τοῦ δ᾽ οὐ χρόα καλὸν ἴαψεν·
ἤρκεσε γάρ οἱ πῆμα σάκος μέγα τετραβόειον·
ἀλλὰ καὶ ὣς δείσας ἀνεχάσσατο τυτθὸν ὀπίσσω.
Μηριόνης δ᾽ ἐπόρουσεν ἀμύμονι Λαοφόωντι
550 Παιονίδῃ τὸν ἐγείνατ᾽ ἐυπλόκαμος Κλεομήδη
Ἀξιοῦ ἀμφὶ ῥέεθρα, κίεν δ᾽ ὅ γε Ἴλιον ἱρὴν
Τρωσὶν ἀρηξέμεναι μετ᾽ ἀμύμονος Ἀστεροπαίου·
τὸν δ᾽ ὅ γε Μηριόνης νύξ᾽ ἔγχεϊ ὀκριόεντι

rescued him and carried him, still just breathing, to the
Achaean ships. Then those renowned kings, the Atridae,
were all alone and surrounded on every side by a murder-
ous crowd throwing whatever missiles came to hand: some
rained down grievous arrows, others rocks or javelins.
There they stood in the midst, turning now this way now
that, like boars or lions penned in on those occasions when
rulers round up human beings in a confined space and
devise for them a horrible death from powerful wild beasts
which in that arena rip and mangle any of those slaves who
come near them: just so they set about slaying the enemy
who charged at them from every side.

Even so they would not have had the strength to extri-
cate themselves as they hoped if Teucer, spirited Idome-
neus, Meriones, Thoas and godlike Thrasymedes had not
arrived. They had earlier been put to flight by Eurypylus'
valiant onslaught; and they would have fled right to the
ships to avoid calamity if their fears for the safety of the
Atridae had not caused them to stand against Eurypylus.
A destructive battle ensued.

Then Teucer of the fine ash-wood spear drove his
weapon into Aeneas' shield. It did not pierce his fair flesh,
because his great shield of four ox hides kept him from
harm; but fear made him draw back a little none the less.
Meriones sprang upon noble Laophoön son of Paeon,
whom Cleomede of the fair tresses bore by the streams of
Axius; he had come to Ilium with noble Asteropaeus to aid
the Trojans. Meriones stabbed him with his deadly spear

---

537 ἐπεσσυμένους Rhodomann: -νως M
544 αἴδηλος Spitzner: ἀρίδ- M

αἰδοίων ἐφύπερθε· θοῶς δέ οἱ εἴρυσεν αἰχμὴ
555 ἔγκατα· τοῦ δ' ὤκιστα ποτὶ ζόφον ἔσσυτο θυμός.
Αἴαντος δ' ἄρ' ἑταῖρος Ὀιλιάδαο δαΐφρων
Ἀλκιμέδων ἐς ὅμιλον ἐυσθενέων βάλε Τρώων·
ἧκε δ' ἐπευξάμενος δηΐων ἐς φύλοπιν αἰνὴν
σφενδόνῃ ἀλγινόεντα λίθον· διὰ δ' ἔτρεσαν ἄνδρες
560 ῥοῖζον ὁμῶς καὶ λᾶα περιδδείσαντες ἰόντα.
τὸν δ' ὀλοὴ φέρε Μοῖρα ποτὶ θρασὺν ἡνιοχῆα
Πάμμονος Ἱππασίδην, τὸν ἄρ' ἡνία χερσὶν ἔχοντα
πλῆξε κατὰ κροτάφοιο, θοῶς δέ μιν ἔκβαλε δίφρου
πρόσθεν ἑοῖο τροχοῖο· θοὸν δέ οἱ ἅρμα πεσόντος
565 λυγρὸν ἐπισσώτροισι δέμας διελίσσετ' ὀπίσσω
ἵππων ἱεμένων· θάνατος δέ μιν αἰνὸς ἐδάμνα
ἐσσυμένως μάστιγα καὶ ἡνία νόσφι λιπόντα.
Πάμμονι δ' ἔμπεσε πένθος· ἄφαρ δέ ἑ θῆκεν ἀνάγκη
ἄμφω καὶ βασιλῆα καὶ ἡνιοχεῖν θοὸν ἅρμα·
570 καί νύ κεν αὐτοῦ κῆρα καὶ ὕστατον ἦμαρ ἀνέτλη,
εἰ μή οἱ Τρώων τις ἀνὰ κλόνον αἱματόεντα
ἡνία δέξατο χερσὶ καὶ ἐξεσάωσεν ἄνακτα
ἤδη τειρόμενον δηΐων ὀλοῇσι χέρεσσιν.
Ἀντίθεον δ' Ἀκάμαντα καταντίον ἀίσσοντα
575 Νέστορος ὄβριμος υἱὸς ὑπὲρ γόνυ δουρατι τύψεν,
ἕλκεϊ δ' οὐλομένῳ στυγερὰς ὑπεδύσετ' ἀνίας·
χάσσατο δ' ἐκ πολέμοιο, λίπεν δ' ἑτάροισι κυδοιμὸν
δακρυόεντ'· οὐ γάρ οἱ ἔτι πτολέμοιο μεμήλει.
καὶ τότε δὴ θεράπων ἐρικυδέος Εὐρυπύλοιο
580 τύψε Θόαντος ἑταῖρον ἐχέφρονα Δηιοπίτην
ὤμου τυτθὸν ἔνερθε· περὶ κραδίην δέ οἱ ἔγχος

above his private parts, and instantly disemboweled him: his spirit instantly rushed down to the darkness. Alcimedon, the warlike companion of Ajax son of Oïleus, let fly at the mass of doughty Trojans with a cruel slingshot, uttering a prayer as he sent it into the enemies' dreadful clamor. They scattered in all directions, terrified by the stone itself and the whistling noise it made. Deadly Fate carried it toward Hippasides, Pammon's valiant charioteer, and it struck him on the temple as he was holding the reins. The blow made him fall straight out of the chariot in front of the wheels. The swift chariot rolled straight over the poor man's fallen body with its tires as the horses rushed forward; he was quickly overcome by dread death and lost his hold on whip and reins. Pammon, griefstricken, was obliged to act as both master and driver of that swift chariot; and he would have experienced his doom and his life's last day there and then, had not one of the Trojans in the bloody fray seized the reins and saved the king, who was already being hard pressed by the deadly assaults of the enemy. Nestor's mighty son speared godlike Acamas just above the knee as he rushed at him, and he underwent horrible agonies from that deadly wound: he quitted the battle and left the fighting to his companions, with its tears aplenty: he had no more appetite for war. Next Thoas' comrade Deïopites the wise was struck just below the shoulder by one of glorious Eurypylus' attendants. The cruel spear went near his heart

---

557 Ἀλκιμέδων Zimmermann: μέδης M
568 δέ ἑ θῆκεν Rhodomann: δ' ἔθηκεν M
569 ἡνιοχεῖν Brodeau: ἡνίοχον M
580 ἐχέφρονα Zimmermann: ἐχέμμονα M

ἷξεν ἀνιηρόν· σὺν δ' αἵματι κήκιεν ἱδρὼς
ψυχρὸς ἀπὸ μελέων. καί μιν στρεφθέντα φέρεσθαι
εἰσοπίσω κατέμαρψε μέγα σθένος Εὐρυπύλοιο,
585 κόψε δέ οἱ θοὰ νεῦρα· πόδες δ' ἀέκοντες ἔμιμνον
αὐτοῦ, ὅπη μιν τύψε· λίπεν δέ μιν ἄμβροτος αἰών.
ἐσσυμένως δὲ Θόας νύξεν Πάριν ὀξέι δουρὶ
δεξιτερὸν κατὰ μηρόν· ὃ δ' ᾤχετο τυτθὸν ὀπίσσω
οἰσόμενος θοὰ τόξα τά οἱ μετόπισθε λέλειπτο.
590 Ἰδομενεὺς δ' ἄρα λᾶαν, ὅσον σθένε, χερσὶν ἀείρας
κάββαλεν Εὐρυπύλοιο βραχίονα· τοῦ δὲ χαμᾶζε
κάππεσε λοίγιον ἔγχος· ἄφαρ δ' ἀνεχάσσατ' ὀπίσσω
οἰσέμεν ἐγχείην· τὴν γάρ τ' ἔχεν ἔκβαλε χειρός.
Ἀτρεῖδαι δ' ἄρα τυτθὸν ἀνέπνευσαν πολέμοιο·
595 τῷ δὲ θοῶς θεράποντες ἔβαν σχεδόν, οἵ οἱ ἔνεικαν
ἀαγὲς δόρυ μακρὸν ὃ πολλῶν γούνατ' ἔλυσε.
δεξάμενος δ' ὅ γε λαὸν ἐπῴχετο κάρτεϊ θύων,
κτείνων ὅν κε κίχῃσι, πολὺν δ' ὑπεδάμναθ' ὅμιλον.
      Ἔνθ' οὔτ' Ἀτρεῖδαι μένον ἔμπεδον οὔτέ τις ἄλλος
600 ἀγχεμάχων Δαναῶν· μάλα γὰρ δέος ἔλλαβε πάντας
ἀργαλέον· πᾶσιν γὰρ ἐπέσσυτο πῆμα κορύσσων
Εὐρύπυλος, μετόπισθε δ' ἐπισπόμενος κεράιζε·
κέκλετο δ' αὖ Τρώεσσι καὶ ἱπποδάμοις ἑτάροισιν·
      "Ὦ φίλοι, εἰ δ' ἄγε θυμὸν ἕνα στέρνοισι
            βαλόντες
605 τεύξωμεν Δαναοῖσι φόνον καὶ κῆρ' ἀίδηλον,
οἳ δὴ νῦν μήλοισιν ἐοικότες ἀπονέονται

and, mingled with the blood, a cold sweat oozed from his limbs. As he turned to flee, the might of Eurypylus caught up with him and severed the tendons that gave him speed; for all his eagerness to flee, his feet were rooted to the spot where he received the blow, and immortal life left him. Thoas then rushed at Paris and struck him in the right thigh with his sharp spear; he retreated a little to fetch the bow and arrows which had been left behind. Idomeneus meanwhile lifted the heaviest rock he could handle and threw it at Eurypylus' arm, making him drop his cruel spear; he had to retreat to fetch another, having lost the one he was holding. The Atridae now had a brief respite from fighting; but Eurypylus' attendants quickly arrived with the long, unbreakable spear which had caused so many men to collapse in death. As soon as he had it, he charged this way and that among the troops, killing every-one he encountered and massacring men in great num-bers.

Then neither the Atridae nor any other of the Danaans experienced in close combat could hold their ground; they were all seized with fear as Eurypylus went on his violent rampage against them all, pursuing and slaughtering the hindmost. And he yelled encouragement to the Trojans and to his horse-taming companions:

"Come, my friends, let us adopt one joint aim—to in-flict slaughter, doom and destruction on the Danaans! They are flocking back to their ships like sheep; now it is

585 ἀέκοντες Rhodomann: ἀκέοντες M
593 τ' Köchly: om. M
602 ἐπισπόμενος Bonitz: ἐπεσσύμενος M

νῆας ἐπὶ σφετέρας· ἀλλὰ μνησώμεθα πάντες
ὑσμίνης ὀλοῆς ἧς παιδόθεν ἴδμονές εἰμεν."

Ὣς φάτο· τοὶ δ' ἐπόρουσαν ἀολλέες Ἀργείοισιν·
610 οἱ δὲ μέγα τρομέοντες ἀπ' ἀργαλέοιο κυδοιμοῦ
φεῦγον· τοὶ δ' ἐφέποντο κύνες ὣς ἀργιόδοντες
κεμμάσιν ἀγροτέρῃσι κατ' ἄγκεα μακρὰ καὶ ὕλην.
πολλοὺς δ' ἐν κονίῃσι βάλον μάλα περ μεμαῶτας
ἐκφυγέειν ὀλοοῖο φόνου στονόεσσαν ὁμοκλήν.
615 Εὐρύπυλος μὲν ἔπεφνεν ἀμύμονα Βουκολίωνα
Νῖσόν τε Χρομίον τε καὶ Ἄντιφον· οἳ δὲ Μυκήνην
ᾤκεον εὐκτέανον, τοὶ δ' ἐν Λακεδαίμονι ναῖον·
τοὺς ἄρ' ὅ γ' ἐξενάριξεν ἀριγνώτους περ ἐόντας.
ἐκ δ' ἄρα πληθύος εἷλεν ἀάσπετα φῦλ' ἀνθρώπων
620 ὅσσά μοι οὐ σθένος ἐστὶ λιλαιομένῳ περ ἀεῖσαι,
οὐδ' εἴ μοι στέρνοισι σιδήρεον ἦτορ ἐνείη.
Αἰνείας δὲ Φέρητα καὶ Ἀντίμαχον κατέπεφνεν,
ἀμφοτέρους Κρήτηθεν ἅμ' Ἰδομενῆι κιόντας.
αὐτὰρ Ἀγήνωρ δῖος ἀμύμονα Μῶλον ἔπεφνεν,
625 ὅς ῥά τ' ἀπ' Ἄργεος ἦλθεν ὑπὸ Σθενέλῳ βασιλῆι·
τὸν βάλεν αἰγανέῃ νεοθηγέι πολλὸν ὀπίσσω
φεύγοντ' ἐκ πολέμοιο τυχὼν ὑπὸ νείατα κνήμης
δεξιτερῆς· αἰχμὴ δὲ διὰ πλατὺ νεῦρον ἔκερσεν
ἄντικρυς ἱεμένη, παρὰ δ' ἔθρισεν ὀστέα φωτὸς
630 ἀργαλέως· ὀδύνη δ' ἐμίγη μόρος, ἔφθιτο δ' ἀνήρ.
ἂν δὲ Πάρις Μόσυνόν τ' ἔβαλεν καὶ ἀγήνορα
         Φόρκυν,
ἄμφω ἀδελφειούς, οἵ τ' ἐκ Σαλαμῖνος ἵκοντο
Αἴαντος νήεσσι καὶ οὐκέτι νόστον ἕλοντο.

342

time for every one of us to recall his skill in deadly war, which we have known well since boyhood."

In response to this speech they sprang as one upon the Argives, who in great terror fled the frightful conflict. They chased them like white-toothed hounds in pursuit of wild deer in the long wooded glens. Many were the men they laid in the dust, try as they might to escape the grievous clamor of that murderous massacre. Eurypylus slew noble Bucolion, Nisus, Chromius and Antiphus, some of whom dwelt in well-built Mycenae, others in Lacedaemon. These were the renowned warriors whom he dispatched; and from the rank and file he slew numbers beyond my powers to describe— though I would gladly sing of them all—even if a heart as tough as steel beat in my breast. Aeneas slew Pheres and Antimachus, who had both come from Crete with Idomeneus. Divine Agenor slew noble Molus, who had come from Argos under his king Sthenelus; he struck him with his freshly sharpened javelin from a good distance as he tried to flee the fighting: he caught him low on the right leg, and the spear-point's momentum severed the broad tendon and cruelly fractured the bones; fated to die in agony, he breathed his last. Paris hit Mosynus and noble Phorcys, a pair of brothers who had come from Salamis on Ajax' ships but never made

---

612 ἀγροτέρῃσι κατ᾿ Hermann: -σιν ἐπ᾿ M
616 Νῖσόν Zimmermann: νῆσόν M
625 ῥά τ᾿ ἀπ᾿ Zimmermann: ῥ᾿ ἀπ᾿ m: ῥ᾿ ἀπὸ m
631 Μόσυνόν Lascaris, Lehrs: μόνυσόν M

τοῖσι δ᾽ ἐπὶ Κλεόλαον ἐὺν θεράποντα Μέγητος
635 εἷλε βαλὼν κατὰ μαζὸν ἀριστερόν· ἀμφὶ δέ μιν νὺξ
μάρψε κακὴ καὶ θυμὸς ἀπέπτατο· τοῦ δὲ δαμέντος
ἔνδον ὑπὸ στέρνοισιν ἔτι κραδίη ἀλεγεινὴ
ταρφέα παλλομένη πτερόεν πελέμιξε βέλεμνον.
ἄλλον δ᾽ ἰὸν ἀφῆκεν ἐπὶ θρασὺν Ἠετίωνα
640 ἐσσυμένως· τοῦ δ᾽ αἶψα διὰ γναθμοῖο πέρησε
χαλκός· ὃ δὲ στονάχησε· μίγη δέ οἱ αἵματι δάκρυ.
ἄλλος δ᾽ ἄλλον ἔπεφνε· πολὺς δ᾽ ἐστείνετο χῶρος
Ἀργείων ἰληδὸν ἐπ᾽ ἀλλήλοισι πεσόντων.

Καί νύ κε δὴ τότε Τρῶες ἐνέπρησαν πυρὶ νῆας,
645 εἰ μὴ νὺξ ἐπόρουσε θοὴ βαθὺν ἠέρ᾽ ἄγουσα.
χάσσατο δ᾽ Εὐρύπυλος, σὺν δ᾽ ἄλλοι Τρώιοι υἷες
νηῶν βαιὸν ἄπωθε ποτὶ προχοὰς Σιμόεντος,
ἧχί περ αὖλιν ἔθεντο γεγηθότες. οἱ δ᾽ ἐνὶ νηυσὶν
Ἀργεῖοι γοάασκον ἐπὶ ψαμάθοισι πεσόντες,
650 πολλὰ μάλ᾽ ἀχνύμενοι κταμένων ὕπερ, οὕνεκ᾽ ἄρ᾽
αὐτῶν
πολλοὺς ἐν κονίῃσι μέλας ἐκιχήσατο πότμος.

639 ἀφῆκεν Rhodomann: ἂρ ἧκεν M
645 θοὴ Rhodomann: om. M

344

their way home. Next he shot Cleolaüs, the brave attendant of Meges, in the left breast: grim Night seized him in its grasp and his spirit took flight; but although he was dead, his heart in its agony kept throbbing rapidly in his chest and making the feathered arrow quiver. He quickly let fly another arrow at valiant Eëtion, and the bronze went right through his jaw; he gave a groan, and tears were mingled with his blood. Each man slew his own victims; and a great area was crowded with heaps of fallen Argives.

Indeed, the Trojans would have burned the ships had swift night not brought a thick mist. Eurypylus and the other sons of the Trojans drew back to the streams of Simoïs not far from the ships, where they encamped in high spirits. But at the ships the Argives collapsed on the sand and lamented their dead in great grief; for great numbers were dead in the dust having met with a dark fate.

BOOK VII

Some of the Greeks hold funerals for Nireus and Machaon, victims of Eurypylus. Machaon's grief-stricken brother Podalirius is offered consolation by Nestor. The Greek forces are driven back to their wall by Eurypylus. A truce allows burial of the dead. Meanwhile Odysseus and Diomedes find Neoptolemus eager to join the war, in spite of the pleading of his mother, Deïdamia. They return to Troy just in time to rescue the Greek cause. Neoptolemus is given his father's armor, and he rushes into battle. The book closes with his formal welcome from Phoenix and the Greek commanders. Both sides are now confident of success.

The embassy of Odysseus and Diomedes to Scyros was told in the Little Iliad. Sophocles and Euripides wrote plays entitled Men of Scyros, now lost, which treated the same episode. Deïdamia's tearful farewells are inspired by the scene between Jason and his mother, Alcimede, in Book 1 of Apollonius' Argonautica. Neoptolemus is mentioned in both the Iliad (19.327–33) and the Odyssey (11.505–37).

ΛΟΓΟΣ Η

Ἦμος δ᾽ οὐρανὸς ἄστρα κατέκρυφεν, ἔγρετο δ᾽ Ἠὼς
λαμπρὸν παμφανόωσα, κνέφας δ᾽ ἀνεχάσσατο
    νυκτός,
δὴ τότ᾽ ἀρήιοι υἷες ἐυσθενέων Ἀργείων,
οἳ μὲν ἔβαν προπάροιθε νεῶν κρατερὴν ἐπὶ δῆριν
5 ἀντίον Εὐρυπύλοιο μεμαότες, οἳ δ᾽ ἀπάτερθεν
αὐτοῦ πὰρ νήεσσι Μαχάονα ταρχύσαντο
Νιρέα θ᾽ ὃς μακάρεσσιν ἀειγενέεσσιν ἐῴκει
κάλλεΐ τ᾽ ἀγλαΐῃ τε, βίῃ δ᾽ οὐκ ἄλκιμος ἦεν·
οὐ γὰρ ἅμ᾽ ἀνθρώποισι θεοὶ τελέουσιν ἅπαντα,
10 ἀλλ᾽ ἐσθλῷ κακὸν ἄγχι παρίσταται ἔκ τινος αἴσης·
ὣς Νιρῆι ἄνακτι παρ᾽ ἀγλαΐῃ ἐρατεινῇ
κεῖτ᾽ ἀλαπαδνοσύνη. Δαναοὶ δέ οἱ οὐκ ἀμέλησαν,
ἀλλά ἑ ταρχύσαντο καὶ ὠδύραντ᾽ ἐπὶ τύμβῳ,
ὅσσα Μαχάονα δῖον ὃν ἀθανάτοις μακάρεσσιν
15 ἶσον ἀεὶ τίεσκον, ἐπεὶ κλυτὰ μήδεα ᾔδη.
    Ἀλλ᾽ ὅτ᾽ ἄρ᾽ ἀμφοτέροις τυκτὸν περὶ σῆμ᾽
        ἐβάλοντο,
δὴ τότ᾽ ἄρ᾽ ἐν πεδίῳ ἔτι μαίνετο λοίγιος Ἄρης·
ὦρτο δ᾽ ἄρ᾽ ἀμφοτέρωθε μέγας κόναβος καὶ αὐτή,
ῥηγνυμένων λάεσσι καὶ ἐγχείῃσι βοειῶν.
20 καί ῥ᾽ οἳ μὲν πονέοντο πολυκμήτῳ ὑπ᾽ Ἄρηι·
νωλεμέως δ᾽ ἄρ᾽ ἄπαστος ἐδητύος ἐν κονίῃσι

348

BOOK VII

The stars in the sky faded from sight, Eos awoke casting
bright light all around, the shades of night retired, and the
warlike sons of the doughty Argives gathered before their
ships, eager to test their strength in battle against Eurypy-
lus. Some of them, however, stayed behind there by the
ships to arrange obsequies for Machaon and Nireus, a man
whose prowess was no match for his form and beauty, in
which he resembled the blessed immortals. The gods do
not bestow perfection on mankind, and even the finest
character seems destined to be flawed: Nireus, a prince
graceful and handsome, was a feeble creature. But the
Danaans, far from neglecting him, performed his funeral
and lamented him at his tomb no less than they did divine
Machaon, whom they had always honored like the blessed
immortals on account of his notable skill.

While they were erecting that joint tomb, lethal Ares
was still raging out on the plain; from both sides arose
a great clamorous din as shields were smashed by rocks
and spears. But as they labored at the work of Ares, Pod-
lirius continued to lie in the dust, fasting and groaning

---

15 κλυτὰ Rhodomann: τυκτὰ M

16 ἀλλ' ὅτ' ἄρ' Vian: ἄλλα γὰρ M   τυκτὸν Vian: ταυ-
τὸν fere M

κεῖτο μέγα στενάχων Ποδαλείριος. οὐδ' ὅ γε σῆμα
λεῖπε κασιγνήτοιο· νόος δέ οἱ ὁρμαίνεσκε
χερσὶν ὑπὸ σφετέρῃσιν ἀνηλεγέως ἀπολέσθαι·
25 καί ῥ' ὁτὲ μὲν βάλε χεῖρας ἐπὶ ξίφος, ἄλλοτε δ' αὖτε
δίζετο φάρμακον αἰνόν. ἑοὶ δέ μιν εἶργον ἑταῖροι
πολλὰ παρηγορέοντες· ὁ δ' οὐκ ἀπέληγεν ἀνίης,
καί νύ κε θυμὸν ἑῇσιν ὑπαὶ παλάμῃσιν ὄλεσσεν
ἐσθλοῦ ἀδελφειοῖο νεοκμήτῳ ἐπὶ τύμβῳ,
30 εἰ μὴ Νηλέος υἱὸς ἐπέκλυεν. οὐδ' ἀμέλησεν
αἰνῶς τειρομένοιο· κίχεν δέ μιν ἄλλοτε μέν που
ἐκχύμενον περὶ σῆμα πολύστονον, ἄλλοτε δ' αὖτε
ἀμφὶ κάρη χεύοντα κόνιν καὶ στήθεα χερσὶ
θεινόμενον κρατερῇσι καὶ οὔνομα κικλήσκοντα
35 οἷο κασιγνήτοιο· περιστενάχοντο δ' ἄνακτα
δμῶες σύν θ' ἑτάροισι, κακὴ δ' ἔχε πάντας ὀιζύς.
καί ῥ' ὅ γε μειλιχίοισι μέγ' ἀχνύμενον προσέειπεν·
  "Ἴσχεο λευγαλέοιο πόνου καὶ πένθεος αἰνοῦ,
ὦ τέκος· οὐ γὰρ ἔοικε περίφρονα φῶτα γεγῶτα
40 μύρεσθ' οἷα γυναῖκα παρ' οὐκέτ' ἐόντι πεσόντα.
οὐ γὰρ ἀναστήσεις μιν ἔτ' ἐς φάος, οὕνεκ' ἄιστος
ψυχή οἱ πεπότηται ἐς ἠέρα, σῶμα δ' ἄνευθε
πῦρ ὀλοὸν κατέδαψε καὶ ὀστέα δέξατο γαῖα·
αὔτως δ', ὡς ἀνέθηλε, καὶ ἔφθιτο. τέτλαθι δ' ἄλγος
45 ἄσπετον, ὡς περ ἔγωγε Μαχάονος οὔ τι χερείω
παῖδ' ὀλέσας δηίοισιν ὑπ' ἀνδράσιν, εὖ μὲν ἄκοντι,
εὖ δὲ σαοφροσύνῃσι κεκασμένον· οὐδέ τις ἄλλος
αἰζηῶν φιλέεσκεν ἑὸν πατέρ' ὡς ἐμὲ κεῖνος,

aloud, refusing to leave his brother's tomb, and deter-
mined to die a cruel death at his own hands: at one time
he seized his sword and at another he sought some fatal
poison. His companions restrained him and spoke many
words of consolation, but his grief was not abated. He
would have taken his life with his own hands if the son of
Neleus had not heard with concern the sounds of his grief
and suffering. He found him collapsed, lamenting at the
tomb, alternately pouring dust down over his head, beat-
ing his breast with his mighty hands, and calling on his
brother by name; his companions and slaves were lament-
ing around their lord, and all were in the grip of dreadful
misery. He addressed the grieving man with these gentle
words:

"Leave off this woeful work and bitter grieving, my
son: as a man of sense, it is not right that you should
be fallen here beside the dead, wailing like a woman. You
will not restore him to the light: his soul has taken flight
into the ether: it is apart from his body, which has been
consumed by the destructive fire, and from his bones,
buried in the earth: as once his life flourished, so now it
has perished. Endure your unspeakable grief as I do my
own: our foemen killed a son of mine by no means inferior
to Machaon, excellent alike in spear-craft and good sense,
unrivaled among young men for his devotion to his father:

---

36 θ' Zimmermann: om. M

κάτθανε δ' εἵνεκ' ἐμεῖο σαωσέμεναι μενεαίνων
50　ὃν πατέρ'. ἀλλά οἱ εἶθαρ ἀποκταμένοιο πάσασθαι
σῖτον ἔτλην καὶ ζωὸς ἔτ' ἠριγένειαν ἰδέσθαι,
εὖ εἰδὼς ὅτι πάντες ὁμὴν Ἀίδαο κέλευθον
νισόμεθ' ἄνθρωποι, πᾶσίν τ' ἐπὶ τέρματα κεῖται
λυγρὰ μόρου στονόεντος· ἔοικε δὲ θνητὸν ἐόντα
55　πάντα φέρειν ὁπόσ' ἐσθλὰ διδοῖ θεὸς ἠδ' ἀλεγεινά."
　　Ὣς φάθ'. ὁ δ' ἀχνύμενός μιν ἀμείβετο· τοῦ δ'
　　　ἀλεγεινὸν
ἔρρεεν εἰσέτι δάκρυ καὶ ἀγλαὰ δεῦε γένεια·
　　"Ὦ πάτερ, ἄσχετον ἄλγος ἐμὸν καταδάμναται
　　　ἦτορ
ἀμφὶ κασιγνήτοιο περίφρονος, ὅς μ' ἀτίταλλεν,
60　οἰχομένοιο τοκῆος ἐς οὐρανόν, ὡς ἐὸν υἷα
σφῆσιν ἐν ἀγκοίνῃσι καὶ ἰητήρια νούσων
ἐκ θυμοῖο δίδαξε· μιῇ δ' ἐνὶ δαιτὶ καὶ εὐνῇ
τερπόμεθα ξυνοῖσιν ἰαινόμενοι κτεάτεσσι.
τῶ μοι πένθος ἄλαστον ἐποίχεται· οὐδ' ἔτι κείνου
65　τεθναότος φάος ἐσθλὸν ἐέλδομαι εἰσοράασθαι."
　　Ὣς φάτο· τὸν δ' ὁ γεραιὸς ἀκηχέμενον προσέειπε·
　　"Πᾶσι μὲν ἀνθρώποισιν ἴσον κακὸν ὤπασε
　　　δαίμων
ὀρφανίην· πάντας δὲ καὶ ἡμέας αἶα καλύψει,
οὐ μὲν ἄρ' ἐκτελέσαντας ὁμὴν βιότοιο κέλευθον,
70　οὐδ' οἵην τις ἕκαστος ἐέλδεται, οὕνεχ' ὕπερθεν
ἐσθλά τε καὶ τὰ χέρεια θεῶν ἐν γούνασι κεῖται,
Μοίρης εἰς ἓν ἅπαντα μεμιγμένα. καὶ τὰ μὲν οὔ τις

indeed, it was in trying to save me—to save his father—
that he died. But straight after his death I made myself
take food and live and look upon the light of day, well
aware that the road to Hades is common to all, and that
all life has unhappy death as its grievous end. Mortals
should be accepting of god's gifts, the good and the griev-
ous alike."

So he spoke; and Podalirius, still wetting his fair cheeks
with tears of grief, replied:

"Sire, my heart is quite overpowered by this unbear-
able grief for my wise brother: after our father[1] went up
to heaven he would cradle me in his arms as if I were his
own son, he put his heart into teaching me the cure of
diseases; and we took pleasure in eating and sleeping to-
gether, with everything in common. That is why the grief
that has come over me can not be consoled: now that he
is dead, I have no wish to see the light of day."

So he spoke; and the old man addressed him in his
grief:

"Bereavement is a bane god grants to all mankind alike.
We in our turn shall all be buried in the ground, though
we make our way through life on different paths and ex-
perience things we had not expected: good things and
bad lie in the lap of the gods above and are all mingled
together by the Fates; they are shrouded in a wondrous

---

[1] Asclepius.

---

53 ἄνθρωποι Rhodomann: -ώποις M
69 ἐκτελέσαντας Rhodomann: -τες M

δέρκεται ἀθανάτων, ἀλλ' ἀπροτίοπτα τέτυκται
ἀχλύι θεσπεσίη κεκαλυμμένα· τοῖς δ' ἐπὶ χεῖρας
75 οἵη Μοῖρα τίθησι καὶ οὐχ ὁρόωσ' ἀπ' Ὀλύμπου
ἐς γαῖαν προΐησι· τὰ δ' ἄλλυδις ἄλλα φέρονται
πνοιῆς ὣς ἀνέμοιο· καὶ ἀνέρι πολλάκις ἐσθλῷ
ἀμφεχύθη μέγα πῆμα, λυγρῷ δ' ἐπικάππεσεν ὄλβος
οὔ τι ἑκών. ἀλαὸς δὲ πέλει βίος ἀνθρώποισι·
80 τοὔνεκ' ἄρ' ἀσφαλέως οὐ νίσεται, ἀλλὰ πόδεσσι
πυκνὰ ποτιπταίει· τρέπεται δέ οἱ αἰόλον εἶδος
ἄλλοτε μὲν ποτὶ πῆμα πολύστονον, ἄλλοτε δ' αὖτε
εἰς ἀγαθόν. μερόπων δὲ πανόλβιος οὔ τις ἐτύχθη
ἐς τέλος ἐξ ἀρχῆς· ἑτέρῳ δ' ἕτερ' ἀντιόωσι.
85 παῦρον δὲ ζώοντας ἐν ἄλγεσιν οὔ τι ἔοικε
ζωέμεν· ἔλπεο δ' αἰὲν ἀρείονα μηδ' ἐπὶ λυγρῷ
θυμὸν ἔχειν. καὶ γάρ ῥα πέλει φάτις ἀνθρώποισιν
ἐσθλῶν μὲν νίσεσθαι ἐς οὐρανὸν ἄφθιτον αἰεὶ
ψυχάς, ἀργαλέων δὲ ποτὶ ζόφον. ἔπλετο δ' ἄμφω
90 σεῖο κασιγνήτῳ, καὶ μείλιχος ἔσκε βροτοῖσι
καὶ πάϊς ἀθανάτοιο· θεῶν δ' ἐς φῦλον οἴω
κεῖνον ἀνελθέμεναι σφετέρου πατρὸς ἐννεσίῃσιν."
    Ὣς εἰπών μιν ἔγειρεν ἀπὸ χθονὸς οὐκ ἐθέλοντα
παρφάμενος μύθοισιν· ἄγεν δ' ἀπὸ σήματος αἰνοῦ
95 ἐντροπαλιζόμενον καὶ ἔτ' ἀργαλέα στενάχοντα.
ἐς δ' ἄρα νῆας ἵκοντο· πόνον δ' ἔχον ἄλλοι Ἀχαιοὶ
ἀργαλέον καὶ Τρῶες ὀρινομένου πολέμοιο.
    Εὐρύπυλος δ' ἀτάλαντος ἀτειρέα θυμὸν Ἄρηι
χερσὶν ὑπ' ἀκαμάτοισι καὶ ἔγχεϊ μαιμώωντι
100 δάμνατο δήια φῦλα. νεκρῶν δ' ἐστείνετο γαῖα

mist which makes them unseen by the gods, and Fate alone lays her hands on them: from Olympus she flings them earthwards without looking, and they are carried this way and that as it were by the breezes, so that many a time great trouble lands upon a good man and prosperity unintentionally falls to a rogue. We live like blind men, going along unsteadily, tripping and stumbling, never the same for long, at one time turning toward grief and trouble and at another toward good. No mortal's life is prosperous from first to last: our fortunes vary. But since life is short, we ought not to live in grief: always hope that things will get better and do not dwell on your unhappiness. After all, it is said that good men's spirits mount to heaven that is the same for ever, while the spirits of the wicked dwell in darkness. Your brother helped mortals and was the son of an immortal; I believe that he has mounted to the company of the gods at his father's behest."

After these words of consolation he raised him up from the ground, reluctant though he was; he kept turning round and continued his wretched lament as he was led away from that unhappy tomb. They arrived at the ships as the rest of the Greeks and the Trojans were engaged in the hardship of war now that the battle was beginning.

Unwearied as Ares in valor, Eurypylus set about slaying hordes of the enemy with his tireless hands and raging spear. The earth was clogged left and right with the bodies

74 δ' Köchly: om. M   77 πνοιῆς Bonitz: πνοῇ m: πνοιὴ m
79 ἀλαὸς Lobeck: ἄλλος M   86 ἔλπεο Hermann: -ῃ εε M
94 ἄγεν Rhodomann: ἄγαν M   σήματος Rhodomann:
πήματος M   97 ἀργαλέον Pauw: -έως M   ὀρινομένου
Rhodomann: ὀρνυμένου M

κτεινομένων ἑκάτερθεν· ὃ δ' ἐν νεκύεσσι βεβηκὼς
μάρνατο θαρσαλέως πεπαλαγμένος αἵματι χεῖρας
καὶ πόδας. οὐδ' ἀπέληγεν ἀταρτηροῖο κυδοιμοῦ·
ἀλλ' ὅ γε Πηνέλεων κρατερόφρονα δουρὶ δάμασσεν
105 ἀντιόωντ' ἀνὰ δῆριν ἀμείλιχον, ἀμφὶ δὲ πολλοὺς
ἔκτανεν· οὐδ' ὅ γε χεῖρας ἀπέτρεπε δηιοτῆτος,
ἀλλ' ἔπετ' Ἀργείοισι χολούμενος, εὖτε πάροιθεν
ὄβριμος Ἡρακλέης Φολόης ἀνὰ μακρὰ κάρηνα
Κενταύροις ἐπόρουσεν ἑῷ μέγα κάρτεϊ θύων,
110 τοὺς ἅμα πάντας ἔπεφνε καὶ ὠκυτάτους περ ἐόντας
καὶ κρατεροὺς ὀλοοῦ τε δαήμονας ἰωχμοῖο·
ὣς ὅ γ' ἐπασσύτερον Δαναῶν στρατὸν αἰχμητάων
δάμνατ' ἐπεσσύμενος· τοὶ δ' ἰλαδὸν ἄλλοθεν ἄλλος
ἀθρόοι ἐν κονίῃσι δεδουπότες ἐξεχέοντο.
115 ὡς δ' ὅτ' ἐπιβρίσαντος ἀπειρεσίου ποταμοῖο
ὄχθαι ἀποτμήγονται ἐπὶ ψαμαθώδεϊ χώρῳ
μυρίαι ἀμφοτέρωθεν, ὃ δ' εἰς ἁλὸς ἔσσυται οἶδμα
παφλάζων ἀλεγεινὸν ἀνὰ ῥόον, ἀμφὶ δὲ πάντῃ
κρημνοὶ ἐπικτυπέουσι, βρέμει δ' ἄρα μακρὰ ῥέεθρα
120 αἰὲν ἐρειπομένων, εἴκει δέ οἱ ἔρκεα πάντα·
ὣς ἄρα κύδιμοι υἷες ἐυπτολέμων Ἀργείων
πολλοὶ ὑπ' Εὐρυπύλοιο κατήριπον ἐν κονίῃσι,
τοὺς κίχεν αἱματόεντα κατὰ μόθον· οἳ δ' ὑπάλυξαν
ὅσσους ἐξεσάωσε ποδῶν μένος. ἀλλ' ἄρα καὶ ὣς
125 Πηνέλεων ἐρύσαντο δυσηχέος ἐξ ὁμάδοιο
νῆας ἐπὶ σφετέρας, καί περ ποσὶ καρπαλίμοισι
κῆρας ἀλευόμενοι στυγερὰς καὶ ἀνηλέα πότμον.

  Πανσυδίῃ δ' ἔντοσθε νεῶν φύγον· οὐδέ τι θυμῷ

of victims: he trod on corpses as he fought valiantly, his hands and feet spattered with gore. Never pausing in his deadly rampage, he slew dauntless Peneleüs with his spear as he came to face him in the cruel conflict, and he killed many other victims nearby. He gave his hands no respite from the fighting, furiously pursuing the Argives just as mighty Heracles in olden times sprang with rage and violence upon the Centaurs on Pholoe's great peaks and slew every one of them, for all their fleetness of foot and their strength and skill in deadly combat:[2] just so he charged and slew rank after rank of Argive spearmen, and masses of the fallen were laid low in the dust on every side. Just as when a huge river in spate through a sandy region shears away vast lengths of its banks on either shore as it rushes down to the swelling sea, boiling and turbid, and its banks re-echo all around, and its long stream roars as they keep crashing down, and all barriers give way: just so at the assault of Eurypylus the glorious sons of the warlike Achaeans fell in the dust in great numbers if he caught up with them in the bloody fray; only the quick runners escaped to safety. But although they took to their heels to escape hateful death and a cruel fate, they did manage to recover Peneleüs from the tumult of battle and bring him to the ships.

They fled at full speed to find refuge at the ships. They

[2] Cf. 6.273–82.

---

111 κρατεροὺς Rhodomann: -οῦ M

ἔσθενον Εὐρυπύλοιο καταντία δηριάασθαι,
130 οὕνεκ' ἄρά σφισι φύζαν ὀιζυρὴν ἐφέηκεν
Ἡρακλέης υἱωνὸν ἀτειρέα πάμπαν ἀέξων.
οἳ δ' ἄρα τείχεος ἐντὸς ὑποπτώσσοντες ἔμιμνον,
αἶγες ὅπως ὑπὸ πρῶνα φοβεύμεναι αἰνὸν ἀήτην
ὅς τε φέρει νιφετόν τε πολὺν κρυερήν τε χάλαζαν
135 ψυχρὸς ἐπαΐσσων, ταὶ δ' ἐς νομὸν ἐσσύμεναί περ
ῥιπῆς οὔ τι κατιθὺς ὑπερκύπτουσι κολώνας,
ἀλλ' ἄρα χεῖμα μένουσιν ὑπὸ σκέπας ἠδὲ φάραγγας
ἀγρόμεναι, θάμνοισι δ' ὑπὸ σκιεροῖσι νέμονται
ἰλαδόν, ὄφρ' ἀνέμοιο κακαὶ λήξωσιν ἄελλαι·
140 ὣς Δαναοὶ πύργοισιν ὑπὸ σφετέροισιν ἔμιμνον
Τηλέφου ὄβριμον υἷα μετεσσύμενον τρομέοντες.
    Αὐτὰρ ὃ νῆας ἔμελλε θοὰς καὶ λαὸν ὀλέσσειν
142a χερσὶν ὑπὸ κρατερῇσιν ἐπὶ χθόνα τεῖχος ἐρύσσας,
εἰ μὴ Τριτογένεια θράσος βάλεν Ἀργείοισιν
ὀψέ περ. οἳ δ' ἄλληκτον ἀφ' ἕρκεος αἰπεινοῖο
145 δυσμενέας βάλλοντες ἀνιηροῖς βελέεσσι
κτεῖνον ἐπασσυτέρους· δεύοντο δὲ τείχεα λύθρῳ
λευγαλέῳ· στοναχὴ δὲ δαϊκταμένων πέλε φωτῶν.
    Αὔτως δ' αὖ νύκτας τε καὶ ἤματα δηριόωντο
Κήτειοι Τρῶές τε καὶ Ἀργεῖοι μενεχάρμαι,
150 ἄλλοτε μὲν προπάροιθε νεῶν, ὁτὲ δ' ἀμφὶ μακεδνὸν
τεῖχος, ἐπεὶ πέλε μῶλος ἀάσχετος. ἀλλ' ἄρα καὶ ὣς
ἤματα δοιὰ φόνοιο καὶ ἀργαλέης ὑσμίνης
παύσανθ', οὕνεχ' ἵκανεν ἐς Εὐρύπυλον βασιλῆα
ἀγγελίη Δαναῶν, ὥς κεν πολέμοιο μεθέντες
155 πυρκαϊῇ δώωσι δαϊκταμένους ἐνὶ χάρμῃ.

did not have the courage to fight Eurypylus face to face:
Heracles had put them to that sorry flight to increase the
honor of his unwearied grandson. They stayed cowering
within their walls like goats which take shelter under a
crag to keep out of a bitter wind whose cold blasts bring
snow in abundance and freezing hail; eager though they
are to go to pasture, they do not venture to put their heads
over the brow of the hill directly into the gale, instead
waiting out the storm huddled in sheltering gullies and
flocking to browse in the undergrowth until the wind's
bitter blasts abate: just so the Danaans stayed under their
ramparts, terrified by the mighty rampaging son of Tele-
phus.

He would soon have destroyed the swift ships and the
army too by reducing the wall to rubble with his mighty
hands, had not Tritogeneia at long last inspired the Argives
with courage. From the height of their defenses they kept
up a rain of deadly missiles on the enemy, killing them
thick and fast: the wall grew wet with blood and gore, and
the groans of the dying could be heard.

In this way the Cetaeans and Trojans fought with the
resolute Argives night and day, now at the ships and now
at the lofty wall: the fighting was intense. But even so they
had a two-day pause from slaughter and cruel conflict: a
deputation came to prince Eurypylus from the Danaans
proposing that they should stop fighting and consign to
funeral pyres those killed in battle; and to this he promptly

---

138 θάμνοισι δ᾿ Köchly: -οισιν M
153 οὕνεχ᾿ ἵκανεν Rhodomann: οὕνεκ᾿ ἐκίχανεν M

αὐτὰρ ὅ γ' αἶψ' ἐπίθησε· καὶ ἀργαλέοιο κυδοιμοῦ
παυσάμενοι ἑκάτερθε νεκροὺς περιταρχύσαντο
ἐν κονίῃ ἐριπόντας. Ἀχαιοὶ δ' ἔξοχα πάντων
Πηνέλεων μύροντο, βάλον δ' ἐπὶ σῆμα θανόντι

160 εὐρὺ μάλ' ὑψηλόν τε καὶ ἐσσομένοις ἀρίδηλον·
πληθὺν δ' αὖτ' ἀπάνευθε δαϊκταμένων ἡρώων
θάψαν ἀκηχέμενοι μεγάλῳ περὶ πένθεϊ θυμόν,
πυρκαϊὴν ἅμα πᾶσι μίαν περινηήσαντες
καὶ τάφον. ὡς δὲ καὶ αὐτοὶ ἀπόπροθι Τρώιοι υἷες

165 τάρχυσαν κταμένους. ὀλοὴ δ' Ἔρις οὐκ ἀπέληγεν,
ἀλλ' ἔτ' ἐποτρύνεσκε θρασὺ σθένος Εὐρυπύλοιο
ἀντιάαν δηίοισιν· ὃ δ' οὔ πω χάζετο νηῶν,
ἀλλ' ἔμενεν Δαναοῖσι κακὴν ἐπὶ δῆριν ἀέξων.
    Τοὶ δ' ἐς Σκῦρον ἵκοντο μελαίνῃ νηὶ θέοντες.

170 εὗρον δ' υἷ' Ἀχιλῆος ἑοῦ προπάροιθε δόμοιο,
ἄλλοτε μὲν βελέεσσι καὶ ἐγχείῃσιν ἱέντα,
ἄλλοτε δ' αὖθ' ἵπποισι πονεύμενον ὠκυπόδεσσι.
γήθησαν δ' ἐσιδόντες ἀταρτηροῦ πολέμοιο
ἔργα μετοιχόμενον, καί περ μέγα τειρόμενον κῆρ

175 ἀμφὶ πατρὸς κταμένοιο· τὸ γὰρ προπάροιθε
        πέπυστο.
αἶψα δέ οἱ κίον ἄντα τεθηπότες, οὕνεχ' ὁρῶντο
θαρσαλέῳ Ἀχιλῆι δέμας περικαλλὲς ὁμοῖον.
τοὺς δ' ἄρ' ὑποφθάμενος τοῖον ποτὶ μῦθον ἔειπεν·
    "Ὦ ξεῖνοι, μέγα χαίρετ' ἐμὸν ποτὶ δῶμα κιόντες·

180 εἴπατε δ' ὁππόθεν ἐστὲ καὶ οἵ τινες ἠδ' ὅ τι χρειὼ
ἤλθετ' ἔχοντες ἐμεῖο δι' οἴδματος ἀτρυγέτοιο."

agreed. They put a stop to the cruel conflict and performed funeral rites for the dead laid low in the dust on either side. The Achaeans grieved for Peneleüs above all, and they raised over his corpse a tomb broad and high, a landmark for men to come. Some distance away they buried all the other heroes who had been killed, their hearts filled with great grief as they heaped up a single pyre and a single tomb for them all. In the same way the sons of the Trojans on their side performed funerals for their dead. But deadly Strife did not stop rousing Eurypylus, that man of might, to go against the foe: he did not fall back from the ships at all, but kept his position to foster his cruel struggle against the Danaans.

Odysseus and Diomedes meanwhile arrived at Scyros, borne swiftly by their black ship. They came upon the son of Achilles in front of his dwelling; he was spending his time on target practice with bow and spear, and now and again he would put in some work with his swift-footed horses. They were delighted to see him practicing the arts of baneful war undeterred by his heart's great grief at the death of his father, of which he had already heard. As they made their way quickly toward him they were astonished at how closely he resembled the valiant Achilles in his handsome appearance. Before either of them could speak, he addressed them as follows:

"Strangers, you are very welcome to my home. Tell me where you are from, who you are, and the reason for your coming to see me through the barren sea-swell."

Ὣς ἔφατ᾽ εἰρόμενος· ὃ δ᾽ ἀμείβετο δῖος
  Ὀδυσσεύς·
"Ἡμεῖς τοι φίλοι εἰμὲν ἐυπτολέμου Ἀχιλῆος,
τῷ νύ σέ φασι τεκέσθαι ἐύφρονα Δηιδάμειαν·
185 καὶ δ᾽ αὐτοὶ τεὸν εἶδος ἐίσκομεν ἀνέρι κείνῳ
πάμπαν ὃς ἀθανάτοισι πολυσθενέεσσιν ἐῴκει.
εἰμὶ δ᾽ ἐγὼν Ἰθάκηθεν, ὃ δ᾽ Ἄργεος ἱπποβότοιο,
εἴ ποτε Τυδείδαο δαΐφρονος οὔνομ᾽ ἄκουσας
ἢ καὶ Ὀδυσσῆος πυκιμήδεος, ὅς νύ τοι ἄγχι
190 αὐτὸς ἐγὼν ἕστηκα θεοπροπίης ἕνεκ᾽ ἐλθών.
ἀλλ᾽ ἐλέαιρε τάχιστα καὶ Ἀργείοις ἐπάμυνον
ἐλθὼν ἐς Τροίην· ὣς γὰρ τέλος ἔσσετ᾽ Ἄρηι,
καί τοι δῶρ᾽ ὀπάσουσιν ἀάσπετα δῖοι Ἀχαιοί.
τεύχεα δ᾽ αὐτὸς ἔγωγε τεοῦ πατρὸς ἀντιθέοιο
195 δώσω, ἅ περ φορέων μέγα τέρψεαι. οὐ γὰρ ἔοικε
θνητῶν τεύχεσι κεῖνα, θεοῦ δέ που Ἄρεος ὅπλοις
ἶσα πέλει· πουλὺς δὲ περὶ σφίσι πάμπαν ἄρηρε
χρυσὸς δαιδαλέοισι κεκασμένος, οἷσι καὶ αὐτὸς
Ἥφαιστος μέγα θυμὸν ἐν ἀθανάτοισιν ἰάνθη
200 τεύχων ἄμβροτα κεῖνα, τὰ σοὶ μέγα θαῦμα ἰδόντι
ἔσσεται, οὕνεκα γαῖα καὶ οὐρανὸς ἠδὲ θάλασσα
ἀμφὶ σάκος πεπόνηται ἀπειρεσίῳ τ᾽ ἐνὶ κύκλῳ
ζῷα πέριξ ἤσκηται ἐοικότα κινυμένοισι,
θαῦμα καὶ ἀθανάτοισι· βροτῶν δ᾽ οὔ πώ ποτε τοῖα
205 οὔτέ τις ἔδρακε πρόσθεν ἐν ἀνδράσιν οὔτ᾽ ἐφόρησεν,
εἰ μὴ σός γε πατὴρ τὸν ἴσον Διὶ τῖον Ἀχαιοὶ
πάντες, ἐγὼ δὲ μάλιστα φίλα φρονέων ἀγάπαζον·
καί οἱ ἀποκταμένοιο νέκυν ποτὶ νῆας ἔνεικα

In answer to his questions divine Odysseus replied:

"We are friends of the great warrior Achilles, whose son by wise Deïdameia you are said to be. We can see for ourselves how much like him you are—and in prowess he was like the almighty gods. I am from Ithaca, and this man is from horse-pasturing Argos: you may perhaps have heard mention of the warlike Diomedes and the ingenious Odysseus: well, I am he, standing by you now, and a prophecy is the reason for my coming. There is not a moment to lose: take pity on the Argives, come to Troy, and lend us your aid: only that will bring an end to the war. The divine Achaeans will bestow on you gifts without number, and I myself will give you the arms of your godlike father. Wearing them will give you great pleasure: they do not resemble arms worn by mortal men, they look more like those of the god Ares. Their intricate workmanship is decorated with profusion of gold, and Hephaestus himself among the immortal gods took great pleasure in forging those imperishable arms. You will be amazed when you see them: earth, sea and sky are worked into the shield, and its vast surface is adorned with lifelike forms which seem to be moving. Even to the gods it is a marvel; no man in the world ever saw or wore the like—apart, that is, from your father, whom all the Achaeans honored like Zeus. I myself was especially devoted to him; and when he was killed I brought his body back to the ships, mercilessly

---

194 ἔγωγε Rhodomann: ἐγὼ M
196 τεύχεσι Rhodomann, C. L. Struve: -εα M
202 τ’ ἐνὶ Zimmermann: περὶ M

πολλοῖς δυσμενέεσσιν ἀνηλέα πότμον ὀπάσσας·
210 τοὔνεκά μοι κείνοιο περικλυτὰ τεύχεα δῶκε
δῖα Θέτις· τὰ δ' ἄρ' αὖτις ἐελδόμενός περ ἔγωγε
δώσω προφρονέως, ὁπότ' Ἴλιον εἰσαφίκηαι.
καί νύ σε καὶ Μενέλαος, ἐπὴν Πριάμοιο πόληα
πέρσαντες νήεσσιν ἐς Ἑλλάδα νοστήσωμεν,
215 αὐτίκα γαμβρὸν ἑὸν ποιήσεται, ἤν κ' ἐθέλῃσθα,
ἀμφ' εὐεργεσίης· δώσει δέ τοι ἄσπετ' ἄγεσθαι
κτήματά τε χρυσόν τε μετ' ἠυκόμοιο θυγατρός,
ὅσσ' ἐπέοικεν ἕπεσθαι ἐυκτεάνῳ βασιλείῃ."
Ὣς φάμενον προσέειπεν Ἀχιλλέος ὄβριμος υἱός·
220 "Εἰ μὲν δὴ καλέουσι θεοπροπίῃσιν Ἀχαιοί,
αὔριον αἶψα νεώμεθ' ἐπ' εὐρέα βένθεα πόντου,
ἤν τι φάος Δαναοῖσι λιλαιομένοισι γένωμαι.
νῦν δ' ἴομεν ποτὶ δώματ' ἐυξεινόν τε τράπεζαν,
οἵην περ ξείνοισι θέμις παρατεκτήνασθαι.
225 ἀμφὶ δ' ἐμοῖο γάμοιο θεοῖς μετόπισθε μελήσει."
Ὣς εἰπὼν ἡγεῖθ'· οἳ δ' ἑσπόμενοι μέγ' ἔχαιρον.
καί ῥ' ὅτε δὴ μέγα δῶμα κίον καὶ κάλλιμον αὐλήν,
εὗρον Δηιδάμειαν ἀκηχεμένην ἐνὶ θυμῷ
τηκομένην θ', ὡς εἴ τε χιὼν κατατήκετ' ὄρεσφιν
230 Εὔρου ὑπὸ λιγέος καὶ ἀτειρέος ἠελίοιο·
ὣς ἥ γε φθινύθεσκε δεδουπότος ἀνδρὸς ἀγαυοῦ.
καί μιν ἔτ' ἀχνυμένην περ ἀγακλειτοὶ βασιλῆες
ἠσπάζοντ' ἐπέεσσι· παῖς δέ οἱ ἐγγύθεν ἐλθὼν

218 βασιλείῃ Platt: -λῇι M
227 καί ῥ' ὅτε δὴ Köchly: καὶ δὴ ὅτ' ἐς M

dealing death to many foemen.[3] That is why it was I who was given those renowned arms by Thetis. As soon as you arrive at Ilium I shall be glad to hand them on to you, though I value them myself. And as for Menelaüs, the moment we have sacked the city of Priam and returned home to Hellas, he will immediately make you his son-in-law, if you agree, as recompense for your help; and to go with his fair-tressed daughter he will give you countless possessions and gold, a fit dowry for a rich kingdom."[4]

To these words Achilles' mighty son replied:

"If a prophecy is indeed the reason for the Achaeans' summons, let us set out early tomorrow across the sea, broad and deep: I hope I can be a light to the Danaans in their hour of need. But for the moment let us go to my home's guest table: the fare is just as it should be for entertaining guests. As for my marriage—the gods will take care of that in due course."

With these words he led the way, and they were very glad to accompany him. Arriving at the palace with its magnificent courtyard, they came upon Deïdameia grieving in her heart and pining away, just as snow melts away on the mountains under the unwearying sun and the east wind's shrill breeze: just so was she fading away now that her husband had fallen in battle. The renowned princes spoke words of greeting to the mourning widow, and her son stood at her side and told her all about their names

[3] Cf. 3.385 86 and contrast 5.285–86.
[4] Cf. 6.86 92.

232 πέρ Rhodomann: om. M

μυθεῖτ᾽ ἀτρεκέως γενεὴν καὶ οὔνομ᾽ ἑκάστου,
235 χρειὼ δ᾽ ἦν τιν᾽ ἵκανον ἀπέκρυφε μέχρις ἐς ἠῶ,
ὄφρα μὴ ἀχνυμένην μιν ἕλῃ πολύδακρυς ἀνίη
καί μιν ἀπεσσύμενον μάλα λισσομένη κατερύκῃ.
αἶψα δὲ δαῖτ᾽ ἐπάσαντο καὶ ὕπνῳ θυμὸν ἴηναν
πάντες ὅσοι Σκύροιο πέδον περιναιετάεσκον
240 εἰναλίης, τὴν μακρὰ περιβρομέουσι θαλάσσης
κύματα ῥηγνυμένοιο πρὸς ἠόνας Αἰγαίοιο.
ἀλλ᾽ οὐ Δηιδάμειαν ἐπήρατος ὕπνος ἔμαρπτεν
οὔνομα κερδαλέου μιμνησκομένην Ὀδυσῆος
ἠδὲ καὶ ἀντιθέου Διομήδεος, οἵ ῥά μιν ἄμφω
245 εὖνιν ποιήσαντο φιλοπτολέμου Ἀχιλῆος
παρφάμενοι κείνιο θρασὺν νόον, ὄφρ᾽ ἀφίκηται
δήιον ἐς ἐνοπήν· τῷ δ᾽ ἄτροπος ἤντετο Μοῖρα
ἥ οἱ ὑπέκλασε νόστον, ἀπειρέσιον δ᾽ ἄρα πένθος
πατρὶ πόρεν Πηλῆι καὶ αὐτῇ Δηιδαμείῃ.
250 τοὔνεκά μιν κατὰ θυμὸν ἀάσπετον ἄμπεχε δεῖμα
παιδὸς ἀπεσσυμένοιο ποτὶ πτολέμοιο κυδοιμόν,
μή οἱ λευγαλέῳ ἐπὶ πένθεϊ πένθος ἵκηται.
    Ἠὼς δ᾽ εἰσανέβη μέγαν οὐρανόν. οἳ δ᾽ ἀπὸ
        λέκτρων
καρπαλίμως ὤρνυντο· νόησε δὲ Δηιδάμεια,
255 αἶψα δέ οἱ στέρνοισι περὶ πλατέεσσι χυθεῖσα
ἀργαλέως γοάασκεν ἐς αἰθέρα μακρὰ βοῶσα·
ἠύτε βοῦς ἐν ὄρεσσιν ἀπειρέσιον μεμακυῖα
πόρτιν ἑὴν δίζηται ἐν ἄγκεσιν, ἀμφὶ δὲ μακρὰ
οὔρεος αἰπεινοῖο περιβρομέουσι κολῶναι·

and lineage; but he put off telling her the reason for their
visit until the morning, so as not to compound her grief
and tears and have her hold him back with her entreaties.
They dined straightaway, and then all who dwelt in the
land of Scyros, with its roaring shores washed by the great
breakers of the Aegean, refreshed themselves with sleep.
But for Deïdameia no sweet sleep came: there kept com-
ing into her mind the names of wily Odysseus and godlike
Diomedes, who had widowed her of that keen warrior
Achilles by luring his brave heart into joining the fight
against the foe:[5] he had then come up against a Fate not
to be avoided which had scotched his hopes of returning
and instead brought grief without end to his father Peleus
and to Deïdameia herself. For that reason a nameless
dread filled her heart in case her son's departure for the
conflict of war should mean one sorrow on top of another.

Eos went aloft in the wide sky, and the men quickly
rose from their beds. On seeing this, Deïdameia threw
her arms round his broad chest and lamented pitifully,
her loud cries filling the air: just as a cow in the moun-
tains keeps up an endless lowing when separated from
her calf deep down in the glens, and the slopes of the
lofty mountain loudly echo the sound: just so did her noisy

[5] See on 5.257.

---

237 ἀπεσσύμενον Köchly: ἐπ- M
241 ῥηγνυμένοιο Rhodomann: -ύμενα M
243 κερδαλέου Rhodomann: -έον M
255 δέ οἱ J. Th. Struve. δ' ἐνὶ (deinde περι-) M

367

260 ὣς ἄρα μυρομένης ἀμφίαχεν αἰπὺ μέλαθρον
πάντοθεν ἐκ μυχάτων, μέγα δ' ἀσχαλόωσ' ἀγόρευε·
"Τέκνον, πῇ δὴ νῦν σοὶ ἐὺς νόος ἐκπεπότηται,
Ἴλιον ἐς πολύδακρυ μετὰ ξείνοισιν ἕπεσθαι,
ἧχι πολεῖς ὀλέκονται ὑπ' ἀργαλέης ὑσμίνης,
265 καί περ ἐπιστάμενοι πόλεμον καὶ ἀεικέα χάρμην;
νῦν δὲ σὺ μὲν νέος ἐσσὶ καὶ οὔ πω δήια ἔργα
οἶδας ἅ τ' ἀνθρώποισιν ἀλάλκωσιν κακὸν ἦμαρ.
ἀλλὰ σὺ μέν μευ ἄκουσον, ἑοῖς δ' ἐνὶ μίμνε δόμοισι,
μὴ δή μοι Τροίηθε κακὴ φάτις οὔαθ' ἵκηται
270 σεῖο καταφθιμένοιο κατὰ μόθον. οὐ γὰρ ὀίω
ἐλθέμεναί σ' ἔτι δεῦρο μετάτροπον ἐξ ὁμάδοιο·
οὐδὲ γὰρ οὐδὲ πατὴρ τεὸς ἔκφυγε κῆρ' ἀίδηλον,
ἀλλ' ἐδάμη κατὰ δῆριν, ὅ περ καὶ σεῖο καὶ ἄλλων
ἡρώων προφέρεσκε, θεὰ δέ οἱ ἔπλετο μήτηρ,
275 τῶνδε δολοφροσύνῃ καὶ μήδεσιν, οἳ σὲ καὶ αὐτὸν
δῆριν ἐπὶ στονόεσσαν ἐποτρύνουσι νέεσθαι.
τοὔνεκ' ἐγὼ δείδοικα περὶ κραδίῃ τρομέουσα,
μή μοι καὶ σέο, τέκνον, ἀποφθιμένοιο πέληται
εὖνιν καλλειφθεῖσαν ἀεικέα πήματα πάσχειν·
280 οὐ γάρ πώ τι γυναικὶ κακώτερον ἄλγος ἔπεισιν
ἢ ὅτε παῖδες ὄλωνται ἀποφθιμένοιο καὶ ἀνδρός,
χηρωθῇ δὲ μέλαθρον ὑπ' ἀργαλέου θανάτοιο·
αὐτίκα γὰρ περὶ φῶτες ἀποτμήγουσιν ἀρούρας,
κείρουσιν δέ τε πάντα καὶ οὐκ ἀλέγουσι θέμιστας,
285 οὕνεκεν οὔ τι τέτυκται ὀιζυρώτερον ἄλλο
χήρης ἐν μεγάροισιν ἀκιδνότερόν τε γυναικός."
Φῆ μέγα κωκύουσα· πάις δέ μιν ἀντίον ηὔδα·

grief deep within come to be heard all through the building, as in her distress she cried:

"My child, where has your good sense flown? Why do you want to go with these strangers to Ilium, that city of tears, where even men expert in war and ghastly mayhem are dying in droves in the grim battle lines? You are only young: you know nothing yet about those fighting skills which can keep the evil day at bay. Listen to me and stay in your own home; otherwise, I am afraid that there shall come to my ears from Troy the terrible news of your death in battle. I have a foreboding that you will not be coming back from the war: not even your father could avoid dark doom: he was killed in the conflict even though he was a far better man than you and the rest of the heroes and had a goddess for his mother. His death was caused by the craft and cunning of these fellows, and now they are encouraging you too to join that woeful war. That is why my trembling heart is afraid that I shall be bereaved by your death, too, my child, and shall be left to suffer horrible distress. A woman can feel no worse pain than when her children's death follows that of her husband and her house is made desolate by sudden death: in no time those who live round about take over her land and make havoc, ignoring law and custom. Surely there is nothing more pitiable nor weaker than a woman left desolate in her house."

Such was her long complaint; but her son spoke in reply:

---

261 μηχάιων Rhodomann, Bonitz: πυμάτων M

"Θάρσει, μῆτερ ἐμεῖο, κακὴν δ᾽ ἀποπέμπεο
    φήμην·
οὐ γὰρ ὑπὲρ Κῆράς τις ὑπ᾽ Ἄρεϊ δάμναται ἀνήρ·
290 εἰ δέ μοι αἴσιμόν ἐστι δαμήμεναι εἵνεκ᾽ Ἀχαιῶν,
τεθναίην ῥέξας τι καὶ ἄξιον Αἰακίδῃσιν."
    Ὣς φάτο· τῷ δ᾽ ἄγχιστα κίεν γεραρὸς
        Λυκομήδης
καί ῥά μιν ἰωχμοῖο λιλαιόμενον προσέειπεν·
    "Ὦ τέκος ὀβριμόθυμον ἑῷ πατρὶ κάρτος ἐοικώς,
295 οἶδ᾽ ὅτι καρτερός ἐσσι καὶ ὄβριμος· ἀλλ᾽ ἄρα καὶ ὣς
καὶ πόλεμον δείδοικα πικρὸν καὶ κῦμα θαλάσσης
λευγαλέον· ναῦται γὰρ ἀεὶ σχεδόν εἰσιν ὀλέθρου.
ἀλλὰ σὺ δείδιε, τέκνον, ἐπὴν πλόον εἰσαφίκηαι
ὕστερον ἢ Τροίηθεν ἢ ἄλλοθεν, οἷά τε πολλὰ
                    * * *
300 τῆμος, ὅτ᾽ Αἰγοκερῆι συνέρχεται ἠερόεντι
Ἠέλιος μετόπισθε βαλὼν ῥυτῆρα βελέμνων
Τοξευτήν, ὅτε χεῖμα λυγρὸν κλονέουσιν ἄελλαι,
ἢ ὁπότ᾽ Ὠκεανοῖο κατὰ πλατὺ χεῦμα φέρονται
ἄστρα κατερχομένοιο ποτὶ κνέφας Ὠρίωνος·
305 δείδιε δ᾽ ἐν φρεσὶ σῇσιν ἰσημερίην ἀλεγεινὴν
ᾗ ἔνι συμφορέονται ἀν᾽ εὐρέα βένθεα πόντου
ἔκποθεν ἀίσσουσαι ὑπὲρ μέγα λαῖτμα θύελλαι,
ἢ ὅτε Πληιάδων πέλεται δύσις, ἥν ῥα καὶ αὐτὴν
δείδιθι μαιμώωσαν ἔσω ἁλὸς ἠδὲ καὶ ἄλλα
310 ἄστρα τά που μογεροῖσι πέλει δέος ἀνθρώποισι
δυόμεν᾽ ἢ ἀνιόντα κατὰ πλατὺ χεῦμα θαλάσσης."

"Be of good cheer, mother, and banish these words of ill omen: no man is killed in war unless his time has come. If I am destined to die for the Achaeans, I hope I may at least die having done a deed worthy of the Aeacidae."

When he had made this speech, eager for the fray, old Lycomedes approached and addressed him:

"Dauntless child, strong as your father, I know your strength and might; but even so I fear for you, both in that cruel war and on the perilous sea-waves; for sailors are never far from death. You should beware, my child, when at last you set sail from Troy or from anywhere else, of the many dangers ‹. . . . .›[6] at the season when the sun leaves behind Sagittarius, who draws his bow, and enters dim Capricorn,[7] and strong winds whirl up violent storms; or when the stars of Orion rest on the flat expanse of Ocean as he sinks down into the dark.[8] You should beware, too, of the troubling equinox, when squalls appear from nowhere, rushing across the great gulfs and colliding on the deep sea's surface. You should also fear the setting of the Pleiades when they plunge furiously into the sea,[9] and the other stars whose risings and settings poor mortals fear on the broad expanse of the main."

---

[6] One or more lines missing.   [7] The winter solstice.
[8] In November.   [9] Late October/early November.

---

291 ἄξιον Rhodomann: ἄξων m: ἄξας m   post 299 lac. stat. C. L. Struve   305 φρεσὶ σῆσιν Spitzner: φρεσὶν ἧσιν M   307 θύελλαι Rhodomann: θαλάσσης M
309 ἠδὲ Rhodomann: ἐν δὲ M
311 ἢ Rhodomann, Pauw: ἠδ' M

371

Ὣς εἰπὼν κύσε παῖδα καὶ οὐκ ἀνέεργε κελεύθου
ἱμείροντα μόθοιο δυσηχέος. ὃς δ᾽ ἐρατεινὸν
μειδιόων ἐπὶ νῆα θοῶς ὥρμαινε νέεσθαι·
315 ἀλλά μιν εἰσέτι μητρὸς ἐνὶ μεγάροισιν ἔρυκε
δακρυόεις ὀαρισμὸς ἐπισπεύδοντα πόδεσσιν.
ὡς δ᾽ ὅτε τις θοὸν ἵππον ἐπὶ δρόμον ἰσχανόωντα
εἴργει ἐφεζόμενος, ὃ δ᾽ ἐρυκανόωντα χαλινὸν
δάπτει ἐπιχρεμέθων, στέρνον δέ οἱ ἀφριόωντος
320 δεύεται, οὐδ᾽ ἵστανται ἐελδόμενοι πόδες ὄμης,
πουλὺς δ᾽ ἀμφ᾽ ἕνα χῶρον ἐλαφροτάτοις ὑπὸ ποσσὶ
ταρφέα κινυμένοιο πέλει κτύπος, ἀμφὶ δὲ χαῖται
ῥώοντ᾽ ἐσσυμένοιο, κάρη δ᾽ εἰς ὕψος ἀείρει
φυσιόων μάλα πολλά, νόος δ᾽ ἐπιτέρπετ᾽ ἄνακτος·
325 ὣς ἄρα κύδιμον υἷα μενεπτολέμου Ἀχιλῆος
μήτηρ μὲν κατέρυκε, πόδες δέ οἱ ἐγκονέεσκον·
ἣ δὲ καὶ ἀχνυμένη περ ἑῷ ἐπαγάλλετο παιδί.
Ὃς δέ μιν ἀμφικύσας μάλα μυρία κάλλιπε
μούνην
μυρομένην ἀλεγεινὰ φίλου κατὰ δώματα πατρός.
330 οἵη δ᾽ ἀμφὶ μέλαθρα μέγ᾽ ἀσχαλόωσα χελιδὼν
μύρεται αἰόλα τέκνα τά που μάλα τετριγῶτα
αἰνὸς ὄφις κατέδαψε καὶ ἤκαχε μητέρα κεδνήν,
ἣ δ᾽ ὁτὲ μὲν χήρην περιπέπταται ἀμφὶ καλιήν,
ἄλλοτε δ᾽ εὐτύκτοισι περὶ προθύροισι ποτᾶται
335 αἰνὰ κινυρομένη τεκέων ὕπερ· ὣς ἄρα κεδνὴ
μύρετο Δηιδάμεια, καὶ υἷέος ἄλλοτε μέν που
εὐνὴν ἀμφιχυθεῖσα μέγ᾽ ἴαχεν, ἄλλοτε δ᾽ αὖτε
κλαῖεν ἐπὶ φλιῇσι. φίλῳ δ᾽ ἐγκάτθετο κόλπῳ,

372

With these words he kissed his grandson but did not
try to deter him from making the journey, so eager was he
for the din of battle. All smiles, he was for going straight
to his ship; but his tearful mother detained him indoors
in spite of his impatience. Just as when a rider checks
his swift steed's eagerness for the race as it whinnies and
champs at the restraining bit, its chest soaked with foam,
its feet never still in their eagerness to be going, so that a
great noise arises from its swift feet's rapid stamping on
the ground, its mane rippling on all sides with the motion
of its body, its head arched high as it snorts repeatedly, to
its master's great delight: just so did his mother try to re-
strain the renowned son of Achilles, stalwart in battle, as
he paced the ground impatiently; and for all her sorrow
she felt proud of her son.

Having warmly kissed her a thousand times, he left
her alone and bitterly lamenting in the house of his dear
father. Just as a swallow flies round a building in great
distress, lamenting her speckled chicks devoured shriek-
ing by a dread serpent; the good mother, grieving, now
flutters round her desolate nest and now flies round the
well-built entrance keening bitterly for her young ones:
just so did the good Deïdameia lament, now flinging her-
self on her son's bed and crying aloud, now weeping at
the doorposts. She put in her bosom any playthings there

---

313 ἐρατεινὸν Rhodomann: -νὴν M
333 χήρην Rhodomann: -ρη M
335 κεδνὴ Vian: κείνη M

εἴ τί οἱ ἐν μεγάροισι τετυγμένον ἦεν ἄθυρμα
340 ᾧ ἔπι τυτθὸς ἐὼν ἀταλὰς φρένας ἰαίνεσκεν·
ἀμφὶ δέ οἱ καὶ ἄκοντα λελειμμένον εἴ που ἴδοιτο,
ταρφέα μιν φιλέεσκε, καὶ εἴ τί περ ἄλλο γοῶσα
ἔδρακε παιδὸς ἑοῖο δαΐφρονος. οὐδ' ὅ γε μητρὸς
ἄσπετ' ὀδυρομένης ἔτ' ἐπέκλυεν, ἀλλ' ἀπάτερθε
345 βαῖνε θοὴν ἐπὶ νῆα· φέρον δέ μιν ὠκέα γυῖα
ἀστέρι παμφανόωντι πανείκελον. ἀμφὶ δ' ἄρ' αὐτῷ
ἔσπεθ' ὁμῶς Ὀδυσῆι δαΐφρονι Τυδέος υἱός,
ἄλλοι δ' εἴκοσι φῶτες ἀρηρέμενοι φρεσὶ θυμόν,
τοὺς ἔχε κεδνοτάτους ἐνὶ δώμασι Δηιδάμεια
350 καί σφεας ᾧ πόρε παιδὶ θοοὺς ἔμεναι θεράποντας·
οἳ τότ' Ἀχιλλέος υἷα θρασὺν περιποιπνύεσκον
ἐσσύμενον ποτὶ νῆα δι' ἄστεος· ὃς δ' ἐνὶ μέσσοις
ἤιε καγχαλόων. κεχάροντο δὲ Νηρηῖναι
ἀμφὶ Θέτιν, καὶ δ' αὐτὸς ἐγήθεε Κυανοχαίτης
355 εἰσορόων Ἀχιλῆος ἀμύμονος ὄβριμον υἷα.
ὃς δ' ἤδη πολέμοιο λιλαίετο δακρυόεντος,
καί περ ἐὼν ἔτι παιδός, ἔτ' ἄχνοος· ἀλλά μιν ἀλκὴ
καὶ μένος ὀτρύνεσκον. ἑῆς δ' ἐξέσσυτο πάτρης,
οἷος Ἄρης, ὅτε μῶλον ἐσέρχεται αἱματόεντα
360 χωόμενος δηίοισι, μέμηνε δέ οἱ μέγα θυμός,
καί οἱ ἐπισκύνιον βλοσυρὸν πέλει, ἀμφὶ δ' ἄρ' αὐτῷ
ὄμματα μαρμαίρουσιν ἴσον πυρί, τοῦ δὲ παρειαὶ
κάλλος ὁμοῦ κρυόεντι φόβῳ καταειμέναι αἰεὶ
φαίνοντ' ἐσσυμένου, τρομέουσι δὲ καὶ θεοὶ αὐτοί·
365 τοῖος ἔην Ἀχιλῆος ἐὺς πάις. οἳ δ' ἀνὰ ἄστυ
εὔχοντ' ἀθανάτοισι σαωσέμεν ἐσθλὸν ἄνακτα

374

might have been in the house which used to please his
tender infant mind; and if she happened to see nearby a
javelin he had left behind, she would cover it in kisses; and
she did the same, sobbing aloud, if she saw anything else
belonging to her warlike son. But he could no longer hear
his mother's continual laments: he was well on his way to
his swift ship, and his nimble limbs bore him along radiant
as a star. As his escort he was flanked by the son of Tydeus
and the warlike Odysseus, and by twenty other men of
sound sense, the best Deïdameia had in her house, pre-
sented to her son to be his ready attendants. These were
the men who bustled about the valiant son of Achilles as
he hurried through the city to his ship, and he went along
exultantly in their midst. The Nereids, companions of
Thetis, were glad, and Poseidon of the dark locks himself
rejoiced at the sight of noble Achilles' mighty son. Though
still a beardless youth, he was eager for war that brings
tears, spurred on by his valor and strength. As he hastened
to leave his fatherland he resembled Ares when, angry at
the foe, he enters bloody battle with rage and madness in
his heart, his expression a grim frown, his eyes darting
glances bright as fire, his face handsome but such as to
inspire chilly fear as he charges along, a fearful sight even
for the gods themselves: such was the noble son of Achil-
les. The citizens prayed to the immortals that they would

---

340 ἀταλὰς Lehrs: μεγάλας M

342 μιν C. L. Struve: μὲν M

348 ἄλλοι Dausque: λαοὶ M   ἀρηρέμενοι Zimmermann
post Rhodomann (-ράμ-): ἀνηράμενοι m: ἀνειρ- m

364 καὶ Köchly: οἱ M

ἀργαλέου παλίνορσον ἀπ' Ἄρεος· οἳ δ' ἐσάκουσαν
εὐχομένων. ὃ δὲ πάντας ὑπείρεχεν οἵ οἱ ἕποντο.
  Ἐλθόντες δ' ἐπὶ θῖνα βαρυγδούποιο θαλάσσης
370 εὗρον ἔπειτ' ἐλατῆρας ἐϋξόου ἔνδοθι νηὸς
ἱστία τ' ἐντύνοντας ἐπειγομένους τ' ἀνὰ νῆα.
αἶψα δ' ἀν' αὐτοὶ ἔβαν· τοὶ δ' ἔκτοθι πείσματ'
          ἔλυσαν
εὐνάς θ' αἳ νήεσσι μέγα σθένος αἰὲν ἕπονται.
τοῖσι δ' ἄρ' εὐπλοΐην πόσις ὤπασεν Ἀμφιτρίτης
375 προφρονέως· μάλα γάρ οἱ ἐνὶ φρεσὶ μέμβλετ'
          Ἀχαιῶν
τειρομένων ὑπὸ Τρωσὶ καὶ Εὐρυπύλῳ μεγαθύμῳ.
οἳ δ' Ἀχίλήϊον υἷα παρεζόμενοι ἑκάτερθε
τέρπεσκον μύθοισιν ἑοῦ πατρὸς ἔργ' ἐνέποντες,
ὅσσά τ' ἀνὰ πλόον εὐρὺν ἐμήσατο καὶ ποτὶ γαίῃ
380 Τηλέφου ἀγχεμάχοιο, καὶ ὁππόσα Τρῶας ἔρεξεν
ἀμφὶ πόλιν Πριάμοιο φέρων κλέος Ἀτρείδῃσι·
τοῦ δ' ἰαίνετο θυμὸς ἐελδομένοιο καὶ αὐτοῦ
πατρὸς ἀταρβήτοιο μένος καὶ κῦδος ἀρέσθαι.
  Ἦ δέ που ἐν θαλάμοισιν ἀκηχεμένη περὶ παιδὶ
385 ἐσθλὴ Δηιδάμεια πολύστονα δάκρυα χεῦε,
καί οἱ ἐνὶ φρεσὶ θυμὸς ὑπ' ἀργαλέῃσιν ἀνίης
τήκεθ', ὅπως ἀλαπαδνὸς ἐπ' ἀνθρακιῇσι μόλυβδος
ἠὲ τρύφος κηροῖο· γόος δέ μιν οὔ ποτ' ἔλειπε
δερκομένην ἐπὶ πόντον ἀπείριτον, οὕνεκα μήτηρ
390 ἄχνυθ' ἑῷ περὶ παιδί, καὶ ἢν ἐπὶ δαῖτ' ἀφίκηται.
καί ῥά οἱ ἱστία νηὸς ἀπόπροθι πολλὸν ἰούσης

bring back their noble prince safe and sound from pitiless war, and the gods heard their prayers. And Neoptolemus stood tall among all those escorting him.

On arriving at the shore of the deep-roaring sea they found the rowers already aboard the well-planed ship, getting ready the sails and everywhere busy. They embarked at once, and the sailors cast off the cables and hauled in the anchor-stones, necessary pieces of tackle for all ships. The husband of Amphitrite[10] happily granted them a fair voyage, well knowing the Achaeans' sufferings at the hands of the Trojans and proud Eurypylus. Odysseus and Diomedes sat on either side of the son of Achilles and entertained him with tales of his father's adventures and of all his schemes during his far-ranging voyage and in the land of Telephus, expert in close combat, and his achievements in war against the Trojans around the city of Priam which brought renown to the Atridae. Their account inspired him with the ambition to achieve prowess and glory like his fearless father's.

Meanwhile in some part of the house the noble Deïdameia fretted over her son, moaning and shedding tears, heart and soul melting away with distress and pain, like pliant lead over hot coals or a piece of wax; and she never left off sobbing as she gazed out over the limitless sea for a mother worries about her child even if he goes out to dine.[11] The distant ship's sails were now fading from

[10] Poseidon.
[11] Text suspect.

---

372 ἀν' Rhodomann: ἄρ' M   αὐτοὶ Zimmermann: -τὸς M   381 κλέος Scaliger: καὶ ὅσσ' M

ἤδη ἀπεκρύπτοντο καὶ ἠέρι φαίνεθ᾽ ὁμοῖα·
ἀλλ᾽ ἢ μὲν στενάχιζε πανημερίη γοόωσα.
　　Νηῦς δ᾽ ἔθεεν κατὰ πόντον ἐπισπομένου ἀνέμοιο

395 τυτθὸν ἐπιψαύουσα πολυρροθίοιο θαλάσσης·
πορφύρεον δ᾽ ἑκάτερθε περὶ τρόπιν ἔβραχε κῦμα·
αἶψα δὲ δὴ μέγα λαῖτμα διήνυε ποντοπορούσα.
ἀμφὶ δέ οἱ πέσε νυκτὸς ἐπὶ κνέφας· ἢ δ᾽ ὑπ᾽ ἀήτῃ
πλῶε κυβερνήτῃ τε διαπρήσσουσα θαλάσσης

400 βένθεα. θεσπεσίη δὲ πρὸς οὐρανὸν ἤλυθεν Ἠώς·
τοῖσι δ᾽ ἄρ᾽ Ἰδαίων ὀρέων φαίνοντο κολῶναι
Χρυσά τε καὶ Σμίνθειον ἕδος καὶ Σιγιὰς ἄκρη
τύμβος τ᾽ Αἰακίδαο δαΐφρονος· ἀλλά μιν οὔ τι
υἱὸς Λαέρταο πύκα φρονέων ἐνὶ θυμῷ

405 δεῖξε Νεοπτολέμῳ, ἵνα οἱ μὴ πένθος ἀέξῃ
θυμὸς ἐνὶ στήθεσσι. παρημείβοντο δὲ νήσους
αἶψα Καλυδναίας· Τένεδος δ᾽ ἀπελείπετ᾽ ὀπίσσω·
φαίνετο δ᾽ αὖτ᾽ Ἐλεοῦντος ἕδος, τόθι Πρωτεσιλάου
σῆμα πέλει πτελέῃσι κατάσκιον αἰπεινῇσιν,

410 αἵ ῥ᾽ ὁπότ᾽ ἀθρήσωσιν ἀνερχόμεναι δαπέδοιο
Ἴλιον, αὐτίκα τῇσι θοῶς αὐαίνεται ἄκρα.
　　Νῆα δ᾽ ἐρεσσομένην ἄνεμος φέρεν ἀγχόθι
　　　　Τροίης·
ἵκετο δ᾽ ἧχι καὶ ἄλλαι ἔσαν παρὰ θίνεσι νῆες
Ἀργείων, οἳ τῆμος ὀιζυρῶς πονέοντο

415 μαρνάμενοι περὶ τεῖχος ὅ περ πάρος αὐτοὶ ἔδειμαν
νηῶν ἔμμεναι ἕρκος ἐυσθενέων θ᾽ ἅμα λαῶν
ἐν πολέμῳ. τὸ δ᾽ ἄρ᾽ ἤδη ὑπ᾽ Εὐρυπύλοιο χέρεσσι
μέλλεν ἀμαλδύνεσθαι ἐρειπόμενον ποτὶ γαίῃ,

her sight and mistily indistinct; but she kept up her sobbing and groaning all day long.

The ship raced over the sea with a following wind, just skimming the sounding waves; the dark swell boomed on either side of its keel; and it sped along on its journey through the vast gulf. The shades of night fell; but the breeze and the steersman kept it on its journey over the depths of the sea. Then divine Eos ascended the sky, revealing to them the mountain peaks of Ida, Chrysa, the seat of the Sminthian god,[12] Cape Sigeüm, and the tomb of warlike Aeacides; but the son of Laërtes had the good sense not to point it out to Neoptolemus, in case the heart in his breast should swell with grief. Swiftly they passed the Calydnian islands and left Tenedos behind. The shrine of Eleous came in sight with its tomb of Protesilaüs shaded by lofty elms whose tops wither as soon as they grow high enough to see the Trojan plain.

Wind and oars together carried the ship near to Troy, and it arrived where the other Argive ships were beached. The Argives themselves were hard pressed at the time as they fought at the wall which they had constructed earlier to defend their ships and stalwart troops. Eurypylus would soon enough have demolished it with his hands

12 Apollo.

---

408 δ᾽ αὖτ᾽ Ἐλεοῦντος Rhodomann: δὲ πτελε- M   τόθι
Köchly: θ᾽ ὃν m: θ᾽ ὃ η m
410 ἀνερχόμεναι Pauw: -νον M
411 Ἴλιον Brodeau: ἤλιον M

εἰ μὴ ἄρ' αἶψ' ἐνόησε κραταιοῦ Τυδέος υἱὸς
420 βαλλόμεν' ἔρκεα μακρά. θοῆς δ' ἄφαρ ἔκθορε νηὸς
θαρσαλέως τ' ἐβόησεν ὅσον χάδε οἱ κέαρ ἔνδον·
"Ὦ φίλοι, ἦ μέγα πῆμα κυλίνδεται Ἀργείοισι
σήμερον· ἀλλ' ἄγε θᾶσσον ἐς αἰόλα τεύχεα δύντες
ἴομεν ἐς πολέμοιο πολυκμήτοιο κυδοιμόν.
425 ἤδη γὰρ πύργοισιν ἐφ' ἡμετέροισι μάχονται
Τρῶες ἐυπτόλεμοι, τοὶ δὴ τάχα τείχεα μακρὰ
ῥηξάμενοι πυρὶ νῆας ἐνιπρήσουσι μάλ' αἰνῶς·
νῶιν δ' οὐκέτι νόστος ἐελδομένοις ἀνὰ θυμὸν
ἔσσεται· ἀλλὰ καὶ αὐτοὶ ὑπὲρ μόρον αἶψα δαμέντες
430 κεισόμεθ' ἐν Τροίῃ τεκέων ἑκὰς ἠδὲ γυναικῶν."
Ὣς φάτο· τοὶ δ' ὤκιστα θοῆς ἐκ νηὸς ὄρουσαν
πανσυδίῃ· πάντας γὰρ ἕλεν τρόμος εἰσαΐοντας
νόσφι Νεοπτολέμοιο θρασύφρονος, οὕνεκ' ἐῴκει
πατρὶ ἑῷ μέγα κάρτος· ἔρως δέ οἱ ἔμπεσε χάρμης.
435 Καρπαλίμως δ' ἵκοντο ποτὶ κλισίην Ὀδυσῆος
(ἢ γὰρ ἔην ἄγχιστα νεὸς κυανοπρώροιο)·
πολλὰ δ' ἄρ' ἐξημοιβὰ παρ' αὐτόθι τεύχεα κεῖτο
ἠμὲν Ὀδυσσῆος πυκιμήδεος ἠδὲ καὶ ἄλλων
ἀντιθέων ἑτάρων, ὁπόσα κταμένων ἀφέλοντο.
440 ἔνθ' ἐσθλὸς μὲν ἔδυ καλὰ τεύχεα, τοὶ δὲ χέρεια
δῦσαν ὅσοις ἀλαπαδνὸν ὑπὸ κραδίῃ πέλεν ἦτορ.
αὐτὰρ Ὀδυσσεὺς δύσεθ' ἅ οἱ Ἰθάκηθεν ἕποντο·
δῶκε δὲ Τυδείδῃ Διομήδεϊ κάλλιμα τεύχη
κεῖνα τὰ δὴ Σώκοιο βίην εἴρυσσε πάροιθεν.
445 υἱὸς δ' αὖτ' Ἀχιλῆος ἐδύσετο τεύχεα πατρός,
καί οἱ φαίνετο πάμπαν ἀλίγκιος· ἀμφὶ δ' ἐλαφρὰ

if the son of mighty Tydeus had not noticed that the long wall was under attack. He jumped straight from the swift ship and shouted valiantly as loud as he could:

"My friends, great trouble is rolling toward the Argives this day. Let us quickly don our gleaming armor and enter the press of this wearying battle. The warlike Trojans are already at our ramparts: soon they will be smashing our long walls and setting fire to our ships in the most terrible way. Then we shall have no hoped-for return: we shall be killed before our time and lie dead in Troy, far from our wives and children."

In response to these words they all leaped from the ship without delay. His words had made every one of them fearful except for valiant-hearted Neoptolemus, whose might resembled his father's and who felt a lust for battle.

They hastened to Odysseus' hut, since that was the nearest to their dark-prowed ship and there were many sets of armor laid out there which had been stripped from their victims by the wily Odysseus and his godlike companions. Then the best men put on the fine armor, and those with timid hearts put on the worse. Odysseus put on the things he had brought with him from Ithaca, and he gave to Diomedes son of Tydeus the fine armor which he had once stripped from mighty Socus.[13] The son of Achilles put on the armor of his father, so that he became his very image; and, thanks to Hephaestus' craftsmanship, it

[13] Cf. *Il.* 11.428–55.

---

427 ἐνιπρήσουσι Rhodomann: -ωσι M
437 δ' ἄρ' Pauw: γὰρ M   442 ἅ οἱ Rhodomann: οἱ M

Ἡφαίστου παλάμῃσι περὶ μελέεσσιν ἀρήρει,
καί περ ἐόνθ' ἑτέροισι πελώρια· τῷ δ' ἅμα πάντα
φαίνετο τεύχεα κοῦφα· κάρη δέ οἱ οὔ τι βάρυνε
450 πήληξ

* * *

450a ⟨Πηλιάς⟩, ἀλλά ἑ χερσὶ καὶ ἠλίβατόν περ ἐοῦσαν
ῥηιδίως ἀνάειρεν ἔθ' αἵματος ἰσχανόωσαν.
Ἀργείων δέ μιν ὅσσοι ἐσέδρακον, οὔ τι δύναντο
καί περ ἐελδόμενοι σχεδὸν ἐλθέμεν, οὕνεκ' ἄρ'
    αὐτοὺς
πᾶν περὶ τεῖχος ἔτειρε βαρὺς πολέμοιο κυδοιμός.
455 ὡς δ' ὅτ' ἂν' εὐρέα πόντον ἐρημαίῃ περὶ νήσῳ
ἀνθρώπων ἀπάτερθεν ἐεργμένοι ἀσχαλόωσιν
ἀνέρες οὕς τ' ἀνέμοιο καταιγίδες ἀντιόωσαι
εἴργουσιν μάλα πολλὸν ἐπὶ χρόνον, οἱ δ' ἀλεγεινοὶ
νηὶ περιτρωχῶσι, καταφθινύθει δ' ἄρα πάντα
460 ἤια, τειρομένοισι δ' ἐπέπνευσεν λιγὺς οὖρος·
ὡς ἄρ' Ἀχαιῶν ἔθνος ἀκηχέμενον τὸ πάροιθεν
ἀμφὶ Νεοπτολέμοιο βίῃ κεχάροντο μολόντι
ἐλπόμενοι στονόεντος ἀναπνεύσειν καμάτοιο.
ὄσσε δέ οἱ μάρμαιρεν ἀναιδέος εὖτε λέοντος,
465 ὅς τε κατ' οὔρεα μακρὰ μέγ' ἀσχαλόων ἐνὶ θυμῷ
ἔσσυται ἀγρευτῆσιν ἐναντίον, οἵ τέ οἱ ἤδη
ἄντρῳ ἐπεμβαίνωσιν ἐρύσσασθαι μεμαῶτες
σκύμνους οἰωθέντας ἑῶν ἀπὸ τῆλε τοκήων
βήσσῃ ἐνὶ σκιερῇ, ὁ δ' ἄρ' ὑψόθεν ἔκ τινος ἄκρης
470 ἀθρήσας ὀλοοῖσιν ἐπέσσυται ἀγρευτῆσι
σμερδαλέον βλοσυρῇσιν ὑπαὶ γενύεσσι βεβρυχώς·

fitted him well, though it was far too big for anyone else: the whole panoply seemed light to him; the helmet did not feel heavy on his head . . . ⟨nor did the spear from Pelion seem heavy to him:⟩[14] he was easily able to raise that still bloodthirsty spear in his hands, for all its huge size.

The Argives who saw him would have liked to go to him, but they could not owing to the heavy struggle along the whole length of the wall which was wearing them down. Just as when a group of men, cut off from their fellow creatures on a remote island far out at sea, feel distress at being kept prisoner so very long by adverse storm-winds, and they miserably pace their ship as their provisions all run out, until at last a favorable wind begins to blow for them, worn out with waiting: just so the Achaean people, dispirited up to now, rejoiced at the arrival of mighty Neoptolemus, in hopes of a respite from their grim struggle. His eyes flashed like the eyes of a lion who with resentment in his heart charges straight at hunters in the mountains who are already entering a den eager to drag out his cubs while they are separated from their parents in a shady glen; from some high vantage-point he sees the deadly hunters and utters a savage roar from his

[14] At least one line is missing here. Probably the shield too was mentioned.

---

449 οἱ Pauw: μιν M
post 450 lac. stat. Tychsen
450a Πηλιάς Tychsen: om. M
460 ἐπέπνευσεν Pauw: ἐνιπνεύσῃ M
471 βλοσυρῇσιν Pauw: -οισιν M

ὡς ἄρα φαίδιμος υἱὸς ἀταρβέος Αἰακίδαο
θυμὸν ἐπὶ Τρώεσσιν εὐπτολέμοισιν ὄρινεν.
    Οἴμησεν δ᾽ ἄρα πρῶτος ὅπη μάλα δῆρις ὀρώρει
475 ἂμ πεδίον· τῇ † γάρ σφιν ἐπέπλετο † τεῖχος Ἀχαιῶν
ῥηίτερον δηίοισι κατὰ κλόνον ἐσσυμένοισιν,
οὕνεκ᾽ ἀκιδνοτέρῃσιν ἐπάλξεσιν ἠρήρειστο·
σὺν δέ οἱ ἄλλοι ἔβαν μέγα μαιμώοντες Ἄρηι.
εὗρον δ᾽ Εὐρύπυλον κρατερόφρονα, τῷ δ᾽ ἅμ᾽
        ἑταίρους
480 πύργῳ ἐπεμβεβαῶτας, ὀιομένους περὶ θυμῷ
ῥήξειν τείχεα μακρὰ καὶ Ἀργείους ἀπολέσσειν
πανσυδίῃ. τοῖς δ᾽ οὔ τι θεοὶ τελέεσκον ἐέλδωρ·
ἀλλὰ σφεας Ὀδυσεύς τε καὶ ὁ σθεναρὸς Διομήδης
ἰσόθεός τε Νεοπτόλεμος δῖός τε Λεοντεὺς
485 αἶψ᾽ ἀπὸ τείχεος ὦσαν ἀπειρεσίοις βελέεσσιν.
ὡς δ᾽ ὅτ᾽ ἀπὸ σταθμοῖο κύνες μογεροί τε νομῆες
κάρτεϊ καὶ φωνῇ κρατεροὺς σεύουσι λέοντας
πάντοθεν ἐσσύμενοι, τοὶ δ᾽ ὄμμασι γλαυκιόωντες
στρωφῶντ᾽ ἔνθα καὶ ἔνθα λιλαιόμενοι μέγα θυμῷ
490 πόρτιας ἠδὲ βόας μετὰ γαμφηλῇσι λαφύξαι,
ἀλλὰ καὶ ὣς εἴκουσι κυνῶν ὑπὸ καρτεροθύμων
σευόμενοι, μάλα γάρ σφιν ἐπαΐσσουσι νομῆες·

                    * * *

βαιόν, ὅσον τις ἵησι χερὸς περιμήκεα λᾶαν.
οὐ γὰρ Τρῶας ἔα νηῶν ἄπο νόσφι φέβεσθαι
495 Εὐρύπυλος, δηίων δὲ μάλα σχεδὸν ὀτρύνεσκε
μίμνειν, εἰς ὅ κε νῆας ἕλῃ καὶ πάντας ὀλέσσῃ
Ἀργείους· Ζεὺς γάρ οἱ ἀπειρέσιον βάλε κάρτος.

grim jaws: just so the son of fearless Aeacides stirred up his fury against the warlike Trojans.

He led the way rapidly to the place on the plain where the fighting was fiercest and where he thought the Achaean wall was most vulnerable to enemy assaults on account of its weaker defenses; and the others went with him, eager for Ares' work. They came upon the stalwart Eurypylus and his companions scaling a high part of the defenses with the intention of demolishing the long walls and bringing destruction to all the Argives in one fell swoop. But the gods did not allow their hopes to be fulfilled: Odysseus, mighty Diomedes, godlike Neoptolemus and divine Leonteus drove them back from the wall with volleys of missiles. Just as when hardy herdsmen and their dogs by darting this way and that contrive by force and noise to drive lions away from their steadings, and the beasts pace back and forth glaring fiercely, yearning to devour the cows and calves with their jaws; yet they fall back, harried by the resolute dogs and attacked by the herdsmen: <just so the Trojans fell back>[15] a little, the distance a heavy stone can be thrown; Eurypylus did not allow the Trojans to flee far from the ships, urging them instead to keep close to the enemy until he could capture the ships and destroy the Argives to a man: so immense was the strength Zeus had given him. Straightaway he

[15] Line missing.

---

476 κατὰ Spitzner: μετὰ M
post 492 lac. stat. Rhodomann

αὐτίκα δ' ὀκριόεσσαν ἑλὼν καὶ ἀτειρέα πέτρην
ἧκεν ἐπεσσύμενος κατὰ τείχεος ἠλιβάτοιο·
500 σμερδαλέον δ' ἄρα πάντα περιπλατάγησε θέμεθλα
ἕρκεος αἰπεινοῖο· δέος δ' ἕλε πάντας Ἀχαιούς,
τείχεος ὡς ἤδη συνοχωκότος ἐν κονίῃσιν.
    Ἀλλ' οὐδ' ὣς ἀπόρουσαν ἀταρτηροῖο κυδοιμοῦ,
ἀλλ' ἔμενον θώεσσιν ἐοικότες ἠὲ λύκοισι,
505 μήλων ληιστῆρσιν ἀναιδέσιν, οὕς τ' ἐν ὄρεσσιν
ἄντρων ἐξελάσωσιν ὁμῶς κυσὶν ἀγροιῶται
ἱέμενοι σκύμνοισι φόνον στονόεντα βαλέσθαι
ἐσσυμένως, τοὶ δ' οὔ τι βιαζόμενοι βελέεσσι
χάζοντ', ἀλλὰ μένοντες ἀμύνουσιν τεκέεσσιν·
510 ὣς οἳ ἀμυνόμενοι νηῶν ὕπερ ἠδὲ καὶ αὐτῶν
μίμνον ἐν ὑσμίνῃ. τοῖς δ' Εὐρύπυλος θρασυχάρμης
ἠπείλει μέγα πᾶσι νεῶν προπάροιθε θοάων·
    "Ἆ δειλοὶ καὶ ἄναλκιν ἐνὶ φρεσὶ θυμὸν ἔχοντες,
οὐκ ἂν δὴ βελέεσσι νεῶν ἄπο ταρβήσαντα
515 ἠλάσατ', εἰ μὴ τεῖχος ἐμὴν ἀπέρυκεν ὁμοκλήν.
νῦν δέ μοι, εὖτε λέοντι κύνες πτώσσοντες ἐν ὕλῃ,
μάρνασθ' ἔνδον ἐόντες ἀλευόμενοι φόνον αἰπύν·
ἢν δέ ποτ' ἐκ νηῶν ἐς Τρώιον οὖδας ἵκησθε,
ὡς τὸ πάρος μεμαῶτες ἐπὶ μόθον, οὔ νύ τις ὑμέας
520 ῥύσεται ἐκ θανάτοιο δυσηχέος, ἀλλ' ἅμα πάντες
κείσεσθ' ἐν κονίῃσιν ἐμεῦ ὕπο δῃωθέντες."
    Ὣς ἔφατ' ἀκράαντον ἱεὶς ἔπος· οὐδέ τι ᾔδη
ὅττι ῥά οἱ μέγα πῆμα κυλίνδετο βαιὸν ἄπωθε
χερσὶ Νεοπτολέμοιο θρασύφρονος ὅς μιν ἔμελλε
525 δάμνασθ' οὐ μετὰ δηρὸν ὑπ' ἔγχεϊ μαιμώωντι.

seized a hard and jagged rock and flung it with all his force at the lofty wall. There was a terrific crash, and the towering structure was shaken to its very foundations, and the Achaeans suddenly became afraid that their wall had already collapsed in the dust.

But even so they did not retreat from the baneful conflict; they stood their ground just like jackals or wolves, those shameless ravagers of flocks, when flushed out of their dens in the mountains by countrymen and their hounds, intent on murdering their cubs; though pelted with missiles they do not retreat, but stand their ground and defend their offspring: just so they stood their ground in the battle lines to defend their ships and themselves. The bold warrior Eurypylus yelled these threats at them all, right in front of the ships:

"Cowards! Spineless weaklings! I have no fear of you: your weapons would never have driven me back from the ships: it was only the wall that warded off my attack. As it is, you are fighting from inside to avoid sheer death, just like curs cowering before a lion in the woods! If you ever come away from your ship and set foot on Trojan soil, eager for the fray as you used to be, no one will save you from a wretched death: every single one of you will be lying in the dust, brought low by me!"

So he spoke; but his threats were not to be fulfilled: he had no idea that only a little way off a great misfortune was moving toward him at the hands of dauntless Neoptolemus, who was to conquer him with his raging spear.

---

499 ἐπεσσύμενος Zimmermann: -υμένως M
505 οὕς τ' Köchly: εὖτ' M
510 οἱ Köchly: ἄρ' M   αὐτῶν C. L. Struve: ἀνδρῶν M

Οὐδὲ μὲν οὐδὲ τότ᾽ ἔσκεν ἄτερ κρατεροῖο πόνοιο,
ἀλλ᾽ ἄρα Τρῶας ἔναιρεν ἀφ᾽ ἕρκεος· οἳ δ᾽ ἐφέβοντο
βαλλόμενοι καθύπερθε, περικλονέοντο δ᾽ ἀνάγκῃ
Εὐρυπύλῳ· πάντας γὰρ ἀνιηρὸν δέος ᾕρει.
530 ὡς δ᾽ ὅτε νηπίαχοι περὶ γούνασι πατρὸς ἑοῖο
πτώσσουσιν βροντὴν μεγάλου Διὸς ἀμφὶ νέφεσσι
ῥηγνυμένην, ὅτε δεινὸν ἐπιστεναχίζεται ἀήρ·
ὡς ἄρα Τρώιοι υἷες ἐν ἀνδράσι Κητείοισιν
ἀμφὶ μέγαν βασιλῆα Νεοπτόλεμον φοβέοντο
535 πᾶν ὅ τι χερσὶν ἔηκεν· ἐς ἰθὺ γὰρ ἔπτατο πῆμα,
δυσμενέων κεφαλῇσι φέρον πολύδακρυν Ἄρηα.
οἳ δ᾽ ἄρ᾽ ἀμηχανίῃ βεβολημένοι ἔνδοθεν ἦτορ
Τρῶες ἔφαντ᾽ Ἀχιλῆα πελώριον εἰσοράασθαι
αὐτὸν ὁμῶς τεύχεσσι· καὶ ἀμφασίην ἀλεγεινὴν
540 κεῦθον ὑπὸ κραδίῃ, ἵνα μὴ δέος αἰνὸν ἵκηται
ἐς φρένα Κητείων μηδ᾽ Εὐρυπύλοιο ἄνακτος.
αὐτοῦ δ᾽ ἄλλοθεν ἄλλος ἀπειρέσιον τρομέοντες
μεσσηγὺς κακότητος ἔσαν κρυεροῦ τε φόβοιο·
αἰδὼς γὰρ κατέρυκεν ὁμῶς καὶ δεῖμ᾽ ἀλεγεινόν.
545 ὡς δ᾽ ὅτε παιπαλόεσσαν ὁδὸν κάτα ποσσὶν ἰόντες
ἀνέρες ἀθρήσωσιν ἀπ᾽ οὔρεος ἀίσσοντα
χείμαρρον, καναχὴ δὲ περιβρομέει περὶ πέτρῃ,
οὐδέ τι οἱ μεμάασιν ἀνὰ ῥόον ἠχήεντα
βήμεναι ἐγκονέοντες, ἐπεὶ παρὰ ποσσὶν ὄλεθρον
550 δερκόμενοι τρομέουσι, καὶ οὐκ ἀλέγουσι κελεύθου·
ὡς ἄρα Τρῶες ἔμιμνον ἀλευόμενοί περ αὐτὴν
τεῖχος ὑπ᾽ Ἀργείων. τοὺς δ᾽ Εὐρύπυλος θεοειδὴς
αἰὲν ἐποτρύνεσκε ποτὶ κλόνον· ἦ γὰρ ἐώλπει

At this time, too, Neoptolemus had no lack of violent war-work: from up on the rampart he was slaying the Trojans, who fled under the rain of missiles from above and had to take refuge around Eurypylus, such was their fear and distress. Just as when young children cower round their father's knees when they hear great Zeus' thunder pealing from the clouds, and the sky rumbles frightfully: just so the sons of the Trojans took refuge from Neoptolemus' missiles among the Cetaeans around that great prince; for trouble was flying straight toward them, bringing war and tears aplenty on the heads of the enemy. Shocked and helpless, the Trojans thought it was mighty Achilles the man, armor and all, that they could see; but they kept their horror hidden in their hearts so as not to infect with fear and dread the minds of the Cetaeans and their leader Eurypylus. There they were, confused and in extreme terror, with death on one side and chill fear on the other, detained by their sense of shame and their pitiful terror alike. Just as when travelers on foot on a steep path gaze at a torrent teeming down from a mountain and roaring among the rocks, and for all their haste they are reluctant to enter that noisy stream, and fear at the sight of death right before them makes them care little about journeying further: just so the Trojans lingered under the Argive wall and avoided the din of battle. Godlike Eurypylus kept urging them to fight, since he hoped that the

---

527 ἀλλ᾽ ἄρα Köchly: ἀλλὰ M
549 βήμεναι Rhodomann: θήμ- M
551 ἀλευόμενοι . . . αὐτὴν Vian: ἐελδόμενοι . . . αὐτῆς M

πολλοὺς δηιόωντα πελώριον ἐν δαῒ φῶτα
555 χεῖρα καμεῖν καὶ κάρτος· ὃ δ' οὐκ ἀπέληγε μόθοιο.
Τῶν δ' ἄρ' Ἀθηναίη κρατερὸν πόνον εἰσορόωσα
κάλλιπεν Οὐλύμποιο θυώδεος αἰπὰ μέλαθρα·
βῆ δ' ἄρ' ὑπὲρ κεφαλὰς ὀρέων οὐδ' ἴχνεσι γαίης
ψαῦε μέγ' ἐγκονέουσα· φέρεν δέ μιν ἱερὸς ἀὴρ
560 εἰδομένην νεφέεσσιν, ἐλαφροτέρην δ' ἀνέμοιο.
Τροίην δ' αἶψ' ἀφίκανε, πόδας δ' ἐπέθηκε κολώνῃ
Σιγέου ἠνεμόεντος· ἐδέρκετο δ' ἔνθεν αὐτὴν
ἀγχεμάχων ἀνδρῶν· κύδαινε δὲ πολλὸν Ἀχαιούς.
Υἱὸς δ' αὖτ' Ἀχιλῆος ἔχεν πολὺ φέρτατον ἄλλων
565 θάρσος ὁμοῦ καὶ κάρτος ἅ τ' ἀνδράσιν εἰς ἓν ἰόντα
τεύχουσιν μέγα κῦδος· ὃ δ' ἀμφοτέροισι κέκαστο,
οὕνεκ' ἔην Διὸς αἷμα, φίλῳ δ' ἤικτο τοκῆι·
τῷ καὶ ἄτρεστος ἐὼν πολέας κτάνεν ἀγχόθι πύργων.
ὡς δ' ἁλιεὺς κατὰ πόντον ἀνὴρ λελιημένος ἄγρης
570 τεύχων ἰχθύσι πῆμα φέρει μένος Ἡφαίστοιο
νηὸς ἑῆς ἔντοσθε, διεγρομένη δ' ὑπ' αὐτμῇ
μαρμαίρει περὶ νῆα πυρὸς σέλας, οἳ δὲ κελαινῆς
ἐξ ἁλὸς ἀίσσουσι μεμαότες ὕστατον αἴγλην
εἰσιδέειν, τοὺς γάρ ῥα τανυγλώχινι τριαίνῃ
575 κτείνει ἐπεσσυμένους, γάνυται δέ οἱ ἦτορ ἐπ' ἄγρῃ·
ὡς ἄρα κύδιμος υἱὸς ἐυπτολέμου Ἀχιλῆος
λαΐνεον περὶ τεῖχος ἐδάμνατο δήια φῦλα
ἀντί' ἐπεσσυμένων. πονέοντο δὲ πάντες Ἀχαιοὶ
ἄλλοι ὁμῶς ἄλλῃσιν ἐπάλξεσιν· ἔβραχε δ' εὐρὺς
580 αἰγιαλὸς καὶ νῆες, ἐπεστενάχοντο δὲ μακρὰ
τείχεα βαλλομένων. κάματος δ' ὑπεδάμνατο λαοὺς

gigantic warrior's arm and strength would tire after so much killing; but he never stopped fighting.

Seeing that they were engaged in a mighty struggle, Athena left the lofty halls of fragrant Olympus; in her haste she passed over the mountaintops without touching the ground, and the divine air bore her along like a cloud, swifter than the wind. Soon she arrived at Troy. She set her feet on the peak of windy Sigeüm and observed from there the hue and cry of those fighting hand to hand; and she bestowed great glory on the Achaeans.

The son of Achilles far excelled the others in that valor and strength which bring great glory to those who fight in single combat: he had both qualities because he was descended from Zeus and resembled his father: and so he felt no fear as he slew so many victims by the wall. Just as a man who fishes out at sea impatient for a catch devises death for the fishes by bringing the power of Hephaestus in his boat so that its fiery breath kindles a bright light shining around the boat and they leap out of the dark sea eager for a glimpse of that light—the last light they will see, since he kills them with his pointed trident as they crowd near, and his heart rejoices at his catch: just so the glorious son of warlike Achilles slew crowds of enemy opponents by the wall of stone. All the Achaeans were employed in the same way on different parts of the defenses; the broad beach and the ships echoed the noise, and the long walls groaned in response to their blows. Ex-

---

554 φῶτα Rhodomann: -ας M   557 Ἠμάδεος Rhodomann. εὐώ- M   558 κεφαλὰς West: -ῆς M

561 ἀφίκανε Tychsen: ἐκίχανε M

571 διεγρομένη . . . ἀυτμῇ Rhodomann: -νη . . . -μὴ M

ἄσπετος ἀμφοτέρωθε (λύοντο δὲ γυῖα καὶ ἀλκὴ
αἰζηῶν), ἀλλ᾽ οὔ τι μενεπτολέμου Ἀχιλῆος
ἄμπεχεν υἱέα δῖον, ἐπεί ῥά οἱ ὄβριμον ἦτορ
585 πάμπαν ἔην ἄτρυτον· ἀνιηρὸν δέ οἱ οὔ τι
ἥψατο μαρναμένοιο δέος

* * *

μένος δ᾽ ἀκάμαντι ἐοικὼς
ἀενάῳ ποταμῷ, τὸν ἀπειρεσίη πυρὸς ὁρμὴ
οὔ ποτ᾽ ἰοῦσα φόβησε, καὶ εἰ μέγα μαίνετ᾽ ἀήτης
Ἡφαίστου κλονέων ἱερὸν μένος (ἢν γὰρ ἵκηται
590 ἐγγὺς ἐπὶ προχοῇσι, μαραίνεται οὐδέ οἱ ἀλκὴ
ἅψασθ᾽ ἀργαλέη σθένει ὕδατος ἀκαμάτοιο)·
ὡς ἄρα Πηλείδαο δαΐφρονος υἱέος ἐσθλοῦ
οὔτε μόγος στονόεις οὔτ᾽ ἂρ δέος ἥψατο γούνων
αἰὲν ἐρειδομένοιο καὶ ὀτρύνοντος ἑταίρους.
595 οὐδὲ μὲν οὐδὲ βέλος κείνου χρόα καλὸν ἵκανε
πολλῶν βαλλομένων, ἀλλ᾽ ὡς νιφάδες περὶ πέτρῃ
πολλάκις ἠίχθησαν ἐτώσια· πάντα γὰρ εὐρὺ
εἶργε σάκος βριαρή τε κόρυς, κλυτὰ δῶρα θεοῖο·
τοῖς ἐπικαγχαλόων κρατερὸς πάις Αἰακίδαο
600 φοίτα μακρὰ βοῶν περὶ τείχεϊ, πολλὰ κελεύων
ἐς μόθον Ἀργείοισιν ἀταρβέα [θῦνε]

* * *

οὕνεκα πάντων
πολλὸν ἔην ὄχ᾽ ἄριστος, ἔχεν δ᾽ ἔτι θυμὸν ὁμοκλῆς
λευγαλέης ἀκόρητον, ἑοῦ δ᾽ ἄρα μήδετο πατρὸς
τίσασθ᾽ ἀλγινόεντα φόνον. κεχάροντο δ᾽ ἄνακτι
605 Μυρμιδόνες· στυγερὴ δὲ πέλεν περὶ τεῖχος ἀυτή.

treme weariness overcame the troops on both sides as the strength of the soldiers' limbs began to fade; but the divine son of stalwart Achilles was unwearied, because his mighty heart could never be worn down: as he fought, he was touched by no distress or ‹fear›.[16] In force he was like an inexhaustible, ever-flowing river which does not shrink from the onset of a vast conflagration even if raging wind is whipping up Hephaestus' divine might; for if it comes near the river's course it peters out, and its terrific power can not affect that inexhaustible stream: just so the noble son of warlike Pelides felt no fear or distressing weariness as he pressed forward and urged on his companions. Of all the missiles aimed at him, not a single one touched his fair flesh: they rained down in vain like snowflakes on a rock, every one of them repelled by his broad shield and massive helmet, the god's famous gifts; and the mighty son of Aeacides exulted in his arms as he went here and there by the wall yelling and giving orders to the Argives ‹to go into› battle fearlessly ‹. . .›[17] because he was far and away the best of them all and his heart was still not sated with baneful battle: his aim was to avenge his father's cruel death. The Myrmidons viewed their commander with joy; and a frightful clamor arose at the wall.

---

[16] Two half-lines missing. [17] One or more lines missing.

---

586 lac. stat. Köchly   δέος Köchly: om. M
588 εἰ C. L. Struve: ἦν M
595 οὐδὲ μὲν Zimmermann: οὐ μὴν M
597 ἠίχθησαν Spitzner: ἠύτησαν M
601 lac. stat. Vian

Ἔνθα δύω κτάνε παῖδε πολυχρύσοιο Μέγητος
ὃς γένος ἔσκε Δύμαντος, ἔχεν δ' ἐρικυδέας υἷας
εἰδότας εὖ μὲν ἄκοντα βαλεῖν, εὖ δ' ἵππον ἐλάσσαι
ἐν πολέμῳ καὶ μακρὸν ἐπισταμένως δόρυ πῆλαι,
610   τοὺς τέκε οἱ Περίβοια μιῇ ὠδῖνι παρ' ὄχθας
Σαγγαρίου, Κελτόν τε καὶ Εὔβιον· οὐδ' ἀπόναντο
ὄλβου ἀπειρεσίοιο πολὺν χρόνον, οὕνεκα Μοῖραι
παῦρον ἐπὶ σφίσι πάγχυ τέλος βιότοιο βάλοντο.
ἄμφω δ' ὡς ἴδον ἦμαρ ὁμῶς, καὶ κάτθανον ἄμφω
615   χερσὶ Νεοπτολέμοιο θρασύφρονος, ὃς μὲν ἄκοντι
βλήμενος ἐς κραδίην, ὃ δὲ χερμαδίῳ ἀλεγεινῷ
κὰκ κεφαλῆς· βριαρὴ δὲ περιθραυσθεῖσα καρήνῳ
ἐθλάσθη τρυφάλεια καὶ ἐγκέφαλον συνέχευεν.
Ἀμφὶ δ' ἄρά σφισι φῦλα περικτείνοντο καὶ
ἄλλων
620   μυρία δυσμενέων. μέγα δ' Ἄρεος ἔργον ὀρώρει,
μέσφ' ὅτε δὴ βουλυτὸς ἐπήλυθεν, ἤνυτο δ' ἠὼς
ἀμβροσίη, καὶ λαὸς ἀταρβέος Εὐρυπύλοιο
χάσσατο τυτθὸν ἄπωθε νεῶν. οἳ δ' ἀγχόθι πύργων
βαιὸν ἀνέπνευσαν, καὶ δ' αὐτοὶ Τρώιοι υἷες
625   ἀμπαύοντο μόγοιο δυσαλγέος, οὕνεκ' ἐτύχθη
φύλοπις ἀργαλέη περὶ τείχεϊ καί νύ χ' ἅπαντες
Ἀργεῖοι τότε νηυσὶν ἐπὶ σφετέρῃσιν ὄλοντο,
εἰ μὴ Ἀχιλλῆος κρατερὸς πάις ἤματι κείνῳ
δυσμενέων ἀπάλαλκε πολὺν στρατὸν ἠδὲ καὶ αὐτὸν
630   Εὐρύπυλον. τῷ δ' αἶψα γέρων σχεδὸν ἤλυθε Φοῖνιξ,
καί μιν ἰδὼν θάμβησεν ἐοικότα Πηλείωνι·
ἀμφὶ δέ οἱ μέγα χάρμα καὶ ἄσπετον ἄλγος ἵκανεν,

Next he killed two sons of Meges rich in gold, descendant of Dymas. These renowned sons of his were expert at throwing the javelin, at driving horses in battle, and at skillfully wielding the long spear. They were twins, borne by Periboea beside the river Sangarius, and they were called Celtus and Eubius; but they did not enjoy their immense riches for long, because the Fates granted them only a short span of life. They came into the world on the same day and died together, victims of the fierce Neoptolemus, one struck in the heart by a javelin, the other struck on the head by a cruel rock: the stout helmet on his head was smashed and staved in, so that his brain was crushed to a pulp.

Around them countless battalions of the enemy were slaughtered, and a great work of Ares arose. Eventually came the time when oxen are unyoked, and immortal day came to its end. Then the troops of fearless Eurypylus retired a little way from the ships, and those by the wall gained some small respite. The sons of the Trojans themselves also found relief from their exhausting efforts. The struggle at the wall had been a bitter one, and the Argives might well all have perished at their ships if the mighty son of Achilles had not come just in time to ward off that great enemy horde and Eurypylus himself. Old Phoenix soon came up to him and was astonished to see how like the son of Peleus he was; he felt great joy and unspeakable

---

610 ὄχθας Vian: -ης M
618 ἐθλάσθη Köchly: ἐθραύσθη M

ἄλγος μὲν μνησθέντι ποδώκεος ἀμφ' Ἀχιλῆος,
χάρμα δ' ἄρ', οὕνεκά οἱ κρατερὸν παῖδ' εἰσενόησε.
635 κλαῖε δ' ὅ γ' ἀσπασίως, ἐπεὶ οὔ ποτε φῦλ'
    ἀνθρώπων
νόσφι γόου ζώουσι, καὶ εἴ ποτε χάρμα φέρωνται.
ἀμφεχύθη δέ οἱ, εὖτε πατὴρ περὶ παιδὶ χυθείη,
ὅς τε θεῶν ἰότητι πολὺν χρόνον ἄλγε' ἀνατλὰς
ἔλθοι ἑὸν ποτὶ δῶμα φίλῳ μέγα χάρμα τοκῆι·
640 ὣς ὁ Νεοπτολέμοιο κάρη καὶ στήθεα κύσσεν
ἀμφιχυθείς, καὶ τοῖον ἀγασσάμενος φάτο μῦθον·
    "Χαῖρέ μοι, ὦ τέκος ἐσθλὸν Ἀχιλλέος ὅν ποτ'
    ἔγωγε
τυτθὸν ἐόντ' ἀτίταλλον ἐν ἀγκοίνησιν ἐμῇσι
προφρονέως. ὁ δ' ἄρ' ὦκα θεῶν ἐρικυδέι βουλῇ
645 ἔρνος ὅπως ἐριθηλὲς ἀέξετο, καί οἱ ἔγωγε
γήθεον εἰσορόων ἠμὲν δέμας ἠδὲ καὶ αὐδήν.
ἔσκε δέ μοι μέγ' ὄνειαρ· ἶσον δέ ἑ παιδὶ τίεσκον
τηλυγέτῳ, ὁ δ' ἄρ' ἶσον ἑῷ πατρὶ τῖεν ἐμὸν κῆρ·
κείνου μὲν γὰρ ἔγωγε πατήρ, ὁ δ' ἄρ' υἱὸς ἔμοιγε
650 ἔσκεν, ὅπως φήσασκεν ἰδών· 'Ἑνὸς αἵματός εἰμεν
εἵνεχ' ὁμοφροσύνης.' ἀρετῇ δ' ὅ γε φέρτερος ἦεν
πολλόν, ἐπεὶ μακάρεσσι δέμας καὶ κάρτος ἐῴκει·
τῷ σύ γε πάμπαν ἔοικας, ἐγὼ δ' ἄρα κεῖνον ὀίω
ζωὸν ἔτ' Ἀργείοισι μετέμμεναι· οὔ μ' ἄχος ὀξὺ
655 ἀμπέχει ἤματα πάντα, λυγρῷ δ' ἐπὶ γήραϊ θυμὸν
τείρομαι. ὡς ὄφελόν με χυτὴ κατὰ γαῖα κεκεύθει
κείνου ἔτι ζώοντος· ὃ καὶ πέλει ἀνέρι κῦδος
κηδεμονῆος ἑοῦ ὑπὸ χείρεσι ταρχυθῆναι.

sadness—sadness from his remembrance of swift-footed Achilles, and joy at the sight of his son's prowess. He wept yet was happy: the human race is never far from grief, even at times when they achieve happiness. He embraced him like a father embracing a son who brings great joy to his beloved parent upon returning home at long last by the grace of god, after many tribulations: just so he embraced Neoptolemus, kissing his hand and breast, and he spoke these admiring words:

"I bid you welcome, noble child of Achilles, whom I once used to be happy to nurse in my arms when he was little. In accordance with the gods' distinguished plan he grew swiftly, like a flourishing plant, and his form and voice were a delight to me to behold. He was a great boon to me: I loved him like a late-born son, and he loved me as he did his own father: I was a father to him, he a son to me; and when he saw me he would say, 'We must be of one blood, because we get on so well!' But in prowess he was much my superior, in form and in strength like the blessed gods; and you are so like him that I can believe he is still alive here among the Argives. The sharp pain of grief envelops me all my days as my heart wears away in wretched old age. If only the heaped earth had covered me while he was still living! It brings a man renown to be buried by the hands of one who truly cares. My boy, for

---

633 ἀμφ' Spitzner: ἀντ' M
637 παιδὶ Rhodomann: παῖδα M
641 ἀγαπσάμενος Spitzner: ἀγαπαζόμενος M

ἀλλά, τέκος, κείνου μὲν ἐγὼν οὐ λήσομαι ἦτορ
660   ἀχνύμενος, σὺ δὲ μή τι χαλέπτεο πένθεϊ θυμόν.
ἀλλ᾽ ἄγε, Μυρμιδόνεσσι καὶ ἱπποδάμοισιν Ἀχαιοῖς
τειρομένοις ἐπάμυνε μέγ᾽ ἀμφ᾽ ἀγαθοῖο τοκῆος
χωόμενος δηίοισι· κλέος δέ τοι ἔσσεται ἐσθλὸν
Εὐρύπυλον δαμάσαντι μάχης ἀκόρητον ἐόντα·
665   τοῦ γὰρ ὑπέρτερός ἐσσι καὶ ἔσσεαι, ὅσσον ἀρείων
σεῖο πατὴρ κείνοιο πέλεν μογεροῖο τοκῆος."

Ὣς φάμενον προσέειπε πάις ξανθοῦ Ἀχιλῆος·
"Ὦ γέρον, ἡμετέρην ἀρετὴν ἀνὰ δηιοτῆτα
Αἶσα διακρινέει κρατερὴ καὶ ὑπέρβιος Ἄρης."
670   Ὣς εἰπὼν αὐτῆμαρ ἐέλδετο τείχεος ἐκτὸς
σεύεσθ᾽ ἐν τεύχεσσιν ἑοῦ πατρός· ἀλλά μιν ἔσχε
Νὺξ ἥ τ᾽ ἀνθρώποισι λύσιν καμάτοιο φέρουσα
ἔσσυτ᾽ ἀπ᾽ Ὠκεανοῖο καλυψαμένη δέμας ὀρφνῃ.
Ἀργείων δέ μιν υἷες ἴσον κρατερῷ Ἀχιλῆι
675   κύδαινον παρὰ νηυσὶ γεγηθότες, οὕνεκ᾽ ἄρ᾽ αὐτοὺς
θαρσαλέους κατέτευξεν ἐὼν ἐπὶ δῆριν ἑτοῖμος.
τοὔνεκά μιν τίεσκον ἀγακλειτοῖς γεράεσσιν
ἄσπετα δῶρα διδόντες ἅ τ᾽ ἀνέρι πλοῦτον ὀφέλλει·
οἱ μὲν γὰρ χρυσόν τε καὶ ἄργυρον, οἱ δὲ γυναῖκας
680   δμῳάδας, οἱ δ᾽ ἄρα χαλκὸν ἀάσπετον, οἱ δὲ σίδηρον,
ἄλλοι δ᾽ οἶνον ἐρυθρὸν ἐν ἀμφιφορεῦσιν ὄπασσαν
ἵππους τ᾽ ὠκύποδας καὶ ἀρήια τεύχεα φωτῶν
φάρεά τ᾽ εὐποίητα γυναικῶν κάλλιμα ἔργα·
τοῖς ἔπι θυμὸν ἴαινε Νεοπτολέμοιο φίλον κῆρ.
685   Καί ῥ᾽ οἱ μὲν δόρποιο ποτὶ κλισίῃσι μέλοντο
υἱὸν Ἀχιλλῆος θεοειδέα κυδαίνοντες

my part I shall never forget to mourn for him; but *you* should not distress your heart with grief. Come now: protect the hard-pressed Myrmidons and horse-taming Achaeans inspired by rage against the foe as revenge for your good father. Glorious renown will be yours if you vanquish Eurypylus, that insatiable warrior. You are superior to him and shall be, just as your father was mightier than his wretched parent."

To these words the son of fair-haired Achilles replied:

"As for my prowess, old man, almighty Fate and irresistible Ares will be the judges of that as I fight the foe."

So he spoke, eager to charge at the enemy there and then wearing his father's armor. But he was prevented by the fall of Night, who came rapidly from the Ocean clad in darkness, bringing a rest from labor to mankind.

By the ships the joyful Argives celebrated him just as much as mighty Achilles: his eagerness to fight had given them confidence. And so they honored him with special presents, giving him countless gifts which would have made any man wealthy. Some bestowed gold and silver, others slave-women, others bronze in abundance or iron or jars of red wine, swift-footed horses, armor captured in war, or beautiful cloth of high quality woven by women; and Neoptolemus' dear heart took pleasure in these things.

Each of them then set about preparing a meal at his hut in celebration of the godlike son of Achilles, whom

ἶσον ἐπουρανίοισιν ἀτειρέσι· τῷ δ' Ἀγαμέμνων
πόλλ' ἐπικαγχαλόων τοῖον ποτὶ μῦθον ἔειπεν·
     "Ἀτρεκέως πάϊς ἐσσὶ θρασύφρονος Αἰακίδαο,
690 ὦ τέκος, οὕνεκά οἱ κρατερὸν μένος ἠδὲ καὶ εἶδος
καὶ μέγεθος καὶ θάρσος ἰδὲ φρένας ἔνδον ἔοικας.
τῶ σοὶ ἐγὼ μέγα θυμὸν ἰαίνομαι· ἦ γὰρ ἔολπα
σῇσιν ὑπαὶ παλάμῃσι καὶ ἔγχεϊ δήια φῦλα
καὶ Πριάμοιο πόληα περικλειτὴν ἐναρίξαι,
695 οὕνεκα πατρὶ ἔοικας. ἐγὼ δ' ἄρα κεῖνον ὀΐω
εἰσοράαν παρὰ νηυσίν, ὅτε Τρώεσσιν ὁμόκλα
χωόμενος Πατρόκλοιο δεδουπότος· ἀλλ' ὁ μὲν ἤδη
ἐστὶ σὺν ἀθανάτοισι· σὲ δ' ἐκ μακάρων προέηκε
σήμερον Ἀργείοισιν ἀπολλυμένοις ἐπαμῦναι."
700   Ὣς φάμενον προσέειπεν Ἀχιλλέος ὄβριμος υἱός·
     "Εἴθέ μιν, ὦ Ἀγάμεμνον, ἔτι ζώοντα κίχανον,
ὄφρα καὶ αὐτὸς ἄθρησεν ἑὸν θυμήρεα παῖδα
οὔ τι καταισχύνοντα βίην πατρός, ὥς περ ὀΐω
ἔσσεσθ', ἤν με σόωσιν ἀκηδέες Οὐρανίωνες."
705   Ὣς ἄρ' ἔφη πινυτῇσιν ἀρηρέμενος φρεσὶ θυμόν·
λαοὶ δ' ἀμφιέποντες ἐθάμβεον ἀνέρα δῖον.
     Ἀλλ' ὅτε δὴ δόρποιο καὶ εἰλαπίνης κορέσαντο,
δὴ τότ' ἄρ' Αἰακίδαο θρασύφρονος ὄβριμος υἱός
ἀνστὰς ἐκ δόρποιο ποτὶ κλισίας ἀφίκανε
710 πατρὸς ἑοῦ. τὰ δὲ πολλὰ δαϊκταμένων ἡρώων
ἔντεά οἱ παρέκεινθ'· αἱ δ' ἀμφὶ μιν ἄλλοθεν ἄλλαι
χῆραι ληιάδες κλισίην ἐπιπορσύνεσκον,

701 μιν Rhodomann: om. M

400

they honored as much as the unwearied inhabitants of heaven; and Agamemnon, in high spirits, addressed him with these words:

"There is no doubt that you are the son of valiant Aeacides, my boy: you are just like him in strength, form, stature, valor and good sense. The sight of you warms my heart: you are so like your father that I can expect your hands and your spear will bring ruin to the enemy hordes and to Priam's famous city. When I see you I imagine that I am seeing him at the time when rage at Patroclus' death in battle led him to challenge the Trojans.[18] Now he lives with the immortals; but he has sent you from that blessed place this day to bring help to the Argives just as they are threatened with destruction."

To these words Achilles' mighty son replied:

"Agamemnon, I wish I had found him still alive! Then with his own eyes he could have witnessed his beloved son living up to his father in prowess; or so I hope it will be, if only the carefree gods, descendants of Uranus, let me live!"

Such were the words prompted by his wise mind; and the people in close attendance were astonished at this godlike man.

When they had had their fill of eating and drinking, the mighty son of valiant Aeacides rose from the meal and came to the huts of his father. Beside them lay the armor of the many heroes he had killed, and all about widowed captive women were busy at their tasks at the hut, just as if their master were still alive. The sight of the

18 *Il.* 18.165–229.

ὡς ζώοντος ἄνακτος. ὃ δ' ὡς ἴδεν ἔντεα Τρώων
καὶ δμωάς, στονάχησεν· ἔρος δέ μιν εἷλε τοκῆος.
715 ὡς δ' ὅτ' ἀνὰ δρυμὰ πυκνὰ καὶ ἄγκεα ῥωπήεντα
σμερδαλέοιο λέοντος ὑπ' ἀγρευτῆσι δαμέντος
σκύμνος ἐς ἄντρον ἵκηται εὔσκιον, ἀμφὶ δὲ πάντῃ
ταρφέα παπταίνει κενεὸν σπέος, ἀθρόα δ' αὐτοῦ
ὀστέα δερκόμενος κταμένων πάρος οὐκ ὀλίγων περ
720 ἵππων ἠδὲ βοῶν μεγάλ' ἄχνυται ἀμφὶ τοκῆος·
ὡς ἄρα θαρσαλέοιο πάις τότε Πηλείδαο
θυμὸν ἐπαχνώθη. δμωαὶ δέ μιν ἀμφαγάσαντο·
καὶ δ' αὐτὴ Βρισηίς, ὅτ' ἔδρακεν υἷ' Ἀχιλῆος,
ἄλλοτε μὲν θυμῷ μέγ' ἐγήθεεν, ἄλλοτε δ' αὖτε
725 ἄχνυτ' Ἀχιλλῆος μεμνημένη· ἐν δέ οἱ ἦτορ
ἀμφασίῃ βεβόλητο κατὰ φρένας, ὡς ἐτεόν περ
αὐτοῦ ἔτι ζώοντος ἀταρβέος Αἰακίδαο.
    Τρῶες δ' αὖτ' ἀπάνευθε γεγηθότες ὄβριμον
        ἄνδρα
Εὐρύπυλον κύδαινον ἐνὶ κλισίῃσι καὶ αὐτοί,
730 ὁππόσον Ἕκτορα δῖον, ὅτ' Ἀργείους ἐδάιζε
ῥυόμενος πτολίεθρον ἑὸν καὶ κτῆσιν ἅπασαν.
ἀλλ' ὅτε δὴ μερόπεσσιν ἐπὶ γλυκὺς ἤλυθεν ὕπνος,
δὴ τότε Τρώιοι υἷες ἰδ' Ἀργεῖοι μενεχάρμαι
νόσφι φυλακτήρων εὗδον βεβαρηότες ὕπνῳ.

718 κενεὸν Rhodomann: κεῖνο M   αὐτοῦ Köchly: αὖτε M

Trojan armor and the slaves made him miss his father so much that he groaned aloud. Just as when in the brushwood of a gorge covered in undergrowth the cub of a savage lion killed by hunters enters its shady den and sees, as it casts its eyes all around that empty cave, the bones of no small number of earlier kills, both horses and cattle, which makes it feel great grief for the loss of its parent: just so the heart of valiant Pelides' son felt cold and chill. The slave girls standing round him were filled with admiration. As for Briseïs, the sight of Achilles' son made her feel now great joy, now sorrow, by reminding her of Achilles; and she grew speechless with amazement, almost convinced that fearless Aeacides was there still alive.

The Trojans by their distant huts were likewise joyfully celebrating a mighty warrior, Eurypylus, with no less honor than they paid divine Hector when he slaughtered the Argives while defending their city and all their property. But at last sweet sleep came upon mortal men and, apart from the guards, the sons of the Trojans and the Argives steadfast in battle fell into a heavy sleep.

BOOK VIII

*Eurypylus and Neoptolemus lead out their forces, and
each is successful in the battle. Eventually they meet, ex-
change proud words, and fight. Eurypylus is slain. Neo-
ptolemus runs riot. Ares rallies the Trojans but is warned
by Zeus not to fight Neoptolemus. Apollo encourages the
Trojans, and fierce fighting ensues. Just as the Greeks seem
about to break into the city, Ganymede begs Zeus not to
let him see Troy's destruction. Zeus hides the city in cloud,
and Nestor warns the Greeks not to incur divine anger.
They stop fighting, bury their dead, and honor the exploits
of Neoptolemus. Both sides keep watch through the night.*

The killing of Eurypylus was narrated in the Little Iliad
and is mentioned in the Odyssey *(11.519–21). The second
half of the book is inspired by the interventions of Ares and
Athena in Book 5 of the* Iliad.

ΛΟΓΟΣ Θ

Ἦμος δ᾽ ἠελίοιο φάος περικίδναται αἶαν
ἐκ περάτων ἀνιόντος, ὅθι σπέος Ἠριγενείης,
δὴ τότε που Τρῶες καὶ Ἀχαιῶν ὄβριμοι υἷες
θωρήσσονθ᾽ ἑκάτερθεν ἐπειγόμενοι ποτὶ δῆριν.
5 τοὺς μὲν γὰρ πάις ἐσθλὸς Ἀχιλλέος ὀτρύνεσκεν
ἀντιάαν Τρώεσσιν ἀταρβέα θυμὸν ἔχοντας,
τοὺς δ᾽ ἄρα Τηλεφίδαο μέγα σθένος· ἦ γὰρ ἐώλπει
τεῖχος μὲν χαμάδις βαλέειν νῆάς τ᾽ ἀμαθύνειν
ἐν πυρὶ λευγαλέῳ, λαοὺς δ᾽ ὑπὸ χερσὶ δαΐξαι·
10 ἀλλά οἱ ἐλπωρὴ μὲν ἔην ἐναλίγκιος αὔρῃ
μαψιδίῃ· Κῆρες δὲ μάλα σχεδὸν ἑστηυῖαι
πολλὸν καγχαλάασκον ἐτώσια μητιόωντι.

Καὶ τότε Μυρμιδόνεσσιν Ἀχιλλέος ἄτρομος υἱὸς
θαρσαλέον φάτο μῦθον ἐποτρύνων πονέεσθαι·
15 "Κέκλυτέ μευ, θεράποντες, ἀρήιον ἐν φρεσὶ θυμὸν
θέντες, ἵν᾽ Ἀργείοισιν ἄκος πολέμου ἀλεγεινοῦ,
δυσμενέεσσι δὲ πῆμα γενώμεθα· μηδέ τις ἡμέων
ταρβείτω· κρατερὴ γὰρ ἄδην ἐκ θάρσεος ἀλκὴ
γίνεται ἀνθρώποισι, δέος δὲ βίην ἀμαθύνει
20 καὶ νόον. ἀλλ᾽ ἄγε πάντες ἐς Ἄρεα καρτύνασθε,
ὄφρα μὴ ἀμπνεύσῃ Τρώων στρατός, ἀλλ᾽ Ἀχιλῆα
φαίη ἔτι ζώοντα μετέμμεναι Ἀργείοισιν."

Ὣς εἰπὼν ὤμοισι πατρώια δύσετο τεύχη

BOOK VIII

At the time when the sunlight arises from Erigeneia's cave at the world's edge and spreads across the earth, the Trojans and the mighty sons of the Achaeans armed themselves in their camps eager for the fray; the noble son of Achilles urged on the Achaeans to face the Trojans with fearless courage, and the son of Telephus, great and powerful, spoke in the same way: he hoped to demolish the wall, burn the ships with destructive fire, and slaughter the troops. But that hope of his was as empty as the breezes: the spirits of doom were standing close by and mocking his vain plans.

Then the fearless son of Achilles encouraged the Myrmidons to further efforts with these valiant words:

"Listen to me, men: prepare your minds for battle, so that we can bring relief from this grim war to the Argives and be a source of woe to the enemy. Let none of us feel any fear: men gain strength and power when they are confident, while fear reduces force and resolution to nothing. Come, then, and nerve yourselves for the work of Ares, so that the Trojan army, with no respite, may think that Achilles is still alive and among the Argives!"

With these words he donned his father's armor, which

---

4 ποτὶ Spitzner: περὶ M
5 γὰρ Rhodomann: om. M

πάντοθε μαρμαίροντα· Θέτις δ' ἠγάλλετο θυμῷ
25 ἐξ ἁλὸς εἰσορόωσα μέγα σθένος υἱωνοῖο.
καί ῥα θοῶς οἴμησε πρὸ τείχεος αἰπεινοῖο
ἐμβεβαὼς ἵπποισιν ἑοῦ πατρὸς ἀθανάτοισιν.
οἷος δ' ἐκ περάτων ἀναφαίνεται Ὠκεανοῖο
Ἥλιος θηητὸν ἐπὶ χθόνα πῦρ ἀμαρύσσων,
30 ὁππότε οἱ πώλοισι καὶ ἅρμασι συμφέρετ' ἀστὴρ
Σείριος ὅς τε βροτοῖσι φέρει πολυκηδέα νοῦσον·
τοῖος ἐπὶ Τρώων στρατὸν ἤιεν ὄβριμος ἥρως,
υἱὸς Ἀχιλλῆος. φόρεον δέ μιν ἄμβροτοι ἵπποι
τούς οἱ ἐελδομένῳ νηῶν ἄπο λαὸν ἐλάσσαι
35 ὤπασεν Αὐτομέδων· ὃς γάρ σφεας ἡνιόχευεν.
ἵπποι δ' αὖτ' ἐχάρησαν ἑὸν φορέοντες ἄνακτα
εἴκελον Αἰακίδῃ· τῶν δ' ἄφθιτον ἦτορ ἐώλπει
ἔμμεναι ἀνέρα κεῖνον Ἀχιλλέος οὔ τι χερείω.
ὣς δὲ καὶ Ἀργεῖοι μέγα καγχαλόωντες ἄγερθεν
40 ἀμφὶ Νεοπτολέμοιο βίην ἄμοτον μεμαῶτες,
λευγαλέοις σφήκεσσιν ἐοικότες, οὕς τε κλονήσῃ

* * *

χηραμοῦ ἐκποτέονται ἐελδόμενοι χρόα θεῖναι
ἀνδρόμεον, πάντες δὲ περὶ † σθένος † ὁρμαίνοντες
τεύχουσιν μέγα πῆμα παρεσσυμένοισι βροτοῖσιν·
45 ὣς οἵ γ' ἐκ νηῶν καὶ τείχεος ἐξεχέοντο
μαιμώωντες Ἄρηι. πολὺς δ' ἐστείνετο χῶρος·
πᾶν πεδίον δ' ἀπάνευθεν ἐλάμπετο τεύχεσι φωτῶν,
ἠελίου καθύπερθεν ὑπ' ἠέρι μαρμαίροντος.
οἷον δὲ νέφος εἶσι δι' ἠέρος ἀπλήτοιο
50 πνοιῇσιν μεγάλῃσιν ἐλαυνόμενον Βορέαο,

gleamed all around; and Thetis, watching from the sea, felt great pleasure at the sight of her grandson's prowess. He rushed swiftly before the lofty wall, mounted behind his father's immortal horses. Just as the Sun rises from the bounds of Ocean shining his fiery beams of light over the earth while Sirius, the star which brings wretched sickness to mankind, keeps pace with his steeds and his chariot: just so did that mighty hero, the son of Achilles, advance upon the Trojan army. The immortal horses bore him along, eager to drive the enemy away from the ships; they had been brought to him by Automedon, who was their driver. The horses in turn were glad to be carrying a master so like Aeacides: they felt in their immortal hearts that he was no less a man than Achilles. The Argives, too, were exultant as they swarmed eagerly around the mighty Neoptolemus like dangerous wasps which < . . . . . > stirs up < . . . . . >;[1] they fly out of their hole eager to sting the man's flesh, and in their massed attack they are very dangerous for those hurrying by: just so they poured out from beside the ships and the wall, inspired with the power of Ares. Crowds of them filled a great area, and from far away the plain could be seen glittering with those warriors' arms as the sun shone down brightly on them from the air above. Just as a cloud passes through the air's vast expanse driven along by the powerful blasts of Boreas in the bitter season

---

[1] Line missing.

---

30 ὁππότε Platt. πῦρ ὅτε M
post 41 lac. stat. Pierson

QUINTUS SMYRNAEUS

ἦμος δὴ νιφετός τε πέλει καὶ χείματος ὥρη
ἀργαλέη, πάντη δὲ περιστέφει οὐρανὸν ὄρφνη·
ὡς τῶν πλήθετο γαῖα συνερχομένων ἑκάτερθε
νηῶν βαιὸν ἄπωθε· κόνις δ' εἰς οὐρανὸν εὐρὺν
55   πέπτατ' ἀειρομένη. κανάχιζε δὲ τεύχεα φωτῶν,
σὺν δὲ καὶ ἅρματα πολλά· διεσσύμενοι δ' ἐπὶ μῶλον
ἵπποι ὑπεχρεμέτιζον. ἑὴ δ' ἐκέλευεν ἕκαστον
ἀλκὴ ἀνιηρὴν ἐς φύλοπιν ὀτρύνουσα.

        Ὡς δ' ὅτε κύματα μακρὰ δύω κλονέουσιν ἀῆται
60   σμερδαλέον βρομέοντες ἀνὰ πλατὺ χεῦμα
                θαλάσσης
ἔκποθεν ἀλλήλοισι περιρρηγνύντες ἀέλλας,
ὁππότε χεῖμ' ἀλεγεινὸν ἀν' εὐρέα βένθεα πόντου
μαίνετ', ἀμαιμακέτη δὲ περιστένει Ἀμφιτρίτη
κύμασι λευγαλέοισι, τὰ δ' ἄλλοθεν ἄλλα φέρονται
65   οὔρεσιν ἠλιβάτοισιν ἐοικότα, τῶν δ' ἀλεγεινὴ
ὀρνυμένων ἑκάτερθε πέλει κατὰ πόντον ἰωή·
ὡς οἵ γ' ἀμφοτέρωθεν ἐς Ἄρεα συμφορέοντο
σμερδαλέον μεμαῶτες· Ἔρις δ' ὀρόθυνε καὶ αὐτή.
σὺν δ' ἔβαλον βροντῇσιν ἐοικότες ἢ στεροπῇσιν
70   αἵ τε μέγα κτυπέουσι δι' ἠέρος, ὁππότ' ἀῆται
λάβροι ἐριδμαίνωσι, καὶ ὁππότε λάβρον ἀέντες
σὺν νέφεα ῥήξωσι Διὸς μέγα χωομένοιο
ἀνδράσιν οἵ τ' ἐρίτιμον ὑπὲρ Θέμιν ἔργα κάμωνται·
ὡς οἵ γ' ἀλλήλοισιν ἐπέχραον· ἔγχεϊ δ' ἔγχος
75   συμφέρετ', ἀσπίδι δ' ἀσπίς, ἐπ' ἀνέρα δ' ἤιεν ἀνήρ.
        Πρῶτος δ' ὄβριμος υἱὸς ἐυπτολέμου Ἀχιλῆος
δάμνατ' ἐὺν Μελανῆα καὶ ἀγλαὸν Ἀλκιδάμαντα,

of winter blizzards, and the whole sky is wreathed in darkness: just so the armies from both sides filled the plain as they massed together not far from the ships, and rising dust spread across the expanse of heaven. The warriors' armor and the many chariots clattered as the whinnying horses galloped into the fray. Each man felt his valor urging him into that bitter conflict.

Just as when two winds stir up and make high the waves with a frightful booming sound across the sea's broad streams, coming out of nowhere and colliding against each other's blast as a dreadful storm is set raging across the broad depths of the sea and Amphitrite, stirred to violence, groans aloud with the baneful waves borne along in all directions, tall as lofty mountains, and a dreadful shrieking is heard over the sea as they rise up on each side: just so were the troops on either side borne along to the work of Ares with frightful rage, spurred on by Strife herself. They clashed with a noise like thunder and lightning up in the air when violent winds conflict with each other and their violent blasts make the clouds collide as a result of Zeus' anger at men who deliberately strive against Right and Justice: just so did they collide, spear pitted against spear, shield against shield, and man going against man.

First of all the mighty son of the great warrior Achilles overcame noble Melaneus and glorious Alcidamas,

___

67 ἐς Vian: ἐπ᾽ M

υἷας Ἀλεξινόμοιο δαΐφρονος ὅς τ' ἐνὶ κοίλῃ
Καύνῳ ναιετάεσκε διειδέος ἀγχόθι λίμνης
80 Ἴμβρῳ ὑπὸ νιφόεντι παραὶ ποσὶ Ταρβήλοιο.
κτεῖνε δὲ Κασσάνδροιο θοὸν ποσὶ παῖδα Μύνητα
ὃν τέκε δῖα Κρέουσα παρὰ προχοῆς ποταμοῖο
Λίνδου εὐρρείταο, μενεπτολέμων ὅθι Καρῶν
πείρατα καὶ Λυκίης ἐρικυδέος ἄκρα πέλονται.
85 εἷλε δ' ἄρ' αἰχμητῆρα Μόρυν Φρυγίηθε μολόντα·
τῷ δ' ἄρ' ὁμῶς Πόλυβόν τε καὶ Ἱππομέδοντα
    κατέκτα,
τὸν μὲν ὑπὸ κραδίην, τὸν δ' ἐς κληῖδα τυχήσας.
δάμνατο δ' ἄλλοθεν ἄλλον· ἐπέστενε δ' αἶα νέκυσσι
Τρώων. οἱ δ' ὑπόεικον ἐοικότες αὐαλέοισι
90 θάμνοις οὕς τ' ὀλοοῖο πυρὸς καταδάμνατ' αὐτμὴ
ῥηιδίως, ἐπιόντος ὀπωρινοῦ Βορέαο·
ὣς τοῦ ἐπεσσυμένοιο κατηρείποντο φάλαγγες.
Αἰνείας δ' ἐδάμασσεν Ἀριστόλοχον μενεχάρμην
πλήξας χερμαδίῳ κατὰ κράτος· ἐν δ' ἄρ' ἔθλασσεν
95 ὀστέα σὺν πήληκι· λίπεν δ' ἄφαρ ὀστέα θυμός.
Τυδείδης δ' Εὔμαιον ἕλεν θοὸν ὅς ποτ' ἔναιε
Δάρδανον αἰπήεσσαν, ἵν' Ἀγχίσαο πέλονται
εὐναί, ὅπου Κυθέρειαν ἐν ἀγκοίνῃσι δάμασσεν.
ἂν δ' Ἀγαμέμνων κτεῖνεν Εὔστρατον, οὐδ' ὅ γε
    Θρήκην
100 ἵκετ' ἀπὸ πτολέμοιο, φίλης δ' ἑκὰς ἔφθιτο πάτρης.
Μηριόνης δ' ἐδάμασσε Χλέμον Πεισήνορος υἷα,
ἀντιθέου Γλαύκοιο φίλον καὶ πιστὸν ἑταῖρον,
ὅς ῥά τε ναιετάεσκε παρὰ προχοῆς Λιμύροιο

sons of warlike Alexinomus who dwelt in hollow Caunus
and near its clear lake beneath snowy Imbros and at the
foot of Tarbelus. Next he killed Mynes, the swift-footed
son of Cassander, whom divine Creusa bore by the streams
of the fair-flowing river Lindus, the boundary between the
Carians, resolute in battle, and the high land of renowned
Lycia; and he slew Morys the spearman, who had come
from Phrygia, together with Polybus and Hippomedon,
one hit below the heart and the other in the collarbone.
He destroyed men on all sides, and the earth groaned
beneath Trojan corpses. They fell back like dry bushes
easily destroyed by the blast of devastating fire when
Boreas comes on in autumn: just so did their ranks fall
before his assaults. Aeneas slew Aristolochus, stalwart in
battle, with a blow to the head from a large rock: he stove
in helmet and skull together, and at once the life left his
bones. Tydides slew swift Eumaeus, who once dwelt in
lofty Dardanus, where is to be found the bed where
Anchises held Cythereia in his arms.[2] Agamemnon killed
Eustratus: he never returned to Thrace from the war, but
perished far from his dear fatherland. Meriones slew
Chlemus son of Pisenor; he was a friend and a trusted
companion of godlike Glaucus; he dwelt by the streams of
Limyrus, and was honored as a king by those who lived in

[2] Cf. *Il.* 2.819–21. The story is told at length in the *Homeric
Hymn to Aphrodite*.

---

80 Ἴμβρῳ Rhodomann: ὄμβ- M
87 δ' ἐς Köchly: δὲ M   90 τ' Vian: om. M
102 καὶ Rhodomann: om. M
103 Λιμυροῖο (sic) Rhodomann: ἀμύροιο M

καί ῥά μιν ὡς βασιλῆα περικτίονες τίον ἄνδρες,
105 Γλαύκου ἀποκταμένοιο καὶ οὐκέτι κοιρανέοντος,
πάντες ὅσοι Φοίνικος ἔδος περὶ πάγχυ νέμοντο
αἰπύ τε Μασσικύτοιο ῥίον βωμόν τε Χιμαίρης.
    Ἄλλος δ' ἄλλον ἔπεφνε κατὰ μόθον· ἐν δ' ἄρα
        τοῖσιν
Εὐρύπυλος πολέεσσι κακὰς ἐπὶ Κῆρας ἴαλλε
110 δυσμενέσιν. πρῶτον δὲ μενεπτόλεμον κατέπεφνεν
Εὔρυτον, αὐτὰρ ἔπειτα Μενοίτιον αἰολομίτρην,
ἀντιθέους ἑτάρους Ἐλεφήνορος· ἀμφὶ δ' ἄρά σφιν
Ἄρπαλον ὅς ῥ' Ὀδυσῆος ἐύφρονος ἔσκεν ἑταῖρος.
ἀλλ' ὃ μὲν οὖν ἀπάτερθεν ἔχεν πόνον οὐδ' ἐπαμύνειν
115 ἔσθενεν ᾧ θεράποντι δεδουπότι· τοῦ δ' ἄρ' ἑταῖρος
Ἄντιφος ὀβριμόθυμος ἀποκταμένοιο χολώθη
καὶ βάλεν Εὐρυπύλοιο καταντίον· ἀλλά μιν οὔ τι
οὔτασεν, οὕνεκά οἱ κρατερὸν δόρυ τυτθὸν ἄπωθεν
ἔμπεσε Μειλανίωνι δαΐφρονι τόν ποτε μήτηρ
120 γείνατο πὰρ προχοῇσιν ἐυρρείταο Καΐκου,
Κλείτη καλλιπάρηος ὑποδμηθεῖσ' Ἐρυλάῳ.
Εὐρύπυλος δ' ἑτάροιο χολωσάμενος κταμένοιο
Ἀντίφῳ αἶψ' ἐπόρουσεν· ὃ δ' ἔκφυγε ποσσὶ θοοῖσιν
ἐς πληθὺν ἑτάρων· κρατερὸν δέ μιν οὔ τι δάμασσεν
125 ἔγχος Τηλεφίδαο δαΐφρονος, οὕνεκ' ἔμελλεν
ἀργαλέως ὀλέεσθαι ὑπ' ἀνδροφόνοιο Κύκλωπος
ὕστερον· ὡς γάρ που στυγερῇ ἐπιήνδανε Μοίρῃ.
Εὐρύπυλος δ' ἑτέρωθεν ἐπώχετο· τοῦ δ' ὑπὸ δουρὶ
αἰὲν ἐπεσσυμένοιο κατήριπε πουλὺς ὅμιλος.
130 ἠύτε δένδρεα μακρὰ βίῃ δμηθέντα σιδήρου

414

that region, now that Glaucus had been killed and ruled no longer—all the people who inhabited the abode of Phoenix, the lofty peak of Massicytus, and Chimaera's altar.

As they slaughtered one another in the fray, Eurypylus brought baneful doom on many of the enemy. First he slaughtered Eurytus, stalwart in battle, and then Menoetius with his gleaming belt, godlike companions of Elephenor; and near them he killed Harpalus, a companion of wise Odysseus. Odysseus himself was hard at work some distance away, and he was not able to defend his fallen comrade; but his companion stouthearted Antiphus, furious at his death, cast his spear straight at Eurypylus; but the mighty spear just missed him and came down on Milanion whom his mother, fair-cheeked Cleite, bore by the streams of fair flowing Caïcus after being violated by Erylaüs. Furious at his comrade's death, Eurypylus immediately sprang toward Antiphus, who took to his heels and fled for cover among his comrades; he was not laid low by the warlike Telephides' mighty spear, because he was destined to die a grisly death at a later time at the hands of the Cyclops, murderer of men:[3] such was the pleasure of hateful Fate. Eurypylus advanced in another direction; and wherever he charged, victims fell in abundance. Just as tall trees felled by the ax's force up in the forested

---

[3] *Od.* 2.17–20.

---

113 εὔφρονος Rhodomann: δαΐφρονος M

οὔρεσιν ἐν λασίοισιν ἀναπλήσωσι φάραγγας
κεκλιμέν' ἄλλοθεν ἄλλα κατὰ χθονός· ὡς ἄρ' Ἀχαιοὶ
δάμναντ' Εὐρυπύλοιο δαΐφρονος ἐγχείῃσι,
μέσφ' ὅτε οἱ κίεν ἄντα μέγα φρονέων ἐνὶ θυμῷ
135   υἱὸς Ἀχιλλῆος· τὼ δ' ἄμφω δούρατα μακρὰ
ἐν παλάμῃσι τίνασσον ἐπὶ σφίσι μαιμώοντες.
     Εὐρύπυλος δέ ἑ πρῶτος ἀνειρόμενος προσέειπε·
    "Τίς πόθεν εἰλήλουθας ἐναντίον ἄμμι μάχεσθαι;
ἦ σε πρὸς Ἄιδα Κῆρες ἀμείλικτοι φορέουσιν·
140   οὐ γάρ τίς μ' ὑπάλυξεν ἐν ἀργαλέῃ ὑσμίνῃ,
ἀλλά μοι ὅσσοι ἔναντα λιλαιόμενοι μαχέσασθαι
δεῦρο κίον, πάντεσσι φόνον στονόεντ' ἐφέηκα
ἀργαλέως, πάντων δὲ παρὰ Ξάνθοιο ῥέεθρα
ὀστέα τε σάρκας τε κύνες διὰ πάντ' ἐδάσαντο.
145   ἀλλά μοι εἰπέ, τίς ἐσσι, τίνος δ' ἐπαγάλλεαι ἵπποις;"
     Ὣς φάμενον προσέειπεν Ἀχιλλέος ὄβριμος υἱός·
    "Τίπτε μ' ἐπισπεύδοντα ποτὶ κλόνον αἱματόεντα
ἐχθρὸς ἐὼν ὡς εἴ τε φίλα φρονέων ἐρεείνεις
εἰπέμεναι γενεήν, ἥν περ μάλα πολλοὶ ἴσασιν;
150   υἱὸς Ἀχιλλῆος κρατερόφρονος, ὅς τε τοκῆα
σεῖο πάροιθ' ἐφόβησε βαλὼν περιμήκεϊ δουρί·
καὶ νύ κέ μιν θανάτοιο κακαὶ περὶ Κῆρες ἔμαρψαν,
εἰ μή οἱ στονόεντα θοῶς ἰήσατ' ὄλεθρον.
ἵπποι δ' οἳ φορέουσιν ἐμοῦ πατρὸς ἀντιθέοιο,
155   οὓς τέκεθ' Ἅρπυια Ζεφύρῳ πάρος εὐνηθεῖσα,
οἵ τε καὶ ἀτρύγετον πέλαγος διὰ ποσσὶ θέουσιν
ἀκρονύχως ψαύοντες, ἴσον δ' ἀνέμοισι φέρονται.

mountains fill the glens as they lie on the ground in disordered confusion: just so were the Achaeans felled by the spears of warlike Eurypylus, until eventually the haughty son of Achilles faced him. Then each man brandished his spear at the other, full of rage.

Eurypylus, first to speak, addressed him and asked:

"Who are you? Where have you come from to face me in combat? It seems the merciless spirits of doom are taking you off to Hades; for no one has escaped me in the baneful battle: I have unleashed grievous bane and slaughter upon all who came here eager to face me, and every bone and all the flesh of every one of them has been torn to pieces by dogs alongside the streams of Xanthus. Come, tell me who you are and whose are these horses in which you take so much pride."

To these words Achilles' mighty son replied:

"You are an enemy, and I am eager for bloody battle: why are you acting like a friend and asking me my lineage, which is known to so many? I am the son of stouthearted Achilles, who once put your father to flight with a blow from his long spear; and the malign spirits of doom would have snatched him off to death if my father had not swiftly healed his mortal wound. The horses that carry me are my godlike father's, offspring of Harpyia and sired by Zephyrus: they can gallop over the barren sea barely touching it with their hooves, borne along quick as the

---

137 ἑ Bonitz: om. M

157 ἀκρονύχως Zimmermann: ἄκρ᾽ ὀνύχων M

νῦν δ᾽ ἐπεὶ οὖν γενεὴν ἐδάης ἵππων τε καὶ αὐτοῦ,
καὶ δόρατος πείρησαι ἀτειρέος ἡμετέροιο
160 γνώμεναι ἀντιβίην· γενεὴ δέ οἱ ἐν κορυφῇσι
Πηλίου αἰπεινοῖο, τομὴν ὅθι λεῖπε καὶ εὐνήν."
    Ἦ ῥα καὶ ἐξ ἵππων χαμάδις θόρε κύδιμος ἀνὴρ
πάλλων ἐγχείην περιμήκετον. ὃς δ᾽ ἑτέρωθε
χερσὶν ὑπὸ κρατερῇσιν ἀπειρεσίην λάβε πέτρην
165 καί ῥα Νεοπτολέμοιο κατ᾽ ἀσπίδος ἧκε φέρεσθαι
χρυσείης· τὸν δ᾽ οὔ τι προσεσσύμενον στυφέλιξεν·
ἀλλ᾽ ἅτε πρὼν εἱστήκει ἀπείριτος οὔρεϊ μακρῷ,
τόν ῥα διιπετέων ποταμῶν μένος οὐδ᾽ ἅμα πάντων
ἂψ ὦσαι δύναται, ὃ γὰρ ἔμπεδον ἐρρίζωται·
170 ὣς μένεν ἄτρομος αἰὲν Ἀχιλλέος ὄβριμος υἱός.
ἀλλ᾽ οὐδ᾽ ὣς τάρβησε θρασὺ σθένος Εὐρυπύλοιο
ἄσχετον υἷ᾽ Ἀχιλῆος, ἐπεί ῥά μιν ὀτρύνεσκε
θάρσος ἑὸν καὶ Κῆρες. ὑπὸ κραδίῃσι δὲ θυμὸς
ἔζεεν ἀμφοτέροισι· περὶ σφίσι δ᾽ αἰόλα τεύχη
175 ἔβραχεν. οἳ δ᾽ ἅτε θῆρες ἐπήεσαν ἀλλήλοισι
σμερδαλέοι, τοῖσίν τε κατ᾽ οὔρεα δῆρις ἀέξει,
ὁππότε λευγαλέῃ λιμῷ βεβολημένοι ἦτορ
ἢ βοὸς ἢ ἐλάφοιο περὶ κταμένου πονέωνται
ἄμφω παιφάσσοντες, ἐπικτυπέουσι δὲ βῆσσαι
180 μαρναμένων· ὣς οἵ γε συνήεσαν ἀλλήλοισι
δῆριν συμφορέοντες ἀμείλιχον. ἀμφὶ δὲ μακραὶ
λαῶν ἀμφοτέρωθεν ἄδην πονέοντο φάλαγγες
ἐς μόθον, ἀργαλέη δὲ περὶ σφίσι δῆρις ὀρώρει.
οἳ δ᾽ ἀνέμων ῥιπῇσιν ἐοικότες αἰψηρῇσι
185 σύν ῥ᾽ ἔβαλον μελίῃσι μεμαότες αἷμα κεδάσσαι

wind. But now that you know my own lineage and that of
my horses, it is time you became acquainted with my tire-
less spear face to face; its lineage goes back to lofty Pelion's
peaks, where it left behind its embedded stump."[4]

With these words the glorious hero leaped to the
ground from his chariot, brandishing his huge spear. His
opponent seized an immense rock in his mighty hands and
hurled it at Neoptolemus' golden shield, but its impetus
did not shake him: he stood firm like an immense boulder
high on a mountain which not even the force of all the
swollen torrents together can shift from its position, so
firmly is it fixed: just so did Achilles' mighty son keep hold-
ing his ground without fear. Even so, Eurypylus' valiant
strength did not shrink before the irresistible son of Achil-
les: his valor and the spirits of doom urged him on. Each
man's heart seethed with rage, and their gleaming armor
clanked as they moved. They attacked each other savagely
like a pair of wild animals fighting up in the mountains
when the pangs of ravening hunger prompt them to strug-
gle with repeated attacks on each other as they contend
over the body of some cow or deer, and the glens echo the
noise of them fighting: just so they closed with each other
in merciless conflict. The long ranks of troops on either
side of them set to work in the battle, and a cruel conflict
arose around them. They charged with the force of hur-

---

4 Cf. *Il.* 16.140–44.

---

172 αὖ χειον Van Herwerden. ἀσπ- M
173 δὲ Rhodomann: τε M

ἀλλήλων. τοὺς δ᾽ αἰὲν ἐποτρύνεσκεν Ἐννὼ
ἐγγύθεν ἱσταμένη· τοὶ δ᾽ οὐκ ἀπέληγον ὁμοκλῆς,
ἀλλά σφεας ἐδάιζον ἐς ἀσπίδας, ἄλλοτε δ᾽ αὖτε
οὔταζον κνημῖδας ἰδ᾽ ὑψιλόφους τρυφαλείας·
190 καί τις καὶ χροὸς ἧψατ᾽, ἐπεὶ πόνος αἰνὸς ἔπειγε
θαρσαλέους ἥρωας. Ἔρις δ᾽ ἐπετέρπετο θυμῷ
κείνους εἰσορόωσα. πολὺς δ᾽ ἐξέρρεεν ἱδρὼς
ἀμφοτέρων· οἳ δ᾽ αἰὲν ἐκαρτύνοντο μένοντες·
ἄμφω γὰρ μακάρων ἔσαν αἵματος. οἳ δ᾽ ἀπ᾽
    Ὀλύμπου

* * *

195 οἳ μὲν γὰρ κύδαινον Ἀχιλλέος ὄβριμον υἷα,
οἳ δ᾽ αὖτ᾽ Εὐρύπυλον θεοειδέα. τοὶ δ᾽ ἑκάτερθε
μάρναντ᾽ ἀκμήτοισιν ἐειδόμενοι σκοπέλοισιν
ἠλιβάτων ὀρέων· μέγα δ᾽ ἔβραχον ἀμφοτέρωθε
θεινόμεναι μελίῃσι τότ᾽ ἀσπίδες. ὀψὲ δὲ μακρὴ
200 Πηλιὰς Εὐρυπύλοιο διήλυθεν ἀνθερεῶνος
πολλὰ πονησαμένη· τοῦ δ᾽ ἔκχυτο φοίνιον αἷμα
ἐσσυμένως· ψυχὴ δὲ δι᾽ ἕλκεος ἐξεποτήθη
ἐκ μελέων, ὀλοὴ δὲ κατ᾽ ὀφθαλμῶν πέσεν ὄρφνη.
ἤριπε δ᾽ ἐν τεύχεσσι κατὰ χθονός, ἠύτε βλωθρὴ
205 ἢ πίτυς ἢ ἐλάτη κρυεροῦ Βορέαο βίηφιν
ἐκ ῥιζῶν ἐριποῦσα· τόσην ἐπικάππεσε γαῖαν
Εὐρυπύλοιο δέμας, μέγα δ᾽ ἔβραχε Τρώιον οὖδας
καὶ πεδίον· χλοερὴ δὲ θοῶς κατεχεύατο νεκρῷ
ἀχροίη καὶ καλὸν ἀπημάλδυνεν ἔρευθος.
210   Τῷ δ᾽ ἐπικαγχαλόων μεγάλ᾽ εὔχετο καρτερὸς
    ἥρως·

ricanes, eager to draw blood with their spears. Strife stood by, continually urging them on. They did not cease from the fight, raining blows on each other's shields, or aiming at greaves or crested helmets; and now and again there would be a flesh wound, so violent were the efforts of those valiant heroes. Strife's heart was gladdened to see them sweating profusely yet giving no ground and never tiring, like true descendants of the blessed gods. From Olympus the ‹gods . . .›[5] some supported the mighty son of Achilles and others godlike Eurypylus. As they continued their duel they were hard as the crags of high mountains, and their shields clattered with the blows from their ash-wood spears. At last, after much effort, the great spear from Mount Pelion went right through Eurypylus' throat; blood and gore gushed out, the life in his body flew out through the wound, and a fatal darkness came over his eyes. He fell to the ground in his armor like a tall pine or fir tree uprooted and felled by the blast of chilly Boreas, so great an extent of ground did his body cover in its clattering collapse on the plain of Troy. A livid pallor quickly spread over his corpse, destroying its healthy glow

The mighty hero taunted him triumphantly:

[5] One line missing; cf. 2.492–94.

QUINTUS SMYRNAEUS

"Εὐρύπυλ', ἦ που ἔφης Δαναῶν νέας ἠδὲ καὶ
      αὐτοὺς
δηώσειν καὶ πάντας ὀιζυρῶς ἀπολέσσειν
ἡμέας· ἀλλὰ σοὶ οὔ τι θεοὶ τελέεσκον ἐέλδωρ,
ἀλλ' ὑπ' ἐμοί σ' ἐδάμασσε καὶ ἀκάματόν περ ἐόντα
215 πατρὸς ἐμοῖο μέγ' ἔγχος, ὅ περ βροτὸς οὔ τις
      ἄλυξεν
ἡμῖν ἄντα μολών, οὐδ' εἰ παγχάλκεος ἦεν."
    Ἦ ῥα καὶ ἐκ νέκυος περιμήκετον εἴρυσεν αἰχμὴν
ἐσσυμένως· Τρῶες δὲ μέγ' ἔτρεσαν εἰσορόωντες
ἀνέρα καρτερόθυμον. ὁ δ' αὐτίκα τεύχε' ἀπούρας
220 δῶκε θοοῖς ἑτάροισι φέρειν ποτὶ νῆας Ἀχαιῶν·
αὐτὸς δ' ἐς θοὸν ἅρμα θορὼν καὶ ἀτειρέας ἵππους
ἤιεν, οἷός τ' εἶσι δι' αἰθέρος ἀπλήτοιο
ἐκ Διὸς ἀκαμάτοιο σὺν ἀστεροπῇσι κεραυνός,
ὅν τε περιτρομέουσι καὶ ἀθάνατοι κατιόντα
225 νόσφι Διὸς μεγάλοιο, ὁ δ' ἐσσύμενος ποτὶ γαῖαν
δένδρεά τε ῥήγνυσι καὶ οὔρεα παιπαλόεντα·
ὣς ὁ θοῶς Τρώεσσιν ἐπέσσυτο πῆμα κορύσσων·
δάμνατο δ' ἄλλοθεν ἄλλον ὅσους κίχον ἄμβροτοι
      ἵπποι.
πλήθετο δὲ χθονὸς οὖδας, ἅδην δ' ἐρυθαίνετο λύθρῳ·
230 ὡς δ' ὅτε μυρία φύλλα κατ' οὔρεος ἐν βήσσῃσι
ταρφέα πεπτηῶτα χύδην κατὰ γαῖαν ἐρέψῃ·
ὣς Τρώων τότε λαὸς ἀάσπετος ἐν χθονὶ κεῖτο
χερσὶ Νεοπτολέμοιο καὶ Ἀργείων ἐριθύμων·
ὧν ἄπλετον μετὰ χερσὶν ὑπέρρεεν αἷμα κελαινὸν

422

"Eurypylus, I believe you said you would destroy the ships and the Danaans themselves, and inflict a miserable death on us all; but the gods have not brought your hopes to pass. Instead you have been vanquished, for all your unwearied strength, by my father's great spear, which no mortal has ever evaded in a duel with me, even if he was made of bronze!"

With these words he furiously pulled his huge spear out of the body, and the Trojans quaked at the sight of that mighty-hearted hero. He stripped off the armor at once and gave it to his comrades to convey swiftly to the Achaean ships; he himself leaped into his swift chariot with its unwearied horses, and shot away just like a thunderbolt with its lightning sent by unwearied Zeus shoots through the air's vast void, making even the immortals —great Zeus excepted—quake with fear as it descends furiously earthwards, shivering to pieces trees and rugged mountains: just so he charged with furious swiftness against the Trojans causing mayhem and slaying on all sides every man his immortal horses encountered. The battlefield was filled with corpses and reddened with gore aplenty: just as when in the mountain glens leaves without number cascade down thick and fast and cover the ground: just so those countless Trojan troops lay dead there on the earth by the hand of Neoptolemus and the dauntless Argives. Their hands were drenched in the dark blood of

---

222 ἀπλήτοιο Rhodomann: ἀτλή- M
225 ἐσσύμενος Rhodomann: -μένως M
228 ἄλλον Vian: -ος M

235 αὐτῶν ἠδ' ἵππων· μάλα δ' ἄντυγες ἀμφ' ὀχέεσσι
     κινύμεναι δεύοντο περὶ στροφάλιγξιν ἑῇσι.
       Καί νύ κε Τρώιοι υἷες ἔσω πυλέων ἀφίκοντο,
     πόρτιες εὖτε λέοντα φοβεύμεναι ἢ σύες ὄμβρον,
     εἰ μὴ Ἄρης ἀλεγεινὸς ἀρηγέμεναι μενεαίνων
240 Τρωσὶ φιλοπτολέμοισι κατήλυθεν Οὐλύμποιο
     κρύβδ' ἄλλων μακάρων. φόρεον δέ μιν ἐς μόθον
       ἵπποι
     Αἴθων καὶ Φλογίος, Κόναβος δ' ἐπὶ τοῖσι Φόβος τε,
     τοὺς Βορέῃ κελάδοντι τέκεν βλοσυρῶπις Ἐριννὺς
     πῦρ ὀλοὸν πνείοντας· ὑπέστενε δ' αἰόλος αἰθὴρ
245 ἐσσυμένων ποτὶ δῆριν. ὃ δ' ὀτραλέως ἀφίκανεν
     ἐς Τροίην· ὑπὸ δ' αἶα μέγ' ἔκτυπε θεσπεσίοισιν
     ἵππων ἀμφὶ πόδεσσι· μολὼν δ' ἄγχιστα κυδοιμοῦ
     πῆλε δόρυ βριαρόν, μέγα δ' ἴαχε Τρωσὶ κελεύων
     ἀντιάαν δηίοισι κατὰ κλόνον. οἳ δ' ἀίοντες
250 θεσπεσίην ὄπα πάντες ἐθάμβεον· οὐ γὰρ ἴδοντο
     ἄμβροτον ἀθανάτοιο θεοῦ δέμας οὐδὲ μὲν ἵππους·
     ἠέρι γὰρ κεκάλυπτο. νόησε δὲ θέσκελον αὐδὴν
     ἔκποθεν ἀίσσουσαν ἄδην εἰς οὔατα Τρώων
     ἀντιθέου Ἑλένοιο κλυτὸς νόος· ἐν δ' ἄρα θυμῷ
255 γήθησεν καὶ λαὸν ἀπεσσύμενον μέγ' ἀΰτει·
       "Ἆ δειλοί, τί φέβεσθε φιλοπτολέμου Ἀχιλῆος
     υἱέα θαρσαλέον; θνητός νύ τίς ἐστι καὶ αὐτός,
     οὐδέ οἱ ἶσον Ἄρηι πέλει σθένος ὃς μέγ' ἀρήγει
     ἡμῖν ἐελδομένοισι· βοᾷ δ' ὅ γε μακρὰ κελεύων

men and horses, and their chariot wheels became wet as they whirled along.

And now the sons of the Trojans would have passed inside their gates like calves fleeing a lion or boars a shower of rain, if cruel Ares, keen to help the warlike Trojans, had not come down from Olympus in secret from the other blessed gods. He was borne into battle by his horses Aethon and Phlogius, together with Conabus and Phobus, offspring of grim-visaged Erinys by clamorous Boreas; they breathed out baneful fire, and the shimmering sky groaned beneath their feet as they charged into battle. He was quick to arrive at Troy; the earth resounded under his divine horses' feet. Approaching the thick of the fight, he brandished his mighty spear and shouted at the Trojans to face the enemy and fight. They were all amazed to hear that unearthly voice, not being able to see the immortal form of the divinity or his chariot, which was shrouded in a mist. It took the renowned wisdom of godlike Helenus to recognize as divine that mysterious voice coming loud and clear to the ears of the Trojans; he rejoiced in his heart and began to shout loudly to the troops, who were in hasty retreat:

"Cowards! Why are you running away from the son of Achilles, who so loved war? He may be valiant, but he is mortal just like us,[6] and he does not have the strength of Ares, who is our great helper in our hour of need and is

---

[6] Or, perhaps, "just as his father was."

---

235 ὀχέεσσι Lehrs: -έεσφι M   252 γὰρ Rhodomann:
δὲ M   255 ἀπεσσύμενον Rhodomann: ἐπ- M
258 μέγ' Rhodomann: μιν m: μὴν m: τις m

QUINTUS SMYRNAEUS

260 μάρνασθ᾽ Ἀργείοισι κατὰ κλόνον. ἀλλ᾽ ἄγε θυμῷ
τλῆτε, φίλοι, καὶ θάρσος ἐνὶ στήθεσσι βάλεσθε·
οὐ γὰρ ἀμείνονα Τρωσὶν ὄιομαι ἄλλον ἱκέσθαι
ἀλκτῆρα πτολέμοιο· τί γὰρ ποτὶ δῆριν Ἄρηος
λώιον, εὖτε βροτοῖσι κορυσσομένοις ἐπαμύνῃ,
265 ὡς νῦν ἧμιν ἵκανεν ἐπίρροθος; ἀλλὰ καὶ αὐτοὶ
μνήσασθε πτολέμοιο, δέος δ᾽ ἀπὸ νόσφι βάλεσθε.”
Ὣς φάτο· τοὶ δ᾽ ἵσταντο καταντίον Ἀργείοισιν·
ἠύτ᾽ ἐνὶ ξυλόχοισι κύνες κατέναντα λύκοιο
φεύγοντες τὸ πάροιθε βίην στρέψωσι μάχεσθαι,
270 ταρφέα μηλονόμοιο παροτρύνοντος ἔπεσσιν·
ὡς ἄρα Τρώιοι υἷες ἀνὰ μόθον αἰὸν Ἄρηος
δείματος ἐκτὸς ἔσαν, κατὰ δ᾽ ἀντίον ἀνέρος ἀνὴρ
μάρνατο θαρσαλέως· περὶ δ᾽ ἔκτυπεν ἔντεα φωτῶν
θεινόμενα ξιφέεσσι καὶ ἔγχεσι καὶ βελέεσσιν·
275 αἰχμαὶ δ᾽ ἐς χρόα δῦνον· ἐδεύετο δ᾽ αἵματι πολλῷ
δεινὸς Ἄρης· ὀλέκοντο δ᾽ ἀνὰ μόθον ἄλλος ἐπ᾽ ἄλλῳ
μαρναμένων ἑκάτερθε. μάχη δ᾽ ἔχεν ἶσα τάλαντα·
ὡς δ᾽ ὁπότ᾽ αἰζηοὶ μεγάλης ἀνὰ γουνὸν ἀλωῆς
ὄρχατον ἀμπελόεντα διατμήξωσι σιδήρῳ
280 σπερχόμενοι, τῶν δ᾽ ἶσον ἀέξεται εἰς ἔριν ἔργον,
ὁππότ᾽ ἴσοι τελέθουσιν ὁμηλικίῃ τε βίῃ τε·
ὣς τῶν ἀμφοτέρωθε μάχης ἀλεγεινὰ τάλαντα
ἶσα πέλεν· Τρῶες γὰρ ὑπέρβιον ἐνθέμενοι κῆρ
μίμνον ἀταρβήτοιο πεποιθότες Ἄρεος ἀλκῇ,
285 Ἀργεῖοι δ᾽ ἄρα παιδὶ μενεπτολέμου Ἀχιλῆος.
κτεῖνον δ᾽ ἀλλήλους· ὀλοὴ δ᾽ ἀνὰ μέσσον Ἐννὼ
στρωφᾶτ᾽ ἀλγινόεντι λύθρῳ πεπαλαγμένη ὤμους

426

shouting us orders to engage with the Argives in the con-
flict. Come on, my friends: make your hearts resolute and
take courage: I hardly think the Trojans will find any better
ally in the war! What can be better than Ares in war, when
he comes to the aid of armed warriors, as he is coming to
help us now? Make sure that you are ready for war, too,
and cast aside all fear."

No sooner had he spoken than they made a stand to
face the Argives: just as dogs which have been retreating
in the face of a wolf in the brushwood will turn and fight
when the shepherd keeps urging them on with his shouts:
just so the sons of the Trojans shed their fear in Ares' ter-
rible conflict and fought valiantly face to face, man to man.
There was a great din as armor was struck by these war-
riors' swords, spears and arrows; spear points penetrated
flesh; dread Ares was drenched in blood; and, as the fight-
ing went on, victims piled up in the mêlée on either side.
The battle was evenly balanced: just as when young men in
a large vineyard make haste with their iron sickles to har-
vest rows of grapes, making equal progress as they com-
pete with one another because they are equal in age and
strength: just so the scales were evenly balanced on each
side of the conflict, with the Trojans holding firm with
remarkable resolve and putting their trust in the aid of
fearless Ares, and the Argives putting their faith in the son
of Achilles, stalwart in battle. As the killing continued,
deadly Enyo ranged among them, her arms and shoulders

καὶ χέρας, ἐκ δέ οἱ αἰνὸς ἀπὸ μελέων ῥέεν ἱδρώς·
οὐδ᾽ ἑτέροισιν ἄμυνεν, ἴση δ᾽ ἐπετέρπετο χάρμη
290 ἀζομένη φρεσὶν ᾗσι Θέτιν καὶ δῖον Ἄρηα.
    Ἔνθα Νεοπτόλεμος τηλεκλειτὸν Περιμήδεα
δάμναθ᾽, ὃς οἰκί᾽ ἔναιε παρὰ Σμινθήιον ἄλσος.
τῷ δ᾽ ἐπὶ Κέστρον ἔπεφνε μενεπτόλεμόν τε Φάληρον
καὶ κρατερὸν Περίλαον ἐυμμελίην τε Μενάλκην
295 ὃν τέκετ᾽ Ἰφιάνασσα παρὰ ζάθεον πόδα Κίλλης
τεχνήεντι Μέδοντι δαήμονι τεκτοσυνάων·
ἀλλ᾽ ὃ μὲν οἴκοι ἔμιμνε φίλῃ ἐν πατρίδι γαίῃ·
παιδὸς δ᾽ οὐκ ἀπόνητο· δόμον δέ οἱ ἔργα τε πάντα
χηρωσταὶ μετόπισθεν ἀποφθιμένοιο δάσαντο.
300 Δηίφοβος δὲ Λύκωνα μενεπτόλεμον κατέπεφνε
τυτθὸν ὑπὲρ βουβῶνα τυχών· περὶ δ᾽ ἔγχεϊ μακρῷ
ἔγκατα πάντ᾽ ἐχύθησαν, ὅλη δ᾽ ἐξέσσυτο νηδύς.
Αἰνείας δὲ Δύμαντα κατέκτανεν ὅς ῥα πάροιθεν
Αὐλίδα ναιετάεσκε, συνέσπετο δ᾽ Ἀρκεσιλάῳ
305 ἐς Τροίην· ἀλλ᾽ οὔ τι φίλην πάλιν ἔδρακε γαῖαν.
Εὐρύαλος δ᾽ ἐδάμασσε, βαλὼν ἀλεγεινὸν ἄκοντα,
Ἀστραῖον· τοῦ δ᾽ αἶψα διὰ στέρνοιο ποτήθη
αἰχμὴ ἀνιηρή, στομάχου δ᾽ ἀπέκερσε κελεύθους
ἀνέρι κῆρα φέρουσα· μίγη δέ οἱ εἴδατα λύθρῳ.
310 τοῦ δ᾽ ἄρα βαιὸν ἄπωθεν ἕλεν μεγάθυμος Ἀγήνωρ
Ἱππομένην Τεύκροιο δαΐφρονος ἐσθλὸν ἑταῖρον
τύψας ἐς κληῖδα θοῶς· σὺν δ᾽ αἵματι θυμὸς
ἔκθορεν ἐκ μελέων, ὀλοὴ δέ οἱ ἀμφεχύθη νύξ.
Τεύκρῳ δ᾽ ἔμπεσε πένθος ἀποκταμένου ἑτάροιο,
315 καὶ βάλεν ὠκὺν ὀιστὸν Ἀγήνορος ἄντα τανύσσας·

befouled and spotted with gore, and horribly drenched all over with sweat. Out of respect for Thetis and divine Ares she did not favor either side, but she took pleasure in the equal conflict.

Then Neoptolemus slew far-famed Perimedes, who dwelt near the sacred grove of Sminthes; and next he killed Castrus, Phalerus stalwart in battle, mighty Perilaüs and Menalcas of the fine ash-wood spear, whom Iphianassa bore at the foot of holy Cilla to skillful Medon, expert in carpentry: he stayed back at home in his fatherland, and he had no joy of his son; and after his death distant kinsmen divided up his household and all that he had made. Deïphobus slew Lycon, stalwart in battle, hitting him just above the groin; all his entrails streamed out around that huge spear, and all the contents of his belly. Aeneas killed Dymas, who used to dwell in Aulis and had accompanied Arcesilas to Troy; he did not see his beloved land again. Euryalus cast his baneful spear and slew Astraeus; the point flew agonizingly through his chest, bringing death to the man by severing the passage of his gullet so that his food was mingled with gore. Close by, greathearted Agenor killed Hippomenes the noble comrade of great-spirited Teucer with a swift blow to the collarbone; his loss of blood meant the speedy loss of his spirit, too, and he was wrapped in darkness. Grieved at the death of his comrade, Teucer aimed and let fly a swift arrow straight at Agenor, who moved aside slightly so that it missed and

298 δόμον Köchly· πόνον M

303 κατέκτανεν Rhodomann: κατέπεφνεν M   ῥα Vian: τε
m: τις m   306 ἄκοντα Köchly: -ντι M

313 οἱ Spitzner: μιν M

ἀλλά οἱ οὔ τι τύχησεν ἀλευαμένου μάλα τυτθόν.
ἔμπεσε δ' ἐγγὺς ἐόντι δαΐφρονι Δηιοφόντῃ
λαιὸν ἐς ὀφθαλμόν, διὰ δ' οὔατος ἐξεπέρησε
δεξιτεροῦ, γλήνην δὲ διέτμαγεν, οὕνεκα Μοῖραι
320 ἀργαλέον βέλος ὦσαν ὅπῃ θέλον· ὃς δ' ἔτι ποσσὶν
ὀρθὸς ἀνασκαίρεσκε. βαλὼν δ' ὅ γε δεύτερον ἰὸν
λαιμῷ ἐπερροίβδησε· διέθρισε δ' αὐχένος ἶνας
ἄντικρυς ἀίξας· τὸν δ' ἀργαλέη κίχε Μοῖρα.
    Ἄλλος δ' ἄλλῳ τεῦχε φόνον· κεχάροντο δὲ Κῆρες
325 καὶ Μόρος, ἀλγινόεσσα δ' Ἔρις μέγα μαιμώωσα
ἤυσεν μάλα μακρόν, Ἄρης δέ οἱ ἀντεβόησε
σμερδαλέον, Τρώεσσι δ' ἐνέπνευσεν μέγα θάρσος,
Ἀργείοισι δὲ φύζαν, ἄφαρ δ' ἐλέλιξε φάλαγγας.
ἀλλ' οὐχ υἷα φόβησεν Ἀχιλλέος· ἀλλ' ὅ γε μίμνων
330 μάρνατο θαρσαλέως, ἐπὶ δ' ἔκτανεν ἄλλον ἐπ' ἄλλῳ.
ὡς δ' ὅτε τις μυίῃσι περὶ γλάγος ἐρχομένῃσι
χεῖρα περιρρίψῃ κοῦρος νέος, αἱ δ' ὑπὸ πληγῇ
τυτθῇ δαμνάμεναι σχεδὸν ἄγγεος ἄλλοθεν ἄλλαι
θυμὸν ἀποπνείουσι, πάις δ' ἐπιτέρπεται ἔργῳ·
335 ὡς ἄρα φαίδιμος υἱὸς ἀμειλίκτου Ἀχιλῆος
γήθεεν ἀμφὶ νέκυσσι. καὶ οὐκ ἀλέγιζεν Ἄρηος
Τρωσὶν ἀμύνοντος, † ἐτίνυτο † δ' ἄλλοθεν ἄλλον
λαοῦ ἐπαΐσσοντος, ὅπως ἀνέμοιο θυέλλας
μίμνει ἐπεσσυμένας ὄρεος μεγάλοιο κολώνη·
340 ὡς ἄρα μίμνεν ἄτρεστος. Ἄρης δέ οἱ ἐμμεμαῶτι
χώετο καί οἱ ἔμελλεν ἐναντία δηριάασθαι
αὐτὸς ἀπορρίψας ἱερὸν νέφος, εἰ μὴ Ἀθήνη
ἔκποθεν Οὐλύμποιο θόρεν ποτὶ δάσκιον Ἴδην.

struck his neighbor, warlike Deïphontes, in the left eye,
emerging through his right ear and splitting the eyeball;
for the Fates directed that cruel arrow just as they liked.
He was still teetering upright when Agenor shot a second
arrow, which sped whistling into his throat, pierced right
through, and severed the tendons in his neck: cruel Fate
had caught up with him.

The mutual slaughter continued: the spirits of death
and Doom were delighted; cruel Strife frenziedly gave a
loud yell, to which Ares responded with a savage shout;
and he inspired the Trojans with great valor and the Ar-
gives with an urge to run away as their ranks suddenly
began to quake. But the son of Achilles was not put to
flight; he held his ground and fought valiantly, killing vic-
tims one after another: just as a young boy wafts his hand
at flies coming near the milk, and they give up the ghost
all around the vessel, vanquished by so light a blow, and
the boy is kept entertained: such was the joy which the
illustrious son of Achilles took in his victims. He paid no
heed to Ares' helping the Trojans: he slew them on every
side, from whichever direction the army attacked him,
fearlessly awaiting the onslaught just as the peak of some
great mountain awaits the force of a rushing hurricane.
Filled with wrath at his furious defense, Ares would have
cast aside the holy mist and openly fought against him
himself, had not Athena sprung down to wooded Ida from
wherever she had been on Olympus: the divine earth and

---

318 ἐς Rhodomann: om. M   324 φόνον Pauw: μόρον M

332 περιρρίψη Dausque: -ρρήσση M   333 τυτθῇ Köchly:
-òν M   337 ἀμύνοντος Dausque: ἐπαμ- M

338 λαοῦ ἐπαΐσσοντος Köchly: -ούς -τας M

ἔτρεμε δὲ χθὼν δῖα καὶ ἠχήεντα ῥέεθρα
345 Ξάνθου, τόσσον ἔσεισε· δέος δ' ἀμφέκλασε θυμὸν
Νυμφάων, φοβέοντο δ' ὑπὲρ Πριάμοιο πόληος.
τεύχεσι δ' ἀμβροσίοισι πέρι στεροπαὶ ποτέοντο,
σμερδαλέοι δὲ δράκοντες ἀπ' ἀσπίδος ἀκαμάτοιο
πῦρ ἄμοτον πνείεσκον· ἄνω δ' ἔψαυε νέφεσσι
350 θεσπεσίη τρυφάλεια. θοῷ δ' ἤμελλεν Ἄρηι
μάρνασθ' ἐσσυμένως, εἰ μὴ Διὸς ἦν νόημα
ἀμφοτέρους ἐφόβησεν ἀπ' αἰθέρος αἰπεινοῖο
βροντήσας ἀλεγεινόν. Ἄρης δ' ἀπεχάζετο χάρμης·
δὴ γάρ οἱ μεγάλοιο Διὸς διεφαίνετο θυμός·
355 ἵκετο δ' ἐς Θρήκην δυσχείμερον, οὐδ' ἔτι Τρώων
μέμβλετό οἱ κατὰ θυμὸν ὑπέρβιον· οὐδὲ μὲν ἐσθλὴ
Παλλὰς ἔτ' ἐν πεδίῳ Τρώων μένεν, ἀλλὰ καὶ αὐτὴ
ἷξεν Ἀθηνάων ἱερὸν πέδον. οἱ δ' ἔτι χάρμης
μνώοντ' οὐλομένης· δεύοντο δὲ Τρώιοι υἷες
360 ἀλκῆς· Ἀργεῖοι δὲ μέγ' ἱέμενοι πολέμοιο
χαζομένοισιν ἕποντο κατ' ἴχνιον, ἠΰτ' ἀῆται
νήεσιν ἐσσυμένης ὑπὸ λαίφεσιν εἰς ἁλὸς οἶδμα
ὄβριμον, ἢ θάμνοισι πυρὸς μένος, ἢ κεμάδεσσιν
ὀτρηροὶ κατ' ὄρεσφι κύνες λελιημένοι ἄγρης·
365 ὣς Δαναοὶ δηίοισιν ἐπήιον, οὕνεκ' ἄρ' αὐτοὺς
υἱὸς Ἀχιλλῆος μεγάλῳ δορὶ θαρσύνεσκε
κτείνων ὅν κε κίχῃσι κατὰ κλόνον· οἱ δ' ὑπὸ φύζῃ
χασσάμενοι κατέδυσαν ἐς ὑψίπυλον πτολίεθρον.
    Ἀργεῖοι δ' ἄρα τυτθὸν ἀνέπνευσαν πολέμοιο
370 ἔλσαντες Πριάμοιο κατὰ πτόλιν ἔθνεα Τρώων,
ἄρνας ὅπως σταθμοῖσιν ἐν οἰοπόλοισι νομῆες.

the roaring streams of Xanthus trembled, and the Nymphs'
hearts were gripped with terror as they feared for the city
of Priam. Bolts of lightning flashed from her immortal
armor; on her shield vicious snakes breathed incessant
fire; and her divine helmet touched the clouds above. She
would have fought agile Ares there and then, had not Zeus
in his wisdom deterred them both with a terrific thunder-
clap from high heaven. Ares withdrew from the fray at this
clear sign of great Zeus' anger: he made for wintry Thrace
and concerned his violent mind with the Trojans no more.
Noble Pallas herself, too, did not stay any longer on the
plain: she made for the sacred ground of the Athenians.
But the armies were still occupied with their deadly con
flict. The sons of the Trojans began to lose heart, and the
Argives, eager for battle, kept pace with their retreat stride
for stride just as the breezes keep pace with ships hurrying
under sail across the mighty swell of the sea, or as forceful
fire spreads through brushwood, or as agile hounds eager
for the chase pursue deer up in the mountains: just so the
Danaans went after their foes. They were made bolder by
the example of the son of Achilles, who kept killing with
his huge spear whoever he encountered in the press as the
Trojans, panic-stricken, fell back and took refuge behind
the high walls of their city.

Having penned the Trojan people in their city as shep-
herds do lambs in their remote steadings, the Argives
had a brief respite from fighting. Just as oxen exhausted

---

357 ἔτ᾽ Spitzner: om. M   358 Ἀθηνάων Platt: -αίων M
οἱ δ᾽ ἔτι Köchly: οὐδέ τι fere M
362 ὑπὸ Köchly: ἅμα M   367 φύζῃ Zimmermann: -ης m:
-αν m   371 ἐν Platt: ἐπ᾽ M

ὡς δ᾽ ὁπότ᾽ ἀμπνείωσι βόες μέγα κεκμηῶτες
ἄχθος ἀνειρύσσαντες ἄνω ποτὶ δύσβατον ἄκρην
πυκνὸν ἀνασθμαίνοντες ὑπὸ ζυγόν· ὡς ἄρ᾽ Ἀχαιοὶ
375 ἄμπνεον ἐν τεύχεσσι κεκμηκότες. ἀμφὶ δὲ πύργους
μάρνασθαι μεμαῶτες ἐκυκλώσαντο πόληα.
οἱ δ᾽ ἄφαρ ᾗσι πύλῃσιν ἐπειρύσσαντες ὀχῆας
ἐν τείχεσσιν ἔμιμνον ἐπεσσυμένων μένος ἀνδρῶν·
ὡς δ᾽ ὅτε μηλοβοτῆρες ἐνὶ σταθμοῖσι μένωσι
380 λαίλαπα κυανέην, ὅτε χείματος ἦμαρ ἵκηται
λάβρον ὁμοῦ στεροπῇσι καὶ ὕδατι καὶ νεφέεσσι
ταρφέσιν, οἱ δὲ μάλ᾽ οὔ τι λιλαιόμενοί περ ἱκέσθαι
ἐς νομὸν ἀίσσουσιν, ἄχρις μέγα λωφήσειε
χεῖμα καὶ εὐρύποροι ποταμοὶ μεγάλα βρομέοντες·
385 ὣς οἵ γ᾽ ἐν τείχεσσι μένον τρομέοντες ὁμοκλὴν
δυσμενέων. λαοὶ δὲ θοῶς ἐπέχυντο πόληι·
ὡς δ᾽ ὁπότε ψῆρες τανυσίπτεροι ἠὲ κολοιοὶ
καρπῷ ἐλαϊνέῳ θαμέες περὶ πάγχυ πέσωσι
βρώμης ἱέμενοι θυμηδέος, οὐδ᾽ ἄρα τούς γε
390 αἰζηοὶ βοόωντες ἀποτρωπῶσι φέβεσθαι
πρὶν φαγέειν, λιμὸς γὰρ ἀναιδέα θυμὸν ἀέξει·
ὣς Δαναοὶ Πριάμοιο τότ᾽ ἀμφεχέοντο πόληι
ὄβριμοι· ἐν δὲ πύλῃσι πέσον μεμαῶτες ἐρύσσαι
ἔργον ἀπειρέσιον κρατερόφρονος Ἐννοσιγαίου.
395 Τρῶες δ᾽ οὐ λήθοντο μάχης μάλα περ δεδιῶτες,
ἀλλὰ καὶ ὣς πύργοισιν ἐφεσταότες πονέοντο
νωλεμέως· ἰοὶ δὲ πολυκμήτων ἀπὸ χειρῶν
θρῷσκον ὁμῶς λάεσσι καὶ αἰγανέῃσι θοῇσι
δυσμενέων ἐς ὅμιλον, ἐπεί σφισι τλήμονα Φοῖβος

with pulling a heavy load to the top of a rough slope have a rest while panting heavily under the yoke: just so the weary Achaeans rested under arms. They surrounded the city, eager to fight. The Trojans bolted their gates and waited behind their walls expecting a violent assault: just as when shepherds wait in their steadings for a louring hurricane to arrive at the start of the violent season of storms with its lightning, rain and close-packed clouds, and for all their impatience to get out in the pastures they stay put until the tempest and the roaring rivers in spate abate their force: just so they waited behind their walls fearing an enemy attack. The teeming battalions quickly surged toward the city: just as when jackdaws or starlings with wings outstretched swoop down in flocks on the fruit of olive trees eager to eat their favorite food, and the young men for all their shouting can not make them fly off until they have eaten, hunger making them bold and shameless: just so the mighty Danaans teemed then around Priam's city and swooped on the gates eager to demolish that huge work of the dauntless Earthshaker.[7] But the Trojans did not forget to fight: terrified though they were, they stood on the battlements and labored unceasingly: arrows, stones and swift javelins sped into the crowd of attackers from their unwearying hands; for Phoe-

---

[7] *Il.* 7.452–53, 21.446–49.

---

377 ἄφαρ Rhodomann: ἄρα M
397 ἰοὶ δὲ Rhodomann. οἱ δ᾽ αἰεὶ M

400 ἧκε βίην· μάλα γάρ οἱ ἀμύνειν ἤθελε θυμὸς
Τρωσὶν ἐϋπτολέμοισι καὶ Ἕκτορος οἰχομένοιο.
Ἔνθ' ἄρα Μηριόνης στυγερὸν προέηκε βέλεμνον
καὶ βάλε Φυλοδάμαντα φίλον κρατεροῖο Πολίτου
τυτθὸν ὑπὸ γναθμοῖο· πάγη δ' ὑπὸ λαιμὸν ὀϊστός·
405 κάππεσε δ' αἰγυπιῷ ἐναλίγκιος ὅν τ' ἀπὸ πέτρης
ἰῷ ἐϋγλώχινι βαλὼν αἰζηὸς ὀλέσσῃ·
ὣς ὃ θοῶς πύργοιο κατήριπεν αἰπεινοῖο,
γυῖα δέ οἱ λίπε θυμός· ἐπέβραχε δ' ἔντεα νεκρῷ.
τῷ δ' ἐπικαγχαλόων υἱὸς κρατεροῖο Μόλοιο
410 ἄλλον ἀφῆκεν ὀϊστὸν ἐελδόμενος μέγα θυμῷ
υἷα βαλεῖν Πριάμοιο πολυτλήτοιο Πολίτην·
ἀλλ' ὃ μὲν αἶψ' ἀλέεινε παρακλίνας ἑτέρωσε
ὃν δέμας οὐδέ οἱ ἰὸς ἐπὶ χρόα καλὸν ἴαψεν.
ὡς δ' ὅθ' ἁλὸς κατὰ πόντον ἐπειγομένης νεὸς οὔρῳ
415 ναύτης παιπαλόεσσαν ἰδὼν ἐπὶ χεύματι πέτρην
νῆα παρατρέψῃ λελιημένος ἐξυπαλύξαι
χειρὶ παρακλίνας οἰήϊον, ᾗχί ἑ θυμὸς
ὀτρύνει, τυτθῇ δὲ βίῃ μέγα πῆμ' ἀπερύκει·
ὣς ἄρ' ὅ γε προϊδὼν ὀλοὸν βέλος ἔκφυγε πότμον.
420 Οἳ δ' αἰεὶ μάρναντο· λύθρῳ δ' ἐρυθαίνετο τείχη
πύργοι θ' ὑψηλοὶ καὶ ἐπάλξιες, ᾗχί τε Τρῶες
ἰοῖσι κτείνοντο πολυσθενέων ὑπ' Ἀχαιῶν.
οὐδὲ μὲν οἵ γ' ἀπάνευθε πόνων ἔσαν, ἀλλ' ἄρα καὶ
      τῶν
πολλοὶ γαῖαν ἔρευθον. ὀρώρει δ' αἰπὺς ὄλεθρος
425 βαλλομένων ἑκάτερθε· λυγρὴ δ' ἐπετέρπετ' Ἐννὼ
Δῆριν ἐπικλονέουσα κασιγνήτην Πολέμοιο.

bus had granted them the strength to resist, determined as he was to defend the fine Trojan fighters even after the death of Hector.

It was then that Meriones let fly a hateful arrow and struck Phylodamas, a friend of mighty Polites, just below the jaw, so that the arrow stuck in his throat; he fell just like a vulture falls from its rock when some young man shoots it dead with a well-barbed arrow: such was the speed with which he fell from the high tower; the life left his limbs and his armor clattered about his corpse. Exultant at his success, the son of mighty Molus let fly another arrow fully expecting to hit Polites, the son of much-enduring Priam; but he avoided it by moving his body aside quickly, and the arrow did not touch his fair flesh. Just as when a ship is driving over the sea's expanse with a following wind, and the steersman suddenly catches sight of a rugged rock just above the surface and, keen to get out of the way, shifts the rudder with his hand and turns aside the ship in the direction he feels is best, averting disaster without any great force: just so he avoided death by seeing that deadly arrow beforehand.

There was no pause in the fighting. The walls, battlements and lofty towers became red with gore where the Trojans were being slain by arrows from the mighty Achaeans; but they themselves were not out of trouble either, and many of them were reddening the earth. With men being hit on either side, a scene arose of sheer devastation; and baneful Enyo rejoiced as she urged on Strife the sister of War.

---

400 μάλα Castiglioni: αἰεὶ M   408 νεκρῷ C. L. Struve:
-ροῦ M   412 ἑτέρωσε Spitzner: -θεν M
415 ἐπὶ Vian: ἐπὶ ἑνὶ m: ἑνὶ m   423 οὐδὲ Köchly: οὔτι M

Καί νύ κε δὴ ῥήξαντο πύλας καὶ τείχεα Τροίης
Ἀργεῖοι, μάλα γάρ σφιν ἄασπετον ἔπλετο κάρτος,
εἰ μὴ ἄρ' αἶψα βόησεν ἀγακλειτὸς Γανυμήδης
430 οὐρανοῦ ἐκ κατιδών· μάλα γὰρ περιδείδιε πάτρης·
    "Ζεῦ πάτερ, εἰ ἐτεόν γε τεῆς ἔξειμι γενέθλης,
σῇσι δ' ὑπ' ἐννεσίῃσι λιπὼν ἐρικυδέα Τροίην
εἰμὶ μετ' ἀθανάτοισι, πέλει δέ μοι ἄμβροτος αἰών,
τῷ μευ νῦν ἐσάκουσον ἀκηχεμένου μέγα θυμῷ·
435 οὐ γὰρ τλήσομαι ἄστυ καταιθόμενον προσιδέσθαι
οὐδ' ἄρ' ἀπολλυμένην γενεὴν ἐν δηιοτῆτι
λευγαλέῃ, τῆς οὔ τι χερειότερον πέλει ἄλγος.
σοὶ δὲ καὶ εἰ μέμονεν κραδίη τάδε μηχανάασθαι,
ἔρξον ἐμεῦ ἀπὸ νόσφιν· ἐλαφρότερον δέ μοι ἄλγος
440 ἔσσεται, ἢν μὴ ἔγωγε μετ' ὄμμασιν οἷσιν ἴδωμαι·
κεῖνο γὰρ οἴκτιστον καὶ κύντατον, ὁππότε πάτρην
δυσμενέων παλάμῃσιν ἐρειπομένην τις ἴδηται."
    Ἦ ῥα μέγα στενάχων Γανυμήδεος ἀγλαὸν ἦτορ.
καὶ τότ' ἄρα Ζεὺς αὐτὸς ἀπειρεσίοις νεφέεσσι
445 νωλεμέως ἐκάλυψε κλυτὴν Πριάμοιο πόληα.
ἠχλύνθη δὲ μάχη φθισίμβροτος οὐδέ τις αὐτῶν
ἐξιδέειν ἐπὶ τεῖχος ἔτ' ἔσθενεν, ᾗχι τέτυκτο·
ταρφέσι γὰρ νεφέεσσι διηνεκέως κεκάλυπτο.
ἀμφὶ δ' ἄρα βρονταί τε καὶ ἀστεροπαὶ κτυπέοντο
450 οὐρανόθεν· Δαναοὶ δὲ Διὸς κτύπον εἰσαΐοντες
θάμβεον· ἐν δ' ἄρα τοῖσι μέγ' ἴαχε Νηλέος υἱός·
    "Ὦ νύ μοι Ἀργείων σημάντορες, οὐκέτι νῶιν
ἔσσεται ἔμπεδα γυῖα Διὸς μέγα θαρσαλέοισι
Τρωσὶν ἀμύνοντος· μάλα γὰρ μέγα πῆμα κυλίνδει

The Argives would certainly have smashed the gates and walls of Troy, so vast was their might, had not renowned Ganymede looked down from heaven and suddenly cried out, fearing for his fatherland:

"Father Zeus, if I truly am related to you and am now in the company of the gods because I left Troy in accordance with your will, so that I have an immortal life—hear me now in my heart's great grief. I shall not be able to bear the sight of my city being burned and my family perishing in this dreadful conflict: no pain is worse than this. If your heart is indeed set on bringing about these things, do so away from me: my pain will be easier to bear if I am not there to see it. The most pitiable and shameful thing in the world is to see one's fatherland destroyed by enemy hands."

So spoke the handsome Ganymede, with heartfelt grief; and thereupon Zeus took care to shroud the famous city of Priam in clouds vast and dense, so that the murderous battle was obscured in mist and none of the attackers could any longer make out the position of the wall, which continued to be shrouded in thick cloud. From heaven came the noise of thunder and lightning. The Danaans were dumbstruck when they heard this noise from Zeus, and the son of Neleus shouted to them:

"Listen to me, you commanders of the Argives: we shall not be able to keep standing firm now that Zeus is defending the Trojans and making them much bolder; for much

455 ἡμῖν. ἀλλ᾽ ἄγε θᾶσσον ἑὰς ἐπὶ νῆας ἰόντες
παυσώμεσθα πόνοιο καὶ ἀργαλέοιο κυδοιμοῦ,
μὴ δὴ πάντας ἐνιπρήσῃ μάλα περ μενεαίνων.
τοῖσι μὲν ἂρ τεράεσσι πιθώμεθα· τῷ γὰρ ἔοικε
πάντας ἀεὶ πεπιθέσθαι, ἐπεὶ μάλα φέρτατός ἐστιν
460 ἰφθίμων τε θεῶν ὀλιγοσθενέων τ᾽ ἀνθρώπων.
καὶ γὰρ Τιτήνεσσιν ὑπερφιάλοισι χολωθεὶς
οὐρανόθεν κατέχευε πυρὸς μένος· ἡ δ᾽ ὑπένερθε
καίετο πάντοθε γαῖα, καὶ Ὠκεανοῦ πλατὺ χεῦμα
ἔζεεν ἐκ βυσσοῖο καὶ ἐς πέρατ᾽ ἄχρις ἱκέσθαι·
465 καὶ ποταμῶν τέρσοντο ῥοαὶ μάλα μακρὰ ῥεόντων·
δάμνατο δ᾽ ὁππόσα φῦλα φερέσβιος ἔτρεφε γαῖα
ἠδ᾽ ὅσα πόντος ἔφερβεν ἀπείριτος ἠδ᾽ ὁπόσ᾽ ὕδωρ
ἀενάων ποταμῶν· ἐπὶ δέ σφισιν ἄσπετος αἰθὴρ
τέφρῃ ὑπεκρύφθη καὶ λιγνύϊ· τείρετο δὲ χθών.
470 τοὔνεκ᾽ ἐγὼ δείδοικα Διὸς μένος ἤματι τῷδε.
ἀλλ᾽ ἴομεν ποτὶ νῆας, ἐπεὶ Τρώεσσιν ἀρήγει
σήμερον· αὐτὰρ ἔπειτα καὶ ἡμῖν κῦδος ὀρέξει·
ἄλλοτε γάρ τε φίλη πέλει ἠώς, ἄλλοτε δ᾽ ἐχθρή.
καὶ δ᾽ οὐ δή πω μοῖρα διαπραθέειν κλυτὸν ἄστυ
475 εἰ ἐτεὸν Κάλχαντος ἐτήτυμος ἔπλετο μῦθος,
τόν ῥα πάρος κατέλεξεν ὁμηγυρέεσσιν Ἀχαιοῖς
δῃῶσαι Πριάμοιο πόλιν δεκάτῳ ἐνιαυτῷ."
    Ὣς φάτο· τοὶ δ᾽ ἀπάνευθε περικλυτὸν ἄστυ
        λιπόντες
χάσσαντ᾽ ἐκ πολέμοιο Διὸς τρομέοντες ὁμοκλήν·
480 ἀνέρι γὰρ πεπίθοντο παλαιῶν ἵστορι μύθων.
ἀλλ᾽ οὐδ᾽ ὣς ἀμέλησαν ἀποκταμένων ἐνὶ χάρμῃ,

440

trouble is sweeping toward us. Let us go instead to our ships and leave off our efforts in the deadly conflict, in case he burns us all to ashes in his intense anger. We must obey his omens: all mortals ought to obey him, since he is far more powerful than the other mighty gods and than feeble humankind. When the Titans' arrogant behavior enraged him, he poured down from heaven on them the force of fire, so that the earth beneath was all ablaze and the broad stream of Ocean boiled to its depths right to its furthermost boundaries, the flow of even the longest rivers was dried up, all living creatures bred on the teeming earth or raised in the boundless seas and in the water of the everflowing rivers were destroyed, and the vast sky above them was obscured with smoke and ash, so that the earth was in torment. Hence my fear of Zeus' might today. Let us go, then, to the ships: today he is helping the Trojans, but afterward he will grant the glory to us: sometimes the day dawns well, at other times badly. We are not yet fated to sack this famous city, even if Calchas really did deliver a true prophecy when he recently told the assembled Argives that they would destroy Priam's city in the tenth year."

At this they moved away from the famous city and withdrew from the fighting through fear of Zeus' threats and because they trusted Nestor's knowledge of what had been said in the past. None the less, they did not abandon those who had been killed in the conflict: they recovered them

---

458 ἄρ Vian: om. M
459 ἀεὶ πεπιθέσθαι Köchly: ἐπιπείθεσθαι M

441

ἀλλά σφεας τάρχυσαν ἀπὸ πτολέμου ἐρύσαντες·
οὐ γὰρ δὴ κείνους νέφος ἄμπεχεν, ἀλλὰ πόληα
ὑψηλὴν καὶ τεῖχος ἀνέμβατον ᾧ πέρι πολλοὶ
485 Τρώων υἷες Ἄρηι καὶ Ἀργείων ἐδάμησαν.
ἐλθόντες δ' ἐπὶ νῆας ἀρήια τεύχεα θέντο,
καί ῥα κόνιν καὶ ἰδρῶτα λύθρον τ' ἀπεφαιδρύναντο
κύμασιν ἐμβεβαῶτες ἐυρρόου Ἑλλησπόντου.
    Ἥλιος δ' ἀκάμαντας ὑπὸ ζόφον ἤλασεν ἵππους,
490 νὺξ δ' ἐχύθη περὶ γαῖαν, ἀπέτραπε δ' ἀνέρας ἔργων.
Ἀργεῖοι δ' Ἀχιλῆος ἐυπτολέμου θρασὺν υἷα
ἶσα τοκῆι τίεσκον· ὃ δ' ἐν κλισίῃσιν ἀνάκτων
δαίνυτο καγχαλόων· κάματος δέ μιν οὔ τι βάρυνεν,
οὕνεκά οἱ στονόεντα Θέτις μελεδήματα γυίων
495 ἐξέλετ', ἀκμήτῳ δ' ἐναλίγκιον εἰσοράασθαι
τεῦξεν. ὃ δ' ἐκ δόρποιο κορεσσάμενος κρατερὸν κῆρ
ἐς κλισίην ἀφίκανεν ἑοῦ πατρός, ἔνθά οἱ ὕπνος
ἀμφεχύθη. Δαναοὶ δὲ νεῶν προπάροιθεν ἴαυον
αἰὲν ἀμειβόμενοι φυλακάς· φοβέοντο γὰρ αἰνῶς
500 Τρώων μή ποτε λαὸς ἢ ἀγχεμάχων ἐπικούρων
νῆας ἐνιπρήσῃ, νόστου δ' ἀπὸ πάντας ἀμέρσῃ.
ὣς δ' αὔτως Πριάμοιο κατὰ πτόλιν ἔθνεα Τρώων
ἀμφὶ πύλας καὶ τεῖχος ἀμοιβαδὸν ὑπνώεσκον
Ἀργείων στονόεσσαν ὑποτρομέοντες ὁμοκλήν.

from the battlefield and gave them burial, since it was not the bodies that were enveloped in mist but only the lofty city and its sheer walls, around which many sons of the Trojans and the Argives had become victims of Ares. Once at the ships, they set down their warlike arms and washed away the dust, sweat and blood by bathing in the waves of the fair-flowing Hellespont.

The Sun drove his unwearied horses into the western darkness, and night was spread over the earth signaling for men an end to labor. The Argives paid just as much honor to the valiant son of Achilles as to his father. He was dining in high spirits in the leaders' quarters, not at all weighed down by weariness, because Thetis had removed grievous pains from his limbs and made him seem like a man who would never be weary. When his mighty heart had had enough of eating, he went to his father's hut and was soon wrapped in sleep. The Danaans slept before their ships and took turns at mounting guard, terrified that the Trojan army or its allies, experts in close combat, might burn their ships and prevent their returning home. And in Priam's city likewise the Trojan people took turns to sleep by their gates and walls, fearful of a grievous attack by the Argives.

BOOK IX

The Trojans bury Eurypylus, and Neoptolemus prays at
the tomb of his father, Achilles. Deïphobus encourages the
fearful Trojans to fight, and both he and Neoptolemus slay
countless victims. Finally they meet, but Deïphobus is re-
moved from the battlefield by Apollo. Poseidon supports
the Greeks and warns Apollo not to kill Neoptolemus. Cal-
chas reveals that Troy may not be captured without the
help of Philoctetes. Odysseus and Diomedes go to fetch
him from the island of Lemnos. They find him living in a
cave and still suffering from the putrid wound whose
stench had caused the Greeks to abandon him. He is per-
suaded to accompany them to Troy, where he is cured by
Podalirius, honored, and offered compensation.

Philoctetes and his wound are mentioned in the Iliad
(2.721–25). The embassy to fetch him was told in the Little
Iliad. *Sophocles' tragedy* Philoctetes *will have been known*
to Quintus. Euripides wrote a play, now lost, on the same
subject.

ΛΟΓΟΣ Ι

Ἦμος δ' ἤνυτο νυκτὸς ἀπὸ κνέφας, ἔγρετο δ' Ἠὼς
ἐκ περάτων, μάρμαιρε δ' ἀπείριτον ἄσπετος αἰθήρ,
δὴ τότ' ἀρήιοι υἷες ἐυσθενέων Ἀργείων
ἂμ πεδίον πάπταινον, ἴδοντο δὲ Ἰλίου ἄκρην
ἀννέφελον, χθιζὸν δὲ τέρας μέγα θαυμάζεσκον.
5   Τρῶες δ' οὐκέτ' ἔφαντο πρὸ τείχεος αἰπεινοῖο
στήμεναι ἐν πολέμῳ· μάλα γὰρ δέος ἔλλαβε πάντας
ζώειν ἐλπομένους ἐρικυδέα Πηλείωνα.
Ἀντήνωρ δ' ἐν τοῖσι θεῶν ἠρήσατ' ἄνακτι·
"Ζεῦ Ἴδης μεδέων ἠδ' οὐρανοῦ αἰγλήεντος,
10 κλῦθί μευ εὐχομένοιο, καὶ ὄβριμον ἄνδρα πόληος
τρέψον ἀφ' ἡμετέρης ὀλοὰ φρεσὶ μητιόωντα,
εἴ θ' ὅ γ' Ἀχιλλεύς ἐστι καὶ οὐ κίε δῶμ' Ἀίδαο,
εἴ τέ τις ἄλλος Ἀχαιὸς ἀλίγκιος ἀνέρι κείνῳ·
λαοὶ γὰρ κατὰ ἄστυ θεηγενέος Πριάμοιο
15 πολλοὶ ἀποφθινύθουσι, κακοῦ δ' οὐ γίνετ' ἐρωή,
ἀλλὰ φόνος τε καὶ οἶτος ἐπὶ πλέον αἰὲν ἀέξει.
Ζεῦ πάτερ, οὐδέ νυ σοί τι δαϊζομένων ὑπ' Ἀχαιοῖς
μέμβλεται, ἀλλ' ἄρα καὶ σὺ λελασμένος υἷος ἑοῖο
Δαρδάνου ἀντιθέοιο μέγ' Ἀργείοισιν ἀρήγεις.
20 ἀλλὰ σοὶ εἰ τόδε θυμὸς ἐνὶ κραδίῃ μενεαίνει,
Τρῶας ὑπ' Ἀργείοισιν ὀιζυρῶς ἀπολέσσαι,
ἔρξον ἄφαρ, μηδ' ἄμμι πολὺν χρόνον ἄλγεα τεῦχε."

BOOK IX

When the darkness of night was over and Eos awoke from the world's end, so that the vast sky shone with limitless light, the warlike sons of the dauntless Argives, still astonished at the strange occurrence of the day before, scanned the plain and saw the heights of Ilium free of cloud. As for the Trojans, they were no longer prepared to stand before their lofty walls and do battle; they were all afraid, imagining that the glorious son of Peleus was alive. In their midst Antenor directed this prayer to the king of the gods:

"Zeus, ruler of Ida and of the bright heavens, listen to my prayer: turn away from our city that mighty man with murder in his mind, whether he is Achilles, not gone to Hades' halls, or some other Achaean who resembles him: multitudes are perishing in the city of god-begotten Priam: we have no respite from this evil: the doom and slaughter are ever increasing. Father Zeus, you care nothing at all for the victims of the Achaeans: you are giving great help to the Argives, forgetful of your son Dardanus. If your mind and heart are set on having the Trojans perish miserably at the hands of the Argives, bring this about at once without prolonging our misery!"

---

2 ἀπείριτον Rhodomann: -τος M
14 λαοὶ Pauw: ἄλλοι M
19 μέγ᾽ Dausque: μετ᾽ M

Ἦ ῥα μέγ' εὐχόμενος· τοῦ δ' ἔκλυεν οὐρανόθι
    Ζεύς·
καί ῥ' ὃ μὲν αἶψ' ἐτέλεσσεν, ὃ δ' οὐκ ἤμελλε
    τελέσσειν.

25 δὴ γάρ οἱ κατένευσεν ὅπως ἀπὸ πολλοὶ ὄλωνται
    Τρῶες ὁμῶς τεκέεσσι, δαΐφρονα δ' υἷ' Ἀχιλῆος
    τρεψέμεν οὐ κατένευσεν ἀπ' εὐρυχόροιο πόληος,
    ἀλλά ἑ μᾶλλον ἔγειρεν, ἐπεί νύ ἑ θυμὸς ἀνώγει
    ἦρα φέρειν καὶ κῦδος ἐύφρονι Νηρηίνῃ.

30   Καὶ τὰ μὲν ὣς ὥρμαινε θεῶν μέγα φέρτατος
    ἄλλων.
μεσσηγὺς δὲ πόληος ἰδ' εὐρέος Ἑλλησπόντου
Ἀργεῖοι καὶ Τρῶες ἀποκταμένους ἐνὶ χάρμῃ
καῖον ὁμῶς ἵπποισι· μάχη δ' ἐπέπαυτο φόνοιο,
οὕνεκα δὴ Πριάμοιο βίη κήρυκα Μενοίτην

35 εἰς Ἀγαμέμνονα πέμψε καὶ ἄλλους πάντας Ἀχαιοὺς
λισσόμενος νέκυας πυρὶ καιέμεν, οἳ δ' ἐπίθοντο
αἰδόμενοι κταμένους· οὐ γάρ σφισι μῆνις ὀπηδεῖ.
ἦμος δὲ φθιμένοισι πυρὰς ἐκάμοντο θαμειάς,
δὴ τότ' ἄρ' Ἀργεῖοι μὲν ἐπὶ κλισίας ἀφίκοντο,

40 Τρῶες δ' ἐς Πριάμοιο πολυχρύσοιο μέλαθρα,
ἀχνύμενοι μάλα πολλὰ δεδουπότος Εὐρυπύλοιο.
τὸν γὰρ δὴ τίεσκον ἴσον Πριάμοιο τέκεσσι·
τοὔνεκά μιν τάρχυσαν ἀποκταμένων ἑκὰς ἄλλων
Δαρδανίης προπάροιθε πύλης, ὅθι μακρὰ ῥέεθρα

* * *

45 δινήεις προΐησιν ἀεξόμενος Διὸς ὄμβρῳ.
    Υἱὸς δ' αὖτ' Ἀχιλῆος ἀταρβέος ἵκετο πατρὸς

Such was his passionate prayer, and Zeus in heaven heard it. He fulfilled part of it at once, but the other part he would never fulfill: he nodded assent to many Trojans perishing together with their children, but not to the warlike son of Achilles being turned away from the broad streets of Troy; in fact he roused him to greater efforts, because his heart was set on obliging and honoring the wise daughter of Nereus.

Such were the intentions of the god who far excelled all others. Meanwhile, in the area between the city and the broad Hellespont, the Argives and Trojans cremated those killed in the conflict, both men and horses; the battle had stopped shedding blood as a result of mighty Priam's sending his herald Menoetes to Agamemnon and the rest of the Achaeans with the request that the dead should be cremated; and they agreed, out of respect for the dead, who incur no resentment. Once work on the many pyres for the dead was complete, the Argives went to their huts and the Trojans to the palace of wealthy Priam, grieving greatly for the fallen Eurypylus. Because they held him in equal honor to the sons of Priam, they buried him apart from the other victims in front of the Dardan Gate, where the great streams ⟨of Xanthus . . .⟩[1] swollen by the rain of Zeus, flows eddying along.

The son of Achilles went to see the vast tomb of his

---

[1] One line missing.

---

36 πυρὶ Rhodomann: περι- M
39 ἄρ' Rhodomann: om. M

τύμβον ἐπ' εὐρώεντα· κύσεν δ' ὅ γε δάκρυα χεύων
στήλην εὐποίητον ἀποφθιμένοιο τοκῆος,
καί ῥα περιστενάχων τοῖον ποτὶ μῦθον ἔειπε·
50   "Χαῖρε, πάτερ, καὶ ἔνερθε κατὰ χθονός· οὐ γὰρ
      ἔγωγε
λήσομαι οἰχομένοιο σέθεν ποτὶ δῶμ' Ἀίδαο.
ὡς εἴθε ζωόν σε μετ' Ἀργείοισι κίχανον·
τῶ κε τάχ' ἀλλήλοισι φρένας τερφθέντ' ἐνὶ θυμῷ
Ἰλίου ἐξ ἱερῆς λῃσσάμεθ' ἄσπετον ὄλβον.
55 νῦν δ' οὔτ' ἄρ σύ γ' ἐσεῖδες ἐὸν τέκος, οὔτέ σ' ἔγωγε
εἶδον ζωὸν ἐόντα λιλαιόμενός περ ἰδέσθαι.
ἀλλὰ καὶ ὧς σέο νόσφι καὶ ἐν φθιμένοισιν ἐόντος
σὸν δόρυ καὶ τεὸν υἷα μέγ' ἐν δαῒ πεφρίκασι
δυσμενέες, Δαναοὶ δὲ γεγηθότες εἰσορόωσι
60 σοὶ δέμας ἠδὲ φυὴν ἐναλίγκιον ἠδὲ καὶ ἔργα."
    Ὣς εἰπὼν ἀπὸ θερμὸν ὀμόρξατο δάκρυ παρειῶν·
βῆ δὲ θοῶς ἐπὶ νῆας ὑπερθύμοιο τοκῆος,
οὐκ οἶος· ἅμα γάρ οἱ ἴσαν δυοκαίδεκα φῶτες
Μυρμιδόνων, Φοῖνιξ δ' ὁ γέρων μετὰ τοῖσιν ὀπήδει
65 λυγρὸν ἀναστενάχων ἐρικυδέος ἀμφ' Ἀχιλῆος.
    Νὺξ δ' ἐπὶ γαῖαν ἵκανεν, ἐπέσσυτο δ' οὐρανὸν
      ἄστρα·
οἳ δ' ἄρα δορπήσαντες ἕλονθ' ὕπνον. ἔγρετο δ' Ἠώς·
Ἀργεῖοι δ' ἄρα δῦσαν ἐν ἔντεσι· τῆλε δ' ἀπ' αὐτῶν
αἴγλη μαρμαίρεσκεν ἐς αἰθέρα μέχρις ἰοῦσα.
70 καί ῥα θοῶς ἔκτοσθε πυλάων ἐσσεύοντο

fearless father. Weeping, he kissed the well-made monument of his departed parent and addressed him, his words mingled with groans:

"Hail, father: beneath the earth you may be, but I shall not forget you now that you are gone to the house of Hades. If only I had found you still alive among the Argives! We would have taken great pleasure in each other's company and in carrying off vast amounts of treasure from Ilium's sacred city! But as it is, you have not seen your son and I have not seen you alive, though I longed to. Still, in battle the enemy are terrified of your spear and your son, even now that you are far away among the dead; and the Danaans rejoice to see me like you in form, in stature and in deeds!"

With these words he wiped the hot tears from his cheeks and quickly made his way to the ships of his great-spirited father. He did not go alone: twelve Myrmidon warriors escorted him, and old Phoenix kept them company, grieving and lamenting for the renowned Achilles.

Night fell upon the earth, and the stars rose in the sky. After a meal, they all went to sleep. Then Eos awoke, and the Argives donned their armor, whose gleam was so bright that it was seen from far off and reached up to the sky. They charged out of their gates all together, just like

---

53 κε Rhodomann: καὶ M
55 οὔτέ σ᾽ ἔγωγε Köchly: οὐδέ σ᾽ ἐγώ περ M
63 ἴσαν Rhodomann: ἔσαν M
65 ἐρικυδέος Zimmermann: περι- M

πανσυδίη νιφάδεσσιν ἐοικότες, αἵ τε φέρονται
ταρφέες ἐκ νεφέων κρυερῇ ὑπὸ χείματος ὥρῃ·
ὡς οἵ γ' ἐξεχέοντο πρὸ τείχεος· ὦρτο δ' αὐτὴ
σμερδαλέη, μέγα δ' αἷα περιστεναχίζετ' ἰόντων.

75 Τρῶες δ' εὖτ' ἐπύθοντο βοὴν καὶ λαὸν ἴδοντο,
θάμβησαν, πᾶσιν δὲ κατεκλάσθη κέαρ ἔνδον
πότμον ὀιομένων· περὶ γὰρ νέφος ὡς ἐφαάνθη
λαὸς δυσμενέων, κανάχιζε δὲ τεύχεα φωτῶν
κινυμένων, ἄμοτον δὲ κονίσαλος ὦρτο ποδοῖιν.

80 καὶ τότ' ἄρ' ἠὲ θεῶν τις ὑπὸ φρένας ἔμβαλε θάρσος
Δηιφόβῳ καὶ θῆκε μάλ' ἄτρομον, ἠὲ καὶ αὐτὸν
θυμὸς ἐποτρύνεσκε ποτὶ κλόνον, ὄφρ' ἀπὸ πάτρης
δυσμενέων ἀλεγεινὸν ὑπ' ἔγχεϊ λαὸν ἐλάσσῃ·
θαρσαλέον δ' ἄρα μῦθον ἐνὶ Τρώεσσιν ἔειπεν·

85 "Ὦ φίλοι, εἰ δ' ἄγε θυμὸν ἀρήιον ἐν φρεσὶ
      θέσθε,
μνησάμενοι στονόεντος ὅσα πτολέμοιο τελευτὴ
ἄλγε' ἐπ' ἀνθρώποισι δορυκτήτοισι τίθησιν.
οὐ γὰρ Ἀλεξάνδροιο πέλει περὶ μοῦνον ἄεθλος
οὐδ' Ἑλένης, ἀλλ' ἔστι περὶ πτόλιός τε καὶ αὐτῶν

90 ἠδ' ἀλόχων τεκέων τε φίλων γεραρῶν τε τοκήων
πάσης τ' ἀγλαΐης καὶ κτήσιος ἠδ' ἐρατεινῆς
γαίης, ἥ με δαμέντα κατὰ κλόνον ἀμφικαλύψαι
μᾶλλον ἢ ἀθρήσαιμι φίλην ὑπὸ δούρασι πάτρην
δυσμενέων· οὐ γάρ τι κακώτερον ἔλπομαι ἄλλο

95 πῆμα μετ' ἀνθρώποισιν ὀιζυροῖσι τετύχθαι.
τοὔνεκ' ἀπωσάμενοι στυγερὸν δέος ἀμφ' ἐμὲ πάντες
καρτύνασθ' ἐπὶ δῆριν ἀμείλιχον· οὐ γὰρ Ἀχιλλεὺς

snowflakes that fall thickly from the clouds in the chilly winter season: just so they streamed out before the wall, giving rise to a grim clamor and making the earth groan aloud as they came.

The Trojans were amazed when they heard the shouts and saw the army, and their hearts sank within them as they felt their end was nigh; for the enemy's army seemed to envelop everything like a cloud, the warriors' armor clanked as they marched along, and dust rose continually from their feet. Then, either emboldened and made fearless by some god or self-prompted to war, Deïphobus felt the urge to chase the enemy's cruel army out of his fatherland with his spear. In the midst of the Trojans he made this bold speech:

"Come on, my friends, adopt a warlike spirit. remember all the distress captives must suffer at the end of a grievous war! This struggle is not just about Alexander or Helen: it is about our city, ourselves, our wives, our dear children and parents, all our splendid possessions, and this lovely land. And I hope to die in battle and be buried here rather than see my dear fatherland subject to enemy spears: to my way of thinking, no suffering worse than this can be devised for wretched mortals. Banish this hateful fear, then, and all of you gather round me and steel yourselves for a pitiless conflict. Achilles will not be fighting

---

83 ἐλάσσῃ C. L. Struve: ὀλέσσῃ M
85 ἄγε Rhodomann: ἄρα M
88 μοῦνον Bonitz: -νος M
92 ἀμφικαλύψαι Platt: -ψει m: -ψοι m
93 δούρασι Köchly: -τι M
95 μετ' Rhodomann: μέγ' M

ζωὸς ἔθ' ἡμῖν ἄντα μαχήσεται, οὕνεκ' ἄρ' αὐτὸν
πῦρ ὀλοὸν κατέδαψε· πέλει δέ τις ἄλλος Ἀχαιῶν
100 ὃς νῦν λαὸν ἄγειρεν. ἔοικε δὲ μήτ' Ἀχιλῆα
μήτέ τιν' ἄλλον Ἀχαιὸν ὑποτρομέειν περὶ πάτρης
μαρναμένους. τῶ μή τι φεβώμεθα μῶλον Ἄρηος,
εἰ καὶ πολλὰ πάροιθεν ἀνέτλημεν μογέοντες·
ἦ οὔ πω τόδε οἴδατ' ἀνὰ φρένας ὡς ἀλεγεινοῖς
105 ἀνδράσιν ἐκ καμάτοιο πέλει θαλίη τε καὶ ὄλβος,
ἐκ δ' ἄρα λευγαλέων ἀνέμων καὶ χείματος αἰνοῦ
Ζεὺς ἐπάγει μερόπεσσι δι' ἠέρος εὔδιον ἦμαρ,
ἔκ τ' ὀλοῆς νούσοιο πέλει σθένος, ἔκ τε μόθοιο
εἰρήνη; τὰ δὲ πάντα χρόνῳ μεταμείβεται ἔργα."
110 Ὣς φάτο· τοὶ δ' ἐς Ἄρηα μεμαότες ἐντύναντο
ἐσσυμένως· καναχὴ δὲ κατὰ πτόλιν ἔπλετο πάντη
μῶλον ἐς ἀλγινόεντα κορυσσομένων αἰζηῶν.
ἔνθ' ἄρα τῷ μὲν ἄκοιτις ὑποτρομέουσα κυδοιμὸν
ἔντε' ἐποιχομένη παρενήνεε δάκρυ χέουσα·
115 τῷ δ' ἄρα νήπιοι υἷες ἐπειγόμενοι περὶ πατρὶ
τεύχεα πάντα φέρεσκον· ὃ δέ σφισιν ἄλλοτε μέν
      που
ἄχνυτ' ὀδυρομένοις, ὀτὲ δ' ἔμπαλι μειδιάασκε
παισὶν ἀγαλλόμενος· κραδίη δέ οἱ ἐν δαῒ μᾶλλον
ὥρμαινεν πονέεσθαι ὑπὲρ τεκέων τε καὶ αὐτοῦ.
120 ἄλλῳ δ' αὖτε γεραιὸς ἐπισταμένης παλάμῃσιν
ἀμφετίθει μελέεσσι κακῆς ἀλκτήρια χάρμης
πολλὰ παρηγορέων φίλον υἷέα μηδενὶ εἴκειν
ἐν πολέμῳ, καὶ στέρνα τετυμμένα δείκνυε παιδὶ
ταρφέα σήματ' ἔχοντα παλαιῆς δηιοτῆτος.

against us: he is no longer alive, and has been consumed by destructive fire; it is some other Achaean who is assembling their army now. In any case, when you are fighting for your fatherland you should have no fear of Achilles or of any other Achaean. So let us not even think of fleeing from the battle of Ares, much though we may have toiled and suffered in the past. You must have realized by now that happy days and prosperity come after suffering for wretched mortals; that Zeus brings mankind clear skies after hurricanes and violent storms; and that health comes after a dangerous sickness, peace after war. Time brings about change in all things."

So he spoke, and they, keen for Ares, hurried to arm themselves, so that the clanking of their arms could be heard all through the city as the young men got ready for cruel war. One man's wife, fearful at the prospect of the fighting, tearfully stacked his equipment beside him; another's infant sons bustled about for their father and brought him all his armor, while he grieved to see them unhappy yet could not help smiling with paternal pride, all the more resolved in his heart to do his utmost in the fight in defense of his children and himself. For another man it was his elderly father who with expert hands fitted the armor, his defense against cruel war, on his limbs, gave his dear son much advice about not yielding to anyone in battle, and showed him the many scars on his breast,[2] evidence of battles long ago.

---

[2] Cowards have wounds in the back.

---

100 μήτ' Ἀχιλῆα Heyne: πάντ' ἀχιλῆι M
101 Ἀχαιὸν Rhodomann: -ῶν M

125 Ἀλλ᾽ ὅτε δὴ μάλα πάντες ἐν ἔντεσι θωρήχθησαν,
ἄστεος ἐξεχέοντο μέγ᾽ ἱέμενοι πολέμοιο
λευγαλέου. ταχέεσσι δ᾽ ἐφ᾽ ἱππήεσσιν ὄρουσαν
ἱππῆες, πεζοῖσι δ᾽ ἐπέχραον ἔθνεα πεζῶν,
ἅρμασι δ᾽ ἅρμαθ᾽ ἵκοντο καταντίον· ἔβραχε δὲ χθὼν
130 ἐς μόθον ἐσσυμένων, ἐπαύτεε δ᾽ οἷσιν ἕκαστος
κεκλόμενος. τοὶ δ᾽ αἶψα συνήιον· ἀμφὶ δ᾽ ἄρά σφι
τεύχε᾽ ἐπεσμαράγησε· μίγη δ᾽ ἑκάτερθεν ἀυτὴ
λευγαλέη. τὰ δὲ πολλὰ θοῶς ποτέοντο βέλεμνα
βαλλόμεν᾽ ἀμφοτέρωθεν· ὑπ᾽ ἔγχεσι δ᾽ ἀσπίδες
ἀνδρῶν
135 θεινόμεναι κτυπέεσκον ἄασπετον, αἱ δ᾽ ὑπ᾽ ἀκόντων
καὶ ξιφέων· πολέες δὲ καὶ ἀξίνῃσι θοῇσιν
ἀνέρες οὐτάζοντο· φορύνετο δ᾽ ἔντεα φωτῶν
αἵματι. Τρωιάδες δ᾽ ἀπὸ τείχεος ἐσκοπίαζον
αἰζηῶν στονόεντα μόθον, πάσῃσι δὲ γυῖα
140 ἔτρεμεν εὐχομένῃσιν ὑπὲρ τεκέων τε καὶ ἀνδρῶν
ἠδὲ κασιγνήτων· πολιοὶ δ᾽ ἅμα τῇσι γέροντες
ἕζοντ᾽ εἰσορόωντες, ἔχον δ᾽ ὑπὸ χείλεσι θυμὸν
παίδων ἀμφὶ φίλων. Ἑλένη δ᾽ ἐνὶ δώμασι μίμνεν
οἴη ἅμ᾽ ἀμφιπόλοισιν· ἔρυκε γὰρ ἄσπετος αἰδώς.
145 Οἱ δ᾽ ἄμοτον πονέοντο πρὸ τείχεος· ἀμφὶ δὲ
Κῆρες
γήθεον, οὐλομένη δ᾽ ἐπαύτεεν ἀμφοτέροισι
μακρὸν Ἔρις βοόωσα. κόνις δ᾽ ἐρυθαίνετο λύθρῳ
κτεινομένων· ὀλέκοντο δ᾽ ἀνὰ κλόνον ἄλλοθεν ἄλλος.
ἔνθ᾽ ἄρα Δηίφοβος κρατερὸν κτάνεν ἡνιοχῆα

When all were equipped and armed, they streamed out of the city eager for cruel war. Cavalry galloped at swift cavalry, infantry battalions charged at infantry, chariots went against chariots; the ground resounded as they rushed into battle, and each leader called loudly to his men. Soon they engaged; there was a clanking of body armor mingled with blood-curdling yells from either side. Volleys of swift arrows shot by both sides flew swiftly; there was an indescribable din of men's shields being struck by spears or javelins or swords; many men were wounded by swift ax blows; and the warriors' armor was defiled with blood. From the wall the women of Troy watched this cruel conflict involving their young men; all atremble, they offered up prayers for their children, husbands and brothers, and the old men sat with them watching their dear children: they were consumed with apprehension. Only Helen stayed at home with her maidservants: extreme shame kept her there.

Before the wall the work of war was relentless; the spirits of doom rejoiced, and dire Strife yelled encouragement to both sides with loud shouts. The dust grew red with the blood of the dying as victims perished in the battle on every side. Deïphobus killed Hippasides, the mighty charioteer of ⟨. . . . .⟩: from his speeding chariot

---

132 μίγη C. L. Struve: μίη M
134 ἔγχεσι Rhodomann, Köchly: -εϊ M
142 χείλεσι Wifstrand: χείρεσι M
144 ἄμ' Rhodomann: om. M

150 <. . .> Ἱππασίδην, ὃ δ᾽ ἀφ᾽ ἅρματος αἰψηροῖο
ἤριπεν ἀμφὶ νέκυσσιν. ἄχος δέ οἱ ἔσχεν ἄνακτα·
δείδιε γὰρ μὴ δή μιν ἐφ᾽ ἡνία χεῖρας ἔχοντα
υἱὸς ἐῢς Πριάμοιο κατακτείνῃσι καὶ αὐτόν·
ἀλλά οἱ οὐκ ἀμέλησε Μελάνθιος· ἀλλ᾽ ἐπὶ δίφρον

155 ἆλτο θοῶς, ἵπποισι δ᾽ ἐκέκλετο μακρὰ τινάσσων
εὔληρ᾽, οὐδ᾽ ἔχε μάστιν, ἔλαυνε δὲ δούρατι θείνων.
καὶ τοὺς μὲν Πριάμοιο πάϊς λίπεν, ἵκετο δ᾽ ἄλλων
ἐς πληθύν. πολέεσσι δ᾽ ὀλέθριον ὤπασεν ἦμαρ
ἐσσυμένως· ὀλοῇ γὰρ ἀλίγκιος αἰὲν ἀέλλῃ

160 θαρσαλέως δηίοισιν ἐπώχετο· τοῦ δ᾽ ὑπὸ χερσὶ
μυρίοι ἐκτείνοντο, πέδον δ᾽ ἐστείνετο νεκρῶν.
ὡς δ᾽ ὅτ᾽ ἂν οὔρεα μακρὰ θορὼν εἰς ἄγκεα βήσσης
δρυτόμος ἐγκονέων νεοθηλέα δάμναται ὕλην,
ἄνθρακας ὄφρα κάμῃσι κατακρύψας ὑπὸ γαῖαν

165 σὺν πυρὶ δούρατα πολλά, τὰ δ᾽ ἄλλοθεν ἄλλα
πεσόντα
πρῶνας ὕπερθε κάλυψαν, ἀνὴρ δ᾽ ἐπιτέρπεται ἔργῳ·
ὣς ἄρα Δηιφόβοιο θοῇς ὑπὸ χερσὶν Ἀχαιοὶ
ἰλαδὸν ὀλλύμενοι περικάππεσον ἀλλήλοισι.
καί ῥ᾽ οἳ μὲν Τρώεσσιν ὅμιλεον, οἳ δ᾽ ἐφέβοντο

170 εὐρὺν ἐπὶ Ξάνθοιο ῥόον· τοὺς δ᾽ ὕδατος εἴσω
Δηίφοβος συνέλασσε καὶ οὐκ ἀπέληγε φόνοιο.
ὡς δ᾽ ὁπότ᾽ ἰχθυόεντος ἐπ᾽ ἠόσιν Ἑλλησπόντου
δίκτυον ἐξερύωσι πολύκμητοι ἁλιῆες
κολπωθὲν ποτὶ γαῖαν, ἔσω δ᾽ ἁλὸς εἰσέτ᾽ ἐόντος

175 ἐνθόρῃ αἰζηὸς γναμπτὸν δόρυ χερσὶ μεμαρπὼς
αἰνὸν ἐπὶ ξιφίῃσι φέρων μόρον, ἄλλοθε δ᾽ ἄλλον

458

he fell among the corpses. His master was anxious with
fear that with his hands holding the reins he too would be
killed by the noble son of Priam. But Melanthius did not
abandon him: he quickly leaped on the chariot and di
rected the horses with a shake of the long reins; he had no
whip, and used blows from his spear to drive them. Priam's
son left them and moved on to the mass of fighters. In his
fury he made that the dying day for many, all the time
ranging valiantly among the foe like some deadly whirl-
wind: countless victims fell by his hand, and the ground
was crowded with corpses. Just as when up in the high
mountains a woodcutter plunges into the hollows of a glen
and without delay begins to chop down the woods' fresh
growth so that he can make charcoal by burying a good
number of logs in a fire pit, and that wood, lying fallen in
random profusion, forms a covering over the rocky ground,
and the man is pleased at a job well done: just so the
Achaeans dying in crowds at the agile hands of Deïphobus
fell confusedly one upon another. Some of them joined
battle with the Trojans, but the others fled to Xanthus'
broad stream; and Deïphobus herded them into the water
without ever ceasing the carnage. Just as when on the
shores of the Hellespont, abundant in fish, toiling fisher-
men drag a bulging net to land, and while it is still in the
sea some young man leaps in armed with a barbed spear,
dealing dread death to the swordfish[3] and killing any oth-

---

[3] Perhaps specified because their "swords" make it a duel of
a sort with the fishermen.

---

174 ἐόντος Rhodomann: -τας M
176 φέρων Pauw: -ρον m: -ρει m

δάμναται ὅν κε κίχησι, φόνῳ δ' ἐρυθαίνεται ὕδωρ·
ὡς τοῦ ὑπαὶ παλάμῃσι περὶ Ξάνθοιο ῥέεθρα
αἵματι φοινίχθησαν, ἐνεστείνοντο δὲ νεκροί.
180   Οὐδὲ μὲν οὐδ' ἄρα Τρῶες ἀναιμωτὶ πονέοντο,
ἀλλά σφεας ἐδάιζεν Ἀχιλλέος ὄβριμος υἱὸς
ἀμφ' ἄλλῃσι φάλαγξι· Θέτις δέ που εἰσορόωσα
τέρπετ' ἐφ' υἱωνῷ, ὅσον ἄχνυτο Πηλείωνι.
τοῦ γὰρ ὑπὸ μελίῃ πουλὺς στρατὸς ἐν κονίῃσι
185   πῖπτεν ὁμῶς ἵπποισιν· ὃ δ' ἑσπόμενος κεράιζεν.
ἔνθ' Ἀμίδην ἐδάιξε περικλυτόν, ὅς ῥά οἱ ἵππῳ
ἑζόμενος συνέκυρσε καὶ οὐκ ἀπόνητ' ἐρατεινῆς
ἱππασίης· δὴ γάρ μιν ὑπ' ἔγχεϊ τύψε φαεινῷ
ἐς νηδύν, αἰχμὴ δὲ ποτὶ ῥάχιν ἐξεπέρησεν·
190   ἔγκατα δ' ἐξεχύθησαν, ἕλεν δέ μιν οὐλομένη Κὴρ
ἐσσυμένως ἵπποιο θοοῦ παρὰ ποσσὶ πεσόντα.
εἷλε δ' ἄρ' Ἀσκάνιόν τε καὶ Οἴνοπα, τὸν μὲν
        ἐλάσσας
δουρὶ κατὰ στομάχοιο παρὰ στόμα, τὸν δ' ὑπὸ
        λαιμόν,
καίριος ἔνθα μάλιστα πέλει μόρος ἀνθρώποισιν.
195   ἄλλους δ' ἔκτανε πάντας ὅσους κίχε· τίς κεν
        ἐκείνους
ἀνδρῶν μυθήσαιτο, κατὰ κλόνον ὅσσοι ὄλοντο
χερσὶ Νεοπτολέμοιο; κάμεν δέ οἱ οὔ ποτε γυῖα.
ὡς δ' ὁπότ' αἰζηῶν τις ἀγρῷ ἐνὶ τηλεθάοντι
πᾶν ἦμαρ κρατερῇσι πονησάμενος παλάμῃσιν
200   ἐς γαῖαν κατέχευεν ἀπείρονα καρπὸν ἐλαίης

ers, too, in random profusion, while the water grows red
with the carnage: just so his handiwork made Xanthus'
streams all crimson with blood and choked with corpses.

Not that the Trojans were toiling without bloodshed
themselves: the mighty son of Achilles was slaughtering
them in another part of the lines, and Thetis, looking on,
may have felt as much pride in her grandson as she felt
grief for the son of Peleus, for a great host of men with
their horses were felled in the dust by his ash-wood spear
as he pursued them with carnage. It was there that he slew
the renowned Amides, who encountered him on horse-
back but found no advantage from his beloved horseman-
ship: the polished spear dealt him a blow in the stomach
and the point emerged by his spine; his entrails gushed
out, and dread Doom seized him the instant that he fell at
the feet of his swift steed. Next he slew Ascanius and
Oenops, stabbing the one with his spear in the gullet close
to the mouth[4] and the other below the throat, where
wounds are most fatal for men. Others, too, he killed—ev-
eryone he found. What man could list all those who per-
ished in the battle by Neoptolemus' hand? His body never
tired: just as some young man by working all day with his
stout hands in a flourishing grove and wielding his pole

[4] Text uncertain.

186 ἵππῳ Pauw: -ων M
193 παρὰ Vian: ποτὶ M

ῥάβδῳ ἐπισπέρχων, ἐκάλυψε δὲ χῶρον ὕπερθεν·
ὡς τοῦ ὑπαὶ παλάμῃσι κατήριπε πουλὺς ὅμιλος.

Τυδείδης δ᾽ ἑτέρωθεν ἐυμμελίης τ᾽ Ἀγαμέμνων
ἄλλοί τ᾽ ἐν Δαναοῖσιν ἀριστῆες πονέοντο
205 προφρονέως ἀνὰ δῆριν ἀμείλιχον. οὐδὲ μὲν ἐσθλοῖς
Τρώων ἡγεμόνεσσι δέος πέλεν, ἀλλὰ καὶ αὐτοὶ
ἐκ θυμοῖο μάχοντο καὶ ἀνέρας αἰὲν ἔρυκον
χαζομένους· πολέες δὲ καὶ οὐκ ἀλέγοντες ἀνάκτων
ἐκ πολέμοιο φέβοντο μένος τρομέοντες Ἀχαιῶν.
210 Ὀψὲ δ᾽ ἄρ᾽ εἰσενόησε περὶ προχοῇσι Σκαμάνδρου
ὀλλυμένους Δαναοὺς κρατερὸς πάις Αἰακίδαο
αἰὲν ἐπασσυτέρους· λίπε δ᾽ οὓς πάρος αὐτὸς ἔναιρε
φεύγοντας ποτὶ ἄστυ, καὶ Αὐτομέδοντι κέλευε
κεῖσ᾽ ἐλάαν, ὅθι πουλὺς ἐδάμνατο λαὸς Ἀχαιῶν.
215 αὐτὰρ ὅ γ᾽ αἶψ᾽ ἐπίθησε καὶ ἀθανάτων μένος ἵππων
σεύεσκεν μάστιγι ποτὶ κλόνον· οἳ δ᾽ ἐπέτοντο
ῥίμφα διὰ κταμένων κρατερὸν φορέοντες ἄνακτα.
οἷος δ᾽ ἐς πόλεμον φθισίμβροτον ἔρχεται Ἄρης
ἐμβεβαὼς ἵπποισι, περιτρομέει δ᾽ ἄρα γαῖα
220 ἐσσυμένου, καὶ θεῖα περὶ στέρνοισι θεοῖο
τεύχε᾽ ἐπιβρομέουσιν ἴσον πυρὶ μαρμαίροντα·
τοῖος Ἀχιλλῆος κρατερὸς πάις ἤιεν ἄντην
ἐσθλοῦ Δηιφόβοιο· κόνις δ᾽ ἐπαείρετο πολλὴ
ἵππων ἀμφὶ πόδεσσιν. ἰδὼν δέ μιν ἄλκιμος ἀνὴρ
225 Αὐτομέδων ἐνόησεν ὅ τις πέλεν· αἶψα δ᾽ ἄνακτι
τοῖον ἔπος κατέλεξε περικλυτὸν ἄνδρα πιφαύσκων·

"Ὦ ἄνα, Δηιφόβοιο πέλει στρατὸς ἠδὲ καὶ αὐτός,

makes an immense crop of olives fall to the earth and cover the ground beneath: just so did a great company fall at his hands.

On another part of the battlefield Tydides, Agamemnon of the fine ash-wood spear and the other Danaan leaders went to work with a will in the pitiless conflict. Nor were the noble Trojan leaders afraid: they too fought with determination and kept holding their men from retreating—although many ignored their leaders and fled the battle through fear of the Achaeans' might.

Eventually the mighty son of Aeacides realized that the Danaans were dying in ever greater numbers by Scamander's streams. He stopped killing fugitives running toward the city and ordered Automedon to drive where the Achaeans were suffering heavy losses. With instant obedience he used his whip to direct the power of those immortal horses toward the fray, and they flew swiftly through the carnage bearing their mighty master. Just as Ares enters murderous battle mounted on his chariot, the earth trembling as he passes, the divine armor ringing out on the god's breast: just so the mighty son of Achilles advanced against noble Deïphobus, and clouds of dust rose from his horses' feet. When valiant Automedon saw him, he recognized who he was and informed his lord about that renowned warrior with these words:

"My lord, these are the troops of Deïphobus and that

---

222 κρατερὸς Zimmermann: -οῦ M

* * *

σεῖο πάροιθε τοκῆος ὑπέτρεσε· νῦν δέ οἱ ἐσθλὸν
ἢ θεὸς ἢ δαίμων τις ὑπὸ κραδίην βάλε θάρσος.”

230   Ὣς ἄρ’ ἔφη· ὁ δ’ ἄρ’ οὔ τι προσέννεπεν, ἀλλ’ ἔτι
μᾶλλον
ἵππους ὀτρύνεσκεν ἐλαυνέμεν, ὄφρα τάχιστα
ὀλλυμένοις Δαναοῖσιν ἀεικέα πότμον ἀλάλκοι.
ἀλλ’ ὅτε δή ῥ’ ἀφίκοντο μάλα σχεδὸν ἀλλήλοισι,
δὴ τότε Δηίφοβος μάλα περ χατέων πολέμοιο

235   ἔστη, ὅπως πῦρ αἰνόν, ὅθ’ ὕδατος ἐγγὺς ἵκηται·
θάμβεε δ’ εἰσορόων κρατερόφρονος Αἰακίδαο
ἵππους ἠδὲ καὶ υἷα πελώριον, οὔ τι τοκῆος
μείονα· τοῦ δ’ ἄρα θυμὸς ὑπὸ φρεσὶν ὁρμαίνεσκεν
ἄλλοτε μὲν φεύγειν, ὁτὲ δ’ ἀνέρος ἄντα μάχεσθαι.

240   ὡς δ’ ὅτε σῦς ἐν ὄρεσσι νεηγενέων ἀπὸ τέκνων
θῶας ἀποσσεύῃσι, λέων δ’ ἑτέρωθε φανείη
ἔκποθεν ἐσσύμενος, τοῦ δ’ ἵσταται ἄσπετος ὁρμὴ
οὔτε πρόσω μεμαῶτος ἔτ’ ἐλθέμεν οὔτ’ ἄρ’ ὀπίσσω,
θήγει δ’ ἀφριόωντας ὑπὸ γναθμοῖσιν ὀδόντας·

245   ὣς υἱὸς Πριάμοιο σὺν ἄρμασι μίμνε καὶ ἵπποις
πορφύρων φρεσὶ πολλὰ καὶ ἀμφαφόων δόρυ χερσί.
τὸν δ’ υἱὸς προσέειπεν ἀμειλίκτου Ἀχιλῆος·

“Πριαμίδη, τί νυ τόσσον ἐπ’ Ἀργείοισι μέμηνας
χειροτέροις, οἳ σεῖο περιτρομέοντες ὁμοκλὴν

250   φεῦγον ἐπεσσυμένοιο, σὺ δ’ ἔλπεο πολλὸν ἄριστος
ἔμμεναι; ἀλλὰ σοὶ εἴ περ ὑπὸ κραδίῃ μένος ἐστίν,
ἡμετέρης πείρησαι ἀνὰ κλόνον ἀσχέτου αἰχμῆς.”

Ὣς εἰπὼν οἴμησε, λέων ὣς ἄντ’ ἐλάφοιο,

is the man himself ⟨. . . . .⟩[5] who once fled before your father; but now some god or divine power has emboldened his heart."

To these words Neoptolemus made no direct reply, but ordered him to make the horses go faster so that without delay he could rescue the dying Danaans from a grim fate. When they came within a short distance of each other, Deïphobus, for all his eagerness to fight, came to a standstill like dread fire coming near to water. He was astonished at the sight of greathearted Aeacides' horses and of his massive son, equal in stature to his father: in his heart and mind he was torn between running away and fighting the man face to face. Just as when a boar up in the mountains is driving jackals away from its newborn offspring when a lion suddenly appears from some unexpected direction, making the boar cease its attacks, unsure whether to advance further or retreat as it whets the foam-spattered tusks in its jaws: just so Priam's son waited with his horses and chariot as he weighed the matter and grasped his spear in his hands. The son of pitiless Achilles addressed him:

"Priamides, why have you vented so much rage on Argives inferior to yourself? They have been fearfully fleeing your violent attacks, and you think you are far the best warrior. But if you really are strong and full of heart, pit yourself against my invincible spear in combat!"

With these words he rushed toward him like a lion at

[5] One line missing.

---

post 227 lac. stat. Köchly

ἐμβεβαὼς ἵπποισι καὶ ἅρμασι πατρὸς ἑοῖο.
255 καί νύ κέ μιν τάχα δουρὶ σὺν ἡνιόχῳ κατέπεφνεν,
εἰ μή οἱ μέλαν αἶψα νέφος κατέχευεν Ἀπόλλων
ἔκποθεν Οὐλύμποιο καὶ ἐξ ὀλοοῖο μόθοιο
ἥρπασε καί μιν ἔθηκε κατὰ πτόλιν, ἧχι καὶ ἄλλοι
Τρῶες ἴσαν φεύγοντες. ὁ δ᾽ ἐς κενεὴν δόρυ τύψας
260 ἠέρα Πηλείδαο πάις ποτὶ μῦθον ἔειπεν·

"Ὦ κύον, ἐξήλυξας ἐμὸν μένος· οὐδὲ σοὶ ἀλκὴ
ἱεμένῳ περ ἄλαλκε, θεῶν δέ τις ὅς σ᾽ ἐκάλυψε
νύκτα βαλὼν καθύπερθε καὶ ἐκ κακότητος ἔρυσσεν."

Ὣς ἄρ᾽ ἔφη· δνοφερὸν δὲ νέφος καθύπερθε
  Κρονίων
265 εὖτ᾽ ὀμίχλην διέχευε· λύθη δ᾽ εἰς ἠέρα μακρήν.
αὐτίκα δ᾽ ἐξεφάνη πεδίον καὶ πᾶσα περὶ χθών·
Τρῶας δ᾽ εἰσενόησεν ἀπόπροθι πολλὸν ἐόντας
Σκαιῆς ἀμφὶ πύλησιν· ἔβη δ᾽ ἄρα πατρὶ ἐοικὼς
ἀντία δυσμενέων οἵ μιν φοβέοντο κιόντα.
270 ἠΰτε κῦμ᾽ ἀλεγεινὸν ἐπεσσύμενον τρομέουσι
ναῦται, ὅ τ᾽ ἐξ ἀνέμοιο διεγρόμενον φορέηται
εὐρὺ μάλ᾽ ὑψηλόν τε, μέμηνε δὲ λαίλαπι πόντος·
ὣς τοῦ ἐπερχομένοιο κακὸν δέος ἄμπεχε Τρῶας.
τοῖον δ᾽ ἔκφατο μῦθον ἐποτρύνων ἑτάροισι·

275 "Κλῦτε, φίλοι, καὶ θάρσος ἐνὶ στήθεσσι βάλεσθε
ἄτρομον, οἷον ἔοικε φορήμεναι ἀνέρας ἐσθλοὺς
νίκην ἱεμένους ἐρικυδέα χερσὶν ἀρέσθαι
καὶ κλέος ἐκ πολέμοιο δυσηχέος. ἀλλ᾽ ἄγε θυμὸν
παρθέμενοι πονεώμεθ᾽ ὑπὲρ μένος, εἰς ὅ κε Τροίης
280 πέρσωμεν κλυτὸν ἄστυ καὶ ἐκτελέσωμεν ἐέλδωρ·

466

a deer, mounted on the chariot of his father and drawn by his horses. And he would soon have slain Deïphobus with his spear, and his charioteer too, had not Apollo from somewhere on Olympus suddenly poured down a dark cloud, snatched him up from the deadly conflict, and set him down in the city, where the rest of the Trojans, too, were fleeing. Pelides' son stabbed the empty air and spoke these words:

"You dog, you have escaped my onslaught! But it was not your own prowess that saved you, as you hoped it would: it was some god who let darkness fall from above to hide you and then snatched you from calamity!"

So he spoke. Then from above the son of Cronus made the dark cloud disperse like mist, and it disappeared into thin air. The plain and all the country round about at once came in sight, and Neoptolemus realized that the Trojans were far away by the Scaean Gates. The very image of his father, he advanced toward the enemy, and they fled at his approach. Just as sailors tremble at a lethal oncoming wave raised by the wind and moved along, broad and high, as the sea is made to boil by the hurricane: just so a wretched fear enveloped the Trojans as he advanced. To encourage his comrades he spoke these words:

"Listen to me, my friends! Set valor in your hearts and have no fear: that is how noble men should behave when they yearn to win glorious victory in the fight and renown in the din of battle. Come on! Let us risk our lives and strain every nerve until we finally sack the renowned city of Troy and fulfill our hopes! It is shameful to have stayed

---

259 ἴσαν Spitzner: ἔσαν M
263 ἔρυσσεν Rhodomann: ἐρύξας M

αἰδὼς γὰρ μάλα πολλὸν ἐπὶ χρόνον ἔνθα μένοντας
ἔμμεναι ἀπρήκτους καὶ ἀνάλκιδας, οἷα γυναῖκας·
τεθναίην γὰρ μᾶλλον ἢ ἀπτόλεμος καλεοίμην."

    Ὣς φάτο· τοὶ δ' ἔτι μᾶλλον ἐς Ἄρεος ἔργον
ὄρουσαν
285 θαρσαλέως, Τρώεσσι δ' ἐπέδραμον· οἳ δὲ καὶ αὐτοὶ
προφρονέως μάρναντο περὶ πτόλιν, ἄλλοτε δ' αὖτε
ἔντοσθεν πυλέων ἀπὸ τείχεος· οὐδ' ἀπέληγε
δεινὸς Ἄρης, Τρώων μὲν ἐελδομένων ἀπερύξαι
δυσμενέων στρατὸν αἰνόν, ἐυσθενέων δ' Ἀργείων
290 ἄστυ διαπραθέειν· ὀλοὴ δ' ἔχε πάντας ὀιζύς.

    Καὶ τότε δὴ Τρώεσσιν ἀρηγέμεναι μενεαίνων
ἔκθορεν Οὐλύμποιο καλυψάμενος νεφέεσσι
Λητοΐδης· τὸν δ' αἶψα θοαὶ φορέεσκον ἄελλαι
τεύχεσι χρυσείοισι κεκασμένον· ἀμφὶ δὲ μακραὶ
295 μάρμαιρον κατιόντος ἴσον στεροπῇσι κέλευθοι,
ἀμφὶ δέ οἱ γωρυτὸς ἐπέκτυπεν. ἔβραχε δ' αἰθὴρ
θεσπέσιον καὶ γαῖα μέγ' ἴαχεν, εὖτ' ἀκάμαντας
θῆκε παρὰ Ξάνθοιο ῥόον πόδας. ἐκ δ' ἐβόησε
σμερδαλέον, Τρωσὶν δὲ θράσος βάλε, δεῖμα δ'
    Ἀχαιοῖς
300 μίμνειν αἱματόεντα κατὰ κλόνον. οὐδ' Ἐνοσίχθων
ὄβριμος ἠγνοίησε, μένος δ' ἐνέπνευσεν Ἀχαιοῖς
ἤδη τειρομένοισι. μάχη δ' ἀΐδηλος ἐτύχθη
ἀθανάτων βουλῇσιν· ὄλοντο δὲ μυρία φῦλα
αἰζηῶν ἑκάτερθε. κοτεσσάμενος δ' ἄρ' Ἀπόλλων
305 Ἀργείοις ὥρμαινε βαλεῖν θρασὺν υἷ' Ἀχιλῆος
αὐτοῦ, ὅπου καὶ πρόσθεν Ἀχιλλέα· τοῦ δ' ἄρα θυμὸν

here for such a long time doing nothing and feeble, just
like women. I would rather die than be called unwarlike."

So he spoke; and they rushed to the work of Ares even
more violently and charged at the Trojans, who themselves
fought with a will either outside the city or within the gates
from the battlements. The terrible fighting never let up,
with the Trojans aiming to ward off the dread army of the
enemy and the mighty Argives aiming to sack the city.
Death and suffering were everywhere.

Then the son of Leto, eager to help the Trojans, leaped
down from Olympus, hidden in cloud. Swift storm winds
bore him there in a moment. He was dressed in his golden
armor; the whole of the long path of his descent glittered
like lightning, and the rattling of his quiver could be heard.
When he set down his unwearying foot beside Xanthus'
streams, there was an awesome crash in the air and the
earth cried out aloud. He gave a bloodcurdling yell which
emboldened the Trojans but made the Achaeans afraid to
remain in the bloody battle. But this did not escape the
notice of the mighty Earthshaker, who inspired the Achae-
ans with strength just as they were weakening. These gods
contrived a savage battle with countless hosts of young
men slain on either side. Apollo, enraged at the Argives,
was preparing to shoot the valiant son of Achilles on the
very spot where previously he had shot his father; but

---

297 εὖτ' Köchly: ἔνθ' M

οἰωνοὶ κατέρυκον ἀριστερὰ κεκλήγοντες
ἄλλά τε σήματα πολλά· χόλος δέ οἱ οὐκέτ᾽ ἔμελλε
πείθεσθαι τεράεσσι. τὸ δ᾽ οὐ λάθε Κυανοχαίτην
310 ἠέρι θεσπεσίῃ κεκαλυμμένον, ἀμφὶ δὲ ποσσὶ
νισομένοιο ἄνακτος ἐρεμνὴ κίνυτο γαῖα·
τοῖον δ᾽ ἔκφατο μῦθον ἐελδόμενός μιν ἐρύξαι·

"Ἴσχε, τέκος, καὶ μή τι πελώριον υἷ᾽ Ἀχιλῆος
κτείνῃς· οὐδὲ γὰρ αὐτὸς Ὀλύμπιος ὀλλυμένοιο
315 γηθήσει· μέγα δ᾽ ἄλγος ἐμοὶ καὶ πᾶσι θεοῖσιν
ἔσσεται εἰναλίοισιν, ὅπως πάρος ἀμφ᾽ Ἀχιλῆος.
ἀλλ᾽ ἀναχάζεο δῖον ἐς αἰθέρα, μή με χολώσῃς,
αἶψα δ᾽ ἀναρρήξας μεγάλης χθονὸς εὐρὺ βέρεθρον
αὐτὴν Ἴλιον εἶθαρ ἑοῖς ἅμα τείχεσι πᾶσαν
320 θήσω ὑπὸ ζόφον εὐρύν· ἄχος δέ τοι ἔσσεται αὐτῷ."

Ὣς φάθ᾽· ὁ δ᾽ ἀζόμενος μέγ᾽ ἀδελφεὸν οἷο τοκῆος
δείσας τ᾽ ἀμφὶ πόληος ἐυσθενέων θ᾽ ἅμα λαῶν
χάσσατ᾽ ἐς οὐρανὸν εὐρύν, ὁ δ᾽ εἰς ἅλα. τοὶ δ᾽
  ἐμάχοντο
ἀλλήλους ὀλέκοντες, Ἔρις δ᾽ ἐπετέρπετο χάρμῃ,
325 μέσφ᾽ ὅτε δὴ Κάλχαντος ὑπ᾽ ἐννεσίῃσιν Ἀχαιοὶ
ἐς νῆας χάσσαντο καὶ ἐξελάθοντο μόθοιο·
οὐ γὰρ δὴ πέπρωτο δαμήμεναι Ἰλίου ἄστυ,
πρίν γε Φιλοκτήταο βίην ἐς ὅμιλον Ἀχαιῶν
ἐλθέμεναι πολέμοιο δαήμονα δακρυόεντος·
330 καὶ τὸ μὲν ἠγαθέοισιν ἐπεφράσατ᾽ οἰωνοῖσιν
ἠὲ καὶ ἐν σπλάγχνοισιν ἐσέδρακεν· οὐ γὰρ ἄιδρις
μαντοσύνης ἐτέτυκτο, θεὸς δ᾽ ὣς ᾔδεε πάντα.

Τῷ πίσυνοι στονόεντος ἀποσχόμενοι πολέμοιο

birds shrieking cries of ill omen, and various other signs, restrained his anger; though such was his rage that he was on the point of disobeying these omens. This did not escape the notice of dark-haired Poseidon, shrouded in a marvelous mist: the black earth shook beneath the tread of its lord. To restrain Apollo, he spoke these words:

"Stop, my boy! You are not to kill the mighty son of Achilles. The lord of Olympus himself will not be happy if he dies, and I and the other sea gods will be much aggrieved, as we were before about Achilles. Off you go back into the divine air: if you make me angry, I shall force open a broad chasm in the vast earth and instantly plunge the whole city of Ilium, walls and all, down into that broad darkness; then you will be the one who is grieving!"

So he spoke; and Apollo, out of his great respect for his father's brother and fear for the city and its mighty people, went back into the broad sky, and Poseidon sank into the sea. The armies fought on meanwhile with mutual slaughter, and Strife was delighted with the conflict. But eventually the Achaeans on advice from Calchas fell back to the ships and abandoned any idea of fighting· he said that the city of Ilium was not fated to be captured until Philoctetes, expert in war and its miseries, came to reinforce the Achaean host; and he knew this either from observing god-sent birds or from inspecting the entrails: he possessed great skill in divination and a godlike omniscience.

At his behest the Atridae broke off the cruel battle

---

330 ἐπεφράσατ᾿ Bonitz: -σεν M

Ἀτρεῖδαι προέηκαν ἐυκτιμένην ποτὶ Λῆμνον
335 Τυδέος ὄβριμον υἷα μενεπτόλεμόν τ᾽ Ὀδυσῆα
νηὶ θοῇ. τοὶ δ᾽ αἶψα ποτὶ πτόλιν Ἡφαίστοιο
ἤλυθον Αἰγαίοιο διὰ πλατὺ χεῦμα θαλάσσης,
Λῆμνον ἐς ἀμπελόεσσαν, ὅπη πάρος αἰνὸν ὄλεθρον
ἀνδράσι κουριδίοισιν ἐμητίσαντο γυναῖκες
340 ἔκπαγλον κοτέουσαι, ἐπεί σφεας οὔ τι τίεσκον,
ἀλλὰ δμωιάδεσσι παρευνάζοντο γυναιξὶ
Θρηικίης τὰς δουρὶ καὶ ἠνορέῃ κτεάτισσαν
πέρθοντες τότε γαῖαν ἀρηιφίλων Θρηίκων·
αἱ δὲ μέγα ζήλοιο περὶ κραδίῃσι πεσόντος
345 θυμὸν ἀνοιδήσαντο, φίλους δ᾽ ἀνὰ δώματ᾽ ἀκοίτας
κτεῖνον ἀνηλεγέως ὑπὸ χείρεσιν, οὐδ᾽ ἐλέησαν
κουριδίους περ ἐόντας· ἐπεί ῥ᾽ ἀπαναίνεται ἦτορ
ἀνέρος ἠδὲ γυναικός, ὅτε ζηλήμονι νούσῳ
ἀμφιπέσῃ· κρατεραὶ γὰρ ἐποτρύνουσιν ἀνῖαι.
350 ἀλλ᾽ αἱ μὲν σφετέροισιν ἐπ᾽ ἀνδράσι πῆμ᾽ ἐβάλοντο
νυκτὶ μιῇ καὶ πᾶσαν ἐχηρώσαντο πόληα
παρθέμεναι φρεσὶ θυμὸν ἀταρβέα καὶ μέγα κάρτος.
    Οἱ δ᾽ ὅτε δὴ Λήμνοιο πέδον κίον ἠδὲ καὶ ἄντρον
λαΐνεον τόθι κεῖτο πάις Ποίαντος ἀγαυοῦ,
355 δὴ τότ᾽ ἄρά σφισι θάμβος ἐπήλυθεν, εὖτ᾽ ἐσίδοντο
ἀνέρα λευγαλέῃσιν ἐπιστενάχοντ᾽ ὀδύνῃσι
κεκλιμένον στυφελοῖο κατ᾽ οὔδεος. ἀμφὶ δ᾽ ἄρ᾽ αὐτῷ
οἰωνῶν πτερὰ πολλὰ περὶ λεχέεσσι κέχυντο·
ἄλλα δέ οἱ συνέραπτο περὶ χροΐ, χείματος ἄλκαρ
360 λευγαλέου· δὴ γάρ μιν † ἐπὴν ἕλε † λιμὸς ἀτερπής,
βάλλων ἄσχετον ἰόν, ὅπη νόος ἰθύνεσκε,

and sent the mighty son of Tydeus and Odysseus, stalwart in battle, on a swift ship to well-built Lemnos. They crossed the broad expanse of the Aegean Sea and soon arrived at Lemnos famous for its vines, Hephaestus' city, where once the women devised dread death for their wedded husbands, enraged beyond measure at being neglected: the men had slept with Thracian slave women acquired as spoil by their valorous spears in raids on the land of the warlike Thracians; the wives' hearts swelled with such jealous rage that they murdered their husbands in their homes with their own hands, with no pity for them though joined to them in wedlock: the hearts of men and women renounce such ties when they are smitten by the disease of jealousy and prompted by its severe agonies. And so they inflicted calamity on their husbands in a single night and widowed the whole city with this powerful display of fearless anger.

When Diomedes and Odysseus arrived at the land of Lemnos and the rocky cave where the son of noble Poeas was lying, they were shocked to see the man stretched on the bare earth and groaning in excruciating pain. His bed was surrounded by a lot of feathers, and others he had stitched together to protect his body from the cold of winter. When he felt the pangs of hunger he would shoot one of his unerring arrows at his intended target

---

353 πέδον Zimmermann: om. M

* * *

καὶ τὰ μὲν ἄρ κατέδαπτε, τὰ δ᾽ ἕλκεος οὐλομένοιο
ἀμφετίθει καθύπερθε μελαίνης ἄλκαρ ἀνίης.
αὐαλέαι δέ οἱ ἀμφὶ κόμαι περὶ κρατὶ κέχυντο
365 θηρὸς ὅπως ὀλοοῖο τὸν ἀργαλέης δόλος ἄγρης
μάρψῃ νυκτὸς ἰόντα θοοῦ ποδός, ὃς δ᾽ ὑπ᾽ ἀνάγκης
τειρόμενος ποδὸς ἄκρον ἀταρτηροῖσιν ὀδοῦσι
κόψας εἰς ἑὸν ἄντρον ἀποίχεται, ἀμφὶ δέ οἱ κῆρ
τείρει ὁμοῦ λιμός τε καὶ ἀργαλέαι μελεδῶναι·
370 ὣς τὸν ὑπὸ σπέος εὐρὺ κακὴ περιδάμνατ᾽ ἀνίη·
καί οἱ πᾶν μεμάραντο δέμας, περὶ δ᾽ ὀστέα μοῦνον
ῥινὸς ἔην, ὀλοὴ δὲ παρηίδας ἄμπεχ᾽ αὐτμὴ
λευγαλέη ῥυπόωντος· ἀνιηρὸν δέ μιν ἄλγος
δάμνατο· κοῖλαι δ᾽ ἔσκον ὑπ᾽ ὀφρύσιν ἀνδρὸς
ὀπωπαὶ
375 αἰνῶς τειρομένοιο· γόος δέ μιν οὔ ποτ᾽ ἔλειπεν,
οὕνεκά οἱ μέλαν ἕλκος ἐς ὀστέον ἄχρις ἱκέσθαι

* * *

πυθόμενον καθύπερθε, λυγραὶ δ᾽ ὑπέρεπτον ἀνίαι.
ὡς δ᾽ ὅτ᾽ ἐπὶ προβολῇσι πολυκλύστοιο θαλάσσης
πέτρην παιπαλόεσσαν ἀπειρεσίης ἁλὸς ἅλμη
380 δάμναθ᾽ ὑποτμήγουσα μάλα στερεήν περ ἐοῦσαν,
τῆς δ᾽ ἄρα θεινομένης ἀνέμῳ καὶ κύματι λάβρῳ
χηραμὰ κοιλαίνονται ὑποβρωθέντα θαλάσσῃ·
ὣς τοῦ ὑπίχνιον ἕλκος ἀέξετο πυθομένοιο
ἰοῦ ἄπο, στυφελοῖσι τόν οἱ ἐνομόρξατ᾽ ὀδοῦσι
385 λυγρὸς ὕδρος, τόν φασιν ἀναλθέα τε στυγερόν τε
ἔμμεναι, ὁππότε μιν τέρσῃ περὶ χέρσον ἰόντα

474

⟨. . . . .⟩[6] he would eat some and apply others to his dreadful wound to allay his black agony. The hair of his head was long and matted like the hide of some savage beast which while running one night has had its swift foot caught by a hunter's cruel trap, and has had no choice but to gnaw off the end of its foot with its baneful teeth, so that it goes back to its den suffering the twin agonies of hunger and terrible pain: just so was he worn down by an evil agony in his broad cave. His whole body had shrunk to mere skin and bone; a foul and unbearable smell enveloped his filthy face; he was worn down by his agonizing pain; the hollow eyes beneath the poor man's brows showed how dreadfully he suffered; he groaned incessantly because his black, suppurating wound ⟨. . . . .⟩[7] reach to the bone, and he was gnawed by hideous pains. Just as when the surge of the boundless sea gradually erodes a rugged rock, for all its hardness, on some headland battered by the sea, and as it is beaten by wind and violent waves hollows are formed as the sea gradually eats it away: just so the wound in his foot grew worse from the suppurating venom inflicted by the cruel fangs of the deadly water snake, which is said to have a loathsome and incurable bite when it comes on the land and is dried in

[6] One line missing.
[7] One line missing.

---

post 361 lac. stat. Köchly
368 ἀποίχεται Vian: ἀφίκεται fere M
post 376 lac. stat. Köchly
381 τῆς δ᾽ ἄρα θεινομένης Vian: θ. δ᾽ ἄρα τῆς M

ἠελίοιο μένος· τῷ καὶ μέγα φέρτατον ἄνδρα
τεῖρε δυσαλθήτοισιν ὑποδμηθέντ' ὀδύνῃσιν.
ἐκ δέ οἱ ἕλκεος αἰὲν ἐπὶ χθόνα λειβομένοιο
390 ἰχῶρος πεπάλακτο πέδον πολυχανδέος ἄντρου,
θαῦμα μέγ' ἀνθρώποισι καὶ ὕστερον ἐσσομένοισι.
καί οἱ πὰρ κλισίῃ φαρέτρη παρεκέκλιτο μακρὴ
ἰῶν πεπληθυῖα· πέλοντο δ' ἄρ' οἳ μὲν ἐς ἄγρην,
οἳ δ' ἐς δυσμενέας, τοὺς ἄμπεχε λοίγιον ὕδρου
395 φάρμακον αἰνομόροιο· πάροιθε δέ οἱ μέγα τόξον
κεῖτο πέλας, γναμπτοῖσιν ἀρηρέμενον κεράεσσι
χερσὶν ὑπ' ἀκαμάτοισι τετυγμένον Ἡρακλῆος.
    Τοὺς δ' ὁπότ' εἰσενόησε ποτὶ σπέος εὐρὺ κιόντας,
ἐσσυμένως ὥρμηνεν ἐπ' ἀμφοτέροισι τανύσσαι
400 ἀλγινόεντα βέλεμνα χόλου μεμνημένος αἰνοῦ,
οὕνεκά μιν τὸ πάροιθε μέγα στενάχοντα λίποντο
μοῦνον ἐρημαίοισιν ἐπ' αἰγιαλοῖσι θαλάσσης.
καί νύ κεν αἶψ' ἐτέλεσσεν ἅ οἱ θρασὺς ἤθελε θυμός,
εἰ μή οἱ στονόεντα χόλον διέχευεν Ἀθήνη
405 ἀνέρας εἰσορόωντος ὁμήθεας. οἳ δέ οἱ ἄγχι
ἤλυθον ἀχνυμένοισιν ἐοικότε, καί ῥά μιν ἄμφω
ἄντρου ἔσω κοίλοιο παρεζόμενοι ἑκάτερθεν
ἕλκεος ἀμφ' ὀλοοῖο καὶ ἀργαλέων ὀδυνάων
εἴροντ'· αὐτὰρ ὃ τοῖσιν ἑὰς διεπέφραδ' ἀνίας.
410 οἳ δέ ἑ θαρσύνεσκον, ἔφαντο δέ οἱ λυγρὸν ἕλκος
ἐξ ὀλοοῖο μόγοιο καὶ ἄλγεος ἰήσασθαι,
ἢν στρατὸν εἰσαφίκηται Ἀχαιικόν, ὅν ῥα καὶ αὐτὸν
φάντο μέγ' ἀσχαλάαν παρὰ νήεσιν ἠδὲ καὶ αὐτοὺς
Ἀτρείδας ἅμα τοῖσι· κακῶν δέ οἱ οὔ τιν' Ἀχαιῶν

the hot sun. That is why this great warrior was vanquished and worn down by incurable agony. The floor of that vast cavern was spattered with the discharge that kept oozing from his wound, an extraordinary sight still visible to men of later times. Near where he lay was laid his huge quiver full of arrows tipped with deadly venom from the lethal Hydra,[8] some to be used for hunting and others against his enemies. Nearby within reach was the great bow made by Heracles' tireless hands from bent horns.[9]

As soon as he saw them approaching his broad cave, he was minded to aim his cruel arrows at both of them without further ado, recalling his bitter anger at their having abandoned him in the past on the deserted seashore as he screamed in agony. And he would soon have carried out his bold heart's determination had not Athena dissolved his grief and anger when he saw these comrades-in-arms. As they approached they assumed an air of sympathy; sitting down on either side of him in the hollow cave they inquired about his deadly wound and cruel suffering, and he told them all about his troubles. They bade him take heart: his terrible wound would be healed and his deadly pain and suffering abated if only he would come to the Achaean army: those very troops were now in great distress by their ships, and the Atridae themselves no less so: no one in the Achaean army was to blame for his troubles,

<hr />

[8] Cf. 6.212–19.   [9] Philoctetes was given the bow as reward for kindling the pyre on which the suffering Heracles wished to be burned alive (cf. 5.644–49).

402 ἐπ' Rhodomann: ὑπ' M   406 ἐοικότε Rhodomann: -τες M   414 κακῶν Köchly: -ὸν M

415 αἴτιον ἔμμεν ἔφαντο κατὰ στρατόν, ἀλλ' ἀλεγεινὰς
Μοίρας, ὧν ἑκὰς οὔ τις ἀνὴρ ἐπινίσεται αἶαν,
ἀλλ' αἰεὶ μογεροῖσιν ἐπ' ἀνδράσιν ἀπροτίοπτοι
στρωφῶντ' ἤματα πάντα, βροτῶν μένος ἄλλοτε
μέν που
βλάπτουσαι κατὰ θυμὸν ἀμείλιχον, ἄλλοτε δ' αὖτε
420 ἔκποθε κυδαίνουσαι, ἐπεὶ μάλα πάντα βροτοῖσι
κεῖναι καὶ στονόεντα καὶ ἤπια μηχανόωνται,
αὐταὶ ὅπως ἐθέλουσιν. ὁ δ' εἰσαΐων Ὀδυσῆος
ἠδὲ καὶ ἀντιθέου Διομήδεος αὐτίκα θυμὸν
ῥηιδίως κατέπαυσεν ἀνιηροῖο χόλοιο,
425 ἔκπαγλον τὸ πάροιθε χολούμενος, ὅσσ' ἐπεπόνθει.
     Οἳ δέ μιν αἶψ' ἐπὶ νῆα καὶ ἠιόνας βαρυδούπους
καγχαλόωντες ἔνεικαν ὁμῶς σφετέροισι βελέμνοις.
καί ῥά οἱ ἀμφεμάσαντο δέμας καὶ ἀμείλιχον ἕλκος
σπόγγῳ ἐυτρήτῳ, κατὰ δ' ἔκλυσαν ὕδατι πολλῷ·
430 ἀμπνύσθη δ' ἄρα τυτθόν. ἄφαρ δέ οἱ ἐγκονέοντες
δόρπον ἐὺν τεύξαντο μεμαότι, σὺν δὲ καὶ αὐτοὶ
δαίνυντ' ἔνδοθι νηός· ἐπήλυθε δ' ἀμβροσίη νύξ,
τοῖσι δ' ἐφ' ὕπνος ὄρουσε. μένον δ' ἄχρις ἠριγενείης
ἀμφιάλου Λήμνοιο παρ' ἠόσιν· αὐτὰρ ἅμ' ἠοῖ
435 πείσμαθ' ὁμῶς εὐνῆσιν ἐυγνάμπτοισιν ἄειραν
ἔκτοθεν ἐγκονέοντες. ἐπιπροέηκε δ' Ἀθήνη
ἐξόπιθεν πνείοντα τανυπρῴρου νεὸς οὖρον·
ἱστία δ' αἶψ' ἐτάνυσσαν ὑπ' ἀμφοτέροισι πόδεσσι,
νῆα κατιθύνοντες ἐύζυγον. ἣ δ' ὑπ' ἰωῇ
440 ἔσσυτ' ἐπὶ πλατὺ χεῦμα· μέλαν δ' ἀμφέστενε κῦμα
ῥηγνύμενον, πολιὸς δὲ περίζεε πάντοθεν ἀφρός·

478

but rather the cruel Fates: no man who treads the earth can escape them: they roam the world continually all the days that are, unseen by wretched mortals, now cruelly impairing a man's vitality and now unexpectedly exalting him, since it is they who plan everything, pain and pleasure alike, for mortals, in accordance with their will. On hearing this from Odysseus and godlike Diomedes he found it easy to put an end to his anger at once, intensely angry though he had been until then at all he had suffered.

Without delay they joyfully brought the man together with his weapons to the ship on the deep-booming shore. They cleansed his body and his cruel wound with a porous sponge and bathed him in plenty of water; this revived him somewhat. Then they made haste to prepare a hearty meal for their famished guest, and they dined in his company inside the ship. Immortal night came on, and they were overcome by sleep. They remained beached in wave-washed Lemnos until dawn; but as soon as it was light they raised the cables and the curved anchor stones with all haste, leaning over the side. Athena sent a following wind for their slender-prowed ship; they immediately spread the sails with both sheets so as to direct that well-benched ship, and the breeze drove it across the broad main. The dark waves made a deep sound as they broke round it; the gray foam was churned up all about; and a

---

422 αὐταὶ Rhodomann: αὐτὰρ M
431 σὺν Tychsen: ἐν M
435 πείσμαθ᾿ ὁμῶς Pierson: πεῖσμα θοῶς M

ἀμφὶ δέ οἱ δελφῖνες ἀολλέες ἐσσεύοντο
ὦκα διαπρήσσοντες ἁλὸς πολιοῖο κέλευθα.
   Οἱ δ' ἄφαρ Ἑλλήσποντον ἐπ' ἰχθυόεντ' ἀφίκοντο,
445 ἧχι καὶ ἄλλαι νῆες ἔσαν. κεχάροντο δ' Ἀχαιοί,
ὡς ἴδον οὓς ποθέεσκον ἀνὰ στρατόν. οἱ δ' ἄρα νηὸς
ἀσπασίως ἀπέβησαν· ἔχεν δ' ἄρα χεῖρας ἀραιὰς
Ποίαντος θρασὺς υἱὸς ἐπ' ἀνέρας, οἵ ῥά μιν ἄμφω
λυγρὸν ἐπισκάζοντα ποτὶ χθόνα δῖαν ἄγεσκον
450 ἀμφοτέρων κρατερῇσιν ἐπικλινθέντα χέρεσσιν,
ἠΰτ' ἐνὶ ξυλόχοισιν ἐς ἥμισυ μέχρι κοπεῖσαν
φηγὸν ὑφ' ὑλοτόμοιο βίης, ἢ πίονα πεύκην
τυτθὸν ἔθ' ἑστηυῖαν, ὅσον λίπε δρυτόμος ἀνὴρ
πρέμνου ὑποτμήγων λιπαρὸν δάος, ὄφρα πέληται
455 πίσσα πυρὶ δμηθεῖσα κατ' οὔρεα, τὴν δ' ἀλεγεινῶς
ἀχθομένην ἄνεμός τε καὶ ἀδρανίη ποτικλίνει
456a ἔρνεσιν εὐθαλέεσσι, φέρουσι δέ μιν βαρέουσαν·
ὣς ἄρ' ὑπ' ἀτλήτῳ βεβαρημένον ἄλγεϊ φῶτα
θαρσαλέοι ἥρωες ἐπικλινθέντα φέρεσκον
Ἀργείων ἐς ὅμιλον ἀρήιον. οἱ δ' ἐσιδόντες
460 ᾤκτειραν μάλα πάντες ἑκηβόλον ἀνέρα λυγρῷ
ἕλκεϊ τειρόμενον. τὸν δὲ στερεὸν καὶ ἄνουσον
ὠκύτερον ποίησε νοήματος αἰθηροῖο
ἶσος ἐπουρανίοις Ποδαλείριος, εὖ μὲν ὕπερθε
πάσσων φάρμακα πολλὰ καθ' ἕλκεος, εὖ δὲ
        κικλήσκων
465 οὔνομα πατρὸς ἑοῖο· θοῶς δ' ἰάχησαν Ἀχαιοὶ

    443 ὦκα Pauw: κῦμα M

school of escorting dolphins kept pace with them and
made their way through the gray sea.

Soon they came to the Hellespont rich in fish, where
the rest of the fleet was. The Achaeans were overjoyed at
the sight of the men whom the whole army had been long-
ing to see, and they were glad to disembark. The brave
son of Poeas put his feeble hands on them both for sup-
port, and they conducted him, limping badly, on the di-
vine earth as he leaned on their strong arms. Just as when
in some coppice there is an oak half cut through by a
strong woodsman, or a resinous pine just remaining up-
right on the small amount left by the woodcutter in chop-
ping away the resinous part of the trunk to make a log to
be consumed by fire up in the hills, so as to make pitch;
the tree is in a bad way, and the wind combined with its
own weakness makes it lean on young sturdy trees, which
are weighed down in supporting it: just so those valiant
heroes supported him, weighed down by intolerable pain,
and brought him to the warlike Argive army. Everyone felt
pity at the sight of that skilled archer worn down by his
cruel wound. But he was restored to rude health more
quickly than the speed of thought by Podalirius, equal to
the heavenly gods, who sprinkled many powders over his
wound while invoking his father by name; and before long
all the Achaeans were shouting to congratulate the son of

---

444 ἄφαρ Rhodomann: ἆρ ἐς M

450 ἀμφοτέρων Pauw: -ρῳ M   451 κοπεῖσαν Rhodomann:
-έντα M   453 ἔθ᾽ ἑστηνῖαν Köchly: ἐπεστ- m: ἐφεστ- m

456 τε Rhodomann: om. M   ποτικλίνει Vian: ποτὶ
κλίνη M   462 ποίησε νοήματος Rhodomann: ποίησεν· ὁ
δ᾽ ἤματος M

πάντες κυδαίνοντες ὁμῶς Ἀσκληπιοῦ υἷα.
καί μιν φαιδρύναντο καὶ ἀμφὶς ἔχρισαν ἐλαίῳ
προφρονέως. ὀλοὴ δὲ κατηφείη καὶ ὀιζὺς
ἀθανάτων ἰότητι κατέφθιτο· τοὶ δ᾽ ἀνὰ θυμὸν
470   τέρποντ᾽ εἰσορόωντες· ὁ δ᾽ ἄμπνυεν ἐκ κακότητος·
ἀχροίη γὰρ ἔρευθος ἐπήλυθεν, ἀργαλέη δὲ
ἀδρανίη μέγα κάρτος· ἀέξετο δ᾽ αἶψα πάντα.
ὡς δ᾽ ὁπότ᾽ ἀλδαίνηται ἔπι σταχύεσσιν ἄρουρα,
ἥν τε πάρος φθινύθουσαν ἐπέκλυσε χείματος αἰνοῦ
475   ὄμβρος ἐπιβρίσας, ἡ δ᾽ ἀλθομένη ἀνέμοισι
μειδιάᾳ τεθαλυῖα πολυκμήτῳ ἐν ἀλωῇ·
ὡς ἄρα τειρομένοιο Φιλοκτήταο πάροιθε
πᾶν δέμας αἶψ᾽ ἀνέθηλεν· † εὐτρόχῳ δ᾽ ἐνὶ κοίλη †
κάλλιπε κήδεα πάντα τά οἱ περιδάμνατο θυμόν.
480   Ἀργεῖοι δ᾽ ὁρόωντες ἅτ᾽ ἐκ θανάτου ἀνιόντα
ἀνέρα θαυμάζεσκον· ἔφαντο γὰρ ἔμμεναι ἔργον
ἀθανάτων· τὸ δ᾽ ἄρ᾽ ἦεν ἐτήτυμον ὡς ἐνόησαν·
καὶ γάρ οἱ μέγεθός τε καὶ ἀγλαΐην κατέχευεν
ἐσθλὴ Τριτογένεια, φάνεν δέ ἑ οἷος ἔην περ
485   τὸ πρὶν ἐν Ἀργείοισι πάρος κακότητι δαμῆναι.
καὶ τότ᾽ ἄρ᾽ ἐς κλισίην Ἀγαμέμνονος ἀφνειοῖο
πάντες ὁμῶς οἱ ἄριστοι ἄγον Ποιάντιον υἷα,
καί μιν κυδαίνοντες ἐπ᾽ εἰλαπίνῃσι γέραιρον.
ἀλλ᾽ ὅτε δὴ κορέσαντο ποτοῦ καὶ ἐδητύος ἐσθλῆς,
490   δὴ τότε μιν προσέειπεν ἐυμμελίης Ἀγαμέμνων·
      "Ὦ φίλ᾽, ἐπειδή πέρ σε θεῶν ἰότητι πάροιθε
Λήμνῳ ἐν ἀμφιάλῳ λίπομεν βλαφθέντε νόημα,

Asclepius with one accord. They carefully washed him and anointed him with oil, and in accordance with the gods' will his abject suffering was finished: they were delighted to see him recovering from his miserable state as his pallor gave way to a healthy glow and great strength replaced his weakness and prostration. Just as when a field which has been flooded by the onset of a dreadful storm's deluge and has been withering away grows a plentiful crop once the breezes have cured it, and its well-dug land looks happy and flourishing: just so Philoctetes' whole body, after his former sufferings, quickly regained health; he left behind in a well-rounded bath all the troubles that had broken his spirit.[10]

The Argives were astonished to witness the man as it were come back from the dead. They believed it must be the work of one of the immortals, and it was in fact as they thought: noble Tritogeneia had made him a fine figure of a man, just as he had been among the Argives before the onset of his malady. Then all the Achaean leaders joined in escorting the son of Poeas to the hut of wealthy Agamemnon, and they held a celebratory banquet in his honor. When they had had their fill of the excellent food and drink, Agamemnon of the fine ash spear addressed him:

"My friend, it was by the gods' will that Menelaüs and I left you in sea-girt Lemnos back then: we were out

10 Text uncertain.

---

473 ἀλδαίνηται Tychsen: -δυν- M
474 τε Vian: τὸ M   ἐπέκλυσε Rhodomann: ἀπέ- M
480 Ἀργεῖοι Platt: ἀτρεῖδαι M

μὴ δ᾽ ἡμῖν χόλον αἰνὸν ἐνὶ φρεσὶ σῇσι βαλέσθαι·
οὐ γὰρ ἄνευ μακάρων τάδ᾽ ἐρέξαμεν, ἀλλά που αὐτοὶ
495 ἤθελον ἀθάνατοι νῶιν κακὰ πολλὰ βαλέσθαι
σεῦ ἀπὸ νόσφιν ἐόντος, ἐπεὶ περίοιδας ὀιστοῖς
δυσμενέας δάμνασθαι, ὅτ᾽ ἀντία σεῖο μάχωνται.

* * *

πᾶσαν ἀν᾽ ἤπειρον πέλαγός τ᾽ ἀνὰ μακρὸν ἄιστοι
500 Μοιράων ἰότητι πολυσχιδέες τε πέλονται
πυκναί τε σκολιαί τε, τετραμμέναι ἄλλυδις ἄλλη·
τῶν δὲ δι᾽ αἰζηοὶ φορέονθ᾽ ὑπὸ Δαίμονος Αἴσῃ
εἰδόμενοι φύλλοισιν ὑπὸ πνοιῆς ἀνέμοιο
σευομένοις· ἀγαθὸς δὲ κακῇ ἐνέκυρσε κελεύθῳ
505 πολλάκις, οὐκ ἐσθλὸς δ᾽ ἀγαθῇ· τὰς δ᾽ οὔτ᾽
ἀλέασθαι
οὔτ᾽ ἄρ᾽ ἑκών τις ἑλέσθαι ἐπιχθόνιος δύνατ᾽ ἀνήρ·
χρὴ δὲ σαόφρονα φῶτα, καὶ ἢν φορέηθ᾽ ὑπ᾽ ἀέλλαις
οἴμην ἀργαλέην, στερεῇ φρενὶ τλῆναι ὀιζύν.
ἀλλ᾽ ἐπεὶ ἀασάμεσθα καὶ ἠλίτομεν τόδε ἔργον,
510 ἐξαῦτις δώροισιν ἀρεσσόμεθ᾽ ἀπλήτοισι,
Τρώων ἤν ποθ᾽ ἕλωμεν ἐυκτίμενον πτολίεθρον.
νῦν δὲ λάβ᾽ ἑπτὰ γυναῖκας ἐείκοσί τ᾽ ὠκέας ἵππους
ἀθλοφόρους τρίποδάς τε δυώδεκα, τοῖς ἐπὶ θυμὸν
τέρψεις ἤματα πάντα· καὶ ἐν κλισίῃσιν ἐμῇσιν
515 αἰεί τοι παρὰ δαιτὶ γέρας βασιλήιον ἔσται."
Ὣς εἰπὼν ἥρωι πόρεν περικαλλέα δῶρα·
τὸν δ᾽ ἄρα Ποίαντος προσέφη κρατερόφρονος υἱός·

of our minds. You should not hold it against us: the blessed
gods intervened to make us do it, no doubt because the
immortals themselves wished to inflict a multitude of
troubles on us by depriving us of your lethal skill in ar-
chery when the enemy come up against you. ⟨. . . . .⟩.[11]
There are unseen ⟨paths⟩ all over the land and also across
the sea's expanse, and it is the Fates' will that these are
close together, crooked, forking and leading in every di-
rection; men are borne along them at the whim of god and
fate just like leaves impelled by the blowing wind: many a
time the good man chances upon a bad road and the un-
worthy on a good one, and no mortal is able to choose the
one or avoid the other: the wise man's duty is to bear his
suffering with a resolute mind when the storm winds bring
him along a road of misfortune. But now that we have
committed this act of blind folly, we intend to make full
compensation with gifts in due course, if we succeed in
capturing the Trojans' well-founded city. For the moment,
here are seven women, twenty swift champion racehorses
and twelve tripods which will delight you all your days; and
at table in my quarters you will always have royal honors."

With these words he handed over to the hero those
magnificent gifts; and the son of dauntless Poeas said in
reply:

[11] One or more lines missing.

---

post 497 lac. stat. Rhodomann
502 δι' Rhodomann: δὴ M   Αἴσῃ Spitzner: αἶσαν M
504 σευομένοις Rhodomann: -νων M
512 λάβ' Rhodomann: om. M   τ' Köchly: δ' M

"῏Ω φίλος, οὐ σοὶ ἐγὼν ἔτι χώομαι, οὐδὲ μὲν
    ἄλλῳ
Ἀργείων, εἰ καί τις ἔτ᾽ ἤλιτεν εἵνεκ᾽ ἐμεῖο·
520 οἶδα γὰρ ὡς στρεπτὸς νόος ἀνδράσι γίνεται ἐσθλοῖς,
οὐδ᾽ αἰεὶ χαλεπὸν θέμις ἔμμεναι οὐδ᾽ ἀσύφηλον,
ἀλλ᾽ ὁτὲ μὲν σμερδνὸν τελέθειν, ὁτὲ δ᾽ ἤπιον εἶναι.
νῦν δ᾽ ἴομεν ποτὶ κοῖτον, ἐπεὶ χατέοντι μάχεσθαι
βέλτερον ὑπνώειν ἢ ἐπὶ πλέον εἰλαπινάζειν."
525 ῝Ως εἰπὼν ἀπόρουσε καὶ ἐς κλισίην ἀφίκανε
σφῶν ἑτάρων· οἳ δ᾽ αἶψα φιλοπτολέμῳ βασιλῆι
εὐνὴν ἐντύνοντο μέγα φρεσὶ καγχαλόωντες·
αὐτὰρ ὅ γ᾽ ἀσπασίως κατελέξατο μέχρις ἐς ἠῶ.
Νὺξ δ᾽ ἀνεχάσσατο δῖα, φάος δ᾽ ἐρύθηνε κολώνας
530 ἠελίου· καὶ πάντα βροτοὶ περιποίπνυον ἔργα.
Ἀργεῖοι δ᾽ ὀλοοῖο μέγ᾽ ἱέμενοι πολέμοιο,
οἳ μὲν δούρατα θῆγον ἐύξοα, τοὶ δὲ βέλεμνα,
ἄλλοι δ᾽ αἰγανέας· ἅμα δ᾽ ἠοῖ δαῖτα πένοντο
αὐτοῖς ἠδ᾽ ἵπποισι, πάσαντο δὲ πάντες ἐδωδήν.
535 τοῖσι δὲ δὴ Ποίαντος ἀμύμονος ὄβριμος υἱὸς
τοῖον ἔπος μετέειπεν ἐποτρύνων πονέεσθαι·
"Εἰ δ᾽ ἄγε δὴ πολέμοιο μεδώμεθα· μηδέ τις ἡμέων
μιμνέτω ἐν νήεσσι, πάρος κλυτὰ τείχεα λῦσαι
Τροίης εὐπύργοιο καταπρῆσαί τε πόληα."
540 ῝Ως φάτο· τοῖσι δὲ θυμὸς ὑπὸ κραδίῃ μέγ᾽ ἰάνθη.
δῦσαν δ᾽ ἐν τεύχεσσι καὶ ἀσπίσιν· ἐκ δ᾽ ἄρα νηῶν

537 δὴ Rhodomann: om. M

486

"My friend, I am no longer angry with you or with any other of the Argives, if there is anyone else who has wronged me.[12] I know that a good man's mind is open to persuasion: it is not right to be always stern and head-strong: there is a time for fierceness and a time for mild-ness. And now let us go to our rest: sleeping is better than feasting for a man who wants to fight!"

With these words he rose and went to the quarters of his companions, who joyfully prepared a bed for that keen warrior, their king; and he rested contentedly until dawn.

Divine Night withdrew, the sun's light reddened the mountain peaks, and mortals busied themselves with all their tasks. The Argives were keen and eager for dread war, some sharpening their well-polished spears, some their arrows, and others their javelins. At dawn they pre-pared a meal for themselves and food for their horses, and everyone had something to eat. Then the mighty son of Poeas made this speech to encourage them to the work of war:

"Come on! It is time to think about war! None of us is to stay by the ships before we have demolished the famous walls of Troy's fine defenses and set the city ablaze."

In response to these soul-stirring words they donned their armor, took up their shields, and charged off en

[12] He means Odysseus, at whose instigation he was aban-doned on Lemnos (5.195–96).

πανσυδίη μελίησι κεκασμένοι ἐσσεύοντο
καὶ βοέοις σακέεσσι καὶ ἀμφιφάλοις κορύθεσσιν.
ἄλλος δ᾽ ἄλλον ἔρειδε κατὰ στίχας, οὐδέ κε φαίης
545 κείνων ἐσσυμένων ἑκὰς ἔμμεναι ἄλλον ἀπ᾽ ἄλλου·
ὡς ἄρ᾽ ἴσαν θαμινοὶ καὶ ἀρηρότες ἀλλήλοισιν.

542 μελίησι Köchly: βελίησι m: βελέεσσι m
545 ἀπ᾽ ἄλλου Rhodomann, Tychsen: ἐπ᾽ ἄλλῳ M
546 ἴσαν Spitzner: ἔσαν M

masse away from the ships, all fitted out with their ash-wood spears, their shields of ox hide, and their double-crested helmets. Their lines were solid, and as they charged you would have said that there was no distance at all between them, so dense and close packed were they as they moved along.

BOOK X

*In an opening similar to that of Book 2, the wise Poly-
damas advises the Trojans to fight defensively from their
walls, but Aeneas is for continuing the battle. Intense fight-
ing ensues. Philoctetes, whose baldric is described at
length, shoots many victims with the bow of Heracles and
eventually wounds Paris. It has been prophesied that he
can be cured only by Oenone, the wife whom he deserted
in favor of Helen. She rejects his plea with scorn. Hera and
the Seasons discuss what will happen after his death.
Hecuba and Helen lament him, and the remorseful Oenone
leaps on his funeral pyre.*

*The opening debate recalls that between Polydamas and
Hector in Book 18 of the* Iliad. *In the* Little Iliad *Paris was
killed by Philoctetes in the battle itself. Oenone's story had
been familiar at least since the Hellenistic period.*

ΛΟΓΟΣ Ι

Τρῶες δ' αὖτ' ἔκτοσθεν ἔσαν Πριάμοιο πόληος
πάντες σὺν τεύχεσσι καὶ ἅρμασιν ἠδὲ καὶ ἵπποις
ὠκυτάτοις· καῖον γὰρ ἀποκταμένους ἐνὶ χάρμῃ,
δειδιότες μὴ λαὸς ἐπιβρίσειεν Ἀχαιῶν.
5 τοὺς δ' ὡς οὖν ἐσίδοντο ποτὶ πτόλιν αἴσσοντας,
ἐσσυμένως κταμένοισι χυτὸν περὶ σῆμ' ἐβάλοντο
σπερχόμενοι· δεινὸν γὰρ ὑποτρομέεσκον ἰδόντες.
τοῖσι δ' ἄρ' ἀχνυμένοισιν ὑπὸ φρεσὶ μῦθον ἔειπε
Πουλυδάμας, ὃ γὰρ ἔσκε λίην πινυτὸς καὶ ἐχέφρων·
10   "Ὦ φίλοι, οὐκέτ' ἀνεκτὸς ἐφ' ἡμῖν μαίνεται Ἄρης.
ἀλλ' ἄγε δὴ φραζώμεθ' ὅπως πολέμοιό τι μῆχος
εὕρωμεν· Δαναοὶ γὰρ ἐπικρατέουσι μένοντες.
νῦν δ' ἄγε δὴ πύργοισιν ἐϋδμήτοις ἐπιβάντες
μίμνωμεν νύκτας τε καὶ ἤματα δηριόωντες,
15 εἰς ὅ κε δὴ Δαναοὶ Σπάρτην ἐρίβωλον ἵκωνται
ἢ αὐτοῦ παρὰ τεῖχος ἀκηδήσωσι μένοντες
ἀκλεὲς ἑζόμενοι· ἐπεὶ οὐ σθένος ἔσσεται αὐτοῖς
ῥῆξαι τείχεα μακρά, καὶ εἰ μάλα πολλὰ κάμωσιν·
οὐ γὰρ ἀβληχρὰ θεοῖσι τετεύχαται ἄφθιτα ἔργα.
20 οὐδέ τί που βρώμης ἐπιδευόμεθ' οὐδὲ ποτῆτος·
πολλὰ γὰρ ἐν Πριάμοιο πολυχρύσοιο μελάθροις
ἔμπεδον εἴδατα κεῖται, ἅ περ πολέεσσι καὶ ἄλλοις

BOOK X

For their part the Trojans were all outside the city of Priam. They were armed and had their chariots and swift horses with them, because they were afraid that the Achaean army would bear down on them while they were cremating those who had been killed in the battle. And so as soon as they saw them advancing toward the city, they piled a tomb of heaped earth over their dead as hastily as they could, because the sight filled them with terrible fear. Then Polydamas, a man of great wisdom and good sense, made this speech to them in their hearts' grief.

"My friends, Ares' fury against us can be borne no longer. Come then, let us think of a way to find a remedy for the war: the Danaans are gaining the upper hand by their perseverance. Let us go up now on our well-built defenses and stay there fighting day and night, until the Danaans go back to fertile Sparta or become tired of waiting there by the wall during an inglorious siege. They will not have the strength to break down our long walls, no matter how hard they toil: they are not weak, these indestructible works made by gods. Of food and drink we have no lack: there is an unfailing supply of many kinds of food in the palace of wealthy Priam—enough to satisfy many

17 αὐτοῖς Rhodomann, Pauw: -ῶν M
20 ἐπιδενόμεθ' Rhodomann: -δεύμενοι M

πολλὸν ἐπὶ χρόνον ἔσσετ' ἀγειρομένοισιν ἐδωδὴ
ἐς κόρον, εἰ καὶ ἔτ' ἄλλος ἐελδομένοισιν ἵκηται
25 τρὶς τόσος ἐνθάδε λαὸς ἀρηγέμεναι μενεαίνων."
    Ὣς φάτο· τὸν δ' ἐνένιπε θρασὺς πάις Ἀγχίσαο·
    "Πουλυδάμα, πῶς γάρ σε σαόφρονά φασι
        τετύχθαι,
ὃς κέλεαι ποτὶ δηρὸν ἀνὰ πτόλιν ἄλγεα πάσχειν;
οὐ γὰρ ἀκηδήσουσι πολὺν χρόνον ἐνθάδ' Ἀχαιοί,
30 ἀλλ' ἔτ' ἐπιβρίσουσιν ἀλευομένους ἐσιδόντες·
νῶιν δ' ἔσσεται ἄλγος ἀποφθιμένων ἐνὶ πάτρῃ,
ἤν πως ἐνθάδε πουλὺν ἔτι χρόνον ἀμφιμάχωνται.
οὐ γάρ τις Θήβηθε μελίφρονα σῖτον ὀπάσσει
ἡμῖν, ἐπὴν εἰρχθῶμεν ἀνὰ πτόλιν, οὐδέ τις οἴσει
35 οἶνον Μαιονίηθεν· ἀνιηρῇ δ' ὑπὸ λιμῷ
φθισόμεθ' ἀργαλέως, εἰ καὶ μάλα τεῖχος ἀμύνῃ.
ἀλλ' εἰ μὲν θάνατόν τε κακὸν καὶ Κῆρας ἀλύξαι
μηδ' ἄρ' ὀιζυρῶς θανέειν πολυαχθέι πότμῳ
μέλλομεν, ἐν τεύχεσσι σὺν ἡμετέροις τεκέεσσι
40 καὶ γεραροῖς πατέρεσσι μαχώμεθα· καί ῥά ποθι
        Ζεὺς
χραισμήσει· κείνου γὰρ ἀφ' αἵματός εἰμεν ἀγαυοῦ.
εἰ δέ οἱ † ἀρ κἀκείνῳ † ἀπεχθόμενοι θανέωμεν,
εὐκλειῶς τάχ' ὀλέσθαι ἀμυνομένους περὶ πάτρης
βέλτερον ἠὲ μένοντας ὀιζυρῶς ἀπολέσθαι."
45 Ὣς φάτο· τοὶ δ' ἄρα πάντες ἐπίαχον εἰσαΐοντες.
αἶψα δὲ δὴ κορύθεσσι καὶ ἀσπίσι καὶ δοράτεσσι

28 δηρὸν Rhodomann: δῆριν M

494

more men assembled for a long period of time, even if an army three times our present numbers were to come here, keen to answer our call for help."

So he spoke; but the valiant son of Anchises reproached him:

"Polydamas, how can you have a reputation for sound sense if you recommend us to suffer long hardships inside the city? The Achaeans will not grow tired with being here for a long time: they will bear down on us even more when they see us on the defensive, and we shall be the ones suffering distress as we waste away in our homeland if they keep up the siege for a long time. No one from Thebe is going to give us any excellent corn once we are cooped up in the city, and no one will bring us wine from Maeonia: we shall waste away miserably from the pangs of hunger, even if our defenses do hold firm. If we are to avoid death and spirits of doom, and not suffer a grievous and pitiful fate, we should be fighting in armor, and our children and aged fathers too. Perhaps Zeus will help us: after all, we are descended from his noble blood. But if he hates us and we perish after all, it is better to lose one's life quickly while defending the city than to die a lingering death."

When they heard this, they all shouted their approval and swiftly formed a solid line by linking together their

---

36 ἀμύνῃ Zimmermann: -νει M
37 Κῆρας ed. Aldina: χεῖρας M
38 μηδ' Tychsen: ἤδ' m: εἰ δ' m   πότμῳ Vian: θυμῷ M
39 τεύχεσσι Vian: ἔντεσσι M
43 τάχ' Köchly: μέγ' M
45 τοὶ Rhodomann: τὸν M

φράχθεν ἐπ' ἀλλήλοις. ἐπὶ δ' ἀκαμάτου Διὸς ὄσσε
δέρκετ' ἀπ' Οὐλύμποιο κορυσσομένους ἐς Ἄρηα
Τρῶας ἐπ' Ἀργείοισιν· ἔγειρε δὲ θυμὸν ἑκάστου,
50 ὄφρα μάχην ἀλίαστον ἐπ' ἀμφοτέροισι τανύσσῃ
λαοῖς· ἦ γὰρ ἔμελλεν Ἀλέξανδρος θανέεσθαι
χερσὶ Φιλοκτήταο πονεύμενος ἀμφ' ἀλόχοιο.
      Τοὺς δ' ἄγεν εἰς ἕνα χῶρον Ἔρις μεδέουσα
          κυδοιμοῦ
οὔ τινι φαινομένη· περὶ γὰρ νέφος ἄμπεχεν ὤμους
55 αἱματόεν· φοίτα δὲ μέγαν κλονέουσα κυδοιμὸν
ἄλλοτε μὲν Τρώων ἐς ὁμήγυριν, ἄλλοτ' Ἀχαιῶν·
τὴν δὲ Φόβος καὶ Δεῖμος ἀταρβέες ἀμφεπένοντο
πατροκασιγνήτην κρατερόφρονα κυδαίνοντες.
ἣ δὲ μέγ' ἐξ ὀλίγοιο κορύσσετο μαιμώωσα·
60 τεύχεα δ' ἐξ ἀδάμαντος ἔχεν πεπαλαγμένα λύθρῳ·
πάλλε δὲ λοίγιον ἔγχος ἐς ἠέρα· τῆς δ' ὑπὸ ποσσὶ
κίνυτο γαῖα μέλαινα· πυρὸς δ' ἄμπνυεν ἀυτμὴν
σμερδαλέου· μέγα δ' αἰὲν ἀύτεεν ὀτρύνουσα
αἰζηούς. οἱ δ' αἶψα συνήιον ἀρτύνοντες
65 ὑσμίνην· δεινὴ γὰρ ἄγεν θεὸς ἐς μέγα ἔργον.
τῶν δ' ὥς τ' ἢ ἀνέμων ἰαχὴ πέλε λάβρον ἀέντων
εἴαρος ἀρχομένου, ὅτε δένδρεα μακρὰ καὶ ὕλη
φύλλα φύει, ἢ ὡς ὅτ' ἐν ἀζαλέῃς ξυλόχοισι
πῦρ βρέμει αἰθόμενον, ἢ ὡς μέγα πόντος ἀπείρων

47 ἀλλήλοις Vian: -ους M
54 ὤμους Spitzner: -οις M
64 ἀρτύνοντες Wernicke: ὀτρύν- M

helmets, shields and spears. The eyes of Zeus who never tires looked down from Olympus on the Trojans preparing for war against the Argives, and he raised the spirits of each man so as to make more intense and unabating the battle between the two armies; for Alexander was to die that day at the hands of Philoctetes in the struggle over his wife.

The two armies were brought together by Strife, ruler of the conflict; made invisible by a bloody cloud which enveloped her shoulders, she went here and there, now among the Trojan army and now among the Achaeans, stirring up that great conflict; fearless Terror and Panic attended her as an honor to their father's[1] dauntless sister. She eagerly donned her equipment, greatly increasing in size as she did so: her armor was of steel, and spattered with gore; she brandished aloft a deadly spear; the dark earth shook under her feet; her breath was a blast of grim fire; and she yelled with loud shrieks as she urged on the young fighters. They made ready their battle lines and suddenly engaged: terrible was the goddess leading them into that great task. The noise was like that of violent blasts of wind in early springtime when the tall trees and the woods come into leaf, or like the loud sound of fire blazing through dry brushwood, or the boundless sea made raging

---

[1] Ares.

65 δεινὴ Scaliger: -ὴν M
68 ἢ Rhodomann, Hermann: ἠδ' m: ἤδ' m   ὅτ' Hermann: τ' M   ἐν ἀζαλέης ξυλόχοισι Platt: ἀν' -έης -οιο M
69 βρέμει Rhodomann: βρομέει m: τρομ- m

70 μαίνεται ἐξ ἀνέμοιο δυσηχέος, ἀμφὶ δὲ ῥοῖβδος
γίνετ' ἀπειρέσιος, τρομέει δ' ὑπὸ γούνατα ναυτῶν·
ὡς τῶν ἐσσυμένων μέγ' ὑπέβραχε γαῖα πελώρη·
ἐν δέ σφιν πέσε δῆρις, ἐπ' ἄλλῳ δ' ἄλλος ὄρουσε.
    Πρῶτος δ' Αἰνείας Δαναῶν ἕλεν Ἁρπαλίωνα
75 υἱὸν Ἀριζήλοιο, τὸν Ἀμφινόμη τέκε μήτηρ
γῇ ἐνὶ Βοιωτῶν, ὃ δ' ἅμα Προθοήνορι δίῳ
ἐς Τροίην ἵκανεν ἀμυνέμεν Ἀργείοισι·
τόν ῥα τότ' Αἰνείας ἁπαλὴν ὑπὸ νηδύα τύψας
νοσφίσατ' ἐκ θυμοῖο καὶ ἡδέος ἐκ βιότοιο.
80 τῷ δ' ἐπὶ Θερσάνδροιο δαΐφρονος υἷα δάμασσεν
Ὕλλον ἐυγλώχινι βαλὼν κατὰ λαιμὸν ἄκοντι,
ὃν τέκε δῖ' Ἀρέθουσα παρ' ὕδασι Ληθαίοιο
Κρήτῃ ἐν ἀμφιάλῳ· μέγα δ' ἤκαχεν Ἰδομενῆα.
    Αὐτὰρ Πηλείδαο πάις δυοκαίδεκα φῶτας
85 Τρώων αὐτίκ' ὄλεσσεν ὑπ' ἔγχεϊ πατρὸς ἑοῖο·
Κέβρον μὲν πρώτιστα καὶ Ἅρμονα Πασίθεόν τε
Ἰσμηνόν τε καὶ Ἰμβράσιον Σχεδίον τε Φλέγυν τε
Μνήσαιόν τ' ἐπὶ τοῖσι καὶ Ἔννομον Ἀμφίνομόν τε
καὶ Φάλιν ἠδὲ Γαληνόν, ὃς οἰκία ναιετάεσκε
90 Γαργάρῳ αἰπεινῇ, μετὰ δ' ἔπρεπε μαρναμένοισι
Τρωσὶν ἐρισθενέεσσι, κίεν δ' ἅμ' ἀπείρονι λαῷ
ἐς Τροίην (μάλα γάρ οἱ ὑπέσχετο πολλὰ καὶ ἐσθλὰ
Δαρδανίδης Πρίαμος δώσειν περικαλλέα δῶρα),
νήπιος· οὐδ' ἄρ' ἐφράσσαθ' ἑὸν μόρον· ἦ γὰρ ἔμελλεν
95 ἐσσυμένως ὀλέεσθαι ὑπ' ἀργαλέου πολέμοιο,
πρὶν δόμου ἐκ Πριάμοιο περικλυτὰ δῶρα φέρεσθαι.

by a roaring hurricane, so that a limitless clamor arises and sailors' knees buckle with terror: just so did the vast earth resound as they charged. Then the conflict began, and each man rushed at his opponent.

The first Danaan victim was killed by Aeneas: it was Harpalion, the son of Arizelus, whose mother Amphinome gave birth to him in the land of Boeotia; he had accompanied divine Prothoënor to Troy to help the Argive cause. This was the man whom Aeneas now struck low down in the soft stomach, robbing him of his breath and of his sweet life. Nearby he slew Hyllus, the son of warlike Thersander, by hitting him in the throat with his barbed javelin. This man was the son of divine Arethusa, who bore him by the waters of Lethaeus in sea-girt Crete. His death much distressed Idomeneus.

The son of Pelides forthwith slaughtered twelve Trojan warriors with his father's spear: first Cebrus, then Harmon, Pasitheus, Ismenus, Imbrasius, Schedius, Phlegus, and also Ennomus, Amphinomus, Phalis and Galenus, whose home was in lofty Gargarus; he was outstanding in battle among the mighty Trojans, and had brought a huge contingent with him to Troy, since Priam son of Dardanus had promised him many excellent gifts. The fool! He had no inkling of what was in store for him, destined soon to perish in the brutal war before he could carry off those excellent gifts from the palace of Priam.

---

73 ἄλλῳ Wernicke: -ον M   76 ἅμα Rhodomann: ἄρα M
81 Ὑλλον Köchly: ὗαλον m: ὕιαλον m
86 Ἄρμονα Köchly: ἀρίονα m: ἀρίωνα m
89 Φάλιν Friedemann: φάσιν M
91 ἅμ᾽ ἀπείρονι Rhodomann: ἅμα πίονι M

Καὶ τότε Μοῖρ᾽ ἀίδηλος ἐπέχραεν Ἀργείοισιν
Εὐρυμένην, ἕταρον κρατερόφρονος Αἰνείαο·
ὦρσε δέ οἱ μέγα θάρσος ὑπὸ φρένας, ὄφρα
    δαμάσσας
100 πολλοὺς αἴσιμον ἦμαρ ἀναπλήσῃ ὑπ᾽ ὀλέθρῳ.
δάμνατο δ᾽ ἄλλοθεν ἄλλον ἀνηλέι Κηρὶ ἐοικώς·
οἳ δέ μιν αἶψ᾽ ὑπόεικον ἐφ᾽ ὑστατίῃ βιότοιο
αἰνὸν μαιμώωντα καὶ οὐκ ἀλέγοντα μόροιο.
καί νύ κεν ἔργον ἔρεξεν ἀπείριτον ἐν δαῒ κεῖνος,
105 εἰ μή οἱ χεῖρές τ᾽ ἔκαμον καὶ δούρατος αἰχμὴ
πολλὸν ἀνεγνάμφθη· ξίφεος δέ οἱ οὐκέτι κώπη
ἔσθενεν· ἀλλά μιν Αἶσα διέκλασε· τὸν δ᾽ ὑπ᾽ ἄκοντι
τύψε κατὰ στομάχοιο Μέγης· ἀνὰ δ᾽ ἔβλυσεν αἷμα
ἐκ στόματος· τῷ δ᾽ αἶψα σὺν ἄλγεϊ Μοῖρα παρέστη.
110 τοῦ δ᾽ ἄρ᾽ ἀποκταμένοιο δύω θεράποντες Ἐπειοῦ
Δηιλέων τε καὶ Ἀμφίων ἀπὸ τεύχε᾽ ἑλέσθαι
ὥρμαινον· τοὺς δ᾽ αὖτε θρασὺ σθένος Αἰνείαο
δάμνατο μαιμώωντας ὀιζυρῶς περὶ νεκρῷ.
ὡς δ᾽ ὅτ᾽ ἐν οἰνοπέδῳ τις ἐπαΐσσοντας ὀπώρῃ
115 σφῆκας τερσομένῃσι παρὰ σταφυλῇσι δαμάσσῃ,
οἳ δ᾽ ἄρ᾽ ἀποπνείουσι πάρος γεύσασθαι ὀπώρης·
ὣς τοὺς αἶψ᾽ ἐδάμασσε πρὶν ἔντεα ληίσσασθαι.
    Τυδείδης δὲ Μένωνα καὶ Ἀμφίνοον κατέπεφνεν
ἄμφω ἀμύμονε φῶτε. Πάρις δ᾽ ἕλε Δημολέοντα
120 Ἱππασίδην, ὃς πρόσθε Λακωνίδα γαῖαν ἔναιε
πὰρ προχοῇς ποταμοῖο βαθυρρόου Εὐρώταο,
ἤλυθε δ᾽ ἐς Τροίην ὑπ᾽ ἀρηιθόῳ Μενελάῳ·

Then destructive Fate sent against the Argives Eury-
menes, the comrade of dauntless Aeneas, inspiring his
heart with great valor, so that after killing many victims he
could perish and fulfill the fated day of his death. He killed
men on all sides like a merciless spirit of doom, and the
enemy fell back at once before his terrible, raging on-
slaught, reckless of his life on that, his final day. He would
have wreaked complete havoc in the battle if his arms had
not tired, his spear's point become quite bent, and the hilt
of his sword weakened (it was Fate that shattered him).
Then Meges speared him in the gullet; blood gushed from
his mouth; and suddenly Destiny stood by him, with agony
in its train. Once he was dead, Deïleon and Amphion, two
attendants of Epeüs, sped to strip off his armor; but Ae-
neas, strong and valiant, dealt them a pitiful death by the
corpse as they eagerly set about their task. Just as when in
a vineyard a man deals death to wasps by the drying clus-
ters of grapes as they come to attack the fruit, so that they
expire before they can get a taste of it: just so he swiftly
dealt them death before they could carry away the armor.

Tydides slew Menon and Amphinoös, both warriors of
repute. Paris killed Demoleon son of Hippasus, who for-
merly dwelt in the land of Laconia by the stream of the
deep-flowing river Eurotas, and had come to Troy under

---

102 ἐφ᾽ Rhodomann: ὑφ᾽ M
107 διέκλασε· τὸν δ᾽ Rhodomann: -σεν· ἀλλ᾽ M
112 τοὺς δ᾽ Rhodomann: ἠδ᾽ M
118 Μένωνα Vian: μένοντα M

καί ἑ Πάρις κατέπεφνε τυχὼν ὑπὸ μαζὸν ὀιστῷ
δεξιόν, ἐκ δέ οἱ ἦτορ ἀπὸ μελέων ἐκέδασσε.

125 Τεῦκρος δὲ Ζέλυν εἷλε περικλυτὸν υἷα Μέδοντος,
ὅς ῥά τε ναιετάεσκεν ὑπὸ Φρυγίην πολύμηλον
ἄντρον ὑπὸ ζάθεον καλλιπλοκάμων Νυμφάων,
ἧχί ποτ' Ἐνδυμίωνα παρυπνώοντα βόεσσιν
ὑψόθεν ἀθρήσασα κατήλυθε δῖα Σελήνη
130 οὐρανόθεν· δριμὺς γὰρ ἄγεν πόθος ἠιθέοιο
ἀθανάτην περ ἐοῦσαν ἀκήρατον, ἧς ἔτι νῦν περ
εὐνῆς σῆμα τέτυκται ὑπὸ δρυσίν. ἀμφὶ δ' ἄρ' αὐτῇ
ἐκκέχυτ' ἐν ξυλόχοισι βοῶν γλάγος, οἱ δέ νυ φῶτες
θηεῦντ' εἰσέτι κεῖνο· τὸ γὰρ μάλα τηλόθε φαίης
135 ἔμμεναι εἰσορόων πολιὸν γάλα, κεῖνο δ' ἵησι
λευκὸν ὕδωρ, καί, βαιὸν ἀπόπροθεν ὁππόθ' ἵκηται,
πήγνυται ἀμφὶ ῥέεθρα, πέλει δ' ἄρα λάινον οὖδας.

Ἀλκαίῳ δ' ἐπόρουσε Μέγης Φυλήιος υἱός·
καί ῥά μιν ἀσπαίρουσαν ὑπὸ κραδίην ἐπέρησεν
140 ἐγχείῃ· τοῦ δ' ὦκα λύθη πολυήρατος αἰών·
οὐδέ μιν ἐκ πολέμοιο πολυκλαύτοιο μολόντα
καί περ ἐελδόμενοι μογεροὶ δέξαντο τοκῆες,
Φυλλὶς ἐύζωνος καὶ Μάργασος, οἵ ῥ' ἐνέμοντο
Ἁρπάσου ἀμφὶ ῥέεθρα διειδέος, ὅς τ' ἀλεγεινῷ
145 Μαιάνδρῳ κελάδοντα ῥόον καὶ ἀπείριτον οἶδμα
συμφέρετ' ἤματα πάντα λάβρῳ περὶ χεύματι θύων.

Γλαύκου δ' ἐσθλὸν ἑταῖρον ἐυμμελίην Σκυλακῆα
υἱὸς Ὀιλῆος σχεδὸν οὔτασεν ἀντιόωντα

125 Ζέλυν Vian: ζέλιν m: ζέχιν m

the command of warlike Menelaüs; Paris killed him with an arrow-shot under the right breast which scattered the life from his limbs.

Teucer killed Zelys, the renowned son of Medon, who dwelt in Phrygia rich in flocks, near the sacred grotto of the Nymphs with their beautiful tresses. It was there that from high above divine Selene espied Endymion asleep by his cattle and came down from heaven, impelled by a keen desire for the youth, although she was immortal and a virgin. Even to this day traces of where they slept can be seen beneath the oak trees. In the surrounding thickets the cows had poured out milk, still visible today: from far off you would think you saw white milk, but in fact it is clear water which, once it has flowed a short distance from the cave, hardens in the bed of the stream and forms a surface of stone.[2]

Meges, son of Phyleus, made for Alcaeus and speared him beneath his pulsating heart, swiftly setting loose his lovely life: his poor hopeful parents never welcomed their son back from war, cause of so many tears, fair-girt Phyllis and Margasus, who dwelt by the streams of limpid Harpasus, which unites its vast, noisy and thunderous flow with the Meander, ever rushing along with a violent current.

The son of Oïleus wounded Scylaceus of the fine ash-wood spear, a noble comrade of Glaucus, just above the

---

[2] A petrifying spring.

134 τηλόθε Zimmermann: -θι M
139 ῥά Köchly: om. M   ἀσπαίρουσαν Köchly: ἀεί σπαί-
ρουσαν M   144 ὅς τ' Zimmermann: οὐδ' M

βαιὸν ὑπὲρ σάκεος· διὰ δὲ πλατὺν ἤλασεν ὦμον
150 αἰχμῇ ἀνιηρῇ, περὶ δ' ἔβλυσεν αἷμα βοείῃ.
ἀλλά μιν οὔ τι δάμασσεν, ἐπεί ῥά ἑ μόρσιμον ἦμαρ
δέχνυτο νοστήσαντα φίλης παρὰ τείχεσι πάτρης·
εὖτε γὰρ Ἴλιον αἰπὺ θοοὶ διέπερσαν Ἀχαιοί,
δὴ τότ' ἄρ' ἐκ πολέμοιο φυγὼν Λυκίην ἀφίκανεν
155 οἶος ἄνευθ' ἑτάρων· τὸν δ' ἄστεος ἄγχι γυναῖκες
ἀγρόμεναι τεκέων σφετέρων ὕπερ ἠδὲ καὶ ἀνδρῶν
εἴρονθ'· ὃς δ' ἄρα τῇσι μόρον κατέλεξεν ἁπάντων·
αἱ δ' ἄρα χερμαδίοισι περισταδὸν ἀνέρα κεῖνον
δάμναντ'· οὐδ' ἀπόνητο μολὼν ἐς πατρίδα νόστου,
160 ἀλλά ἑ λᾶες ὕπερθε μέγα στενάχοντα κάλυψαν·
καί ῥά οἱ ἐκ βελέων ὀλοὸς περὶ τύμβος ἐτύχθη
πὰρ τέμενος καὶ σῆμα κραταιοῦ Βελλεροφόντου
Τλῷ ἐνὶ κυδαλίμῃ Τιτηνίδος ἀγχόθι πέτρης·
ἀλλ' ὃ μὲν αἴσιμον ἦμαρ ἀναπλήσας ὑπ' ὀλέθρῳ
165 ὕστερον ἐννεσίῃσιν ἀγαυοῦ Λητοΐδαο
τίεται ὥς τε θεός, φθινύθει δέ οἱ οὔ ποτε τιμή.
    Ποίαντος δ' ἐπὶ τοῖσι πάις κτάνε Δηιονῆα
ἠδ' Ἀντήνορος υἱὸν ἐυμμελίην Ἀκάμαντα.
ἄλλων δ' αἰζηῶν ὑπεδάμνατο πουλὺν ὅμιλον·
170 θῦνε γὰρ ἐν δηίοισιν ἀτειρέι ἶσος Ἄρηι
ἢ ποταμῷ κελάδοντι, ὃς ἕρκεα μακρὰ δαΐζει
πλημμύρων, ὅτε λάβρον ὀρινόμενος περὶ πέτραις
ἐξ ὀρέων ἀλεγεινὰ μεμιγμένος ἔρχεται ὄμβρῳ,

155 ἄνευθ' Lehrs: ἄνευ M   δ' Rhodomann: om. M

504

shield as he came to confront him; he drove the spear
agonizingly through his broad shoulder, and his ox-hide
shield was spattered with blood. But the blow was not
fatal, because the day of his death was destined to come
on his return by the walls of his own dear land. At the sack
of lofty Ilium by the eager Achaeans, he fled the fighting
and arrived back in Lycia alone and with no companions.
The women gathered together near the city and asked him
about their children and husbands, and when he had told
them the story of each man's fate they surrounded him and
stoned him to death: he gained nothing by his return, and
he died groaning in agony covered by stones. A burial
mound made of the missiles that had killed him was
erected by the sacred grove and tomb of mighty Bellero-
phon in renowned Tlos near the rock of the Titan's daugh-
ter.[3] But it is the will of the noble son of Leto that, having
fulfilled the day of his destiny by dying in this way, he be
worshiped like a god; and imperishable is the honor he
receives.

As well as these, the son of Poeas killed Deïoneus and
Antenor's son Acamas of the fine ash-wood spear, and he
overcame a great number of other young warriors, too, as
he rushed among the foe like unwearying Ares, or like a
roaring river in flood which destroys its long dykes when
it surges violently around the rocks and descends danger-
ously from the mountains, swollen with rainwater with a

[3] Leto, mother of Apollo.

---

163 Τλῷ Zimmermann: τῶ m: τῷ m   κυδαλίμη Zimmer-
mann: -μης M   164 ὀλέθρῳ Köchly: -ου M
172 πέτραις Köchly: -ης M

ἀέναός περ ἐὼν καὶ ἀγάρροος, οὐδέ νυ τόν γε
175 εἴργουσιν προβλῆτες ἀάσπετα παφλάζοντα·
ὡς οὔ τις Ποίαντος ἀγακλειτοῦ θρασὺν υἷα
ἔσθενεν ὀφθαλμοῖσιν ἰδὼν καὶ ἄπωθε πελάσσαι·
ἐν γάρ οἱ στέρνοισι μένος περιώσιον ἦεν,
τεύχεσι δ' ἀμφεκέκαστο δαΐφρονος Ἡρακλῆος
180 δαιδαλέοις. περὶ γάρ οἱ ἐνὶ ζωστῆρι φαεινῷ
ἄρκτοι ἔσαν βλοσυραὶ καὶ ἀναιδέες· ἀμφὶ δὲ θῶες
σμερδαλέοι καὶ λυγρὸν ὑπ' ὀφρύσι μειδιόωσαι
πορδάλιες· τῶν δ' ἄγχι λύκοι ἔσαν ὀβριμόθυμοι
καὶ σύες ἀργιόδοντες ἐυσθενέες τε λέοντες,
185 ἐκπάγλως ζωοῖσιν ἐοικότες· ἀμφὶ δὲ πάντῃ
ὑσμῖναι ἐνέκειντο μετ' ἀργαλέοιο Φόνοιο·
δαίδαλα μέν οἱ τόσσα περὶ ζωστῆρα τέτυκτο.
ἄλλα δέ οἱ γωρυτὸς ἀπείριτος ἀμφεκέκαστο·
ἐν μὲν ἔην Διὸς υἱὸς ἀελλοπόδης Ἑρμείης
190 Ἰνάχου ἀμφὶ ῥέεθρα κατακτείνων μέγαν Ἄργον,
Ἄργον ὃς ὀφθαλμοῖσιν ἀμοιβαδὸν ὑπνώεσκεν·
ἐν δὲ βίη Φαέθοντος ἀνὰ ῥόον Ἠριδανοῖο
βλήμενος ἐκ δίφροιο· καταιθομένης δ' ἄρα γαίης,
ὡς ἐτεόν, πεπότητο μέλας ἐνὶ ἠέρι καπνός·
195 Περσεὺς δ' ἀντίθεος βλοσυρὴν ἐδάιζε Μέδουσαν,
ἄστρων ἧχι λοετρὰ πέλει καὶ τέρματα γαίης
πηγαί τ' Ὠκεανοῖο βαθυρρόου, ἔνθ' ἀκάμαντι
Ἠελίῳ δύνοντι συνέρχεται ἑσπερίη Νύξ·
ἐν δὲ καὶ ἀκαμάτοιο μέγας πάις Ἰαπετοῖο
200 Καυκάσου ἠλιβάτοιο παρηώρητο κολώνῃ
δεσμῷ ἐν ἀρρήκτῳ· κεῖρεν δέ οἱ αἰετὸς ἧπαρ

constant powerful current, boiling indescribably with a force no defenses can control: just so no warrior was hardy enough to come near the valiant son of renowned Poeas if once he caught sight of him, even from far off, for he was inspired with measureless power and accoutred with the intricately worked arms of warlike Heracles. On the gleaming baldric were depicted bears, savage and shameless, and near them vicious jackals, and leopards with a grim smile beneath their brows, then dauntless wolves, white-tusked boars and powerful lions, all marvelously lifelike; and all around were pictured battle lines and the figure of brutal Carnage: so many were the intricate emblems on his baldric. His immense quiver was furnished with different images: there was storm-footed Hermes, son of Zeus, slaying huge Argos by the streams of Inachus—Argos, whose eyes slept by turns. There was also mighty Phaethon, struck from his chariot into the stream of Eridanus; the earth was ablaze, and black smoke hung realistically in the air. Godlike Perseus was shown slaying the hideous Medusa at the place where the stars dip below the horizon—the end of the earth and the streams of deep-flowing Ocean, where westering Night meets tireless Helius as he sets. The great son of tireless Iapetus was there too, suspended on a crag of the sheer Caucasus by unbreakable bonds while the eagle ripped at his liver, constantly renewed; and he looked as if he was groaning

---

194 μέλας Hermann: μέγας M

αἰὲν ἀεξόμενον· ὃ δ' ἄρα στενάχοντι ἐῴκει.
καὶ τὰ μὲν ἄρ τεύξαντο κλυταὶ χέρες Ἡφαίστοιο
ὀβρίμῳ Ἡρακλῆι· ὃ δ' ὤπασε παιδὶ φορῆναι
205 Ποίαντος, μάλα γάρ οἱ ὁμωρόφιος φίλος ἦεν.
   Αὐτὰρ ὃ κυδιόων ἐν τεύχεσι δάμνατο λαούς.
ὀψὲ δέ οἱ ἐπόρουσε Πάρις, στονόεντας ὀιστοὺς
νωμῶν ἐν χείρεσσι μετὰ γναμπτοῖο βιοῖο
θαρσαλέως· τῷ γάρ ῥα συνήιεν ὕστατον ἦμαρ.
210 ἧκε δ' ἀπὸ νευρῆφι θοὸν βέλος· ἣ δ' ἰάχησεν
ἰοῦ ἀπεσσυμένοιο. ὃ δ' οὐχ ἅλιον φύγε χειρῶν·
καί ῥ' αὐτοῦ μὲν ἅμαρτεν ἀλευαμένου μάλα τυτθόν,
ἀλλ' ἔβαλεν Κλεόδωρον ἀγακλειτόν περ ἐόντα
βαιὸν ὑπὲρ μαζοῖο, διήλασε δ' ἄχρις ἐς ὦμον.
215 οὐ γὰρ ἔχεν σάκος εὐρύ, τό οἱ λυγρὸν ἔσχεν
    ὄλεθρον·
ἀλλ' ὅ γε γυμνὸς ἐὼν ἀνεχάζετο· τοῦ γὰρ ἀπ' ὤμων
Πουλυδάμας ἀπάραξε σάκος τελαμῶνα δαΐξας
βουπλῆγι στιβαρῷ· ὃ δ' ἐχάσσατο μαρνάμενός περ
αἰχμῇ ἀνιηρῇ· στονόεις δέ οἱ ἔμπεσεν ἰὸς
220 ἄλλοθεν ἀίξας· ὣς γάρ νύ που ἤθελε δαίμων
θήσειν αἰνὸν ὄλεθρον ἐύφρονος υἱέι Λέρνου
ὃν τέκετ' Ἀμφιάλη ῥοδίων ἐν πίονι γαίῃ.
   Τὸν δ' ὡς οὖν ἐδάμασσε Πάρις στονόεντι
    βελέμνῳ,
δὴ τότε δὴ Ποίαντος ἀμύμονος ὄβριμος υἱὸς
225 ἐμμεμαὼς θοὰ τόξα τιταίνετο καὶ μέγ' ἀύτει·
   "Ὦ κύον, ὥς σοι ἔγωγε φόνον καὶ κῆρ' ἀίδηλον

aloud.[4] These were the arms designed by the famous craftsman Hephaestus for mighty Heracles, and he gave them to Poeas' son to wear because he was his dearest messmate.

Glorying in his armor, he slew multitudes of men. Eventually Paris moved against him, wielding his agonizing arrows and his curved bow in his hands; boldly he advanced to meet this last day of his life. He let fly a swift arrow, and the bow string twanged as it sped on its way. It did not fly from his hands in vain: although he missed Philoctetes, who moved aside a little, he hit Cleodorus, for all his great renown as a warrior, just above the breast, with force enough to penetrate as far as his shoulder; he was retreating without the protection of his broad shield, which would have saved him from grim death, because Polydamas had knocked it from his shoulders by cutting through the strap with his heavy ax. He retreated, still fighting with his cruel spear, until the agonizing arrow unexpectedly came at him, no doubt in accordance with the will of some god who wished to bring dread death to the son of wise Lernus whom Amphiale bore in the fertile land of Rhodes.

As soon as Paris had killed Cleodorus with that agonizing arrow, the mighty son of noble Poeas furiously aimed his swift bow at him and yelled:

"You dog, my gift to you will be death, doom and de-

---

[4] Cf. 5.342–44, 6.268–72.

207 ἐπόρουσε Pauw: μετ- M
211 ἀπεσσυμένοιο Rhodomann: ἐπ- M
212–13 καί ῥ᾽ . . . ἀλλ᾽ Köchly: ἀλλ᾽ . . . καί ῥ᾽ M

δώσω, ἐπεί νύ μοι ἄντα λιλαίεαι ἰσοφαρίζειν·
καί κεν ἀναπνεύσουσιν ὅσοι σέθεν εἵνεκα λυγρῷ
τείροντ᾽ ἐν πολέμῳ· τάχα γὰρ λύσις ἔσσετ᾽ ὀλέθρου
230 ἐνθάδε σεῖο θανόντος, ἐπεί σφισι πῆμα τέτυξαι."
    Ὣς εἰπὼν νευρὴν μὲν ἐύστροφον ἀγχόθι μαζοῦ
εἴρυσε, κυκλώθη δὲ κέρας, καὶ ἀμείλιχος ἰὸς
ἰθύνθη, τόξον δὲ λυγρῇ ὑπερέσχεν ἀκωκῇ
τυτθὸν ὑπ᾽ αἰζηοῖο βίῃ· μέγα δ᾽ ἔβραχε νευρὴ
235 ἰοῦ ἀπεσσυμένοιο δυσηχέος. οὐδ᾽ ἀφάμαρτε
δῖος ἀνήρ· τοῦ δ᾽ οὔ τι λύθη κέαρ, ἀλλ᾽ ἔτι θυμῷ
ἔσθενεν· οὐ γάρ οἱ τότε καίριος ἔμπεσεν ἰός,
ἀλλὰ παρέθρισε χειρὸς ἐπιγράβδην χρόα καλόν.
ἐξαῦτις δ᾽ ὅ γε τόξα τιτύσκετο· τὸν δὲ παραφθὰς
240 ἰῷ ἐυγλώχινι βάλεν βουβῶνος ὕπερθε
Ποίαντος φίλος υἱός. ὃ δ᾽ οὐκέτ᾽ ἔμιμνε μάχεσθαι,
ἀλλὰ θοῶς ἀπόρουσε, κύων ὥς, εὖτε λέοντα
ταρβήσας χάσσηται ἐπεσσύμενος τὸ πάροιθεν·
ὣς ὅ γε λευγαλέῃσι πεπαρμένος ἦτορ ἀνίῃς
245 χάζετ᾽ ἀπὸ πτολέμοιο. συνεκλονέοντο δὲ λαοὶ
ἀλλήλους ὀλέκοντες· ἐν αἵματι δ᾽ ἔπλετο δῆρις
κτεινομένων ἑκάτερθε· νεκροὶ δ᾽ ἐπέκειντο νέκυσσι
πανσυδίῃ ψεκάδεσσιν ἐοικότες ἠὲ χαλάζῃ
ἢ χιόνος νιφάδεσσιν, ὅτ᾽ οὔρεα μακρὰ καὶ ὕλην
250 Ζηνὸς ὑπ᾽ ἐννεσίῃς Ζέφυρος καὶ χεῖμα παλύνῃ·
ὣς οἵ γ᾽ ἀμφοτέρωθεν ἀνηλέι Κηρὶ δαμέντες
ἀθρόοι ἀλλήλοισι δεδουπότες ἀμφεχέοντο.

231 μὲν Dausque: om. M

struction in return for your wanting to match yourself against me! Then all those fighters who are being ground down by this dreadful war on your account will have respite: there will soon be an end to the dying once I have killed you here and now: you are the cause of all their troubles!"

With these words he drew the well-twined string close to his chest; the bow bent, and he aimed the cruel arrow so that its lethal tip just protruded beyond the bow, such was the man's strength. The string twanged loudly as the arrow sped off with a whistling that boded ill. That divine marksman did not miss, but Paris' heart continued to beat and he still had strength in him: that arrow had not wounded him fatally, only just grazing the fair flesh of his hand. He drew his bow for another shot; but before he could shoot, the dear son of Poeas hit him with a barbed arrow above the groin. He stayed to fight no longer, but quickly hurried off, like a dog that has been rushing forward suddenly retreats in fear from a lion: just so he retreated from the fighting with pangs of agony in his heart. The armies kept up the conflict with mutual slaughter: they fought in the blood of victims from either side, and heaped bodies piled up on top of bodies in no time, like raindrops or hailstones or snowflakes when at Zeus' command in winter Zephyrus lets fall a covering on the woods and high hills: just so were the bodies of the fallen victims of cruel Doom on both sides heaping up thick and fast.

---

233 δὲ λυγρὴ Vian: δὲ αἰεὶ M   238 χειρὸς Pauw: χροὸς M   241 οὐκέτ' Rhodomann: οὐκ M

250 ἐννεσίης Spitzner: -ίῃ M

251 γ' Rhodomann: om. M   Κηρὶ Rhodomann: χειρὶ M

Αἰνὰ δ' ἀνεστενάχιζε Πάρις· περὶ δ' ἕλκεϊ θυμὸν
τείρετο· τὸν δ' ἀλύοντα τάχ' ἄμφεπον ἰητῆρες.
255 Τρῶες δ' εἰς ἑὸν ἄστυ κίον· Δαναοὶ δ' ἐπὶ νῆας
κυανέας ἀφίκοντο θοῶς· τοὺς γάρ ῥα κυδοιμοῦ
νὺξ ἀπέπαυσε μέλαινα, μόγον δ' ἐξείλετο γυίων
ὕπνον ἐπὶ βλεφάροισι πόνων ἀλκτῆρα χέασα.
ἀλλ' οὐχ ὕπνος ἔμαρπτε θοὸν Πάριν ἄχρις ἐς ἠῶ·
260 οὐ γάρ οἵ τις ἄλαλκε λιλαιομένων περ ἀμύνειν
παντοίοις ἀκέεσσιν, ἐπεί ῥά οἱ αἴσιμον ἦεν
Οἰνώνης ὑπὸ χερσὶ μόρον καὶ Κῆρας ἀλύξαι,
ἢν ἐθέλῃ. ὁ δ' ἄρ' αἶψα θεοπροπίῃσι πιθήσας
ἤιεν οὐκ ἐθέλων· ὀλοὴ δέ μιν ἦγεν ἀνάγκη
265 κουριδίης εἰς ὦπα. λυγροὶ δέ οἱ ἀντιόωντες
κὰκ κορυφῆς ὄρνιθες ἀύτεον, οἱ δ' ἀνὰ χεῖρα
σκαιὴν ἀίσσοντες· ὁ δέ σφεας ἄλλοτε μέν που
δείδιεν εἰσορόων, ὁτὲ δ' ἀκράαντα πέτεσθαι
εἴδετο· τοὶ δέ οἱ αἰνὸν ὑπ' ἄλγεσι φαῖνον ὄλεθρον.
270 ἷξε δ' ἐς Οἰνώνην ἐρικυδέα· τὸν δ' ἐσιδοῦσαι
ἀμφίπολοι θάμβησαν ἀολλέες ἠδὲ καὶ αὐτὴ
Οἰνώνη. ὁ δ' ἄρ' αἶψα πέσεν παρὰ ποσσὶ γυναικὸς

* * *

ἀμφιμέλαιν' ἐφύπερθε καὶ ἔνδοθι μέχρις ἱκέσθαι
μυελὸν ἐς λιπόωντα δι' ὀστέου, οὕνεκα νηδὺν
275 φάρμακον αἰνὸν ἔπυθε κατ' οὐτάμενον χρόα φωτός.

254 τάχ' Köchly: μέγ' M
256 τοὺς Dausque: τοῦ M
265 οἱ Pauw: μιν M

512

Dreadful were the groans of Paris in despair and distress at his wound: he was out of his mind as the doctors hastened to treat him. The Trojans returned to their city and the Danaans went back quickly to their dark ships: black night had stopped them fighting and now removed the weariness from their limbs by pouring upon their eyelids sleep, the antidote to toil. But right until dawn no sleep took hold of restless Paris: keen though they all were to allay his suffering with cures of every sort, no one was able to help him, because it was fated that it was by the hands of Oenone, if she were willing, that he would escape death and the spirits of doom. In obedience to the oracle he went without delay, but unwillingly, it was grim necessity that led him to face his wedded wife. Birds of ill omen came to meet him and shrieked above his head, and others came flying on his left; at times he felt fear at the sight, but then he would persuade himself that their flight meant nothing: but they portended his horrible and agonizing death. When he came before renowned Oenone, the maidservants who thronged her palace were astonished to see him, as was Oenone herself. Straightaway he fell at the feet of his wife ⟨and showed her his wound⟩[5] all black on the surface and within, penetrating through the bone right to the fatty marrow, because the arrow's dread poison had made the man's stomach gangrenous in the area where it

---

[5] One or more lines missing.

270 ἷξε Rhodomann· ἵε M
post 272 lac. stat. Rhodomann
273 ἀμφιμέλαιν' Vian: ἀμφὶ μέλαιν' M
274 οὕνεκα νηδὺν Pauw: οὕνεκεν ἠὺν M

τείρετο δὲ στυγερῇ βεβολημένος ἦτορ ἀνίῃ·
ὡς δ' ὅτε τις νούσῳ τε καὶ ἀργαλέῃ μέγα δίψῃ
αἰθόμενος κραδίην ἀδινὸν κέαρ αὐαίνηται,
ὅν τε περιζείουσα χολὴ φλέγει, ἀμφὶ δὲ νωθὴς
280 ψυχή οἱ πεπότητ' ἐπὶ χείλεσιν αὐαλέοισιν
ἀμφότερον βιότου τε καὶ ὕδατος ἱμείρουσα·
ὣς τοῦ ὑπὸ στέρνοισι καταίθετο θυμὸς ἀνίῃ·
καί ῥ' ὀλιγοδρανέων τοῖον ποτὶ μῦθον ἔειπεν·
     "Ὦ γύναι αἰδοίη, μὴ δή νύ με τειρόμενόν περ
285 ἐχθήρῃς, ἐπεὶ ἄρ σε πάρος λίπον ἐν μεγάροισι
χήρην οὐκ ἐθέλων περ· ἄγον δέ με Κῆρες ἄφυκτοι
εἰς Ἑλένην, ἧς εἴθε πάρος λεχέεσσι μιγῆναι
σῇσιν ἐν ἀγκοίνῃσι θανὼν ἀπὸ θυμὸν ὄλεσσα.
ἀλλ' ἄγε, πρός τε θεῶν οἵ τ' οὐρανὸν ἀμφινέμονται,
290 πρός τε τεῶν λεχέων καὶ κουριδίης φιλότητος,
ἤπιον ἔνθεο θυμόν, ἄχος δ' ἀλεγεινὸν ἄλαλκε
φάρμακ' ἀλεξήσοντα καθ' ἕλκεος οὐλομένοιο
θεῖσα τά μοι μεμόρηται ἀπωσέμεν ἄλγεα θυμοῦ,
ἢν ἐθέλῃς· σῇσιν γὰρ ἐπὶ φρεσίν, εἴ τε σαῶσαι
295 μήδεαι ἐκ θανάτοιο δυσηχέος, εἴ τε καὶ οὐκί.
ἀλλ' ἐλέαιρε τάχιστα καὶ ὠκυμόρων σθένος ἰῶν
ἐξάκεσ', ἕως μοι ἔτ' ἀμφὶ μένος καὶ γυῖα τέθηλε·
μηδέ τί με ζήλοιο λυγροῦ μεμνημένη ἔμπης
καλλείψῃς θανέεσθαι ἀμειλίκτῳ ὑπὸ πότμῳ
300 πὰρ ποσὶ σοῖσι πεσόντα. Λιτῆς δ' ἀποθύμια ῥέξεις
αἵ ῥα καὶ αὐταὶ Ζηνὸς ἐριγδούποιο θύγατρες
εἰσὶ καὶ ἀνθρώποισιν ὑπερφιάλοις κοτέουσαι
ἐξόπιθε στονόεσσαν ἐπιθύνουσιν Ἐρινύνν

had been pierced. He was weakening, and his heart was afflicted with hateful agony. Just as when a man, his heart ablaze with fever and cruel thirst, feels parched in the depths of his chest as his boiling bile burns him up and his spirit hovers sluggishly at his dry lips as it longs for life and water alike: just so was the heart in his breast ablaze with agony. With the little strength he had left he addressed her with these words:

"My respected wife, now that I am suffering do not feel hatred for me because I once abandoned you alone in our house: I did not do it willingly: I was led to Helen by the spirits of doom, whom no one can escape. I wish I had died and breathed my last in your arms before I shared her bed! But by the gods who dwell in heaven and by your bed and the joys of wedlock, come, feel some compassion and banish this cruel suffering by applying to my mortal wound those healthy medicines which are fated to expel my heart's pain—if you are willing, that is; for the choice is yours whether you intend to save me from a woeful death or not. But do take pity on me without delay and heal the effects of those fatal arrows while I still have some strength left and I can still use my limbs; do not let cruel jealousy fill your thoughts so that you leave me to die a pitiless death as I lie here at your feet. If you do, you will be provoking the Prayers, the very daughters of Zeus the Thunderer, who are angry at arrogant men and presently set the baneful Fury of their wrath against them. My lady,

---

277 τε Hermann: om. M
294 ἐπὶ Heyne: ὑπὸ M
297 ἕως Spitzner: ὡς M

καὶ χόλον. ἀλλὰ σύ, πότνα, κακὰς ἀπὸ Κῆρας ἔρυκε
305 ἐσσυμένως, εἰ καί τι παρήλιτον ἀφραδίῃσιν."
   Ὣς ἄρ' ἔφη· τῆς δ' οὔ τι φρένας παρέπεισε
     κελαινάς,
ἀλλά ἑ κερτομέουσα μέγ' ἀχνύμενον προσέειπε·
   "Τίπτε μοι εἰλήλουθας ἐναντίον, ἤν ῥα πάροιθε
κάλλιπες ἐν μεγάροισιν ἀάσπετα κωκύουσαν
310 εἵνεκα Τυνδαρίδος πολυκηδέος, ᾗ παριαύων
τέρπεο καγχαλόων, ἐπεὶ ἦ πολὺ φερτέρη ἐστὶ
τῆς σέο κουριδίης (τὴν γὰρ φάτις ἔμμεν ἀγήρω);
κείνην ἐσσύμενος γουνάζεο, μηδέ νύ μοί περ
δακρυόεις ἐλεεινὰ καὶ ἀλγινόεντα παραύδα.
315 αἲ γάρ μοι μέγα θηρὸς ὑπὸ κραδίῃ μένος εἴη
δαρδάψαι σέο σάρκας, ἔπειτα δέ θ' αἷμα λαφύξαι,
οἷά με πήματ' ἔοργας ἀτασθαλίῃσι πιθήσας.
σχέτλιε, ποῦ νύ τοί ἐστιν ἐυστέφανος Κυθέρεια;
πῇ δὲ πέλει γαμβροῖο λελασμένος ἀκάματος Ζεύς;
320 τοὺς ἔχ' ἀοσσητῆρας· ἐμῶν δ' ἀπὸ τῆλε μελάθρων
χάζεο, καὶ μακάρεσσι καὶ ἀνδράσι πῆμ' ἀλεγεινόν·
σεῖο γὰρ εἵνεκ', ἀλιτρέ, καὶ ἀθανάτους ἕλε πένθος,
τοὺς μὲν ἐφ' υἱωνοῖς, τοὺς δ' υἱάσιν ὀλλυμένοισιν.
ἀλλά μοι ἔρρε δόμοιο καὶ εἰς Ἑλένην ἀφίκανε,
325 ἧς σε χρεὼ νυκτός τε καὶ ἤματος ἀσχαλόωντα
τρύζειν πὰρ λεχέεσσι πεπαρμένον ἄλγεϊ λυγρῷ,
εἰς ὅ κέ σ' ἰήνειεν ἀνιηρῶν ὀδυνάων."
   Ὣς φαμένη γοόωντα φίλων ἀπέπεμπε μελάθρων,
νηπίη· οὐδ' ἄρ' ἐφράσσαθ' ἑὸν μόρον· ἦ γὰρ
     ἔμελλον

you for your part should take care to keep at bay the evil
spirits of doom, even if I did thoughtlessly do wrong."

So he spoke; but he failed to persuade her brooding
mind; instead, she taunted him in his agony with these
words:

"Why have you come to see me? I am the one you once
left bitterly lamenting here in the house for the sake of
Tyndareus' daughter, cause of so many troubles! Go and
enjoy yourself sleeping with her! After all, she is far supe-
rior to your wedded wife—it is said she never grows old!
Off with you and fall at *her* knees, and do not talk tearfully
to *me* about pity and pain! I wish I had a wild beast's savage
heart; then I would tear your flesh in pieces and lap up
your blood, so much harm have you done me at the
prompting of your wicked folly! You wretched creature!
Where is that fair-crowned Cythereia of yours now?
Where is unwearied Zeus? Can he have forgotten his son-
in-law? Look to them for help, and be off with you from
my house! You are a bane and a pest for gods and men
alike: yes, you made even the immortal gods grieve, you
scoundrel, for the deaths of their sons and grandsons. Be-
gone from my house! Go to Helen: she is the one in whose
bed you need to be whining miserably night and day with
your pangs of agony until she cures you of your cruel
pains!"

With these words she dismissed him in his distress
from that house of hers. Innocent fool! She did not know

---

305 ἐσσυμένως Rhodomann: -ον M
308 μοι Rhodomann: με M

330 κείνου ἀποφθιμένοιο καὶ αὐτῇ Κῆρες ἕπεσθαι
ἐσσυμένως· ὡς γάρ οἱ ἐπέκλωσεν Διὸς Αἶσα.
　　Τὸν δ᾽ ἄρ᾽ ἐπεσσύμενον λασίης ὑπὲρ ἄκριας
　　Ἴδης

332a οἶμον ἐς ἐσχατίην, ὅθι μιν μόρος αἰνὸς ἄγεσκε,
λυγρὸν ἐπισκάζοντα καὶ ἀχνύμενον μέγα θυμῷ
Ἥρη τ᾽ εἰσενόησε καὶ ἄμβροτον ἦτορ ἰάνθη,

335 ἑζομένη κατ᾽ Ὄλυμπον, ὅπῃ Διὸς ἔπλετ᾽ ἀλωή·
καί ῥά οἱ ἀμφίπολοι πίσυρες σχεδὸν ἑδριόωντο
τάς ποτ᾽ ἄρ᾽ Ἠελίῳ χαροπὴ δμηθεῖσα Σελήνη
γείνατ᾽ ἀν᾽ οὐρανὸν εὐρὺν ἀτειρέας, οὐδὲν ὁμοίας
ἀλλήλαις· μορφῇ δὲ διέκριθεν ἄλλη ἀπ᾽ ἄλλης

<desunt tres versus>

340 ἡ δ᾽ ἑτέρη χειμῶνι καὶ Αἰγοκερῆι μέμηλε·
τέτρασι γὰρ μοίρῃσι βροτῶν διαμείβεται αἰὼν
ἃς κεῖναι ἐφέπουσιν ἀμοιβαδόν· ἀλλὰ τὰ μέν που
αὐτῷ Ζηνὶ μέλοιτο κατ᾽ οὐρανόν. αἱ δ᾽ ὀάριζον
ὁππόσα λοίγιος Αἶσα περὶ φρεσὶν οὐλομένῃσι

345 μήδετο, Τυνδαρίδος στυγερὸν γάμον ἐντύνουσα
Δηιφόβῳ, καὶ μῆνιν ἀνιηρὴν Ἑλένοιο
καὶ χόλον ἀμφὶ γυναικός, ὅπως τέ μιν υἷες Ἀχαιῶν
ἤμελλον μάρψαντες ἐν ὑψηλοῖσιν ὄρεσσι
χωόμενον Τρώεσσι θοὰς ἐπὶ νῆας ἄγεσθαι,

350 ὥς τέ οἱ ἐννεσίῃσι κραταιοῦ Τυδέος υἱὸς

332a ἐσχατίην Zimmermann: -ιὴν M
335 ὅπῃ Rhodomann: ἧχι M

518

the fate she had in store: with him dead she too was soon to be pursued by the spirits of doom: for her the Destiny of Zeus ordained it so.

As he hastened over the heights of wooded Ida on his final journey, led by his cruel fate, limping pitifully, his spirit great with grief, Hera caught sight of him and felt a glow of satisfaction in her immortal heart. She was sitting on Olympus in the garden of Zeus, and stationed near her were four maidens in attendance to whom bright Selene had once given birth after being overpowered by Helios. They were tireless, each one unlike the others, each distinctive in appearance ‹. . . . .›[6] and the last has charge of winter and Capricorn; for human life keeps passing by turns through the four divisions over which they duly preside. But these matters should be the concern of Zeus himself, up in heaven. The maidens were gossiping about all that baneful Destiny was planning in her malignant mind[7] as she devised the loathsome marriage of Tyndareus' daughter to Deïphobus, Helenus' bitter wrath and ire on her account, the Achaeans' future kidnapping of him in the high hills and their taking him to their swift ships full of rage at the Trojans, and the scaling of the great wall at his suggestion by the son of mighty Tydeus accom-

[6] Three lines missing, describing spring, summer, and autumn.   [7] The events listed here were described in the *Little Iliad*. If Quintus had chosen to narrate them, they would have been placed between Books 11 and 12.

post 339 lac. trium uu. stat. Zimmermann
343 μέλοιτο Rhodomann: μέδοντι M
344 ὁππόσα J. Th. Struve: ὅ(π)πως M

ἑσπομένου Ὀδυσῆος ὑπὲρ μέγα τεῖχος ὀρούσας
Ἀλκαθόῳ στονόεντα φέρειν ἤμελλεν ὄλεθρον
ἁρπάξας ἐθέλουσαν ἐύφρονα Τριτογένειαν
ἥ τ᾽ ἔρυμα πτόλιός τε καὶ αὐτῶν ἔπλετο Τρώων·
355 οὐδὲ γὰρ οὐδὲ θεῶν τις ἀπειρέσιον χαλεπήνας
ἔσθενεν ὄλβιον ἄστυ διαπραθέειν Πριάμοιο
ἀθανάτης ἔμπροσθεν ἀκηδέος ἐμβεβαυίης·
οὐδέ οἱ ἄμβροτον εἶδος ἐτεκτήναντο σιδήρῳ
ἀνέρες, ἀλλά μιν αὐτὸς ἀπ᾽ Οὐλύμποιο Κρονίων
360 κάββαλεν ἐς Πριάμοιο πολυχρύσοιο πόληα.

Καὶ τὰ μὲν ὣς ὀάριζε Διὸς δάμαρ ἀμφιπόλοισιν
ἄλλά τε πόλλ᾽ ἐπὶ τοῖσι· Πάριν δ᾽ ἄρα θυμὸς ἐν Ἴδῃ
κάλλιπεν, οὐδ᾽ Ἑλένη μιν ἐσέδρακε νοστήσαντα.
ἀμφὶ δέ μιν Νύμφαι μέγ᾽ ἐκώκυον, οὕνεκ᾽ ἄρ᾽ αὐτοῦ
365 εἰσέτι που μέμνηντο κατὰ φρένας ὅσσα πάροιθεν
ἐξέτι νηπιάχοιο συναγρομένης ὀάριζε·
σὺν δέ σφιν μύροντο βοῶν θοοὶ ἀγροιῶται
ἀχνύμενοι κατὰ θυμόν· ἐπεστενάχοντο δὲ βῆσσαι.

Καὶ τότε δὴ Πριάμοιο πολυτλήτοιο γυναικὶ
370 δεινὸν Ἀλεξάνδροιο μόρον φάτο βουκόλος ἀνήρ.
τῆς δ᾽ ἄφαρ, ὡς ἐσάκουσε, τρόμῳ περιπάλλετο
          θυμός,
γυῖα δ᾽ ὑπεκλάσθησαν· ἔπος δ᾽ ὀλοφύρατο τοῖον·
"Ὤλεό μοι, φίλε τέκνον, ἐμοὶ δ᾽ ἐπὶ πένθεσι
          πένθος
κάλλιπες αἰὲν ἄφυκτον, ἐπεὶ πολὺ φέρτατος ἄλλων
375 παίδων ἔσκες ἐμεῖο μεθ᾽ Ἕκτορα. τῶ νύ σε λυγρὴ

panied by Odysseus, Tydeus being destined to deliver a cruel death to Alcathoüs and steal, with her own consent, Tritogeneia,[8] the talisman of the city and of the Trojans themselves: for no one whatever, even one of the gods in boundless rage, could sack Priam's wealthy city if that immortal and impassive goddess took her stand before it: that imperishable image of hers was not made by craftsmen's metal but was made to fall into the city of Priam, rich in gold, from Olympus by the son of Cronus himself.

These and many other events were the subject of the gossip of Zeus' wife with her attendant maidens. Paris meanwhile gave up the ghost on Ida, and Helen never saw his return. Around his body the Nymphs cried a loud lament: perhaps their minds still recalled how in the past from his earliest childhood he would meet and gossip with them all. The agile oxherds, heartbroken with grief, joined their lament, and the valleys echoed to the sound of their cries.

Then one of the oxherds told the news of Alexander's terrible death to the wife of much-enduring Priam.[9] As soon as she heard of it, her heart began to race, and she collapsed. This was her lament:

"You are dead, dear child of mine; and to add to my woes you have left me a new woe that I shall never escape. Hector apart, you were far the best of my sons, and

---

[8] I.e., the Palladium, a statue of Athena.
[9] Hecuba.

---

366 νηπιάχοιο Rhodomann: -ῃσι M
373 πένθεσι Köchly: -εϊ M

κλαύσομαι, εἰς ὅ κέ μοι κραδίη ἔνι πάλλεται ἦτορ.
οὐ γὰρ ἄνευ μακάρων τάδε πάσχομεν, ἀλλά τις
    Αἶσα
μήδετο λοίγια ἔργα· τὰ μὴ ὤφελλ᾽ ἐνόησα,
ἀλλ᾽ ἔθανον προπάροιθεν ἐν εἰρήνῃ τε καὶ ὄλβῳ,
380 ἐλπομένη καὶ ἔτ᾽ ἄλλα κακώτερα θηήσασθαι,
παῖδας μὲν κταμένους, κεραϊζομένην δὲ πόληα
καὶ πυρὶ δαιομένην Δαναῶν ὑπὸ καρτεροθύμων,
σύν τε νυοὺς θύγατράς τε μετὰ Τρῳῆσι καὶ ἄλλαις
ἑλκομένας ἅμα παισὶ δορυκτήτῳ ὑπ᾽ ἀνάγκῃ."
385 Ὣς φάτο κωκύουσα. πόσις δέ οἱ οὔ τι πέπυστο·
ἀλλ᾽ ὁ παρ᾽ Ἕκτορος ἧστο τάφῳ ἐπὶ δάκρυα χεύων·
τὸν γὰρ δὴ τεκέων περὶ πάντων τῖε μάλιστα,
387a οὕνεκ᾽ ἄριστος ἔην καὶ ἐρύετο δούρατι πάτρην·
τοῦ πέρι πευκαλίμας ἀχέων φρένας οὔ τι πέπυστο.
Ἀλλ᾽ Ἑλένη μάλα πολλὰ διηνεκέως γοόωσα,
390 ἄλλα μὲν ἐν Τρώεσσιν αὔτεεν, ἄλλα δέ οἱ κῆρ
ἐν κραδίῃ μενέαινε· φίλον δ᾽ ἀνὰ θυμὸν ἔειπεν·
"Ἆνερ, ἐμοὶ καὶ Τρωσὶ καὶ αὐτῷ σοὶ μέγα πῆμα,
ὤλεο λευγαλέως· ἐμὲ δ᾽ ἐν στυγερῇ κακότητι
κάλλιπες ἐλπομένην ὀλοώτερα πήματ᾽ ἰδέσθαι.
395 ὡς ὄφελόν μ᾽ Ἅρπυιαι ἀνηρείψαντο πάροιθεν,
ὁππότε σοί γ᾽ ἑπόμην ὀλοῇ ὑπὸ Δαίμονος Αἴσῃ.
νῦν δ᾽ ἄρα καὶ σοὶ πῆμα θεοὶ δόσαν ἠδ᾽ ἐμοὶ αὐτῇ
αἰνομόρῳ· πάντες δέ μ᾽ ἀάσπετον ἐρρίγασι,

376 ἔνι Rhodomann: om. M
386 παρ᾽ Köchly: γὰρ M

in my grief I shall weep for you so long as my heart beats
in my breast. The gods must have a hand in these suf-
ferings: some Destiny has planned these dreadful deeds.
I wish I had never known any of it: I ought to have died
earlier, in peace and prosperity! Now I expect to see even
worse sights—my sons killed, my city ravaged and burned
by the dauntless Argives, my daughters and daughters-in-
law and the other Trojan women dragged off—their chil-
dren, too. That is what captives in war must suffer."

Such was her lament. But her husband had heard noth-
ing of all this: he sat weeping at the tomb of Hector, the
son he held in highest regard of all for his excellence and
his keeping safe the city with his spear. his wise mind's
grief for Hector had prevented him from hearing the
news.

As for Helen, she kept up a continual loud lament; but
what she cried out among the Trojans was not the same as
her private thoughts, which she expressed to herself in
these words:

"Husband, you brought great trouble to me, to the
Trojans, and to yourself, and now you have died a mis-
erable death, leaving me in dreadful wretchedness and
expecting to witness even worse sufferings! I wish the
Harpies had sooner snatched me away[10] before Divine
Destiny made me go off with you. But as it is, the gods
have brought trouble to you and to me, too, doomed as

[10] Harpy means "Snatcher."

392 αὐτῷ σοι Köchly: οἱ αὐτῷ M

πάντες δ' ἐχθαίρουσιν ἐμὸν κέαρ, οὐδέ πῃ οἶδα
400 ἐκφυγέειν· εἰ γάρ κε φύγω Δαναῶν ἐς ὅμιλον,
αὐτίκ' ἀεικίσσουσιν ἐμὸν δέμας· εἰ δέ κε μίμνω,
Τρῳαὶ καὶ Τρῶές με περισταδὸν ἄλλοθεν ἄλλαι
αἶψα διαρραίσουσι· νέκυν δ' οὐ γαῖα καλύψει,
ἀλλὰ κύνες δάψουσι καὶ οἰωνῶν θοὰ φῦλα.
ὣς ὄφελόν μ' ἐδαμάσσαντο

* * *

405   πάρος τάδε πήματ' ἰδέσθαι."
   Ὣς ἔφατ' οὔ τι γοῶσα πόσιν τόσον ὁππόσον
      αἰνῆς
μύρετ' ἀλιτροσύνης μεμνημένη. ἀμφὶ δὲ Τρῳαὶ
ὡς κεῖνον στενάχοντο, μετὰ φρεσὶ δ' ἄλλα μενοίνων,
αἱ μὲν ὑπὲρ τοκέων μεμνημέναι, αἱ δὲ καὶ ἀνδρῶν,
410 αἱ δ' ἄρ' ὑπὲρ παίδων, αἱ δὲ γνωτῶν ἐριτίμων.
   Οἴη δ' ἐκ θυμοῖο δαΐζετο κυδαλίμοιο
Οἰνώνη· ἀλλ' οὔ τι μετὰ Τρῳῆσιν ἐοῦσα
κώκυεν, ἀλλ' ἀπάνευθεν ἐνὶ σφετέροισι μελάθροις
κεῖτο βαρὺ στενάχουσα παλαιοῦ λέκτρον ἀκοίτεω.
415 οἵη δ' ἐν ξυλόχοισι περιτρέφεται κρύσταλλος
αἰπυτάτων ὀρέων, ἥ τ' ἄγκεα πολλὰ παλύνει
χευαμένη Ζεφύροιο καταιγίσιν, ἀμφὶ δὲ μακραὶ
ἄκριες ὑδρηλῇσι κατειβόμεναι λιβάδεσσι
δεύονθ', ἡ δὲ νάπῃσιν ἀπειρεσίη περ ἐοῦσα
420 πίδακος ἐσσυμένης κρυερὸν περιτήκεται ὕδωρ·
ὣς ἥ γ' ἀσχαλόωσα μέγα στυγερὴ ὑπ' ἀνίῃ
τήκετ' ἀκηχεμένη πόσιος περὶ κουριδίοιο.
αἰνὰ δ' ἀναστενάχουσα φίλον προσελέξατο θυμόν·

I am. Everyone shudders in horror at the sight of me, everyone loathes me, yet I have nowhere to go: if I take refuge with the Danaan army, they will mutilate and mistreat me; and if I stay here, the men and women of Troy will surround me and instantly tear me to pieces; and my unburied body will be prey for dogs and flocking birds. If only Fate had destroyed me before I could witness such troubles!"

Such were her thoughts: she was not so much grieving for her husband as remembering and regretting her own wicked behavior. The Trojan women around her lamented as if for Paris, but their minds were occupied with other matters: some were remembering parents, others husbands, sons or noble kinsmen.

One woman alone, the renowned Oenone, was afflicted by heartfelt grief. But she was not to be found lamenting among the women of Troy: she was far away in her house, mourning aloud over the marriage bed of her erstwhile husband on which she now lay. Just as in lofty mountain thickets there hardens into ice snow let fall by the squalls of Zephyrus and dusting the many hollows; and the tall peaks all around are wetted, pouring with watery streams; and the ice in the valleys, despite its great mass, melts into chilly water as a spring gushes upon it: just so she, in great distress and dreadful suffering, was melting away with grief for her wedded husband. Amid her groans and sighs she said to herself:

---

405 lac. stat. Vian
409 αἱ μὲν Rhodomann, Tychsen: αἰνὸν M
415 περιτρέφεται Scaliger: περιστρ- M

"Ὤ μοι ἀτασθαλίης, ὤ μοι στυγεροῦ βιότοιο,
425 ἢ πόσιν ἀμφαγάπησα δυσάμμορος ᾧ σὺν ἐώλπειν
γήραϊ τειρομένη βιότου κλυτὸν οὐδὸν ἱκέσθαι
αἰὲν ὁμοφρονέουσα· θεοὶ δ' ἑτέρως ἐβάλοντο.
ὡς μ' ὄφελόν ποτε Κῆρες ἀνηρείψαντο μέλαιναι,
ὁππότε νόσφιν ἔμελλον Ἀλεξάνδροιο πέλεσθαι.
430 ἀλλὰ καὶ εἰ ζωός μ' ἔλιπεν, μέγα τλήσομαι ἔργον
ἀμφ' αὐτῷ θανέειν, ἐπεὶ οὔ τί μοι εὔαδεν ἠώς."
Ὣς φαμένης ἐλεεινὰ κατὰ βλεφάρων ἐχέοντο
δάκρυα, κουριδίοιο δ' ἀναπλήσαντος ὄλεθρον
μνωομένη, ἅτε κηρὸς ὑπαὶ πυρί, τήκετο λάθρῃ
435 (ἄζετο γὰρ πατέρα σφὸν ἰδ' ἀμφιπόλους εὐπέπλους),
μέχρις ἐπὶ χθόνα δῖαν ἀπ' εὐρέος Ὠκεανοῖο
νὺξ ἐχύθη, μερόπεσσι λύσιν καμάτοιο φέρουσα.
καὶ τότ' ἄρ' ὑπνώοντος ἐνὶ μεγάροισι τοκῆος
καὶ δμώων, πυλεῶνας ἀναρρήξασα μελάθρων
440 ἔκθορεν ἠΰτ' ἄελλα· φέρον δέ μιν ὠκέα γυῖα.
ὡς δ' ὅτ' ἂν οὔρεα πόρτιν ἐρασσαμένην μέγα
        ταύρου
θυμὸς ἐποτρύνει ποσὶ καρπαλίμοισι φέρεσθαι
ἐσσυμένως, ἣ δ' οὔ τι λιλαιομένη φιλότητος
ταρβεῖ βουκόλον ἄνδρα, φέρει δέ μιν ἄσχετος ὁρμή,
445 εἴ που ἐνὶ ξυλόχοισιν ὁμήθεα ταῦρον ἴδοιτο·
ὣς ἣ ῥίμφα θέουσα διήνυε μακρὰ κέλευθα

426 βιότου Rhodomann: ποτὶ M
433 δ' Rhodomann: om. M

"How blind and foolish I have been! How hateful is my
life! Here is my misfortune: I loved a husband in whose
company I hoped to reach the threshold of life,[11] worn
down by old age but living in harmony. But the gods had
other ideas. I wish the black spirits of doom had snatched
me away when I was on the point of being separated from
Alexander. Even though he was alive when he left me, I
shall bring myself to die over him. The light of day is no
pleasure to me now!"

As she spoke these words it was pitiful to see the tears
pouring from her eyes as she thought of her wedded hus-
band having met his destined death. Unseen by every-
one—for she felt she should not be seen by her father[12]
and her fine-robed attendants—she was secretly melting
away like wax before fire. At last, night arose from the
broad Ocean and spread across the divine earth, bringing
to mortals a release from toil. Then, while her father and
the slaves slept in the palace, she threw open the outer
doors and rushed outside quick as the wind, as fast as her
legs could carry her. Just as when up in the hills a heifer
filled with desire for a bull feels the urge to set off running
with swift feet, lust making her heedless of the oxherd, and
nothing can stop her progress as she goes in search of the
bull who is her mate: just so she covered the long paths

[11] Text uncertain. Perhaps this is the threshold between life
and death.   [12] The river-god Cebren.

---

436 ἀπ' Rhodomann: ἐπ' M
437 ἐχύθη Rhodomann: ἐλύθη M
438 τότ' ἄρ' Zimmermann: ῥα τόθ' M

διζομένη τάχα ποσσὶ πυρῆς ἐπιβήμεναι αἰνῆς.
οὐδέ τί οἱ κάμε γούνατ᾽, ἐλαφρότεροι δ᾽ ἐφέροντο
ἐσσυμένης πόδες αἰέν· ἔπειγε γὰρ οὐλομένη Κὴρ
450 καὶ Κύπρις. οὐδέ τι θῆρας ἐδείδιε λαχνήεντας
ἀντομένη ὑπὸ νύκτα, πάρος μέγα πεφρικυῖα.
πᾶσα δέ οἱ λασίων ὀρέων ἐστείβετο πέτρη
καὶ κρημνοί, πᾶσαι δὲ διεπρήσσοντο χαράδραι.
τὴν δέ που εἰσορόωσα τόθ᾽ ὑψόθε δῖα Σελήνη
455 μνησαμένη κατὰ θυμὸν ἀμύμονος Ἐνδυμίωνος
πολλὰ μάλ᾽ ἐσσυμένην ὀλοφύρετο καί οἱ ὕπερθε
λαμπρὸν παμφανόωσα μακρὰς ἀνέφαινε κελεύθους.
    Ἵκετο δ᾽ ἐμμεμαυῖα δι᾽ οὔρεος, ἧχι καὶ ἄλλαι
Νύμφαι Ἀλεξάνδροιο νέκυν περικωκύεσκον.
460 τὸν δ᾽ ἔτι που κρατερὸν πῦρ ἄμπεχεν, οὕνεκ᾽ ἄρ᾽
            αὐτῷ
μηλονόμοι ξυνιόντες ἀπ᾽ οὔρεος ἄλλοθεν ἄλλοι
ὕλην θεσπεσίην παρενήνεον, ἦρα φέροντες
ὑστατίην καὶ πένθος ὁμῶς ἑτάρῳ καὶ ἄνακτι,
κλαίοντες μάλα πολλὰ περισταδόν. ἦ δέ μιν οὔ τι,
465 ἀμφαδὸν ὡς ἄθρησε, γοήσατο τειρομένη περ,
ἀλλὰ καλυψαμένη πέρι φάρεϊ καλὰ πρόσωπα
αἶψα πυρῇ ἐνέπαλτο. γόον δ᾽ ἄρα πουλὺν ὄρινε·
καίετο δ᾽ ἀμφὶ πόσει· Νύμφαι δέ μιν ἄλλοθεν ἄλλαι

454 ὑψόθε Platt: -θι M
457 παμφανόωσα Pauw: παμφαίνουσα M
458 ἐμμεμαυῖα Platt: ἐμβεβαυῖα M
460 αὐτῷ Rhodomann: -ὸν m: -ῶν m

running at full speed in her urgent quest to mount the
fatal pyre. Her knees never tired, and her feet moved
more lightly the more she hurried along: deadly Doom
and Cypris were urging her on. And she had no fear at all
of meeting the shaggy wild beasts in the night, though she
had been much afraid of them before. She trod every rock
and crag in the undergrowth of the mountains, and made
her way through every ravine. Divine Selene up on high
saw her then and, fondly recalling noble Endymion,[13] felt
pity for her in her frantic haste and lit her long journey
with bright moonbeams.

After her eager journey through the hills she came to
the place where the rest of the Nymphs had gathered to
lament around the body of Alexander. He was still envel-
oped in the blazing fire, because the shepherds, who had
assembled there from every part of the hills, had heaped
up an immense pile of timber for him as their final tribute
and also as a demonstration of their grief for their com-
panion and master. They stood around the pyre in floods
of tears; but she, when she saw him clearly, uttered no cry,
despite her distress; instead, she covered her fair face with
her robe and leaped straight on the pyre.[14] She caused a
chorus of lamentation to rise as she burned beside her
husband. The Nymphs who stood around the pyre were

---

[13] Cf. 127–37.   [14] Evadne, wife of Capaneus, did the
same (479–82; cf. Eur. *Suppliant Women* 980–1030). But the
Greeks had no tradition equivalent to the Indian suttee.

---

462 ἦρα Rhodomann: ὄφρα M
465 γοήυ ατο Pauw: βοή- M
467 πυρῇ Rhodomann: πυρὶ M

529

θάμβεον, εὖτ᾽ ἐσίδοντο μετ᾽ ἀνέρι πεπτηυῖαν·
470 καί τις ἑὸν κατὰ θυμὸν ἔπος ποτὶ τοῖον ἔειπεν·
"Ἀτρεκέως Πάρις ἦεν ἀτάσθαλος, ὃς μάλα κεδνὴν
κάλλιπε κουριδίην καὶ ἀνήγαγε μάργον ἄκοιτιν,
οἷ αὐτῷ καὶ Τρωσὶ καὶ ἄστεϊ λοίγιον ἄλγος,
νήπιος· οὐδ᾽ ἀλόχοιο περίφρονος ἅζετο θυμὸν
475 τειρομένης, ἥ πέρ μιν ὑπὲρ φάος ἠελίοιο
καί περ ἀπεχθαίροντα καὶ οὐ φιλέοντα τίεσκεν."
    Ὣς ἄρ᾽ ἔφη Νύμφη τις ἀνὰ φρένας· οἳ δ᾽ ἐνὶ
        μέσσῃ
πυρκαϊῇ καίοντο λελασμένοι ἠριγενείης.
ἀμφὶ δὲ βουκόλοι ἄνδρες ἐθάμβεον, εὖτε πάροιθεν
480 Ἀργεῖοι θάμβησαν ἀολλέες ἀθρήσαντες
Εὐάδνην Καπανῆος ἐπεκχυμένην μελέεσσιν
ἀμφὶ πόσιν δμηθέντα Διὸς στονόεντι κεραυνῷ.
ἀλλ᾽ ὅτε δ᾽ ἀμφοτέρους ὀλοὴ πυρὸς ἤνυσε ῥιπὴ
Οἰνώνην τε Πάριν τε, μιῇ δ᾽ ὑποκάββαλε τέφρῃ,
485 δὴ τότε πυρκαϊὴν οἴνῳ σβέσαν, ὀστέα δ᾽ αὐτῶν
χρυσέῳ ἐν κρητῆρι θέσαν. περὶ δέ σφισι σῆμα
ἐσσυμένως τεύξαντο, θέσαν δ᾽ ἄρα δοιὼ ὕπερθε
στήλας αἵ περ ἔασι τετραμμέναι ἄλλυδις ἄλλη,
ζῆλον ἐπ᾽ ἀλλήλοισιν ἔτι στονόεντα φέρουσαι.

    481 Εὐάδνην nescioquis: Οἰνώνην M   μελέεσσιν Rhodomann: βελ- M
    484 τέφρῃ Rhodomann: πέτρη M

shocked to see her lying dead by his side, and each thought to herself:

"Paris was truly a scoundrel to leave a wedded wife so faithful to him and take into his bed a shameless creature who brought bane and suffering to himself, to the Trojans, and to his city. The fool! He had no respect for the distress felt by his wife, a woman of good sense who had more regard for him than for life itself, even though he had no love for her, only hatred!"

Such were the Nymphs' private thoughts as husband and wife were burning in the midst of the pyre, caring no longer for the light of day. The oxherds who stood by were no less shocked than the assembled Argives had been at the sight of Evadne stretched out upon and embracing the body of her husband Capaneus, victim of Zeus' devastating thunderbolt. But when the fire's destructive force had consumed them both, Paris and Oenone, and reduced them to one set of ashes, they extinguished the pyre with wine and placed the bones in a vessel of gold. They hastened to build a mound over them, surmounted by a pair of gravestones facing in opposite directions and commemorating the mutual hatred which caused such grief.

BOOK XI

The first part of the book tells of the battle on the plain.
Aeneas and Eurymachus are urged on by Apollo. The Tro-
jans are driven back by Neoptolemus and his Myrmidons,
but Aeneas rallies them. When Athena intervenes on the
Greek side, Aphrodite removes Aeneas from the battle-
field, and the Trojans retreat within their walls. The second
part of the book describes the Greeks' assault on the city
on the following day. The result is an impasse.

The removal of Aeneas from the fighting is based on Iliad
5.311–17, 445–46, and several other scenes are inspired
more generally by Books 5 and 13. The narrative of the
siege has elements in common with the messenger speech
in Euripides' Phoenician Women *(1090–1199) and with*
Virgil's account of the attack on the Trojans' camp at Aen.
9.503–89.

ΛΟΓΟΣ ΙΑ

Τρωαὶ δὲ στενάχοντο κατὰ πτόλιν οὐδ᾽ ἐδύναντο
ἐλθέμεναι ποτὶ τύμβον, ἐπεὶ μάλα τηλόθ᾽ ἔκειτο
ἄστεος αἰπεινοῖο· νέοι δ᾽ ἔκτοσθε πόληος
νωλεμέως πονέοντο, μάχη δ᾽ οὐ λῆγε φόνοιο,
5 καί περ Ἀλεξάνδροιο δεδουπότος, οὕνεκ᾽ Ἀχαιοὶ
Τρωσὶν ἐπεσσεύοντο ποτὶ πτόλιν, οἳ δὲ καὶ αὐτοὶ
τείχεος ἤιον ἐκτός· ἐπεί σφεας ἦγεν ἀνάγκη.
ἐν γὰρ δὴ μέσσοισιν Ἔρις στονόεσσά τ᾽ Ἐννὼ
στρωφῶντ᾽, ἀργαλέῃσιν Ἐριννύσιν εἴκελαι ἄντην,
10 ἄμφω ἀπὸ στομάτων ὀλοὸν πνείουσαι ὄλεθρον·
ἀμφ᾽ αὐτοῖσι δὲ Κῆρες ἀναιδέα θυμὸν ἔχουσαι
ἀργαλέως μαίνοντο. Φόβος δ᾽ ἑτέρωθε καὶ Ἄρης
λαοὺς ὀτρύνεσκον· ἐφέσπετο δέ σφισι Δεῖμος
φοινήεντι λύθρῳ πεπαλαγμένος, ὄφρά ἑ φῶτες
15 οἳ μὲν καρτύνωνται ὁρώμενοι, οἳ δὲ φέβωνται.
πάντῃ δ᾽ αἰγανέαι τε καὶ ἔγχεα καὶ βέλε᾽ ἀνδρῶν
ἄλλυδις ἄλλα χέοντο κακοῦ μεμαῶτα φόνοιο·
ἀμφὶ δ᾽ ἄρά σφισι δοῦπος ἐρειδομένοισιν ὀρώρει,
μαρναμένων ἑκάτερθε κατὰ φθισήνορα χάρμην.
20 Ἔνθ᾽ ἄρα Λαοδάμαντα Νεοπτόλεμος κατέπεφνεν,
ὃς τράφη ἐν Λυκίῃ Ξάνθου παρὰ καλὰ ῥέεθρα,

BOOK XI

The women of Troy mourned inside the city: they could not visit Paris' tomb, which was situated a long way from their lofty citadel. The young men meanwhile continued the struggle outside the city, and even though Alexander was dead the battle was still a bloody one: the Achaeans kept up their assaults on the Trojans in the direction of the city, and they for their part continued to make sorties: they had no choice, because Strife and Enyo bringer of grief were moving among them like grim Furies to look at, both of them breathing from their mouths ruin and perdition. Around them the spirits of doom, whose hearts hold no shame, raged mercilessly; in another part of the field Fear urged on the armies, and Terror was their escort: he was spattered with dark-red blood, a sight to inspire fight in some and flight in others. On every side the warriors' javelins, spears and arrows rained down from all directions with bloody intent, and an all-enveloping clamor arose from the collisions of those fighting on either side in that murderous conflict.

Then Neoptolemus slew Leodamas, who was brought up in Lycia by the fair streams of Xanthus,[1] streams re-

[1] Not the Xanthus near Troy.

3 ἔκτοσθε Rhodomann: ἑκάστοτε M
4 φόνοιο Tychsen: πον- M

ὅν ποτ᾿ ἐριγδούποιο Διὸς δάμαρ ἀνθρώποισι
Λητὼ δῖ᾿ ἀνέφηνεν ἀναρρήξασα χέρεσσι
τρηχὺ πέδον Λυκίης ἐρικυδέος, ὁππόθ᾿ ἑοῖο
25 δάμναθ᾿ ὑπ᾿ ὠδίνεσσι πολυτλήτοισιν ἀνίη
θεσπεσίου τοκετοῖο, ὅσην ὠδῖνες ἔγειρον.
τῷ δ᾿ ἐπὶ Νῖρον ὄλεσσε βαλὼν ἀνὰ δηιοτῆτα
δουρὶ διὰ γναθμοῖο, πέρησε δ᾿ ἀνὰ στόμα χαλκὸς
γλῶσσαν ἔτ᾿ αὐδήεσσαν· ὁ δ᾿ ἔγχεος ἄσχετον
αἰχμὴν
30 ἄμπεχε βεβρυχώς, περὶ δ᾿ ἔρρεεν αἷμα γένυσσι
φθεγγομένου· καὶ τὸν μὲν ὑπὸ κρατερῆς χερὸς ἀλκῇ
ἐγχείη στονόεσσα ποτὶ χθονὸς οὖδας ἔρεισε
δευόμενον θυμοῖο. βάλεν δ᾿ Εὐήνορα δῖον
τυτθὸν ὑπὲρ λαπάρην, διὰ δ᾿ ἤλασεν ἐς μέσον ἧπαρ
35 αἰχμήν· τῷ δ᾿ ἀλεγεινὸς ἄφαρ συνέκυρσεν ὄλεθρος.
εἷλε δ᾿ ἄρ᾿ Ἰφιτίωνα καὶ Ἱππομέδοντα δάμασσε
Μαινάλου ὄβριμον υἷα τὸν Ὠκυρόῃ τέκε Νύμφη
Σαγγαρίου ποταμοῖο παρὰ ῥόον· οὐδέ νυ τόν γε
δέξατο νοστήσαντα· κακαὶ δέ ἑ Κῆρες ἄμερσαν
40 παιδὸς ἀνιηραί, μέγα δ᾿ υἱέος ἔλλαβε πένθος.
    Αἰνείας δὲ Βρέμοντα καὶ Ἀνδρόμαχον κατέπεφνεν,
ὃς τράφη ἐν Κνωσσῷ, ὁ δ᾿ ἄρα ζαθέῃ ἐνὶ Λύκτῳ·
ἄμφω δ᾿ εἰς ἕνα χῶρον ἀπ᾿ ὠκυπόδων πέσον ἵππων·
καί ῥ᾿ ὁ μὲν ἀσπαίρεσκε πεπαρμένος ἔγχεϊ μακρῷ
45 λαιμόν, ὁ δ᾿ ἀλγινόεντος ἀνὰ κροτάφοιο θέμεθλα

23 δῖ C. L. Struve: δὴ M

vealed to men by divine Leto, spouse of Zeus the thunderer, when she tore up[2] the rough ground of renowned Lycia with her hands during her agonizing pangs of labor as she gave birth to the god's children—such was the agony her labor pains induced. Next in the battle he killed Nirus with a spear blow to the jaw, and the bronze penetrated his tongue as it was still speaking; he screamed as he took the irresistible spear's full force, and as he cried out, blood poured over his cheeks; and he was lifeless when that cruel spear, sent with force from a mighty hand, pinned him to the ground. Next he struck divine Euenor just above the flank; he drove the spear right into his liver, and straightaway he met an agonizing death. Then he slew Iphition and Hippomedon, Maenalus' mighty son, whom the Nymph Ocyrhoe bore by the stream of the river Sangarius; but she never welcomed him back home: the evil spirits of doom which cause such pain deprived her of her child, and great grief for her son possessed her.

Aeneas slew Bremon and Andromachus, the one brought up in Cnossus, the other in holy Lyctus; both fell from their swift chariots in the same place, and the one writhed convulsively, pierced in the throat by a long spear, while the other expired, enveloped by black fate, from an

---

[2] The place where she tore up the ground in giving birth was called Araxa, and Quintus' verb *anarrhêxasa* alludes to this.

---

31 κρατερῆς Pauw: -οῦ M   ἀλκῇ Rhodomann: -ῆς M
34 ὑπὲρ Pauw: ὑπαὶ M
30 ἑ Rhodomann: om. M
40 ἔλλαβε Rhodomann: ἔμβαλε M

χερμαδίῳ στονόεντι μάλα κρατερῆς ἀπὸ χειρὸς
βλήμενος ἐκπνείεσκε, μέλας δέ μιν ἄμπεχε πότμος.
ἵπποι δ᾽ ἐπτοίηντο καὶ ἡνιόχων ἀπάνευθε
φεύγοντες πολλοῖσιν ἐνεπλάζοντο νέκυσσι·
50 καὶ τοὺς μὲν θεράποντες ἀμύμονος Αἰνείαο
μάρψαντες κεχάροντο φίλῃ περὶ ληΐδι θυμόν.

   Ἂν δὲ Φιλοκτήτης ὀλοῷ βάλε Πύρασον ἰῷ
φεύγοντ᾽ ἐκ πολέμοιο· διέθρισε δ᾽ ἀγκύλα νεῦρα
γούνατος ἐξόπιθεν, κατὰ δ᾽ ἔκλασεν ἀνέρος ὁρμήν.
55 καὶ τὸν μὲν Δαναῶν τις ὅτ᾽ ἔδρακε γυιωθέντα,
ἐσσυμένως ἀπάμερσε καρήατος ἄορι τύψας
ἀλγινόεντα τένοντα· κόλον δ᾽ ὑπεδέξατο γαῖα
σῶμα· κάρη δ᾽ ἀπάτερθε κυλινδομένη πεφόρητο
φωνῆς ἱεμένοιο· ταχὺς δ᾽ ἅμ᾽ ἀπέπτατο θυμός.

60   Πουλυδάμας δὲ Κλέωνα καὶ Εὐρύμαχον βάλε
          δουρί,
οἳ Σύμηθεν ἵκανον ὑπὸ Νιρῆι ἄνακτι,
ἄμφω ἐπιστάμενοι δόλον ἰχθύσι μητίσασθαι
αἰνὸν ὑπ᾽ ἀγκίστροιο, βαλεῖν δέ τε εἰς ἅλα δῖαν
δίκτυα καὶ παλάμῃσι περιφραδέως ἀπὸ νηὸς
65 ἰθὺ καὶ αἶψα τρίαιναν ἐπ᾽ ἰχθύσι νωμήσασθαι·
ἀλλ᾽ οὔ σφιν τότε πῆμα θαλάσσια ἤρκεσαν ἔργα.

   Εὐρύπυλος δὲ μενεπτόλεμος βάλε φαίδιμον
          Ἕλλον
τόν ῥα παρὰ λίμνῃ Γυγαίῃ γείνατο μήτηρ
Κλειτὼ καλλιπάρηος· ὁ δ᾽ ἐν κονίῃσι τανύσθη
70 πρηνής· τοῦ δ᾽ ἀπάτερθεν ὁμῶς δόρυ κάππεσε
          μακρόν.

agonizing blow to the base of the temple from a deadly rock thrown with great force. The startled horses had got away from their drivers and were wandering among the many bodies of the fallen; they were seized by the attendants of noble Aeneas, delighted by their precious spoil.

Philoctetes killed Pyrasus with one of his deadly arrows as he retreated from the battle: he severed the flexible tendons at the back of his knee and brought him up short. One of the Danaans saw that he was lamed and lost no time in beheading him with his sword by striking the neck tendons a painful blow. His trunk fell to the ground; the force of the blow made his head roll some way off, still trying to speak; and his spirit quickly took its flight.

Polydamas struck Cleon and Eurymachus with his spear: they had come from Syme under the command of their lord Nireus. Both were skilled fishermen, able to devise lethal lures for the fish when angling with rod and line, and skilled also at casting nets into the divine sea and at spearing fish straight and true from the boat with an expertly wielded trident. But these sea skills were of no use in protecting them from destruction.

Eurypylus, stalwart in battle, struck glorious Hellus, whose mother, the fair-cheeked Cleito, bore him by the Gygean Lake. He lay stretched out in the dust, face down, and at the same time his huge spear fell some distance from his body.

---

56 ἀπάμερσε Rhodomann: ἄμερσε M

57 κόλον Köchly: ὅλον m: ὀλοή m

59 φωνῆς ἱεμένοιο Rhodomann: ἱεμένου φωνῆς M

61 ὑπὸ Köchly: ὑπαὶ M   66 τότε Spitzner: ἐπὶ m: πὶ m: γ' ἐπὶ m   68 παρὰ Köchly: παραὶ M

* * *

ὤμου ἀπὸ βριαροῖο κεκομμένη ἄορι λυγρῷ
χεὶρ ἔτι μαιμώωσα ποτὶ κλόνον ἔγχος ἀεῖραι
μαψιδίως· οὐ γάρ μιν ἀνὴρ εἰς ἔργον ἐνῶμα,
ἀλλ᾽ αὔτως ἤσπαιρεν, ἅτε βλοσυροῖο δράκοντος
75 οὐρὴ ἀποτμηθεῖσ᾽ ἀναπάλλεται οὐδέ οἱ ἀλκὴ
ἕσπεται ἐς πόνον αἰπύν, ἵνα χραύσαντα δαΐξῃ·
ὣς ἄρα δεξιτερὴ κρατερόφρονος ἀνδρὸς ἐς αἰχμὴν
ὥρμαινεν πονέεσθαι· ἀτὰρ μένος οὐκέτ᾽ ὀπήδει.
    Αὐτὰρ Ὀδυσσεὺς Αἶνον ἐνήρατο καὶ Πολύιδον
80 ἄμφω Κητείους, τὸν μὲν δορί, τὸν δ᾽ ἀλεγεινῷ
ἄορι δῃώσας. Σθένελος δ᾽ ἕλε δῖον Ἄβαντα
αἰγανέην προϊείς· ἡ δ᾽ ἀσφαράγοιο διὰ πρὸ
ἐσσυμένη ἀλεγεινὸν ἐς ἰνίον ἦλθε τένοντος·
λῦσε δ᾽ ἄρ᾽ ἄνερος ἦτορ, ὑπέκλασε δ᾽ ἅψεα πάντα.
85 Τυδείδης δ᾽ ἕλε Λαόδοκον, Μέλιον δ᾽ Ἀγαμέμνων,
Δηΐφοβος δὲ Δρύαντα καὶ Ἄλκιμον. αὐτὰρ Ἀγήνωρ
Ἵππασον ἐξενάριξεν ἀγακλειτόν περ ἐόντα
ὅς ῥ᾽ ἀπὸ Πηνειοῦ ποταμοῦ κίεν· οὐδ᾽ ἐρατεινὰ
θρέπτα τοκεῦσιν ἔδωκεν, ἐπεί ῥά μιν ἔκλασε δαίμων.
90 ἂν δὲ Θόας ἐδάμασσε Λάμον καὶ ἀγήνορα Λύγκον,
Μηριόνης δὲ Λύκωνα, καὶ Ἀρχέλοχον Μενέλαος,
ὅς ῥά τε Κωρυκίην ὑπὸ δειράδα ναιετάεσκε
πέτρην θ᾽ Ἡφαίστοιο περίφρονος ἥ τε βροτοῖσι
θαῦμα πέλει· δὴ γάρ οἱ ἐναίθεται ἀκάματον πῦρ
95 ἄσβεστον νυκτός τε καὶ ἤματος· ἀμφὶ δ᾽ ἄρ᾽ αὐτῷ
φοίνικες θαλέουσι, φέρουσι δ᾽ ἀπείρονα καρπόν,

⟨several lines missing⟩[3]

His arm, severed from his muscular shoulder by that lethal sword, was still eager to brandish his spear and ready for the fight—in vain, since the man himself was not in control of it, but was thrashing around with randomly convulsive movements. Just as the severed tail of a deadly snake twitches but has no strength for the hard task of killing him who has injured it: just so did that stouthearted man's right hand feel for his spear, though it had not the strength to match its will.

Odysseus slew Aenus and Polyidus, both Cetaeans, killing the one with his spear and the other with his cruel sword. Sthenelus hurled his javelin and killed divine Abas: it went straight through his throat as far as the vital tendon at the base of his skull, undoing his heart's life and making him collapse in a heap. Tydides killed Laodocus, Agamemnon Melius, and Deïphobus Dryas and Alcimus. Meanwhile Agenor slew Hippasus, a renowned warrior who had come from near the river Peneüs; but he never requited his parents for his upbringing, because some divine power cut short his life. Thoas slew Lamus and noble Lyncus, Meriones Lycon, and Menelaüs Archelochus, who dwelt beneath the ridge of Corycus and the rock of the artificer Hephaestus, an extraordinary sight for mortals to see: a perpetual fire burns there day and night, never extinguished, and round it are flourishing palm trees which

---

[3] Probably a new encounter has begun.

---

post 70 lac. stat. Köchly
85 δ' Köchly: τε M

ῥίζης καιομένης ἄμα λάεσιν· ἀλλὰ τὸ μέν που
ἀθάνατοι τεύξαντο καὶ ἐσσομένοισιν ἰδέσθαι.
　　Τεῦκρος δ᾽ Ἱππομέδοντος ἀμύμονος υἷα Μενοίτην
100 ἐσσυμένως ὥρμαινε βαλεῖν ἐπιόντα βελέμνῳ·
καί ῥα νόῳ καὶ χερσὶ καὶ ὄμμασιν ἰθύνεσκεν
ἰὸν ἀπὸ γναμπτοῖο κεράατος. ὃς δ᾽ ἀλεγεινὸς
ἆλτο θοῆς ἀπὸ χειρὸς ἐς ἀνέρα· τῷ δ᾽ ὑπὸ νευρὴ
εἰσέτι που κανάχιζεν· ὃ δ᾽ ἀντίον ἀσπαίρεσκε
105 βλήμενος, οὕνεκα Κῆρες ὁμῶς φορέοντο βελέμνῳ
καίριον ἐς κραδίην, ὅθι περ νόος ἕζεται ἀνδρῶν
καὶ μένος, ὀτραλέαι δὲ ποτὶ μόρον εἰσὶ κέλευθοι.
　　Εὐρύαλος δ᾽ ἄρα πολλὸν ἀπὸ στιβαρῆς βάλε
　　　　χειρὸς
λᾶα μέγαν, Τρώων δὲ θοὰς ἐλέλιξε φάλαγγας.
110 ὡς δ᾽ ὅτε τις γεράνοισι τανυφθόγγοισι χολωθεὶς
οὖρος ἀνὴρ πεδίοιο μέγ᾽ ἀσχαλόων ἐπ᾽ ἀρούρῃ
δινήσας περὶ κρατὶ θοῶς καλὰ νεῦρα βόεια
λᾶα βάλῃ κατέναντα, διασκεδάσῃ δ᾽ ὑπὸ ῥοίζῳ
ἠέρι πεπταμένας δολιχὰς στίχας, αἳ δὲ φέβονται,
115 ἄλλη δ᾽ εἰς ἑτέρην εἰλεύμεναι ἀΐσσουσι
κλαγγηδόν, μάλα πάγχυ πάρος κατὰ κόσμον
　　　　ἰοῦσαι·
ὡς ἄρα δυσμενέες φοβερὸν βέλος ἀμφεφόβηθεν
ὀβρίμου Εὐρυάλοιο· τὸ δ᾽ οὐχ ἅλιον φέρε δαίμων,
ἀλλ᾽ ἄρα σὺν πήληκι κάρη κρατεροῖο Μέλητος
120 θλάσσε περὶ πληγῇσι· μόρος δ᾽ ἐκίχανεν ἀρητός.

102 δ᾽ Rhodomann: om. M　　　103 ὑπὸ Tychsen: ἀπὸ M

bear plentiful fruit even though their roots are in the red-hot rocks: the gods must have made it for mortals to admire.

Teucer immediately got ready to shoot an arrow at Menoetes, the son of noble Hippomedon, as he advanced against him. His mind, hands and eyes combined to direct the arrow from his curved bow. Bearing grief and trouble, it leaped from his dexterous hands toward the man, and the bow-string's twang could still almost be heard as he began to writhe from a direct hit: the spirits of doom were borne along with the arrow straight toward his heart, a fatal spot, the seat of man's mind and strength, a quick way to death.

Euryalus made the Trojan ranks quail with a long throw of a huge rock from his sturdy arm. Just as when a man set to watch over the land becomes angry with far-calling cranes and, annoyed at their damage to the fields, rapidly whirls a fine leather sling round his head and hurls a stone straight toward them; its whistling noise scatters their long lines stretched across the sky, and in confusion they turn and collide with one another as they swoop this way and that with noisy cries, their well-ordered lines now confused: just so were the enemy routed by mighty Euryalus' terrifying missile. Nor was it thrown in vain; some god bore it along, and it smashed with its impact the head and helmet of mighty Meges, and accursed doom found him out.[4]

[4] Text doubtful.

---

111 ἐπ' ἀρούρῃ Platt: ἐπορούσῃ M
112 θοῶς Brodeau: -ῇ M

Ἄλλος δ' ἄλλον ἔπεφνε, περιστεναχίζετο δ' αἶα.
ὡς δ' ὅτ' ἐπιβρίσαντος ἀπειρεσίου ἀνέμοιο
λάβρον ὑπὸ ῥιπῆς βαρυηχέος ἄλλυδις ἄλλα
δένδρεα μακρὰ πέσησιν ὑπ' ἐκ ῥιζῶν ἐριπόντα
125 ἄλσεος εὐρυπέδοιο, βρέμει δέ τε πᾶσα περὶ χθών·
ὣς οἵ γ' ἐν κονίῃσι πέσον, κανάχησε δὲ τεύχη
ἄσπετον, ἀμφὶ δὲ γαῖα μέγ' ἔβραχεν. οἱ δὲ κυδοιμοῦ
ἀργαλέου μνώοντο, μετὰ σφίσι πῆμα τιθέντες.

Καὶ τότ' ἄρ' Αἰνείαο μόλε σχεδὸν ἠὺς Ἀπόλλων
130 ἠδ' Ἀντηνορίδαο δαΐφρονος Εὐρυμάχοιο·
οἱ γὰρ δὴ μάρναντο πολυσθενέεσσιν Ἀχαιοῖς
ἄγχι μάλ' ἑσταότες κατὰ φύλοπιν, εὖθ' ὑπ' ἀπήνῃ
δοιοὶ ὁμηλικίη κρατεροὶ βόες, οὐδ' ἀπέληγον
ὑσμίνης. τοῖς δ' αἶψα θεὸς ποτὶ μῦθον ἔειπε,
135 μάντι ἐειδόμενος Πολυμήστορι τόν ποτε μήτηρ
γείνατ' ἐπὶ Ξάνθοιο ῥοῆς θεράπονθ' Ἑκάτοιο·

"Εὐρύμαχ' Αἰνεία τε, θεῶν γένος, οὔ τι ἔοικεν
ὑμέας Ἀργείοισιν ὑπεικέμεν· οὐδὲ γὰρ αὐτὸς
ὕμμιν ὑπαντιάσας κεχαρήσεται ὄβριμος Ἄρης,
140 ἢν ἐθέλητε μάχεσθαι ἀνὰ κλόνον, οὕνεκα Μοῖραι
μακρὸν ἐπ' ἀμφοτέροισι βίου τέλος ἐκλώσαντο."

Ὣς εἰπὼν ἀνέμοισι μίγη καὶ ἄιστος ἐτύχθη·
οἱ δὲ νόῳ φράσσαντο θεοῦ μένος. αἶψα δ' ἄρ' αὐτοῖς
θάρσος ἀπειρέσιον κατεχεύατο, μαίνετο δέ σφι
145 θυμὸς ἐνὶ στήθεσσι· καὶ ἔνθορον Ἀργείοισιν,
ἀργαλέοις σφήκεσσιν ἐοικότες οἵ τ' ἀλεγεινὸν
ἐκ θυμοῦ κοτέοντες ἐπιβρίσωσι μελίσσαις,
εὖτε περὶ σταφυλῆς αὐαινομένης ἐν ὀπώρῃ

There was general slaughter, and the earth groaned aloud all around. Just as when tall trees in a broad forest fall uprooted by the blast of a violently blowing hurricane, and all around the whole ground resounds; just so did they fall in the dust with a great clattering of armor as the earth echoed the sound all around. They meanwhile concerned themselves with the dread conflict and caused one another woe.

It was then that noble Apollo approached Aeneas and warlike Eurymachus son of Antenor, as they fought the mighty Achaeans in the battle, standing side by side like a pair of powerful oxen matched in age yoked to a wagon: they never stopped fighting. Straightaway the god addressed them, taking the form of the prophet Polymestor, whose mother bore him by the streams of Xanthus to be a servant to the Archer god:

"Eurymachus and Aeneas, offspring of gods, it is not right for you to give way before the Argives: even mighty Ares himself would not be happy to come up against you if you wished to fight him in the fray, since the Fates have spun a long measure of life for both of you."

With these words he mingled with the breezes and was no more to be seen; but they sensed the god's presence. He infused them at once with boundless bravery, and anger began to rage in their breasts. They rushed at the Argives like pitiless wasps which angrily make cruel attacks on bees when in autumn they see them going around the drying bunches of grapes or rushing out of

---

125 εὐρυπέδοιο C. L. Struve: ἐκ πεδίοιο M

ἐρχομένας ἐσίδωσιν ἢ ἐκ σίμβλοιο θορούσας·
150 ὡς ἄρα Τρώιοι υἷες ἐυπτολέμοισιν Ἀχαιοῖς
ἔνθορον ἐσσυμένως. κεχάροντο δὲ Κῆρες ἐρεμναὶ
μαρναμένων, ἐγέλασσε δ᾽ Ἄρης, ἰάχησε δ᾽ Ἐννὼ
σμερδαλέον· μέγα δέ σφιν ἐπέβραχεν αἰόλα τεύχη.
οἳ δ᾽ ἄρα δυσμενέων ἀπερείσια φῦλα δάιζον
155 χερσὶν ἀμαιμακέτῃσι· κατηρείποντο δὲ λαοὶ
αὔτως, ἠύτ᾽ ἄμαλλα θέρευς δυσθαλπέος ὥρῃ,
ἥν ῥά τ᾽ ἐπισπέρχωσι θοοὶ χέρας ἀμητῆρες
δασσάμενοι κατ᾽ ἄρουραν ἀπείρονα μακρὰ πέλεθρα·
ὡς ἄρα τῶν ὑπὸ χερσὶ κατηρείποντο φάλαγγες
160 μυρίαι· ἀμφὶ δὲ γαῖα νεκρῶν περιπεπληθυῖα
αἵματι πλημμύρεσκεν· Ἔρις δ᾽ ἄρ᾽ ἰαίνετο θυμῷ
ὀλλυμένων. οἳ δ᾽ οὔ τι κακοῦ παύοντο μόθοιο,
ἀλλ᾽ ἅτε μῆλα λέοντες ἀπηνέες

* * *

                              οἳ δ᾽ ἄρα φύζης
λευγαλέης μνώοντο καὶ ἐξ ὀλοοῦ πολέμοιο
165 φεῦγον, ὅσοις ἀδάικτον ἔτι σθένος ἐν ποσὶ κεῖτο.
υἱὸς δ᾽ Ἀγχίσαο δαΐφρονος αἰὲν ὀπήδει
δυσμενέων μετόπισθεν ὑπ᾽ ἔγχεϊ νῶτα δαΐζων,
Εὐρύμαχος δ᾽ ἑτέρωθεν· ἰαίνετο δ᾽ ἄμβροτον ἦτορ
ὑψόθεν εἰσορόωντος Ἰηίου Ἀπόλλωνος.
170 ὡς δ᾽ ὅτε τις σιάλοισιν ἀνὴρ ἐς λήιον αὖον
ἐρχομένοις, πρὶν ἄμαλλαν ὑπ᾽ ἀμητῆρσι δαμῆναι,
ἀντί᾽ ἐπισσεύῃ κρατεροὺς κύνας, οἳ δ᾽ ὁρόωντες
ἐσσυμένους τρομέουσι, καὶ οὐκέτι μέμβλεται αὐτοῖς
εἴδατος, ἀλλὰ τρέπονται ἀνιηρὴν ἐπὶ φύζαν

their hive: just so the sons of the Trojans rushed speedily
toward the warlike Achaeans. As they fought, the dark
Fates were delighted, Ares laughed aloud, and Enyo gave
a gruesome yell; and a great clanking arose from their
gleaming armor. They slaughtered the countless clans of
the enemy with their raging hands, and soldiers were
knocked down just as they pleased like sheaves in the hot
summer season which the dexterous reapers busily cut,
having divided up the long strips of an immense field: just
so did their hands knock down ranks without number. All
around, the earth was filled with corpses and awash with
blood, and the sight of those dying men warmed the heart
of Strife. They did not cease for a moment from that cruel
conflict, but like savage lions <attack> flocks of sheep <they
attacked the enemy>,[5] whose thoughts were only of miser-
able flight: all whose legs still had the strength to carry
them fled from that deadly battle. The son of warlike An-
chises kept up with the enemy, following close behind
them and stabbing them in the back with his spear, and
Eurymachus on his side did the same: it was a sight that
warmed the heart of Apollo the Savior as he watched from
on high.[6] Just as when a man sets his powerful dogs on a
herd of pigs which have entered a dry cornfield before the
reapers have cut the sheaves, and the pigs quake with fear
when they see them rushing toward them and no longer
have any care for their feeding as with one accord they

[5] Two half-lines missing.
[6] There is wordplay on "warmed" (*iaineto*) and Apollo's epi-
thet "Savior" (*iēios*).

---

163 ἀπηνέες Köchly: -έος M   lac. stat. Köchly

175 πανσυδίῃ, τοὺς δ' αἶψα κύνες κατὰ ποσσὶ κιχόντες
ἐξόπιθεν δάπτουσιν ἀμείλιχα, τοὶ δὲ φέβονται
μακρὸν ἀνιύζοντες, ἄναξ δ' ἐπιτέρπετ' ἀρούρης·
ὡς ἄρ' ἰαίνετο Φοῖβος, ὅτ' ἔδρακεν ἐκ πολέμοιο
φεύγοντ' Ἀργείων πουλὺν στρατόν. οὐ γὰρ ἔτ' αὐτοῖς
180 ἔργ' ἀνδρῶν μεμέληντο· πόδας δ' εὔχοντο θεοῖσιν
ὦκα φέρειν· μούνοις γὰρ ἔτ' ἐν ποσὶν ἔπλετο νόστου
ἐλπωρή· πάντας γὰρ ἐπήιεν ἔγχεϊ θύων
Εὐρύμαχός τε καὶ Αἰνείας, σὺν δέ σφιν ἑταῖροι.
    Ἔνθά τις Ἀργείων, ἢ κάρτεϊ πάγχυ πεποιθώς,
185 ἢ Μοίρης ἰότητι λιλαιομένης μιν ὀλέσσαι,
φεύγοντ' ἐκ πολέμοιο δυσηχέος ἵππον ἔρυκε
γνάμψαι ἐπειγόμενος ποτὶ φύλοπιν, ὄφρα μάχηται
ἀντία δυσμενέων. τὸν δ' ὀβριμόθυμος Ἀγήνωρ
παρφθάμενος μυῶνα κατ' ἀλγινόεντα δάιξεν
190 ἀμφιτόμῳ βουπλῆγι· βίῃ δ' ὑπόειξε σιδήρου
ὀστέον οὐταμένοιο βραχίονος· ἀμφὶ δὲ νεῦρα
ῥηιδίως ἤμησε· φλέβες δ' ὑπερέβλυσαν αἷμα.
ἀμφεχύθη δ' ἵπποιο κατ' αὐχένος, αἶψα δ' ἄρ' αὐτὸς
κάππεσεν ἀμφὶ νέκυσσι· λίπεν δ' ἄρα χεῖρα κραταιὴν
195 στερρὸν ἔτ' ἐμπεφυυῖαν ἐυγνάμπτοιο χαλινοῦ,
οἷον ὅτε ζώοντος ἔην· μέγα δ' ἔπλετο θαῦμα,
οὕνεκα δὴ ῥυτῆρος ἀπεκρέμαθ' αἱματόεσσα,
Ἄρεος ἐννεσίῃσι φόβον δηίοισι φέρουσα·
φαίης κεν χατέουσαν ἔθ' ἱππασίης πονέεσθαι·
200 σῆμα δέ μιν φέρεν ἵππος ἀποκταμένοιο ἄνακτος.

turn in anxious flight while the dogs at their heels savage them from behind, and they flee with loud squeals, to the landowner's delight: just so was Phoebus' heart warmed when he saw that great Argive army fleeing from the battle with no care any longer for the work of warriors and praying to the gods for speed of foot, their feet being their only chance of safety, while Eurymachus and Aeneas, at the head of their comrades, attacked them all furiously with their spears.

Then one of the Argives, either through overconfidence in his own strength or because Fate was determined to will his destruction, drew up his horse as it fled from the clamor of conflict, in an attempt to turn it toward the battle so that he could fight the enemy face to face. But stouthearted Agenor forestalled him and dealt him an agonizing blow high on the arm with his two-edged ax. The bone of his wounded arm yielded to the iron's force; the surrounding tendons were easily cut through; and the veins gushed out copious blood. He collapsed over his horse's neck; then his body fell among the dead, leaving his stout hand firmly gripping the curved bit just as it did while he was alive: it was a shocking sight, this bloody arm dangling from the reins, Ares' way of frightening the foe. You would have thought it was still at work and wanting horsemanship; and the horse bore it along as a sign of its murdered master.

---

180 ἔργ᾽ ἀνδρῶν Zimmermann: ἔργα θεῶν M

181 μούνοις Rhodomann: κείνοις M   ἐν Rhodomann· ἀνὰ M   190 βίη . . . σιδήρου Rhodomann: βίη . . . -ρῳ M

194 νέκυσσι· λίπεν Köchly: νέκυς· λεῖπε M

196 οἷον ὅτε Vian: οἷα τότε M

199 ἔθ᾽ Rhodomann: ἐφ᾽ M   ἱππασίης Spitzner: -ίη M

Αἰνείας δ' ἐδάμασσε βαλὼν ὑπὲρ ἰξύα δουρὶ
Αἰθαλίδην· αἰχμὴ δὲ παρ' ὀμφαλὸν ἐξεπέρησεν
ἔγκατ' ἐφελκομένη· ὃ δ' ἄρ' ἐν κονίῃσι τανύσθη
συμμάρψας χείρεσσιν ὁμῶς χολάδεσσιν ἀκωκὴν
205 δεινὰ μάλα στενάχων, γαίῃ δ' ἐνέρεισεν ὀδόντας
βεβρυχώς· ψυχὴ δὲ καὶ ἄλγεα κάλλιπον ἄνδρα.
    Ἀργεῖοι δὲ βόεσσιν ἐοικότες ἐπτοίηντο
οὕς τ' ἄμοτον μεμαῶτας ὑπὸ ζεύγλῃ καὶ ἀρότρῳ
τύψῃ ὑπὸ λαπάρην ταναοῖς ὑπὸ χείλεσιν οἶστρος
210 αἵματος ἱέμενος, τοὶ δ' ἄσπετον ἀσχαλόωσιν
ἔργου ἑκὰς φεύγοντες, ἐπὶ σφίσι δ' ἄχνυται ἀνήρ,
ἀμφότερον ποθέων τε πόνον τρομέων τ' ἐπὶ βουσὶ
μὴ δή που κατόπισθεν ἐπαΐσσοντος ἀρότρου
κέρσῃ νεῦρα σίδηρος ἀμείλιχος ἐν ποσὶ κύρσας·
215 ὣς Δαναοὶ φοβέοντο, περὶ σφίσι δ' ἄχνυτο θυμὸν
υἱὸς Ἀχιλλῆος· μέγα δ' ἴαχε λαὸν ἐέργων·
    "Ἆ δειλοί, τί φέβεσθε, ἐοικότες οὐτιδανοῖσι
ψήρεσιν οὕς τ' ἐφόβησε μολὼν κατεναντία κίρκος;
ἀλλ' ἄγε θέσθ' ἕνα θυμόν, ἐπεὶ πολὺ λώϊόν ἐστι
220 τεθνάμεν ἐν πολέμῳ ἢ ἀνάλκιδα φύζαν ἑλέσθαι."
    Ὣς φάτο· τοὶ δ' ἐπίθοντο θρασὺν νόον ἐν φρεσὶ
        θέντες
ἐσσυμένως. ὃ δὲ Τρωσὶ μέγα φρονέων ἐνόρουσε
πάλλων ἐν χείρεσσι θοὸν δόρυ· τῷ δ' ἄρα λαοὶ
Μυρμιδόνων ἐφέποντο βίην ἀτάλαντον ἀέλλῃ
225 ἐν στέρνοισιν ἔχοντες· ἀνέπνευσαν δὲ κυδοιμοῦ
Ἀργεῖοι. ὃ δ' ἄρ' αἶψα φίλῳ πατρὶ θυμὸν ἐοικὼς
ἄλλον ἐπ' ἄλλῳ ἔπεφνε κατὰ μόθον· οἳ δ' ἀπιόντες

550

Aeneas killed Aethalides by spearing him in the loins: the spear's point came out by his navel, dragging his entrails with it, and he lay stretched out in the dust clutching both the spear and his bowels. His groans were quite dreadful as he screamed and dug his teeth into the ground; then his life and his agony left him.

The Argives were panicked just as when a hardworking pair of yoked plow oxen are bitten in the flank by the slender jaws of a bloodthirsty gadfly, so that in their distraction they veer away from their task, and the plowman is anxious on their account, not only regretting the worktime wasted but also fearful in case the hard iron plowshare bouncing behind them should strike their legs and shear the tendons: such was the panic of the Danaans, and just so was the son of Achilles anxious on their account; and to stop their flight he yelled:

"Ah! You cowards! Why are you fleeing like feeble starlings put to flight when suddenly faced with a hawk? Come on! All for one and one for all! It is much better to die in battle than to choose feeble flight!"

So he spoke; and without delay they duly took courage. He himself confidently leaped upon the Trojans brandishing his swift spear, accompanied by the Myrmidon battalions, with storm-force valor in their breasts; this gave the Argives some respite from the fighting. With a fury like his dear father's he immediately killed victim after victim in the battle. The Trojans fell back and retreated

---

212 ἀοθέων Platt: πον- M

χάζοντ᾽, ἠύτε κύμαθ᾽ ἅ τ᾽ ἐκ Βορέαο θυέλλης
πόλλ᾽ ἐπιπαφλάζοντα κυλίνδεται αἰγιαλοῖσιν
230 ὀρνύμεν᾽ ἐκ πόντοιο, τὰ δ᾽ ἔκποθεν ἄλλος ἀήτης
ἀντίος ἀίξας μεγάλῃ περὶ λαίλαπι θύων
ὦσεν ἀπ᾽ ἠιόνων Βορέου ἔτι βαιὸν ἀέντος·
ὣς Τρῶας Δαναοῖσιν ἐποιχομένους τὸ πάροιθεν
υἱὸς Ἀχιλλῆος θεοειδέος ὦσεν ὀπίσσω
235 τυτθόν, ἐπεὶ μένος ἦν θρασύφρονος Αἰνείαο
φευγέμεν οὐκ ἔασκε, μένειν δ᾽ ἀνὰ φύλοπιν αἰνὴν
θαρσαλέως. ἑκάτερθε δ᾽ ἴσην ἐτάνυσσεν Ἐννὼ
ὑσμίνην. ἀλλ᾽ οὔ τι καταντίον Αἰνείαο
υἱὸς Ἀχιλλῆος πῆλεν δόρυ πατρὸς ἑοῖο·
240 ἀλλ᾽ ἄλλῃ τρέπε θυμόν, ἐπεὶ Θέτις ἀγλαόπεπλος
ἁζομένη Κυθέρειαν ἀπέτραπεν υἱωνοῖο
θυμὸν καὶ μέγα κάρτος ἐπ᾽ ἄλλων ἔθνεα λαῶν.
ἔνθ᾽ ὃ μὲν ἂρ Τρώων πολέας κτάνεν, ὃς δ᾽ ἄρ᾽
        Ἀχαιῶν
δάμνατο μυρία φῦλα. δαϊκταμένων δ᾽ ἐνὶ χάρμῃ
οἰωνοὶ κεχάροντο μεμαότες ἔγκατα φωτῶν
245 δαρδάψαι καὶ σάρκας· ἐπεστενάχοντο δὲ Νύμφαι
καλλιρόου Σιμόεντος ἰδὲ Ξάνθοιο θύγατρες.

Καί ῥ᾽ οἳ μὲν πονέοντο· κόνιν δ᾽ ἀκάμαντες ἀῆται
ὦρσαν ἀπειρεσίην· ἤχλυσε δὲ πᾶσαν ὕπερθεν
ἠέρα θεσπεσίην, ὥς τ᾽ ἀπροτίοπτος ὀμίχλη,
250 οὐδ᾽ ἄρα φαίνετο γαῖα, βροτῶν δ᾽ ἀμάθυνεν ὀπωπάς.
ἀλλὰ καὶ ὣς μάρναντο· καὶ ἐς χέρας ὅν τιν᾽ ἕλοντο
κτεῖνον ἀνηλεγέως, εἰ καὶ μάλα φίλτατος ἦεν·

just like waves which rise out at sea and are made to roll
crashing shoreward by Boreas' blasts, only to be driven
back from the beaches by some other wind rushing with
great gusts in the opposite direction, though Boreas is still
blowing a little: just so godlike Achilles' son drove some
way back the Trojans who had been advancing. But Ae-
neas, strong, brave and resolute, would not let them flee;
they had to stay and fight bravely in that dreadful battle.
Enyo made the battle evenly balanced on either side; but
the son of Achilles did not brandish his father's spear di-
rectly at Aeneas, because his fury was directed elsewhere
by fair-robed Thetis, who out of respect for Cythereia di-
rected the fury and the great power of her grandson to-
ward other contingents in the army. Then the one slaugh-
tered great numbers of the Trojans, and the other killed
countless ranks of the Achaeans. As the battle's death toll
grew, the carrion birds joyfully looked forward to devour-
ing the warriors' guts and flesh, while the Nymphs, daugh-
ters of fair-flowing Simoïs and Xanthus, added their lam-
entations.

As the struggle continued, the tireless winds raised
an immense cloud of dust which obscured the whole
of the divine air above like a sudden mist, so that the
earth became invisible and men's eyes were dimmed with
dust. They fought on even so, killing pitilessly whoever
came to hand, even dear friends: friend and foe alike were

---

228 κύμαθ' ἅ τ' Rhodomann: κύματ' M
232 ὦσεν Vian: ὦση M
247 ἀκάμαντες Rhodomann: -μαντοι m: -ματοι m
249 ἀπροτίοπτος ὀμίχλη Pauw: -τον -λην M
252 εἰ καὶ Köchly: καὶ εἰ M

οὐ γὰρ ἔην φράσσασθαι ἀνὰ κλόνον οὔτ᾽ ἐπιόντα
δήιον οὔτ᾽ ἄρ᾽ ἑταῖρον· ἀμηχανίη δ᾽ ἔχε λαούς.
255 καί νύ κε μίγδ᾽ ἐγένοντο καὶ ἀργαλέως ἀπόλοντο
πάντες ὁμῶς ὀλοοῖσι περὶ ξιφέεσσι πεσόντες
ἀλλήλων, εἰ μή σφιν ἀπ᾽ Οὐλύμποιο Κρονίων
ἤρκεσε τειρομένοισι, κόνιν δ᾽ ἀπάτερθεν ἔλασσεν
ὑσμίνης, ὀλοὰς δὲ κατεπρήυνεν ἀέλλας.
260   Οἳ δ᾽ ἔτι δηριόωντο· πόνος δ᾽ ἄρα τοῖσιν ἐτύχθη
πολλὸν ἐλαφρότερος· δέρκοντο γὰρ εἴ τε δαΐξαι
χρειὼ δήιον ἄνδρα κατὰ κλόνον, εἴ τ᾽ ἀλέασθαι.
καί ῥ᾽ ὁτὲ μὲν Δαναοὶ Τρώων ἀνέεργον ὅμιλον,
ἄλλοτε δ᾽ αὖ Τρῶες Δαναῶν στίχας. ἔπλετο δ᾽ αἰνὴ
265 ὑσμίνη· νιφάδεσσι δ᾽ ἐοικότα πῖπτε βέλεμνα
ἀμφοτέρωθεν ἰόντα. δέος δ᾽ ἔχε μηλοβοτῆρας
ἔκποθεν Ἰδαίων ὀρέων ὁρόωντας αὐτήν·
καί τις ἐς αἰθέρα χεῖρας ἐπουρανίοισιν ἀείρων
εὔχετο δυσμενέας μὲν ὑπ᾽ Ἄρεϊ πάντας ὀλέσθαι,
270 Τρῶας δὲ στονόεντος ἀναπνεῦσαι πολέμοιο
ἦμάρ τ᾽ εἰσιδέειν ποτ᾽ ἐλεύθερον. ἀλλά οἱ οὔ τι
ἔκλυον· Αἶσα γὰρ ἄλλα πολύστονος ὁρμαίνεσκεν·
ἅζετο δ᾽ οὔτε Ζῆνα πελώριον οὔτέ τιν᾽ ἄλλον
ἀθανάτων· οὐ γάρ τι μετατρέπεται νόος αἰνὸς
275 κείνης, ὅν τινα πότμον ἐπ᾽ ἀνδράσι γεινομένοισιν,
ἀνδράσιν ἢ πολίεσσιν, ἐπικλώσηται ἀφύκτῳ
νήματι· τῇ δ᾽ ὑπὸ πάντα τὰ μὲν φθινύθει, τὰ δ᾽
    ἀέξει.
τῆς δ᾽ ἄρ᾽ ὑπ᾽ ἐννεσίῃσι πόνος καὶ δῆρις ὀρώρει
ἱπποδάμοις Τρώεσσι καὶ ἀγχεμάχοισιν Ἀχαιοῖς.

unrecognizable as they approached in that conflict, and the troops were helpless to tell them apart. There would have been total confusion, and they would all have died a cruel death falling victim to one another's deadly swords, if the son of Cronus had not come to their aid in their distress by driving the dust away from the lines and soothing the deadly winds.

Still they fought on, their task made much easier now that they could see whether they should kill a man in the battle or avoid him. At times the Danaans made the Trojan forces fall back, and at times the Trojans repulsed the Danaan lines: the battle was a fierce one, and missiles from both sides fell like snowflakes. Fear gripped the shepherds who were watching the conflict from a high point on the mountains of Ida, and they raised their arms to the sky praying the gods in heaven that the enemy be completely destroyed in the war and that the Trojans gain some relief from cruel conflict and see at last the day of their deliverance. But their prayer went unheard: gloomy Fate had other plans. She is a respecter neither of mighty Zeus nor of any other of the immortals: her dread purpose is never turned aside when once with her inescapable thread she has spun the fate of men at the moment of their conception—or the fate of cities: she directs what is to wither away and what is to flourish. It was at her behest that struggle and conflict arose between the horse-taming Tro-

---

268 χεῖρας Rhodomann: δῖαν

271 τ' Castiglioni: δ' M

275 πότμον C. L. Struve: πρῶτον M

279 ἱπποδάμοις Vian: -μάχοις M

280 τεῦχον δ' ἀλλήλοισι φόνον καὶ ἀνηλέα πότμον
νωλεμέως· οὐ γάρ τιν' ἔχεν δέος, ἀλλ' ἐμάχοντο
προφρονέως· θάρσος γὰρ ἐφέλκεται ἄνδρας ἐς
αἰχμήν.
Ἀλλ' ὅτε δὴ πολλοὶ μὲν ἀπέφθιθον ἐν κονίῃσι,
δὴ τότ' ἄρ' Ἀργείοισιν ὑπέρτερον ὤρνυτο θάρσος
285 Παλλάδος ἐννεσίῃσι δαΐφρονος ἥ ῥα μολοῦσα
ὑσμίνης ἄγχιστα μέγ' Ἀργείοισιν ἄμυνεν
ἐκπέρσαι μεμαυῖα κλυτὴν Πριάμοιο πόληα.
289 καὶ τότ' ἄρ' Αἰνείαν ἐρικυδέα δῖ' Ἀφροδίτη,
288 ἥ ῥα μέγα στενάχιζεν Ἀλεξάνδροιο δαμέντος,
290 αὐτὴ ἀπὸ πτολέμοιο καὶ οὐλομένης ὑσμίνης
ἥρπασεν ἐσσυμένως, περὶ δ' ἠέρα χεύατο πουλύν·
οὐ γὰρ ἔτ' αἴσιμον ἦεν ἀνὰ μόθον ἀνέρι κείνῳ
μάρνασθ' Ἀργείοισι πρὸ τείχεος αἰπεινοῖο.
τῶ καὶ ἄδην ἀλέεινε περίφρονα Τριτογένειαν
295 ἐκ θυμοῦ Δαναοῖσιν ἀρηγέμεναι μεμαυῖαν,
μὴ καὶ ὑπὲρ Κῆράς μιν ἕλῃ θεός· οὐδὲ γὰρ αὐτοῦ
φείσατο πρόσθεν Ἄρηος ὅ περ πολὺ φέρτερος ἦεν.
Τρῶες δ' οὐκέτ' ἔμιμνον ἀνὰ στόμα δηιοτῆτος,
ἀλλ' ὀπίσω χάζοντο τεθηπότα θυμὸν ἔχοντες·
300 ἐν γάρ σφιν θήρεσσιν ἐοικότες ὠμοβόροισιν
ἔνθορον Ἀργεῖοι μέγα μαιμώωντες Ἄρηι.
τῶν δ' ἄρα δαμναμένων ποταμοὶ πλήθοντο νέκυσσι
καὶ πεδίον· πολλοὶ γὰρ ἄδην πέσον ἐν κονίῃσιν
ἀνέρες ἠδ' ἵπποι· μάλα δ' ἄρματα πολλὰ κέχυντο

280 τεῦχον δ' Hermann: πέσχον δ' m: ὑπέσχον m

jans and the Achaeans, expert in close combat. Tirelessly
they devised murder and cruel death for one another with
no sign of fear, fighting with a will; for it is courage that
draws men into battle.

But when many had perished there in the dust, warlike
Pallas caused the courage of the Argives to rise and to
prevail: she came right up to the action and gave great
support to the Argives in her eagerness to sack the famous
city of Priam. It was then that divine Aphrodite, much
grieved at the death of Alexander, in person suddenly re-
moved renowned Aeneas from the battle and the murder-
ous mêlée, and enveloped him in a thick mist: it was fated
that he should not continue to fight in battle against the
Argives before the lofty wall. And so she took care to keep
her distance from wise Tritogeneia, whose heart was set
on supporting the Danaans, in case that goddess should
kill him in spite of destiny: in the past she had not spared
the much more powerful Ares himself.[7]

The Trojans no longer stayed at the front of the fight-
ing; they gradually gave ground in dismay as the Argives
leaped at them like ravenous wild beasts, raging with the
violence of Ares. As the slaughter continued, the rivers
and the plain were filled with corpses: many a man, many
a horse had fallen in the dust, and many a chariot of those

---

[7] At *Il.* 5.846–63 she helps Diomedes to wound Ares.

---

284 ἄρ' C. L. Struve: om. M
286 μέγ' Pauw: μετ' M   288–89 transposuit Köchly
303 καὶ Pauw: καπ- M
304 ἀνέρες Rhodomann: ἄνδρες M   ἠδ' Rhodomann:
ἰδ' M

557

305 βαλλομένων. πάντῃ δ' ἀπερείσιον ἔρρεεν αἷμα
    ὑετὸς ὥς· ὀλοὴ γὰρ ἐπήιεν Αἶσα κυδοιμόν.
    καί ῥ' οἳ μὲν ξιφέεσσι πεπαρμένοι ἢ μελίῃσι
    κεῖντο, παρ' αἰγιαλοῖσιν ἀλίγκιον ἐκχυμένοισι
    δούρασιν, εὖτ' ἐπὶ θινὶ βαρυγδούποιο θαλάσσης
310 ἀνέρες ἄσπετα δεσμὰ πολυκμήτων ἀπὸ γόμφων
    λυσάμενοι σκεδάσωσι διὰ ξύλα μακρὰ καὶ ὕλην
    ἠλιβάτου σχεδίης, πάντῃ δ' ἀναπλήθεται εὐρὺς
    αἰγιαλός, τοῖσιν δὲ μέλαν ποτικλύζεται οἶδμα·
    ὣς οἵ γ' ἐν κονίῃσι καὶ αἵματι δῃωθέντες
315 κεῖντο πολυκλαύτοιο λελασμένοι ἰωχμοῖο.
    Παῦροι δὲ προφυγόντες ἀνηλέα δηιοτῆτα
    δῦσαν ἀνὰ πτολίεθρον ἀλευάμενοι βαρὺ πῆμα.
    τῶν δ' ἄλοχοι καὶ παῖδες ἀπὸ χροὸς αἱματόεντος
    τεύχεα πάντ' ἐδέχοντο κακῷ πεφορυγμένα λύθρῳ·
320 πᾶσι δὲ θερμὰ λοετρὰ τετεύχατο· πᾶν δ' ἀνὰ ἄστυ
    ἔσσυντ' ἰητῆρες ἐς οὐταμένων αἰζηῶν
    οἰκία ποιπνύοντες, ἵν' οὐταμένους ἀκέσωνται·
    τοὺς δ' ἄλοχοι καὶ τέκνα περιστενάχοντο μολόντας
    ἐκ πολέμου· πολλοὺς δὲ καὶ οὐ παρεόντας ἄτευν.
325 καί ῥ' οἳ μὲν στυγερῇ βεβολημένοι ἦτορ ἀνίῃ
    κεῖντο βαρὺ στενάχοντες ὑπ' ἄλγεσιν οὐδ' ἐπὶ
        δόρπον
    ἐκ καμάτοιο τρέποντο· θοοὶ δ' ἐπαύτεον ἵπποι
    φορβῇ ἐπιχρεμέθοντες ἄδην. ἑτέρωθε δ' Ἀχαιοὶ
    πὰρ κλισίῃς νήεσσί θ' ὁμοίια Τρωσὶ πένοντο.
330 Ἦμος δ' Ὠκεανοῖο ῥοὰς ὑπερήλασεν Ἠὼς
    ἵππους μαρμαίροντας, ἀνέγρετο δ' ἔθνεα φωτῶν,

558

struck lay in pieces. Everywhere there seemed to be a vast downpour of blood: deadly Fate was ranging over the fray. The victims lay there, pierced by swords or ash-wood spears, like planks littering the beach when on the deep-sounding seashore men undo the countless ties from the well-made pegs of an enormous raft and separate the long planks and the timbers, so that the broad beach is completely covered as they are washed over by the dark sea swell: just so those dead men lay in the blood and dust with no more thought for the battle and its sufferings.

Those few who succeeded in fleeing the cruel conflict avoided disaster by taking refuge in the city. Their wives and children removed all the gore-spattered armor from their bleeding bodies and prepared warm baths for them all; doctors busily hurried all over the city visiting the houses of the wounded warriors to treat their wounds.[8] Those returning from battle were surrounded by sobbing wives and children; but many were those lamented in absence. Stunned, shocked and bewildered, the injured lay there groaning deeply in pain, with no inclination to take food after all their efforts—though their swift horses were whinnying urgently and clamoring to be fed. On their side, meanwhile, the Achaeans were similarly employed by their huts and ships.

But when Eos drove her shining steeds up from the streams of Ocean, and mankind awoke, some of the war-

[8] Text suspect.

---

308 ἐκχυμένοισι Rhodomann: κεχυμ- M
318 αἱματόεντος Rhodomann: -ντα M
326 ὑπ' Pauw: ἐπ' M   328 ἑτέρωθε Tychsen: -θι M

δὴ τότ᾽ ἀρήιοι υἷες ἐυσθενέων Ἀργείων
οἱ μὲν ἔβαν Πριάμοιο ποτὶ πτόλιν αἰπήεσσαν,
οἱ δ᾽ ἄρ᾽ ἐνὶ κλισίῃσιν ἅμ᾽ ἀνδράσιν οὐταμένοισι
335 μίμνον, μή ποτε λαὸς ἐπιβρίσας ἀλεγεινὸς
νῆας ἕλῃ Τρώεσσι φέρων χάριν. οἱ δ᾽ ἀπὸ πύργων
μάρναντ᾽ Ἀργείοισι· μόθος δ᾽ ἀλεγεινὸς ὀρώρει.

Σκαιῆς μὲν προπάροιθε πύλης Καπανήιος υἱὸς
μάρναθ᾽ ἅμ᾽ ἀντιθέῳ Διομήδεϊ. τοὺς δ᾽ ἄρ᾽ ὕπερθε
340 Δηίφοβός τε μενεπτόλεμος κρατερός τε Πολίτης
σύν τ᾽ ἄλλοις ἑτάροισιν ἐρητύεσκον ὀιστοῖς
ἠδ᾽ ἄρα χερμαδίοισι· περικτυπέοντο δὲ φωτῶν
βαλλόμεναι κόρυθές τε καὶ ἀσπίδες αἵ τ᾽ ἀλεγεινὸν
αἰζηῶν ῥύοντο μόρον καὶ ἀμείλιχον αἶσαν.
345 ἀμφὶ δὲ Δαρδανίῃσιν ἐριδμαίνεσκε πύλῃσιν
υἱὸς Ἀχιλλῆος· πονέοντο δέ οἱ πέρι πάντες
Μυρμιδόνες κρατεροῖο δαήμονες ἰωχμοῖο.
τοὺς δ᾽ ἀπὸ τείχεος εἶργον ἀπειρεσίοις βελέεσσι
θαρσαλέως Ἕλενός τε καὶ ὀβριμόθυμος Ἀγήνωρ,
350 Τρῶας ἐποτρύνοντες ἀνὰ μόθον· οἱ δὲ καὶ αὐτοὶ
προφρονέως μάρναντο φίλης περὶ τείχεσι πάτρης.
ἐς πεδίον δὲ πύλῃσι καὶ ὠκυπόρους ἐπὶ νῆας
νισομένῃς Ὀδυσεύς τε καὶ Εὐρύπυλος πονέοντο
νωλεμέως· τοὺς δ᾽ ἠὺς ἀφ᾽ ἕρκεος ὑψηλοῖο
355 Αἰνείας λάεσσι μέγα φρονέων ἀπέρυκε.
πρὸς δὲ ῥόον Σιμόεντος ἔχεν πόνον ἀλγινόεντα
Τεῦκρος ἐυμμελίης. ἄλλη δ᾽ ἔχεν ἄλλος ὀιζύν.

Καὶ τότ᾽ ἄρ᾽ ἀμφ᾽ Ὀδυσῆα δαΐφρονα κύδιμοι
ἄνδρες

like sons of the doughty Argives went off to Priam's lofty city, while others stayed by the huts with the wounded men in case some hostile force favoring the Trojans should suddenly attack and capture the ships. The Trojans meanwhile fought the Argives from their walls, and a bitter conflict arose.

Before the Scaean Gate the son of Capaneus led the attack, and with him godlike Diomedes; they were kept at bay with arrows and rocks by Deïphobus, stalwart in battle, mighty Polites, and their comrades. All around could be heard the clanging of the impact on men's helmets and shields, the young warriors' protection against cruel death and bitter fate. At the Dardan Gate it was the son of Achilles who led the struggle, and the whole Myrmidon contingent, experts in brutal conflict, fought hard around him; Helenus and doughty Agenor valiantly kept them away from the wall with countless missiles, while encouraging the Trojans to battle; and they in turn fought with a will for the defenses of their dear fatherland. At the gates which faced the plain and the speedy ships Odysseus and Eurypylus kept up the struggle and were held at bay from the lofty rampart by rocks thrown by the noble and great-spirited Aeneas. In the direction of Simoïs' streams Teucer of the fine ash-wood spear was involved in a bitter struggle. Everywhere one looked there was a man in trouble.

It was then that the renowned warriors around war-

---

341 τ' Rhodomann: om. M
345 δὲ Δαρδανίῃσιν Vian: δ' ἄρ' ἰδαίῃσιν M
353 νισομένης Rhodomann: -ους M

κείνου τεχνήεντι νόῳ ποτὶ μῶλον Ἄρηος
360 ἀσπίδας ἐντύναντο, βάλον δ' ἐφύπερθε καρήνων
θέντες ἐπ' ἀλλήλῃσι· μιῇ δ' ἅπαν ἥρμοσαν ὁρμῇ.
φαίης κεν μεγάροιο κατηρεφὲς ἔμμεναι ἔρκος
πυκνὸν ὃ οὔτ' ἀνέμοιο διέρχεται ὑγρὸν ἀέντος
ῥιπὴ ἀπειρεσίη οὔτ' ἐκ Διὸς ἄσπετος ὄμβρος·
365 τοῖαι ἄρ' Ἀργείων πεπυκασμέναι ἀμφὶ βοείαις
καρτύναντο φάλαγγες· ἔχον δ' ἕνα θυμὸν ἐς ἀλκὴν
εἰς ἓν ἀρηρέμενοι. καθύπερθε δὲ Τρῶιοι υἷες
βάλλον χερμαδίοισι· τὰ δ' ὡς στυφελῆς ἀπὸ πέτρης
γαῖαν ἐπὶ τραφερὴν ἐκυλίνδετο· πολλὰ δὲ δοῦρα
370 καὶ βέλεα στονόεντα καὶ ἀλγινόεντες ἄκοντες
πήγνυντ' ἐν σακέεσσι, τὰ δ' ἐν χθονί, πολλὰ δ'
ἄπωθε
μαψιδίως φορέοντο παραγναμφθέντα βελέμνοις
πάντοθε βαλλομένων. οἳ δὲ κτύπον οὔ τι φέβοντο
ἄσπετον οὐδ' ὑπόεικον, ἅτε ψεκάδων ἀίοντες
375 δοῦπον· ἔσω δ' ὑπὸ τεῖχος ὁμῶς ἴσαν οὐδέ τις
αὐτῶν
νόσφιν ἀφειστήκει· συναρηρέμενοι δ' ἐφέποντο,
ὡς νέφος ἠερόεν τό ῥά που περὶ χείματι μέσσῳ
αἰθέρος ἐξ ὑπάτοιο μακρὸν διέτεινε Κρονίων.
πουλὺς δ' ἀμφὶ φάλαγγι βρόμος καναχή θ' ὑπὸ
ποσσὶ
380 νισομένων ἐτέτυκτο· κόνιν δ' ἀπάτερθεν ἀῆται
ὀρνυμένην μάλα τυτθὸν ὑπὲρ δαπέδοιο φέρεσκον

like Odysseus made their shields ready for Ares' combat
at his ingenious suggestion: they set them together above
their heads and arranged the whole structure.[9] You would
have thought it was the tightly made, protective roof of a
hall, impervious to the violent blasts of moist storm winds
and to Zeus' most torrential downpours: so strong a de-
fense did those Argive phalanxes have with their ox-hide
shields; and one brave and warlike spirit animated that
single form. Up above, the sons of Troy pelted them with
stones, but these rebounded from that rock-hard struc-
ture to the solid ground. Many spears and arrows that
cause woe and javelins that cause pain stuck in those
shields, and others stuck in the earth or were carried away
uselessly, diverted by the missiles being hurled from ev-
ery direction. But the men were no more frightened by
the terrific din than if it had been the sound of raindrops,
and they did not give ground; they moved together in-
side up to the wall, and not one of them broke ranks as
they advanced in close order like some dark cloud spread
out wide high in the sky in the midwinter season by the
son of Cronus. As they marched along, the feet of the
men in the phalanx made a great clamorous din and raised
just above the ground a cloud of dust, which the breezes

---

[9] The "tortoise" (*testudo*, χελώνη) of interlocking shields held
above soldiers' heads, a Roman stratagem in siege warfare. Cf.
Virg. *Aen.* 9.505–18.

---

360 καρήνων Rhodomann: κάρηνα M
361 ἀλλήλῃσι Pauw: -οισι M   ἥρμοσαν Vian: -σεν M
372 παραγναμφθέντα Zimmermann: περιγναμφέντα M
379 βρόμος Lobeck: δρο- M   θ' C. L. Struve: δ' M

αἰζηῶν μετόπισθε· περίαχε δ' ἄκριτος αὐδή,
οἷον ὑπὸ σμήνεσσι περιβρομέουσι μέλισσαι·
ἆσθμα δ' ἀνήιε πουλὺ χύδην, περίχευε δ' ἀυτμὴν
385 λαοῦ ἀποπνείοντος. ἀπειρέσιον δ' ἄρα θυμῷ
Ἀτρεῖδαι κεχάροντο περὶ σφίσι κυδιόωντες,
δερκόμενοι πολέμοιο δυσηχέος ἄτρομον ἕρκος.
ὥρμηναν δὲ πύλῃσι θεηγενέος Πριάμοιο
ἀθρόοι ἐγχριμφθέντες ὑπ' ἀμφιτόμοις πελέκεσσι
390 ῥῆξαι τείχεα μακρά, πύλας δ' εἰς οὖδας ἐρεῖσαι
θαιρῶν ἐξερύσαντες. ἔχεν δ' ἄρα μῆτις ἀγαυὴ
ἐλπωρήν· ἀλλ' οὔ σφιν ἐπήρκεσαν οὔτε βόειαι
οὔτε θοοὶ βουπλῆγες, ἐπεὶ μένος Αἰνείαο
ὄβριμον ἀμφοτέρῃσιν ἀρηρότα χείρεσι λᾶαν
395 ἐμμεμαὼς ἐφέηκε, δάμασσε δὲ τλήμονι πότμῳ
ἀνέρας οὓς κατέμαρψεν ὑπ' ἀσπίσιν, εὖτ' ἐν ὄρεσσι
φερβομένας ὑπὸ πρῶνα βίῃ κρημνοῖο ῥαγέντος
αἶγας, ὑποτρομέουσι δ' ὅσαι σχεδὸν ἀμφινέμονται·
ὣς Δαναοὶ θάμβησαν. ὁ δ' εἰσέτι λᾶας ὕπερθε
400 βάλλεν ἐπασσυτέρους, κλονέοντο δὲ πάγχυ
　　　φάλαγγες.
ὡς δ' ὅτ' ἐν οὔρεσι πρῶνας Ὀλύμπιος οὐρανόθεν
　　　Ζεὺς
ἀμφὶ μιῇ κορυφῇ συναρηρότας ἄλλυδις ἄλλον
ῥήξῃ ὑπὸ βροντῇσι καὶ αἰθαλόεντι κεραυνῷ,
ἀμφὶ δὲ μηλονόμοι τε καὶ ἄλλ' ὅσα

　　　　　* * *

　　　　　　　　πάντα φέβονται·
405 ὣς ἄρ' Ἀχαιῶν υἷες ὑπέτρεσαν, οὕνεκ' ἄρ' αὐτῶν

carried behind them; a noisy hubbub arose from them like
bees buzzing around a hive; and as they panted and ex-
haled, their breaths caused a vapor to be shed all round
them. The Atreids' heartfelt joy was boundless as they
exulted in the sight of that fearless bulwark against the
clamorous battle. They meant to approach all together the
gates of Priam, descendant of the gods, to smash the great
walls with their double-edged axes, and to demolish the
gates by tearing them from their hinges. This admirable
plan held hopes of success; but neither their ox-hide
shields nor their fast-moving axes availed them when the
mighty Aeneas picked up a great rock in both hands and
furiously flung it at them, and a wretched death befell the
men whom he caught unawares beneath their shields, just
as the force of a fragment of some crag that has broken
away from a cliff catches unawares goats at pasture in the
mountains, and those grazing nearby quake with fear: such
was the shock felt by those Danaans. He continued to hurl
down volleys of rocks from above, and their phalanxes
were thrown into utter confusion. Just as when Olympian
Zeus from up in heaven shivers to pieces with his thunder
and blazing lightning bolts mountain crags held together
around a single peak, and the shepherds and <their flocks
at pasture nearby>[10] all flee in panic: just so the sons of the

[10] Two half-lines missing.

---

383 περιβρομέουσι Rhodomann: -τρομ- M
384 ἀντμὴν Rhodomann: -μὴ M
394 ἀμφοτέρῃσιν ἀρηρότα Vian: ἀμφοτέρης ἐπαρηρότα M
401 οὐρανόθεν Zimmermann: -όθι M
404 lac. stat. Köchly

Αἰνείας συνέχευε θοῶς ἔρυμα πτολέμοιο
ἀσπίσιν ἀκαμάτοισι τετυγμένον, οὕνεκ᾽ ἄρ᾽ αὐτῷ
θάρσος ἀπειρέσιον θεὸς ὤπασεν. οὐδέ τις αὐτῶν
ἔσθενέ οἱ κατὰ δῆριν ἐναντίον ὄσσε βαλέσθαι,
410 οὕνεκά οἱ μάρμαιρε περὶ βριαροῖς μελέεσσι
τεύχεα θεσπεσίῃσιν ἐειδόμενα στεροπῇσιν·
εἱστήκει δέ οἱ ἄγχι δέμας κεκαλυμμένος ὀρφνῃ
δεινὸς Ἄρης καὶ πάντα κατιθύνεσκε βέλεμνα
ἢ μόρον ἢ δέος αἰνὸν ἐπ᾽ Ἀργείοισι φέροντα.
415 μάρνατο δ᾽ ὡς ὁπότ᾽ αὐτὸς Ὀλύμπιος οὐρανόθεν
       Ζεὺς
ἀσχαλόων ἐδάιζεν ὑπέρβια φῦλα Γιγάντων
σμερδαλέων, καὶ γαῖαν ἀπειρεσίην ἐτίνασσε
Τηθύν τ᾽ Ὠκεανόν τε καὶ οὐρανόν, ἀμφὶ δὲ πάντῃ
γυῖ᾽ ἐλελίζετ᾽ Ἄτλαντος ὑπ᾽ ἀκαμάτου Διὸς ὁρμῆς·
420 ὣς ἄρ᾽ ὑπ᾽ Αἰνείαο κατηρείποντο φάλαγγες
Ἀργείων ἀνὰ δῆριν· ὁ γὰρ περὶ τείχεα πάντα
ἔσσυτο δυσμενέεσσι χολούμενος, ἐκ δ᾽ ἄρα χειρῶν
πᾶν ὅ τί οἱ παρέκυρσεν ἐπειγομένῳ ποτὶ μῶλον
βάλλεν, ἐπεὶ μάλα πολλὰ κακῆς ἀλκτήρια χάρμης
425 κεῖτο μενεπτολέμων ἐπὶ τείχεσι Δαρδανιώνων·
τοῖσί περ Αἰνείας μεγάλῳ περὶ κάρτεϊ θύων
δυσμενέων ἀπέρυκε πολὺν στρατόν, ἀμφὶ δ᾽ ἄρ᾽
       αὐτῷ
Τρῶες ἐκαρτύναντο. κακὴ δ᾽ ἔχε πάντας ὀιζὺς
ἀμφὶ πόλιν· πολλοὶ δὲ κατέκταθεν ἠμὲν Ἀχαιῶν
430 ἠδὲ καὶ ἐκ Τρώων· μέγα δ᾽ ἴαχον ἀμφοτέρωθεν,
Αἰνείας μὲν Τρωσὶ φιλοπτολέμοισι κελεύων

Achaeans quaked with fear as Aeneas with immense god-given valor quickly destroyed that protection of theirs against attack made from tough shields. In the battle not a man of them dared to look him in the face, so brightly did the armor flash like god-sent lightning on his powerful limbs. Near him stood dread Ares, his body shrouded in darkness, directing all those missiles that brought either death or terror to the Argives. Aeneas fought just like Olympian Zeus himself when from high heaven he wrathfully slew the overweening race of savage Giants, making the boundless earth, Tethys, Ocean and heaven itself quake and the limbs of Atlas tremble at that powerful assault of Zeus the unwearied; just so Aeneas knocked down the Argive ranks in that conflict as he rushed along the whole length of the wall furiously attacking the enemy; and as he hastened to the fight, he hurled whatever he happened to find from the very many missiles useful for defense that lay to hand on the walls of the Dardanids. Armed with these weapons and raging with great force, Aeneas kept at bay the great host of the enemy, and the Trojans round him could renew their strength. The suffering of all those fighting around the city was extreme: many Achaeans were killed, and many Trojans too; and loud cries came from both sides as Aeneas urged the war-

---

414 ἤ . . . ἤ Rhodomann: καὶ . . . καὶ M
417 σμερδαλέων Köchly: -έον M
418 πάντῃ Köchly: -τα M
421 τείχεα πάντα Vian: τεῖχος ἀπάντῃ M
426 περὶ J. Th. Struve: ἐπὶ M

μάρνασθ' ἀμφὶ πόληος ἑῆς ἀλόχων τε καὶ αὐτῶν
προφρονέως· υἱὸς δὲ μενεπτολέμου Ἀχιλῆος
Ἀργείους ἐκέλευε παρὰ κλυτὰ τείχεα Τροίης
435 μίμνειν, ἄχρι πόληα πυρὶ πρήσαντες ἕλωσι.
τοὺς δ' ἄμφω στονόεσσα καὶ ἄσπετος ἄμπεχ' ἀυτὴ
μαρναμένους πρόπαν ἦμαρ ἀνὰ κλόνον· οὐδέ τις ἦεν
ἄμπνευσις πολέμοιο λιλαιομένων ἀνὰ θυμὸν
τῶν μὲν ἑλεῖν πτολίεθρον ὑπ' Ἄρεϊ, τῶν δὲ σαῶσαι.
440   Αἴας δ' αὖτ' ἀπάτερθε θρασύφρονος Αἰνείαο
μαρνάμενος Τρώεσσι κακὰς ἐπὶ Κῆρας ἴαλλε
σφῇσιν ἐκηβολίῃσιν, ἐπεί ῥά οἱ ἄλλοτε μέν που
ἰθὺ βέλος πεπότητο δι' ἠέρος, ἄλλοτε δ' αὖτε
ἀλγινόεντες ἄκοντες. ἐπ' ἄλλῳ δ' ἄλλον ἔπεφνεν·
445 οἳ δὲ περιπτώσσοντες ἀμύμονος ἀνέρος ἀλκὴν
ἐς μόθον οὐκέτ' ἔμιμνον, ἔλειπε δὲ τείχεα λαός.
καὶ τότε οἱ θεράπων πολὺ φέρτατος ἐν δαῒ Λοκρῶν,
Ἀλκιμέδων ἐρίθυμος, ἑῷ πίσυνος βασιλῆι
κάρτεΐ τε σφετέρῳ καὶ θαρσαλέῃ νεότητι,
450 ἐμμεμαὼς πολέμοιο θοοῖς ἐπεβήσετο ποσσὶ
κλίμακος, ὄφρα κέλευθον ἐπὶ πτόλιν ἀνδράσι θείη
λευγαλέην. σφετέρου δὲ καρήατος ἔμμεναι ἄλκαρ
ἀσπίδα θεὶς καθύπερθεν ἀνήιε λυγρὰ κέλευθα
ἄτρομον ἐνθέμενος κραδίῃ νόον· ἐν δ' ἄρα χειρὶ
455 ἄλλοτε μὲν δόρυ πάλλεν ἀμείλιχον, ἄλλοτε δ' αὖτε
εἷρπεν ἄνω· τὸν δ' αἶψα διηερίη φέρεν οἶμος.
καί νύ κε δὴ Τρώεσσιν ἄχος γένετ', εἰ μὴ ἄρ' αὐτῷ
ἤδη ὑπερκύπτοντι καὶ εἰσορόωντι πόληα
ὑστάτιον καὶ πρῶτον ἀφ' ἕρκεος ὑψηλοῖο

like Trojans to fight with a will for their city, their wives
and themselves, and the son of stalwart Achilles urged the
Argives to stay by the famous walls of Troy until they could
capture the city and set it ablaze. Both sides were envel-
oped in grievous commotion beyond words as they fought
all day long in that conflict; and there was no respite from
the fighting either for those eager to capture the city with
the force of Ares, or for those desperate to save it.

Some distance from stouthearted Aeneas, Ajax was
fighting the Trojans and inflicting dread doom on them by
shooting from long range: now it was his arrows that flew
through the air straight and true, now his javelins that
caused them woe. His victims fell thick and fast, and the
Trojans, quailing before the might of that glorious hero,
no longer stayed to fight, and their forces abandoned the
wall. Then one of Ajax' soldiers, valiant Alcimedon, far the
best of the Locrian fighters, urged by his king but also by
his own confidence and youthful bravery, eager to fight,
set his nimble feet on a scaling ladder to open up a path
of destruction into the city for the warriors. He held his
shield aloft to protect his head and climbed up that deadly
path fearless in heart and mind, alternately using his hand
to brandish his cruel spear and to help his ascent; and he
was making quick progress on his upward way. He would
certainly have worked the Trojans woe; but Aeneas, who
was aware of his attempt though some distance away,

---

441 ἐπὶ Köchly: περὶ M
449 κάρτεῖ Köchly: θάρσεῖ M
452 δὲ Rhodomann: om. M   ἔμμεναι Rhodomann: ἠδὲ
καὶ M

460 Αἰνείας ἐπόρουσεν, ἐπεί ῥά μιν οὐ λάθεν ὁρμὴ
οὐδ' ἀπάτερθεν ἐόντα. βάλεν δέ μιν εὐρέι πέτρῳ
κὰκ κεφαλῆς, μεγάλη δὲ βίη κρατερόφρονος ἀνδρὸς
κλίμακά οἱ συνέαξεν. ὃ δ' ὑψόθεν ἠΰτ' ὀιστὸς
ἔσσυτ' ἀπὸ νευρῆς· ὀλοὸς δέ οἱ ἔσπετο πότμος
465 ἀμφελελιξαμένῳ· στονόεις δέ οἱ ἠέρι θυμὸς
αἶψα μίγη, πρὶν γαῖαν ἐπὶ στυφελὴν ἀφικέσθαι.
ἤριπε δ' ἐν θώρηκι κατὰ χθονός, οὕνεκ' ἄρ' αὐτοῦ
νόσφιν ἀπεπλάγχθη βριαρὸν δόρυ καὶ σάκος εὐρὺ
καὶ κρατερὴ τρυφάλεια. περιστονάχησε δὲ Λοκρῶν
470 λαός, ὅτ' ἔδρακον ἄνδρα κακῇ δεδμημένον ἄτῃ·
δὴ γάρ οἱ λασίοιο καρήατος ἄλλυδις ἄλλῃ
ἐγκέφαλος πεπάλακτο· συνηλοίηντο δὲ πάντα
ὀστέα καὶ θοὰ γυῖα λυγρῷ πεπαλαγμένα λύθρῳ.

Καὶ τότε δὴ Ποίαντος ἐὺς πάις ἀντιθέοιο,
475 ὡς ἴδεν Αἰνείαν περὶ τείχεα μαιμώωντα
θηρὶ βίην ἀτάλαντον, ἄφαρ προέηκεν ὀιστὸν
ἰθύνων ἐς φῶτα περικλυτόν. οὐδ' ἀφάμαρτεν
ἀνέρος, ἀλλά οἱ οὔ τι δι' ἀσπίδος ἀκαμάτοιο
ἐς χρόα καλὸν ἵκανεν (ἀπέτραπε γὰρ Κυθέρεια
480 καὶ σάκος), ἀλλ' ἄρα τυτθὸν ἐπέχραε δέρμα βοείης.
οὐδ' ἄρα μαψιδίως χαμάδις πέσεν, ἀλλὰ Μίμαντα
μεσσηγὺς σάκεός τε καὶ ἱπποκόμου τρυφαλείης
τύψεν· ὃ δ' ἐκ πύργοιο κατήριπεν, εὖτ' ἀπὸ πέτρης
ἄγριον αἶγα βάλῃσιν ἀνὴρ στονόεντι βελέμνῳ·
485 ὡς ὃ πεσὼν τετάνυστο, λίπεν δέ μιν ἱερὸς αἰών.

pounced on him as, for the first and last time, he peered over the high rampart and looked into the city. He struck him on the head with a large stone, and such was the strength of that stouthearted warrior that he smashed the ladder. He fell all the way down like an arrow shot from a bowstring; deadly fate pursued him as soon as he toppled backward; and his grieving spirit had mingled with the air before he reached the hard ground. By the time he landed, he was clad only in his breastplate, because his mighty spear, broad shield and stout helmet had tumbled some way off. The Locrian troops uttered cries of woe when they saw the man overcome by a cruel fate, with his brains spattered all over his fine head of hair and all his bones and agile limbs smashed to a pulp and spattered with horrid gore.

When the noble son of godlike Poeas saw Aeneas rushing along the walls powerful as a wild beast, he immediately let fly an arrow aimed at that renowned warrior. He did not miss the mark; but the arrow did not reach through his indomitable shield to his fair flesh, Cythereia and the shield turning it aside, and it just grazed the ox hide. But it did not fall vainly to the earth: it struck Mimas in the gap between his shield and his helmet with its horsehair plume, and he toppled from the battlements just like a wild goat falls from a rock when hit by a hunter's agonizing arrow: just so he fell, and he lay stretched out with his holy life gone from him. Aeneas, angry at the

---

460 λάθεν ὁρμὴ Köchly: λάθε χάρμη M

472 συνηλοίηντο Spitzner: συνηλλοίωτο M

481 Μίμαντα Zimmermann: μιν ἄντα m: μιν ὄντα m

483 δ᾽ ἐκ Rhodomann: δὲ M

Αἰνείας δ' ἑτάροιο χολωσάμενος βάλε πέτρην
καί ῥα Φιλοκτήταο κατέκτανεν ἐσθλὸν ἑταῖρον
Τοξαίχμην· θλάσσεν δὲ κάρη, συνέαξε δὲ πάντα
ὀστέα σὺν πήληκι· λύθη δέ οἱ ἀγλαὸν ἦτορ.
490 τῷ δ' ἐπὶ μακρὸν ἄυσε πάις Ποίαντος ἀγαυοῦ·
        "Αἰνεία, σύ γ' ἔολπας ἐνὶ φρεσὶ σῆσιν ἄριστος
ἔμμεναι ἐκ πύργοιο πονεύμενος, ἔνθα γυναῖκες
δυσμενέσιν μάρνανται ἀνάλκιδες; εἰ δέ τίς ἐσσι,
ἔρχεο τείχεος ἐκτὸς ἐν ἔντεσιν, ὄφρα δαείης
495 Ποίαντος θρασὺν υἷα καὶ ἔγχεσι καὶ βελέεσσιν."
        Ὣς ἄρ' ἔφη· τὸν δ' οὔ τι θρασὺς πάις Ἀγχίσαο
καί περ ἐελδόμενος προσεφώνεεν, οὕνεκ' ὀρώρει
δῆρις ὀιζυρὴ περὶ τείχεα μακρὰ καὶ ἄστυ
νωλεμέως· οὐ γάρ τι κακοῦ παύοντο μόθοιο
500 οὐδέ σφιν μάλα δηρὸν ὑπ' Ἄρεϊ τειρομένοισιν
ἔσκε λύσις καμάτοιο· πόνος δ' ἄπρηκτος ὀρώρει.

    491 σύ γ' Zimmermann: νῦν M

572

death of his comrade, threw a rock which killed Philoctetes' noble comrade Toxaechmes, smashing his head and staving in his helmet and the whole of his skull: that stopped his brave heart. The son of noble Poeas loudly shouted at him:

"Aeneas, do you believe you are the best of the heroes when you are at work up on the battlements, where feeble women fight the foe? If you are a real man, come away from the wall fully armed: then you will be able to learn about the valiant son of Poeas' prowess with spears and arrows!"

So he spoke. The valiant son of Anchises would have liked to reply, but he said nothing, because the fighting grew desperate around the city and its extensive walls and continued long; they never ceased from that cruel conflict, and for a lengthy period they toiled without relief, worn down by Ares: all their efforts were in vain.

BOOK XII

*Prompted by an omen, the seer Calchas advises the Greeks
to resort to trickery. Odysseus suggests a wooden horse.
Neoptolemus and Philoctetes wish to continue fighting, but
an omen from Zeus guarantees the plan. Epeüs is inspired
by Athena to construct the horse. A fight between the gods
on opposing sides in the war is quelled by Zeus. Sinon
volunteers to stand by the horse and persuade the Trojans
to take it inside their city. Nestor is keen to join the am-
bush, but is dissuaded. Quintus invokes the Muses to help
him list those who entered the horse. The rest of the Greeks,
with Nestor and Agamemnon, sail away to Tenedos. When
questioned by the Trojans, Sinon maintains his story. The
priest Laocoön urges them to burn the horse, but his sud-
den blinding by Athena persuades them that they should
ignore his advice and drag it into Troy. Two serpents
emerge from the sea and devour Laocoön's sons. Troy is
filled with sinister omens. Cassandra warns the Trojans of
their danger, but they prevent her from attacking the horse
and begin their final carouse.*

 *The battle between the gods is inspired by the Theo-
machy in Book 20 of the* Iliad. *The story of the wooden
horse was told in the* Little Iliad *and the* Sack of Troy *and*

574

is recounted in the Odyssey (8.492–520; cf. 4.271–89, 11.523–32). Sophocles wrote plays entitled Laocoön and Sinon, now lost, and many other authors treated the subject. The best-known extant account is that in Virgil's Aeneid (2.13–249), where the narrator is Aeneas.

ΛΟΓΟΣ ΙΒ

Ἀλλ' ὅτε δὴ μάλα πολλὰ κάμον περὶ τείχεα Τροίης
αἰχμηταὶ Δαναοί, πολέμου δ' οὐ γίνετο τέκμωρ,
δὴ τότ' ἀριστήων ἄγυριν ποιήσατο Κάλχας,
εὖ εἰδὼς ἀνὰ θυμὸν ὑπ' ἐννεσίης Ἑκάτοιο
5 πτήσιας οἰωνῶν ἠδ' ἀστέρας ἄλλά τε πάντα
σήμαθ' ὅσ' ἀνθρώποισι θεῶν ἰότητι πέλονται·
καί σφιν ἀγειρομένοισιν ἔπος ποτὶ τοῖον ἔειπε·
    "Μηκέτι πὰρ τείχεσσιν ἐφεζόμενοι πονέεσθε,
ἀλλ' ἄλλην τινὰ μῆτιν ἐνὶ φρεσὶ μητιάασθε
10 ἢ δόλον ὃς νήεσσι καὶ ἡμῖν ἔσσετ' ὄνειαρ.
ἢ γὰρ ἔγωγε χθιζὸν ἐσέδρακον ἐνθάδε σῆμα.
ἴρηξ σεῦε πέλειαν· ἐπειγομένη δ' ἄρα κείνη
χηραμὸν ἐς πέτρης κατεδύσετο· τῇ δὲ χολωθεὶς
ἀργαλέως μάλα πολλὸν ἐπὶ χρόνον ἀγχόθι μίμνε
15 χηραμοῦ· ἢ δ' ἀλέεινεν· ὁ δ' ἐνθέμενος δόλον αἰνὸν
θάμνῳ ὑπεκρύφθη· ἢ δ' ἔκθορεν ἀφραδίῃσιν
ἔμμεναι ἐλπομένη μιν ἀπόπροθεν· ὃς δ' ἐπαερθεὶς
δειλαίῃ τρήρωνι φόνον στονόεντ' ἐφέηκε.
τῶ νῦν μή τι βίῃ πειρώμεθα Τρώιον ἄστυ
20 περσέμεν, ἀλλ' εἴ πού τι δόλος καὶ μῆτις ἀνύσσῃ."
    Ὣς ἄρ' ἔφη· τῶν δ' οὔ τις ἔχεν φρεσὶ
        τεκμήρασθαι
ἄλκαρ ὀιζυροῖο μόθου· δίζοντο δὲ μῆχος

BOOK XII

When the Danaan spearmen had labored long and hard
round Troy's walls and there was no end to the war, an
assembly of the chiefs was summoned by Calchas, whom
the Archer god had made expert in the flight of birds, the
stars, and all other things which the gods provide as por-
tents for mankind; and he addressed the assembly with
these words:

"Do not struggle besieging the walls any longer: you
should think of some other stratagem—or some trick—
which will be of use for the ships and for ourselves. Yes-
terday in this spot I saw a portent. A hawk was pursuing a
dove, and the dove hastily took refuge in a hole in the rock.
The angry hawk had a long and frustrating wait nearby,
but the dove stayed out of reach. The hawk resorted to a
cruel trick and hid in a bush; unsuspecting, the dove flew
out, thinking the hawk had gone away, but it took flight
into the air and dealt a sad death to the poor dove. And
so we likewise should stop trying to sack the city of Troy
by force, and see instead what can be done by guile and
trickery."

So he spoke; but none of them could think of a means
for putting a stop to that hateful war, try as they might

---

15 δόλον Vian: χόλον M

εὑρέμεναι· μοῦνος δὲ σαοφροσύνῃσι νόησεν
υἱὸς Λαέρταο καὶ ἀντίον ἔκφατο μῦθον·

25 "Ὦ φίλ᾽, ἐπουρανίοισι τετιμένε πάγχυ θεοῖσιν,
εἰ ἐτεὸν πέπρωται ἐυπτολέμοισιν Ἀχαιοῖς
ἐκπέρσαι Πριάμοιο δολοφροσύνῃσι πόληα,
ἵππον τεκτήναντες ἀριστέες ἐς λόχον ἄνδρες
βησόμεθ᾽ ἀσπασίως· λαοὶ δ᾽ ἀπὸ νόσφι νέεσθαι
30 ἐς Τένεδον σὺν νηυσίν, ἐνιπρῆσαι δ᾽ ἄρα πάντες
ἃς κλισίας, ἵνα Τρῶες ἀπ᾽ ἄστεος ἀθρήσαντες
ἐς πεδίον προχέωνται ἀταρβέες. ἀλλά τις ἀνὴρ
θαρσαλέος, τόν τ᾽ οὔ τις ἐπίσταται ἐν Τρώεσσι,
μιμνέτω ἔκτοθεν ἵππου ἀρήιον ἐνθέμενος κῆρ,
35 ὅς τις ὑποκρίναιτο βίην ὑπέροπλον Ἀχαιῶν
ῥέξαι ὑπὲρ νόστοιο λιλαιομένων ὑπαλύξαι,
ἵππῳ ὑποπτήξας εὐεργέι τόν ῥ᾽ ἐκάμοντο
Παλλάδι χωομένη Τρώων ὑπὲρ αἰχμητάων·
καὶ τὰ μὲν ὣς ἐπὶ δηρὸν ἀνειρομένοισι πιφαύσκειν,
40 εἰς ὅ κέ οἱ πεπίθωνται ἀταρτηροί περ ἐόντες,
ἐς δὲ πόλιν μιν ἄγωσι θοῶς ἐλεεινὸν ἐόντα,
ὄφρ᾽ ἡμῖν ἀλεγεινὸν ἐς Ἄρεα σῆμα πένηται,
τοῖς μὲν ἄρ᾽ αἰθαλόεντα θοῶς ἀνὰ πυρσὸν ἀείρας,
τοὺς δ᾽ ἄρ᾽ ἐποτρύνας ἐκβήμεναι εὐρέος ἵππου,
45 ὁππότε Τρώιοι υἷες ἀκηδέες ὑπνώωσιν."

Ὣς φάτο· τὸν δ᾽ ἄρα πάντες ἐπήνεον· ἔξοχα δ᾽
ἄλλων

30 πάντες Köchly: πάντα M
31 ἃς κλισίας Köchly: ἐς κλισίην M

to find some remedy. Only the son of Laërtes had the needful intelligence; and he made this speech in reply:

"My friend, held in great esteem by the heavenly gods, if it is true that the warlike Achaeans are fated to sack Priam's city by means of trickery, a horse should be constructed, and we chiefs shall be glad to lie in ambush inside it. The army must sail away to Tenedos, and we must all burn our huts. When the Trojans see this, they will pour out of the city into the plain without fear. But we need some valiant man unknown to any of the Trojans to stay resolutely outside the horse: when asked, he is to say that the Achaeans wanted to sacrifice him in return for reaching home, but that he escaped their brutal violence by hiding underneath that well-made horse, which they had put together with much effort to appease Pallas' anger on behalf of the spearmen of Troy.[1] During a lengthy interrogation he must give consistent answers, until in spite of their cruelty they are convinced and forthwith bring him, a pitiful sight, into the city. He will then provide us with a signal for the cruel combat of Ares by quickly raising a blazing torch for the army and by telling those inside the huge horse to get out, while the sons of Troy are sleeping peacefully."

They all approved this speech. Calchas in particular

---

[1] Her anger is caused by the theft of the Palladium, not narrated by Quintus. Cf. 10.350–60.

---

33 τ' J. Th. Struve: δ' M
36 ὑπαλύξαι Castiglioni: μιν ἀλύξαι M
37 ὑποπτήξας Rhodomann: -πλήξας M
42 πένηται Herwerden: πέλ- M   43 ἀνὰ Pauw: ἅμα M

Κάλχας μιν θαύμαζεν, ὅπως ὑπεθήκατ᾽ Ἀχαιοῖς
μῆτιν καὶ δόλον ἐσθλὸν ὃς Ἀργείοισιν ἔμελλε
νίκης ἔμμεναι ἄλκαρ, ἀτὰρ μέγα Τρώεσι πῆμα·
50 τοὔνεκ᾽ ἀριστήεσσιν ἐυπτολέμοισι μετηύδα·
    "Μηκέτι νῦν δόλον ἄλλον ἐνὶ φρεσὶ μητιάασθε,
ὦ φίλοι, ἀλλὰ πίθεσθε ἐυπτολέμῳ Ὀδυσῆι.
οὐ γάρ οἱ ἔσσετ᾽ ἄπρηκτον ἐυφρονέοντι νόημα·
ἤδη γὰρ Δαναοῖσι θεοὶ τελέουσιν ἐέλδωρ,
55 σήματα δ᾽ οὐκ ἀτέλεστ᾽ ἀναφαίνεται ἄλλοθεν ἄλλα·
Ζηνὸς μὲν γὰρ ὕπερθε μέγα κτυπέουσι δι᾽ αἴθρης
βρονταὶ ὁμῶς στεροπῇσι, παραΐσσουσι δὲ λαοὺς
δεξιοὶ ὄρνιθες ταναῇ ὀπὶ κεκλήγοντες.
ἀλλ᾽ ἄγε μηκέτι πολλὸν ἐπὶ χρόνον ἀμφὶ πόληα
60 μίμνωμεν· Τρωσὶν γὰρ ἐνέπνευσεν μέγ᾽ ἀνάγκη
θάρσος, ὅ περ πρὸς Ἄρηα καὶ οὐτιδανόν περ ἐγείρει·
κάρτιστοι δὲ τότ᾽ ἄνδρες ἐπὶ μόθον, ὁππότε θυμὸν
παρθέμενοι στονόεντος ἀφειδήσωσιν ὀλέθρου,
ὡς νῦν Τρώιοι υἷες ἀταρβέες ἀμφιμάχονται
65 ἄστυ περὶ σφέτερον, μέγα δέ σφισι μαίνεται ἦτορ."
    Ὣς φάμενον προσέειπεν Ἀχιλλέος ὄβριμος υἱός·
    "Ὦ Κάλχαν, δηίοισι καταντίον ἄλκιμοι ἄνδρες
μάρνανται· τοὶ δ᾽ ἐντὸς ἀλευάμενοι ἀπὸ πύργων
οὐτιδανοὶ πονέονται, ὅσων φρένα δεῖμα χαλέπτει.
70 τῶ νῦν μήτε δόλον φραζώμεθα, μήτέ τι μῆχος
ἄλλο· πόνῳ γὰρ ἔοικεν ἀριστέας ἔμμεναι ἄνδρας
καὶ δορί· θαρσαλέοι γὰρ ἀμείνονες ἐν δαῒ φῶτες."
    Ὣς φάμενον προσέειπε μένος Λαερτιάδαο·

admired the way in which he had proposed a cunning and excellent stratagem for the Achaeans which would yield the Argives victory and the Trojans great bane; and so he addressed the warlike chiefs with these words:

"No longer seek to devise any other scheme, my friends: you should follow the suggestion of warlike Odysseus. His clever idea will not prove fruitless: the gods are already bringing to pass the hopes of the Danaans, and secure omens of various sorts are appearing on all sides: from Zeus thunder accompanied by lightning is rolling and pealing in the upper air, and screeching birds are flying past the army on the right. Come, let us put a stop to this lingering around the city; necessity has inspired the Trojans with great courage, and courage can rouse even a weakling to the work of Ares: men are best at fighting when they are desperate and care nothing for death and its sufferings: as now with the Trojans, who are fighting fearlessly for their city with hearts full of fury."

To this speech the mighty son of Achilles replied:

"Calchas, brave men fight the enemy face to face: skulking, craven weaklings fight from within their walls. And so let us not invent trickery, or any other way of settling the matter: we chiefs should be using hard work and our spears:[2] brave men are better at fighting."[3]

To this speech the mighty son of Laërtes replied:

---

[2] Text doubtful.   [3] Implied criticism of Odysseus.

---

56 Ζηνὸς μὲν Bonitz: ζηνός· ἅ μὲν M
65 σφισι Spitzner: σφιν M
68 τοι Pauw: ὅσσοι M
70 μήτε[1] Köchly: μήτι M

"Ὦ τέκος ὀβριμόθυμον ἀταρβέος Αἰακίδαο,
75 ταῦτα μέν, ὡς ἐπέοικεν ἀμύμονι φωτὶ καὶ ἐσθλῇ,
θαρσαλέως μάλα πάντα δίκεο χερσὶ πεποιθώς·
ἀλλ' οὔτ' ἀκαμάτοιο τεοῦ πατρὸς ἄτρομος ἀλκὴ
ἔσθενεν ὄλβιον ἄστυ διαπραθέειν Πριάμοιο
οὔθ' ἡμεῖς μάλα πολλὰ πονεύμενοι. ἀλλ' ἄγε
        θᾶσσον
80 Κάλχαντος βουλῇσι θοὰς ἐπὶ νῆας ἰόντες
ἵππον τεκταίνωμεν ὑπαὶ παλάμῃσιν Ἐπειοῦ
ὅς ῥά τε πολλὸν ἄριστος ἐν Ἀργείοισι τέτυκται
εἵνεκα τεκτοσύνης, δέδαεν δέ μιν ἔργον Ἀθήνη."
    Ὣς φάτο· τῷ δ' ἄρα πάντες ἀριστῆες πεπίθοντο
85 νόσφι Νεοπτολέμοιο δαΐφρονος, οὐδὲ μὲν ἐσθλὸν
πεῖθε Φιλοκτήταο νόον κρατερὰ φρονέοντος·
ὑσμίνης γὰρ ἔτ' ἔσκον ὀιζυρῆς ἀκόρητοι.
ὥρμαινον δὲ μάχεσθαι ἀνὰ κλόνον· ἀμφὶ δὲ λαοὺς
σφωιτέρους ἐκέλευον ἀπειρέσιον περὶ τεῖχος
90 πάντα φέρειν ὅσα δῆριν ἐνὶ πτολέμοισιν ὀφέλλει,
ἐλπόμενοι πτολίεθρον ἐύκτιτον ἐξαλαπάξαι·
ἄμφω γὰρ βουλῇσι θεῶν ἐς δῆριν ἵκοντο.
καί νύ κεν αἶψ' ἐτέλεσσαν ὅσά σφισιν ἤθελε θυμός,
εἰ μὴ Ζεὺς νεμέσησεν ἀπ' αἰθέρος, ἀμφὶ δὲ γαῖαν
95 Ἀργείων ἐλέλιξεν ὑπαὶ ποσί, σὺν δ' ἐτίναξεν
ἠέρα πᾶσαν ὕπερθε, βάλεν δ' ἀκάμαντα κεραυνὸν
ἡρώων προπάροιθεν· ὑπεσμαράγησε δὲ πᾶσα
Δαρδανίη. τῶν δ' αἶψα μετετράπετ' ἠὺ νόημα
ἐς φόβον, ἐκ δ' ἐλάθοντο βίης καὶ κάρτεος ἐσθλοῦ·
100 καί ῥα κλυτῷ Κάλχαντι καὶ οὐκ ἐθέλοντε πίθοντο.

"Dauntless son of fearless Aeacides, you have spoken valiantly, and in all respects like a noble and glorious hero who puts his trust in his own hands' strength. But the fearless might of your unwearied father could not bring about the fall of Priam's prosperous city, and no more can we, in spite of all our efforts. Come, then: let us take Calchas' advice, go off to our swift ships, and have Epeüs build the horse: he is far the best carpenter among the Argives, and Athena taught him his craft."

So he spoke; and all the chiefs were persuaded except for warlike Neoptolemus and the noble mind of stout-hearted Philoctetes, men not yet sated with fighting and hardship; they made ready to join battle and ordered their troops to bring up to that immense wall all the armaments that can aid an attack in war:[4] they expected to be able to sack that well-built city, having both come to the war by the gods' will. And they would soon have carried out their intentions if Zeus had not shown his displeasure from high in the sky by causing the earth to quake beneath the feet of the Argives, making the whole expanse of the sky above them quiver, and hurling an irresistible thunderbolt just in front of the two heroes. The whole Dardan land echoed the crashing sound; their brave intentions quickly changed to fear, and they had no further thought of using noble force or violence: they reluctantly followed the advice of the renowned Calchas and went to the ships with

---

[4] Anachronistic reference to siege engines: cf. 11.358–439.

---

76 πάντα Bonitz: πολλὰ M
82 ἐν Rhodomann: ὑπ' M
96 ἀκάμαντα Rhodomann: ἅμα πάντα M

ἐς δ᾽ ἄρα νῆας ἵκοντο σὺν Ἀργείοισι καὶ ἄλλοις
μάντιν ἀγασσάμενοι τὸν ἄρ᾽ ἐκ Διὸς ἔμμεν ἔφαντο,
ἢ Διὸς ἢ Φοίβοιο· πίθοντο δέ οἱ μάλα πάντα.
     Ἦμος δ᾽ αἰγλήεντα περιστέφει οὐρανὸν ἄστρα
105 πάντοθε μαρμαίροντα, πόνου δ᾽ ἐπιλήθεται ἀνήρ,
δὴ τότ᾽ Ἀθηναίη μακάρων ἕδος αἰπὺ λιποῦσα
ἤλυθε παρθενικῇ ἀταλάφρονι πάντ᾽ εἰκυῖα
ἐς νῆας καὶ λαόν· ἀρηιφίλου δ᾽ ἄρ᾽ Ἐπειοῦ
ἔστη ὑπὲρ κεφαλῆς ἐν ὀνείρατι καί μιν ἀνώγει
110 τεῦξαι δούριον ἵππον· ἔφη δέ οἱ ἐγκονέοντι
αὐτὴ συγκαμέειν, αὐτὴ δ᾽ ἄφαρ ἔνδοθι βῆναι,
ἔργον ἐς ὀτρύνουσα. θεῆς δ᾽ ὅ γε μῦθον ἀκούσας
καγχαλόων ἀνὰ θυμὸν ἀκηδέος ἔκθορεν ὕπνου·
ἔγνω δ᾽ ἀθάνατον θεὸν ἄμβροτον· οὐδέ οἱ ἦτορ
115 ἄλλο παρ᾽ ἐξ ὥρμαινε, νόον δ᾽ ἔχεν αἰὲν ἐπ᾽ ἔργῳ
θεσπεσίῳ· πινυτὴ δὲ περὶ φρένας ἤιε τέχνη.
     Ἠὼς δ᾽ ὁππόθ᾽ ἵκανεν ἀπωσαμένη κνέφας ἠὺ
εἰς Ἔρεβος, χαροπὴ δὲ δι᾽ ἠέρος ἤιεν αἴγλη,
δὴ τότε θεῖον ὄνειρον ἐν Ἀργείοισιν Ἐπειός,
120 ὡς ἴδεν, ὡς ἤκουσεν, ἐελδομένοισιν ἔειπεν·
οἱ δέ οἱ εἰσαΐοντες ἀπειρέσιον κεχάροντο.
καὶ τότ᾽ ἄρ᾽ Ἀτρέος υἷες ἐς ἄγκεα τηλεθάοντα
Ἴδης ὑψικόμοιο θοοὺς προέηκαν ἱκέσθαι
ἀνέρας. οἱ δ᾽ ἐλάτῃσιν ἐπιβρίσαντες ἂν ὕλην
125 τάμνον δένδρεα μακρά· περικτυπέοντο δὲ βῆσσαι
θεινομένων· δολιχαὶ δὲ κατ᾽ οὔρεα μακρὰ κολῶναι

the other Argives, awed by the seer who seemed to be a son of Zeus—of Zeus or of Phoebus; and they gave him total obedience.

At the time when the twinkling stars adorn every part of the bright sky and men forget their labors, Athena left the lofty abode of the blessed gods and came to the ships and the army, taking the form of an innocent maiden. In a dream she stood above the head of warlike Epeüs and commanded him to make the wooden horse; she said that she would help with the work if he exerted himself and would enter his mind,[5] and she urged him to his task. Glad at heart to have heard the goddess's message, he suddenly awoke from his carefree sleep; he recognized the goddess, immortal and divine, and his heart and mind were set on one thing only, his divinely ordained work; all his thoughts were for his craft and skill.

When Eos' arrival banished the holy darkness to Erebus and her bright light came over the sky, the Argives listened eagerly as Epeüs told them what he had seen and what he had heard in his god-sent dream, and on hearing it their joy was unconfined. Then the sons of Atreus speedily dispatched soldiers to go to the forested glens of Ida's wooded peaks. They set about the forest pines and cut down the tallest, so that the valleys echoed to the sound of their blows, the mountain heights' long ridges were

---

[5] Or, perhaps, "and would enter the horse." The text of lines 111–12 is problematic.

---

104 περιστέφει Vian: -στέφετ᾽ m: -στρέφετ᾽ m
106 αἰπὺ λιποῦσα Köchly: ἀμφιλιποῦσα M
124 ἀν᾽ Köchly: ἐς M   126 οὔρεα Rhodomann: ἰκρία M

δεύοντο ξυλόχοιο· νάπη δ' ἀνεφαίνετο πᾶσα
θήρεσιν οὐκέτι τόσσον ἐπήρατος ὡς τὸ πάροιθε·
πρέμνα δ' ἀπαυαίνοντο βίην ποθέοντ' ἀνέμοιο.
130 καὶ τὰ μὲν ἂρ πελέκεσσι διατμήγοντες Ἀχαιοὶ
ἐσσυμένως φορέεσκον ἐπ' ἠόνας Ἑλλησπόντου
οὔρεος ἐκ λασίοιο· μόγησε δὲ θυμὸς ἐπ' ἔργῳ
αἰζηῶν τε καὶ ἡμιόνων. πονέοντο δὲ λαοὶ
<. . .> ἄλλοθεν ἄλλος ὑποδρήσσοντες Ἐπειῷ·
135 οἳ μὲν γὰρ τέμνεσκον ὑπ' ὀκριόεντι σιδήρῳ
δούρατα καὶ σανίδας διεμέτρεον· οἳ δ' ἄρ' ἀπ' ὄζους
λείαινον πελέκεσσιν ἔτ' ἀπρίστων ἀπὸ φιτρῶν·
ἄλλος δ' ἄλλό τι ῥέζε πονεύμενος. αὐτὰρ Ἐπειὸς
ἵππου δουρατέοιο πόδας κάμεν, αὐτὰρ ἔπειτα
140 νηδύα, τῇ δ' ἐφύπερθε συνήρμοσε νῶτα καὶ ἰξὺν
ἐξόπιθεν, δειρὴν δὲ πάρος, καθύπερθε δὲ χαίτην
αὐχένος ὑψηλοῖο καθήρμοσεν, ὡς ἐτεόν περ
κινυμένη, λάσιον δὲ κάρη καὶ εὔτριχον οὐρήν,
οὔατα δ' ὀφθαλμούς τε διειδέας ἀλλά τε πάντα
145 οἷς ἐπικίνυται ἵππος. ἀέξετο δ' ἱερὸν ἔργον
ὡς ἐτεὸν ζώοντος, ἐπεὶ θεὸς ἀνέρι τέχνην
δῶκ' ἐρατήν. τετέλεστο δ' ἐνὶ τρισὶν ἤμασι πάντα
Παλλάδος ἐννεσίῃσι· πολὺς δ' ἐπεγήθεε λαὸς
Ἀργείων, θαύμαζε δ' ὅπως ἐπὶ δούρατι θυμὸς
150 καὶ τάχος ἐκπεπότητο ποδῶν, χρεμέθοντι δ' ἐῴκει.
καὶ τότε δῖος Ἐπειὸς ὑπὲρ μεγακήτεος ἵππου
εὔχετ' ἐπ' ἀκαμάτῳ Τριτωνίδι χεῖρας ὀρέξας·

without covering, all the glades no longer held their for-
mer attraction for the wild beasts, and the bare stumps,
dry and sere, missed feeling the force of the wind.[6] The
Achaeans kept dividing up the timber with their axes and
hastily carrying it from the leafy mountain to the shore of
the sea, and great was the effort that men and mules put
into the task. The army went to and fro ⟨energetically⟩[7]
serving Epeüs, some employed in cutting the lumber with
sharp iron saws and measuring out planks, others in trim-
ming off the branches from trunks yet unsawn; they all
worked hard at their various tasks. Meanwhile Epeüs
worked at the feet of the wooden horse, then the belly,
fitting the back above that, the haunches behind, and the
neck in front, and adding a mane above the high neck that
looked to be really in motion, then a shaggy head, a tail
with plenty of hair, ears, bright eyes, and all the other
movable features of a horse. As the god-inspired work
continued, the horse seemed to take on life, because the
goddess had given the man skill truly marvelous. All was
finished in three days—such was Pallas' will. The great
Argive army was delighted, marveling how the wood was
endowed with life and fleetness of foot, and how it seemed
to be neighing. Then divine Epeüs stretched out his arms
to unwearied Tritonis and made this prayer for his gigantic
horse:

6 Text doubtful.   7 Word missing.

---

127 δεύοντο Tychsen: δεύοντ' ἐκ M   135 ὑπ' ὀκριόεντι
Tychsen: ὑποκριθέντι M   136 δούρατα Pauw: δοῦρα τε M
147 ἐνὶ Spitzner: ἐπὶ M
152 εὔχετ' ἐπ' Rhodomann: εὔχεθ' ὑπ' M

"Κλῦθι, θεὰ μεγάθυμε, σάου δ' ἐμὲ καὶ τεὸν
ἵππον."
Ὣς φάτο· τοῦ δ' ἐσάκουσε θεὰ πολύμητις Ἀθήνη,
155 καί ῥά οἱ ἔργον ἔτευξεν ἐπιχθονίοισιν ἀγητὸν
πᾶσιν ὅσοι μιν ἴδοντο καὶ οἳ μετόπισθε πύθοντο.
Ἀλλ' ὅτε δὴ Δαναοὶ μὲν ἐγήθεον ἔργον Ἐπειοῦ
δερκόμενοι, Τρῶες δὲ πεφυζότες ἔνδοθι πύργων
μίμνον ἀλευάμενοι θάνατον καὶ ἀνηλέα κῆρα,
160 δὴ τότ' ἐπ' Ὠκεανοῖο ῥοὰς καὶ Τηθύος ἄντρα
Ζηνὸς ὑπερθύμοιο θεῶν ἀπάτερθε μολόντος
ἔμπεσεν ἀθανάτοισιν ἔρις· δίχα δέ σφισι θυμὸς
ἔπλετ' ὀρινομένων. ἀνέμων δ' ἐπιβάντες ἀέλλαις
οὐρανόθεν φορέοντο ποτὶ χθόνα· τοῖσι δ' ὑπ' αἰθὴρ
165 ἔβραχεν. οἱ δὲ μολόντες ἐπὶ Ξάνθοιο ῥέεθρα
ἀλλήλων ἵσταντο καταντίον, οἱ μὲν Ἀχαιῶν,
οἳ δ' ἄρ' ὑπὲρ Τρώων· πολέμου δ' ἔρος ἔμπεσε θυμῷ.
τοῖσι δ' ὁμῶς ἀγέροντο καὶ οἳ λάχον εὐρέα πόντον.
καί ῥ' οἱ μὲν δολόεντα κοτεσσάμενοι μενέαινον
170 ἵππον ἀμαλδῦναι σὺν νήεσιν, οἱ δ' ἐρατεινὴν
Ἴλιον· Αἶσα δ' ἔρυκε πολύτροπος, ἐς δὲ κυδοιμὸν
τρέψε νόον μακάρεσσιν. Ἄρης δ' ἐξῆρχε μόθοιο,
ἆλτο δ' Ἀθηναίης κατεναντίον· ὣς δὲ καὶ ἄλλοι
σύμπεσον ἀλλήλοισι. περὶ σφίσι δ' ἄμβροτα τεύχη
175 χρύσεα κινυμένοισι μέγ' ἴαχεν· ἀμφὶ δὲ πόντος
εὐρὺς ὑπεσμαράγησε· κελαινὴ δ' ἔτρεμε γαῖα
ἀθανάτων ὑπὸ ποσσί. μακρὸν δ' ἅμα πάντες ἄυσαν·
σμερδαλέη δ' ἐνοπὴ μέχρις οὐρανὸν εὐρὺν ἵκανε,

"Hear me, greathearted goddess, and keep safe both me and this horse of yours."

So he spoke; and Athena, goddess of invention, heard him and made his work an object of wonder to all mortal men—to those who saw it and to those who heard tell of it in later times.

While the Danaans rejoiced to see Epeüs' handiwork and the routed Trojans stayed within their walls to avoid death and pitiless Doom, mighty Zeus left the other gods to visit the streams of Ocean and caves of Tethys, and strife arose among the immortals, whose minds were stirred with conflicting passions. Mounted on storm winds, they were carried from heaven to the earth, and the air resounded as they passed. Arrived at the streams of Xanthus, they lined up facing one another, some supporting the Achaeans and others the Trojans, and they felt a desire to fight. The gods whose domain is the broad sea came to join them. One side, full of anger, intended to burn the treacherous horse and the ships, too, and the other side had the same intention toward the lovely city of Ilium; but fickle Destiny turned the minds of the blessed gods toward battle. Ares began the fight by making straight for Athena, and the others too fell upon one another. Their immortal golden armor clanked loudly as they moved, the broad sea resounded with the noise, and the dark earth shook beneath the feet of the immortal gods. All of them uttered loud yells, and the terrific din reached the broad heaven

---

164 ποτὶ Rhodomann: ἐπὶ M

589

μέχρις ἐπ᾽ Ἀιδονῆος ὑπερθύμοιο βέρεθρον·
180 Τιτῆνες δ᾽ ὑπένερθε μέγ᾽ ἔτρεσαν. ἀμφὶ δὲ μακρὴ
Ἴδη ὑπέστενε πᾶσα καὶ ἠχήεντα ῥέεθρα
ἀενάων ποταμῶν, δολιχαὶ δ᾽ ἅμα τοῖσι χαράδραι
νῆές τ᾽ Ἀργείων Πριάμοιό τε κύδιμον ἄστυ·
ἀλλ᾽ οὐκ ἀνθρώποισι πέλεν δέος, οὐδ᾽ ἐνόησαν
185 αὐτῶν ἐννεσίῃσι θεῶν ἔριν. οἱ δὲ κολώνας
χερσὶν ἀπορρήξαντες ἀπ᾽ οὔρεος Ἰδαίοιο
βάλλον ἐπ᾽ ἀλλήλους· αἱ δὲ ψαμάθοισιν ὁμοῖαι
ῥεῖα διεσκίδναντο θεῶν περὶ ἄσχετα γυῖα
ῥηγνύμεναι διὰ τυτθά. Διὸς δ᾽ ἐπὶ πείρασι γαίης
190 οὐ λάθον ἠὺ νόημα· λιπὼν δ᾽ ἄφαρ Ὠκεανοῖο
χεύματ᾽ ἐς οὐρανὸν εὐρὺν ἀνήιε· τὸν δὲ φέρεσκον
Εὖρος καὶ Βορέης, Ζέφυρος δ᾽ ἐπὶ τοῖσι Νότος τε,
τοὺς ὑπὸ θεσπέσιον ζυγὸν αἰόλος ἤγαγεν Ἶρις
ἅρματος αἰὲν ἐόντος ὅ οἱ κάμεν ἄμβροτος Αἰὼν
195 χερσὶν ὑπ᾽ ἀκαμάτοισιν ἀτειρέος ἐξ ἀδάμαντος.
ἵκετο δ᾽ Οὐλύμποιο ῥίον μέγα· σὺν δ᾽ ἐτίναξεν
ἠέρα πᾶσαν ὕπερθε χολούμενος· ἄλλοθε δ᾽ ἄλλαι
βρονταὶ ὁμῶς στεροπῇσι μέγ᾽ ἔκτυπον· ἐκ δὲ
        κεραυνοὶ
ταρφέες ἐξεχέοντο ποτὶ χθόνα· καίετο δ᾽ ἀὴρ
200 ἄσπετον. ἀθανάτοισι δ᾽ ὑπὸ φρένας ἔμπεσε δεῖμα·
πάντων δ᾽ ἔτρεμε γυῖα καὶ ἀθανάτων περ ἐόντων.
τῶν δὲ περιδδείσασα κλυτὴ Θέμις εὖτε νόημα
ἆλτο διὰ νεφέων, τάχα δέ σφεας εἰσαφίκανεν·
οἴη γὰρ στονόεντος ἀπόπροθι μίμνε μόθοιο·
205 τοῖον δ᾽ ἔκφατο μῦθον ἐρυκανόωσα μάχεσθαι·

and as far as the deep pit of mighty Aïdoneus, and the
Titans down below shrank back in fear; the whole of lofty
Ida and the sounding streams of its ever-flowing rivers
were made to rumble, and so were the long ravines and
the Argive ships and the famous city of Troy. But mankind
was not put in fear—it was the gods' will that men should
remain ignorant of that divine conflict. They meanwhile
broke off crags of the range of Ida with their hands and
hurled them at one another, and these simply shattered
into tiny fragments like sand when they met the gods'
irresistible limbs. Although Zeus was at the ends of the
earth, they did not escape his notice. He left the streams
of Ocean and ascended to the broad heaven, borne by
Eurus and Boreas together with Zephyrus and Notus,
brought by many-hued Iris under the divine yoke of his
imperishable chariot made out of adamant by immortal
Time's unwearying hands. He arrived at the great peak of
Olympus and in his anger made the whole air beneath him
shake; thunder, mingled with lightning, rolled in every
direction; thunderbolts rained down on the earth thick
and fast, and the air was a fiery furnace. Fear descended
on the hearts of the immortal gods: immortal though they
were, all their limbs began to tremble. Then renowned
Themis, the only divinity to have kept out of that grievous
conflict, swooped through the clouds swift as thought in
her concern for their safety. She soon reached them, and
delivered this speech to prevent further fighting:

---

179 βέρεθρον Spitzner: -έθρων M   180 ὑπένερθε Spitzner:
ἐφ᾽ ὕπερθε M   186 οὔρεος Rhodomann: οὔδεος M
188 περὶ Rhodomann: περὶ δ᾽ M
197 ἠέρα Köchly: αἰθέρα M   ἄλλοθε Köchly: -οτε M
198 ἐκ Rhodomann: ἐν M

"Ἴσχεσθ᾽ ἰωχμοῖο δυσηχέος· οὐ γὰρ ἔοικε
Ζηνὸς χωομένοιο μινυνθαδίων ἕνεκ᾽ ἀνδρῶν
μάρνασθ᾽ αἰὲν ἐόντας, ἐπεὶ τάχα πάντες ἄιστοι
ἔσσεσθ᾽· ἦ γὰρ ὕπερθεν ἐφ᾽ ὑμέας οὔρεα πάντα
210   εἰς ἓν ἀναρρήξας οὔθ᾽ υἱῶν οὔτε θυγατρῶν
φείσεται, ἀλλ᾽ ἄρα πάντας ὁμῶς καθύπερθε καλύψει
γαίῃ ἀπειρεσίῃ· οὐδ᾽ ἔσσεται ὕμμιν ἄλυξις
ἐς φάος· ἀργαλέος δὲ περὶ ζόφος αἰὲν ἐρύξει."
    Ὣς φάτο· τοὶ δ᾽ ἐπίθοντο Διὸς τρομέοντες
      ὁμοκλήν·
215   ὑσμίνης δ᾽ ἔσχοντο, χόλον δ᾽ ἀπὸ νόσφι βάλοντο
ἀργαλέον, φιλότητα δ᾽ ὁμήθεα ποιήσαντο.
καί ῥ᾽ οἳ μὲν νίσοντο πρὸς οὐρανόν, οἳ δ᾽ ἁλὸς εἴσω,
οἳ δ᾽ ἀνὰ γαῖαν ἔμιμνον. ἐυπτολέμοισι δ᾽ Ἀχαιοῖς
υἱὸς Λαέρταο πύκα φρονέων φάτο μῦθον·
220   "Ὦ νύ μοι Ἀργείων σημάντορες ὀβριμόθυμοι,
νῦν μοι ἐελδομένῳ τεκμήρατε, οἵ τινές ἐστε
ἐκπάγλως κρατεροὶ καὶ ἀμύμονες· ἦ γὰρ ἱκάνει
ἔργον ἀναγκαίης. ἀλλὰ μνησώμεθ᾽ Ἄρηος,
ἐς δ᾽ ἵππον βαίνωμεν ἐύξοον, ὄφρά κε τέκμωρ
225   εὕρωμεν πολέμοιο δυσηχέος· ὣς γὰρ ἄμεινον
ἔσσεται, ἤν κε δόλῳ καὶ μήδεσιν ἀργαλέοισιν
ἄστυ μέγ᾽ ἐκπέρσωμεν οὗ εἵνεκα δεῦρο μολόντες
πάσχομεν ἄλγεα πολλὰ φίλης ἀπὸ τηλόθι γαίης.
ἀλλ᾽ ἄγε δὴ μένος ἠὺ καὶ ἄλκιμον ἐν φρεσὶ θέσθε·
230   καὶ γάρ τις κατὰ δῆριν ἀνιηρῇ ὑπ᾽ ἀνάγκῃ
θαρσήσας ἀνὰ θυμὸν ἀμείνονα φῶτα κατέκτα
χειρότερος γεγαώς· μάλα γὰρ μέγα θυμὸν ἀέξει

"Stop this noisy rioting! You are immortals! It is not right for you to enrage Zeus by fighting over men, whose life is short. Unless you stop, you will soon all be annihilated: he will uproot every mountain, crush them into a single missile, and hurl it upon you from on high: he will spare neither his sons nor his daughters, burying you all at once with a vast covering of earth: there will be no escaping into the light: grim darkness will keep you in for ever!"

So she spoke; and they obeyed her out of fear of Zeus' threats. They stopped fighting, set aside their cruel anger, and made an amicable peace. Some of them went up to the sky and others into the sea; others stayed on the land. Meanwhile the intelligent son of Laërtes addressed the warlike Achaeans:

"Stouthearted commanders of the Argives, I now expect you to show which of you are the strongest and most noble. This is the moment of truth. With Ares in our thoughts let us go inside the well-polished horse and bring about an end to this damnable war! Our best hope is to use trickery and deadly guile to sack this great city on whose account we came here and for which we are suffering many troubles far from our native lands. Come then, and fill your minds with valor and noble strength! It happens in battle that when he has no choice but to fight, a lesser but self-confident man will slay a man superior to himself: confidence bolsters the spirit and is far the best

---

211 καθύπερθε Rhodomann: ὕπερθε M
212 ὕμμιν Rhodomann: ἄμμιν M   220 ὀβριμόθυμοι
Köchly: ἀκριτόμυθοι M   224 κε Köchly: τι M
231 ἀμείνονα Rhodomann: ἀμύμονα M

θάρσος, ὅ πέρ τε πέλει πολὺ λώιον ἀνθρώποισιν.
ἀλλ᾽ ἄγ᾽ ἀριστῆες μὲν ἐὺν λόχον ἐντύνασθε·
235 οἱ δ᾽ ἄλλοι Τενέδοιο πρὸς ἱερὸν ἄστυ μολόντες
μίμνετε, εἰς ὅ κεν ἄμμε ποτὶ πτόλιν εἰρύσσωσι
δήιοι ἐλπόμενοι Τριτωνίδι δῶρον ἄγεσθαι.
αἰζηῶν δέ τις ἐσθλός, ὃν οὐ σάφα Τρῶες ἴσασι,
μιμνέτω ἄγχ᾽ ἵπποιο σιδήρεον ἐνθέμενος κῆρ·
240 καί οἱ πάντα μέλοιτο μάλ᾽ ἔμπεδον ὁππόσ᾽ ἔγωγε
πρόσθ᾽ ἐφάμην· καὶ μή τι περὶ φρεσὶν ἄλλο νοήσῃ,
ὄφρα μὴ ἀμφαδὰ Τρωσὶν Ἀχαιῶν ἔργα πέληται."
Ὣς φάτο· τὸν δὲ Σίνων ἀπαμείβετο κύδιμος ἀνὴρ
ἄλλων δειδιότων· μάλα γὰρ μέγα ἔργον ἔμελλεν
245 ἐκτελέειν· τῷ καί μιν ἐυφρονέοντ᾽ ἀνὰ θυμὸν
εὐρὺς ἀγάσσατο λαός· ὁ δ᾽ ἐν μέσσοισιν ἔειπεν·
"Ὦ Ὀδυσεῦ καὶ πάντες Ἀχαιῶν φέρτατοι υἷες,
ἔργον μὲν τόδ᾽ ἔγωγε λιλαιομένοισι τελέσσω,
εἴ τέ μ᾽ ἀεικίζωσι καὶ εἰ πυρὶ μητιόωνται
250 βάλλειν ζωὸν ἐόντα· τὸ γάρ νύ μοι εὔαδε θυμῷ,
ἢ θανέειν δηίοισιν ὑπ᾽ ἀνδράσιν ἢ ὑπαλύξαι
Ἀργείοις μέγα κῦδος ἐελδομένοισι φέροντα."
Ὣς φάτο θαρσαλέως· μέγα δ᾽ Ἀργεῖοι
    κεχάροντο,
καί τις ἔφη· "Ὡς τῷδε θεὸς μέγα θάρσος ἔδωκε
255 σήμερον· οὐ γὰρ πρόσθεν ἔην θρασύς· ἀλλά ἑ
    δαίμων
ὀτρύνει πάντεσσι κακὸν Τρώεσσι γενέσθαι
ἢ νῶιν· νῦν γὰρ καὶ ὀίομαι ἐσσυμένως περ
ἀργαλέου πολέμοιο τέκμωρ εὔδηλον ἔσεσθαι."

thing for mortals. Come on! You leaders must get ready to form the ambush, and everyone else should go to the holy town of Tenedos and wait until the enemy drag us into the city in the belief that they are bringing a gift for Tritonis. And some fine young man unknown to the Trojans should remain near the horse with steely determination in his heart. It will be his task to carry out exactly all my earlier instructions; and he must not for a moment have any other ideas of his own, in case he reveals to the Trojans what the Achaeans are up to!"

So he spoke. It was Sinon, an impressive warrior, who responded when the others were in fear because of the severity of the task he was about to undertake, and the vast army was full of admiration for his cool courage. In their midst he spoke as follows:

"Odysseus and you other foremost sons of the Achaeans: if this is what you wish, I shall perform the task even if they maltreat me and intend to burn me alive: I am determined either to die by enemy hands or to get away when I have brought great glory to the Argives in their hour of need."

The Argives were delighted to hear this valiant speech, and men said: "What valor god has given him today, though in the past he has not been valiant! Some divine power is prompting him to be a bane to all the Trojans—or to us; for no doubt there will soon be a clear conclusion to this cruel war."

---

234 ἐὺν Rhodomann: εὐρὺν M
240 μέλοιτο Rhodomann: μέδοντα M
246 εὐρὺς Köchly: ἠὺς M   254 θάρσος Köchly: κάρτος M
257 καὶ Köchly: om. M

Ὣς ἄρ' ἔφη κατὰ λαὸν ἀρηιφίλων τις Ἀχαιῶν.
260 Νέστωρ δ' αὖθ' ἑτέρωθεν ἐποτρύνων μετέειπε·
"Νῦν χρειώ, φίλα τέκνα, βίης καὶ θάρσεος
ἐσθλοῦ·
νῦν γὰρ τέρμα πόνοιο θεοὶ καὶ ἀμύμονα νίκην
ἧμιν ἐελδομένοισι φίλας ἐς χεῖρας ἄγουσιν.
ἀλλ' ἄγε θαρσαλέως πολυχανδέος ἔνδοθεν ἵππου
265 βαίνετ', ἐπεὶ μερόπεσσι κλέος μέγα θάρσος ὀπάζει.
ὡς ὄφελον μέγα κάρτος ἐμοῖς ἔτι γούνασι κεῖτο,
οἷον ὅτ' Αἴσονος υἱὸς ἔσω νεὸς ὠκυπόροιο
Ἀργῴης καλέεσκεν ἀριστέας, ὁππότ' ἔγωγε
πρῶτος ἀριστήων καταβήμεναι ὁρμαίνεσκον,
270 εἰ μὴ ἄρ' ἀντίθεος Πελίης ἀέκοντά μ' ἔρυκε.
νῦν δέ με γῆρας ἔπεισι πολύστονον· ἀλλ' ἄρα καὶ
ὧς,
ὡς νέον ἡβώων, καταβήσομαι ἔνδοθεν ἵππου
θαρσαλέως· κάρτος δὲ θεὸς καὶ κῦδος ὀπάσσει."
Ὣς φάμενον προσέειπε πάις ξανθοῦ Ἀχιλῆος·
275 "Ὦ Νέστορ, σὺ μέν ἐσσι νόῳ προφερέστατος
ἀνδρῶν
πάντων· ἀλλά σε γῆρας ἀμείλιχον ἀμφιμέμαρφεν
οὐδέ τοι ἔμπεδός ἐστι βίη χατέοντι πόνοιο.
τῶ σε χρὴ Τενέδοιο πρὸς ἠόνας ἀπονέεσθαι·
ἐς δὲ λόχον νέοι ἄνδρες ἔθ' ὑσμίνης ἀκόρητοι
280 βησόμεθ', ὡς σύ, γεραιέ, λιλαιομένοις ἐπιτέλλεις."
Ὣς φάτο· τῷ δ' ἄγχιστα κιὼν Νηλήιος υἱὸς
ἀμφοτέρας οἱ ἔκυσσε χέρας κεφαλήν τ' ἐφύπερθεν,

That is what was said in the warlike Achaean army.
Then on his side Nestor addressed them with these words
of encouragement:

"My dear children, now is the time for strength and
valor: the gods are placing in our own hands the end of
struggling and the glorious victory which we crave. Come
on! Mount valiantly inside the vast horse: valor bestows
great glory on mortal men. If only my limbs still had the
same power and strength as when the son of Aeson[8] sum-
moned the best heroes to crew the swift ship Argo: of all
the heroes I was the keenest to embark, but godlike Pelias
kept me back, against my will.[9] Now miserable old age is
upon me; but even so I shall embark in the horse with the
valor of youth: god will grant me strength and glory!"

To this speech the son of fair-haired Achilles replied:

"Nestor, in wisdom you surpass all men; but you are in
the grip of cruel old age, and you have not the strength for
the work you would like to do. You must go off to the
shores of Tenedos. We young men not yet sated with war
will take part in the ambush: we are eager to obey your
instructions, old man."

So he spoke. The son of Neleus came right up to him
and kissed his forehead and both his hands, because al-

---

[8] Jason

[9] Nestor's uncle, who commanded Jason to fetch the Golden
Fleece. He hoped that the Argonauts would never return.

---

266 ἔτι Köchly: ἐπὶ M   273 κάρτος Pauw: θάρσος M
275 προφερέοι ιωι ος Köchly: προφρονέοι ιερος M

QUINTUS SMYRNAEUS

οὕνεχ' ὑπέσχετο πρῶτος ἐς εὐρέα δύμεναι ἵππον
αὐτός, ὃ δ' αὖτε κέλευε γεραίτερον ἔκτοθι μίμνειν
285 ἄλλοις σὺν Δαναοῖσιν· ἐέλδετο γὰρ πονέεσθαι.
καί ῥά μιν ἰωχμοῖο λιλαιόμενον προσέειπεν·
"Ἐσσὶ πατρὸς κείνοιο βίη καὶ ἐύφρονι μύθῳ
ἀντιθέου Ἀχιλῆος· ἔολπα δὲ σῇσι χέρεσσιν
Ἀργείους Πριάμοιο διαπραθέειν κλυτὸν ἄστυ.
290 ὀψὲ δ' ἄρ' ἐκ καμάτοιο μέγα κλέος ἔσσεται ἡμῖν
πολλὰ πονησαμένοισι κατὰ κλόνον ἄλγεα λυγρά.
ἄλγεα μὲν παρὰ ποσσὶ θεοὶ θέσαν ἀνθρώποισιν,
ἐσθλὰ δὲ πολλὸν ἄπωθε· πόνον δ' ἐς μέσσον
    ἔλασσαν·
τοὔνεκα ῥηιδίη μὲν ἐς ἀργαλέην κακότητα
295 αἰζηοῖσι κέλευθος, ἀνιηρὴ δ' ἐπὶ κῦδος,
μέσφ' ὅτε τις στονόεντα πόνον διὰ ποσσὶ περήσῃ."
Ὣς φάτο· τὸν δ' Ἀχιλῆος ἀμείβετο κύδιμος υἱός·
"Ὦ γέρον, ὡς σύ γ' ἔολπας ἐνὶ φρεσί, τοῦτο
    πέλοιτο
ἡμῖν εὐχομένοισιν, ἐπεὶ πολὺ λώιον οὕτως.
300 εἰ δ' ἑτέρως ἐθέλουσι θεοί, καὶ τοῦτο τετύχθω·
βουλοίμην δ' ὑπ' Ἄρηι ἐυκλειῶς ἀπολέσθαι
ἠὲ φυγὼν Τροίηθεν ὀνείδεα πολλὰ φέρεσθαι."
Ὣς εἰπὼν ὤμοισι κατ' ἄμβροτα θήκατο τεύχη
πατρὸς ἑοῦ· τοὶ δ' αἶψα καὶ αὐτοὶ θωρήχθησαν
305 ἡρώων οἱ ἄριστοι ὅσοις θρασὺς ἔπλετο θυμός.

284 ὃ δ' αὖτε Köchly: ὃν οὔ τι M
292 παρὰ Rhodomann: περὶ M

598

though he had offered to be the first to enter the huge horse, Neoptolemus had told him to stay outside with the other Danaans on account of his age:[10] such was his desire for the work of war. It was this eagerness of his for the fray that Nestor addressed:

"In strength and in wise speech you are the true son of that father of yours, godlike Achilles; and I have high expectations that yours will be the hands that sack Priam's famous city for the Argives. After many pains and troubles from our struggles in battle, we shall exchange weary toil for great glory at last! The gods place suffering right before men's feet, and good things a long way off; hard work they set in between; and so the path to misery and suffering is an easy one for men, while that leading to glory is hard: glory is not reached without first going through painful effort."

So he spoke; and the renowned son of Achilles replied:

"Old man, may our prayers be fulfilled in accordance with your wishes: that would be the best outcome. But if that is not the gods' wish, then so be it: I should prefer to perish gloriously as Ares' victim than to earn bitter reproach by fleeing from Troy!"

With these words he clad his shoulders in the immortal armor of his father; and the best of the heroes, all those with valiant hearts, immediately armed themselves likewise.

[10] Text doubtful.

Τούς μοι νῦν καθ' ἕκαστον ἀνειρομένῳ σάφα,
    Μοῦσαι,
ἔσπεθ' ὅσοι κατέβησαν ἔσω πολυχανδέος ἵππου·
ὑμεῖς γὰρ πᾶσάν μοι ἐνὶ φρεσὶ θήκατ' ἀοιδήν,
πρίν γε μοι ἀμφὶ παρειὰ κατασκίδνασθαι ἴουλον,
310 Σμύρνης ἐν δαπέδοισι περικλυτὰ μῆλα νέμοντι
τρὶς τόσον Ἕρμου ἄπωθεν ὅσον βοόωντος ἀκοῦσαι,
Ἀρτέμιδος περὶ νηὸν Ἐλευθερίῳ ἐνὶ κήπῳ,
οὔρεϊ οὔτε λίην χθαμαλῷ οὔθ' ὑψόθι πολλῷ.
    Πρῶτος μὲν κατέβαινεν ἐς ἵππον κητώεντα
315 υἱὸς Ἀχιλλῆος, σὺν δ' ὁ κρατερὸς Μενέλαος
ἠδ' Ὀδυσεὺς Σθένελός τε καὶ ἀντίθεος Διομήδης·
βῆ δὲ Φιλοκτήτης τε καὶ Ἄντικλος ἠδὲ Μενεσθεύς,
σὺν δὲ Θόας ἐρίθυμος ἰδὲ ξανθὸς Πολυποίτης,
Αἴας τ' Εὐρύπυλός τε καὶ ἰσόθεος Θρασυμήδης,
320 Μηριόνης τε καὶ Ἰδομενεὺς ἀριδεικέτω ἄμφω·
σὺν δ' ἄρ' ἐμμελίης Ποδαλείριος Εὐρύμαχός τε
Τεῦκρός τ' ἀντίθεος καὶ Ἰάλμενος ὀβριμόθυμος,
Θάλπιος Ἀμφίμαχός τε μενεπτόλεμός τε Λεοντεύς·
σὺν δ' Εὔμηλος ἔβη θεοείκελος Εὐρύαλός τε
325 Δημοφόων τε καὶ Ἀμφίλοχος κρατερός τ'
      Ἀγαπήνωρ,
σὺν δ' Ἀκάμας τε Μέγης τε κραταιοῦ Φυλέος υἱός·
ἄλλοι δ' αὖ κατέβαινον ὅσοι ἔσαν ἔξοχ' ἄριστοι,
ὅσσους χάνδανεν ἵππος ἐΰξοος ἐντὸς ἐέργειν.
ἐν δέ σφιν πύματος κατεβήσετο δῖος Ἐπειὸς
330 ὅς ῥα καὶ ἵππον ἔτευξεν· ἐπίστατο δ' ᾧ ἐνὶ θυμῷ
ἠμὲν ἀνῷξαι κείνου πτύχας ἠδ' ἐπερεῖσαι·

Now inform me clearly, Muses, as I ask you to list the names of those who went into that capacious horse. You it was who endowed me with all my song, at a time before down shadowed my cheeks, as I pastured my famous flocks in the land of Smyrna three shouts' distance from the river Hermus around Artemis' temple in the Gardens of Liberty on a hill neither too high nor too low.[11]

The first to enter the monstrous horse was the son of Achilles, and with him went mighty Menelaüs, Odysseus, Sthenelus and godlike Diomedes; Philoctetes, Anticlus and Menestheus, together with stouthearted Thoas, fair-haired Polypoetes, Ajax, Eurypylus, godlike Thrasymedes, and Meriones and Idomeneus, a famous pair; with them went Podalirius of the fine ash-wood spear, Eurymachus, godlike Teucer, and doughty Ialmenus, Thalpius, Amphimachus and Leonteus, resolute in war; also godlike Eumelus, Euryalus, Demophon, Amphilochus and mighty Agapenor, together with Acamas and Meges, son of mighty Phyles; all the other foremost leaders entered, too—as many as that polished horse could contain. The last of their number to enter was divine Epeüs, the one who made the horse, who was familiar with how its trap doors opened and closed: that was the reason for his en-

---

[11] On these lines see p. x. The Gardens of Liberty are not mentioned by any other extant author or in inscriptions from Smyrna.

---

309 γε μοι Hermann: μοι M
323 Ἀμφίμαχός Vian: ἀντί- M
325 Ἀμφίλοχος Vian: -μαχος M

τοὔνεκα δὴ πάντων βῆ δεύτατος. εἴρυσε δ' εἴσω
κλίμακας ἧς ἀνέβησαν· ὃ δ' αὖ μάλα πάντ'
    ἐπερείσας
αὐτοῦ πὰρ κληῖδι καθέζετο· τοὶ δὲ σιωπῇ
335 πάντες ἔσαν μεσσηγὺς ὁμῶς νίκης καὶ ὀλέθρου.
    Οἳ δ' ἄλλοι νήεσσιν ἐπέπλεον εὐρέα πόντον
ἃς κλισίας πρήσαντες, ὅπῃ πάρος αὐτοὶ ἴαυον.
τοῖσι δὲ κοιρανέοντε δύω κρατερόφρονε φῶτε
σήμαινον, Νέστωρ τε καὶ αἰχμητὴς Ἀγαμέμνων·
340 τοὺς δὲ καὶ ἐλδομένους καταβήμεναι ἔνδοθεν ἵππου
Ἀργεῖοι κατέρυξαν, ἵν' ἐν νήεσσι μένοντες
ἄλλοις σημαίνωσιν, ἐπεὶ πολὺ λώιον ἄνδρες
ἔργῳ ἐποίχονται, ὁπότ' εἰσορόωσιν ἄνακτες·
τοὔνεκ' ἄρ' ἔκτοθι μίμνον ἀριστῆές περ ἐόντες.
345 οἳ δὲ θοῶς ἀφίκοντο πρὸς ἠιόνας Τενέδοιο·
εὐνὰς δ' ἔνθ' ἔβαλον κατὰ βένθεος· ἐκ δ' ἔβαν αὐτοὶ
νηῶν ἐσσυμένως· ἀπὸ δ' ἔκτοθι πείσματ' ἔδησαν
ἠιόνων· αὐτοὶ δὲ παρ' αὐτόθι μίμνον ἔκηλοι
δέγμενοι, ὁππότε πυρσὸς ἐελδομένοισι φανείη.
350 οἳ δ' ἄρ' ἐν ἵππῳ ἔσαν δηίων σχεδόν, ἄλλοτε
    μέν που
φθεῖσθαι οἰόμενοι, ὁτὲ δ' ἱερὸν ἄστυ δαΐξαι·
καὶ τὰ μὲν ἐλπομένοισιν ἐπήλυθεν Ἠριγένεια.
    Τρῶες δ' εἰσενόησαν ἐπ' ἠόσιν Ἑλλησπόντου
καπνὸν ἔτ' ἀίσσοντα δι' ἠέρος· οὐδ' ἄρα νῆας
355 δέρκονθ' αἵ σφιν ἔνεικαν ἀφ' Ἑλλάδος αἰνὸν
    ὄλεθρον.
γηθόσυνοι δ' ἄρα πάντες ἐπέδραμον αἰγιαλοῖσι

tering last. He pulled up the ladders by which they had mounted, closed everything securely, and sat down by the bolt. They all kept silent, poised midway between triumph and disaster.

Meanwhile the rest set fire to the huts, their former sleeping quarters, and set sail in their ships across the broad sea. Two stouthearted warriors, Nestor and the spearman Agamemnon, were the leaders who commanded them; both had hoped to enter the horse, but the Argives had prevented this, since men perform their tasks much better if overseen by their masters: and so they had stayed outside the horse, though they were among the noblemen.[12] Those in the ships promptly arrived at the shores of Tenedos, dropped their anchor stones to the sea bottom, quickly disembarked from their ships, fixed their mooring ropes to the shore, and stayed waiting there quietly until the expected beacon should appear. Those in the horse meanwhile were close to the enemy, alternately expecting to perish and to attack the sacred city; and they were in this state of anxious anticipation when Erigeneia appeared.

The Trojans noticed the smoke still rising into the air on the shores of the Hellespont; and they saw that the ships which had brought them death and destruction from Hellas were no longer there. Joyfully they all ran to the

---

[12] This seems to contradict what was said of Nestor above.

333 ἐπερείσας Rhodomann: ἐπιέρσας M
334 πὰρ Rhodomann· περὶ M
337 ἇς Rhodomann: ἐς M
343 ἄνακτες Spitzner: -τας M

τεύχε' ἐφεσσάμενοι· ἔτι γὰρ δέος ἄμπεχε θυμόν.
ἵππον δ' εἰσενόησαν ἐΰξοον, ἀμφὶ δ' ἄρ' αὐτῷ
θάμβεον ἑσταότες· μάλα γὰρ μέγα ἔργον ἐτύχθη.
360 ἀγχόθι δ' αὖτε Σίνωνα δυσάμμορον εἰσενόησαν,
καί μιν ἀνειρόμενοι Δαναῶν ὕπερ ἄλλοθεν ἄλλος
μέσσον ἐκυκλώσαντο περισταδόν· ἀμφὶ δὲ μύθοις
μειλιχίοις εἴροντο πάρος, μετέπειτα δ' ὁμοκλῇ
σμερδαλέῃ, καὶ πολλὰ δολόφρονα φῶτα δάιζον
365 πολλὸν ἐπὶ χρόνον αἰέν. ὁ δ' ἔμπεδον ἠΰτε πέτρη
μίμνεν ἀτειρέα γυῖ' ἐπιειμένος. ὀψὲ δ' ἄρ' αὐτοῦ
οὔαθ' ὁμῶς καὶ ῥῖνας ἀπὸ μελέων ἐτάμοντο
πάμπαν ἀεικίζοντες, ὅπως νημερτέα εἴπῃ,
ὅππῃ ἔβαν Δαναοί, σὺν νήεσιν ἠὲ καὶ ἵππος
370 ἔνδον ἐρητύεσκεν. ὁ δ' ἐνθέμενος φρεσὶ κάρτος
λώβης οὐκ ἀλέγιζεν ἀεικέος, ἀλλ' ἐνὶ θυμῷ
ἔτλη καὶ πληγῇσι καὶ ἐν πυρὶ τειρόμενός περ
ἀργαλέως· Ἥρη γὰρ ἐνέπνευσεν μέγα κάρτος.
τοῖα δ' ἄρ' ἐν μέσσοισι δολοφρονέων ἀγόρευεν·
375 "Ἀργεῖοι μὲν νηυσὶν ὑπὲρ πόντοιο φέβονται
μακρῷ ἀκηδήσαντες ἐπὶ πτολέμῳ καὶ ἀνίῃ.
Κάλχαντος δ' ἰότητι δαΐφρονι Τριτογενείῃ
ἵππον ἐτεκτήναντο, θεῆς χόλον ὄφρ' ἀλέωνται
πάγχυ κοτεσσαμένης Τρώων ὕπερ. ἀμφὶ δὲ νόστου
380 ἐννεσίῃς Ὀδυσῆος ἐμοὶ μενέαινον ὄλεθρον,
ὄφρά με δῃώσωσι δυσηχέος ἄγχι θαλάσσης
δαίμοσιν εἰναλίοις. ἐμὲ δ' οὐ λάθον, ἀλλ' ἀλεγεινὰς
σπονδάς τ' οὐλοχύτας τε μάλ' ἐσσυμένως ὑπαλύξας
ἀθανάτων βουλῇσι παραὶ ποσὶ κάππεσον ἵππου·

beach—after putting on their armor, being still in the grip of fear. They observed the well-polished horse and stood round it astonished by its colossal size. Then they observed the wretched Sinon nearby. They surrounded him in a ring and directed questions at him from all sides about the Danaans. Gentle questioning gave way to violent threats, and they subjected the crafty hero to continual and prolonged torture; but he held firm with stony resolution, and his limbs continued tough. Eventually they amputated his nose and ears and mistreated him in every way to make him tell them truly where the Danaans had gone—whether they were on board the ships or were hidden inside the horse. But he was determined to resist, and he made light of this vile mistreatment, dogged and resolute even when cruelly tortured with blows and fire; for Hera had inspired him with great resolve. And in the midst of them all he made this crafty speech:

"The Argives are in their ships fleeing over the sea: they are tired of this long war and its sufferings. At Calchas' suggestion they have built this horse for warlike Tritogeneia, to avert the anger the goddess feels on behalf of the Trojans. To secure their return they were planning to take Odysseus' advice to kill me by the sounding sea as a victim for the gods of the brine. But I realized what they were about: I quickly sneaked away from their cruel libations and first-offerings of barley, and by the will of the immortal gods I threw myself down at the feet of the

---

380 ἐννεσίης Spitzner: -ίη M

385 οἳ δὲ καὶ οὐκ ἐθέλοντες ἀναγκαίῃ μ' ἐλίποντο,
ἀζόμενοι μεγάλοιο Διὸς κρατερόφρονα κούρην."
    Ὣς φάτο κερδοσύνῃσι καὶ οὐ κάμεν ἄλγεσι
        θυμόν·
ἀνδρὸς γὰρ κρατεροῖο κακὴν ὑποτλῆναι ἀνάγκην.
τῷ δ' οἳ μὲν πεπίθοντο κατὰ στρατόν, οἳ δ' ἄρ'
        ἔφαντο
390 ἔμμεναι ἠπεροπῆα πολύτροπον, οἷς ἄρα βουλὴ
ἥνδανε Λαοκόωντος· ὃ γὰρ πεπνυμένα βάζων
φῆ δόλον ἔμμεναι αἰνὸν ὑπ' ἐννεσίῃσιν Ἀχαιῶν,
πάντας δ' ὀτρύνεσκε θοῶς ἐμπρησέμεν ἵππον,
ἵππον δουράτεον καὶ γνώμεναι εἴ τι κέκευθε.
395   Καί νύ κέ οἱ πεπίθοντο καὶ ἐξήλυξαν ὄλεθρον,
εἰ μὴ Τριτογένεια κοτεσσαμένη περὶ θυμῷ
αὐτῷ καὶ Τρώεσσι καὶ ἄστεϊ γαῖαν ἔνερθε
θεσπεσίην ἐλέλιξεν ὑπαὶ ποσὶ Λαοκόωντος.
τῷ δ' ἄφαρ ἔμπεσε δεῖμα, τρόμος δ' ἀμφέκλασε γυῖα
400 ἀνδρὸς ὑπερθύμοιο· μέλαινα δέ οἱ περὶ κρατὶ
νὺξ ἐχύθη· στυγερὸν δὲ κατὰ βλεφάρων πέσεν
        ἄλγος,
σὺν δ' ἔχεεν λασίῃσιν ὑπ' ὀφρύσιν ὄμματα φωτός·
γλῆναι δ' ἀργαλέῃσι πεπαρμέναι ἀμφ' ὀδύνῃσι
ῥιζόθεν ἐκλονέοντο· περιστρωφῶντο δ' ὀπωπαὶ
405 τειρόμεναι ὑπένερθεν· ἄχος δ' ἀλεγεινὸν ἵκανεν
ἄχρι καὶ ἐς μήνιγγας ἰδ' ἐγκεφάλοιο θέμεθλα.
τοῦ δ' ὀτὲ μὲν φαίνοντο μεμιγμένοι αἵματι πολλῷ
ὀφθαλμοί, ὀτὲ δ' αὖτε δυσαλθέα γλαυκιόωντες·

horse. Reluctantly they had to leave me, out of respect for
the stouthearted daughter of mighty Zeus."

Such was his cunning speech. The agony did not wear
down his spirit: a strong man is able to withstand evils that
can not be avoided. Some in the army were persuaded, but
others said he was a wily deceiver; these were of Laocoön's
opinion, who wisely declared it was a cruel trick contrived
by the Achaeans: his advice to them all was to set fire to
the horse, that horse made of wood, without delay, and to
find out if there was anything hidden inside.

They would have been persuaded by him and escaped
death, had not Tritogeneia, her heart kindling with wrath
against the man himself, the Trojans, and their city, made
the vast earth quake beneath Laocoön's feet. He was sud-
denly seized with terror, and a fit of trembling enfeebled
his limbs, though he had been sure of himself before.
His head felt enveloped in the blackness of night;[13] terri-
ble pain descended on his eyelids and confused the eyes
under the man's shaggy brows; his eyeballs were pierced
with cruel agony and agitated from their roots, and they
began to roll, affected by the pain inside; and this cruel
distress reached as far as the membranes of the brain and
to its very base. At times his eyes seemed much suffused
with blood, and at others to be covered with an incurable

---

[13] The symptoms described are those of congestive glaucoma.
Cf. 1.76–82.

---

393 ἐμπρησέμεν Rhodomann: ἐμπρῆσαι μὲν M
394 γνώμεναι Rhodomann: γνῶναι M

πολλάκι δ' ἔρρεον, οἷον ὅτε στυφελῆς ἀπὸ πέτρης
410 εἴβεται ἐξ ὀρέων νιφετῷ πεπαλαγμένον ὕδωρ.
μαινομένῳ δ' ἤικτο καὶ ἔδρακε διπλόα πάντα
αἰνὰ μάλα στενάχων. καὶ ἔτι Τρώεσσι κέλευεν
οὐδ' ἀλέγιζε μόγοιο· φάος δέ οἱ ἐσθλὸν ἄμερσε
δῖα θεή· λευκαὶ δ' ἄρ' ὑπὸ βλέφαρ' ἔσταν ὀπωπαὶ
415 αἵματος ἐξ ὀλοοῖο. περιστενάχιζε δὲ λαὸς
οἰκτείρων φίλον ἄνδρα καὶ ἀθανάτην Ἀγελείην
ἐρριγὼς μὴ δή τι παρήλιτον ἀφραδίῃσι.
καί σφιν ἐς αἰνὸν ὄλεθρον ἀνεγνάμφθη νόος ἔνδον,
οὕνεκα λωβήσαντο δέμας μογεροῖο Σίνωνος,
420 ἐλπόμενοι κατὰ θυμὸν ἐτήτυμα πάντ' ἀγορεύσειν·
τοὔνεκα προφρονέως μιν ἄγον ποτὶ Τρώιον ἄστυ
ὀψέ περ οἰκτείραντες. ἀγειρόμενοι δ' ἄρα πάντες
σειρὴν ἀμφεβάλοντο θοῶς περιμήκεϊ ἵππῳ
δησάμενοι καθύπερθεν, ἐπεί ῥά οἱ ἐσθλὸς Ἐπειὸς
425 ποσσὶν ὑπὸ βριαροῖσιν ἐύτροχα δούρατ' ἔθηκεν,
ὄφρά κεν αἰζηοῖσιν ἐπὶ πτολίεθρον ἕπηται
ἑλκόμενος Τρώων ὑπὸ χείρεσιν. οἱ δ' ἅμα πάντες
εἷλκον ἐπιβρίσαντες ἀολλέες, ἠύτε νῆα
ἕλκωσιν μογέοντες ἔσω ἁλὸς ἠχηέσσης
430 αἰζηοί, στιβαραὶ δὲ περιστενάχουσι φάλαγγες
τριβόμεναι, δεινὸν δὲ τρόπις περιτετριγυῖα
ἀμφὶς ὀλισθαίνουσα κατέρχεται εἰς ἁλὸς οἶδμα·
ὣς οἵ γε σφίσι πῆμα ποτὶ πτόλιν ἔργον Ἐπειοῦ

409 ὅτε . . . ἀπὸ Gerhard: ἀπὸ . . . ὅτε M
410 εἴβεται Spitzner: εἴβεεν M

608

glaucoma; and often they would run just as water mingled with frozen snow trickles down from some rough mountain crag. He seemed like a madman; he saw double; and his groans were truly dreadful. Still he kept telling the Trojans what to do, with no thought for his suffering; but then the divine goddess took the good light from him, and after the critical bleeding the eyes beneath their lids became fixed and white. The people all around groaned out of pity for that man whom they loved well, but they also quailed with fear in case they had thoughtlessly offended immortal Ageleia. Their thoughts became bent on a course leading to their own destruction, because they had mistreated the body of the wretched Sinon in hopes of his telling them the whole truth. And so they willingly led him to the city of Troy, feeling pity for him at last. Then they all assembled together. They quickly threw a rope over the huge horse and attached it high up. Noble Epeüs had actually fitted rounded wooden wheels under its massive feet, so that it could follow along behind the men into their city, dragged by the hands of the Trojans. The whole mass of them exerted themselves as they dragged it along, just as men struggle to drag a ship into the sounding sea as its weight pressing on the solid rollers makes them creak, and the keel squeaks horribly as it slides down into the sea swell: just so they united their efforts as they pulled Epeüs'

---

414 ἄρ' Hermann: om. M
417 παρήλιτον Rhodomann, Wifstrand: -τεν M
420 ἀγορεύσειν Zimmermann: -εύειν M
421 ἄγον Rhodomann: ἄγοντο M
430 περιστενάχουσι Rhodomann: -οντο M

πνασυδίῃ μογέοντες ἀνείρυον. ἀμφὶ δ' ἄρ' αὐτῷ
435 πολλὸν ἄδην στεφέων ἐριθηλέα κόσμον ἔθεντο·
αὐτοὶ δ' ἐστέψαντο κάρη· μέγα δ' ἤπυε λαὸς
ἀλλήλοις ἐπικεκλομένων. ἐγέλασσε δ' Ἐννὼ
δερκομένη πολέμοιο κακὸν τέλος· ὑψόθι δ' Ἥρη
τέρπετ', Ἀθηναίη δ' ἐπεγήθεεν. οἳ δὲ μολόντες
440 ἄστυ ποτὶ σφέτερον μεγάλης κρήδεμνα πόληος
λυσάμενοι λυγρὸν ἵππον ἐσήγαγον· αἱ δ' ὀλόλυξαν
Τρωιάδες, πᾶσαι δὲ περισταδὸν εἰσορόωσαι
θάμβεον ὄβριμον ἔργον ὃ δή σφισιν ἔκρυφε πῆμα.
    Λαοκόων δ' ἔτ' ἔμιμνεν ἐποτρύνων ἑτάροισιν
445 ἵππον ἀμαλδῦναι μαλερῷ πυρί· τοὶ δέ οἱ οὔ τι
πείθοντ', ἀθανάτων γὰρ ὑποτρομέεσκον ὁμοκλήν.
τῷ δ' ἐπὶ κύντερον ἄλλο θεὰ μεγάθυμος Ἀθήνη
δυστήνοις τεκέεσσιν ἐμήδετο Λαοκόωντος.
δὴ γάρ που πέλεν ἄντρον ὑπὸ στυφελώδεϊ πέτρῃ
450 ἠερόεν, θνητοῖσιν ἀνέμβατον, ᾧ ἔνι θῆρες
σμερδαλέοι ναίεσκον ἔτ' οὐλομένοιο γενέθλης
Τυφῶνος, νήσοιο κατὰ πτύχας ἥν τε Καλύδνην
λαοὶ ἐπικλείουσιν, ἔσω ἁλὸς ἀντία Τροίης.
ἔνθεν ἀναστήσασα βίην καλέεσκε δρακόντων
455 ἐς Τροίην· οἳ δ' αἶψα θεῆς ὕπο κινηθέντες
νῆσον ὅλην ἐτίναξαν· ἐπεσμαράγησε δὲ πόντος
νισομένων καὶ κῦμα διίστατο· τοὶ δ' ἐφέροντο
αἰνὸν λιχμώοντες· ἔφριξε δὲ κήτεα πόντου.
ἀμφὶ δ' ἄρα στενάχοντο μέγα Ξάνθοιο θύγατρες
460 Νύμφαι καὶ Σιμόεντος, ἀπ' Οὐλύμποιο δὲ Κύπρις
ἄχνυτο. τοὶ δ' ἄφαρ ἷξαν ὅπῃ θεὸς ὀτρύνεσκε,

construction, a bane for themselves, toward their city.
They decorated it all around with floral wreaths and
crowned their own heads; and great shouts arose from the
people as they urged one another on. Enyo smiled to see
this fatal conclusion to the war; up in heaven Hera was
delighted, and Athena rejoiced. When they reached their
city, they opened up a breach in the great encircling walls
and brought the deadly horse inside. The women of Troy
all raised a cry and stood around the horse, looking in
wonderment at the mighty work which hid their bane.

Laocoön still persisted in urging his companions to de-
stroy the horse with blazing fire; but they did not obey
him, through fear of threats from the immortal gods. Then
the great-spirited goddess Athena devised an even more
horrible punishment for Laocoön's wretched sons. Some-
where below a rugged rock there was a misty cavern; no
mortal could set foot there, but it was inhabited by savage
beasts, surviving spawn of dread Typhon; and this cave was
down in the glens of an island people call Calydna which
lies in the sea opposite Troy. There she roused two mighty
serpents and dispatched them to Troy. Stirred to action by
the goddess, they immediately made the whole island
quake; the sea crashed as they moved along, and the waves
parted; and as they made their way, dread tongues flicker-
ing, the beasts of the sea shuddered with horror. The
Nymphs, daughters of Xanthus and Simoïs, set up a great
wailing, and on Olympus Cypris was stricken with grief.
Soon they came where the goddess had dispatched them,

---

443 δή Platt: δέ M   445 τοι Rhodomann, Bonitz: τῷ M
453 ἐπικλείουσιν Köchly: -κλύ(σ)- M
456 ὅλην Spitzner: ἑὴν M

QUINTUS SMYRNAEUS

θήγοντες βλοσυρῇσι γενειάσι λοιγὸν ὀδόντων
δυστήνοις ἐπὶ παισί. κακὴ δ᾽ ἐπενίσετο φύζα
Τρῶας, ὅτ᾽ εἰσενόησαν ἀνὰ πτόλιν αἰνὰ πέλωρα·
465 οὐδέ τις αἰζηῶν, οὐδ᾽ εἰ μένος ἄτρομος ἦεν,
μεῖναι ἔτλη· πάντας γὰρ ἀμείλιχον ἄμπεχε δεῖμα
θήρας ἀλευομένους, ὀδύνη δ᾽ ἔχεν. ἔνθα γυναῖκες
οἴμωζον καί πού τις ἑῶν ἐπελήσατο τέκνων
αὐτὴ ἀλευομένη στυγερὸν μόρον. ἀμφὶ δὲ Τροίη
470 ἔστεν᾽ ἐπεσσυμένων. πολλοὶ δ᾽ ἄφαρ εἰς ἓν ἰόντες
γυῖα περιδρύφθησαν· ἐνεστείνοντο δ᾽ ἀγυιαῖς
ἀμφιπεριπτώσσοντες. ἔλειπτο δὲ μοῦνος ἄπωθε
Λαοκόων ἅμα παισί· πέδησε γὰρ οὐλομένη Κὴρ
καὶ θεός. οἳ δέ οἱ υἷας ὑποτρομέοντας ὄλεθρον
475 ἀμφοτέρους ὀλοῇσιν ἀνηρείψαντο γένυσσι
πατρὶ φίλῳ ὀρέγοντας ἑὰς χέρας· οὐδ᾽ ὅ γ᾽ ἀμύνειν
ἔσθενεν· ἀμφὶ δὲ Τρῶες ἀπόπροθεν εἰσορόωντες
κλαῖον ὑπὸ κραδίῃσι τεθηπότες. οἳ δ᾽ ἄρ᾽ Ἀθήνης
προφρονέως τελέσαντες ἀπεχθέα Τρωσὶν ἐφετμὴν
480 ἄμφω ἀϊστώθησαν ὑπὸ χθόνα· τῶν δ᾽ ἔτι σῆμα
φαίνεθ᾽, ὅπου κατέδυσαν ἐς ἱερὸν Ἀπόλλωνος
Περγάμῳ ἐν ζαθέῃ. προπάροιθε δὲ Τρώιοι υἷες
παίδων Λαοκόωντος ἀμείλιχα δῃωθέντων
τεῦξαν ἅμ᾽ ἀγρόμενοι κενεὸν τάφον ᾧ ἔπι δάκρυ
485 χεῦε πατὴρ ἀλαοῖσιν ὑπ᾽ ὄμμασιν· ἀμφὶ δὲ μήτηρ
πολλὰ κινυρομένη κενεῷ ἐπαύτεε τύμβῳ
ἐλπομένη τι καὶ ἄλλο κακώτερον· ἔστενε δ᾽ ἄτην
ἀνέρος ἀφραδίῃ, μακάρων δ᾽ ὑπεδείδιε μῆνιν.

whetting the terrible fangs in their fearsome jaws as they made for the children. Blind panic overcame the Trojans when they saw those dreadful creatures in the city, and not even the strongest and most fearless among the young men dared to stand his ground: cruel terror enveloped them all as they tried to avoid those creatures, and they were in the grip of suffering.[14] The women began to wail, and some even forgot their children as they tried to avoid their own horrid fate. The whole of Troy wailed as they approached. As multitudes suddenly crowded together, limbs were bruised, and the streets were overcrowded with people desperately trying to find a hiding place. Laocoön was left isolated with his children, prevented from moving by deadly Doom and by the goddess. The serpents seized both his sons in their murderous jaws as they stretched out their hands to their father, terrified of dying; but he could not help them; and the shocked Trojans watching from a distance could only weep. Having carried out Athena's cruel orders with relish, the serpents disappeared from sight under the earth; though there was still a trace where they slid down in Apollo's temple in holy Pergamus. Before it the sons of the Trojans jointly built a cenotaph for Laocoön's cruelly murdered sons. At it their father shed tears from his sightless eyes, and beside him their mother howled and moaned round that empty tomb: she had a presentiment that even worse was to come as she lamented the doom brought about by her husband's folly, fearful of the wrath of the blessed gods. Just as when

---

14 Text uncertain.

---

484 ᾧ Köchly: καὶ M   485 ὑπ' Pauw: ἐπ' M

ὡς δ᾽ ὅτ᾽ ἐρημαίην περιμύρεται ἀμφὶ καλιὴν
490 πολλὰ μάλ᾽ ἀχνυμένη κατὰ δάσκιον ἄγκος ἀηδών,
ἧς ἔτι νήπια τέκνα, πάρος κελαδεινὸν ἀείδειν,
δάμναθ᾽ ὑπὸ γναθμοῖσι μένος βλοσυροῖο δράκοντος,
μητέρι δ᾽ ἄλγεα θῆκε, καὶ ἄσπετον ἀσχαλόωσα
μύρεται ἀμφὶ δόμον κενεὸν μάλα κεκληγυῖα·
495 ὣς ἥ γε στενάχιζε λυγρὸν τεκέων ἐπ᾽ ὀλέθρῳ
μυρομένη κενεῷ περὶ σήματι· σὺν δέ οἱ ἄλλο
πῆμα μάλ᾽ ἀργαλέον πόσιος πέλεν ἀμφ᾽ ἀλαοῖο.

Καί ῥ᾽ ἣ μὲν φίλα τέκνα καὶ ἀνέρα κωκύεσκε,
τοὺς μὲν ἀποφθιμένους, τὸν δ᾽ ἄμμορον ἠελίοιο·
500 Τρῶες δ᾽ ἀθανάτοισιν ἐπεντύνοντο θυηλὰς
λείβοντες μέθυ λαρόν, ἐπεί σφισιν ἦτορ ἐώλπει
λευγαλέου πολέμοιο βαρὺ σθένος ἐξυπαλύξειν.
ἱερὰ δ᾽ οὐ καίοντο, πυρὸς δ᾽ ἐσβέννυτ᾽ ἀυτμή,
ὄμβρου ὅπως καθύπερθε δυσηχέος ἐσσυμένοιο·
505 καπνὸς δ᾽ αἱματόεις ἀνεκήκιε· μῆρα δὲ πάντα
πῖπτε χαμαὶ τρομέοντα· κατηρείποντο δὲ βωμοί·
σπονδαὶ δ᾽ αἷμα γένοντο· θεῶν δ᾽ ἐξέρρεε δάκρυ,
καὶ νηοὶ δεύοντο λύθρῳ· στοναχαὶ δ᾽ ἐφέροντο
ἔκποθεν ἀπροφάτοιο· περισσείοντο δὲ μακρὰ
510 τείχεα καὶ πύργοι μεγάλ᾽ ἔκτυπον, † ὡς ἐτεόν περ †·

* * *

αὐτόματοι δ᾽ ἄρ᾽ ὀχῆες ἀνωίγνυντο πυλάων
αἰνὸν κεκλήγοντες, ἐπεστενάχοντο δὲ λυγρὸν
ἐννύχιοι ὄρνιθες ἐρημαῖον βοόωντες·
ἄστρα δὲ πάντ᾽ ἐφύπερθε θεοδμήτοιο πόληος
515 ἀχλὺς ἀμφεκάλυψε καὶ ἀννεφέλου περ ἐόντος

a grief-stricken nightingale laments around her empty nest in a shady glen because her young children have been killed by the jaws of a fearsome serpent before they could sing their tuneful song; the mother, made miserable, laments around her empty dwelling with plaintive cries: just so did she lament around that empty tomb, groaning pitifully at the death of her children. And at the same time she was sorely troubled at the blindness of her husband.

As she kept lamenting her dear children slain and her husband deprived of the sunlight, the Trojans were preparing sacrifices to the immortal gods and pouring them libations of sweet wine, hoping in their hearts that they were about to escape the oppressive weight of horrid war. But the offerings would not burn; the fire's force was extinguished as if by a deluge of rain from above; the smoke that rolled upward was bloodred; all the offerings of thigh meat fell quivering to the ground; the altars collapsed; the libations turned to blood; the gods' statues wept, and their temples were defiled with gore; a mysterious sobbing could be heard; the long walls shook and their great towers rumbled as if they were really ‹being attacked›;[15] the bars of the gates opened of their own accord with a dreadful grinding noise; night birds' lonely cries added to the mournful sounds; all the stars up above the god-built city were enveloped in a mist, though there was not

[15] One line missing

---

496 κενεῷ Pauw: τεκέων M
497 ἀλαοῖο Rhodomann: ὀλ- M
498 ἦ Tychsen: οἱ M   post 510 lac. stat. Pauw
514 θεοδμήτοιο Köchly: -κμή- M

οὐρανοῦ αἰγλήεντος· ἀπαναίνοντο δὲ δάφναι
πὰρ νηῷ Φοίβοιο πάρος θαλεραί περ ἐοῦσαι·
ἐν δὲ λύκοι καὶ θῶες ἀναιδέες ὠρύσαντο
ἔντοσθεν πυλέων. μάλα μυρία δ' ἄλλ' ἐφαάνθη
520 σήματα Δαρδανίδῃσι καὶ ἄστεϊ πῆμα φέροντα·
ἀλλ' οὐ δεῖμ' ἀλεγεινὸν ἐπὶ Τρώων φρένας ἷξε
δερκομένων ἀλεγεινὰ τεράατα πάντα κατ' ἄστυ·
Κῆρες γὰρ πάντων νόον ἔκβαλον, ὄφρ' ἐπὶ δαιτὶ
πότμον ἀναπλήσωσιν ὑπ' Ἀργείοισι δαμέντες.
525   Οἴη δ' ἔμπεδον ἦτορ ἔχεν πινυτόν τε νόημα
Κασσάνδρη, τῆς οὔ ποτ' ἔπος γένετ' ἀκράαντον,
ἀλλ' ἄρ' ἐτήτυμον ἔσκεν, ἀκούετο δ' ἔκ τινος αἴσης
ὡς ἀνεμώλιον αἰέν, ἵν' ἄλγεα Τρωσὶ γένηται·
ἤ ῥ' ὅτε σήματα λυγρὰ κατὰ πτόλιν εἰσενόησεν
530 εἰς ἓν ἅμ' ἀΐσσοντα, μέγ' ἴαχεν, εὖτε λέαινα
ἥν ῥά τ' ἐνὶ ξυλόχοισιν ἀνὴρ λελιημένος ἄγρης
οὐτάσῃ ἠὲ βάλῃ, τῆς δ' ἐν φρεσὶ μαίνεται ἦτορ

* * *

πάντῃ ἀν' οὔρεα μακρά, πέλει δέ οἱ ἄσχετος ἀλκή·
ὣς ἄρα μαιμώωσα θεοπρόπον ἔνδοθεν ἦτορ
535 ἤλυθεν ἐκ μεγάροιο· κόμαι δέ οἱ ἀμφεκέχυντο
ὤμοις ἀργυφέοισι μετάφρενον ἄχρις ἰοῦσαι·
ὄσσε δέ οἱ μάρμαιρεν ἀναιδέα· τῆς δ' ὑπὸ δειρή,
ἐξ ἀνέμων ἄτε πρέμνον, ἄδην ἐλελίζετο πάντῃ.
καί ῥα μέγα στονάχησε καὶ ἴαχε παρθένος ἐσθλή·

517 νηῷ Dausque: -ῶν m: -ὸν m
519 ἄλλ' ἐφαάνθη Tychsen: ἀνεφαάνθη M

a cloud in the glittering heavens; the laurel trees beside Phoebus' temple, green and flourishing until then, became withered; wolves and jackals boldly came to howl inside the city itself; and countless other signs appeared portending ruin for the sons of Dardanus and their city. But as they witnessed all these dreadful portents throughout their city, the Trojans' minds were touched by no dreadful fear: the spirits of doom had removed the good sense from every one of them, so that after the banquet they would fulfill their fate as victims of the Argives.

One woman alone kept her spirit unaltered and her mind sound—Cassandra. Nothing she said was ever unfulfilled, all she said was true; and yet her words were destined always to be wasted on the winds, so that the Trojans would suffer.[16] When she saw this conjunction of sinister signs throughout the city, she uttered a howl like a lioness stabbed or speared by a keen hunter in the thickets: her heart and mind are maddened ⟨as she rushes⟩[17] all over the high hills with unstoppable force: just so the prophetic heart within her was raging as she came out of the palace. Her hair streamed over her white shoulders and down her back; it was not with a demure look that her eyes gleamed; and her neck rolled this way and that like a tree in the wind. That noble maiden gave a deep groan and cried out these words:

[16] Apollo had made her a prophetess who would never be believed.　　[17] One line missing.

---

528 αἰέν Bonitz: ἦεν M
532 μαίνεται Rhodomann: μαρν- M
post 532 lac. stat. Köchly

540   "Ἆ δειλοί, νῦν βῆμεν ὑπὸ ζόφον· ἀμφὶ γὰρ ἡμῖν
       ἔμπλειον πυρὸς ἄστυ καὶ αἵματος ἠδὲ καὶ οἴτου
       λευγαλέου· πάντῃ δὲ τεράατα δακρυόεντα
       ἀθάνατοι φαίνουσι, καὶ ἐν ποσὶ κείμεθ᾽ Ὀλέθρου.
       σχέτλιοι, οὐδέ τι ἴστε κακὸν μόρον, ἀλλ᾽ ἄρα
            πάντες
545   χαίρετε ἀφραδέοντες. ὁ γὰρ μέγα πῆμα κέκευθεν·
       ἀλλά μοι οὐ πείσεσθ᾽, οὐδ᾽ εἰ μάλα πόλλ᾽
            ἀγορεύσω,
       οὕνεκ᾽ Ἐριννύες ἄμμι γάμου κεχολωμέναι αἰνοῦ
       ἀμφ᾽ Ἑλένης καὶ Κῆρες ἀμείλιχοι ἀίσσουσι
       πάντῃ ἀνὰ πτολίεθρον· ἐπ᾽ εἰλαπίνῃ δ᾽ ἀλεγεινῇ
550   δαίνυσθ᾽ ὕστατα δόρπα κακῷ πεφορυγμένα λύθρῳ
       ἤδη ἐπιψαύοντες ὁμὴν ὁδὸν εἰδώλοισι."

                        * * *

       καί τις κερτομέων ὀλοφώιον ἔκφατο μῦθον·
       "Ὦ κούρη Πριάμοιο, τί ἦ νύ σε μάργος ἀνώγει
       γλῶσσα κακοφραδίη τ᾽ ἀνεμώλια πάντ᾽ ἀγορεύειν;
555   οὐδέ σε παρθενικὴ καὶ ἀκήρατος ἀμπέχει αἰδώς,
       ἀλλά σε λύσσ᾽ ὀλοὴ περιδέδρομε· τῶ νύ σε πάντες
       αἰὲν ἀτιμάζουσι βροτοὶ πολύμυθον ἐοῦσαν.
       ἔρρε καὶ Ἀργείοισι κακὴν προτιόσσεο φήμην
       ἠδ᾽ αὐτῇ· τάχα γάρ σε καὶ ἀργαλεώτερον ἄλγος
560   μίμνει Λαοκόωντος ἀναιδέος· οὐ γὰρ ἔοικεν
       ἀθανάτων φίλα δῶρα δαϊζέμεν ἀφραδέοντα."
       Ὣς ἄρ᾽ ἔφη Τρώων τις ἀνὰ πτόλιν· ὣς δὲ καὶ
            ἄλλοι
       κούρην μωμήσαντο καὶ οὐ φάσαν ἄρτια βάζειν,

618

"Ah! How wretched we are! We have entered into the darkness: the city all around us is filled with fire and blood and dreadful doom; everywhere the immortal gods show us prodigies betokening tears, and we are lying at the feet of Death! Poor fools! You have no idea what an evil fate is in store: you are all blithely rejoicing! A great bane is hidden here. But you will not believe me, however much I say: the Furies are angry at us for Helen's dreadful marriage, and the pitiless spirits of doom are rushing all through the city. This is a deadly feast, and you are eating your very last meal—it is defiled with gore! Now you are on the same path that the ghosts tread!" <So she spoke . . .>[18] Then the Trojans taunted her with these insulting words:

"Daughter of Priam, why do your raving tongue and insane mind make you speak only windy nothings? Your chaste virgin modesty has abandoned you, and you are in the grip of deadly madness; and so mortal men one and all despise your babblings. Begone, and make your gloomy predictions to the Argives and to yourself! A fate even worse than shameless Laocoön's is in store for you before long: it is not right to destroy the gods' precious gifts so foolishly!"

So spoke the Trojans in the city. Others, too, mocked the girl and said that she was raving; for trouble and des-

---

[18] One line missing.

---

546 πείσεσθ' Pauw: πειθ- M
547 ἄμμι Pauw: ἄρα M
post 551 lac. stat. Hermann

οὕνεκ᾽ ἄρά σφισι πῆμα καὶ ἀργαλέον μένος Αἴσης
565 ἄγχι παρειστήκει. τοὶ δ᾽ οὐ νοέοντες ὄλεθρον
κείνην κερτομέοντες ἀπέτρεπον εὐρέος ἵππου.
ἢ γάρ οἱ μενέαινε διὰ ξύλα πάντα κεδάσσαι
ἠὲ καταπρῆσαι μαλερῷ πυρί· τοὔνεκα πεύκης
αἰθομένης ἔτι δαλὸν ἀπ᾽ ἐσχαρεῶνος ἑλοῦσα
570 ἔσσυτο μαιμώωσ᾽, ἑτέρῃ δ᾽ ἐνὶ χειρὶ φέρεσκεν
ἀμφίτυπον βουπλῆγα. λυγροῦ δ᾽ ἐπεμαίετο ἵππου,
ὄφρα λόχον στονόεντα καὶ ἀμφαδὸν ἀθρήσωσι
Τρῶες· τοὶ δέ οἱ αἶψα χερῶν ἀπὸ νόσφι βαλόντες
πῦρ ὀλοόν τε σίδηρον ἀκηδέες ἐντύνοντο
575 δαῖτα λυγρήν· μάλα γὰρ τάχ᾽ ἐπήιεν ὑστατίη νύξ.

Ἀργεῖοι δ᾽ ἔντοσθεν ἐγήθεον εἰσαΐοντες
δαινυμένων ὅμαδον κατὰ Ἴλιον οὐδ᾽ ἀλεγόντων
Κασσάνδρης, τήν ῥ᾽ αὐτοὶ ἐθάμβεον, ὡς ἐτέτυκτο
ἀτρεκέως εἰδυῖα νόον καὶ μῆτιν Ἀχαιῶν.
580 Ἡ δ᾽, ἅτε πόρδαλις ἔσσυτ᾽ ἐν οὔρεσιν
      ἀσχαλόωσα
ἥν τ᾽ ἀπὸ μεσσαύλοιο κύνες μογεροί τε νομῆες
σεύοντ᾽ ἐσσυμένως, ἡ δ᾽ ἄγριον ἦτορ ἔχουσα
ἐντροπαλιζομένη ἀναχάζεται ἀχνυμένη κῆρ·
ὣς ἥ γ᾽ εὐρέος ἵππου ἀπέσσυτο τειρομένη περ
585 Τρώων ἀμφὶ φόνῳ· μάλα γὰρ μέγα δέχνυτο πῆμα.

564 σφισι Rhodomann: σφι M
571 λυγροῦ Köchly: -ῷ M   ἐπεμαίετο Rhodomann:
-μαίν- M   575 τάχ᾽ Vian: ῥα M   580 οὔρεσιν ἀσχα-
λόωσα Rhodomann: οὔρεσι καγχαλόωσα M

tiny's cruel power were standing beside them. Oblivious
of their doom, they taunted her and moved her away from
the vast horse. She intended to smash its timbers to pieces
or to burn it to ashes with blazing fire. For that purpose
she had come frenziedly running with a brand of still burn-
ing fire from the hearth, while in her other hand she car-
ried a two-edged ax. She wanted to get close to that fatal
horse and to show the Trojans clear proof of the deadly
ambush; but they straightaway dashed the fire and the
destructive iron weapon from her hands and blithely pre-
pared their fatal feast. Their last night drew on apace.

The Argives inside the horse rejoiced when they heard
the hubbub of the Trojans feasting in the city with no re-
gard for Cassandra. They themselves were astonished at
her ability to divine the Achaeans' plans and intentions.

Cassandra meanwhile was like a leopard which has
been vigorously driven away from a farmstead by hardy
shepherds and their dogs and leaves in disappointment
over the hills, often looking back and savage in temper as
she retreats with grieving heart: just so did she leave that
vast horse, distressed at the thought of the Trojans being
slaughtered: great indeed was the woe that she foresaw!

BOOK XIII

As the Trojans sleep, Sinon summons the Greeks. The slaughter begins. Ilioneus vainly begs Diomedes for his life, but Priam is eager to be killed when confronted by Neoptolemus. Hector's young son Astyanax is murdered; his mother, Andromache, begs for death but is taken into slavery. Antenor is spared as reward for past hospitality. Calchas warns the Greeks not to harm Aeneas, who is destined to found a new city. Menelaüs kills Helen's new husband, Deïphobus, but Aphrodite prevents him from killing Helen. Locrian Ajax rapes Cassandra in the temple of Athena, incurring the goddess's wrath. The city is set ablaze. Theseus' mother, Aethra, unexpectedly meets her grandsons. Priam's daughter Laodice prays to be swallowed up by the earth.

Most of these events were narrated in the Sack of Ilium. The best-known extant account is that in Virgil's Aeneid (2.250–804), where the narrator is Aeneas.

ΛΟΓΟΣ ΙΓ

Οἳ δ᾽ ἄρ᾽ ἀνὰ πτολίεθρον ἐδόρπεον· ἐν δ᾽ ἄρα τοῖσιν
αὐλοὶ ὁμῶς σύριγξι μέγ᾽ ἤπυον· ἀμφὶ δὲ πάντῃ
μολπὴ ἐπ᾽ ὀρχηθμοῖσι καὶ ἄκριτος ἔσκεν αὐτὴ
δαινυμένων, οἵη τε πέλει παρὰ δαιτὶ καὶ οἴνῳ.
5   ὧδε δέ τις χείρεσσι λαβὼν ἔμπλειον ἄλεισον
πῖνεν ἀκηδέστως· βαρύθοντο δέ οἱ φρένες ἔνδον,
ἀμφὶ δ᾽ ἄρ᾽ ὀφθαλμοὶ στρεφεδίνεον· ἄλλο δ᾽ ἐπ᾽
      ἄλλῳ
ἐκ στόματος προΐεσκεν ἔπος κεκολουμένα βάζων·
καί ῥά οἱ ἐν μεγάροις κειμήλια καὶ δόμος αὐτὸς
10 φαίνετο κινυμένοισιν ἐοικότα· πάντα δ᾽ ἐώλπει
ἀμφιπεριστρωφᾶσθαι ἀνὰ πτόλιν· ὄσσε δ᾽ ἄρ᾽ ἀχλὺς
ἄμπεχεν· ἀκρήτῳ γὰρ ἀμαλδύνονται ὀπωπαὶ
καὶ νόος αἰζηῶν, ὁπότ᾽ ἐς φρένα χανδὸν ἵκηται·
καί ῥα καρηβαρέων τοῖον ποτὶ μῦθον ἔειπεν·
15 "Ἦ ῥ᾽ ἄλιον Δαναοὶ στρατὸν ἐνθάδε πουλὺν
      ἄγειραν,
σχέτλιοι, οὐδ᾽ ἐτέλεσσαν ὅσα φρεσὶ μηχανόωντο,
ἀλλ᾽ αὔτως ἀπόρουσαν ἀπ᾽ ἄστεος ἡμετέροιο
νηπιάχοις παίδεσσιν ἐοικότες ἠὲ γυναιξίν."
      Ὣς ἄρ᾽ ἔφη Τρώων τις ἐεργόμενος φρένα οἴνῳ,
20 νήπιος· οὐδ᾽ ἄρ᾽ ἐφράσσατ᾽ ἐπὶ προθύροισιν
      Ὄλεθρον.

624

BOOK XIII

The Trojans were feasting in their city to a loud accompaniment of oboes and panpipes; all around could be heard songs for dancing and a noisy hubbub of diners such as usually goes with eating and drinking. In this situation each of them had a full goblet and drank without a care, wits befuddled, eyes rolling, mouth babbling streams of half formed nonsense, while the household furniture and the very house itself seemed to be moving, and they thought everything in the city was going round and round as their eyes grew dim and misty (for men's sense and sight are marred by neat wine when deep drafts affect the mind); and with lolling heads they said some such words as these:

"It was all for nothing that those Danaans got their great army together here! Poor things! Their careful planning came to nothing, and they have scuttled off away from our city just like that—just like silly children or women!"

That was how they all talked, their wits impaired by wine. The fools! They had no idea that Ruin was at their doors.

---

4 παρὰ Spitzner: περὶ M
7 ἄλλῳ ed. Aldina: ἄλλο M
11 ὄσσε δ᾽ ἄρ᾽ ἀχλὺς Rhodomann: ἀχλὺς δ᾽ ὄσσους M
18 ἠὲ Spitzner: ἠδὲ M

Εὖτε γὰρ ὕπνος ἔρυκεν ἀνὰ πτόλιν ἄλλοθεν
    ἄλλον
οἴνῳ ἅμα πλήθοντας ἀπειρεσίῳ καὶ ἐδωδῇ,
δὴ τότ᾽ ἄρ᾽ αἰθαλόεντα Σίνων ἀνὰ πυρσὸν ἄειρε
δεικνὺς Ἀργείοισι πυρὸς σέλας. ἀμφὶ δέ οἱ κῆρ
25 ἄσπετα πορφύρεσκε κατὰ φρένα, μή μιν ἴδωνται
Τρῶες ἐυσθενέες, τάχα δ᾽ ἀμφαδὰ πάντα γένηται·
ἀλλ᾽ οἱ μὲν λεχέεσσι πανύστατον ὕπνον ἴαυον
πολλῷ ὑπ᾽ ἀκρήτῳ βεβαρηότες, οἱ δ᾽ ἐσιδόντες
ἐκ Τενέδου νήεσσιν ἐπὶ πλόον ἐντύνοντο.
30 Αὐτὸς δ᾽ ἄγχ᾽ ἵπποιο Σίνων κίεν· ἦκα δ᾽ ἄυσεν,
ἦκα μάλ᾽, ὡς μή πού τις ἐνὶ Τρώεσσι πύθηται,
ἀλλ᾽ οἶοι Δαναῶν ἡγήτορες ὧν ἀπὸ νόσφιν
ὕπνος ἄδην πεπότητο λιλαιομένων πονέεσθαι·
οἵ ῥά οἱ ἔνδον ἐόντες ἐπέκλυον, ἐς δ᾽ Ὀδυσῆα
35 πάντες ἐπ᾽ οὔατ᾽ ἔνευσαν. ὁ δέ σφεας ὀτρύνεσκεν
ἦκα καὶ ἀτρεμέως ἐκβήμεναι· οἱ δ᾽ ἐπίθοντο
ἐς μόθον ὀτρύνοντι καὶ ἐξ ἵπποιο χαμᾶζε
ὥρμαινον πονέεσθαι. ὁ δ᾽ ἰδρείῃσιν ἔρυκε
πάντας ἐπεσσυμένους· αὐτὸς δ᾽ ἄρα χερσὶ θοῇσιν
40 ἵππου δουρατέοιο μάλ᾽ ἀτρέμας ἔνθα καὶ ἔνθα
πλευρὰ διεξώιξεν ἐυμμελίω ὑπ᾽ Ἐπειοῦ·
βαιὸν δ᾽ ἐξανέδυ σανίδων ὕπερ, ἀμφὶ δὲ πάντῃ
Τρῶας παπταίνεσκεν, ἐγρηγορότ᾽ εἴ που ἴδοιτο.
ὡς δ᾽ ὅταν ἀργαλέῃ λιμῷ βεβολημένος ἦτορ
45 ἐξ ὀρέων ἔλθῃσι λύκος χατέων μάλ᾽ ἐδωδῆς
ποίμνης πρὸς σταθμὸν εὐρύν, ἀλευόμενος δ᾽ ἄρα
    φῶτας

As soon as all the townsfolk, sated with eating and with drinking, were fast asleep just anywhere, Sinon raised a blazing torch to give the fire signal to the Argives. His mind was filled with anxiety in case he should be seen by the doughty Trojans and all be soon revealed; but they were deep in that last sleep of theirs, weighed down with neat wine, as from Tenedos the fleet saw the signal and prepared to sail.

As for Sinon, he went up to the horse and called out softly—softly so that none of the Trojans would hear, but only the Danaan leaders who, far from sleeping, were keen to get to work. Inside they listened, and all strained their ears to Odysseus. He gave the command for a quiet and calm exit. They obeyed his command to battle, and were eager to descend from the horse and get to work. But he sensibly curbed the eagerness of them all as they pressed on together, while with calm dexterity he opened up the flanks of the wooden horse in several places, instructed by Epeius of the fine ash-wood spear. He put his head outside just beyond the planking and peered round to see if any of the Trojans were awake. Just as when a wolf famished with cruel hunger and desperate for food comes from the mountains to a large shepherd's steading, keeps out of the way of the men and dogs who are intent on

---

22 ἅμα West: ἀνα- M
31 ἦκα Rhodomann: ὦκα M
40 μάλ' Rhodomann: om. M
41 ἐυμμελίω . . . Ἐπειοῦ West: -ίῳ . . . -ῷ M
42 ἐξανέδυ σανίδων Lehrs: ἐξανέδυσ' ἰδών M
43 ἐγρηγορότ' Rhodomann: -ότας M

καὶ κύνας, οἵ ῥά τε μῆλα φυλασσέμεναι μεμάασι,
βαίνει ποσσὶν ἔκηλος ὑπὲρ ποιμνήιον ἕρκος·
ὡς Ὀδυσεὺς ἵπποιο κατήιεν. ἀμφὶ δ' ἄρ' αὐτῷ
50 ὄβριμοι ἄλλοι ἕποντο Πανελλήνων βασιλῆες
νισόμενοι κλίμαξι κατὰ στίχας, ἅς περ Ἐπειὸς
τεῦξεν ἀριστήεσσιν ἐυσθενέεσσι κέλευθα
ἵππον ἐς ἐρχομένοισι καὶ ἐξ ἵπποιο κιοῦσιν·
οἵ ῥα τότ' ἀμφ' αὐτῇσι κατήιον ἄλλοθεν ἄλλοι,
55 θαρσαλέοις σφήκεσσιν ἐοικότες οὕς τε κλονήσῃ
δρυτόμος, οἳ δ' ἄρα πάντες ὀρινόμενοι περὶ θυμῷ
ὄζου ὑπεκπροχέονται, ὅτε κτύπον εἰσαΐουσιν·
ὡς οἵ γ' ἐξ ἵπποιο μεμαότες ἐξεχέοντο
ἐς Τρώων πτολίεθρον ἐύκτιτον· ἐν δ' ἄρα τοῖσι
60 πάλλετ' ἐνὶ στέρνοισι κέαρ. τάχα δ' οἱ μὲν ἔναιρον
δυσμενέας

* * *

τοὶ δ' ἄρ' ἔρεσσον ἔσω ἁλός· αἱ δ' ἐφέροντο
νῆες ὑπὲρ μέγα χεῦμα· Θέτις δ' ἴθυνε κέλευθα
οὖρον ἐπιπροϊεῖσα· νόος δ' ἰαίνετ' Ἀχαιῶν.
καρπαλίμως δ' ἐλθόντες ἐπ' ἠόνας Ἑλλησπόντου,
65 ἔνθ' αὖτις στήσαντο νέας, σὺν δ' ἄρμενα πάντα
εἷλον ἐπισταμένως ὅσα νήεσσιν αἰὲν ἕπονται.
αὐτοὶ δ' αἶψ' ἐκβάντες ἐς Ἴλιον ἐσσεύοντο
ἄβρομοι, ἠύτε μῆλα ποτὶ σταθμὸν ἀίσσοντα
ἐκ νομοῦ ὑλήεντος ὀπωρινὴν ὑπὸ νύκτα·

52 ἀριστήεσσιν Rhodomann: ἀριπρεπέεσσιν M
54 αὐτῇσι Rhodomann: -οισι M

guarding the flocks, and silently leaps over the fence of the sheepfold: just so did Odysseus descend from the horse. He was followed by the other mighty lords of all Hellas, who went in orderly fashion down the ladders provided by Epeüs for those doughty heroes as they entered and left the horse. These were the ladders down which they then swarmed; they were like valiant wasps disturbed by a woodcutter which all pour angrily down from their branch when they hear the noise he makes: just so did they all pour down eagerly from the horse into the Trojans' well-built city, hearts pounding in their breasts. Some of them quickly set about killing the enemy ‹while others kept watch›.[1] Meanwhile they were rowing out at sea, their ships borne along across the wide waters as Thetis directed their way with a ready following wind, to gladden Achaean hearts. Swiftly they came to the shores of the Hellespont, where they once more moored their ships and expertly dismantled all the tackle with which ships are normally equipped. They quickly disembarked and hurried noisily[2] toward Ilium. Just as flocks hurry back from their forest pasture to the sheepfolds as autumn nights draw on: just so they all went clamorously[3] toward the city

---

[1] Several lines missing.   [2] Or, perhaps, "noiselessly."
[3] Or, perhaps, "without clamor."

---

55 θαρσαλέοις Lascaris: -έοι M
57 ὄζου ed. Aldina: ὄζων M
60 δ᾽ οἱ Rhodomann: τοὶ M
61 lac. stat. Köchly   ἄρ᾽ Zimmermann: om. M
68 ἄβρομοι Pierson: ἄτρ- M   ποτὶ Rhodomann, Pauw: περὶ M

70 ὣς οἵ γ᾽ αὐίαχοι Τρώων ποτὶ ἄστυ νέοντο
πάντες ἀριστήεσσιν ἀρηγέμεναι μεμαῶτες.
οἳ δ᾽ ὥς τ᾽ ἀργαλέῃ λιμῷ

* * *

περιπαιφάσσοντες
σταθμῷ ἐπιβρίσωσι κατ᾽ οὔρεα μακρὰ καὶ ὕλην,
εὕδοντος μογεροῦ σημάντορος, ἄλλα δ᾽ ἐπ᾽ ἄλλοις
75 δάμνανθ᾽ ἕρκεος ἐντὸς ὑπὸ κνέφας, ἀμφὶ δὲ πάντῃ

⟨desunt plures uersus⟩

αἵματι καὶ νεκύεσσιν· ὀρώρει δ᾽ αἰνὸς ὄλεθρος
καί περ ἔτι πλεόνων Δαναῶν ἔκτοσθεν ἐόντων.
Ἀλλ᾽ ὅτε δὴ μάλα πάντες ἔβαν ποτὶ τείχεα
Τροίης,
δὴ τότε μαιμώοντες ἀνηλεγέως ἐσέχυντο
80 ἐς Πριάμοιο πόληα μένος πνείοντες Ἄρηος.
πᾶν δ᾽ εὗρον πτολίεθρον ἐνίπλειον πολέμοιο
καὶ νεκύων, πάντῃ δὲ πυρὶ στονόεντα μέλαθρα
καιόμεν᾽ ἀργαλέως· μέγα δὲ φρεσὶν ἰαίνοντο.
ἐν δὲ καὶ αὐτοὶ Τρωσὶ κακὰ φρονέοντες ὄρουσαν·
85 μαίνετο δ᾽ ἐν μέσσοισιν Ἄρης στονόεσσά τ᾽ Ἐνυώ.
Πάντῃ δ᾽ αἷμα κελαινὸν ὑπέρρεε, δεύετο δὲ χθὼν
Τρώων ὀλλυμένων ἠδ᾽ ἀλλοδαπῶν ἐπικούρων·
τῶν οἳ μὲν θανάτῳ δεδμημένοι ὀκρυόεντι
κεῖντο κατὰ πτολίεθρον ἐν αἵματι, τοὶ δ᾽ ἐφύπερθε
90 πῖπτον ἀποπνείοντες ἐὸν μένος· οἳ δ᾽ ἄρα χερσὶ
δράγδην ἔγκατ᾽ ἔχοντες ὀιζυρῶς ἀλάληντο
ἀμφὶ δόμους, ἄλλοι δὲ ποδῶν ἑκάτερθε κοπέντων

of the Trojans in their eagerness to help the chiefs. Then, like ⟨wolves driven on⟩ by cruel hunger ⟨. . . . .⟩[4] darting this way and that attack a sheepfold in the high wooded hills as the hardy shepherd sleeps, and under cover of darkness they slaughter victim after victim within the sheepfold, and all around ⟨. . . . .⟩[5] with blood and corpses, and a dreadful massacre began even though most of the Danaans were still outside the city.

When all of them had reached the walls of Troy, they poured into Priam's city, reckless, raging, and breathing the violence of Ares. They found the whole city filled with fighting and corpses, and all the poor palaces cruelly ablaze with fire: it was a sight to gladden their hearts. They too pounced on the Trojans with evil intent, while Ares and cruel Enyo raged in their midst.

Everywhere the earth overflowed with streams of black blood as the Trojans and their foreign allies were massacred. Some lay in blood in the streets, conquered by chill death, while others breathed their last and fell over their bodies. Others again stumbled pitifully through their houses clutching their entrails; others, their feet ampu-

---

[4] Two half-lines missing.
[5] Several lines missing.

---

72 lac. stat. Vian
75 ἐντὸς Rhodomann: ἐκτὸς M
post 75 lac. stat. Scaliger, Rhodomann
82 πυρὶ Spitzner: περὶ m: περι- m
85 ὅ' Rhodomann: τ' M
90 ἀποπνείοντες Pauw: ἀνα- M   χερσὶ Köchly: χειρὶ M

ἀμφὶ νεκροὺς εἴρπυζον ἀάσπετα κωκύοντες·
πολλῶν δ᾽ ἐν κονίῃσι μαχέσσασθαι μεμαώτων
95 χεῖρες ἀπηράχθησαν ὁμῶς κεφαλῇσι καὶ αὐταῖς,
φευγόντων δ᾽ ἑτέρων μελίαι διὰ νῶτα πέρησαν
ἄντικρυς ἐς μαζούς, τῶν δ᾽ ἰξύας ἄχρις ἱκέσθαι
αἰδοίων ἐφύπερθε διαμπερές, ἧχι μάλιστα
Ἄρεος ἀκαμάτοιο πέλει πολυώδυνος αἰχμή.
100 πάντῃ δ᾽ ἀμφὶ πόληα κυνῶν ἀλεγεινὸς ὀρώρει
ὠρυθμός, στοναχὴ δὲ δαϊκταμένων αἰζηῶν
ἔπλετο λευγαλέη· περὶ δ᾽ ἴαχε πάντα μέλαθρα
ἄσπετον. οἰμωγῇ δὲ πέλε στονόεσσα γυναικῶν
εἰδομένων γεράνοισιν, ὅτ᾽ αἰετὸν ἀθρήσωσιν
105 ὑψόθεν ἀίσσοντα δι᾽ αἰθέρος, οὐδ᾽ ἄρα τῇσι
θαρσαλέον στέρνοισι πέλει μένος, ἀλλ᾽ ἄρα μοῦνον
μακρὸν ἀνατρίζουσι φοβεύμεναι ἱερὸν ὄρνιν·
ὣς ἄρα Τρωιάδες μέγ᾽ ἐκώκυον ἄλλοθεν ἄλλαι,
αἱ μὲν ἀνεγρόμεναι λεχέων ἄπο, ταὶ δ᾽ ἐπὶ γαῖαν
110 θρώσκουσαι· τῆς δ᾽ οὔ τι μίτρης ἔτι μέμβλετο
        λυγρῆς,
ἀλλ᾽ αὔτως ἀλάληντο περὶ μελέεσσι χιτῶνα
μοῦνον ἐφεσσάμεναι· ταὶ δ᾽ οὐ φθάσαν οὔτε
        καλύπτρην
οὔτε βαθὺν μελέεσσιν ἑλεῖν πέπλον, ἀλλ᾽ ἐπιόντας
δυσμενέας τρομέουσαι ἀμηχανίῃ πεπέδηντο
115 παλλόμεναι κραδίην, μοῦνον δ᾽ ἄρα χερσὶ θοῇσιν
αἰδῶ ἀπεκρύψαντο δυσάμμοροι· αἱ δ᾽ ἀλεγεινῶς
ἐκ κεφαλῆς τίλλοντο κόμην καὶ στήθεα χερσὶ
θεινόμεναι γοάασκον ἄδην· ἕτεραι δὲ κυδοιμὸν

tated, crawled among the corpses with bloodcurdling
screams; many who had bitten the dust as they fought
tooth and nail had their hands—and their very heads—cut
off; others, attempting flight, were pierced in the back
with ash-wood spears, which emerged through their
chests; other spears penetrated as far as the groin, above
the private parts, where the spear of tireless Ares gives
most pain. All through the city arose a gloomy howling of
dogs mingled with the horrid groans of the dying, and
every dwelling seemed to echo with endless shrieks. And
there were the sobbing lamentations of the women: they
were like cranes which catch sight of an eagle swooping
from high in the sky, promptly lose their hearts' valor and
strength, and can do nothing but cry shrilly in their terror
of that sacred bird; just so did the women loudly lament
all through Troy, some just waking in their beds, others
leaping down from them: in their misery they no longer
had any care for decent dress, but wandered about just as
they were, with only a robe put on to cover their bodies.
Others had no time to put a veil or a long robe on their
bodies: they were so terrified by the enemy attack, so
paralyzed and helpless, suffering such palpitations of the
heart, that they could only hide their nakedness by using
their hands. What misery! They cruelly tore the hair from
their heads, beat their breasts, and lamented loud and
long. Others even ventured to fight the foe face to face,

---

106 ἀλλ' ἄρα J. Th. Struve: ἀλλά ἔ M
110 δ' Rhodomann: om. M   λυγρῆς Köchly: -ῆς M
111 χιτῶνα Köchly: -νας M

δυσμενέων ἔτλησαν ἐναντίον, ἐκ δ᾽ ἐλάθοντο
120 δείματος ὀλλυμένοισιν ἀρηγέμεναι μεμαυῖαι
ἀνδράσιν ἢ τεκέεσσιν, ἐπεὶ μέγα θάρσος ἀνάγκη
ὤπασεν. οἰμωγὴ δ᾽ ἀταλάφρονας ἔκβαλεν ὕπνου
νηπιάχους τῶν οὔ πω ἐπίστατο κήδεα θυμός.
    Ἄλλοι δ᾽ ἀμφ᾽ ἄλλοισιν ἀπέπνεον· οἳ δ᾽ ἐκέχυντο
125 πότμον ὁμῶς ὁρόωντες ὀνείρασιν· ἀμφὶ δὲ λυγραὶ
Κῆρες ὀϊζυρῶς ἐπεγήθεον ὀλλυμένοισιν.
οἳ δ᾽ ὥς τ᾽ ἀφνειοῖο σύες κατὰ δώματ᾽ ἄνακτος
εἰλαπίνην λαοῖσιν ἀπείριτον ἐντύνοντος
μυρίοι ἐκτείνοντο, λυγρῷ δ᾽ ἀνεμίσγετο λύθρῳ
130 οἶνος ἔτ᾽ ἐν κρητῆρσι λελειμμένος. οὐδέ τις ἦεν
ὅς κεν ἄνευθε φόνοιο φέρε στονόεντα σίδηρον,
οὐδ᾽ εἴ τις μάλ᾽ ἄναλκις ἔην. ὀλέκοντο δὲ Τρῶες·
ὡς δ᾽ ὑπὸ θώεσι μῆλα δαΐζεται ἠὲ λύκοισι,
καύματος ἐσσυμένοιο δυσαέος ἤματι μέσσῳ
135 ποιμένος οὐ παρεόντος, ὅτε σκιερῷ ἐνὶ χώρῳ
ἰλαδὸν ἀλλήλοισιν ὁμῶς συναρηρότα πάντα
μίμνωσιν, κείνοιο γλάγος ποτὶ δῶμα φέροντος,

* * *

νηδύα πλησάμενοι πολυχανδέα, πάντ᾽ ἐπιόντες
αἷμα μέλαν πίνουσιν, ἅπαν δ᾽ ὀλέκουσι μένοντες
140 πῶυ, κακὴν δ᾽ ἄρα δαῖτα λυγρῷ τεύχουσι νομῆι·
ὣς Δαναοὶ Πριάμοιο κατὰ πτόλιν ἄλλον ἐπ᾽ ἄλλῳ
κτεῖνον ἐπεσσύμενοι πυμάτην ἀνὰ δηιοτῆτα·
οὐδ᾽ ἄρ᾽ ἔην Τρώων τις ἀνούτατος, ἀλλ᾽ ἄρα πάντων
γναμπτὰ μέλη πεπάλακτο μελαινόμεν᾽ αἵματι πολλῷ.

forgetting their fear in their desperate desire to save their husbands or children from being murdered: necessity lent them great courage. The general lamentation woke from sleep innocent young children who had never felt a care.

Men expired amid chaotic scenes; some lay dead seeing death and dreams together; and the gloomy spirits of doom were gladdened by that pitiful massacre. They were being slaughtered by the thousand, like pigs when a huge feast is being prepared for his people in some rich man's palace; and the wine still remaining in their goblets was mixed with hideous gore. There was not a single Argive, no matter how timid, who could have kept his cruel blade of iron untouched by slaughter. It was a general massacre of the Trojans. Just as when flocks are killed by jackals or wolves while the shepherd is away owing to the onset of excessive midday heat; the sheep are all packed close together in a shady spot as they wait for him to take their milk to his farm <. . . . .>[6] filling their capacious bellies, they attack every sheep and drink its black blood, and stay to slaughter the entire flock, producing an unhappy feast for their wretched herdsman; just so in that final conflict the Danaans attacked and slew multitudes all through the city of Priam. There was not a single Trojan left unwounded: all whose limbs could still move were blackened with a mass of blood.

[6] One line missing.

---

122 δ' ἀταλάφρονας Rhodomann: δὲ κατὰ φρένας M

124 ἐκέχυντο Rhodomann: ἐπέ- M

128 λαοῖσιν Pauw: ἀλλήλοισιν M   ἐντύνοντος Rhodomann: -τες M   post 137 lac. stat. Pauw

144 γναμπτὰ Rhodomann: πλαγκτὰ m: πλακτὰ m

145 Οὐδὲ μὲν Ἀργείοισιν ἀνούτητος πέλε δῆρις.
ἀλλ' οἱ μὲν δεπάεσσι τετυμμένοι, οἱ δὲ τραπέζαις,
οἱ δ' ἔτι καιομένοισιν ὑπ' ἐσχαρεῶσι τυπέντες
δαλοῖς, οἱ δ' ὀβελοῖσι πεπαρμένοι ἐκπνείεσκον
οἷς ἔτι που καὶ σπλάγχνα συῶν περὶ θερμὰ
λέλειπτο
150 Ἡφαίστου μαλεροῖο περιζείοντος ἀυτμῇ.
ἄλλοι δ' αὖ πελέκεσσι καὶ ἀξίνῃσι θοῇσιν
ἤσπαιρον δμηθέντες ἐν αἵματι· τῶν δ' ἀπὸ χειρῶν
δάκτυλοι ἐτμήθησαν, ἐπὶ ξίφος εὖτ' ἐβάλοντο
χεῖρας ἐελδόμενοι στυγερὰς ἀπὸ Κῆρας ἀμύνειν.
155 καί πού τις βρεχμόν τε καὶ ἐγκέφαλον συνέχευε
λᾶα βαλὼν ἑτέροιο κατὰ μόθον. οἱ δ' ἅτε θῆρες
οὐτάμενοι σταθμοῖς ἔνι ποιμένος ἀγραύλοιο
ἀργαλέως μαίνοντο διεγρομένοιο χόλοιο
νύχθ' ὑπὸ λευγαλέην· μέγα δ' ἰσχανόωντες Ἄρηος
160 ἀμφὶ δόμους Πριάμοιο κυδοίμεον ἄλλοθεν ἄλλον
σεύοντες. πολλοὶ δὲ καὶ ἐγχείῃσι δάμησαν
Ἀργείων· Τρῶες γὰρ ὅσοι φθάσαν ἐν μεγάροισιν
ἢ ξίφος ἢ δόρυ μακρὸν ἑῆς ἀνὰ χερσὶν ἀεῖραι,
δυσμενέας δάμναντο καὶ ὡς βεβαρηότες οἴνῳ.
165 αἴγλη δ' ἄσπετος ὦρτο δι' ἄστεος, οὕνεκ' Ἀχαιῶν
πολλοὶ ἔχον χείρεσσι πυρὸς σέλας, ὄφρ' ἀνὰ δῆριν
δυσμενέας τε φίλους τε μάλ' ἀτρεκέως ὁρόωσι.

Καὶ τότε Τυδέος υἱὸς ἀνὰ μόθον ἀντιόωντα
αἰχμητῆρα Κόροιβον, ἀγαυοῦ Μυγδόνος υἷα,
170 ἐγχείῃ κοίλοιο διὰ στομάχοιο πέρησεν,
ᾗχι θοαὶ πόσιός τε καὶ εἴδατός εἰσι κέλευθοι.

636

Not that the conflict was without Argive casualties, too. Some breathed their last when struck by goblets or tables; others when hit by still burning brands taken from hearths; others were pierced by spits still holding pork offal warm from the heat of blazing Hephaestus' cooking fire. Others again writhed in their own blood, killed with axes and hatchets; some had had fingers cut off as they reached out for a sword in hopes of warding off the grim spirits of doom. One man would smash another's skull and brains with a stone cast in the battle. Like wild beasts wounded in a rustic shepherd's fold, they fought with cruel rage during that awful night as their wrath increased; and in their great hunger for Ares they created mayhem around Priam's palace as they chased their victims in every direction. But many of the Argives were killed by spears, too, since those Trojans who had had time to seize swords or long spears in their houses managed to kill the enemy in spite of having their wits dulled with wine. An extraordinary brightness illuminated the city because many of the Achaeans were holding flaming torches in their hands so that in the conflict they could clearly distinguish friend from foe.

Then the son of Tydeus encountered the spearman Coroebus, son of noble Mygdon, in the battle, and stabbed him in the hollow gullet, the easy passageway for food

---

146 τετυμμένοι Rhodomann: τετυγμένοι M
148 οἱ δ᾽ Köchly: ἠδ᾽ m: ἤδ᾽ m   152 δμηθέντες Bonitz:
τμη- M   153 εὖτ᾽ ἐβάλοντο Vian: εὖτε βαλόντος M
154 ἀπὸ Pauw: ἐπὶ M
169 ἀγανοῦ Rhodomann: om. M

καὶ τὸν μὲν περὶ δουρὶ μέλας ἐκιχήσατο πότμος·
κάππεσε δ' ἐς μέλαν αἷμα καὶ ἄλλων ἔθνεα νεκρῶν,
νήπιος· οὐδ' ἀπόνητο γάμων ὧν εἵνεχ' ἵκανε
175 χθιζὸς ἐπὶ Πριάμοιο πόλιν

* * *

              καὶ ὑπέσχετ' Ἀχαιοὺς
Ἰλίου ἂψ ὦσαι· τῷ δ' οὐ θεὸς ἐξετέλεσσεν
ἐλπωρήν· Κῆρες γὰρ ἐπιπροέηκαν ὄλεθρον.
σὺν δέ οἱ Εὐρυδάμαντα κατέκτανεν ἀντιόωντα,
γαμβρὸν ἐμμελίην Ἀντήνορος ὅς ῥα μάλιστα
180 θυμὸν ἐνὶ Τρώεσσι σαοφροσύνῃσι κέκαστο.
ἔνθα καὶ Ἰλιονῆι συνήντετο δημογέροντι,
καί οἱ ἔπι ξίφος αἰνὸν ἐρύσσατο· τοῦ δ' ἄρα πάγχυ
γηραλέου κλάσθησαν ἄδην ὑπὸ σώματι γυῖα·
καί ῥα περιτρομέων, ἅμα χείρεσιν ἀμφοτέρῃσι,
185 τῇ μὲν ἄορ συνέδραξε θοόν, τῇ δ' ἥψατο γούνων
ἀνδροφόνου ἥρωος. ὁ δ' ἐς μόθον ἐσσύμενός περ,
ἢ χόλου ἀμβολίῃ ἢ καὶ θεοῦ ὀτρύνοντος,
βαιὸν ἀπέσχε γέροντος ἑὸν ξίφος, ὄφρά τι εἴπῃ
λισσόμενος θοὸν ἄνδρα καὶ ὄβριμον. ὃς δ'
            ἀλεγεινὸν
190 ἴαχεν ἐσσυμένως· στυγερὸν δέ μιν ἄμπεχε δεῖμα·
   "Γουνοῦμαί σ', ὅ τίς ἐσσι πολυσθενέων Ἀργείων,
αἴδεσαι ἀμφὶ γέροντος

* * *

             τεὰς χέρας ἀργαλέου τε
λῆγε χόλου· καὶ γάρ ῥα μακρὸν πέλει ἀνέρι κῦδος
ἄνδρα νέον κτείναντι καὶ ὄβριμον· ἢν δὲ γέροντα

and drink. Dark fate came with that spear: he collapsed
in his black blood among the crowd of corpses. The poor
fool! He never enjoyed the marriage for which he had just
recently come to Priam's ‹city, a marriage with Cassan-
dra›.[7] He had promised to drive the Achaeans back from
Ilium, but god had not fulfilled his prayer, since the spirits
of doom had sent destruction first. With him the son of
Tydeus killed Eurydamas of the fine ash-wood spear as he
attacked him; he was a son-in-law of Antenor, most notable
among the Trojans for wisdom and prudence. Then he
encountered the aged counselor Ilioneus and drew his
sword against him. He was very old, and his limbs just gave
way under him. All atremble, he got hold of that murder-
ous hero's sharp sword with one hand and grasped his
knees with the other. And he, for all his eagerness for
battle, either because his rage abated for a while or at the
behest of some god, slightly drew back his sword so that
the old man could address his supplication to that swift
and mighty warrior. Gripped by complete terror, he hast-
ily cried out with these pitiful words:

"I beg you, whichever of the doughty Argives you may
be—have some regard for an old man ‹. . . stay›[8] your
hand and desist from your cruel anger. Great is the glory
a man gets from killing one who is young and strong; but

---

[7] Two half-lines missing.   [8] Two half-lines missing.

---

175 πόλιν Rhodomann: om. M   lac. stat. Köchly
183 ὑπὸ Platt: ἐνὶ M   184 ἅμα Hermann: μάλα M
190 ἴαχεν Rhodomann: ἴσχεν M
191 σ’, ὅ τις Scaliger: σε τὶς M   192 lac. stat. Hermann
193 μακρὸν πέλει Zimmermann: π. μ. M

195 κτείνῃς, οὔ νύ τοι αἶνος ἐφέψεται εἵνεκεν ἀλκῆς.
τοὔνεκ' ἐμεῦ ἀπὸ νόσφιν ἐς αἰζηοὺς τρέπε χεῖρας
ἐλπόμενός ποτε γῆρας ὁμοίιον εἰσαφικέσθαι."
      Ὣς φάμενον προσέειπε κραταιοῦ Τυδέος υἱός·
      "Ὦ γέρον, ἔλπομ' ἔγωγ' ἐσθλὸν ποτὶ γῆρας
      ἱκέσθαι·
200 ἀλλά μοι ἕως ἔτι κάρτος ἀέξεται, οὔ τιν' ἐάσω
ἐχθρὸν ἐμῆς κεφαλῆς, ἀλλ' Ἄιδι πάντας ἰάψω,
οὕνεκ' ἄρ' ἐσθλὸς ἀνὴρ καὶ δήιον ἄνδρ' ἀπαμύνει."
      Ὣς εἰπὼν λαιμοῖο διήλασε λοίγιον ἆορ
δεινὸς ἀνήρ, ἴθυνε δ' ὅπῃ θνητοῖς ἐπὶ πότμος
205 ψυχῆς εἶσι τάχιστα καθ' αἵματος αἰνὰ κέλευθα.
καὶ τὸν μὲν μόρος αἰνὸς ὑπέκλασε δῃωθέντα
Τυδείδαο χέρεσσιν· ὃ δ' εἰσέτι Τρῶας ἐναίρων
ἔσσυτ' ἀνὰ πτολίεθρον ἑῷ μέγα κάρτεϊ θύων.
δάμνατο δ' ἢὺν Ἄβαντα· βάλεν δ' ὑπὸ δούρατι
      μακρῷ
210 υἷα Περιμνήστοιο περικλυτὸν Εὐρυκόωντα.
Αἴας δ' Ἀμφιμέδοντα, Δαμαστορίδην δ' Ἀγαμέμνων,
Ἰδομενεὺς δὲ Μίμαντα, Μέγης δ' ἕλε Δηιοπίτην.
      Υἱὸς δ' αὖτ' Ἀχιλῆος ἀμαιμακέτῳ ὑπὸ δουρὶ
Πάμμονα δῖον ὄλεσσε, βάλεν δ' ἐπιόντα Πολίτην,
215 Τισίφονόν τ' ἐπὶ τοῖσι κατέκτανε, τοὺς ἅμα πάντας
υἷας Πριάμοιο· καὶ ἀντιόωντ' ἀνὰ δῆριν
δάμνατ' Ἀγήνορα δῖον. ἐπ' ἄλλῳ δ' ἄλλον ἔπεφνεν
ἡρώων· πάντῃ δὲ μέλας ἀνεφαίνετ' Ὄλεθρος
ὀλλυμένων· ὃ δὲ πατρὸς ἑοῦ καταειμένος ἀλκὴν

if you slay an old man, your feat will earn no praise. Take your hands off me, then, and use them against the young and strong, if you hope to reach an age like mine!"

To this speech the son of mighty Tydeus replied:

"Old man, I do indeed hope to reach a fine old age. But so long as I have strength and vigor I shall not spare a single enemy of mine: I shall send them all to Hades, because it is equally the mark of a fine man to gain vengeance on an enemy."

So saying, that fearsome warrior drove his deadly sword through his throat, directing it just where the soul's death comes quickest for mortal man, that lethal pathway for the blood.[9] And lethal fate undid him, slain by the hand of Tydides, who continued to massacre the Trojans as he rushed through the city, raging and powerful. He slew noble Abas and with his huge spear struck renowned Eurycoön, the son of Perimnestus. Ajax meanwhile slew Amphimedon, Agamemnon Damastorides, Idomeneus Mimas, and Meges Deïopites.

For his part the son of Achilles killed divine Pammon with his raging spear, struck Polites as he attacked him, and after that slew Tisiphonus; they were all sons of Priam. Then he slew divine Agenor as he faced him in the fighting. He slaughtered hero upon hero as dark Ruin appeared everywhere in that massacre, and clad in the valor of his

[9] The carotid artery.

---

200 ἕως Spitzner: ὡς M   204 ἴθυνε Rhodomann: -σε M
205 καθ' Hermann: καὶ M   207 εἰσέτι Tychsen: εἰς M
Τρῶας Heyne: ἤρωας M   209 δ' ἠὺν Ἄβαντα Rhodomann:
δὴ συνάβαντα M   211 δ'² Köchly: τ' M

220 μαιμώων ἐδάιζεν ὅσους κίχεν. ἔνθα καὶ αὐτῷ
δυσμενέων βασιλῆι κακὰ φρονέων ἐνέκυρσεν
Ἑρκείου ποτὶ βωμόν· ὃ δ' ὡς ἴδεν υἷ' Ἀχιλῆος,
ἔγνω ἄφαρ τὸν ἐόντα καὶ οὐ τρέσεν, οὕνεκ' ἄρ'
αὐτοῦ
θυμὸς ἐέλδετο παισὶν ἐπὶ σφετέροισιν ὀλέσθαι.
225 τοὔνεκά μιν προσέειπε λιλαιόμενος θανέεσθαι·
"Ὦ τέκος ὀβριμόθυμον ἐυπτολέμου Ἀχιλῆος,
κτεῖνον μηδ' ἐλέαιρε δυσάμμορον· οὐ γὰρ ἔγωγε
τοῖα παθὼν καὶ τόσσα λιλαίομαι εἰσοράασθαι
ἠελίοιο φάος πανδερκέος, ἀλλά που ἤδη
230 φθεῖσθαι ὁμῶς τεκέεσσι καὶ ἐκλελαθέσθαι ἀνίης
λευγαλέης ὁμάδου τε δυσηχέος. ὡς ὄφελόν με
σεῖο πατὴρ κατέπεφνε, πρὶν αἰθομένην ἐσιδέσθαι
Ἴλιον, ὁππότ' ἄποινα περὶ κταμένοιο φέρεσκον
Ἕκτορος, ὅν περ ἔπεφνε πατὴρ τεός. ἀλλὰ τὸ
μέν που
235 Κῆρες ἐπεκλώσαντο· σὺ δ' ἡμετέροιο φόνοιο
ἆσον ὄβριμον ἆορ, ὅπως λελάθωμ' ὀδυνάων."
Ὣς φάμενον προσέειπεν Ἀχιλλέος ὄβριμος υἱός·
"Ὦ γέρον, ἐμμεμαῶτα καὶ ἐσσύμενόν περ
ἀνώγεις·
οὐ γάρ σ' ἐχθρὸν ἐόντα μετὰ ζωοῖσιν ἐάσω·
240 οὐ γάρ τι ψυχῆς πέλει ἀνδράσι φίλτερον ἄλλο."
Ὣς εἰπὼν ἀπέκοψε κάρη πολιοῖο γέροντος
ῥηιδίως, ὡς εἴ τις ἀπὸ στάχυν ἀμήσηται
ληίου ἀζαλέοιο θέρευς εὐθαλπέος ὥρῃ.
ἣ δὲ μέγα μύζουσα κυλίνδετο πολλὸν ἐπ' αἶαν

father he furiously slew whomever he encountered. It was in this ruthless state that he came upon the enemy king himself at the altar of Zeus Herceüs. When he saw the son of Achilles he recognized him at once, but he had no fear, having made up his mind to perish beside his sons. And so, eager to die, he addressed him with these words:

"Dauntless child of warlike Achilles, kill me! Have no pity for my wretchedness! My sufferings have been so many and so dreadful that I have no desire to see the light of the sun which looks upon all the world: my wish now is to perish together with my children and have no more memory of my pain and distress, of the conflict and the mayhem. I wish your father had killed me before I could see Ilium in flames, when I brought the ransom for the murdered Hector, killed by that father of yours [10] But I suppose that is the thread the Fates have spun for me. Satisfy your mighty sword with my blood, and make me forget my troubles!"

To these words Achilles' mighty son replied:

"Old man, I am all too eager and impatient to do as you say: I am not about to let live an enemy such as you: after all, men hold nothing more dear than life!"

With these words, he cut off the head of that venerable man as easily as if he were harvesting a dry ear of grain in the hot summer season. It gave a loud gasp as it rolled across the ground a good distance from those

---

[10] Narrated in Book 24 of the *Iliad*.

---

231 λευγαλέης Rhodomann: -ου M
234 περ Vian: om. M
243 εὐθαλπέος Rhodomann: εὐελπέος M

245 νόσφ' ἄλλων μελέων ὁπόσοις ἐπικίννυται ἀνήρ.
κεῖτο δ' ἄρ' ἐς μέλαν αἷμα καὶ εἰς ἑτέρων φόνον
ἀνδρῶν

* * *

ὄλβῳ καὶ γενεῇ καὶ ἀπειρεσίοις τεκέεσσιν.
οὐ γὰρ δὴν ἐπὶ κῦδος ἀέξεται ἀνθρώποισιν,
ἀλλ' ἄρα που καὶ ὄνειδος ἐπέσσυται ἀπροτίοπτον.
250 καὶ τὸν μὲν πότμος εἷλε· κακῶν δ' ὅ γε λήσατο
πολλῶν.

Οἳ δ' ἐπὶ Ἀστυάνακτα βάλον Δαναοὶ ταχύπωλοι
πύργου ἀφ' ὑψηλοῖο, φίλον δέ οἱ ἦτορ ὄλεσσαν
μητρὸς ἀφαρπάξαντες ἐν ἀγκοίνῃσιν ἐόντα
Ἕκτορι χωόμενοι, ἐπεὶ ἦ σφισι πῆμα κόρυσσε
255 ζωὸς ἐών· τῷ καί οἱ ἀπηχθήραντο γενέθλην,
καί οἱ παῖδ' ἐβάλοντο καθ' ἕρκεος αἰπεινοῖο,
νήπιον, οὔ πω δῆριν ἐπιστάμενον πολέμοιο.
ἠύτε πόρτιν ὄρεσφι λύκοι χατέοντες ἐδωδῆς
κρημνὸν ἐς ἠχήεντα κακοφραδίῃσι βάλωνται
260 μητρὸς ἀποτμήξαντες ἐυγλαγέων ἀπὸ μαζῶν,
ἣ δὲ θέῃ γοόωσα φίλον τέκος ἔνθα καὶ ἔνθα
μακρὰ κινυρομένη, τῇ δ' ἐξόπιθεν κακὸν ἄλλο
ἔλθῃ, ἐπεί κε λέοντες ἀναρπάζωσι καὶ αὐτήν·
ὣς τὴν ἀσχαλόωσαν ἄδην περὶ παιδὸς ἑοῖο
265 ἦγον δήιοι ἄνδρες ἅμ' ἄλλαις ληιάδεσσι
κούρην Ἠετίωνος ἀμύμονος αἰνὰ γοῶσαν.
ἣ δ' ἄρα παιδὸς ἑοῖο καὶ ἀνέρος ἠδὲ τοκῆος
μνησαμένη φόνον αἰνὸν ἐύσφυρος Ἠετιώνη
ὥρμηνεν θανέεσθαι, ἐπεὶ βασιλεῦσιν ἄμεινον

limbs which make a man move. There he lay among the black blood and the other victims of the massacre, ‹Priam, famed for›[11] his wealth, his ancestry, and his countless children. Human glory does not last long: disgrace can come upon a man unforeseen. And so fate took him, and he had no more thought of his misfortunes.

Next the Danaans, those swift horsemen, threw Astyanax from a high tower and destroyed his dear life. They seized him from his mother's arms because of their anger at Hector, who had caused them much trouble while he yet lived: hence they hated his offspring and threw his son from the lofty wall though he was an infant who knew nothing yet of war and conflict. Just as when famished mountain wolves separate a calf from its mother's milky udder and deliberately drive it over an echoing cliff; and the mother laments for her dear young one, lowing loud and long, while trouble of another sort comes up behind her—lions, which prey on her, too: just so did those foemen lead away noble Eëtion's daughter with the other captive women as she grieved for her child and uttered pitiful laments. And when she thought of the appalling murders of her child, her husband and her father, Eëtion's fair-ankled daughter felt an urge to die: for those of royal

---

[11] One line missing.

---

post 246 lac. stat. Tychsen
257 πω Spitzner: τι M
266 γοῶσαν Zimmermann: βο- M

270 τεθνάμεν ἐν πολέμῳ ἢ χείροσιν ἀμφιπολεύειν·
καί ῥ' ὀλοφυδνὸν ἄυσε μέγ' ἀχνυμένη κέαρ ἔνδον·
"Εἰ δ' ἄγε νῦν καὶ ἐμεῖο δέμας κατὰ τείχεος
αἰνοῦ
ἢ κατὰ πετράων ἢ καὶ πυρὶ αἶψα βάλεσθε,
Ἀργεῖοι· μάλα γάρ μοι ἀάσπετα πήματ' ἔασι.
275 καὶ γάρ μευ πατέρ' ἐσθλὸν ἐνήρατο Πηλέος υἱὸς
Θήβῃ ἐνὶ ζαθέῃ, Τροίῃ δ' ἐνὶ φαίδιμον ἄνδρα,
ὅς μοι ἔην μάλα πάντα τά τ' ἔλδετο θυμὸς ἐμεῖο·
καί μοι κάλλιπε τυτθὸν ἐνὶ μεγάροις ἔτι παῖδα,
ᾧ ἔπι κυδιάασκον ἀπείριτον, ᾧ ἔπι πολλὰ
280 ἐλπομένην ἀπάφησε κακὴ καὶ ἀτάσθαλος Αἶσα.
τῶ νύ μ' ἀκηχεμένην πολυτειρέος ἐκ βιότοιο
νοσφίσατ' ἐσσυμένως μηδ' εἰς ἑὰ δώματ' ἄγεσθε
μίγδα δορυκτήτοισιν, ἐπεί νύ μοι οὐκέτι θυμῷ
εὔαδεν ἀνθρώποισι μετέμμεναι, οὕνεκα δαίμων
285 κηδεμονῆας ὄλεσσεν, ἄχος δέ με δέχνυται αἰνὸν
ἐκ Τρώων στυγεροῖσιν ἐπ' ἄλγεσιν οἰωθεῖσαν."
Ἦ ῥα λιλαιομένη χθόνα δύμεναι· οὐ γὰρ ἔοικε
ζωέμεναι κείνοισιν ὅσων μέγα κῦδος ὄνειδος
ἀμφιχάνῃ· δεινὸν γὰρ ὑπόψιον ἔμμεναι ἄλλων.
290 οἱ δὲ βίῃ ἀέκουσαν ἄγον ποτὶ δούλιον ἦμαρ.
Ἄλλοι δ' ἀλλοίοις ἐνὶ δώμασι θυμὸν ἔλειπον
ἀνέρες· ἐν δ' ἄρα τοῖσι βοὴ πολύδακρυς ὀρώρει·
ἀλλ' οὐκ ἐν μεγάροις Ἀντήνορος, οὕνεκ' ἄρ' αὐτοῦ
Ἀργεῖοι μνήσαντο φιλοξενίης ἐρατεινῆς,
295 ὃς ξείνισσε πάροιθε κατὰ πτόλιν ἠδ' ἐσάωσεν
ἰσόθεον Μενέλαον ὁμῶς Ὀδυσῆι μολόντα.

blood it is better to die in war than to be a slave to one's inferiors. Her heart stricken with great grief, she cried out with this lament:

"Come on, you Argives! Throw my body, too, down from the wretched walls, or from the rocks, or into the flames; for my sufferings are beyond reckoning. The son of Peleus slew my noble father in holy Thebe, and in Troy he slew my glorious husband, who was all I could have wished for. He left me with our son, still an infant, in the palace: he was my endless delight and glory; but Destiny, wicked and cruel, cheated me of the many hopes I had for him. Since I am in this state of distress, rid me without delay of this miserable life; do not take me home with you along with the other captives: I have lost all desire to live among men, now that some god has destroyed my family; and if I am isolated from the Trojans I shall have a terrible grief to add to my cruel sufferings!"

So she spoke in her eagerness to sink beneath the earth; for it is unseemly to carry on living when one's good name is in the very jaws of disgrace: it is a terrible thing to be looked at with contempt. But for all her reluctance they led her away to a life of servitude.

In every other house men were losing their lives, amid a chorus of weeping and crying, but not in Antenor's palace: the Argives remembered his kind hospitality when he once entertained and protected godlike Menelaüs when he came to the city accompanied by Odysseus.[12] In grati-

---

[12] Cf. *Il.* 3.205–24.

273 πυρὶ Zimmermann: -ὸς M   277 πάντα Köchly: πολλὰ M   278 ἐνὶ μεγάροις Canter: ἐν ἡμετέροις M   285 με δέχνυται Rhodomann: μοι ἄχνυται M

τῷ δ᾽ ἐπίηρα φέροντες Ἀχαιῶν φέρτατοι υἷες
αὐτὸν μὲν ζώοντα λίπον καὶ κτῆσιν ἅπασαν,
καὶ Θέμιν ἁζόμενοι πανδερκέα καὶ φίλον ἄνδρα.

300   Καὶ τότε δὴ πάις ἐσθλὸς ἀμύμονος Ἀγχίσαο
πολλὰ καμὼν περὶ ἄστυ θεηγενέος Πριάμοιο
δουρὶ καὶ ἠνορέῃ, πολλῶν δ᾽ ἀπὸ θυμὸν ὀλέσσας,
ὡς ἴδε δυσμενέων ὑπὸ χείρεσι λευγαλέῃσιν
αἰθόμενον πτολίεθρον ἀπολλυμένους θ᾽ ἅμα λαοὺς
305 πανσυδίῃ καὶ κτῆσιν ἀπείριτον ἔκ τε μελάθρων
ἑλκομένας ἀλόχους ἅμα παίδεσιν, οὐκέτ᾽ ἄρ᾽ αὐτοῦ
ἐλπωρὴν ἔχε θυμὸς ἰδεῖν εὐτείχεα πάτρην,
ἀλλά οἱ ὁρμαίνεσκε νόος μέγα πῆμ᾽ ὑπαλύξαι.
ὡς δ᾽ ὅθ᾽ ἁλὸς κατὰ βένθος ἀνὴρ οἰήια νωμῶν
310 νηὸς ἐπισταμένως ἄνεμον καὶ κῦμ᾽ ἀλεείνων
πάντοθεν ἐσσύμενον στυγερῇ ὑπὸ χείματος ὥρῃ
χεῖρα κάμῃ καὶ θυμόν, ὑποβρυχίης δ᾽ ἄρα νηὸς
ὀλλυμένης ἀπάνευθε λιπὼν οἰήια μοῦνος
τυτθὸν ἐπὶ σκάφος εἶσι, μέλει δέ οἱ οὐκέτι νηὸς
315 φορτίδος· ὣς πάις ἐσθλὸς ἐύφρονος Ἀγχίσαο
ἄστυ λιπὼν δηίοισι καταιθόμενον πυρὶ πολλῷ
υἱέα καὶ πατέρα σφὸν ἀναρπάξας φορέεσκε,
τὸν μὲν ἐπὶ πλατὺν ὦμον ἐφεσσάμενος κρατερῇσι
χερσὶ πολυτλήτῳ ὑπὸ γήραϊ μοχθίζοντα·
320 τὸν δ᾽ ἁπαλῆς μάλα χειρὸς ἐπιψαύοντα πόδεσσι
γαίης, οὐλομένου δὲ φοβεύμενον ἔργα μόθοιο
ἐξῆγεν πολέμοιο δυσηχέος· ὃς δ᾽ ὑπ᾽ ἀνάγκης

306 αὐτοῦ Spitzner: -τῷ M

648

tude for this, the foremost sons of the Achaeans left him and all his property alone, out of respect for Themis, who sees all, and for a man whom they considered a friend.

It was then that the noble son of blameless Anchises, who had labored valiantly with his spear around the city of Priam, descendant of the gods, and had made many men lose their lives, beheld his city burn by the cruel hands of the enemy, its people and their countless possessions rapidly destroyed, and wives and children dragged from their dwellings; and in the expectation that he would never again see his homeland with its fine walls, he felt moved to get away from that great disaster. Just as when out on the deep sea a steersman expert at controlling his ship's rudder finds his hands and his resolve alike exhausted from trying to avoid the winds and waves in the hateful winter season, and as it begins to be swamped and to sink he abandons the rudder and boards a small boat on his own with no further care for the ship and its cargo: just so the noble son of wise Anchises abandoned his blazing city to the foe, seized his father and his son, and set off carrying them, lifting the old man, enfeebled by grievous age, on his broad shoulders with his mighty arms, and leading his son[13] by his tender hand, barely touching the ground with his feet and terrified of those acts of deadly war, out of the hurly-burly and the fighting. That tender child could do nothing but keep close to him and hang

13 Ascanius.

---

310 ἀλεείνων Rhodomann: ἀλεγεινὸν M
313 μοῦνος West: -να M
320 ἁπαλῆς Rhodomann: ἀπ᾽ ἄλλης M

ἐκρέματ' ἐμπεφυὼς ἀταλὸς πάις, ἀμφὶ δὲ δάκρυ
χεύατό οἱ ἁπαλῇσι παρηίσιν· αὐτὰρ ὁ νεκρῶν
325 σώμαθ' ὑπέρθορε πολλὰ θοοῖς ποσί, πολλὰ δ' ἐν
ὄρφνῃ
οὐκ ἐθέλων στείβεσκε. Κύπρις δ' ὁδὸν ἡγεμόνευεν
υἱωνὸν καὶ παῖδα καὶ ἀνέρα πήματος αἰνοῦ
πρόφρων ῥυομένη· τοῦ δ' ἐσσυμένου ὑπὸ ποσσὶ
πάντη πῦρ ὑπόεικε, περισχίζοντο δ' ἀυτμαὶ
330 Ἡφαίστου μαλεροῖο, καὶ ἔγχεα καὶ βέλε' ἀνδρῶν
πῖπτον ἐτώσια πάντα κατὰ χθονὸς ὁππόσ' Ἀχαιοὶ
κείνῳ ἐπέρριψαν πολέμῳ ἐνὶ δακρυόεντι.
καὶ τότε δὴ Κάλχας μεγάλ' ἴαχε λαὸν ἐέργων·
"Ἴσχεσθ' Αἰνείαο κατ' ἰφθίμοιο καρήνου
335 βάλλοντες στονόεντα βέλη καὶ λοίγια δοῦρα.
τὸν γὰρ θέσφατόν ἐστι θεῶν ἐρικυδέι βουλῇ
Θύμβριν ἐπ' εὐρυρέεθρον ἀπὸ Ξάνθοιο μολόντα
τευξέμεν ἱερὸν ἄστυ καὶ ἐσσομένοισιν ἀγητὸν
ἀνθρώποις, αὐτὸν δὲ πολυσπερέεσσι βροτοῖσι
340 κοιρανέειν· ἐκ τοῦ δὲ γένος μετόπισθεν ἀνάξειν
ἄχρις ἐπ' Ἀντολίην τε καὶ ἀκάματον Δύσιν ἐλθεῖν.
καὶ γάρ οἱ θέμις ἐστὶ μετέμμεναι ἀθανάτοισιν,
οὕνεκα δὴ πάις ἐστὶν ἐυπλοκάμου Ἀφροδίτης.
καὶ δ' ἄλλως τοῦδ' ἀνδρὸς ἑὰς ἀπεχώμεθα χεῖρας,
345 οὕνεκά οἱ χρυσοῖο καὶ ἄλλοις ἐν κτεάτεσσιν

* * *

ἄνδρα σαοῖ φεύγοντα καὶ ἀλλοδαπὴν ἐπὶ γαῖαν,
τῶν πάντων προβέβουλεν ἑὸν πατέρ' ἠδὲ καὶ υἷα·

650

from his hand as the tears coursed down his soft cheeks. His father leaped over many a dead body with nimble feet, and could not but tread on many others in the darkness. Cypris led the way, eager to protect her grandson, her son and her husband from that dreadful disaster: as he rushed along, the fire everywhere gave way beneath his feet, Hephaestus' raging flames were parted, and all the Achaean warriors' spears and missiles thrown at him in that grievous battle missed their target and fell to the ground. Then Calchas gave a loud shout restraining the army:

"Stop hurling your deadly missiles and murderous spears at mighty Aeneas' head! By the glorious will of the gods he is destined to leave Xanthus and go to Tiber's broad streams, there to found a holy city that will be a marvel even to future men;[14] he himself shall be ruler of a people far and wide, and his descendants shall be lords of an empire extending from the tireless sun's eastern rising to where it sets in the west. And it is right that he should have a place among the immortals, since he is the son of Aphrodite of the beautiful tresses. For another reason, too, we should offer this man no violence: instead of all his gold and other possessions <. . . . .> which might keep an exile safe even in a foreign land, he preferred his father and his son: this one night has shown us the extraor-

[14] Rome. Various stories were told of its origins. Virgil followed a version according to which Aeneas' descendant Romulus was the founder.

---

341 ἐλθεῖν Vian: ἔλθη M
post 345 lac. stat. Vian

νὺξ δὲ μί᾽ ἧμιν ἔφηνε καὶ υἱέα πατρὶ γέροντι
ἤπιον ἐκπάγλως καὶ ἀμεμφέα παιδὶ τοκῆα."

350 Ὣς φάτο· τοὶ δ᾽ ἐπίθοντο καὶ ὡς θεὸν
εἰσοράασκον
πάντες. ὁ δ᾽ ἐσσυμένως ἐξ ἄστεος οἷο βεβήκει,
ἧχί ἑ ποιπνύοντα πόδες φέρον· οἱ δ᾽ ἔτι Τροίης
Ἀργεῖοι πτολίεθρον ἐυκτίμενον διέπερθον.

Καὶ τότε δὴ Μενέλαος ὑπὸ ξίφεϊ στονόεντι
355 Δηίφοβον κατέπεφνε καρηβαρέοντα κιχήσας
ἀμφ᾽ Ἑλένης λεχέεσσι δυσάμμορον· ἢ δ᾽ ὑπὸ φύζῃ
κεύθετ᾽ ἐνὶ μεγάροισιν. ὁ δ᾽ αἵματος ἐκχυμένοιο
γήθεεν ἀμφὶ φόνῳ, τοῖον δ᾽ ἐπὶ μῦθον ἔειπεν·

"Ὦ κύον, ὥς τοι ἔγωγε φόνον στονόεντ᾽ ἐφέηκα
360 σήμερον· οὐδέ σε δῖα κιχήσεται Ἠριγένεια
ζωὸν ἔτ᾽ ἐν Τρώεσσι, καὶ εἰ Διὸς εὔχεαι εἶναι
γαμβρὸς ἐρισμαράγοιο· μέλας δέ σ᾽ ἐδέξατ᾽ ὄλεθρος
ἡμετέρης ἀλόχοιο παρὰ λεχέεσσι δαμέντα
ἀργαλέως. ὡς εἴθε καὶ οὐλομένοιο πάροιθε
365 θυμὸν Ἀλεξάνδροιο κατὰ μόθον ἀντιόωντος
νοσφισάμην· καί κέν μοι ἐλαφρότερον πέλεν ἄλγος.
ἀλλ᾽ ὁ μὲν αἶψ᾽ ἀφίκανεν ὑπὸ ζόφον ὀκρυόεντα
τίσας αἴσιμα πάντα· σὲ δ᾽ οὐκ ἄρ᾽ ἔμελλεν ὀνήσειν
ἡμετέρη παράκοιτις, ἐπεὶ Θέμιν οὔ ποτ᾽ ἀλιτροὶ
370 ἀνέρες ἐξαλέονται ἀκήρατον, οὕνεκ᾽ ἄρ᾽ αὐτοὺς
εἰσοράᾳ νυκτός τε καὶ ἤματος, ἀμφὶ δὲ πάντῃ

348 μί᾽ Rhodomann: μιν M
352 οἱ δ᾽ ἔτι Rhodomann: οὐδέ τι M

dinary piety of a son toward his father and the blameless love of a parent toward his son."

So he spoke, and they obeyed him, regarding Aeneas with godlike respect. He meanwhile had hastened on his way out of the city, going wherever his impatient steps carried him; and the Argives continued to sack the well-built city of Troy.

Then it was that Menelaüs slew the ill-fated Deïphobus with his cruel sword, when he found him heavy with drink near Helen's bed; she herself had fled and was hiding in the palace. The killer rejoiced to shed his blood and addressed him as follows:

"You dog! This day I have dealt you a cruel death; and divine Erigeneia shall not find you still alive among the Trojans, even if you do boast that you are the son-in-law of Zeus the thunderer! Black death has received you, cruelly vanquished beside the bed of the woman rightfully my bedmate. If only I had been able earlier[15] to do away with that damnable Alexander, too, facing him in battle; then my suffering would have been easier to bear. But he has paid the penalty for all his crimes and has sped to the chill darkness below; and as for you, you were destined to get no good out of my wife: wicked men never escape the pure goddess Themis, who observes them both day and night

[15] *Il.* 3.310–82: Paris was rescued by Aphrodite just as he was about to be killed by Menelaüs.

---

363 παρὰ λεχέεσσι Platt: παρ' ἡμετέρῃσι M
366 ἐλαφρότερον Tychsen: -ότατον M
367 αἶψ' ἀφίκανεν Vian: ἵκανεν M

ἀνθρώπων ἐπὶ φῦλα διηερίη πεπότηται
τινυμένη σὺν Ζηνὶ κακῶν ἐπιίστορας ἔργων."
    Ὣς εἰπὼν δηίοισιν ἀνηλέα τεῦχεν ὄλεθρον·
375 μαίνετο γάρ οἱ θυμὸς ὑπὸ κραδίῃ μέγ' ἀέξων
ζηλήμων· καὶ πολλὰ περὶ φρεσὶ θαρσαλέῃσι
Τρωσὶ κακὰ φρονέεσκε τὰ δὴ θεὸς ἐξετέλεσσε
πρέσβα Δίκη. κεῖνοι γὰρ ἀτάσθαλα πρῶτοι ἔρεξαν
ἀμφ' Ἑλένης, πρῶτοι δὲ καὶ ὅρκια πημήναντο,
380 σχέτλιοι, οἵ ποτε † κεῖνο † παρ' ἐκ μέλαν αἷμα
    καὶ ἱρὰ
ἀθανάτων ἐλάθοντο παραιβασίῃσι νόοιο.
τῶ καί σφιν μετόπισθεν Ἐρινύες ἄλγεα τεῦχον·
τοὔνεκ' ἄρ' οἱ μὲν ὄλοντο πρὸ τείχεος, οἱ δ' ἀνὰ
    ἄστυ
τερπόμενοι παρὰ δαιτὶ καὶ ἠυκόμοις ἀλόχοισιν.
385   Ὀψὲ δὲ δὴ Μενέλαος ἐνὶ μυχάτοισι δόμοιο
εὗρεν ἑὴν παράκοιτιν ὑποτρομέουσαν ὁμοκλὴν
ἀνδρὸς κουριδίοιο θρασύφρονος, ὅς μιν ἀθρήσας
ὥρμαινε κτανέειν ζηλημοσύνῃσι νόοιο,
εἰ μή οἱ κατέρυξε βίην ἐρόεσσ' Ἀφροδίτη
390 ἥ ῥά οἱ ἐκ χειρῶν ἔβαλε ξίφος, ἔσχε δ' ἐρωήν·
τοῦ γὰρ ζῆλον ἐρεμνὸν ἀπώσατο καί οἱ ἔνερθεν
ἡδὺν ἐφ' ἵμερον ὦρσε κατὰ φρενὸς ἠδὲ καὶ ὄσσων.
τῷ δ' ἄρα θάμβος ἄελπτον ἐπήλυθεν, οὐδ' ἄρ' ἔτ'
    ἔτλη
κάλλος ἰδὼν ἀρίδηλον ἐπὶ ξίφος αὐχένι κῦρσαι·
395 ἀλλ' ὥς τε ξύλον αὖον ἐν οὔρεϊ ὑλήεντι
εἱστήκει, τό περ οὔτε θοαὶ Βορέαο θύελλαι

and hovers above all the tribes of mankind joining Zeus in punishing men's wicked ways!"

With these words he set about cruelly massacring the enemy: his heart and soul were bursting with jealous rage, and Justice, that august goddess, brought to pass the many malign thoughts which his mind harbored against the Trojans, because those wretches had been the first offenders with Helen, the first to break their oaths and to spurn the gods' blood sacrifices with their willfully criminal minds.[16] For that reason the Furies thereafter caused them grief and misery, destroying some of them before their walls and others as they enjoyed themselves in the city with their wives with their beautiful tresses.

It was some time before Menelaus found his wife in her hiding place in the palace. She was terrified of the menaces of her rightful husband: the sight of her roused his jealousy so much that he felt driven to kill her. But Aphrodite, goddess of love, restrained his violence, made the sword fall from his hand, and put a stop to his impulse by ridding him of dark jealousy and kindling sweet desire deep in his mind and eyes. He had not expected to be dumbstruck at the sight of her in all her beauty, but he could no longer bring himself to strike her neck with his sword. Just as on a wooded hillside a dried-out tree keeps standing, unmoved by the strong blasts of Boreas or Notus

16 Cf. *Il.* 4.155–68.

380 οἵ ποτε Vian: ποτε m: ὁππότε m
384 καὶ Köchly: παρ’ M   388 ὥρμαινε West: -μηνεν M
395 τε Spitzner: περ M
396 περ Zimmermann: μὲν M   οὔτε Spitzner: οὔτι M

ἐσσύμεναι κλονέουσι δι᾽ ἠέρος οὔτε Νότοιο·
ὡς ὁ ταφὼν μένε δηρόν, ὑπεκλάσθη δέ οἱ ἀλκὴ
δερκομένου παράκοιτιν. ἄφαρ δ᾽ ὅ γε λήσατο
πάντων
400 ὅσσά οἱ ἐν λεχέεσσιν ἐνήλιτε κουριδίοισι·
πάντα γὰρ ἠμάλδυνε θεὴ Κύπρις ἥ περ ἁπάντων
ἀθανάτων δάμνησι νόον θνητῶν τ᾽ ἀνθρώπων.
ἀλλὰ καὶ ὣς θοὸν ἆορ ἀπὸ χθονὸς αὖτις ἀείρας
κουριδίῃ ἐπόρουσε· νόος δέ οἱ ἄλλ᾽ ἐνὶ θυμῷ
405 ὡρμᾶτ᾽ ἐσσυμένοιο, δόλῳ δ᾽ ἄρ᾽ ἔθελγεν Ἀχαιούς.
καὶ τότε μιν κατέρυξεν ἀδελφεὸς ἱέμενόν περ
μειλιχίοις μάλα πολλὰ παραυδήσας ἐπέεσσι·
δείδιε γὰρ μὴ δή σφιν ἐτώσια πάντα γένηται·
"Ἴσχεο νῦν, Μενέλαε, χολούμενος· οὐ γὰρ ἔοικε
410 κουριδίην παράκοιτιν ἐναιρέμεν ἧς πέρι πολλὰ
ἄλγε᾽ ἀνέτλημεν Πριάμῳ κακὰ μητιόωντες.
οὐ γάρ τοι Ἑλένη πέλει αἰτίη, ὡς σύ γ᾽ ἔολπας,
ἀλλὰ Πάρις ξενίοιο Διὸς καὶ σεῖο τραπέζης
λησάμενος· τῷ καί μιν ἐν ἄλγεσι τίσατο δαίμων."
415 Ὣς φάθ᾽· ὁ δ᾽ αἶψ᾽ ἐπίθησε. θεοὶ δ᾽ ἐρικυδέα
Τροίην
κυανέοις νεφέεσσι καλυψάμενοι γοάασκον,
νόσφιν ἐυπλοκάμου Τριτωνίδος ἠδὲ καὶ Ἥρης
αἳ μέγα κυδιάασκον ἀνὰ φρένας, εὖτ᾽ ἐσίδοντο
περθόμενον κλυτὸν ἄστυ θεηγενέος Πριάμοιο.
420 ἀλλ᾽ οὐ μὰν οὐδ᾽ αὐτὴ ἐύφρων Τριτογένεια
πάμπαν ἄδακρυς ἔην, ἐπεὶ ἦ νύ οἱ ἔνδοθι νηοῦ
Κασσάνδρην ᾔσχυνεν Ὀιλέος ὄβριμος υἱός,

gusting through the air: just so he stood long rooted to the spot in amazement, and as he gazed at his wife his strength gave way. He instantly forgot all the offenses she had committed against the marriage bed, because they were all effaced by the goddess Cypris, conqueror of the minds of all immortal gods and mortal men. Still, he did pick up his swift sword again and rush at his wedded wife; but this time his violence had a different purpose—it was meant to mislead the Achaeans. Then his brother restrained his zeal by using many mollifying words to change his mind, since he was afraid that all their efforts would come to nothing:

"Control you anger now, Menelaüs! It is not right to do away with your wedded wife, for whom we have endured so many sufferings as we devised Priam's ruin. You are mistaken in blaming Helen: the guilty party was Paris, who forgot what he owed to Zeus the god of strangers and to your hospitable table. He is the one who has been made to suffer in consequence."

So he spoke; and Menelaüs was quick to obey him. Meanwhile, shrouded in louring clouds, the gods kept up a lament for the renowned city of Troy all except Tritonis of the fine tresses and Hera, too, who exulted at the sight of the famous city of Priam, descendant of the gods, being sacked. Not that even wise Tritogeneia herself was entirely without tears, when the mighty son of Oïleus raped Cassandra inside her temple, his heart and mind

---

400 ἐνήλιτε Zimmermann: ἀν- M   413 Πάρις Brodeau: περὶ M   ξενίοιο Brodeau: ξείνοιο M
420 μὰν Rhodomann: μὲν M   421 ἢ νύ Köchly: ῥά M

θυμοῦ τ' ἠδὲ νόοιο βεβλαμμένος. ἢ δέ οἱ αἰνὸν
εἰσοπίσω βάλε πῆμα καὶ ἀνέρα τίσατο λώβης.
425 οὐδέ οἱ ἔργον ἀεικὲς ἐσέδρακεν· ἀλλά οἱ αἰδὼς
καὶ χόλος ἀμφεχύθη, βλοσυρὰς δ' ἔστρεψεν ὀπωπὰς
νηὸν ἐς ὑψόροφον, περὶ δ' ἔβραχε θεῖον ἄγαλμα
καὶ δάπεδον νηοῖο μέγ' ἔτρεμεν· οὐδ' ὅ γε λυγρῆς
λῆγεν ἀτασθαλίης, ἐπεὶ ἦ φρένας ἄασε Κύπρις.
430   Πάντῃ δ' ἄλλοθεν ἄλλα κατηρείποντο μέλαθρα
ὑψόθεν· ἀζαλέη δὲ κόνις συνεμίσγετο καπνῷ·
ὦρτο δ' ἄρα κτύπος αἰνός· ὑπετρομέοντο δ' ἀγυιαί.
432a καίετο δ' Αἰνείαο δόμος, καίοντο δὲ πάντα
Ἀντιμάχοιο μέλαθρα· καταίθετο δ' ἄσπετον ἄκρη
Πέργαμον ἀμφ' ἐρατὴν περί θ' ἱερὸν Ἀπόλλωνος
435 νηόν τε ζάθεον Τριτωνίδος ἀμφί τε βωμὸν
Ἑρκείου· θάλαμοι δὲ κατεπρήθοντ' ἐρατεινοὶ
υἱωνῶν Πριάμοιο· πόλις δ' ἀμαθύνετο πᾶσα.
   Τρῶες δ' οἳ μὲν παισὶν ὑπ' Ἀργείων ὀλέκοντο,
οἳ δ' ὑπὸ λευγαλέοιο πυρὸς σφετέρων τε μελάθρων,
440 ἔνθά σφιν καὶ μοῖρα κακὴ καὶ τύμβος ἐτύχθη·
ἄλλοι δὲ ξιφέεσσιν ἑὸν διὰ λαιμὸν ἔλασσαν
πῦρ ἅμα δυσμενέεσσιν ἐπὶ προθύροισιν ἰδόντες·
οἳ δ' ἄρ' ὁμῶς τεκέεσσι κατακτείναντες ἀκοίτις
κάππεσον ἄσχετον ἔργον ἀναπλήσαντες ἀνάγκῃ.
445 καί ῥά τις οἰόμενος δηίων ἑκὰς ἔμμεναι αὐτὸς
ἔκποθεν Ἡφαίστοιο θοῶς ἀνὰ κάλπιν ἀείρας
ὥρμηνεν πονέεσθαι ἐφ' ὕδατι· τὸν δὲ παραφθὰς

impaired by madness. She would later inflict on him terrible misfortune as punishment for his shameful crime.[17] As it was, she did not actually see the disgraceful deed: in a sudden access of modesty and anger she turned her grim gaze toward the high roof of the temple as her sacred statue made a loud noise and the floor of her temple shook. But even then he did not desist from his foolish crime, because Cypris had impaired his mind.

All over the city lofty houses were falling in ruins in every direction; a dry dust mingled with smoke; a dreadful noise arose; and the city's streets shook to their foundations. The house of Aeneas burned, the whole palace of Antimachus burned; the higher part of the city blazed intensely including lovely Pergamus, Apollo's shrine, Tritonis' holy temple, and the altar of Zeus Herceüs. The gorgeous chambers of Priam's sons and grandsons were on fire; and the whole city was being reduced to ashes.

Some Trojans were victims of the sons of the Argives, others of the dreadful fire and of their own houses, where they encountered a bitter death and burial. Others used their swords to cut their own throats when they saw the fire and the enemy together at their gates; and others were compelled to kill their wives and children, a deed of unbearable horror, before falling dead themselves. One, thinking no enemies close by, snatched a pitcher from somewhere in the fire, intending to use it for water; but before he could do so he was stabbed by an Argive

---

[17] See 14.548–89.

426 δ᾽ ἔστρεψεν Vian: δὲ τρέψεν M   433 ἄσπετον Vian: -ος M   443 ἀκοίτις Zimmermann: -της m: -τῃ m

Ἀργείων τις ἔτυψεν ὑπ᾽ ἔγχεϊ καί οἱ ὄλεσσε
θυμὸν ὑπ᾽ ἀκρήτῳ βεβαρημένον· ἤριπε δ᾽ εἴσω
450   δώματος, ἀμφὶ δέ οἱ κενεὴ περικάππεσε κάλπις.
ἄλλῳ δ᾽ αὖ φεύγοντι δι᾽ ἐκ μεγάροιο μεσόδμη
ἔμπεσε καιομένη, ἐπὶ δ᾽ ἤριπεν αἰπὺς ὄλεθρος.
πολλαὶ δ᾽ αὖτε γυναῖκες ἀνιηρὴν ἐπὶ φύζαν
ἐσσύμεναι μνήσαντο φίλων ὑπὸ δώμασι παίδων
455   οὓς λίπον ἐν λεχέεσσιν· ἄφαρ δ᾽ ἀνὰ ποσσὶν ἰοῦσαι
παισὶν ὁμῶς ἀπόλοντο δόμων ἐφύπερθε πεσόντων.
ἵπποι δ᾽ αὖτε κύνες τε δι᾽ ἄστεος ἐπτοίηντο
φεύγοντες στυγεροῖο πυρὸς μένος· ἀμφὶ δὲ ποσσὶ
στεῖβον ἀποκταμένους· ζωοῖσι δὲ πῆμα φέροντες
460   αἰὲν ἐνερρήγνυντο. βοῇ δ᾽ ἀμφίαχεν ἄστυ
καί τινος αἰζηοῖο διὰ φλογὸς ἐσσυμένοιο
φθεγγομένου· τοὺς δ᾽ ἔνδον ἀμείλιχος Αἶσα
        δάμασσεν.
ἄλλον δ᾽ ἄλλα κέλευθα φέρον στονόεντος ὀλέθρου.
    φλὸξ δ᾽ ἄρ᾽ ἐς ἠέρα δῖαν ἀνέγρετο, πέπτατο δ᾽
        αἴγλη
465   ἄσπετος· ἀμφὶ δὲ φῦλα περικτιόνων ὀρόωντο
μέχρις ἐπ᾽ Ἰδαίων ὀρέων ὑψηλὰ κάρηνα
Θρηικίης τε Σάμοιο καὶ ἀγχιάλου Τενέδοιο.
καί τις ἁλὸς κατὰ βένθος ἔσω νεὸς ἔκφατο μῦθον·
    "Ἤνυσαν Ἀργεῖοι κρατερόφρονες ἄσπετον ἔργον
470   πολλὰ μάλ᾽ ἀμφ᾽ Ἑλένης ἑλικοβλεφάροιο καμόντες·
πᾶσα δ᾽ ἄρ᾽ ἡ τὸ πάροιθε πανόλβιος ἐν πυρὶ Τροίη
καίεται οὐδὲ θεῶν τις ἐελδομένοισιν ἄμυνε.
πάντα γὰρ ἄσχετος Αἶσα βροτῶν ἐπιδέρκεται ἔργα·

sword and breathed his last, still heavy with drink, as he collapsed inside his house and the pitcher, still empty, fell at his side. Another was fleeing through his hall when the blazing center beam fell on him and ruin came down from above. Many of the women, too, rushed to flee in their distress; then, remembering the dear children they had left at home in bed, they would retrace their steps, only to perish together with their children as the houses collapsed on top of them. Horses and dogs, too, fled through the city in panic at the fire's hateful blaze; they trod the dead underfoot and harmed the living by constantly dashing against them. The city would ring out with cries, too, when some young man screamed as he ran through the flames. Others again were vanquished by pitiless Destiny although they stayed indoors. Men met a cruel death in many and varied ways.

Flames mounted into the divine air, and an intense brightness extended over the city: it was visible to the neighboring peoples as far as the lofty peaks of Ida's mountains, Samothrace and sea-girt Tenedos; and out on the deep sea sailors on board ship would say:

"The doughty Argives have brought their huge enterprise to an end after their long struggle over the seductive Helen; and the once prosperous city of Troy is in flames. They hoped for help from the gods, but none came: irresistible Destiny surveys all the deeds of men,

---

451 ἄλλῳ . . . φεύγοντι Rhodomann: ἄλλος . . . φεύγων τις M   δι' ἐκ West: διὰ M

452 αἰπὺς ὄλεθρος Köchly: -ὺν -ον M

453 ἐπὶ Rhodomann, Pauw: ὑπὸ M

460 βοῇ Vian: -ὴ M

661

καὶ τὰ μὲν ἀκλέα πολλὰ καὶ οὐκ ἀρίδηλα γεγῶτα
475 κυδήεντα τίθησι, τὰ δ᾽ ὑψόθι μείονα θῆκε·
πολλάκι δ᾽ ἐξ ἀγαθοῖο πέλει κακόν, ἐκ δὲ κακοῖο
ἐσθλὸν ἀμειβομένοιο πολυτλήτου βιότοιο."
    Ὣς ἄρ᾽ ἔφη μερόπων τις ἀπόπροθεν ἄσπετον
        αἴγλην
εἰσορόων. στονόεσσα δ᾽ ἔτ᾽ ἄμπεχε Τρῶας ὀιζύς·
480 Ἀργεῖοι δ᾽ ἀνὰ ἄστυ κυδοίμεον, ἠύτ᾽ ἄηται
λάβροι ἀπείρονα πόντον ὀρινόμενοι κλονέουσιν,
ὁππότ᾽ ἄρ᾽ ἀντιπέρηθε δυσαέος Ἀρκτούροιο
βηλὸν ἐς ἀστερόεντα Θυτήριον ἀντέλλησιν
ἐς Νότον ἠερόεντα τετραμμένον, ἀμφὶ δ᾽ ἄρ᾽ αὐτῷ
485 πολλαὶ ὑπόβρυχα νῆες ἀμαλδύνοντ᾽ ἐνὶ πόντῳ
ὀρνυμένων ἀνέμων· τοῖς εἴκελοι υἷες Ἀχαιῶν
πόρθεον Ἴλιον αἰπύ. τὸ δ᾽ ἐν πυρὶ καίετο πολλῷ,
ἠύτ᾽ ὄρος λασίῃσιν ἄδην καταειμένον ὕλης
ἐσσυμένως καίηται ὑπαὶ πυρὸς ὀρνυμένοιο
490 ἐξ ἀνέμων, δολιχαὶ δὲ περιβρομέουσι κολῶναι,
τῷ δ᾽ ἄρα λευγαλέως ἐνιτείρεται ἄγρια πάντα
Ἡφαίστοιο βίηφι περιστρεφθέντα καθ᾽ ὕλην·
ὣς Τρῶες κτείνοντο κατὰ πτόλιν· οὐδέ τις αὐτοὺς
ῥύετ᾽ ἐπουρανίων· περὶ γὰρ λίνα πάντοθε Μοῖραι
495 μακρὰ περιστήσαντο τά περ βροτὸς οὔ ποτ᾽ ἄλυξε.
    Καὶ τότε Δημοφόωντι μενεπτολέμῳ τ᾽ Ἀκάμαντι
Θησῆος μεγάλοιο δι᾽ ἄστεος ἤντετο μήτηρ
Αἴθρη ἐελδομένη· μακάρων δέ τις ἡγεμόνευεν
ὅς μιν ἄγεν κείνοισι καταντίον. ἡ δ᾽ ἀλάλυκτο
500 φεύγουσ᾽ ἐκ πολέμοιο καὶ ἐκ πυρός· οἳ δ᾽ ἐσιδόντες

making famous things originally without fame and ob-
scure, and making low the mighty. As life goes by with all
its changes and sufferings, good many a time gives way to
evil, evil to good."

So mortal men spoke as from afar they watched that
intense brightness. The Trojans were still enveloped in
terrible suffering as the Argives ran amok through their
city. Just as violent winds get up and set the boundless sea
in tumult in the season when the Altar rises opposite un-
wholesome Arcturus into the starry firmament and is
turned toward misty Notus,[18] and as the winds rise with it
many ships at sea are swamped and destroyed: with just
such fury did the sons of the Achaeans took lofty Ilium,
engulfed in fire. Just as when a leafy, well-wooded moun-
tainside blazes rapidly with fire fueled by the wind, as tall
peaks echo the crackling sound and all the wild creatures
suffer a cruel death, trapped in the forest by the fire god's
force: just so were the Trojans massacred throughout their
city. None of the heavenly gods came to their aid: the
Fates had set round them that great net which no mortal
man has ever escaped.

It was then that Aethra, the mother of great Theseus,
met Demophon and the steadfast warrior Acamas[19] in
the city. She was hoping to meet them, and one of the
blessed gods, acting as guide, led her face to face with
them. She was fleeing frantically from the fighting and the

---

[18] Late November. Cf. 4.554.   [19] Sons of Theseus.

---

474 πολλὰ Köchly: πάντα M   488 ἠύτ᾽ ὄρος Rhodo-
mann: εὖτ᾽ ὄρεος M   494 λίνα Rhodomann: αἰνὰ M
498 Αἴθρη J. Th. Struve: καίπερ M

αἴγλη ἐν Ἡφαίστοιο δέμας μέγεθός τε γυναικὸς
αὐτὴν ἔμμεν ἔφαντο θεηγενέος Πριάμοιο
ἀντιθέην παράκοιτιν. ἄφαρ δέ οἱ ἐμμεμαῶτες
χεῖρας ἐπερρίψαντο λιλαιόμενοί μιν ἄγεσθαι
505 ἐς Δαναούς· ἡ δ' αἰνὸν ἀναστενάχουσα μετηύδα·
    "Μή νύ με, κύδιμα τέκνα φιλοπτολέμων Ἀργείων,
δήιον ὡς ἐρύοντες ἐὰς ἐπὶ νῆας ἄγεσθε.
οὐ γὰρ Τρωιάδων γένος εὔχομαι· ἀλλά μοι ἐσθλὸν
αἷμα πέλει Δαναῶν μάλ' ἐυκλεές, οὕνεκα Πιτθεὺς
510 γείνατό μ' ἐν Τροιζῆνι, γάμῳ δ' ἐδνώσατο δῖος
Αἰγεύς, ἐκ δ' ἄρ' ἐμεῖο κλυτὸς πάις ἔπλετο Θησεύς.
ἀλλ' ἄγε, πρὸς μεγάλοιο Διὸς τερπνῶν τε τοκήων,
εἰ ἐτεὸν Θησῆος ἀμύμονος ἐνθάδ' ἵκοντο
υἷες ἅμ' Ἀτρείδῃσι, φίλοισί με παίδεσι κείνου
515 δείξατ' ἐελδομένοισι κατὰ στρατόν, οὕς περ ὀίω
ὕμμιν ὁμήλικας ἔμμεν· ἀναπνεύσει δέ μευ ἦτορ,
ἢν κείνους ζώοντας ἴδω καὶ ἀριστέας ἄμφω."
    Ὣς φάτο· τοὶ δ' ἀίοντες ἑοῦ μνήσαντο τοκῆος,
ἀμφ' Ἑλένης ὅσ' ἔρεξε καὶ ὡς διέπερσαν Ἀφίδνας
520 κοῦροι ἐριγδούποιο Διὸς πάρος, ὁππότ' ἄρ' αὐτοὺς
ὑσμίνης ἀπάνευθεν ἀπεκρύψαντο τιθῆναι
νηπιάχους ἔτ' ἐόντας· ἀνεμνήσαντο δ' ἀγαυῆς
Αἴθρης, ὅσσ' ἐμόγησε δορυκτήτῳ ὑπ' ἀνάγκῃ,

512 ἀλλ' ἄγε Köchly: ἀλλά με M

fire. When they caught sight of her form and stature in the bright light of Hephaestus, they thought she was the god-like spouse of Priam, descendant of the gods, and they instantly hastened to seize hold of her, wishing to bring her to the Danaans; but she addressed them with bitter sobs and groans:

"Renowned children of the warlike Argives, do not handle me like an enemy and bring me to your ships. The ancestry I claim is not Trojan: I am of noble and renowned Danaan blood: Pittheus fathered me in Trozen, divine Aegeus married me as his dowered wife, and Theseus is my renowned son. I beg you in the name of great Zeus and your beloved parents—if it is true that the sons of blameless Theseus came here with the Atreids, let me be seen by his dear children in the army: they will be hoping to see me; and I think they are the same age as you! I shall feel much better if I can see both of them alive, and champion warriors!"

So she spoke; and her speech put them in mind of their father's exploits concerning Helen, and how the sons of Zeus the thunderer[20] once sacked Aphidnae while their own nurses put them, still infants, in a hiding place away from the fighting; and they remembered noble Aethra herself and all she had suffered in her captive state when

[20] The Dioscuri (Castor and Polydeuces), brothers of Helen. Some years before her marriage to Menelaüs, Theseus and Peirithoüs abducted Helen from Sparta and hid her at Aphidnae near Athens. The Dioscuri invaded Attica, sacked Aphidnae, recaptured Helen, and took Theseus' mother, Aethra, captive to be Helen's servant (cf. *Il.* 3.143–44). Aethra is called her mother-in-law (524) somewhat loosely: Theseus' connection with Helen was brief.

ἄμφω ὁμῶς ἑκυρή τε καὶ ἀμφίπολος γεγαυῖα
525 ἀντιθέης Ἑλένης· σὺν δ' ἀμφασίῃ κεχάροντο.
Δημοφόων δέ μιν ἠὺς ἐελδομένην προσέειπε·
"Σοὶ μὲν δὴ τελέουσι θεοὶ θυμηδὲς ἐέλδωρ
αὐτίκ', ἐπεί ῥα δέδορκας ἀμύμονος υἱέος υἷας
ἡμέας, οἵ σε φίλῃσιν ἀειράμενοι παλάμῃσιν
530 οἴσομεν ἐς νῆας καὶ ἐς Ἑλλάδος ἱερὸν οὖδας
ἄξομεν ἀσπασίως, ὅθι περ πάρος ἐμβασίλευες."
Ὣς φάμενον μεγάλοιο πατρὸς προσπτύξατο
     μήτηρ
χείρεσιν ἀμφιβαλοῦσα, κύσεν δέ οἱ εὐρέας ὤμους
καὶ κεφαλὴν καὶ στέρνα γένειά τε λαχνήεντα·
535 ὣς δ' αὔτως Ἀκάμαντα κύσεν. περὶ δέ σφισι δάκρυ
ἡδὺ κατὰ βλεφάροιιν ἐχεύατο μυρομένοισιν.
ὡς δ' ὁπότ' αἰζηοῖο μετ' ἀλλοδαποῖσιν ἐόντος
λαοὶ φημίξωσι μόρον, τὸν δ' ἔκποθεν υἷες
ὕστερον ἀθρήσαντες ἐς οἰκία νοστήσαντα
540 κλαίουσιν μάλα τερπνόν· ὁ δ' ἔμπαλι παισὶ καὶ
     αὐτὸς
μύρεται ἐν μεγάροισιν ἐνωπαδόν, ἀμφὶ δὲ δῶμα
ἡδὺ κινυρομένων γοερὴ περιπέπτατ' ἰωή·
ὣς τῶν μυρομένων λαρὸς γόος ἀμφιδεδήει.
Καὶ τότε που Πριάμοιο πολυτλήτοιο θύγατρα
545 Λαοδίκην ἐνέπουσιν ἐς αἰθέρα χεῖρας ὀρέξαι
εὐχομένην μακάρεσσιν ἀτειρέσιν, ὄφρά ἑ γαῖα
ἀμφιχάνῃ, πρὶν χεῖρα βαλεῖν ἐπὶ δούλια ἔργα.
τῆς δὲ θεῶν τις ἄκουσε καὶ αὐτίκα γαῖαν ἔνερθε
ῥῆξεν ἀπειρεσίην· ἡ δ' ἐννεσίῃσι θεοῖο

she became both mother-in-law and servant to godlike Helen: and they were speechless with joy. Then noble Demophon addressed her request:

"At this very moment the gods are fulfilling your heart-felt wishes! You see in us the sons of your own blameless son. We shall take you in our loving arms, carry you to the ships, and be delighted to bring you to the holy soil of Hellas, where you used to reign as queen."

When she heard these words, the mother of his distinguished father threw her arms around him and embraced him, kissing his broad shoulders, his head, his breast, and his bearded cheeks; and she kissed Acamas likewise. They all wept, shedding copious tears of joy. Just as when a young man who has gone abroad is rumored to be dead, only for his sons suddenly to see him returned home: they weep tears of joy, and he himself in turn cries in his hall in front of his children, and a chorus as of lamentation spreads through the house as they all sob sweetly: just so was that sweet lament kindled as they sobbed and wept.

It was about that time, so they say, that Laodice, daughter of the much-suffering Priam, stretched her arms to the sky and prayed to the blessed, unwearying gods that the earth should swallow her up before she sullied her hands by working as a slave. One of the gods heard her prayer and immediately broke open the boundless earth beneath her; and in response to that god's command the

---

529 φίλησιν Vian: φίλης συν- M
536 μυρομένοισιν Rhodomann: -οιιν M
541 ἐνωπαδόν Vian: ἐπωμαδόν M

667

550 κούρην δέξατο δῖαν ἔσω κοίλοιο βερέθρου
    Ἰλίου ὀλλυμένης· ἧς εἵνεκά φασι καὶ αὐτὴν
    Ἠλέκτρην βαθύπεπλον ἑὸν δέμας ἀμφικαλύψαι
    ἀχλύι καὶ νεφέεσσιν ἀνηναμένην χορὸν ἄλλων
    Πληιάδων αἳ δή οἱ ἀδελφειαὶ γεγάασιν·
555 ἀλλ' αἱ μὲν μογεροῖσιν ἐπόψιαι ἀνθρώποισιν
    ἰλαδὸν ἀντέλλουσιν ἐς οὐρανόν, ἣ δ' ἄρα μούνη
    κεύθεται αἰὲν ἄιστος, ἐπεί ῥά οἱ υἱέος ἐσθλοῦ
    Δαρδάνου ἱερὸν ἄστυ κατήριπεν, οὐδέ οἱ αὐτὸς
    Ζεὺς ὕπατος χραίσμησεν ἀπ' αἰθέρος, οὕνεκα
        Μοίραις
560 εἴκει καὶ μεγάλοιο Διὸς μένος. ἀλλὰ τὸ μέν που
    ἀθανάτων τάχ' ἔρεξεν ἐὺς νόος ἠὲ καὶ οὐκί·
    Ἀργεῖοι δ' ἔτι θυμὸν ἐπὶ Τρώεσσιν ὄρινον
    πάντη ἀνὰ πτολίεθρον· Ἔρις δ' ἔχε πείρατα χάρμης.

553 ἀνηναμένην Vian: ἀκηχεμένην M
554 δή Rhodomann: δέ M
555 ἐπόψιαι Hermann: ἐπ' ὄψει M

earth took that divine girl within its hollow abyss as Ilium perished. Its fall is said also to have caused the long-robed Electra to shroud her body in mist and cloud and to reject the company of the other Pleiades, her sisters. When they rise as a group into the heavens, the others are visible to wretched mortals, but she is the only one always to keep hidden and unseen; and this she does because the holy city of her noble son Dardanus has fallen, and almighty Zeus did not come to its aid in person from the sky: even the power of great Zeus must yield to the Fates. Perhaps the immortal gods' good sense brought these things to pass, and perhaps not. But the Argives continued in their fury at the Trojans in every part of the city; and Strife it was who had control of the battle.

BOOK XIV

The women of Troy are assigned to their new masters. Helen's beauty prevents the Greeks from blaming her. There are general celebrations, with bards singing of the war. Menelaüs forgives Helen. Achilles appears to Neoptolemus in a dream, gives him moral advice, and demands the sacrifice of Polyxena to appease his continuing anger over Briseïs. Her sacrifice, and the misery of her mother Hecuba, are described at length. Hecuba is metamorphosed into a dog made of stone. The voyage gets under way, with very different emotions experienced by the Greeks and the captive women. Athena complains to Zeus of Locrian Ajax' sacrilege and is lent the weapons of storm. The ships are scattered. Ajax is defiant to the end. Many perish on the Capherean Rocks. Poseidon destroys all trace of the Greeks' walls at Troy. The survivors come to land. The Odyssey *can begin.*

Most of these events were treated in the Sack of Ilium *and the* Returns. *The sacrifice of Polyxena and Hecuba's metamorphosis feature in Euripides'* Hecuba *(cf. Ovid, Met. 13.429–575). Sophocles wrote a* Polyxena, *now lost.*

The storm scene has elements in common with that in Book 1 of the Aeneid *(34–123). The storm and the assigning of the women are described in Euripides'* Trojan Women *(48–97, 235–92). Locrian Ajax' death is mentioned in Book 4 of the* Odyssey *(499–511). The destruction of the Greek walls is foretold in Book 12 of the* Iliad *(3–33).*

ΛΟΓΟΣ ΙΔ

Καὶ τότ᾽ ἀπ᾽ Ὠκεανοῖο θεὰ χρυσόθρονος Ἠὼς
οὐρανὸν εἰσανόρουσε, Χάος δ᾽ ὑπεδέξατο Νύκτα.
οἳ δὲ βίῃ Τροίην εὐερκέα δῃώσαντο
Ἀργεῖοι καὶ κτῆσιν ἀπείρονα ληίσσαντο,
5 χειμάρροις ποταμοῖσιν ἐοικότες, οἵ τε φέρονται
ἐξ ὀρέων καναχηδὸν ὀρινομένου ὑετοῖο,
πολλὰ δὲ δένδρεα μακρὰ καὶ ὁππόσα φύετ᾽ ὄρεσφιν
αὐτοῖς σὺν πρώνεσσιν ἔσω φορέουσι θαλάσσης·
ὣς Δαναοὶ πέρσαντες ὑπαὶ πυρὶ Τρώιον ἄστυ
10 κτήματα πάντα φέρεσκον ἐυσκάρθμους ἐπὶ νῆας.
    Σὺν δ᾽ ἄρα Τρωιάδας καταγίνεον ἄλλοθεν ἄλλας,
τὰς μὲν ἔτ᾽ ἀδμῆτας καὶ νήιδας οἷο γάμοιο,
τὰς δ᾽ ἄρ᾽ ὑπ᾽ αἰζηοῖσι νέον φιλότητι δαμείσας,
ἄλλας δ᾽ αὖ πολιοπλοκάμους, ἑτέρας δ᾽ ἄρα κείνων
15 ὁπλοτέρας ὧν παῖδας ἀπειρύσσαντ᾽ ἀπὸ μαζῶν
ὑστάτιον χείλεσσι γλάγος πέρι μαιμώοντας.
τοῖσι δὲ δὴ Μενέλαος ἐνὶ μέσσοισι καὶ αὐτὸς
ἦγεν ἑὴν παράκοιτιν ἀπ᾽ ἄστεος αἰθομένοιο
ἐξανύσας μέγα ἔργον· ἔχεν δέ ἑ χάρμα καὶ αἰδώς.
20 Κασσάνδρην δ᾽ ἄγε δῖαν ἐυμμελίης Ἀγαμέμνων,
Ἀνδρομάχην δ᾽ Ἀχιλῆος ἐὺς πάις. αὐτὰρ Ὀδυσσεὺς
εἷλκε βίῃ Ἑκάβην. τῆς δ᾽ ἀθρόα δάκρυ ἀπ᾽ ὄσσων
πίδακος ὣς ἐχέοντο· περιτρομέεσκε δὲ γυῖα

672

BOOK XIV

Eos, goddess of the golden throne, now mounted from Ocean into the heavens, and Chaos provided a welcome for Night.[1] The Argives had violently destroyed Troy with its stout defenses and had plundered its countless possessions. They were like torrents which tumble noisily down from mountainsides during a cloudburst and carry to the sea tall trees and anything growing on the mountains, rocks and all: just so the Danaans laid waste the city of Troy with fire and carried off all their booty to the bounding ships.

The Trojan women were assembled and brought down to the ships—some of them still virgins with their marriages unconsummated, others recently broken in to love by young husbands, still others with gray hair, and others not quite so old who had had their children torn from the breast as for the last time they sought the milk eagerly with their lips. Amid the army was Menelaüs himself, leading his wife from the burning city, his great enterprise accomplished; and he felt both joy and shame. Agamemnon of the fine ash-wood spear led off divine Cassandra, and the noble son of Achilles Andromache. Odysseus dragged away Hecuba: copious tears streamed from her eyes; all her limbs were atremble; her heart was in an

---

[1] Chaos is Night's mother according to Hesiod.

καὶ κραδίη ἀλάλυκτο φόβῳ· δεδάικτο δὲ χαίτας
25 κράατος ἐκ πολιοῖο· τέφρη δ' ἐπεπέπτατο πολλὴ
τήν που ἀπ' ἐσχαρεῶνος ἄδην κατεχεύατο χερσὶν
ὀλλυμένου Πριάμοιο καὶ ἄστεος αἰθομένοιο·
καί ῥα μέγα στενάχιζεν, ὅτ' ἀμφί ἑ δούλιον ἦμαρ
μάρψ' ἀεκαζομένην. ἕτερος δ' ἑτέρην γοόωσαν
30 ἤγετο Τρωιάδων σφετέρας ἐπὶ νῆας ἀνάγκῃ·
αἱ δ' ἀδινὸν γοόωσαι ἀνίαχον ἄλλοθεν ἄλλαι
νηπιάχοις ἅμα παισὶ κινυρόμεναι μάλα λυγρῶς.
ὡς δ' ὁπότ' ἀργιόδουσιν ὁμῶς συσὶ νήπια τέκνα
σταθμοῦ ἀπὸ προτέροιο ποτὶ σταθμὸν ἄλλον
ἄγωσιν
35 ἀνέρες ἐγρομένῳ ὑπὸ χείματι, ταὶ δ' ἀλεγεινὸν
μίγδα περιτρίζουσι διηνεκὲς ἀλλήλησιν·
ὣς Τρῳαὶ Δαναοῖσιν ἐπεστενάχοντο δαμεῖσαι·
ἴσην δ' αὖ καὶ ἄνασσα φέρεν καὶ δμωὶς ἀνάγκην.
   Ἀλλ' οὐ μὰν Ἑλένην γόος ἄμπεχεν· ἀλλά οἱ
αἰδὼς
40 ὄμμασι κυανέοισιν ἐφίζανε καί οἱ ὕπερθε
καλὰς ἀμφερύθηνε παρηίδας. ἐν δέ οἱ ἦτορ
ἄσπετα πορφύρεσκε κατὰ φρένα, μή ἑ κιοῦσαν
κυανέας ἐπὶ νῆας ἀεικίσσωνται Ἀχαιοί·
τοὔνεχ' ὑποτρομέουσα φίλῳ περιπάλλετο θυμῷ.
45 καί ῥα καλυψαμένη κεφαλὴν ἐφύπερθε καλύπτρῃ
ἕσπετο νισομένοιο κατ' ἴχνιον ἀνδρὸς ἑοῖο
αἰδοῖ πορφύρουσα παρήιον, ἠύτε Κύπρις,
εὖτέ μιν Οὐρανίωνες ἐν ἀγκοίνῃσιν Ἄρηος
ἀμφαδὸν εἰσενόησαν ἑὸν λέχος αἰσχύνουσαν

674

agony of terror; she had torn her hair from her gray head;
she was covered in ashes which she had picked up from
the hearth and poured over herself when Priam perished
and the city burned; and she groaned aloud as the day of
her servitude snatched her away, all unwilling. They each
compelled a lamenting Trojan woman to go with them to
their ships, and the women loudly lamented and cried out
on every side, joining with their infant children in a miser-
able keening chorus. Just as when at the start of the winter
season swineherds lead the young piglets and white-tusked
sows from their former steading to a new one, and they
never stop squealing confusedly among themselves in
pitiful tones: just so those women of Troy continually la-
mented their conquest by the Danaans; and the same ne-
cessity was undergone by queen and slave alike.

As for Helen—she was not overwhelmed by lamen-
tation, but a look of shame was to be seen in her dark
eyes and brought a blush to the cheeks beneath. She felt
a nameless misgiving that the Achaeans might maltreat
her on her way to the dark ships, and so she trembled and
her heart beat quickly. Her head veiled, she kept pace
behind her husband, and her cheeks were crimson with
shame. She was like Cypris on the occasion when the heav-
enly gods were present to see her in the arms of Ares

---

28 στενάχιζεν, ὅτ᾽ Zimmermann: στοναχίζετ᾽ M
29 μάρψ᾽ Zimmermann: μὰψ M
32 κινυρόμεναι Rhodomann: κινύμεναι M
30 μὰν Rhodomann: μὲν M
45 ἐφύπερθε Rhodomann: ὑπένερθε M

50 δεσμοῖς ἐν θαμινοῖσι δαήμονος Ἡφαίστοιο,
    τοῖς ἔνι κεῖτ' ἀχέουσα περὶ φρεσὶν αἰδομένη τε
    ἰλαδὸν ἀγρομένων μακάρων γένος ἠδὲ καὶ αὐτὸν
    Ἥφαιστον· δεινὸν γὰρ ἐν ὀφθαλμοῖσιν ἀκοίτεω
    ἀμφαδὸν εἰσοράασθαι ἐπ' αἴσχεϊ θηλυτέρῃσι·
55 τῇ Ἑλένῃ εἰκυῖα δέμας καὶ ἀκήρατον αἰδῶ
    ἤιε σὺν Τρῳῇσι δορυκτήτοισι καὶ αὐτὴ
    νῆας ἐπ' Ἀργείων εὐήρεας. ἀμφὶ δὲ λαοὶ
    θάμβεον ἀθρήσαντες ἀμωμήτοιο γυναικὸς
    ἀγλαΐην καὶ κάλλος ἐπήρατον· οὐδέ τις ἔτλη
60 κείνην οὔτε κρυφηδὸν ἐπεσβολίῃσι χαλέψαι
    οὔτ' οὖν ἀμφαδίην, ἀλλ' ὡς θεὸν εἰσορόωντο
    ἀσπασίως· πᾶσιν γὰρ ἐελδομένοισι φαάνθη.
    ὡς δ' ὅτ' ἀλωμένοισι δι' ἀκαμάτοιο θαλάσσης
    πατρὶς ἑὴ μετὰ δηρὸν ἐπευχομένοισι φανείη,
65 οἳ δὲ καὶ ἐκ πόντοιο καὶ ἐκ θανάτοιο φυγόντες
    πάτρῃ χεῖρ' ὀρέγουσι γεγηθότες ἄσπετα θυμῷ·
    ὣς Δαναοὶ περὶ πάντες ἐγήθεον· οὐ γὰρ ἔτ' αὐτοῖς
    μνῆστις ἔην καμάτοιο δυσαλγέος οὐδὲ κυδοιμοῦ·
    τοῖον γὰρ Κυθέρεια νόον ποιήσατο πάντων
70 ἦρα φέρουσ' Ἑλένῃ ἑλικώπιδι καὶ Διὶ πατρί.

    Καὶ τότ' ἄρ', ὡς ἐνόησε φίλον δεδαϊγμένον ἄστυ,
    Ξάνθος ἔθ' αἱματόεντος ἀναπνείων ὀρυμαγδοῦ
    μύρετο σὺν Νύμφῃσιν, ἐπεὶ κακὸν ἔμπεσε Τροίῃ
    ἔκποθε καὶ Πριάμοιο κατημάλδυνε πόληα.
75 ὡς δ' ὅτε λήιον αὖον ἐπιβρίσασα χάλαζα

dishonoring her marriage, trapped in skillful Hephaestus'
fine bonds and lying there unhappy and ashamed before
that collected crowd of blessed gods, and of Hephaestus
himself;[2] for it is a terrible thing for a woman to be seen
fornicating openly before the very eyes of her husband.
Helen was just like her in her form and in her feelings of
complete shame as she came to the well-oared Argive
ships in company with the captive Trojan women. The
soldiers around her were amazed at the sight of the
woman's perfect beauty, and at her glamour and loveli-
ness: no one dared fling any words of abuse at her either
in secret or openly: they regarded her with joy, as if she
were a goddess, because this was a sight they had all
waited so long to see. Just as when their long-prayed-for
homeland comes in sight for sailors who have strayed over
the restless sea, and they reach out their arms to their fa-
therland with hearts full of boundless joy now that they
have escaped a watery death: just so did all the Danaans
rejoice. They had quite forgotten the struggles and suf-
fering of battle, all made oblivious by Cythereia out of
respect for bright-eyed Helen and Zeus her father.

Xanthus meanwhile was still recovering from the
bloody conflict. When he saw that his dear city had been
laid waste, he and the Nymphs began to lament that evil
which had unexpectedly fallen on Troy and had put an end
to the city of Priam. Just as when a storm of hail descends
on a dry field of grain and cuts it to pieces, chopping off

---

[2] *Od.* 8.266–366.

---

51 περὶ Rhodomann: om. M
52 ἀγρομένων Rhodomann: ἐγρ- M

τυτθὰ διατμήξῃ, στάχυας δ᾽ ἀπὸ πάντας ἀμέρσῃ
ῥιπῇ ὑπ᾽ ἀργαλέῃ, καλάμη δ᾽ ἄρα χεύατ᾽ ἔραζε
μαψιδίη καρποῖο κατ᾽ οὔδεος ὀλλυμένοιο
λευγαλέως, ὀλοὸν δὲ πέλει μέγα πένθος ἄνακτι·
80   ὣς ἄρα καὶ Ξάνθοιο περὶ φρένας ἤλυθεν ἄλγος
Ἰλίου οἰωθέντος· ἔχεν δέ μιν αἰὲν ὀιζὺς
ἀθάνατόν περ ἐόντα. μακρὴ δ᾽ ἀμφέστενεν Ἴδη
καὶ Σιμόεις· μύροντο δ᾽ ἀπόπροθι πάντες ἔναυλοι
Ἰδαῖοι Πριάμοιο πόλιν περικωκύοντες.

85   Ἀργεῖοι δ᾽ ἐπὶ νῆας ἔβαν μέγα καγχαλόωντες,
μέλποντες Νίκης ἐρικυδέος ὄβριμον ἀλκήν,
ἄλλοτε δὲ ζάθεον μακάρων γένος ἠδὲ καὶ αὐτῶν
θυμὸν τολμήεντα καὶ ἄφθιτον ἔργον Ἐπειοῦ.
μολπὴ δ᾽ οὐρανὸν ἷκε δι᾽ αἰθέρος, εὖτε κολοιῶν
90   κλαγγὴ ἀπειρεσίη, ὁπότ᾽ εὔδιον ἦμαρ ἵκηται
χείματος ἐξ ὀλοοῖο, πέλει δ᾽ ἄρα νήνεμος αἰθήρ·
ὣς τῶν πὰρ νήεσσι μέγ᾽ ἔνδοθι γηθομένων κῆρ

* * *

ἀθάνατοι τέρποντο κατ᾽ οὐρανόν, ὅσσοι ἀρωγοὶ
ἐκ θυμοῖο πέλοντο φιλοπτολέμων Ἀργείων.
95   ἄλλοι δ᾽ αὖ χαλέπαινον, ὅσοι Τρώεσσιν ἄμυνον,
δερκόμενοι Πριάμοιο καταιθόμενον πτολίεθρον·
ἀλλ᾽ οὐ μὰν ὑπὲρ Αἶσαν ἐελδόμενοί περ ἀμύνειν
ἔσθενον· οὐδὲ γὰρ αὐτὸς ὑπὲρ μόρον οὐδὲ Κρονίων
ῥηιδίως δύνατ᾽ Αἶσαν ἀπωσέμεν, ὃς περὶ πάντων
100   ἀθανάτων μένος ἐστί, Διὸς δ᾽ ἐκ πάντα πέλονται.
Ἀργεῖοι δ᾽ ἄρα πολλὰ βοῶν ἐπὶ μηρία θέντες

all the corn ears with its cruel assault, so that the stalks are uselessly flattened and the crop lies rotting pitifully on the ground, a great and cruel grief for the landowner: just such grief came over Xanthus' mind when Ilium was left abandoned; and, immortal though he was, he felt enduring sorrow. The mountain range of Ida and the Simoïs groaned, too; and all the distant torrents of Ida flowed with tears as they lamented the city of Priam.

The Argives went to their ships in great exultation, now celebrating in song the might and power of glorious Victory, now the holy race of the blessed gods, and now their own courage and daring and the work of Epeüs, for ever famous. Their singing passed through the air as far as heaven: it was as noisy as the countless cries of jackdaws when the good weather arrives after a bad winter, and the sky is windless and still. just so did their hearts inwardly rejoice ⟨as they sang⟩ by their ships. Up in heaven the immortals took pleasure ⟨in hearing them⟩,[3] those at least who heartily supported the warlike Argives. Those who defended the Trojans were angry at the sight of Priam's city in flames; but although they wished to do so, they had not the power to defend the Trojans by defying Destiny: even the son of Cronus himself does not find it easy to defy what is fated and to set aside Destiny, even though he exceeds all the other immortals in power and is the origin of everything.

The Argives set out many haunches of oxen and burned

[3] One line missing.

---

92 γηθομένων Rhodomann: -όμενον M
post 92 lac. stat. Bonitz   100 μένος Pauw: γένος M

καῖον ὁμῶς σχίζῃσι, καὶ ἐσσύμενοι περὶ βωμοὺς
λείβεσκον μέθυ λαρὸν ἐπ' αἰθομένῃσι θυηλῆς
ἦρα θεοῖσι φέροντες, ἐπεὶ μέγα ἤνυσαν ἔργον.
105 πολλὰ δ' ἐν εἰλαπίνῃ θυμηδέι κυδαίνεσκον
πάντας ὅσους ὑπέδεκτο σὺν ἔντεσι δούριος ἵππος.
θαύμαζον δὲ Σίνωνα περικλυτόν, οὕνεχ' ὑπέτλη
λώβην δυσμενέων πολυκηδέα· καί ῥά ἑ πάντες
μολπῇ καὶ γεράεσσιν ἀπειρεσίοισι τίεσκον
110 αἰέν· ὁ δ' ἐν φρεσὶν ᾗσιν ἐγήθεε τλήμονι θυμῷ
νίκῃ ἐπ' Ἀργείων, σφετέρῃ δ' οὐκ ἄχνυτο λώβῃ·
ἀνέρι γὰρ πινυτῷ καὶ ἐπίφρονι πολλὸν ἄμεινον
κῦδος καὶ χρυσοῖο καὶ εἴδεος ἠδὲ καὶ ἄλλων
ἐσθλῶν ὁππόσα τ' ἐστὶ καὶ ἔσσεται ἀνθρώποισιν.
115 Οἳ δ' ἄρα πὰρ νήεσσιν ἀταρβέα θυμὸν ἔχοντες
δόρπεον ἀλλήλοισι διηνεκέως ἐνέποντες·
"Ἠνύσαμεν πολέμοιο μακρὸν τέλος· ἠράμεθ' εὐρὺ
κῦδος ὁμῶς δηίοισι μέγα πτολίεθρον ἑλόντες·
ἀλλά, Ζεῦ, καὶ νόστον ἐελδομένοις κατάνευσον."
120 Ὣς ἔφαν· ἀλλ' οὐ πᾶσι πατὴρ ἐπὶ νόστον ἔνευσε.
Τοῖς δέ τις ἐν μέσσοισιν ἐπιστάμενος

* * *

οὐ γὰρ ἔτ' αὐτοῖς
δεῖμα πέλεν πολέμοιο δυσηχέος, ἀλλ' ἐπὶ ἔργα
εὐνομίης ἐτρέποντο καὶ εὐφροσύνης ἐρατεινῆς.
125 ὃς δ' ἤτοι πρῶτον μὲν ἐελδομένοισιν ἄειδε

107 δὲ Rhodomann: om. M   ὑπέτλη Glasewald: ὑπέστη M
113 εἴδεος Pierson: οὔδεος M

them all together on a heap of firewood. Then they hastened to go round the altars making libations of unmixed wine on the burning offerings to honor the gods now that they had accomplished their great enterprise. During their happy feasting, they celebrated many times over all those who had donned their arms and entered the wooden horse. And the renowned Sinon was the object of their admiration because he had withstood agonizing mutilation by the enemy. They honored him continually in song and with countless gifts. His enduring heart was elated by the Argive victory, and he felt no misery at being disfigured; for glory is far preferable for a man of good sense than gold or beauty or the other fine things in life now or to come.

With fearless hearts they took their meals by the ships, all the time speaking to one another in this fashion:

We have brought about an end to this long-drawn-out war and have gained glory far and wide by conquering this city and our foes. But Zeus, we pray you, give your assent to our hopes for a return voyage home!"

So they spoke; but Zeus the father did not assent to every man's returning.

And in their midst a skilled ‹singer stood up to perform.›[4] now that the troops no longer had reason to fear the clamor of war and could turn to peaceful activities, enjoyment and good cheer. First of all he performed for his eager audience an account of the army's mustering on

---

[4] Two part-lines missing.

---

114 ὁππόσα τ᾽ Hermann: ὁππόσ(σ)α M
121–22 lac. stat. Rhodomann

λαοὶ ὅπως συνάγερθεν ἐς Αὐλίδος ἱερὸν οὖδας
ἠδ᾽ ὡς Πηλείδαο μέγα σθένος ἀκαμάτοιο
δώδεκα μὲν κατὰ πόντον ἰὼν διέπερσε πόληας,
ἕνδεκα δ᾽ αὖ κατὰ γαῖαν ἀπείριτον, ὅσσά τ᾽ ἔρεξε
130 Τήλεφον ἀμφὶς ἄνακτα καὶ ὄβριμον Ἠετίωνα
ὥς τε Κύκνον κατέπεφνεν ὑπέρβιον ἠδ᾽ ὅσσ᾽ Ἀχαιοὶ
μαρνάμενοι μετὰ μῆνιν Ἀχιλλέος ἔργα κάμοντο
Ἕκτορά θ᾽ ὡς εἴρυσσεν ἑῆς περὶ τείχεα πάτρης
ὥς θ᾽ ἕλε Πενθεσίλειαν ἀνὰ μόθον ὥς τ᾽ ἐδάμασσεν
135 υἱέα Τιθωνοῖο καὶ ὡς κτάνε καρτερὸς Αἴας
Γλαῦκον ἐυμμελίην ἠδ᾽ ὡς ἐρικυδέα φῶτα
Εὐρύπυλον κατέπεφνε θοοῦ πάις Αἰακίδαο
ὥς τε Πάριν δαμάσαντο Φιλοκτήταο βέλεμνα
ἠδ᾽ ὁπόσοι δολόεντος ἐσήλυθον ἔνδοθεν ἵππου
140 ἀνέρες ὥς τε πόληα θεηγενέος Πριάμοιο
πέρσαντες δαίνυντο κακῶν ἀπὸ νόσφι κυδοιμῶν.
ἄλλη δ᾽ ἄλλος ἄειδεν ὅ τι φρεσὶν ᾗσι μενοίνα.
    Ἀλλ᾽ ὅτε δαινυμένοισι μέσον περιτέλλετο νυκτός,
δὴ τότε που δόρποιο καὶ ἀκρήτοιο ποτοῖο
145 παυσάμενοι Δαναοὶ λαθικηδέα κοῖτον ἕλοντο.
χθιζὸν γὰρ καμάτοιο μένος κατεδάμνατο πάντας·
τῶ καὶ παννύχιοι λελιημένοι εἰλαπινάζειν
παύσανθ᾽, οὕνεκεν ὕπνος ἄδην ἀέκοντας ἔρυκεν.
ἄλλη δ᾽ ἄλλος ἴαυεν· ὁ δ᾽ ἐν κλισίῃσιν ἑῇσιν
150 Ἀτρείδης ὀάριζε μετ᾽ ἠυκόμοιο γυναικός·
οὐ γάρ πω κείνοισιν ἐπ᾽ ὄμμασιν ὕπνος ἔπιπτεν,
ἀλλὰ Κύπρις πεπότητο περὶ φρένας, ὄφρα παλαιοῦ

the sacred ground of Aulis; then he told how that great and mighty man, the tireless son of Peleus, sacked twelve cities during his voyage across the sea and eleven more once he reached the boundless mainland; also his exploits against King Telephus and the mighty Eëtion and his slaying of the arrogant Cycnus; how the Achaeans had struggled in the fighting after Achilles became angry; how he had dragged Hector round the walls of his city, slain Penthesileia in battle, and vanquished the son of Tithonus; how mighty Ajax had slain Glaucus of the fine ash-wood spear, the son of swift Aeacides had slain the renowned warrior Eurypylus, and Philoctetes' arrows had vanquished Paris; and he named all those who had taken part in the ambush by going inside the horse, and told how they sacked the city of Priam, descendant of the gods, and were now dining far from cruel conflict. And throughout the army men sang about whatever they liked.

The Danaans dined well into the night, but eventually they stopped feasting and drinking neat wine in favor of sleep's carefree oblivion. They were all exhausted by their efforts of the day before and, much as they would have liked to continue for the whole night, sleep's powerful influence made them reluctantly call a halt. The others slept and did not care where; but Atrides was in his quarters[5] deep in conversation with his fair-tressed wife. Sleep had not yet descended upon *their* eyes: Cypris was hovering about their minds to make them banish all their grief by

[5] At 12.337 these were said to have been burned.

λέκτρου ἐπιμνήσωνται, ἄχος δ' ἀπὸ νόσφι βάλωνται.
πρώτη δ' αὖθ' Ἑλένη τοῖον ποτὶ μῦθον ἔειπε·
155 "Μή νύ μοι, ὦ Μενέλαε, χόλον ποτιβάλλεο θυμῷ·
οὐ γὰρ ἐγὼν ἐθέλουσα λίπον σέο δῶμα καὶ εὐνήν,
ἀλλά μ' Ἀλεξάνδροιο βίη καὶ Τρώιοι υἷες
σεῦ ἀπὸ νόσφιν ἐόντος ἀνηρείψαντο κιόντες.
καί μ' ἄμοτον μεμαυῖαν ὀιζυρῶς ἀπολέσθαι
160 ἢ βρόχῳ ἀργαλέῳ ἢ καὶ ξίφεϊ στονόεντι
εἶργον ἐνὶ μεγάροισι παρηγορέοντες ἔπεσσι
σεῦ ἕνεκ' ἀχνυμένην καὶ τηλυγέτοιο θυγατρός·
τῆς νύ σε πρός τε γάμου πολυγηθέος ἠδὲ σεῦ αὐτοῦ
λίσσομαι ἀμφ' ἐμέθεν στυγερῆς λελαθέσθαι ἀνίης."
165 Ὣς φαμένην προσέειπε πύκα φρονέων Μενέλαος·
"Μηκέτι νῦν μέμνησ' ἅ τ' ἐπάσχομεν ἄλγεα
θυμῷ·
ἀλλὰ τὰ μέν που πάντα μέλας δόμος ἐντὸς ἐέργοι
Λήθης· οὐ γὰρ ἔοικε κακῶν μεμνῆσθαι ἔτ' ἔργων."
Ὣς φάτο· τὴν δ' ἕλε χάρμα, δέος δ' ἐξέσσυτο
θυμοῦ·
170 ἔλπετο γὰρ παύσασθαι ἀνιηροῖο χόλοιο
ὃν πόσιν. ἀμφὶ δέ οἱ βάλε πήχεε, καί σφιν ἄμ'
ἄμφω
δάκρυ κατὰ βλεφάροιιν ἐλείβετο ἡδὺ γοώντων.
ἀσπασίως δ' ἄρα τώ γε παρ' ἀλλήλοισι κλιθέντε
σφωιτέρου κατὰ θυμὸν ἀνεμνήσαντο γάμοιο.
175 ὡς δ' ὅτε που κισσός τε καὶ ἡμερὶς ἀμφιβάλωνται
ἀλλήλοις περὶ πρέμνα, τὰ δ' οὔ ποτε ἲς ἀνέμοιο

recalling how they used to sleep together. Helen spoke first, as follows:

"Do not make your heart angry at me, Menelaüs: I did not leave your house and your bed willingly: the forceful Alexander and the sons of Troy came and carried me off while you were away. I was desperate to inflict a wretched death on myself with a cruel noose or a fatal sword, but they kept me in the palace and talked me round as I was grieving over you and our beloved daughter. For her sake, for the sake of our marriage with all its joys, and for your own sake, too, I entreat you to forget the cruel suffering I have caused!"

To these words the wise Menelaüs replied:

"Do not dwell any longer on what our hearts have suffered: may the dark house of Oblivion keep all such thoughts prisoner! It is not right for us to dwell on the bad things any longer."

So he spoke. She was overcome with happiness, and her mind was suddenly relieved of fear as she sensed that her husband had ended his cruel anger. She threw her arms round him, and they both shed tears from their eyes as they wept happily. Then they lay down joyfully together and rediscovered the happiness of their married love. Just as when an ivy plant and a vine twine their stems round each other so that the gusting wind never has the strength

---

159 μ’ ἄμοτον Spitzner: με M
166 ἅ τ’ ἐπάσχομεν Bonitz: ἀλλ’ ἴσχομεν M
171 σφιν Rhodomann: μιν M   ἅμ’ Hermann: ἀπ’ M
172 βλεφάροιιν ἐλείβετο C. L. Struve: -ρων ἠλεί- M

σφῶν ἀπὸ νόσφι βαλέσθαι ἐπισθένει· ὡς ἄρα τώ γε
ἀλλήλοις συνέχοντο λιλαιόμενοι φιλότητος.

Ἀλλ᾿ ὅτε δὴ καὶ τοῖσιν ἐπήλυθεν ὕπνος ἀπήμων,
180 δὴ τότ᾿ Ἀχιλλῆος κρατερὸν κῆρ ἰσοθέοιο
ἔστη ὑπὲρ κεφαλῆς οὗ υἱέος, οἷος ἔην περ
ζωὸς ἐών, ὅτε Τρωσὶν ἄχος πέλε, χάρμα δ᾿ Ἀχαιοῖς.
κύσσε δέ οἱ δειρὴν καὶ φάεα μαρμαίροντα
ἀσπασίως καὶ τοῖα παρηγορέων προσέειπε·

185   "Χαῖρε, τέκος, καὶ μή τι δαΐζεο πένθεϊ θυμὸν
εἵνεκ᾿ ἐμεῖο θανόντος, ἐπεὶ μακάρεσσι θεοῖσιν
ἤδη ὁμέστιός εἰμι· σὺ δ᾿ ἴσχεο τειρόμενος κῆρ
ἀμφ᾿ ἐμέθεν, καὶ κάρτος ἅδην ἐμὸν ἔνθεο θυμῷ.
αἰεὶ δ᾿ Ἀργείων πρόμος ἵστασο μηδενὶ εἴκων
190 ἠνορέῃ· ἀγορῇ δὲ παλαιοτέροισι βροτοῖσι
πείθεο· καί νύ σε πάντες ἐύφρονα μυθήσονται.
τίε δ᾿ ἀμύμονας ἄνδρας ὅσοις νόος ἔμπεδός ἐστιν·
ἐσθλῷ γὰρ φίλος ἐσθλὸς ἀνήρ, χαλεπῷ δ᾿
         ἀλεγεινός.
ἢν δ᾿ ἀγαθὰ φρονέῃς, ἀγαθῶν καὶ τεύξεαι ἔργων.
195 κεῖνος δ᾿ οὔ ποτ᾿ ἀνὴρ Ἀρετῆς ἐπὶ τέρμαθ᾿ ἵκανεν
ᾧ τινι μὴ νόος ἐστὶν ἐναίσιμος· οὔνεκ᾿ ἄρ᾿ αὐτῆς
πρέμνον δύσβατόν ἐστι, μακροὶ δέ οἱ ἄχρις ἐπ᾿
         αἴθρῃ
ὄζοι ἀνηέξηνθ᾿· ὁπόσοισι δὲ κάρτος ὀπηδεῖ
καὶ πόνος, ἐκ καμάτου πολυγηθέα καρπὸν ἀμῶνται
200 εἰς Ἀρετῆς ἀναβάντες ἐυστεφάνου κλυτὸν ἔρνος.
ἀλλ᾿ ἄγε κύδιμος ἔσσο. καὶ ἐν φρεσὶ πευκαλίμῃσι
μήτ᾿ ἐπὶ πήματι πάγχυ δαΐζεο θυμὸν ἀνίῃ,

to separate them: just so did they cling to each other in their love and desire.

At last, when even they were overcome by sweet sleep, godlike Achilles, dauntless of heart, stood above the head of his son, looking as he did when he was alive, a cause of grief for the Trojans, of joy for the Achaeans. He fondly kissed his neck and his bright eyes, and counseled him with these words of exhortation:

"I bid you greeting, son! Do not rend your heart with grief over my death: I already share a dwelling with the blessed gods. Stop troubling yourself about me, and be inspired by my valor! Always stand forth as the foremost warrior among the Argives, and yield to no man in prowess; but in the assembly you should take the advice of your elders: then everyone will account you wise. Treat with respect those who have a blameless character and good sense: good men incline to friendship with the good, wicked men with the bad. If your intentions are good, you will achieve good things. No man ever reached the topmost height of Virtue unless he had a righteous mind: her tree is hard to climb, and her branches extend far into the sky. But whoever is strong and struggles hard gathers a delightful fruit after his efforts, once he has climbed that famous tree of fair-crowned Virtue.[6] Come then, and seek for glory! And have the good sense neither to be too despondent when things go badly nor to be overjoyed when

---

[6] Cf. 5.49–56.

---

105 κεῖνος Pauw: αἰνὸς M
198 ἀνηέξηνθ᾽ Köchly: ἀπη- M

μήτ' ἐσθλῷ μέγα χαῖρε. νόος δέ τοι ἤπιος ἔστω
ἔς τε φίλους ἑτάρους ἔς θ' υἱέας ἔς τε γυναῖκας
205 μνωομένῳ κατὰ θυμὸν ὅτι σχεδὸν ἀνθρώποισιν
οὐλομένοιο Μόροιο πύλαι καὶ δώματα νεκρῶν·
ἀνδρῶν γὰρ γένος ἐστὶν ὁμοῖον ἄνθεσι ποίης,
ἄνθεσιν εἰαρινοῖσι· τὰ μὲν φθινύθει, τὰ δ' ἀέξει·
τοὔνεκα μείλιχος ἔσσο. καὶ Ἀργείοισιν ἔνισπε,
210 Ἀτρείδῃ δὲ μάλιστ' Ἀγαμέμνονι· εἴ γέ τι θυμῷ
μέμνηνθ' ὅσσ' ἐμόγησα περὶ Πριάμοιο πόληα
ἠδ' ὅσα λῃσάμην πρὶν Τρώιον οὖδας ἱκέσθαι,
τῶ μοι νῦν ποτὶ τύμβον ἐελδομένῳ περ ἀγόντων
ληίδος ἐκ Πριάμοιο Πολυξείνην εὔπεπλον,
215 ὄφρα θοῶς ῥέξωσιν, ἐπεί σφισι χώομαι ἔμπης
μᾶλλον ἔτ' ἢ τὸ πάρος Βρισηίδος· ἀμφὶ δ' ἄρ' οἶδμα
κινήσω πόντοιο, βαλῶ δ' ἐπὶ χείματι χεῖμα,
ὄφρα καταφθινύθοντες ἀτασθαλίῃσιν ἑῇσι
μίμνωσ' ἐνθάδε πολλὸν ἐπὶ χρόνον, εἰς ὅ κ' ἔμοιγε
220 λοιβὰς ἀμφιχέωνται ἐελδόμενοι μέγα νόστου·
αὐτὴν δ', εἴ κ' ἐθέλωσιν, ἐπὴν ἀπὸ θυμὸν ἕλωνται,
κούρην ταρχύσασθαι ἀπόπροθεν οὔ τι μεγαίρω."
     Ὣς εἰπὼν ἀπόρουσε θοῇ ἐναλίγκιος αὔρῃ·
αἶψα δ' ἐς Ἠλύσιον πεδίον κίεν, ᾗχι τέτυκται
225 οὐρανοῦ ἐξ ὑπάτοιο καταιβασίη ἄνοδός τε
ἀθανάτοις μακάρεσσιν. ὁ δ', ὁππότε μιν λίπεν
     ὕπνος,
μνήσατο πατρὸς ἑοῖο, νόος δέ οἱ ἠὺς ἰάνθη.

211 μέμνηνθ' Rhodomann: -ησθ' fere M

they go well. Have a mild disposition toward your dear companions, your children and your wife, in the knowledge that the gates of dread Fate and the dwellings of the dead are never far from men: the human race is like the flowers of the field, flowers that bloom in springtime, and some perish as others grow. Be gentle, then. And tell the Argives, and especially Agamemnon, that if they have any remembrance of all my efforts around the city of Priam and of all the plunder I won before we reached the land of Troy, they should carry out my wishes by bringing to my tomb the fair-robed Polyxena, who is part of the plunder taken from Priam, and sacrificing her without delay, because I am even more angry with them now than I once was over Briseïs. Otherwise, I shall stir up the sea swell and unleash no end of storms, so that they have to stay here for a very long time, wasting away thanks to their own folly, until their desire to get home is such that they pour libations in my honor.[7] As for the girl herself—once they have killed her, I do not begrudge it if they wish to give her separate burial."

With these words he sped away swift as a breeze and went straight to the Elysian[8] Fields, where there exists a path used by the blessed immortals to go to and from high heaven. And when Neoptolemus awoke, his father was in his thoughts, and his noble heart glowed with pleasure.

[7] Text doubtful.   [8] At 3.771–79 he is said to live on the island of Leuce. Perhaps he is only visiting the Elysian Fields.

213 ποτὶ τύμβον Zimmermann: κατὰ θυμὸν M   περ ἀγόντων Zimmermann: περὶ πάντων M   224 κίεν Rhodomann: om. M   227 νόος Rhodomann: γόος M

Ἀλλ' ὅτ' ἐς οὐρανὸν εὐρὺν ἀνήιεν Ἠριγένεια
νύκτα διασκεδάσασα, φάνη δ' ἄρα γαῖα καὶ αἰθήρ,
230 δὴ τότ' Ἀχαιῶν υἷες ἀπ' ἐκ λεχέων ἀνόρουσαν
ἱέμενοι νόστοιο. νέας δ' ἐς βένθεα πόντου
εἷλκον καγχαλόωντες ἀνὰ φρένας, εἰ μὴ ἄρ' αὐτοὺς
ἐσσυμένους κατέρυκεν Ἀχιλλέος ὄβριμος υἱός,
εἰς ἀγορήν τ' ἐκάλεσσε καὶ ἔκφατο πατρὸς ἐφετμήν·
235   "Κέκλυτέ μευ, φίλα τέκνα μενεπτολέμων Ἀργείων,
πατρὸς ἐφημοσύνην ἐρικυδέος ἥν μοι ἔνισπε
χθιζὸς ἐνὶ λεχέεσσι διὰ κνέφας ὑπνώοντι·
φῆ γὰρ ἀειγενέεσσι μετέμμεναι ἀθανάτοισιν.
ἠνώγει δ' ὑμέας τε καὶ Ἀτρείδην βασιλῆα,
240 ὄφρά οἱ ἐκ πολέμοιο γέρας περικαλλὲς ἄροιτε
τύμβον ἐπ' εὐρώεντα Πολυξείνην εὔπεπλον·
καί μιν ἔφη ῥέξαντας ἀπόπροθι ταρχύσασθαι.
εἰ δέ οἱ οὐκ ἀλέγοντες ἐπιπλώοιτε θάλασσαν,
ἠπείλει κατὰ πόντον ἐναντία κύματ' ἀείρας
245 λαὸν ὁμῶς νήεσσι πολὺν χρόνον ἐνθάδ' ἐρύξειν."
    Ὣς φαμένοιο πίθοντο καὶ ὡς θεῷ εὐχετόωντο.
καὶ γὰρ δὴ κατὰ βένθος ἀέξετο κῦμα θυέλλῃ
εὐρύτερον καὶ μᾶλλον ἐπήτριμον ἢ πάρος ἦεν,
μαινομένου ἀνέμοιο· μέγας δ' ὀροθύνετο πόντος
250 χερσὶ Ποσειδάωνος· ὃ γὰρ κρατερῷ Ἀχιλῆι
ἦρα φέρεν· πᾶσαι δὲ θοῶς ἐνόρουσαν ἄελλαι
ἐς πέλαγος. Δαναοὶ δὲ μέγ' εὐχόμενοι Ἀχιλῆι
πάντες ὁμῶς μάλα τοῖα πρὸς ἀλλήλους ὀάριζον·
    "Ἀτρεκέως γενεὴ μεγάλου Διὸς ἦεν Ἀχιλλεύς·
255 τῷ καὶ νῦν θεός ἐστι, καὶ εἰ πάρος ἔσκε μεθ' ἡμῖν.

When Erigeneia dispersed the night by mounting into the broad heavens and revealing the earth and sky, the sons of the Achaeans sprang from their beds eager to return home. They were already exultantly dragging their ships into the deep sea when the mighty son of Achilles restrained their enthusiasm, summoned them to an assembly, and told them of his father's command:

"Dear children of the Argives, stalwart in battle, let me tell you of the command which my renowned father gave me as I slept last night in my bed. He said that he is now numbered among the immortals who live for ever. He commanded you, and the son of Atreus, your king, in particular, to bring fair-robed Polyxena to his vast tomb as a handsome reward for his services in the war, to sacrifice her, and then to give her separate burial. And he threatened that if you neglect to do this before you set out on your voyage, he will raise the waves of the sea against you and detain the army and the ships here for a long time."

They obeyed his words and offered up prayers to Achilles as if he were a god. Meanwhile out on the deep sea a gale began to make the waves bigger and closer together than before; the wind raged, and the vast sea was stirred up by Poseidon to honor Achilles: every wind that blows suddenly swooped down upon the sea. As with one voice they offered up their fervent prayers to Achilles, the Danaans talked among themselves in these terms:

"Achilles really must have been descended from great Zeus! That is why he is now a god, even though he used

---

237 χθιζὸς Rhodomann: -ὸν M

οὐ γὰρ ἀμαλδύνει μακάρων γένος ἄμβροτος Αἰών."
    Ὣς φάμενοι ποτὶ τύμβον Ἀχιλλέος ἀπονέοντο.
τὴν δ' ἄγον, ἠύτε πόρτιν ἐς ἀθανάτοιο θυηλὰς
μητρὸς ἀπειρύσσαντες ἐνὶ ξυλόχοισι βοτῆρες,
260 ἢ δ' ἄρα μακρὰ βοῶσα κινύρεται ἀχνυμένη κῆρ·
ὣς τῆμος Πριάμοιο πάις περικωκύεσκε
δυσμενέων ἐν χερσίν. ἄδην δέ οἱ ἔκχυτο δάκρυ·
ὡς δ' ὁπότε βριαρῇ ὑπὸ χερμάδι καρπὸς ἐλαίης
οὔ πω χειμερίῃσι μελαινόμενος ψεκάδεσσι
265 χεύῃ πολλὸν ἄλειφα, περιτρίζωσι δὲ μακρὰ
ἁρμοὶ ὑπὸ σπάρτοισι βιαζομένων αἰζηῶν·
ὣς ἄρα καὶ Πριάμοιο πολυτλήτοιο θυγατρὸς
ἑλκομένης ποτὶ τύμβον ἀμειλίκτου Ἀχιλῆος
αἰνὸν ὁμῶς στοναχῇσι κατὰ βλεφάρων ῥέε δάκρυ·
270 καί οἱ κόλπος ἔνερθεν ἐπλήθετο, δεύετο δὲ χρὼς
ἀτρεκέως ἀτάλαντος ἐυκτεάνῳ ἐλέφαντι.
    Καὶ τότε λευγαλέοις ἐπὶ πένθεσι κύντερον ἄλγος
τλήμονος ἐς κραδίην Ἑκάβης πέσεν· ἐν δέ οἱ ἦτορ
μνήσατ' οἰζυροῖο καὶ ἀλγινόεντος ὀνείρου
275 τόν ῥ' ἴδεν ὑπνώουσα παροιχομένη ἐνὶ νυκτί·
ἦ γὰρ ὀίετο τύμβον ἐπ' ἀντιθέου Ἀχιλῆος
ἑστάμεναι γοόωσα· κόμαι δέ οἱ ἄχρις ἐπ' οὔδας
ἐκ κεφαλῆς κέχυντο, καὶ ἀμφοτέρων ἀπὸ μαζῶν
ἔρρεε φοίνιον αἷμα ποτὶ χθόνα, δεῦε δὲ σῆμα.
280 τοῦ πέρι δειμαίνουσα καὶ ὀσσομένη μέγα πῆμα
οἰκτρὸν ἀνοιμώζεσκε, γόῳ δ' ἐπὶ μακρὸν ἀύτει.
εὖτε κύων προπάροιθε κινυρομένη μεγάροιο
μακρὸν ὑλαγμὸν ἵησι, νέον σπαργεῦσα γάλακτι,

to live among us. Everlasting Time can not destroy the race of the blessed gods!"

With these words, they departed for Achilles' tomb, leading the girl just as herdsmen lead to some immortal god's sacrifice a female calf removed from her mother in the woods and lowing loud and long in her heart's distress: just so did Priam's daughter keep on lamenting, a prisoner of the enemy. She wept no end of tears: just as when the fruit of the olive, not yet blackened by winter rains, produces copious oil beneath the mighty millstone as the rollers, operated with ropes by active young men, creak loud and long: just so did the tears, mingled with dreadful groans, flow from the eyes of much-suffering Priam's daughter as she was dragged to the tomb of pitiless Achilles, so that her dress below was drenched, and her skin, white as precious ivory, was quite soaked.

Then there fell on the heart of poor Hecuba, on top of her bitter sorrows, a worse pain. There came back to her mind the unhappy and troubling dream which she had seen in her sleep the night before: she had stood lamenting at the tomb of godlike Achilles with the hair streaming down from her head to the ground and crimson blood flowing from both her breasts upon the earth, soaking the grave. The dream terrified her and filled her with foreboding of some great trouble, and she kept up a pitiful sobbing, and lamented loud and long. Just as a dog whimpers and barks loud and long in front of a house when she has

---

258 ἀθανάτοιο Rhodomann: θάνατον M
263 χερμάδι Vian (noluerat Spitzner): χείματι M
266 ἁρμοὶ Vian: ἄρμον' fere M

τῆς ἄπο νήπια τέκνα πάρος φάος εἰσοράασθαι
285 νόσφι βάλωσιν ἄνακτες ἕλωρ ἔμεν οἰωνοῖσιν,
ἢ δ' ὁτὲ μέν θ' ὑλακῇσι κινύρεται, ἄλλοτε δ' αὖτε
ὠρυθμῷ, στυγερὴ δὲ δι' ἠέρος ἔσσυτ' αὐτή·
ὡς Ἑκάβη γοόωσα μέγ' ἴαχεν ἀμφὶ θυγατρί·
    "Ὤ μοι ἐγώ, τί νυ πρῶτα, τί δ' ὕστατον
        ἀχνυμένη κῆρ
290 κωκύσω πολέεσσι περιπλήθουσα κακοῖσιν,
υἵεας ἢ πόσιν αἰνὰ καὶ οὐκ ἐπίολπα παθόντας,
ἢ πόλιν ἠὲ θύγατρας ἀεικέας ἢ ἐμὸν αὐτῆς
ἦμαρ ἀναγκαῖον ἢ δούλιον; οὕνεκα Κῆρες
σμερδαλέαι πολέεσσί μ' ἐνειλήσαντο κακοῖσι.
295 τέκνον ἐμόν, σοὶ δ' αἰνὰ καὶ οὐκ ἐπίολπα καὶ αὐτῇ
ἄλγε' ἐπεκλώσαντο· γάμου δ' ἄπο νόσφι βάλοντο
ἐγγὺς ἐόνθ' Ὑμέναιον, ἐπεκρήναντο δ' ὄλεθρον
ἄσχετον ἀργαλέον τε καὶ οὐ φατόν· ἦ γὰρ Ἀχιλλεὺς
καὶ νέκυς ἡμετέρῳ ἔτ' ἰαίνεται αἵματι θυμόν.
300 ὥς μ' ὄφελον μετὰ σεῖο, φίλον τέκος, ἤματι τῷδε
γαῖα χανοῦσα κάλυψε πάρος σέο πότμον ἰδέσθαι."
    Ὣς φαμένης ἄλληκτα κατὰ βλεφάρων ἐχέοντο
δάκρυα· λευγαλέον γὰρ ἔχεν μετὰ πένθεσι πένθος.
    Οἱ δ' ὅτ' ἔβαν ποτὶ τύμβον Ἀχιλλῆος ζαθέοιο,
305 δὴ τότε οἱ φίλος υἱὸς ἐρυσσάμενος θοὸν ἄορ

289 πρῶτα, τί δ' Dausque: πρῶτον ἠδ' M
    292 ἠὲ . . . ἢ Bonitz: ἠδὲ . . . ἠδ' M   ἀεικέας Köchly:
ἀδευκέας M

just begun to suckle her still blind litter of pups, only for her master to put them out as prey for carrion birds, and she mingles whimpers, barks and growls, filling the air with a horrible noise:[9] just so did Hecuba groan and cry loudly over her daughter:

"Alas! What should I lament first and what last in my heart's grief, in my surfeit of trouble? My sons or my husband, who died dreadful and unforeseen deaths? My city, or my mistreated daughters, or my own fate, be it death or slavery? In how many troubles the grim spirits of doom have entangled me! And they have spun dreadful and unforeseen troubles for you, too, my child: you were about to celebrate your wedding,[10] but they have done away with that and decreed that you should die a horrible, a brutal, an unspeakable death! It seems that in death Achilles still relishes our blood. My dear child, I wish the earth had opened up and covered us both before I saw this fate of yours!"

As she spoke, the tears streamed from her eyes without ceasing, so cruel was this grief as her suffering cruelly mounted.

When they reached the tomb of the divine Achilles, his son drew his sword, restrained the girl with his left

---

[9] The simile foreshadows her metamorphosis (347–53).
[10] See lines 321–23.

---

295 δ' Köchly: τ' M
299 ἔτ' ἰαίνεται Lehrs: ἐνὶ μαίνεται M
302 ἐχέοντο Rhodomann: χεύοντο M
303 μετὰ Rhodomann: μέγα M   πένθεσι Köchly: -εϊ M

σκαιῇ μὲν κούρην κατερήτυε, δεξιτερῇ δὲ
τύμβῳ ἐπιψαύων τοῖον ποτὶ μῦθον ἔειπε·
    "Κλῦθι, πάτερ, σέο παιδὸς ἐπευχομένοιο καὶ
        ἄλλων
Ἀργείων μηδ᾽ ἧμιν ἔτ᾽ ἀργαλέως χαλέπαινε·
310 ἤδη γάρ τοι πάντα τελέσσομεν ὅσσα μενοινᾷς
σῆσιν ἐνὶ πραπίδεσσι· σὺ δ᾽ ἵλαος ἄμμι γένοιο
τεύξας εὐχομένοισι θοῶς θυμηδέα νόστον."
    Ὣς εἰπὼν κούρης διὰ λοίγιον ἤλασεν ἄορ
λαυκανίης· τὴν δ᾽ αἶψα λίπεν πολυήρατος αἰὼν
315 οἰκτρὸν ἀνοιμώξασαν ἐφ᾽ ὑστατίῃ βιότοιο.
καί ῥ᾽ ἣ μὲν πρηνὴς χαμάδις πέσε· τῆς δ᾽ ὑπὸ δειρὴ
φοινίχθη περὶ πάντα, χιὼν ὣς ἥ τ᾽ ἐν ὄρεσσιν
ἢ συὸς ἢ ἄρκτοιο κατουταμένης ὑπ᾽ ἄκοντι
αἵματι πορφύροντι θοῶς ἐρυθαίνεθ᾽ ὕπερθεν.
320 Ἀργεῖοι δέ μιν αἶψα δόσαν ποτὶ ἄστυ φέρεσθαι
ἐς δόμον ἀντιθέου Ἀντήνορος, οὕνεκ᾽ ἄρ᾽ αὐτὴν
κεῖνος ἐνὶ Τρώεσσιν ἑῷ πάρος υἱέι δίῳ
Εὐρυμάχῳ ἀτίταλλεν ἐνὶ μεγάροισιν ἄκοιτιν.
ὃς δ᾽ ἐπεὶ οὖν τάρχυσε κλυτὴν Πριάμοιο θύγατρα
325 ἐγγὺς ἑοῖο δόμοιο, παραὶ Γανυμήδεος ἱρὰ
δώματα καὶ νηοῖο καταντίον Ἀτρυτώνης,
δὴ τότε παύσατο κῦμα, κατευνήθη δὲ θύελλα
σμερδαλέη, καὶ χεῦμα κατεπρήυνε γαλήνη.
    Οἳ δὲ θοῶς ἐπὶ νῆας ἔβαν μέγα καγχαλόωντες,
330 μέλποντες μακάρων ἱερὸν γένος ἠδ᾽ Ἀχιλῆα.
αἶψα δὲ δαῖτ᾽ ἐπάσαντο βοῶν ἀπὸ μῆρα ταμόντες
ἀθανάτοις· ἐρατὴ δὲ θυηπολίη πέλε πάντῃ·

hand, and touching the tomb with his right, spoke these words:

"Father, hear this prayer of your son and the rest of the Argives: cease being angry at us: we are about to carry out all your heart's wishes: be propitious, and in answer to our prayers give us the return home for which we long!"

With these words he drove the fatal blade through the girl's throat, and lovely life left her at once as she gave one last pitiful groan. She fell face down on the ground, her neck all red and bloodied, just like the surface of mountain snow reddened by the crimson blood of some boar or bear wounded by a javelin. The Argives let her be carried at once to godlike Antenor's house in the city, because of all the Trojans it was he who had been bringing her up in his palace as intended bride for his divine son Eurymachus. He buried Priam's renowned daughter near his house, by the sanctuary of Ganymede and opposite the temple of Atrytone; and then the waves were stilled, the terrible storm abated, and the calm sea made smooth its streaming tides.

They returned quickly to their ships in great exultation, hymning the holy race of the blessed gods and praising Achilles. They made their meal straightaway, cutting the thigh flesh of the oxen as an offering to the blessed gods: it was a delightful sacrifice in every way. They drew sweet

---

311 ἐνὶ Spitzner: ἐπὶ M
328 χεῦμα Köchly: κῦμα M

οἳ δέ που ἀργυρέοισι καὶ ἐν χρυσέοισι κυπέλλοις
πῖνον ἀφυσσάμενοι λαρὸν μέθυ· γήθεε δέ σφι
335 θυμὸς ἐελδομένων σφετέρην ἐπὶ γαῖαν ἱκέσθαι.
ἀλλ' ὅτε δὴ δόρποιο καὶ εἰλαπίνης κορέσαντο,
δὴ τότε Νηλέος υἱὸς ἐελδομένοισιν ἔειπε·
"Κλῦτε, φίλοι, πολέμοιο μακρὴν προφυγόντες
       ὁμοκλήν,
ὄφρα λιλαιομένοισιν ἔπος θυμηδὲς ἐνίσπω·
340 ἤδη γὰρ νόστοιο πέλει θυμηδέος ὥρη.
ἀλλ' ἴομεν· δὴ γάρ που Ἀχιλλέος ὄβριμον ἦτορ
παύσατ' ὀιζυροῖο χόλου, κατέρυξε δὲ κῦμα
ὄβριμον Ἐννοσίγαιος· ἐπιπνείουσι δ' ἀῆται
μείλιχοι οὐδ' ἔτι κῦμα κορύσσεται. ἀλλ' ἄγε νῆας
345 εἰς ἁλὸς οἶδμ' ἐρύσαντες ἀναμνησώμεθα νόστου."
    Ὣς φάτ' ἐελδομένοις, οἳ δ' ἐς πλόον ἐντύνοντο.
ἔνθα τέρας θηητὸν ἐπιχθονίοισι φαάνθη,
οὕνεκα δὴ Πριάμοιο δάμαρ πολυδακρύτοιο
ἐκ βροτοῦ ἀλγινόεσσα κύων γένετ'· ἀμφὶ δὲ λαοὶ
350 θάμβεον ἀγρόμενοι· τῆς δ' ἄψεα λάινα πάντα
θῆκε θεός, μέγα θαῦμα καὶ ἐσσομένοισι βροτοῖσι.
καὶ τὴν μὲν Κάλχαντος ὑπ' ἐννεσίῃσιν Ἀχαιοὶ
νηὸς ἐπ' ὠκυπόροιο πέραν θέσαν Ἑλλησπόντου·
καρπαλίμως δ' ἄρα νῆας ἔσω ἁλὸς εἰρύσσαντες
355 κτήματα πάντ' ἐβάλονθ' ὁπόσ' Ἴλιον εἰσανιόντες
ληίσσαντο πάροιθε περικτίονας δαμάσαντες
ἠδ' ὁπόσ' ἐξ αὐτῆς ἄγον Ἰλίου, οἷσι μάλιστα
γήθεον, οὕνεκ' ἔσαν μάλα μυρία· τοῖς δ' ἅμα πολλαὶ
ληιάδες συνέποντο μάλ' ἀχνύμεναι κατὰ θυμόν.

wine to drink from goblets of silver and of gold; and they were overjoyed at the prospect of return to their own countries. When at last they had had enough of eating and drinking, the son of Neleus addressed an attentive audience:

"My friends, survivors of the long dangers of war, hear me! I have pleasant news, news you are eager to hear: now is the time for us to make a welcome return home. Well, let us go: Achilles' mighty heart has ended its grievous anger, the Earthshaker has calmed his mighty waves, the breezes are blowing gently, and the waves are no longer high. Come! Let us drag our ships into the sea's swell and turn our minds to getting home!"

These were words they had hoped to hear, and they set about preparing for their voyage. It was then that a portent appeared, remarkable for the mortal men who saw it: the wife of Priam, that man of much misery, changed from a human into a wretched dog, to the amazement of the people nearby; the same god changed all her limbs to stone, to arouse the wonder of future generations, too. On the orders of Calchas the Achaeans took her across to the other side of the Hellespont aboard a swift ship. They promptly dragged their ships into the sea and loaded on board all the plunder won by conquest of the neighboring peoples during their voyage to Ilium, together with the spoils gained from Ilium itself; this gave them most joy, because it was of vast extent. There were also many captive women, who went along deeply grieving in their hearts.

---

338 προφυγόντες Rhodomann: φυγόντες M

346 ἐελδομένοις Rhodomann: -όμενος M   358 δ' Pauw: om. M   359 συνέποντο Rhodomann: συνέχοντο M

360 αὐτοὶ δ᾽ ἐντὸς ἵκοντο νεῶν· ἀλλ᾽ οὔ σφισι Κάλχας
ἔσπετ᾽ ἐπειγομένοισιν ἔσω ἁλός, ἀλλὰ καὶ ἄλλους
Ἀργείους κατέρυκε· Καφηρίσι γὰρ περὶ πέτραις
δείδιεν αἰνὸν ὄλεθρον ἐπεσσύμενον Δαναοῖσιν.
οἳ δέ οἱ οὔ τι πίθοντο· παρήπαφε γὰρ νόον ἀνδρῶν
365 Αἶσα κακή. μοῦνος δὲ θεοπροπίας εὖ εἰδὼς
Ἀμφίλοχος θοὸς υἱὸς ἀμύμονος Ἀμφιαράου
μίμνεν ὁμῶς Κάλχαντι περίφρονι· τοῖσι γὰρ ἦεν
αἴσιμον ἀμφοτέροισιν ἑῆς ἀπὸ τηλόθι γαίης
Παμφύλων Κιλίκων τε ποτὶ πτολίεθρα νέεσθαι.
370 Ἀλλὰ τὰ μὲν μετόπισθε θεοὶ θέσαν· αὐτὰρ Ἀχαιοὶ
νηῶν πείσματ᾽ ἔλυσαν ἀπὸ χθονὸς ἠδὲ καὶ εὐνὰς
ἐσσυμένως ἀνάειραν. ἐπίαχε δ᾽ Ἑλλήσποντος
σπερχομένων· νῆες δὲ περικλύζοντο θαλάσσῃ.
ἀμφὶ δ᾽ ἄρά σφισι πολλὰ περὶ πρῴρῃσιν ἔκειτο
375 ἔντε᾽ ἀποκταμένων· καθύπερθε δὲ σήματα νίκης
μυρί᾽ ἀπηώρηντο· κατεστέψαντο δὲ νῆας
καὶ κεφαλὰς καὶ δοῦρα καὶ ἀσπίδας ᾗσι μάχοντο
ἀντία δυσμενέων. ἀπὸ δὲ πρῴρηθεν ἄνακτες
εἰς ἅλα κυανέην λεῖβον μέθυ πολλὰ θεοῖσιν
380 εὐχόμενοι μακάρεσσιν ἀκηδέα νόστον ὀπάσσαι.
εὐχωλαὶ δ᾽ ἀνέμοισι μίγεν καὶ ἀπόπροθι νηῶν
μαψιδίως νεφέεσσι καὶ ἠέρι συμφορέοντο.
Αἳ δ᾽ ἄρα παπταίνεσκον ἐς Ἴλιον ἀχνύμεναι κῆρ
ληιάδες καὶ πολλὰ κινυρόμεναι γοάασκον
385 κρύβδην Ἀργείων μέγ᾽ ἐνὶ φρεσὶ πένθος ἔχουσαι.
καί ῥ᾽ αἳ μὲν περὶ γούνατ᾽ ἔχον χέρας, αἳ δὲ μέτωπα

They embarked themselves, but Calchas did not accompany their eager departure, and he tried to restrain the rest of the Argives: he was afraid that a dreadful doom was imminent for the Danaans on the rocks of Cape Caphereus. But they were not to be persuaded: evil Destiny had deluded their minds. The only man to remain with wise Calchas was the expert seer Amphilochus, son of blameless Amphiaraüs: they were both destined to travel to the cities of Pamphylia and Cilicia, far from their homeland.

But it was later that the gods brought these things to pass. The Achaeans cast off their ships' cables from the land and smartly raised the anchor stones. The Hellespont was filled with clamor as they sped along, and the sea washed around the ships. On either side of their prows they had fixed armor stripped from the dead; up above they had suspended countless trophies of victory; and they had placed garlands on the ships, on their heads, and on the spears and shields they had used in battle against the enemy. Their commanders poured libations of wine into the dark sea from the ships' prows as they prayed the blessed gods to grant them a trouble-free voyage home. But their prayers mingled with the winds and were vainly carried off, far away from the ships, up into the cloudy sky.

The captive women grieved in their hearts as they gazed toward Ilium, trying to keep from the sight of the Argives their continual sobs and lamentations and their minds' great unhappiness. Some clasped their knees,

---

381 εὐχωλαί Canter: εὐχόμενοι M

386a χερσὶν ἐπηρείδοντο δυσάμμοροι· αἱ δ' ἄρα τέκνα
ἄμπεχον ἀγκοίνῃσι· τὰ δ' οὔ πω δούλιον ἦμαρ
ἔστενον, οὐδὲ πάτρης ἐπὶ πήμασιν, ἀλλ' ἐπὶ μαζῷ
θυμὸν ἔχον· κηδέων γὰρ ἀπόπροθι νήπιον ἦτορ.

390 πάσῃσιν δ' ἐλέλυντο κόμαι καὶ στήθεα λυγρὰ
ἀμφ' ὀνύχεσσι δέδρυπτο· παρειῇσιν δ' ἔτι δάκρυ
αὐαλέον περίκειτο, κατείβετο δ' ἄλλ' ἐφύπερθε
πυκνὸν ἀπὸ βλεφάρων. δέρκοντο δὲ τλήμονα πάτρην
αἰθομένην ἔτι πάγχυ, πολὺν δ' ἀνὰ καπνὸν ἰόντα.

395 ἀμφὶ δὲ Κασσάνδρην ἐρικυδέα παπταίνουσαι
πᾶσαί μιν θηεῦντο θεοπροπίης ἀλεγεινῆς
μνωόμεναι· ἡ δέ σφιν ἐπεγγελάασκε γοώσαις
καί περ ἀκηχεμένη στυγεροῖς ἐπὶ πήμασι πάτρης.

Τρώων δ' ὅσσοι ἄλυξαν ἀνηλέος ἐκ πολέμοιο,
400 ἀγρόμενοι κατὰ ἄστυ περὶ νέκυας πονέοντο
θαπτέμεναι μεμαῶτες· ἄγεν δ' ἀλεγεινὸν ἐς ἔργον
Ἀντήνωρ· αὐτοὶ δὲ πυρὴν πολέεσσι τίθεντο.

Ἀργεῖοι δ' ἄλληκτον ἐνὶ φρεσὶ καγχαλόωντες
ἄλλοτε μὲν κώπῃσι διέπρησσον μέλαν ὕδωρ,
405 ἄλλοτε δ' ἱστία νηυσὶ μεμαότες ἐντύνοντο
ἐσσυμένως. ὀπίσω δὲ θοῶς ἀπελείπετο πᾶσα
Δαρδανίη καὶ τύμβος Ἀχιλλέος· οἳ δ' ἀνὰ θυμὸν
καί περ ἰαινόμενοι κταμένων μνησθέντες ἑταίρων
ἀργαλέως ἀκάχοντο καὶ ἀλλοδαπῶν ἐπὶ γαῖαν
410 ὄσσε βάλονθ'· ἡ δέ σφιν ἐφαίνετο τηλόθι νηῶν

387 πω Rhodomann: ποθ' ὑπὸ M
388 ἔστενον Köchly: -νεν M   οὐδὲ Köchly: οὔτε M

some miserably let their foreheads droop on their arms, and others cradled their children: these were not old enough to lament the day of their enslavement, but were concerned only for the breast: the infant mind is far from cares. They had all unbound their hair and lacerated their poor breasts with their nails, and dried traces of tears could be seen on their cheeks while more cascaded down from their eyes. They gazed at their wretched city still an inferno, and at the rising cloud of smoke. They all kept looking at renowned Cassandra, too, and regarded her with awe as they remembered her unhappy prophecy; but she laughed over their lamenting, in spite of her grief at the terrible misfortunes of her fatherland.

Those Trojans who had escaped the cruel conflict assembled in the city and put all their efforts into burying the dead. It was Antenor who directed them in this unhappy task;[11] and with their own hands they built pyres for many men.

Their hearts filled with boundless exultation, the Argives made their way over the black waters, now plying their oars and now making eager haste to hoist sail. Soon the whole Dardan land and Achilles' tomb were left behind. For all their hearts' joy, they felt sorrow and pity when they recalled their dead companions, and they kept turning their gaze toward that foreign land which seemed

[11] He would rule in Troy after the Greeks' departure.

---

389 ἀπόπροθι Spitzner: -θε M
394 ἔτι Tychsen: ἐπὶ M
399 ἀνηλέος Rhodomann: ἀνηλεγέος M

χαζομένη. τοὶ δ' αἶψα παρ' ἀγχιάλοιο φέροντο
ῥηγμῖνας Τενέδοιο, παρημείβοντο δὲ Χρῦσαν
καὶ Φοίβου Σμινθῆος ἔδος ζαθέοιό τε Κίλλης·
Λέσβος δ' ἠνεμόεσσ' ἀνεφαίνετο· κάμπτετο δ' ἄκρη
415 ἐσσυμένως Λεκτοῖο, τόθι ῥίον ὕστατον Ἴδης.
λαίφεα δὲ πρησθέντα περίαχεν· ἀμφὶ δὲ πρῴραις
ἔβραχεν οἶδμα κελαινόν· ἐπεσκιόωντο δὲ μακρὰ
κύματα· λευκαίνοντο δ' ὑπὲρ πόντοιο κέλευθοι.
    Καί νύ κεν Ἀργεῖοι κίον Ἑλλάδος ἱερὸν οὖδας
420 πάντες ἁλὸς κατὰ βένθος ἀκηδέες, εἰ μὴ ἄρά σφι
κούρη ἐριγδούποιο Διὸς νεμέσησεν Ἀθήνη.
καί ῥ' ὁπότ' Εὐβοίης σχεδὸν ἤλυθον ἠνεμοέσσης,
δὴ τότε μητιόωσα βαρὺν καὶ ἀνηλέα πότμον
ἀμφὶ Λοκρῶν βασιλῆι καὶ ἄσχετον ἀσχαλόωσα
425 Ζηνὶ θεῶν μεδέοντι παρισταμένη φάτο μῦθον
ἀθανάτων ἀπάνευθε· χόλον δέ οἱ οὐ χάδε θυμός·
    "Ζεῦ πάτερ, οὐκέτ' ἀνεκτὰ θεοῖς ἐπιμηχανόωνται
ἀνέρες, οὐκ ἀλέγοντες ἀνὰ φρένας οὔτε σεῦ αὐτοῦ
οὔτ' ἄλλων μακάρων, ἐπεὶ ἦ τίσις οὐκέτ' ὀπηδεῖ
430 ἀνδράσι λευγαλέοισι, κακοῦ δ' ἄρα πολλάκις
        ἐσθλὸς
συμφέρετ' ἄλγεσι μᾶλλον, ἔχει δ' ἄλληκτον ὀιζύν.
τοὔνεκ' ἄρ' οὔτε δίκην τις ἔθ' ἅζεται, οὐδέ τις αἰδὼς
ἔστι παρ' ἀνθρώποισιν. ἔγωγε μὲν οὔτ' ἐν Ὀλύμπῳ
ἔσσομαι οὔτ' ἔτι σεῖο κεκλήσομαι, εἰ μὴ Ἀχαιῶν
435 τίσομ' ἀτασθαλίην, ἐπεὶ ἦ νύ μοι ἔνδοθι νηοῦ
υἱὸς Ὀιλῆος μέγ' ἐνήλιτεν, οὐδ' ἐλέαιρε
Κασσάνδρην ὀρέγουσαν ἀκηδέας εἰς ἐμὲ χεῖρας

to be far from the ships as it retreated. They soon passed the shores of sea-girt Tenedos and went by Chrysa and Apollo's sanctuaries at Sminthe and holy Cilla; then windy Lesbos came in sight and they quickly rounded Cape Lectus, the last of Ida's promontories. The bellying sails flapped, the dark sea swell roared around the prows, shadows were cast along the great waves, and wakes showed white on the sea.

The Argives would all have crossed the deep sea and reached the sacred soil of Hellas untroubled had not Athena, daughter of Zeus the thunderer, been angry with them. When they approached windy Euboea, she formed a plan to oppress the king of the Locrians with a cruel fate: unable to hold back her grief, she came and stood by Zeus, ruler of the gods, apart from the other immortals, and spoke to him unable to contain her anger:

"Father Zeus, this is not to be borne! Men devise crimes against the gods quite unmindful of yourself and of the other blessed gods, because punishment no longer attends wicked men: the good encounter troubles more often and have no end of suffering; that is why justice is no longer respected and men have no sense of shame. I declare that I shall renounce Olympus and your claim to be my father if I can not punish the sacrilege of the Achaeans: the son of Oïleus committed a great crime in my temple: he had no pity for Cassandra as she kept stretching

---

435 ἔνδοθι νηοῦ Tychsen post Pauw (ἔνδοθε): ἔνδοθεν ἦτορ M

πολλάκις, οὐδ᾽ ἔδδεισεν ἐμὸν μένος, οὐδέ τι θυμῷ
ᾐδέσατ᾽ ἀθανάτην, ἀλλ᾽ ἄσχετον ἔργον ἔρεξε.
440 τῶ νύ μοι ἀμβροσίῃσι περὶ φρεσὶ μή τι μεγήρῃς
ῥέξαι ὅπως μοι θυμὸς ἐέλδεται, ὄφρα καὶ ἄλλοι
αἰζηοὶ τρομέωσι θεῶν ἀρίδηλον ὁμοκλήν."
    Ὣς φαμένην προσέειπε πατὴρ ἀγανοῖς ἐπέεσσιν·
    "Ὦ τέκος, οὔ τοι ἔγωγ᾽ ἀνθίσταμαι εἴνεκ᾽ Ἀχαιῶν,
445 ἀλλὰ καὶ ἔντεα πάντα, τά μοι πάρος ἦρα φέροντες
χερσὶν ὑπ᾽ ἀκαμάτοισιν ἐτεκτήναντο Κύκλωπες,
δώσω ἐελδομένῃ· σὺ δὲ σῷ κρατερόφρονι θυμῷ
αὐτὴ χεῖμ᾽ ἀλεγεινὸν ἐπ᾽ Ἀργείοισιν ὄρινον."
    Ὣς εἰπὼν στεροπήν τε θοὴν ὀλοόν τε κεραυνὸν
450 καὶ βροντὴν στονόεσσαν ἀταρβέος ἀγχόθι κούρης
θήκατο· τῆς δ᾽ ἄρα θυμὸς ὑπὸ κραδίῃ μέγ᾽ ἰάνθη.
αὐτίκα δ᾽ αἰγίδα θοῦριν ἐδύσετο παμφανόωσαν,
ἄρρηκτον βριαρήν τε καὶ ἀθανάτοισιν ἀγητήν·
ἐν γάρ οἱ πεπόνητο κάρη βλοσυροῖο Μεδούσης
455 σμερδαλέον· κρατεροὶ δὲ καὶ ἀκαμάτου πυρὸς ὁρμὴν
λάβρον ἀποπνείοντες ἔσαν καθύπερθε δράκοντες.
ἔβραχε δ᾽ αἰγὶς ἅπασα περὶ στήθεσσιν ἀνάσσης,
οἷον ὅτε στεροπῇσιν ἐπιβρέμει ἄσπετος αἰθήρ.
λάζετο δ᾽ ἔντεα πατρὸς ἅ περ θεὸς οὔ τις ἀείρει
460 νόσφι Διὸς μεγάλοιο· τίναξε δὲ μακρὸν Ὄλυμπον,
σὺν δ᾽ ἔχεεν νεφέλας τε καὶ ἠέρα πᾶσαν ὕπερθε·

438 μένος Rhodomann: γένος M
443 πατὴρ Rhodomann: om. M

out her innocent hands to me, and he felt no shame in my divine presence as he performed that heinous crime. Do not let your immortal will refuse to perform my heart's wishes: then other young men will come to fear the manifest anger of the gods!"

So she spoke; and her father replied with kindly words:

"My child, I do not stand in your way on account of the Achaeans. If you like, I shall even let you have those weapons once forged in my honor by the Cyclopes' tireless hands.[12] In your mighty anger go and raise a cruel storm against the Argives yourself!"

With these words, he placed beside his fearless daughter his swift lightning, his deadly thunder, and his grievous levin bolt, and her heart was filled with happiness. She straightaway put on her terrible, gleaming aegis,[13] unbreakable, sturdy, a marvelous sight for the immortal gods with its worked image of grim Medusa's hideous head surmounted by mighty serpents violently breathing out a powerful blast of unceasing fire. The entire aegis rang out on its mistress' breast like the crash of lightning in the vast sky. She took up her father's arms, which no god wields but great Zeus; she made high Olympus shake and put in confusion the clouds and the whole of

---

[12] See Hes. *Theog.* 139–46.

[13] A shield covered in the skin of a goat (*aix*).

---

444 τοι Rhodomann: τι M

459 ἀείρει Köchly: ἄειρε M

461 ἠέρα Rhodomann: οὔρεα M   πᾶσαν Köchly: πᾶσα δ' M

νὺξ δ᾽ ἐχύθη περὶ γαῖαν, ἐπήχλυσεν δὲ θάλασσα·
Ζεὺς δὲ μέγ᾽ εἰσορόων ἐπετέρπετο. κίνυτο δ᾽ εὐρὺς
οὐρανὸς ἀμφὶ πόδεσσι θεῆς· περὶ δ᾽ ἔβραχεν αἰθήρ,
465 ὡς Διὸς ἀκαμάτοιο ποτὶ κλόνον ἐμμεμαῶτος.

   Ἥ δ᾽ ἄφαρ ἠερόεντος ὑπὲρ πόντοιο φέρεσθαι
οὐρανόθεν προέηκεν ἐς Αἴολον ἄμβροτον Ἶριν,
ὄφρ᾽ Ἀνέμους ἅμα πάντας ἐπιβρίσαντας ἰάλλῃ
ἐλθέμεναι κραναοῖο Καφηρέος ἐγγύθεν ἄκρων
470 νωλεμέως χριμφθέντας ἀνοιδῆναί τε θάλασσαν
λευγαλέης ῥιπῇσι μεμηνότας. ἡ δ᾽ ἀίουσα
ἐσσυμένως οἴμησε περιγναμφθεῖσα νέφεσσι·
φαίης κεν πῦρ ἔμμεν ἅμ᾽ ἠέρι καὶ μέλαν ὕδωρ.
ἵκετο δ᾽ Αἰολίην, Ἀνέμων ὅθι λάβρον ἀέντων
475 ἄντρα πέλει στυφελῇσιν ἀρηρέμεν᾽ ἀμφὶ πέτρῃσι
κοῖλα καὶ ἠχήεντα· δόμοι δ᾽ ἄγχιστα πέλονται
Αἰόλου Ἱπποτάδαο. κίχεν δέ μιν ἔνδον ἐόντα
σύν τ᾽ ἀλόχῳ καὶ παισὶ δυώδεκα· καί οἱ ἔειπεν
ὁππόσ᾽ Ἀθηναίη Δαναῶν ἐπεμήδετο νόστῳ.
480 αὐτὰρ ὅ γ᾽ οὐκ ἀπίθησε, μολὼν δ᾽ ἔκτοσθε μελάθρων
χερσὶν ὑπ᾽ ἀκαμάτοισιν ὄρος μέγα τύψε τριαίνῃ,
ἔνθ᾽ Ἄνεμοι κελαδεινὰ δυσηχέες ἠυλίζοντο
ἐν κενεῷ κευθμῶνι, περίαχε δ᾽ αἰὲν ἰωὴ
βρυχομένων ἀλεγεινά. βίῃ δ᾽ ἔρρηξε κολώνην·

   462 δ᾽ Köchly: om. M
   463 ἐπετέρπετο Rhodomann: ἐτέρπετο M
   469 ἐγγύθεν ἄκρων Zimmermann: ἔνθεν ἀχαιῶν M

the upper air; night enfolded the land and the sea grew misty; and Zeus took great pleasure in the sight. The broad heavens shook at her every step, and the sky rang out all around as if unwearying Zeus himself were charging into battle.

She quickly sent Iris to go from heaven over the misty sea to immortal Aeolus: he was to hurl the full weight of all the winds around the cape of rocky Caphereus so that they continuously smashed against it, and to make big the sea as they raged with their deadly blasts. When she heard her orders, she hastened to make her way in an arc through the clouds: one would have thought fire and black water were mixed with the air.[14] She arrived at Aeolia, where enclosed in its rough rocks are the hollow, echoing caves of the gusting Winds; and very close by is the dwelling of Aeolus, son of Hippotes. Finding him at home with his wife and twelve children, she told him of Athena's plans for the return journey of the Danaans. He obediently went out of his house and with his unwearying arms gave the great mountain a blow from his trident: this was where the Winds, with their boisterous din, were quartered in a vacant lair which never ceased to echo with the sound of their roaring and howling. He broke open the mountainside by main force, and they came pouring out.

---

[14] Iris, the gods' messenger, is the personification of the rainbow.

475 στυφελῇσιν Rhodomann: στυγερῇσιν M
479 ὁππόσ' Rhodomann: ὅππως M
482 κελαδεινὰ Rhodomann: -νοὶ M
484 βρυχομένων Vian: -νη M

485 οἱ δ' ἄφαρ ἐξεχέοντο· κέλευσε δὲ πάντας ἐρεμνὴν
λαίλαπα συμφορέοντας ἀήμεναι, ὄφρ' ἀλεγεινὸν
ὀρνυμένης ἁλὸς οἶδμα Καφηρέος ἄκρα καλύψῃ.
Οἳ δὲ θοῶς ὤρνυντο πάρος βασιλῆος ἀκοῦσαι
πᾶν ἔπος· ἐσσυμένοισι δ' ἐπεστενάχιζε θάλασσα
490 ἄσπετον· ἠλιβάτοισι δ' ἐοικότα κύματ' ὄρεσσιν
ἄλλοθεν ἄλλα φέροντο. κατεκλάσθη δ' ἄρ' Ἀχαιῶν
θυμὸς ἐνὶ στέρνοισιν, ἐπεὶ νέας ἄλλοτε μέν που
ὑψηλὸν φέρε κῦμα δι' ἠέρος, ἄλλοτε δ' αὖτε
οἷα κατὰ κρημνοῖο κυλινδομένας φορέεσκε
495 βυσσὸν ἐς ἠερόεντα, βίη δέ οἱ ἄσχετος αἰεὶ
ψάμμον ἀναζείεσκε διοιγομένοιο κλύδωνος.
οἱ δ' ἄρ' ἀμηχανίῃ βεβολημένοι οὔτ' ἐπ' ἐρετμῷ
χεῖρα βαλεῖν ἐδύναντο τεθηπότες, οὔτ' ἄρα λαίφη
ἔσθενον ἀμφὶ κέρα λελιημένοι εἰρύσσασθαι
500 ῥηγνύμεν' ἐξ ἀνέμων οὐδ' ἔμπαλιν ἰθύνασθαι
ἐς πλόον· ἀργαλέαι γὰρ ἐπεκλονέοντο θύελλαι.
οὐδὲ κυβερνήτῃσι πέλεν μένος εἰσέτι νηῶν
χερσὶν ἐπισταμένῃσι θοῶς οἰήια νωμᾶν·
πάντα γὰρ ἄλλυδις ἄλλα κακαὶ διέχευον ἄελλαι.
505 οὐδέ τις ἐλπωρὴ βιότου πέλεν, οὕνεκ' ἐρεμνὴ
νὺξ ἅμα καὶ μέγα χεῖμα καὶ ἀθανάτων χόλος αἰνὸς
ὦρτο· Ποσειδάων γὰρ ἀνηλέα πόντον ὄρινεν
ἦρα κασιγνήτοιο φέρων ἐρικυδέι κούρῃ,
ἥ ῥα καὶ αὐτὴ ὕπερθεν ἀμείλιχα μαιμώωσα
510 θῦνε μετ' ἀστεροπῇσιν· ἐπέκτυπε δ' οὐρανόθεν Ζεὺς
κυδαίνων ἀνὰ θυμὸν ἑὸν τέκος. ἀμφὶ δὲ πᾶσαι

He commanded them to blow a dark hurricane all to-
gether, so as to raise a dreadful sea swell which would
overwhelm the cape of Caphereus.

The winds rose quickly, before they heard all he had to
say; as they rushed along, the sea gave a great moaning,
and the waves, high as lofty mountains, were carried in
every direction. The Achaeans' hearts sank in their breasts
as the towering waves carried their ships through the air
at one moment and at another bore them down into the
rushing depths as if they were being rolled off a cliff; and
all the time an irresistible force made the sand come boil-
ing up as the waves parted. The Achaeans felt helpless:
they were so stunned that they could neither set their
hands to the oars nor—dearly though they would have
liked to do so—had they the strength to haul their wind-
torn sails tight to the yardarms or, on the other hand, to
trim them for a straight course: the blast that buffeted
them was terrific. The steersmen were no longer able to
wield the tiller deftly with their expert hands, because the
hurricane had smashed everything to pieces. All hope of
life was gone now that the darkness, the great storm and
the dreadful anger of the gods had risen together; for Po-
seidon had stirred up a cruel sea to honor his brother's
renowned daughter, who herself was rushing and raging
mercilessly up in the sky, wielding her lightning; and from
the heavens Zeus provided an accompaniment of thunder
because he wished to lend glory to his daughter. All the

---

487 ἄκρα Brodeau: οἶδμα M   490 ἄσπετον Castiglioni:
ἄυ χ- M   491 δ' ἄρ Rhodomann: γὰρ M
495 οἱ Hermann: τοι M   505 βιότου Rhodomann: βίου M
507 πόντον Rhodomann: πότμον M

νῆσοί τ᾽ ἤπειροί τε κατεκλύζοντο θαλάσσῃ
Εὐβοίης οὐ πολλὸν ἀπόπροθεν, ἧχι μάλιστα
τεῦχεν ἀμειλίκτοισιν ἐπ᾽ ἄλγεσιν ἄλγεα δαίμων
515　Ἀργείοις. στοναχὴ δὲ καὶ οἰμωγὴ κατὰ νῆας
ἔπλετ᾽ ἀπολλυμένων· κανάχιζε δὲ δούρατα νηῶν
ἀγνυμένων· αἱ γάρ ῥα συνωχαδὸν ἀλλήλῃσιν
αἰὲν ἐνερρήγνυντο. πόνος δ᾽ ἄπρηκτος ὀρώρει·
καί ῥ᾽ οἱ μὲν κώπῃσιν ἀπωσέμεναι μεμαῶτες
520　νῆας ἐπεσσυμένας αὐτοῖς ἅμα δούρασι λυγροὶ
κάππεσον ἐς μέγα βένθος, ἀμειλίκτῳ δ᾽ ὑπὸ πότμῳ
κάτθανον, οὕνεκ᾽ ἄρά σφιν ἐπέχραον ἄλλοθεν ἄλλα
νηῶν δούρατα μακρά, συνηλοίηντο δὲ πάντων
σώματα λευγαλέως· οἳ δ᾽ ἐν νήεσσι πεσόντες
525　κεῖντο καταφθιμένοισιν ἐοικότες· οἳ δ᾽ ὑπ᾽ ἀνάγκης
νήχοντ᾽ ἀμφιπεσόντες ἐϋξέστοισιν ἐρετμοῖς·
ἄλλοι δ᾽ αὖ σανίδεσσιν ἐπέπλεον. ἔβραχε δ᾽ ἅλμη
βυσσόθεν, ὥς τε θάλασσαν ἰδ᾽ οὐρανὸν ἠδὲ καὶ αἶαν
φαίνεσθ᾽ ἀλλήλοισιν ὁμῶς συναρηρότα πάντα.
530　　Ἡ δ᾽ ἄρ᾽ ἀπ᾽ Οὐλύμποιο βαρύκτυπος Ἀτρυτώνη
οὔ τι καταισχύνεσκε βίην πατρός· ἀμφὶ δ᾽ ἄρ᾽ αἰθὴρ
ἴαχεν. ἡ δ᾽ Αἴαντι φόνον καὶ πῆμα φέρουσα
ἔμβαλε νηὶ κεραυνόν, ἄφαρ δέ μιν ἄλλυδις ἄλλῃ
ἐσκέδασεν διὰ τυτθά· περίαχε δ᾽ αἶα καὶ αἰθήρ,
535　ἐκλύσθη δ᾽ ἄρα πᾶσα περίδρομος Ἀμφιτρίτη.
οἳ δ᾽ ἔκτοσθε νεὸς πέσον ἀθρόοι· ἀμφὶ δ᾽ ἄρ᾽ αὐτοὺς
κύματα μακρὰ φέροντο· περὶ στεροπῇσι δ᾽ ἀνάσσης
αἴγλη μαρμαίρεσκε διὰ κνέφας ἀίσσουσα.

islands and areas of the mainland near Euboea were
flooded by the sea: it was there most of all that the gods
were devising trouble upon pitiful trouble for the Argives.
The sound of wailing and groaning was to be heard from
men perishing on the ships, and also the cracking of ships'
timbers as they broke in constant collisions one with an-
other. Great efforts were made, but in vain: some tried
desperately to use their oars to repel ships washing against
them, but wretchedly fell, oars and all, into the vast depths
and died a cruel death, assailed on all sides by the long
ships' timbers and all pitifully crushed, while others fell on
the ships and lay like dead men, or swam for their lives
clutching on to the polished oars, or kept themselves afloat
on the spars. The sea was raging from its very depths; it
was as if earth, sea and sky were all confused together.

From Olympus, deep-thundering Atrytone wielded her
mighty weapons in a way worthy of her father, and the sky
was filled with noise. Bringing death and destruction to
Ajax, she hurled a thunderbolt at his ship and smashed it
to pieces in all directions: earth and sky were filled with
noise, and Amphitrite's surrounding sea was all in flood.
Everyone was thrown pell-mell from the ship, and the
great waves flooded over them as the goddess's bright
lightning came flashing through the darkness. They were

---

512 θαλάσσῃ Rhodomann, Pauw: -ης M
518 ἐνερρήγνυντο Zimmermann: ἐρρήγν- M
532 Αἴαντι Pauw: αἰνόν τε M   φόνον Platt: χόλον M

οἳ δ᾽ ἄποτον λάπτοντες ἁλὸς πολυηχέος ἅλμην
540 θυμὸν ἀποπνείοντες ὑπὲρ πόντοιο φέροντο.
ληιάσιν δ᾽ ἄρα χάρμα καὶ ὀλλυμένῃσι τέτυκτο·
καί ῥ᾽ αἱ μὲν κατέδυσαν ἔσω ἁλὸς ἀμφιβαλοῦσαι
χεῖρας ἑοῖς τεκέεσσι δυσάμμοροι· αἱ δ᾽ ἀλεγειναὶ
δυσμενέων περὶ κρᾶτα βάλον χέρας, οἷς ἅμα λυγραὶ
545 σπεῦδον ἀποφθίσασθαι ἑῆς ἀντάξια λώβης
τινύμεναι Δαναούς. ἣ δ᾽ ὑψόθεν εἰσορόωσα
τέρπεθ᾽ ἑὸν κατὰ θυμὸν ἀγανὴ Τριτογένεια.

Αἴας δ᾽ ἄλλοτε μὲν περινήχετο δούρατι νηός,
ἄλλοτε δ᾽ αὖ χείρεσσι διήννεν ἁλμυρὰ βένθη,
550 ἀκαμάτῳ Τιτῆνι βίην ὑπέροπλον ἐοικώς.
σχίζετο δ᾽ ἁλμυρὸν οἶδμα περὶ κρατερῇσι χέρεσσιν
ἀνδρὸς ὑπερθύμοιο· θεοὶ δέ μιν εἰσορόωντες
ἠνορέην καὶ κάρτος ἐθάμβεον. ἀμφὶ δὲ κῦμα
ἄλλοτε μὲν φορέεσκε πελώριον ἠΰτ᾽ ἐπ᾽ ἄκρην
555 οὔρεος ὑψηλοῖο δι᾽ ἠέρος, ἄλλοτε δ᾽ αὖτε
ὑψόθεν οἷα φάραγξιν ἐνέκρυφεν· οὐδ᾽ ὅ γε χεῖρας
κάμνε πολυτλήτους. πολλοί γε μὲν ἔνθα καὶ ἔνθα
σβεννύμενοι σμαράγιζον ἔσω πόντοιο κεραυνοί·
οὔ πω γὰρ οἱ θυμὸν ἐμήδετο Κηρὶ δαμάσσαι
560 κούρη ἐριγδούποιο Διὸς μάλα περ κοτέουσα,
πρὶν τλῆναι κακὰ πολλὰ καὶ ἄλγεσι πάγχυ
μογῆσαι.
τοὔνεκά μιν κατὰ βένθος ἐδάμνατο δηρὸν ὀϊζὺς
πάντοθε τειρόμενον· περὶ γὰρ κακὰ μυρία Κῆρες
ἀνδρὶ περιστήσαντο. μένος δ᾽ ἐνέπνευσεν ἀνάγκη·

carried over the sea as they drowned, gulping down the salt brine of the sounding sea. The captive women felt joy even as they perished, some of them going down with their arms wrapped around their children (poor things!), others cruelly seizing their enemies' heads, eager to perish so long as the Danaans had a worthy punishment for their outrages. Noble Tritogeneia looked on from above, and her heart was filled with joy.

At first Ajax kept himself afloat on one of the ship's spars; then he made his way through the salty depths by using his arms, like a tireless Titan of enormous strength. With his mighty arms that dauntless hero clove the salt sea's swell, and the gods looked on in wonderment at his courage and strength as at one moment he was borne aloft into the air as high as a mountaintop, and the next hidden as if in a gully, and yet his much-enduring arms did not become weary. On every side of him countless thunderbolts crashed as they were quenched in the sea: the daughter of Zeus the thunderer, for all her anger at him, was intending that Doom should not vanquish him until he had endured many troubles and extremes of suffering. And so his woes in the deep sea took a long time to subdue him, though he was assailed on every side by the countless evils with which the spirits of doom surrounded him. Inspired with strength by necessity, he felt that even if all

---

539 ἄποτον Rhodomann: ὁπότε M
551 περὶ Köchly: ποτὶ M
557 γε μὲν Spitzner: δέ μιν M

565 φῆ δέ, καὶ εἰ μάλα πάντες Ὀλύμπιοι εἰς ἓν ἵκωνται
χωόμενοι καὶ πᾶσαν ἀναστήσωσι θάλασσαν,
ἐκφυγέειν. ἀλλ᾽ οὔ τι θεῶν ὑπάλυξεν ὁμοκλήν·
δὴ γάρ οἱ νεμέσησεν ὑπέρβιος Ἐννοσίγαιος,
εὖτέ μιν εἰσενόησεν ἐφαπτόμενον χερὶ πέτρης
570 Γυραίης, καί οἱ μέγ᾽ ἐχώσατο. σὺν δ᾽ ἐτίναξε
πόντον ὁμῶς καὶ γαῖαν ἀπείριτον· ἀμφὶ δὲ πάντη
κρημνοὶ ὑπεκλονέοντο Καφηρέος· αἱ δ᾽ ἀλεγεινὸν
θεινόμεναι ῥηγμῖνες ἐπέβραχον οἴδματι λάβρῳ
χωομένοιο ἄνακτος. ἀπέσχισε δ᾽ εἰς ἅλα πέτρον
575 εὐρέα, τῇ περ ἐκεῖνος ἑαῖς ἐπεμαίετο χερσί·
καί ῥά οἱ ἀμφὶ πάγοισιν ἑλισσομένου μάλα δηρὸν
χεῖρες ἀπεδρύφθησαν, ὑπέδραμε δ᾽ αἷμ᾽ ὀνύχεσσι·
μορμύρον δέ οἱ αἰὲν ὀρινόμενος περὶ κῦμα
ἀφρὸς ἄδην λεύκαινε κάρη λάσιόν τε γένειον.
580 καί νύ κεν ἐξήλυξε κακὸν μόρον, εἰ μὴ ὅ γ᾽ αὐτῷ
ῥήξας γαῖαν ἔνερθεν ἐπιπροέηκε κολώνην.
εὖτε πάρος μεγάλοιο κατ᾽ Ἐγκελάδοιο δαΐφρων
Παλλὰς ἀειραμένη Σικελὴν ἐπικάββαλε νῆσον
ἥ ῥ᾽ ἔτι καίεται αἰὲν ὑπ᾽ ἀκαμάτοιο Γίγαντος
585 αἰθαλόεν πνείοντος ἔσω χθονός· ὣς ἄρα Λοκρῶν
ἀμφεκάλυψεν ἄνακτα δυσάμμορον οὔρεος ἄκρη
ὑψόθεν ἐξεριποῦσα· βάρυνε δὲ καρτερὸν ἄνδρα.
ἀμφὶ δέ μιν θανάτοιο μέλας ἐκιχήσατ᾽ Ὄλεθρος
γαίῃ ὁμῶς δμηθέντα καὶ ἀτρυγέτῳ ἐνὶ πόντῳ.
590   Ὥς δὲ καὶ ἄλλοι Ἀχαιοὶ ὑπὲρ μέγα λαῖτμα
        φέροντο,
οἱ μὲν ἄρ᾽ ἐν νήεσσι τεθηπότες, οἱ δὲ πεσόντες

the Olympians were to unite in wrath and make the entire ocean rise against him, he would still escape. But he could not avoid the gods' attack. The mighty Earthshaker became furious when he saw him grasping the Gyrean Rock, and in his great anger he made both the sea and the boundless earth quake: all the nearby cliffs of Caphereus tottered from their foundations, and as they were struck by that lethal sea's swell of their angry lord the rocks boomed gloomily. He broke off into the sea the huge boulder which Ajax was trying to grasp: as he was thrown this way and that on the rocks for a long time, his hands were torn, and blood oozed from his nails; and the foam constantly rising from the seething surf made his head and shaggy beard quite white. But he would have escaped death if the god had not broken open the depths of the earth and hurled a hill on him. Just as warlike Pallas once lifted up the island of Sicily and threw it upon mighty Enceladus, and it continues to burn as that unwearying Giant breathes out his fiery breath beneath the earth: just so did that mountaintop fall from on high and bury the unfortunate Locrian king, weighing down upon that mighty man, and death's dark destruction caught up with him, vanquished by the land and the barren sea together.

The rest of the Achaeans were borne in the same way over the great gulf of the sea, some of them dumbstruck

---

568 οἱ Rhodomann: τοι M

572 κρημνοὶ Rhodomann: -νὸν m: -νὰ m

578 ὀρινόμενος West: -νον m: -νον m

ἔκτοσθεν νηῶν· ὀλοὴ δ' ἔχε πάντας ὀιζύς.
αἱ μὲν γὰρ φορέοντ' ἐπικάρσιαι εἰν ἁλὶ νῆες,
ἄλλαι δ' ἀνστρέψασαι ἄνω τρόπιν· ὧν δέ που ἱστοὶ
595   ἐκ περάτων ἐάγησαν ἐπισπέρχοντος ἀήτεω,
τῶν δὲ διὰ ξύλα πάντα θοαὶ σκεδάσαντο θύελλαι·
αἱ δὲ καὶ ἐς μέγα βένθος ὑποβρύχιαι κατέδυσαν
ὄμβρου ἐπιβρίσαντος ἀπείρονος οὐδ' ὑπέμειναν
λάβρον ὁμῶς ἀνέμοισι θαλάσσης καὶ Διὸς ὕδωρ
600   μισγόμενον· ποταμῷ γὰρ ἀλίγκιος ἔρρεεν αἰθὴρ
συνεχές, ἣ δ' ὑπένερθεν ἐμαίνετο δῖα θάλασσα.
        Καί τις ἔφη· "Τάχα τοῖον ἐπέχραεν ἀνδράσι
              χεῖμα,
ὁππότε Δευκαλίωνος ἀθέσφατος ὑετὸς ἦλθε,
ποντώθη δ' ἄρα γαῖα, βυθὸς δ' ἐπεχεύατο πάντῃ."
605   Ὡς ἄρ' ἔφη Δαναῶν τις ἐνὶ φρεσὶ χεῖμα τεθηπὼς
λευγαλέον. πολλοὶ δὲ κατέφθιθον· ἀμφὶ δὲ νεκρῶν
πλήθεθ' ἁλὸς μέγα χεῦμα, περιστείνοντο δὲ πᾶσαι
ἠιόνες· πολέας γὰρ ἀπέπτυσε κῦμ' ἐπὶ χέρσον.
ἀμφὶ δὲ νήια δοῦρα βαρύβρομον Ἀμφιτρίτην
610   πᾶσαν ἄδην ἐκάλυψε· μέσον δ' οὐ φαίνετο κῦμα.
        Ἄλλοι δ' ἄλλην κῆρα κακὴν λάχον· οἱ μὲν ἀν'
              εὐρὺν
πόντον ὀρινομένης ἁλὸς ἄσχετον, οἱ δ' ἐνὶ πέτραις
ἄξαντες πέρι νῆας ὀιζυρῶς ἀπόλοντο
Ναυπλίου ἐννεσίῃσιν. ὁ γὰρ κοτέων μάλα παιδὸς
615   χείματος ὀρνυμένοιο καὶ ὀλλυμένων Ἀργείων

595 περάτων Pauw: κερ- M   ἐάγησαν Spitzner:
ἐρ(ρ)άγ- M

and helpless on their ships and others fallen overboard:
deadly suffering gripped them all. Some of the ships were
borne along over the sea broadside on, while others were
turned keel upward or had their masts snapped off at the
base by the force of the hurricane, or had all their timbers
scattered by the swift storm winds, or sank into the great
deeps under the force of the deluge of rainwater, unable
to withstand the violent drenching from sea and sky com-
bined with the wind; for the sky poured down continually
like a river, and the sacred sea below raged furiously.

And men said: "It must have been a storm like this
which was unleashed on mankind when Deucalion's
mighty deluge came to inundate the earth and cover ev-
erything with deep waters!"

So spoke the Danaans, stunned at the sight of that le-
thal storm. Many men perished: the sea's great expanse
was filled with corpses, all the beaches crowded with the
many bodies disgorged on land by the waves. Ships' tim-
bers as good as covered Amphitrite completely, so that the
waves could not be seen between them.

Fate allotted them a variety of deaths, all wretched:
some drowned in the broad sea's irresistible swell, others
were shipwrecked on the rocks and perished in misery
thanks to Nauplius,[15] who was angry at the death of his
son and in spite of his grief felt great joy at the rising of

[15] Father of Palamedes; see 5.198–99.

---

604 βυθὸς Rhodomann: βάθος M
610 οὐ φαίνετο West: ἐφαίν- M
612 οἵ Rhodomann: om. M

καί περ ἀκηχέμενος μέγ᾽ ἐγήθεεν, οὕνεκ᾽ ἄρ᾽ αὐτῷ
δῶκε τίσιν θεὸς αἶψα καὶ ἔδρακεν ἐχθρὸν ὅμιλον
τειρόμενον κατὰ βένθος. ἑῷ δ᾽ ἄρα πολλὰ τοκῆι
εὔχεθ᾽ ὁμῶς νήεσσιν ὑπόβρυχα πάντας ὀλέσθαι.
620 τοῦ δὲ Ποσειδάων μὲν ἐπέκλυεν· † ἄλλα † δὲ πόντος

* * *

ἂψ μέλαν οἶδμα φέρεσκεν· ὁ δ᾽ οὐλομένῃ χερὶ
        πεύκην
αἰθομένην ἀνάειρε, δόλῳ δ᾽ ἀπάφησεν Ἀχαιοὺς
ἐλπομένους εὔορμον ἕδος λιμένων ἀφικέσθαι·
αἰνῶς γὰρ πέτρῃσι περὶ στυφελῇσι δάμησαν
625 αὐταῖς σὺν νήεσσι· κακῷ δ᾽ ἐπὶ κύντερον ἄλγος
τλῆσαν ἀνιηρῇσι προσαγνύμενοι περὶ πέτρης
νυκτὶ θοῇ. παῦροι δ᾽ ἔφυγον μόρον οὕς τ᾽ ἐσάωσεν
ἢ θεὸς ἢ δαίμων τις ἐπίρροθος. αὐτὰρ Ἀθήνη
ἄλλοτε μὲν θυμῷ μέγ᾽ ἐγήθεεν, ἄλλοτε δ᾽ αὖτε
630 ἄχνυτ᾽ Ὀδυσσῆος πινυτόφρονος, οὕνεκ᾽ ἔμελλε
πάσχειν ἄλγεα πολλὰ Ποσειδάωνος ὁμοκλῇ·
ὅς ῥα τότ᾽ ἀκαμάτοισι περὶ φρεσὶ πάγχυ μεγαίρων
τείχεσι καὶ πύργοισιν ἐυσθενέων Ἀργείων,
οὓς ἔκαμον Τρώων στυγερῆς ἔρυμ᾽ ἔμμεν ἀυτῆς,
635 ἐσσυμένως μάλα πᾶσαν ἀνεπλήμμυρε θάλασσαν
ὅσση ἀπ᾽ Εὐξείνοιο κατέρχεται Ἑλλήσποντον,
καί μιν ἐπ᾽ ἠιόνας Τροίης βάλεν. ὗε δ᾽ ὕπερθε
Ζεὺς ἐπίηρα φέρων ἐρικυδέι Ἐννοσιγαίῳ.

618 ἑῷ Rhodom.-ann: τῷ M   620 μὲν ἐπέκλυεν Zimmer-
mann: μενέκλονος m: γε μενέκλονος m
    post 620 lac. stat. Köchly, Platt

the storm and the destruction of the Argives: he had been granted a speedy revenge, and he was able to see the army of his enemies perishing in the deep. He prayed fervently to his father that every one of them should go under, ships and all, and Poseidon heard his prayer; the sea ⟨ . . . . . ⟩.[16] The black sea swell bore ⟨them⟩ back again; but he held aloft a blazing torch in his accursed hand and tricked the Achaeans, who expected to come to anchorage in a safe harbor. They and their ships were destroyed upon the rough rocks—a dreadful death; and to add to the keenness of their sufferings, it was in the awful night that they underwent the ordeal of shipwreck on those cruel rocks. The few who survived were saved by a god or rescued by some divine power. Meanwhile Athena's feelings veered between great joy and her concern for Odysseus, that man of good sense, who was destined to suffer many troubles from the wrath of Poseidon. Just now, however, Poseidon was feeling great resentment in his tireless heart at the walls and ramparts carefully constructed by the stalwart Argives as a defense against the Trojans' hateful onset. He hastened to raise into a tidal wave all the waters which come down the Hellespont from the Euxine Sea, and he hurled it upon the beaches of Troy; and Zeus sent down his rain from above out of respect for the renowned Earth-

16 One line missing.

---

621 οὐλομένη Weinberger: οὐ κειμένην m: ἀναμένην m: αὐο-
μένην m   622 ἀπάφησεν Rhodomann: ἀπείλησεν m: ἀπέ-
λησεν m   627 παῦροι Rhodomann: πάλιν M
629 θυμῷ Rhodomann: θεὴ m: om. m
634 Τρώων Tychsen: τροίης M
637 Τροίης Köchly: τρώων M

οὐδὲ μὲν οὐδ᾽ Ἑκάεργος ἄτερ καμάτοιο τέτυκτο·
640 ἀλλ᾽ ἄρ᾽ ἀπ᾽ Ἰδαίων ὀρέων μάλα πάντα ῥέεθρα
εἰς ἕνα χῶρον ἄγεσκε, κατέκλυσε δ᾽ ἔργον Ἀχαιῶν.
† καὶ τόσση † δὲ θάλασσα καὶ εἰσέτι

* * *

κελάδοντες
χείμαρροί τ᾽ ἀλεγεινὸν ἀεξόμενοι Διὸς ὄμβρῳ,
τοὺς μέλαν οἶδμ᾽ ἀνέεργε πολυστόνου Ἀμφιτρίτης
645 πόντον ἐσελθέμεναι, πρὶν τείχεα πάντ᾽ ἀμαθῦναι
ἀργαλέως Δαναῶν. αὐτὸς δ᾽ ἄρα γαῖαν ἔνερθε
ῥῆξε Ποσειδάων, ἀνὰ δ᾽ ἔβλυσεν ἄσπετον ὕδωρ
ἰλύν τε ψάμαθόν τε· βίῃ δ᾽ ἐλέλιξε κραταιῇ
Σίγεον, ἠιόνες δὲ μέγ᾽ ἔβραχον· ἐκ δὲ θεμέθλων

* * *

650 Δαρδανίη· καὶ ἄιστον ὑποβρύχιόν τ᾽ ἐκαλύφθη
ἕρκος ἀπειρέσιον, κατεδύσετο δ᾽ ἔνδοθι γαίης
μακρὰ διισταμένης. ψάμαθος δ᾽ ἔτι φαίνετο μούνη,
χασσαμένου πόντοιο, κατ᾽ ἀκτάων ἐριδούπων,
νόσφι δ᾽ ἐπ᾽ αἰγιαλοῖσι κατεκτάθη. ἀλλὰ τὰ μέν που
655 ἀθανάτων ἐτέλεσσε κακὸς νόος· οἳ δ᾽ ἐνὶ νηυσὶν
Ἀργεῖοι πλώεσκον ὅσους διὰ χεῖμα κέδασσεν·
ἄλλη δ᾽ ἄλλος ἵκανεν, ὅπῃ θεὸς ἦγεν ἕκαστον,
ὅσσοι ὑπὲρ πόντοιο λυγρὰς ὑπάλυξαν ἀέλλας.

642 lac. stat. Köchly
post 649 lac. stat. Vian
653 κατ᾽ ἀκτάων Hermann: καὶ ἐκ δαναῶν M
654 νόσφι δ᾽ Platt: νόσφιν M   αἰγιαλοῖσι Zimmer-
mann: -λοῖο M   κατεκτάθη Tychsen: κατέκτοθι M

shaker. The Archer god,[17] too, was by no means idle: he channeled every single stream from the mountains of Ida to one spot and flooded the building-works of the Achaeans. The sea ⟨. . . . .⟩ and also the roaring ⟨rivers . . . . .⟩[18] and the mountain torrents in deadly spate thanks to Zeus' rain; and the black sea swell of growling Amphitrite prevented them from reaching the sea until they had mercilessly razed all that the Achaeans had built. Poseidon himself broke open the ground beneath and made a huge torrent of water, mud and sand gush out; Sigeüm quaked, such was his force and might, and the beaches made a great booming; from its foundations the Dardan land ⟨. . . . .⟩.[19] And the vast ramparts, inundated and no longer to be seen, sank down into a chasm that gaped wide in the earth. When the sea receded, nothing but sand could be seen on the sounding shore, stretching along the beaches far into the distance.[20] Such it seems was the result of the immortal gods' resentment. Meanwhile those Argives still aboard ship sailed on, scattered by the storm; and those who survived the voyage through that dreadful tempest landed wherever they could.

17 Apollo.
18 Two part-lines missing.
19 One line missing.
20 Text probably corrupt.

INDEX OF NAMES
AND PLACES

References to frequently occurring characters and places are selective.

727

733

737